Knaus

K

5,–

Silvia Tennenbaum

Straßen von gestern

Roman

Deutsch von Ulla de Herrera

Albrecht Knaus

Titel der Originalausgabe
Yesterday's Streets
erschienen bei Random House, Inc., New York

Schutzumschlag: Klaus Detjen
Gesetzt aus der Korpus Aldus
Gesamtherstellung Mohndruck Graphische Betriebe GmbH,
Gütersloh
Printed in Germany · 5 4 3 2
ISBN 3-8135-2203-2

Im Andenken an meine Mutter
Lotti Steinberg, geb. Stern
die in meinem Leben und meiner Arbeit
immer gegenwärtig ist.

Es bleibt uns vielleicht
irgendein Baum an dem Abhang, daß wir ihn täglich
wiedersähen; es bleibt uns die Straße von gestern
und das verzogene Treusein einer Gewohnheit,
der es bei uns gefiel, und so blieb sie und ging nicht.

Rainer Maria Rilke
Erste Duineser Elegie

Erstes Kapitel

1903

EDUARD WERTHEIM fand alle Babies häßlich, und er versäumte es nie, dies ihren Müttern mitzuteilen. Als er an einem strahlenden Frühlingstag das Wohnzimmer seiner Schwägerin betrat, um sich zum erstenmal Helene anzusehen, die in Caroline Wertheims Armen lag, rief er: «Mein Gott! Sie sieht aus wie ein wütendes Äffchen!»

Hedwig, die Kinderfrau, schnaubte entrüstet, und das zaghafte Lächeln verschwand aus Carolines Gesicht. Sie saß auf einer eleganten Empire-Chaiselongue, einen weichen, weißen Morgenrock aus Musselin über ihrem voluminösen Batistnachthemd, doch sie fühlte sich nicht wohl; ihre Brüste waren fest umwickelt, um den Milchfluß zu unterbinden. Dr. Schlesinger, der Arzt der Familie, beachtete es nicht, wenn sie über ihren unbehaglichen Zustand klagte, und verordnete weiter Ruhe und leichte Nahrung. «Kein Gänseschmalz», sagte er schmunzelnd.

Trotz der Beschwerden versuchte Caroline, zu all ihren Besuchern freundlich zu sein, besonders zu Edu, über den sie sich häufig ärgerte. «*Ich* finde, sie ist schön», sagte sie. «Du magst einfach keine Babies!»

«Sie *wird* schön sein, sobald sie anfängt, ihrer Mutter zu ähneln», erwiderte Edu galant. Eine Wolke von Zigarrenrauch quoll aus seinen Nasenlöchern; er wartete darauf, daß Caroline ihm verzieh.

«Das Kind wird noch ersticken», brummte Hedwig, nahm Lene aus den Armen ihrer Mutter und rauschte mit ihr hinaus.

Caroline, die keineswegs besänftigt war, wußte nicht, was sie mit diesem Schwager reden sollte, der sich, obwohl erst zwanzig, das Air eines Mannes von Welt gab. Er war gerade von einem zweijährigen Aufenthalt in Amerika zurückgekehrt und hatte ein festes Urteil über alles und jedes. Aber auch er wußte im Augenblick nichts zu sagen. Er besaß noch nicht die nötige Ungezwungenheit im Gespräch mit Frauen und auch nicht die Gewandtheit, einen toten Punkt in der Unterhaltung mühelos zu überwinden. Er war geistreich und witzig, aber er brauchte ein männliches Gegenüber, um in bester Form zu sein; bei Frauen wurde sein Esprit allzu leicht zur Kränkung.

«Jetzt, da ich das kleine Monstrum bewundert habe, kann ich mich verabschieden», sagte er. Caroline lächelte ihm erleichtert zu. Sie hatte weder etwas für seinen Zigarrenrauch noch für seinen Humor übrig, und seine Selbstgefälligkeit empfand sie als beleidigend.

«Ich danke dir für deinen Besuch», sagte sie, seinen flüchtigen, pflichtschuldigen Kuß entgegennehmend. «Wir haben uns alle gefragt, ob du wohl in Amerika bleiben würdest.»

«Amerika ist nichts für mich», verkündete er großspurig. «Die Männer haben nicht *einen* kultivierten Knochen im Leib; sie könnten ebensogut mit Kriegsbemalung herumlaufen wie die Indianer. Und die Frauen! Alles alte Vetteln! Und Frauenrechtlerinnen», setzte er hinzu. Er war aufgestanden, um zu gehen, blieb aber einen Augenblick stehen – ein schlanker, gutaussehender Mann, in das Beste gekleidet, was englische Schneiderarbeit liefern konnte – und blickte sich im Zimmer um. Er sah, wie das Licht, das über die Mahagonimöbel glitt, den alten Teppich in einen üppigen, farbenfrohen orientalischen Garten verwandelte. Es war schön, wieder daheim in Deutschland zu sein, vor allem in Frankfurt, bei den Seinen.

Edu drückte die Zigarre in dem sauberen Marmoraschenbecher aus, der genau in der Mitte der Brokatdecke auf dem kleinen Tisch neben der Tür stand. «Laß es dir gutgehen», sagte er zu Caroline, die ihre Augen vor der eindringenden Sonne geschlossen hatte, «und grüße meinen Bruder Nathan von mir.»

«Wir sehen uns am Samstag», murmelte sie.

Er schloß behutsam die Tür. Es war niemand in der unteren Halle, um ihn hinauszulassen, und so nahm er selbst seine Melone vom Hutständer und hinterließ kein Trinkgeld für das unaufmerksame Hausmädchen. Er stieg die breiten Stufen vor dem Haus seines Bruders hinab, und sein Blick fiel auf den lila Flieder, der in duftender Fülle kaskadenartig über die Gartenmauer fiel, und die stattliche Kastanie, über der zarte, weiße Lämmerwolken im endlosen blauen Maienhimmel schwebten. Aber er sah auch, daß die geschwungene steinerne Balustrade gereinigt werden mußte und daß das Eisentor einen neuen Anstrich brauchte.

Edu war mit sich und der Welt zufrieden. Er beschloß, auf dem Heimweg einen Bummel durch den Palmengarten zu machen. Während er gemächlich dahinschlenderte, dachte er an die Zeit in New York, wo er im Bankhaus Kuhn, Loeb & Co. gelernt hatte. Für ihn war es eine Verbannung gewesen. Er hatte seine Arbeit gewissenhaft, ja sogar eifrig erledigt, aber es war ihm nicht gelungen, seine Einsamkeit zu überwinden. Die lärmenden Amerikaner, voller Optimismus und Naivität, hatten ihn eingeschüchtert. Er hatte keine Freunde gefunden. Und er war nicht, wie er gehofft hatte, von den besten amerikanischen Familien mit offenen Armen empfangen worden, obgleich sein Vater, Moritz Wertheim, sich seiner guten Beziehungen zu Jacob Schiff rühmte.

«Mein Großvater hat in der Judengasse direkt gegenüber von den Schiffs gewohnt», sagte Moritz jedesmal, wenn er an die Zeit im Judenviertel zurückdachte, «und die Familien waren eng befreundet. Alle Welt spricht über die Rothschilds, aber sie sind nicht die einzige bedeutende Familie, die aus dem Frankfurter Ghetto stammt. Sie sind die reichste, gewiß, aber auch einigen anderen von uns ist es nicht gerade schlecht ergangen.» An diesem Punkt angelangt, neigte er sich unweigerlich vornüber. Er hielt diese kleine Rede schon fast gewohnheitsmäßig jedem seiner Kinder und Enkel, sobald sie alt genug waren, ihn zu verstehen. «Und etwas darfst du nicht vergessen», pflegte er zu sagen. «Es gibt noch eine andere Art von Prestige – die alten Juden nannten es *jichus* –, und davon besaß unsere Familie sehr viel, selbst als wir noch nicht das Geld hatten.»

«Ich weiß», pflegte Edu seinem Vater zu antworten, aber die kleine Predigt umschwebte seinen Kopf wie die Dämpfe, mit denen seine Mutter Erkältungen kurierte – ein seltsam duftender Hauch der Vergangenheit, ohne Beziehung zu dem, was er als Gegenwart kannte.

«Es hat etwas mit Rechtschaffenheit und Tugend zu tun, mit Güte und Ehrfurcht vor denen, die Reichtümer des Geistes besitzen: Wissen und Gelehrsamkeit. Geh hin und lies – aber natürlich kannst du das nicht – die Worte auf den Grabsteinen des alten Friedhofs, dann wirst du wissen, was deine Vorfahren für so wichtig hielten, daß die Welt es erfahren und Gott nicht vergessen sollte.»

Daraufhin lehnte sich Moritz immer in seinem Stuhl zurück, und Edu machte ein ernstes Gesicht, denn er wußte, daß das von ihm erwartet wurde. Aber jetzt fragte er sich, warum er während seiner Lehrzeit so wenig von Jacob Schiff zu sehen bekommen hatte, wenn die Familienbeziehung so eng war, wie sein Vater behauptete. Nur ein einziges Mal war er zu einem Freitagabend-Essen eingeladen worden. Es hatte ihn, wie er seiner Familie berichtete, nicht sehr beeindruckt. Die Frömmigkeit stieß ihn ab. «Stellt euch vor, die Männer mußten Scheitelkäppchen tragen! In der heutigen Zeit!» Außerdem (und dies war, wie er zugab, nicht die Schuld von Jacob Schiff) wurde New York von einer Million oder mehr mittelloser Einwanderer überschwemmt, von denen viele, wenn nicht die meisten, Juden aus Osteuropa waren. «Ihr werdet schon sehen, was das für einen Antisemitismus in ihrer kostbaren Demokratie hervorrufen wird», sagte er, und seine Mutter, Hannchen, nickte. Sie stimmte immer mit Edu überein; er war der jüngste ihrer fünf Söhne und ihr erklärter Liebling.

Edu schlenderte zufrieden durch den Palmengarten, den er wegen seiner Vielfalt an heimischen und exotischen Pflanzen liebte. Er hatte seine Wege und Treibhäuser ausgekundschaftet, solange er denken konnte, hatte die Blumen und Kakteen, die tropischen Palmen und Orchideen genau untersucht und sogar ihre lateinischen Namen gelernt. Die Gärtner kannten und grüßten ihn. Obwohl sie im allgemeinen wortkarg waren, erklärten sie ihm sogar hin und wieder die Pflege einer besonders kostbaren Pflanze. Pflanzen zu züchten erschien Eduard Wertheim eine großartige und befriedigende Beschäftigung; die schwere Arbeit wurde mit Schönheit oder süßem Duft belohnt, und man brauchte dabei keine rührselige Zuneigung zu zeigen.

An dem Samstag nach Edus Besuch beim Baby traf sich die ganze Familie Wertheim nachmittags im Haus von Nathan und Caroline in der Guiollettstraße. Samstags kamen sie, wenn nichts anderes auf dem Programm stand, für gewöhnlich zum Tee zu Nathan. Der Sonntag gehörte unwiderruflich den Eltern, Hannchen und Moritz, einschließlich des Mittagessens um Punkt eins. Nathan, ein Rechtsanwalt, war der älteste Sohn und der gesetzteste, pedantisch und melancholisch und ein wenig eigenbrötlerisch. Er hielt seinen kleinen Spitzbart kurz, und die Enden seines Schnurrbarts waren ganz leicht gezwirbelt. Obwohl erst dreißig, war er fast kahl und sich dessen so peinlich bewußt, daß er sich nie ohne Hut photographieren ließ.

Der zweite Sohn, Siegmund, neunundzwanzig, arbeitete in der Wollgroßhandlung seines Vaters und galt als der gewandteste der ganzen Familie. Er war auch der sorgloseste, und er spielte Cello – wenn auch schlecht. Man hörte ihn häufig sagen, er hätte als Landedelmann geboren werden sollen, damit es ihm erspart geblieben wäre, jeden Tag zur Arbeit gehen zu müssen. Im Büro flirtete er mit den Sekretärinnen und gewann mit seinem Charme die Sympathien der Handlungsreisenden. Nie arbeitete er eine Minute länger als nötig. Sein Schwiegervater war sehr reich. Pauline, seine Frau, hatte, da sie in Luxus aufgewachsen war, schon früh einen Blick für Kleider und eine Vorliebe für üppige Gesellschaften entwickelt.

Gottfried, achtundzwanzig und unverheiratet, war seit seinem dritten Lebensjahr zu seinem guten Aussehen beglückwünscht worden, und obgleich alle erwartet hatten, daß er zu einem eitlen Mann heranwachsen würde, hatte doch niemand gedacht, daß Genußsucht und Hemmungslosigkeit eine so große Rolle in seinem Leben spielen und seiner Fähigkeit, wirkliche Freunde zu gewinnen, solch enge

Grenzen setzen würden. Gottfried arbeitete ebenfalls in der Firma seines Vaters und drängte ihn, größere Risiken einzugehen, als der alte Mann für klug hielt. Die Beziehung zwischen den beiden war keine sehr glückliche.

Der fünfundzwanzigjährige Jacob, wortkarg und intelligent, hatte nie zu hören bekommen, daß er gut aussehe. Vielmehr sah man in ihm das häßliche Entlein der Familie, aber er hatte schon als Kind entdeckt, daß sein Vater seine geistigen Gaben schätzte und ihretwegen gegen ihn nachsichtig war. Er hatte, wie seine Mutter es ausdrückte, «mehr Jahre, als ihm guttaten», auf der Universität verbracht, und er spielte im Amateurquartett seines Bruders Siegmund die zweite Geige.

Außer Gottfried trafen an diesem Sonnabendnachmittag alle Brüder pünktlich bei Nathan ein. Es war wieder ein herrlicher Frühlingstag, und Edu schwang eine Rede über sein Lieblingsthema: Er analysierte den amerikanischen Charakter und beschrieb die schlechten Lebensbedingungen im Armenviertel von New York. Nathan, der gerade von einem kurzen Aufenthalt in Berlin zurückgekehrt war, bemerkte dazu, daß auch dort die Einwanderung polnischer Juden zu einer Bedrohung würde.

«Dann können wir Gott danken, daß wir in Frankfurt leben.» In Jacobs Stimme lag ein Anflug von Sarkasmus.

«Sie werden auch hierher kommen», sagte Siegmund.

«Ich lag in New York nachts im Bett und stellte mir vor, daß ich wieder hier wäre, durch den Palmengarten ging oder mit der Straßenbahn nach Bockenheim fuhr. Um einzuschlafen, zählte ich im Geist der Reihe nach die Haltestellen auf.»

«Gab es denn *nichts* in New York, was dir gefallen hat?»

«Ich habe gelernt, unter Wilden zu überleben. Mir gefiel der Gedanke, Herr meines Schicksals zu sein.»

Die Männer saßen im Salon zusammen, während die Frauen im Wintergarten plauderten; er ging auf den Garten hinaus, der jetzt, auf dem Höhepunkt des Frühlings, eine überraschende Vielfalt von Grün zeigte – vom glänzenden Dunkel der Magnolien bis zu den federartigen, gelblichen Blättern der Linden. Und das alles wurde von zwei Rotbuchen und einer alten Kastanie überragt. Älter als das Haus, älter als irgend jemand, der jetzt lebte, hatten sie bereits auf diesem Stück Land gestanden, ehe die Stadtmauern niedergerissen wurden, ehe die Juden die engen Grenzen des Ghettos verlassen durften. Vielleicht standen sie sogar schon dort – natürlich noch zart und jung –, als Goethe seiner Geburtsstadt Lebewohl sagte.

Die Fenster des Wintergartens waren geöffnet, und die Frauen unterhielten sich angeregt, während die Kinder – Carolines Zwillinge, Ernst und Andreas; ihre Älteste, Emma; und Pauline Wertheims zwei Töchter, Jenny und Julia – unter den wachsamen Blicken von Fräulein Gründlich, der Erzieherin, auf den Kieswegen spielten. Lene schlief, vor Wind und Sonne geschützt, in ihrem Kinderwagen, die kleinen Hände trotz des milden Frühlingswetters in Fäustlingen aus rosa Wolle, ihr widerspenstiger schwarzer Haarschopf von einer dazu passenden rosa Mütze bedeckt.

Es war nicht ungewöhnlich, daß die Männer und Frauen getrennt zusammensaßen. Wenn die Familie beisammen war – *entre nous*, wie sie es nannten –, sprachen die Männer gern über ihre geschäftlichen Probleme, während die Frauen über die Dienstboten und die jüngsten Skandale im vornehmen Westen Frankfurts schwatzten. Obgleich sie alle gebildet und frei von Vorurteilen waren, sahen sie es doch als gegeben an, daß das Leben einer wohlhabenden bürgerlichen Familie von festen Grundsätzen und Regeln bestimmt wurde, die jedem seinen Platz zuteilten: Die Frauen hatten ihren Wirkungskreis und die Männer einen anderen; Kinder lebten in einer Art Niemandsland («man sieht sie, aber man hört sie nicht»); und Dienstboten gehörten zum «ungewaschenen Volk». Hannchen Wertheim inspizierte persönlich jeden Morgen die Fingernägel ihrer Mädchen und schnupperte diskret an der Kleidung der Dienstboten. Nur Jacob, den das endlose Gerede der Männer über Geschäfte langweilte, sowie Carolines Schwester, Eva Süßkind, stellten gelegentlich die Unveränderlichkeit der gesellschaftlichen Ordnung in Frage. Eva war neunzehn und wollte studieren oder arbeiten; keinesfalls wollte sie heiraten. Sie hatte «fortschrittliche» Ansichten, und man nahm an, daß der frühzeitige Tod ihrer Mutter und ihr eigenes herbes Gemüt gleichermaßen zu ihren unkonventionellen Anschauungen beigetragen hatten. Hannchen war überzeugt, daß sie sich weniger schroff geben würde, wenn sie hübscher wäre, aber Caroline wußte, daß das Wesen ihrer Schwester, nicht ihr Gesicht, für ihre unabhängige Art und Weise verantwortlich war. Manchmal hatte sie den vagen und flüchtigen Wunsch, selbst etwas von Evas Zielstrebigkeit zu besitzen.

Die Süßkinds waren von niedrigerer Herkunft als die Wertheims. (Und zwar – so sah es Moritz –, weil sie noch nicht lange in der kultivierten Atmosphäre Frankfurts lebten.)

Carolines Vater war Drogist. Er war erfolgreich, das war nicht zu leugnen, aber sein Laden und seine Wohnung lagen in der Grünen Straße, nahe dem Zoo, im schrecklich ungepflegten Osten der Stadt. Er stammte aus einem kleinen Dorf in der Nähe von Mainz und war schon als junger Mann nach Frankfurt gekommen. Seine Angehörigen waren einfache und fromme Landjuden, die schlammbespritzte Stiefel trugen und alle in einem Raum schliefen – zweifellos zusammen mit den Hühnern! Gewiß, Süßkind war ehrgeizig, und er hatte sich hochgearbeitet. Er war entschlossen, seinen ältesten Sohn, Jonas, auf die medizinische Fakultät zu schikken, und Elias, der jüngere, sollte an der Freiburger Universität Kunstgeschichte studieren. Elias und Edu waren Schulfreunde gewesen, und die meisten Klagebriefe des heimwehkranken jungen Lehrlings in Amerika waren an Elias gerichtet.

Hannchen Wertheim war mit ihrem Charme und Esprit wie immer der Mittelpunkt der Runde, die sich an diesem Samstag im Wintergarten versammelt hatte. Es kümmerte sie dabei nicht im geringsten, daß es das Haus ihres Sohnes und nicht ihr eigenes war. Sie beherrschte das Gespräch überall, selbst das der Männer, und hatte schon so manches Ladenmädchen zum Weinen gebracht und zahllose Händler in Angst und Schrecken versetzt. Sie war sehr stolz – stolz, mit einem guten und erfolgreichen Mann verheiratet, stolz, die Mutter von fünf Söhnen, stolz, eine Bürgerin von Frankfurt am Main zu sein. Sie verkündete ihr Urteil über alles, selbst über ihre Söhne, und verhehlte nie, wer ihr Liebling war oder wer ihr mißfiel. Daß ihre Ehe mit Moritz eine glückliche war, stand außer Zweifel; auch das ließ sie alle wissen. Moritz vergötterte sie und schrieb ihr all das Gute zu, das in der Familie geschah. Wenn irgend etwas danebenging, so geschah es, weil Hannchen dabei nicht ihre Hand im Spiel gehabt hatte. Sie war eine stämmige Frau, gutaussehend, aber nicht schön, einen Kopf größer als ihr Mann, und sie ging an einem Ebenholzstock, den sie eigentlich gar nicht benötigte. Sie war in Bockenheim, damals ein kleiner Ort westlich von Frankfurt, geboren, wo ihre Familie eine kleine Möbelfabrik besaß. Ihr Vater hatte schon als junger Mann die frommen Bräuche aufgegeben, aber Hannchen versäumte es nie, an den hohen Feiertagen in die Synagoge zu gehen oder am Todestag ihrer Eltern eine Spende zu schikken.

Moritz war geborener Frankfurter. Seine Familie war schon im frühen siebzehnten Jahrhundert in der Judengasse der Altstadt ansässig gewesen, und er kannte sich in der Geschichte ihrer Bewohner und der Topographie ihrer alten Behausungen ebenso gut aus wie im Textilgeschäft. Er sagte allen, die es hören wollten, oft und mit großem Vergnügen, daß mehr Juden als Christen ihre Wurzeln bis ins Frankfurt von 1500 zurückverfolgen konnten. Jetzt, da er kurz davorstand, sich zur Ruhe zu setzen, und ein wenig leidend war, ging er den Leuten mit diesem Thema oft auf die Nerven, und viele seiner Bekannten, vor allem die Nichtjuden, fingen an, ihn zu meiden. Obwohl ziemlich klein, war er immer noch eine eindrucksvolle Erscheinung mit seinem großen Kopf mit dem schneeweißen Haar, dem altmodischen Schnurrbart und dem Backenbart. Er war halsstarrig in seiner Abneigung gegen die Preußen, die 1866 als Eroberer in Frankfurt einmarschiert waren, und gerecht mit seinen Söhnen. Jacob stand seinem Herzen am nächsten, schien am meisten dazu geeignet, die geheiligte Tradition von Bildung und Gelehrsamkeit wiederaufleben zu lassen, die in dem hartnäckigen Kampf, aus dem Ghetto in eine führende Stellung in Frankfurts Kaufmannschaft aufzusteigen, verlorengegangen war. Diese Handelswelt war in der Tat bedeutend, denn Frankfurt hatte eine lange kaufmännische Tradition, auf die Goethe allerdings mit all der Geringschätzung herabgesehen hatte, deren sein Genie fähig war.

Moritz hatte für Jacob einen Treuhandfonds errichtet, für den Fall, daß er eines Tages außerstande sein sollte, sich einen angemessenen Lebensunterhalt zu verdienen. Seine Chancen, einen Ruf an eine Universität zu bekommen, waren zweifellos gering; man mußte immer noch zum Christentum übertreten, um für annehmbar befunden zu werden, und bei Jacobs störrischem Stolz war es höchst unwahrscheinlich, daß er sich zu solch einem Schritt entschließen würde. Seine Brüder hatten keinen Einwand gegen dieses Arrangement erhoben, obgleich sie gegen Jacob äußerst kritisch waren. Vor allem Edu ließ sich keine Gelegenheit entgehen, ihn wegen seiner nachlässigen Art, sich zu kleiden, und seines ungeregelten Lebens herunterzuputzen. Aber er konnte nie lange ärgerlich bleiben, denn Jacob war großzügig und gutmütig, und er amüsierte sie mit seinem Talent zur Pantomime.

«Einen unnützen Intellektuellen zum Sohn zu haben verleiht der Familie einen gewissen Cachet», sagte Moritz an diesem Nachmittag im Salon in einer Wolke von blauem Rauch. Und dann setzte er mit gedämpfter Stimme und erhobenem Zeigefinger hinzu: «Es ist sehr viel besser, als ein schwarzes Schaf zu haben, einen Homosexuellen oder einen Dieb, den man in die Tropen schicken muß. Wie ihr euch vielleicht erinnert, erwähnt sogar die Haggadah den ‹schlechten› Sohn. Es gibt ihn in zahlreichen angesehenen jüdischen Familien.»

In diesem Augenblick öffnete sich wie auf ein Stichwort die Tür, und Gottfried trat ein. Er trug eine Blume im Knopfloch und strömte einen starken Geruch von Haarwasser aus.

«Puh!» Edu schnitt eine Grimasse.

«Wir haben gerade über dich gesprochen», sagte Jacob, dem strengen Blick seines Vaters ausweichend.

«Sicher nicht sehr freundlich», erwiderte Gottfried. «Verzeih, daß ich zu spät komme», sagte er, an Nathan gewandt, «aber der Friseur hat mich warten lassen. Er sagte, es sei nicht seine Schuld, er habe den französischen Kulturattaché rasieren müssen. Habe ich viele von Edus Geschichten über Amerika versäumt?»

«Er beklagt sich über New Yorks Elendsviertel», sagte Siegmund, «und glaubt, die Neger könnten unruhig werden.»

«Ich würde lieber etwas über die besseren Leute hören», bemerkte Gottfried, sich an Edu wendend. «Hast du denn keinen Kuhn oder Loeb kennengelernt?»

Edu errötete zornig.

«Laß den armen Jungen in Ruhe», sagte Moritz, «und geh deine Mutter begrüßen.»

Als Gottfried hereinkam, sprachen die Frauen gerade über Hannchens Hausmädchen. «Was, sie ist schon *wieder* schwanger?» fragte Pauline ungläubig.

«Ich konnte es auch kaum glauben», erwiderte Hannchen. «Stell dir vor, zum drittenmal! Gott sei Dank sind die ersten zwei gestorben.»

«Hat sie nicht versucht, es abzutreiben?» fragte Caroline zögernd. Sie hatte immer ein behütetes Leben geführt, und das Wort «abtreiben» machte sie schaudern. Es beschwor schreckliche Bilder herauf – von armen Leuten in düsteren Zimmern, in denen es nach Kohl und Desinfektionsmitteln roch. Schmutzige alte Frauen gingen dort mit Stricknadeln ihrer grauenvollen Arbeit nach. Ein Wunder, daß nicht noch mehr ihrer Opfer starben.

«Sie *hat* das erste abgetrieben», sagte Hannchen, «und ist tagelang nicht zur Arbeit gekommen. Als sie schließlich eintraf, blaß wie der Tod, blutete sie immer noch, und ich mußte Dr. Schlesinger rufen. Zum Glück kam er sofort. Das zweite Baby war eine Frühgeburt und hat nur ein paar Stunden gelebt. Sie hat monatelang darüber gejammert, ohne mir je zu sagen, was wirklich geschehen ist.»

«Ich kann meine Mädchen auch nicht dazu bringen, über ihr Privatleben zu sprechen», bemerkte Pauline, der noch nie zuvor in den Sinn gekommen war, daß Dienstmädchen ein Privatleben haben könnten.

«Sie glauben, wir wollen uns in ihre Angelegenheiten mischen», sagte Caroline.

«Wo wir doch nur versuchen, ihnen zu helfen», mischte sich Gottfried ein, der im Türrahmen gestanden und das Gespräch mitangehört hatte.

«Mach dich nicht über uns lustig», sagte Hannchen.

«Keine Sorge», erwiderte Gottfried, «du kannst sicher sein, daß die sogenannten Christen ihre Hausangestellten sehr viel schlechter behandeln als wir.»

Hannchens Schwester Berthe, die so klein und dick war, daß man ihr den Spitznamen Queen Victoria gegeben hatte, betupfte sich den Mund mit einer Leinenserviette – die sie selbst zu Carolines Hochzeit umsäumt und mit Initialen bestickt hatte – und sagte: «Mir scheint, daß wir von nichts anderem als von Dienstboten reden.» Sie war eine alte Jungfer und konnte sich nur stundenweise eine Reinmachefrau leisten.

Es war dunkler geworden im Wintergarten, der Tag ging langsam in Dämmerung über, das Grün des Gartens verblaßte zu einem fahlen Violett; die Kinder waren längst wieder im Kinderzimmer.

«Ich glaube, es ist Zeit, daß wir uns zu den Männern gesellen», sagte Caroline, und sie gingen in den Salon.

Gottfried sah auf seine Taschenuhr. «Ich muß gehen», sagte er. Er schüttelte seinem Vater die Hand und küßte seine Mutter pflichtschuldig auf die Stirn.

«Kannst es nicht erwarten, von uns wegzukommen?» fragte Moritz wie jedesmal, wenn Gottfried davoneilte.

«Ich komme zu spät zu einer Verabredung», war die stets gleichlautende Antwort.

«Ich weiß nicht, warum er sich die Mühe macht, überhaupt zu erscheinen», bemerkte Edu, nachdem die Tür hinter seinem Bruder zugeschlagen war.

«Ich war heute in der Buchhandlung», berichtete Pauline der Gesellschaft im allgemeinen, «und habe entdeckt, daß eine deutsche Übersetzung von *The Picture of Dorian Gray* erschienen ist . . .»

«Ich bin überrascht, daß man es genehmigt hat», sagte Berthe.

«Natürlich habe ich es in Englisch gelesen», fuhr Pauline fort, «aber ich habe einen Blick auf die Übersetzung geworfen und fand sie recht gut. Ich kann das Buch sehr empfehlen. Es ist außerordentlich originell.»

«Der Mann ist ins Gefängnis gesperrt worden», sagte Berthe.

«Worüber redet ihr eigentlich?» fragte Hannchen ein wenig verärgert. Sie sah es nicht gern, wenn ihre Schwester die Unterhaltung beherrschte.

«Er war ein moralisch entarteter Mensch», erklärte Berthe selbstgerecht.

«Hast du noch andere kulturelle Neuigkeiten für uns?» fragte Moritz Wertheim seine Schwiegertochter Pauline.

«Ich habe gehört, das Städel-Museum bemüht sich um Gelder, um einen großen Rembrandt aus einer Wiener Sammlung zu erwerben.»

«Das ist die Chance für dich», sagte Jacob. «Wenn du dem Städel das Geld gibst, sicherst du dir den Aufstieg in den Olymp der Kultur und gleichzeitig wirst du in die ersten Kreise aufgenommen.»

«Hatten die Schiffs gute Gemälde?» fragte Hannchen, an Edu gewandt.

«An dem Abend, als ich dort war, war es so dunkel, daß ich nicht richtig sehen konnte, was sie an den Wänden hängen hatten», erwiderte er. «Die Möbel waren gediegen, die Bilder vermutlich auch.»

«Sicherlich hat man doch in Amerika nicht viel Sinn für große Kunstwerke?» bemerkte Jacob ironisch.

«Groß, groß, groß», schnaubte sein Vater verächtlich. «Edu sagt, sie interessieren sich dort drüben nur für Quantität.»

An den Wänden von Moritz' und Hannchens großem und stattlichem Haus in der Neuen Mainzer Straße hingen zahlreiche Kopien von Gemälden alter Meister, deren Originale man jenseits des Mains in den Sälen des Städel-Museums sehen konnte.

«Ich rate dir, zu dem Fonds für den Ankauf von ‹Samson und Delila› beizusteuern», sagte Edu.

«Woher weißt du , um welches Bild es geht?» fragte Pauline, gekränkt, daß er über Informationen verfügte, die ihr vorenthalten worden waren.

«Ich habe meine Quellen», erwiderte er mit einem huldvollen Lächeln.

«Die neuen Arbeiten, die von den Künstlern der Berliner Sezession ausgestellt werden, sollen absolut phantastisch sein», sagte Pauline rasch und war hoch erfreut zu sehen, daß sie das letzte Wort in der Angelegenheit hatte. Edu nahm sich vor, Elias nach diesen Bildern zu fragen.

Ein letzter goldener Sonnenstrahl, der aus den dunklen Wolken am Horizont hervorbrach, durchflutete das Zimmer. Er glitt über die Glastüren der Vitrine und ließ die silbernen Gegenstände darin einen Augenblick lang aufblitzen. Ehe er hinter der hohen, vom Flieder überwucherten Mauer verschwand, traf sein glühendes Licht auf den Teerosenstrauß, der in einer schlanken Kristallvase auf dem Flügel stand.

Caroline, die allein auf dem Ecksofa saß, empfand diesen Augenblick als «magisch». Sie ließ sich gern von solch kleinen farbenfrohen Details fesseln. Sie gaben ihr das Gefühl, so etwas wie eine Künstlerin zu sein.

«Die Tage werden länger», sagte Hannchen und fuhr dann ohne Zusammenhang fort: «Ich lese gerade *Die Buddenbrooks* von Thomas Mann.» Sie seufzte. «Es ist sehr lang, wie Romane eben so sind.»

«Nicht länger als *Krieg und Frieden*», sagte Jacob, «und auch nicht ganz so gut.»

«Er verrät alle Familiengeheimnisse», sagte Berthe, stolz, den Roman schon bei seinem ersten Erscheinen vor zwei Jahren gelesen zu haben. «Das Buch hat ganz Lübeck in Aufruhr versetzt.»

«Ich bin Thomas Mann einmal in München begegnet», sagte Pauline mit Genugtuung, «auf einem Kostümfest.»

Die alte Biedermeieruhr schlug sechs, und Moritz holte seine Taschenuhr heraus, um sich zu vergewissern, daß die beiden Zeitmesser übereinstimmten. Siegmund und Jacob gähnten, fast unisono. Es blieb noch viel Zeit bis zum Abendessen, und ein paar Minuten lang schwiegen alle, jeder mit seinen eigenen Gedanken beschäftigt.

Hannchen dachte an die ruhigen, friedlichen Sabbatnachmittage in ihrem Elternhaus. Sie hatte nie wieder dergleichen erlebt. Jetzt gab es Sorgen und Ablenkungen, verborgene Strömungen von Bitterkeit. Ihre Gedanken schweiften nie weit vom Thema Gottfried ab – er würde bestimmt in Schwierigkeiten geraten. Sie erinnerte sich an den ersten Zwischenfall, der ihre Befürchtungen hinsichtlich seines Charakters bestätigt hatte. Er hatte eine Goldmünze aus dem Portemonnaie des Kindermädchens gestohlen. Moritz hatte ihn natürlich bestraft. Er hatte ihm eine gehörige Tracht Prügel verabreicht und ihm befohlen, die Münze zurückzugeben und sich zu entschuldigen. Gottfried tat das widerwillig, denn er wußte genau, daß man ihm nicht verzeihen würde. Kinder aus gutem Hause bestahlen einfach keine Dienstboten.

Es war plötzlich dunkel geworden; Hannchen konnte in den Ecken des Zimmers nichts mehr erkennen. Vielleicht irrte sie sich, und alles würde gut ausgehen. Sie zog es vor, unangenehme Gedanken zu verscheuchen. Es war besser, an erfreuliche Dinge zu denken. Wo sollten sie zum Beispiel ihre Sommerferien verbringen? Es gab so viele hübsche Orte, die Welt wurde mit jedem Tag leichter zugänglich.

«Macht doch um Himmels willen Licht!» sagte Moritz, und dann fingen sie alle langsam an, sich zu verabschieden.

Gottfried war froh, daß er sich so früh aus dem Staub gemacht hatte. Der Abend war schön, die Luft mild – wenn nur seine eigenen Gefühle der Jahreszeit entsprochen hätten! Er war zornig, ohne zu wissen, warum. Die friedliche Atmosphäre der Stadt störte ihn. Er fand sie erstickend, selbstzufrieden, eine Stadt voll bourgeoiser Tugend – und Laster. Kein Wunder, daß seine Familie sie liebte! Den ganzen Nachmittag hatte er sich ihre Loblieder anhören müssen, die gut zu Edus abschätzigen Bemerkungen über New York paßten. Wie lächerlich froh sein Bruder war, wieder «zu Hause» zu sein. Warum hatte man statt dessen nicht ihn geschickt? Er hätte Amerika im Sturm erobert, hätte es mit seinen eigenen Waffen geschlagen. Edu hatte nicht den Charakter, den man brauchte, um in jenem Land der unbegrenzten Möglichkeiten erfolgreich zu sein. Man mußte ein Spieler sein – dessen war Gottfried sicher –, um New York zu erobern. Nur ein Dummkopf konnte glauben, daß die Zukunft *hier* lag.

Er ging schnell durch die zunehmende Dunkelheit, ohne auf den Weg zu achten, den er gut kannte. Deshalb bemerkte er die zwei Männer nicht, die sich ihm auf dem Bürgersteig näherten, bis sie plötzlich unmittelbar vor ihm auftauchten. Er sah sie zu spät und stieß mit dem kleineren der beiden zusammen. «Verzeihung», sagte Gottfried, aber sie versperrten ihm den Weg, und er mußte sie ansehen. Natürlich waren sie betrunken. Sie standen in der Nähe einer Straßenlaterne, die gerade angegangen war. «Saujud!» sagte der größere, und der andere wiederholte: «Saujud!»

«Was?» sagte Gottfried gedehnt. Er war auf die feindselige Haltung der Männer nicht vorbereitet. Sie hoben die Fäuste – zwei ehrbare Bürger mit steifen Filzhüten und gutgeschnittenen Anzügen, die Augen glasig vom Alkohol. «Du hast uns genau verstanden», sagte der kleinere, und da lief Gottfried los. Er machte sich einfach davon und rannte den Rest des Weges nach Hause – wie ein kleiner Junge, der sich vor Angst in die Hosen macht, sagte er sich, als er die Haustür hinter sich schloß. Er schämte sich. In Wirklichkeit war nichts geschehen, man hatte ihm lediglich ein häßliches Wort ins Gesicht geschleudert; so etwas passierte häufig. Ihm war das bisher noch nie widerfahren, aber er wußte, das war bloßer Zufall. Warum schämte er sich so? Er war in Schweiß gebadet, und seine Knie zitterten. Sobald er in seiner Wohnung war, ließ er heißes Wasser in die Wanne laufen. Er schenkte sich einen Cognac ein und saß lange in dem warmen Bad, bemüht, an nichts zu denken.

DIE KUTSCHE holte Moritz und Hannchen pünktlich um halb sieben ab. «Komm», sagte Hannchen zu Berthe. *«Vite, vite!»* Sie hatte es eilig, nach Hause zu kommen, und ließ ihre Ungeduld an der kleinen, dicken Frau aus, die sich dafür nur um so länger und umständlicher von der übrigen Familie verabschiedete. Als sie schließlich im Wagen saßen, gab jeder von ihnen Laute der Billigung, des Behagens und der Müdigkeit von sich.

«Wir müssen unbedingt ein Automobil haben», sagte Hannchen und legte Moritz die Hand aufs Knie, während das Pferd in flottem Tempo durch die Straßen trabte, vorbei an der Oper, am Reiterdenkmal Wilhelms I. und den Trauerbuchen in den Anlagen, dem anmutigen Park im englischen Stil, der einen grünen Gürtel um die Altstadt bildete.

«Vergeßt *mich* nicht!» sagte Berthe, die nur ein paar Ecken weiter nach Norden wohnte und nicht einsehen konnte, weshalb sie nie zuerst abgesetzt wurde.

«Bruno weiß Bescheid», erwiderte Moritz mit einer Kopfbewegung in Richtung des Kutschers. «Er fährt dich heim, sobald er uns nach Hause gebracht hat. Hast du es denn besonders eilig?»

«Nein, nein», sagte Berthe, die auf die Gefälligkeiten anderer angewiesen war.

«Mathilde Rothschild hat eins», sagte Hannchen.

«Ein was?» fragte Moritz.

«Ein Automobil. Du hast selbst gesagt, daß der Tag kommen wird, wo niemand mehr einen Pferdewagen benutzt.»

«Was ich sage und was ich meine, ist nicht immer das gleiche.»

«Es wäre ein schönes Geburtstagsgeschenk», sagte Hannchen im Flüsterton. Sie wollte nicht, daß Bruno sie hörte.

Das Haus der Wertheims in der Neuen Mainzer Straße stammte aus den dreißiger Jahren des neunzehnten Jahrhunderts. Sein schlichter, fast strenger klassischer Stil wurde jetzt, da eine eklektischere und prunkhaftere Architektur in Mode gekommen war, als altmodisch angesehen, aber es gefiel Hannchen und Moritz. Es war ein sehr großes Haus. Als sie es 1878 kauften, verkörperte es das Äußerste an Vornehmheit und eine Pracht, die sich Moritz' Großvater, der Galanteriewaren in der Judengasse verkauft hatte, nie für einen seiner Nachkommen hätte vorstellen können.

Sie hatten hier ihre fünf Söhne großgezogen, und Edu wohnte immer noch in einem geschmackvoll «modernen» Appartement im zweiten Stock. (Die anderen Räume waren vor einigen Jahren in dem damals vorherrschenden düsteren und überladenen victorianischen Stil neu ausgestattet worden.) Der weitläufige Garten hinter dem Haus hatte eine ausgedehnte grüne samtige Rasenfläche, auf der manchmal Krocket gespielt wurde. Der Rasen konnte sich zwar an Größe nicht mit dem der Rothschilds messen, aber der Gärtner schwor, daß er ihm in der Beschaffenheit nicht nachstand.

Moritz fand es töricht, mit den Rothschilds zu wetteifern, aber er ließ Hannchen das Vergnügen – in Grenzen. Er würde ihr vielleicht wirklich das Auto kaufen, dachte er bei sich, falls man Bruno beibringen konnte, es zu fahren.

Edu hatte seine Eltern nicht nach Hause begleitet; er wollte mit Nathan unter vier Augen sprechen. «Laß uns in deinem Arbeitszimmer einen Cognac trinken», sagte er.

Siegmund und Pauline, die die Kinder schon lange vor Einbruch der Dunkelheit mit ihrer englischen Gouvernante heimgeschickt hatten, waren gerade im Begriff, sich zu verabschieden. «Pauline braucht viel Ruhe», sagte Siegmund. «Sie ist nämlich wieder *enceinte.*»

«Zum drittenmal», murmelte Jacob.

«Nach zwei Mädchen wird es diesmal vielleicht ein Junge.»

«Ich wollte sagen, du hast uns die gute Neuigkeit heute schon zum drittenmal erzählt», sagte Jacob.

«Eine gute Neuigkeit kann getrost wiederholt werden», sagte Caroline, der die Wortgeplänkel ihrer Schwäger immer Unbehagen verursachten. Die Atmosphäre in ihrer Familie hatte sich durch große Zurückhaltung ausgezeichnet – zweifellos eine Reaktion auf den Tod ihrer Mutter. Als seine Frau mit achtundvierzig an Brustkrebs starb, hatte sich Benedict Süßkind konsequent bemüht, seine Kinder ohne die Hilfe einer ständigen Haushälterin oder – Gott behüte – einer zweiten Frau zu versorgen. Sie wurden eine eng verbundene Familie, aber es erforderte Geduld und Nachsicht von seiten aller. Benedict ermahnte seine Kinder ständig, freundlich zueinander zu sein und böse Worte und zornige Erwiderungen hinunterzuschlucken.

Die Sippe der Wertheims hatte keinen Grund, sich eine solche Zurückhaltung aufzuerlegen. Von Anfang an standen sie in lebhaftem Wettstreit miteinander und hielten es nur vor Außenseitern für notwendig, sich würdevoll und einig zu zeigen. Die Jungen wurden angehalten, nicht nach Art der Ostjuden mit den Händen zu reden, und man bemühte sich sehr, ihnen Hochdeutsch beizubringen und jeden Anflug des vulgären Frankfurter Dialekts zu vermeiden. Dabei hatte Moritz jedoch einen schlechten Einfluß, denn alle seine Lieblingswitze und -geschichten mußten im typischen Tonfall der Frankfurter erzählt werden.

Sobald Siegmund und Pauline fort waren, eilte Caroline nach oben, um nach dem Baby und den Zwillingen, Ernst und Andreas, zu sehen. Jacob folgte dicht hinter ihr, denn die dreijährige Emma hatte ihn gebeten, ihr gute Nacht zu sagen. Sie war ein dunkeläugiges kleines Mädchen mit einem hübschen, runden Gesicht, das von Korkenzieherlokken eingerahmt wurde. Der melancholische Gesichtsausdruck, den sie von ihrem Vater geerbt hatte, machte sie, wie Jacob meinte, viel zu ernst für ein Kind ihres Alters.

«Wie geht es meinem kleinen Liebling?» fragte er.

«Ich wußte, daß du kommen würdest», flüsterte Emma.

Jacob küßte sie.

«Gib meiner Puppe auch einen Kuß», bat sie, und er tat es.

«Versprichst du mir, daß du morgen früh lächelnd aufstehn wirst?» sagte er.

«Wenn du mir eine Geschichte vorliest.»

«Jetzt?»

Sie nickte.

«Es ist spät.»

«Dann werde ich morgen nicht lächeln.»

Jacob drehte das Licht höher und nahm den Struwwelpeter aus dem Regal. «Welche Geschichte soll ich vorlesen?» fragte er. «Die von Paulinchen, das mit den Streichhölzern gespielt hat und ganz und gar verbrannte?»

Bevor er zu der Stelle kam, wo die zwei Katzen über der Asche des kleinen Mädchens weinen, war Emma fest eingeschlafen.

Als Caroline ins Kinderzimmer schaute, gab Hedwig dem Baby gerade die Flasche. Lene fuchtelte zufrieden mit den kleinen rosa Händchen in der Luft, während sie mit aller

Kraft an dem Sauger zog. «Hoffentlich ist ihr nicht kalt», sagte Caroline und berührte sanft einen der nackten kleinen Füße. Die Kinderfrau warf ihr einen vernichtenden Blick zu. Carolines Brüste schmerzten immer noch, und sie fragte sich zum hundertstenmal, warum sowohl die Ärzte als auch die anderen Frauen ihrer Gesellschaftsklasse es nicht für richtig hielten, daß man sein Kind selbst nährte. Sie spürte, daß sie ebensosehr eine Gefangene ihrer Stellung im Leben war wie diejenigen, die weniger vom Glück begünstigt waren als sie.

Hedwig legte das Baby an ihre Schulter, um es aufstoßen zu lassen, und klopfte ihm sanft den Rücken.

«Sie sieht *wirklich* wie ein Äffchen aus», murmelte Caroline, während sie zusah, wie das rote, faltige Gesicht mit dem widerspenstigen Haarschopf schläfrig auf die Schulter der Kinderfrau sank.

«Wie bitte?» fragte Hedwig.

«Sie ist ein süßes, dickes Baby», sagte Caroline.

Die Jungen schliefen fest in ihrem Zimmer: Ernst hielt einen Teddybär umklammert, während Andreas an einem Zipfel seiner Decke nuckelte.

Als Caroline wieder herunterkam, wartete Jacob in der Halle auf sie. «Ich möchte mich verabschieden», sagte er. «Deine Tochter und ich hatten ein sehr nettes kleines Tête-à-tête.»

«Sie ist immer so blaß», sagte Caroline, «und obgleich ihr Gesicht rund ist – das hat sie von meiner Familie –, ist sie sehr zart. Ich mache mir Sorgen um sie.»

Caroline fand, daß Jacob der verständnisvollste ihrer Schwäger war. Er war der einzige, der bereit war, die sanfte Seite seines Charakters zu zeigen. Aber er war auch in mancher Hinsicht der zurückhaltendste; wenn ein gewisser Punkt erreicht war, pflegte er wie ein Geist zu verschwinden.

«Ich muß gehen», sagte er. «Grüß Nathan und Edu von mir. Sag ihnen, ich weiß, daß sie vertrauliche Dinge besprechen.»

«Wo sind sie?»

«Im Arbeitszimmer.»

Er küßte Caroline leicht auf die Wange und ging hinaus, kam aber nach einer Minute zurück, weil er seinen Hut vergessen hatte.

Caroline ging wieder nach oben in ihr Wohnzimmer, um sich auszuruhen. Sie war müde und wollte nicht über Emma nachdenken. Fräulein Gründlich betreute die Kinder sehr gewissenhaft, und es bestand in Wirklichkeit kein Grund zur Sorge, selbst wenn Emma schlecht aß. Dr. Schlesinger sagte, sie sei eines jener Kinder, die zwar zart, aber auch sehr robust waren. Caroline zog das Kleid aus und legte sich auf die Chaiselongue. Es war dunkel und behaglich im Zimmer; das Fenster stand offen, und sie konnte den Flieder riechen. Eine Mattigkeit überfiel sie, die weit größer war als bloße Erschöpfung. Plötzlich schien ihr, als liebte sie ihre Kinder nicht wirklich, als sei sie im tiefsten Grunde ihres Herzens eine kalte und gefühllose Frau. Jene «magischen» Augenblicke, die sie bewegten und ergriffen, waren selten ein Ausdruck von Liebe – es sei denn jener Liebe, wie Narziß sie empfand, als er im Wasser sein Spiegelbild erblickte. Diese Magie wurde hervorgerufen von der Harmonie lebloser Dinge, von Licht, von Farben, unabhängig von menschlichen Gefühlen. Wäre sie eine echte Künstlerin gewesen, hätte man ihr vielleicht verziehen, daß sie nur darauf reagierte, aber das war sie nicht. Sie hatte etwas Talent, ihr Skizzenbuch war angefüllt mit reizenden kleinen Aquarellen, aber – was hatte das schon zu bedeuten? Sie würde künftig ein wenig angestrengter arbeiten, sagte sie sich, während Schläfrigkeit ihre Gedanken zu verwirren begann. Sie hatte bereits vergessen, daß sie noch einen Augenblick zuvor ein Gefühl der Leere empfunden hatte.

Edu und Nathan saßen einander gegenüber in dem behaglich eingerichteten Arbeitszimmer, das Nathan als Büro diente. Hannchen hatte die Möbel ausgesucht, zu denen unter anderem ein wahrhaft imposanter Schreibtisch gehörte. Die Platte war mit Maroquin eingelegt, und die Schubladen waren mit Messingbeschlägen verziert. Nathan, dessen Anwaltspraxis nicht seiner fürstlichen Umgebung entsprach, saß am Schreibtisch und spielte mit einem Brieföffner.

«Du wirkst nervös», sagte Edu, der mit seinen zwanzig Jahren älter aussah, als er war. Sein Gesicht war, abgesehen von dem säuberlich gestutzten Schnurrbart, glatt rasiert, sein leicht gewelltes Haar sorgfältig gekämmt. Er ähnelte Nathan und auch seinen anderen Brüdern in der geraden, straffen Linie seines Mundes, den leicht herabhängenden Augenlidern und den markant gezeichneten Brauen. Der verschleierte Blick, den ihm die herabhängenden Lider verliehen, ließ ihn in sich gekehrt erscheinen und erweckte bei seinen Gesprächspartnern oft den Eindruck, daß er nicht bei der Sache war, während er in Wirklichkeit jede Einzelheit wahrnahm. Nathan hingegen schien unter den gleichen Lidern wie aus großer und unergründlicher Tiefe hervorzublicken. Er erfaßte weniger die Einzelheiten als vielmehr die Logik dahinter; oft schwieg er lange Zeit, um dann ganz plötzlich eine überraschende gedankliche Verbindung herzustellen. Er besaß weder Edus Eleganz noch Siegmunds Charme, Gottfrieds Eigenwillen oder Jacobs Intelligenz. Es war nicht leicht, ihn zu charakterisieren. Vielleicht lag das daran, daß er der Erstgeborene war, derjenige, über den seine Eltern mehr gewacht hatten als über die anderen.

«Ich bin nicht nervös», sagte Nathan. «Worüber willst du mit mir sprechen?»

«Wie du weißt, werde ich am Montag mit der Arbeit bei Wertheim und Söhne beginnen – das heißt, offiziell», erklärte Edu ein wenig hochtrabend. «Inoffiziell mache ich mich dort schon seit einiger Zeit mit den Geschäftsvorgängen vertraut. Ich habe einiges gelernt in New York.»

«Und das willst du hier anwenden?» Nathan überrumpelte seinen Bruder. Eigentlich hatte Edu die Absicht gehabt, langsamer vorzugehen.

«Ja, natürlich.»

«Warum sagst du das mir? Sprich mit Papa.»

«Ich glaube, es gibt Probleme . . .» Nathan schwieg, und so fuhr Edu fort: «Offengestanden, sie betreffen Gottfried.»

«Er ist nachlässig und gedankenlos. Das ist nichts Neues.»

«Er erhält seinen Anteil am Gewinn, also muß er auch das Seine dazu beitragen.»

«Was gedenkst du zu tun?»

«Wir müssen uns reorganisieren – langsam und vorsichtig, aber von Grund auf und umfassend.»

«Ich weiß immer noch nicht, weshalb du zu *mir* gekommen bist. Hast du die Absicht, vor Gericht zu gehen? Willst du juristische Schritte ergreifen?»

«Ich glaube nicht, daß das nötig sein wird – vorläufig.»

«Aber du hast daran gedacht?»

«Ich habe *alles* durchdacht.» Edus Gesichtsausdruck belebte sich und zeigte heftige Gefühle. «Ich habe viele Ideen, und ich möchte, daß du auf meiner Seite bist, wenn es Schwierigkeiten gibt. Papa wird alt, er ist nicht mehr so interessiert, denkt nicht mehr voraus. Man muß die Dinge nicht nur in Gang halten, sondern man muß auch für die Zukunft gerüstet sein.»

Nathan sah seinen Bruder nicht an, aber er lauschte seinen Worten, die stahlhart klangen.

«Ich will erfolgreich sein», sagte Edu, «und ich habe die Kenntnisse, das Rüstzeug dafür. Ich bin kein Spieler wie Gottfried, ich habe nicht diesen ungestümen Charakter ... aber ich werde das Geschäft zum Blühen bringen wie nie zuvor.»

Nathan war von Edus entschlossenem Ehrgeiz beeindruckt. «Und Siegmund?» fragte er.

«Siegmund ist rechtschaffen und ehrlich, aber unstet. Er interessiert sich für andere Dinge. Paulines Geld wird ihm immer eine gewisse Sicherheit bieten. Er macht seine Arbeit – und macht sie gut –, aber mehr auch nicht. *Ich* bin derjenige, der Papas Nachfolger sein wird. Und ich glaube, er weiß das, obwohl er nie darüber gesprochen hat. Er will ‹fair› sein, aber warum hat er *mich* nach Amerika geschickt? Weil er weiß, daß ich innerhalb von zehn Jahren Wertheim und Söhne zum größten Unternehmen seiner Art in Frankfurt – vielleicht sogar in Deutschland – machen werde.»

«Und Gottfried ist dir dabei im Weg?»

Edu stand auf und kam zum Schreibtisch. «Gottfried muß aus dem Geschäft ausscheiden», sagte er ruhig und bestimmt. «Es wird auf die Dauer für alle Beteiligten billiger sein, wenn Papa ihn in eine andere Firma einkauft.»

Gottfried konnte die Erinnerung an die unangenehme Begegnung auf der Straße nicht loswerden. Nachdem er aus der Wanne gestiegen war, schenkte er sich noch einen Cognac ein und legte sich aufs Bett. Er hatte für den Abend eine Karte für *Die Meistersinger* und war zu einem späten Abendessen mit Nellie verabredet, einem Mädchen aus dem Chor. Ihr Bild, auf dem sie für eine winzige Rolle in einer Oper kostümiert war, deren Namen er immer wieder vergaß, stand auf einem Tischchen in seinem Schlafzimmer. Er hatte seiner Mutter nicht erlaubt, seine Wohnung einzurichten; sie war nur einmal dagewesen, um sie zu begutachten, und hatte ihren byzantinischen Einschlag beanstandet. Vom Bett aus konnte er Nellies Bild sehen, und es half ihm, seine Gedanken auf den vor ihm liegenden Abend zu lenken.

Gottfried hatte sie zum erstenmal an einem Wintertag gesehen, auf der Fußgängerbrücke, die über den Main von Frankfurt nach Sachsenhausen führt. Sie war wie ein kleines Mädchen gekleidet, die Hände in einem Muff aus weißem Kaninchenfell und eine dazu passende Kappe auf den blonden Locken. Es gab buchstäblich Hunderte von Mädchen wie sie in der Stadt, aber Gottfried erkannte ihr Gesicht, als er sie eine Woche später auf dem Weihnachtsmarkt vor dem Römer zum zweitenmal sah. Er lächelte ihr zu, und sie blickte rasch fort. Das dritte Mal sah er sie an einem kalten windigen Tag auf dem Opernplatz. Diesmal folgte er ihr und beobachtete, wie sie durch den Bühneneingang die Oper betrat. Mittlerweile war er entschlossen, sie kennenzulernen. Das war nicht weiter schwer. Ein wohlhabender junger Mann aus guter Familie konnte so etwas mühelos arrangieren. Doch Nellie zeigte kein Interesse; Gottfried nahm an, daß ihre Gleichgültigkeit vorgetäuscht war. Er konnte sich nicht vorstellen, daß ein Mädchen in ihrer sozialen Stellung abgeneigt sein könnte, ein Liebesverhältnis mit einem Mann seiner Gesellschaftsschicht anzufangen. Sie traf ihn einmal zum Kaffee und erklärte, daß es in ihrem Leben keinen Platz für eine Liaison gebe – weder mit ihm noch mit jemand anderem. Sie erzählte (und Gottfried war überzeugt, daß sie log), sie sei die einzige Stütze einer verwitweten Mutter (man konnte nur lachen über dieses Klischee) und arbeite hart an ihrer «Karriere». Gottfried schickte weiter Blumen und Konfekt. Ihre Unnachgiebigkeit reizte ihn. Und Nellie gestattete ihm weiterhin, sie zum Kaffee oder einem Glas Wein einzuladen. Ein- oder zweimal ging sie mit ihm an einem Sonntagmorgen spazieren.

Aber dann geschah eines Tages, was er erwartet hatte. Er traf sie an einem Samstagnachmittag im Zoo. Als sie behauptete, müde zu sein, führte er sie in das Restaurant, von dem aus man einen schönen Blick hatte und das von Touristen und jungen Liebespaaren bevorzugt wurde. Dort angekommen, brach Nellie in Tränen aus und erzählte schluchzend ihre kummervolle Geschichte. Natürlich ging es um einen Schwindler, der falsche Versicherungspolicen verkaufte und arme Witwen um ihre kärgliche Pension betrog. Gottfried nahm sich nicht die Mühe, sehr aufmerksam zuzuhören, sondern sagte lediglich: «Wieviel brauchen Sie?» Als Nellie beteuerte, daß er sie mißverstehe, daß sie nur ein kleines Darlehen haben wolle, küßte er ihr die Hand, sagte ihr, sie sei bezaubernd, und steckte hundert Mark in ihre Handtasche mit der Bitte, kein Wort mehr darüber zu verlieren.

Das war vor drei Wochen gewesen, und Gottfried freute sich darauf, die Früchte dieser Transaktion zu ernten – vielleicht sogar an diesem Abend. Er wollte nicht allzu direkt sein und hatte sie nicht gedrängt, aber er hatte sie zum Abendessen in einige der besten Restaurants von Frankfurt geführt und ins Theater eingeladen. Jedesmal, wenn sie eine Auster aß oder Champagner trank, wußte sie, daß sie dafür würde bezahlen müssen; jede Rose, jede Erdbeere, in Sahne getunkt, war ein Anerkenntnis ihrer Schuld; und jedesmal, wenn sich ihre Zunge zwischen ihren Lippen zeigte, um einen Klumpen italienisches Eis von ihrem Löffel zu lecken, wuchs Gottfrieds Verlangen nach ihr.

Auf seinem Bett liegend betrachtete Gottfried seinen nackten Körper. Er überlegte – sehr sorgfältig –, was er anziehen würde. Er hatte die betrunkenen Männer vergessen, dachte nur noch an Nellie und den Abend, der vor ihm lag.

Siegmund und Pauline waren zu einem Diner bei den Seligmanns eingeladen. Sie liebten beide die Vorbereitungen für einen Abend in glanzvoller Gesellschaft und ließen sich genügend Zeit zum Anziehen, um entspannt und in bester Form zu sein, wenn sie schließlich ihr bescheidenes Haus für die kurze Wagenfahrt zu einer der vielen eleganten Villen im Frankfurter Westen verließen. Die Villa der Seligmanns gehörte zu den imposantesten. Im Jahr 1870 erbaut, hatte sie drei Stockwerke und ein voll ausgebautes Souterrain mit Bar und Dienstbotenräumen. Jedes der Zimmer im Erdgeschoß war in einem anderen Stil eingerichtet, vom Musiksalon in Louis-quinze bis zum Eßzimmer im Stil der Florentiner Hochrenaissance; es gab sogar einen Wintergarten mit pompejanischen Fresken – alles in allem ein «Palast», wie Pauline zu sagen pflegte. Die *pièce de résistance* (und eine ständige Quelle der Belustigung für die respektlosen Wertheim-Söhne) war eine Kuppel über dem großen Treppenhaus, die in prächtigen Farben mit der Gestalt der «Liberty» bemalt war. «Sie bewacht ihre Investitionen», hatte Siegmund trocken bemerkt, als er die Dame zum erstenmal sah.

Aber so sehr sich Pauline auch über solche Angeberei mokieren mochte, sehnte sie sich doch danach, selbst einen solchen «Palast» zu besitzen und ein großes Haus zu führen.

Carolines Widerstreben, an dem lebhaften gesellschaftlichen Treiben teilzunehmen, war ihr unverständlich. Sie konnte sich die qualvolle Angst nicht vorstellen, von der ihre Schwägerin jedesmal gepackt wurde, wenn sie unter dem Schutzdach einer luxuriösen, hell erleuchteten Villa aus ihrem Wagen stieg.

Seit sie Nathans Haus verlassen hatten, hatte sie über Caroline nachgedacht, und während das Mädchen jetzt ihr Haar bürstete – einhundert Striche morgens und einhundert abends –, wiederholte sie in Gedanken alle Punkte, die sie an ihr auszusetzen hatte, angefangen damit, wie nachgiebig Caroline zugelassen hatte, daß ihre Schwiegermutter den Kauf der Einrichtung für ihr Haus überwachte. Die alte Dame war mit Caroline einfach zu A. Bembé gegangen (zugegeben, es war das beste Geschäft) und hatte in Bausch und Bogen die Möbel für acht Zimmer bestellt. Ebenso schien Caroline auch ihre Kleider alle auf einmal zu kaufen und war immer ein wenig hinter der augenblicklichen Mode zurück, als müsse sie sich erst vergewissern, wie dieser Stil an allen anderen Frauen der Stadt aussah, ehe sie es wagte, ihn selbst auszuprobieren. Und wenn ihr dann etwas gefiel, trug sie es viel zu lange.

Siegmund kam ins Schlafzimmer, als das Mädchen gerade mit dem letzten Bürstenstrich fertig war. Er stellte sich hinter seine Frau und band sich die Frackschleife vor ihrem Spiegel. Das Mädchen trat zurück und beobachtete das Paar mit stumpfen, leicht vorstehenden Augen.

«Wird heute abend wieder Musik geboten?» fragte Pauline.

«So wie immer», erwiderte Siegmund. «Ich hoffe nur, es ist nicht irgend so ein musikalisches Wunderkind.»

«Hoffentlich haben sie den Flügel stimmen lassen», sagte Pauline. «Weißt du noch, wie verstimmt er letztesmal war?»

Siegmund hob ihr Haar und küßte sie auf den Nacken. Sie spürte, wie ein wollüstiger Schauer durch ihren Körper lief.

Er war in ihren Augen immer der bestaussehende der Wertheimschen Jungen gewesen. Sie erinnerte sich, wie sie ihn als dreizehnjährigen Buben auf dem Schulweg an ihrem Haus hatte vorbeikommen sehen. Schon damals hatte sie ein Auge auf ihn geworfen, und er wußte es. Ihre Liebe war von Anfang an stark sinnlich betont gewesen, und sie hatten trotz Moritz' Murren jung geheiratet.

«In einer Viertelstunde bin ich fertig», sagte sie. Wie sehr sie sich auf die Vergnügungen des Abends freute!

Jacob hauste in einer großen, unordentlichen Wohnung in der Fahrgasse, in einem Haus, das aus dem frühen achtzehnten Jahrhundert stammte. Wie viele der Häuser in der Altstadt war es nicht mehr in bestem Zustand, und es wohnten dort auch nicht die besten Leute. Hannchen ging nie dorthin, aber Moritz, der gern den Spuren seiner Vergangenheit folgte, stieg hin und wieder keuchend die drei Treppen hinauf, um sich mit seinem Sohn zu unterhalten.

Jacob hatte eine Haushälterin namens Gerda, die zugleich seine Geliebte war, und das war wohl der Hauptgrund, weshalb Hannchen keinen Fuß über seine Schwelle setzte. Die Beziehung war nicht gerade skandalös, aber sie erregte hier und dort Anstoß, so diskret sich Jacob auch verhielt – und er war von Natur aus diskret. Er brachte Gerda nie zu öffentlichen Veranstaltungen mit, und er hatte sie nie irgendeinem Mitglied seiner Familie vorgestellt. In mancher Hinsicht, sagte er sich oft schuldbewußt, war es, als ob sie nichts weiter als ein Möbelstück wäre.

Gerda war noch nicht zwanzig. Sie hatte einen Sprachfehler, der ihr viel Kummer bereitete und sie überaus schüchtern und beinahe stumm machte. Sie sprach mit fast niemandem außer Jacob, der gütig und sanft zu ihr war. Man hatte sie für einfältig gehalten, aber es war nur ihre Unfähigkeit, deutlich zu sprechen, ihr verzweifeltes Suchen nach passenden Worten, was die Leute in ihrem kleinen hessischen Heimatdorf veranlaßt hatte, sie als Kretin zu betrachten. Jacob hatte sie lesen und schreiben gelehrt, und es machte ihr Freude, ihre drolligen und manchmal verdrehten Eindrücke von Frankfurts Straßenleben niederzuschreiben.

Sie war vom Land gekommen, um Arbeit zu suchen, aber das Stellenvermittlungsbüro weigerte sich wegen ihres Sprachfehlers, sie zu vermitteln. Schließlich landete sie als Wäscherin in einem dampfigen Keller, wo sie von früh bis spät auf einem kalten Steinfußboden stehend arbeitete. Eines Tages, als sie bei einer von Jacobs Nachbarinnen, die für ihren Geiz bekannt war, Hemden abgeliefert und die Frau unter irgendeinem Vorwand die Bezahlung verweigert hatte, traf Jacob sie weinend auf seiner Türschwelle an. Mit viel Geduld gelang es ihm, sie zum Sprechen zu bringen und zu erfahren, was geschehen war, und daraufhin ging er wütend zu der Frau und forderte von ihr das Geld der Wäscherin. Gerda war ihm dankbar und erbot sich, seine Wäsche zu waschen, aber Jacob gestand ein wenig verlegen, daß er sie ins Haus seiner Mutter brachte. Er fragte sie jedoch, ob sie bereit wäre, seinen Haushalt zu besorgen. In einer plötzlichen Anwandlung von Mitleid bot er ihr viel zuviel Geld, und sie nahm seinen Vorschlag sofort an.

Jacob ahnte nicht, daß ihre Beziehung jemals vertrauter werden würde. Es lag in seiner Natur, die Dinge leichtzunehmen, und er gab nie zu - nicht einmal vor sich selbst –, wie sehr er sie liebte. Als sie in sein Leben kam, hatte er gerade ein sechsjähriges Studium der Geschichte und Philosophie in Göttingen beendet; jetzt schrieb er eine Dissertation über Immanuel Kant, lernte privat bei einem ständig verschnupften alten Rabbiner Hebräisch und las mit einem emeritierten Professor der klassischen Philologie griechische Texte. Trotz dieser ernsthaften Arbeiten wurde er von seinen Freunden als Clown angesehen, denn er konnte beinahe alles darstellen, von einem Floh bis zum Kaiser. Sein Gesicht, unschön nach den Maßstäben seiner Familie, war ausdrucksvoll, aber auch er fand sich nur für Komik geeignet.

Rückblickend erkannte Jacob, daß die Beziehung (wie alle Dinge dieser Art) wahrscheinlich bereits in dem Augenblick besiegelt worden war, als er vor seiner Wohnungstür stehenblieb, um dem Mädchen zu helfen. Nachdem er sie einmal in sein Leben aufgenommen hatte, paßte sie sich mit ungewöhnlichem Feingefühl seinen Gewohnheiten an.

Sie wurden lange Zeit nicht intim. Beide waren schüchtern und fürchteten, zurückgewiesen zu werden. Als Jacob sie schließlich in sein Bett nahm, geschah es ohne Vorbedacht. Er hatte am Schreibtisch an seiner Dissertation gearbeitet, während Gerda in einem Lehnsessel saß und nähte. Als Jacob von seiner Arbeit aufblickte, um ihr etwas zu sagen, bemerkte er, daß sie eingeschlafen war. Er stand auf, um sie ins Bett zu schicken, und als er sich über sie beugte, legte sie wie ein kleines Kind die Arme um seinen Hals. Erst als sie die Augen öffnete, merkte sie, daß er es war. Aber die zärtliche Berührung hatte stattgefunden, und sie reagierten beide darauf.

Jacob wirkte nachdenklich und ein wenig verdrießlich, als er an diesem Samstagabend nach Hause kam. Gerda hatte schon des öfteren bemerkt, daß er häufig nervös war, wenn er seine Verwandten besucht hatte, aber sie sprach nie mit ihm darüber. Seine Familie war für sie ein Buch mit sieben

Siegeln; sie hatte keine Vorstellung von seinen Eltern und Brüdern, kannte sie nur von den Bildern, die auf Jacobs Schreibtisch standen; und diese Photographien hätten ebensogut die steinernen Gesichter der Könige an den Portalen von Chartres oder die gemalten Profile von Pharaonen in einem ägyptischen Grab sein können, so wenig sagten sie ihr über ihre Persönlichkeit oder ihr Leben. Moritz, der prinzipiell nur «hereinschneite», wenn sie ausgegangen war, um Einkäufe zu machen, war für sie kaum realer als die Photographien. Wenn sie sich zufällig auf der Treppe begegneten, wandte sie das Gesicht ab, und er blickte geradeaus.

Gerda hatte noch nie einen Juden gekannt, ehe sie Jacob traf. Sie wußte nicht einmal, daß *er* jüdisch war, bis das Mädchen eines Nachbarn es ihr sagte. Der Gedanke erschreckte sie eine Zeitlang, und manchmal sah sie ihn unvermittelt an, als wolle sie ihn in seinem jüdischen Wesen ertappen, was ihr aber – zu ihrer großen Erleichterung – nie gelang.

Beim Abendessen murmelte Jacob undeutlich vor sich hin, während er darauf wartete, daß Gerda ihm die Speisen servierte. Sie dachte, er rede mit ihr, und fragte: «Was?»

«Es wird Schwierigkeiten geben», sagte er. «Edu und Gottfried werden früher oder später aneinandergeraten – wahrscheinlich eher früher.»

Gerda brachte ihm eine Schüssel heiße Kohlsuppe. Sie wußte nicht – denn er hatte es ihr nie gesagt –, daß er andere Kost gewohnt war.

«Edu glaubt, alles zu wissen, nur, weil er in Amerika war. Nicht etwa, daß er irgend etwas Interessantes über das Land erzählen kann; man bekommt nur immer wieder zu hören, was er daran auszusetzen hat. Aber wenn man ihn zum Beispiel bittet, die sozialen Verhältnisse zu schildern, versagt er völlig. ‹Du hättest Tocqueville lesen sollen›, sagte ich ihm. ‹Wer ist das?› war alles, was er darauf geantwortet hat. Aber er wollte es nicht *wirklich* wissen.»

Jacob sprach zu Gerda, als ob er zu sich selber spräche. Er tat es schon so lange, daß er nicht einmal mehr merkte, daß sie nur die Hälfte von dem verstand, was er sagte.

«Das war köstlich», erklärte er, als er mit seiner Suppe fertig war. Die Komplimente, die er Gerda machte, galten ausschließlich ihrer Kochkunst. Alles andere, was er an ihr liebte, faßte er nicht in Worte.

Gerda nahm die leere Schüssel fort und brachte ihm einen Teller mit Kalbswürstchen und gebratenen Zwiebeln. Sie schenkte ihm ein Glas Bier ein und setzte sich mit verschränkten Armen an den Tisch, um ihm beim Essen zuzusehen. Sie aß immer hinterher, allein, und Jacob versuchte nicht, sie von dieser Gewohnheit abzubringen, obwohl sie in seiner Gesellschaft herzhaft aß und trank, wenn sie in ein Wirtshaus in Sachsenhausen gingen oder zu Apfelwein und Rippchen nach Kronberg oder Niederhöchstadt im Taunus fuhren.

Nach dem Essen rauchte er eine Zigarre, und während Gerda aß und abwusch, machte er seinen üblichen Spaziergang zum Main hinunter. Er ging den Kai entlang zur Friedberger Anlage, dann am alten Zolltor und dem aufgelassenen jüdischen Friedhof vorbei wieder nach Hause. Er bemerkte, daß die Luft feucht geworden war und Nebel vom Fluß aufstieg. «Wir bekommen Regen», sagte er zu Gerda. An diesem Abend blieb er lange auf und las Griechisch, während Gerda seine Socken stopfte.

Edu hatte für sich und Elias zum Abendessen um acht einen Tisch in einem der besten Restaurants der Stadt reservieren lassen. Er hatte vor, das Geschäft für eine Weile zu vergessen und sich auf angenehme Gesellschaft und gutes Essen zu konzentrieren. Allmählich lernte er, sich zurechtzufinden. Er ging hin und wieder in die Oper und ins Theater oder mit Siegmund und Pauline in Konzerte – wobei er nicht nur die Musik genoß, denn wenn er mit ihnen ausging, wurde es immer ein anregender, lebhafter Abend. Auch dabei war er darauf bedacht, vielleicht das eine oder andere zu lernen. Erfahrung war der Schlüssel zu allem. Wenn man genügend davon besaß, konnte man jede Situation analysieren, als ob sie ein Schlachtplan wäre, und sie beherrschen. Auf diese Art konnte man allein seines Weges gehen, war die Herde für alle Zeiten los. Auf diese Art war man frei.

Edu lebte sparsam. Er aß so oft wie möglich zu Hause, spielte nie und gab nicht viel Geld für Frauen aus. Er hatte nur wenig Garderobe, aber die Anzüge, die er besaß, waren aus dem besten Material und tadellos gearbeitet.

Mit diesem Abendessen, das er schon einige Wochen im voraus geplant hatte, wollte er seine Rückkehr nach Frankfurt feiern. Und er hatte seinen Freund Elias dazu eingeladen, weil er ihn gern hatte, aber auch – mehr unbewußt –, weil er sich vor ihm brüsten wollte. Elias diente ihm als Folie. Ebenso wie Edu stand er am Beginn seiner Laufbahn, aber im Gegensatz zu ihm interessierte er sich ausschließlich für seine Arbeit. Er wollte nicht zugeben, daß er ehrgeizig war, aber Edu wußte es besser. Es war einer der Gründe, weshalb sie Freunde waren. Außerdem hörte Edu gern zu, wenn Elias von seinen Kursen in Kunstgeschichte erzählte. Edu mochte aus Pflichtgefühl ins Theater und in Konzerte gehen, aber ins Städel ging er mit Staunen und einem Gefühl, das an Liebe grenzte. Gemälde verfehlten nie ihre Wirkung auf ihn, und er beneidete Elias um die vielen Stunden, in denen er Kunstwerke betrachten konnte.

Edu traf etwas zu früh im Restaurant ein. Der Oberkellner kannte ihn nicht, wußte jedoch sofort Bescheid, als er seinen Namen nannte. Edu mußte nicht warten, und der Tisch, zu dem man ihn führte, war gut. Elias kam mit ein paar Minuten Verspätung im Sturmschritt herein; er sah abgehetzt und nervös aus. Sein Schal schleifte hinter ihm her.

«Komm ich zu spät?» fragte er und keuchte dabei besonders heftig, um zu zeigen, wie sehr er sich bemüht hatte, pünktlich zu sein.

«Keineswegs», sagte Edu, ihm großmütig verzeihend.

Elias war klein und schmächtig, aber sein Kopf war groß und sein zerzaustes Haar so dunkel wie seine pechschwarzen Augen. Obwohl er glatt rasiert war, hatte seine Erscheinung etwas Anarchistisches; hin und wieder wurde er unauffällig von Polizeiagenten beobachtet, vor allem, wenn er in eleganten Lokalen aufkreuzte.

Aber Elias bemerkte derlei Dinge nicht. Im Gegensatz zu Edu kümmerte er sich nicht im geringsten um das, was um ihn herum vorging. Er war für gewöhnlich in einem Zustand höchster Erregung über irgendeine geistige Entdeckung.

«Rat mal!» sagte er, sobald er saß.

«Laß uns zuerst die Speisekarte ansehen und die Weine wählen», sagte Edu. «Dann reden wir.» Er hatte beschlossen, sich nie von dem Verhalten seiner Freunde oder Verwandten in Verlegenheit bringen zu lassen, sondern sich nach besten Kräften zu bemühen, ihr abwegiges Betragen in passendere Bahnen zu lenken.

«Ich habe auf meiner Reise nach Paris einige neue Cézannes gesehen», sagte Elias. «Er wird immer strenger ...»

«Möchtest du das Lamm», fragte Edu, «oder die Kalbsbrust?»

«Lamm klingt gut. Du wußtest doch, daß ich in Paris war, oder?»

«Natürlich. Verstehst du etwas von Weinen?» flüsterte Edu.

«Nicht das geringste. Warum fragst du nicht den Oberkellner? Er weiß doch bestimmt Bescheid.»

«Er wird die teuersten empfehlen, wenn er merkt, daß ich mich nicht auskenne.»

«Auf die Art wirst du's lernen. Wenn du diese Dinge für so wichtig hältst – den richtigen Wein und all das –, mußt du dich einfach ein wenig anstrengen, es zu lernen.»

Damit war die Sache für Elias erledigt, und er kehrte zu seinem Lieblingsthema zurück, erzählte Edu von den Monets, die er gesehen hatte – ganz flimmernde Farben –, und den Munchs und van Goghs in Berlin, wo er ebenfalls gewesen war und fast alles bewundert hatte, was er in der Jahresausstellung der Sezession sah.

«Du mußt mir davon erzählen», sagte Edu, der sich an die beiläufige Bemerkung seiner Schwägerin erinnerte. Er breitete die Serviette auf seinem Schoß aus und bestellte das Essen und die Weine. Der Oberkellner war respektvoll, und Edu hatte das Gefühl, einen guten Eindruck gemacht zu haben. Jetzt konnte er sich entspannen und sich anhören, was Elias ihm zu berichten hatte. Sein Freund konnte kaum aufhören zu reden.

«Es ist großartig, dich wiederzuhaben», sagte er, während ein Bissen der köstlichen Quenellen in seinem Mund verschwand. «Weißt du», fuhr er fort, «mir scheint, daß die

Kunst von heute sich in verschiedene Richtungen zugleich bewegt . . .» Er wischte sich den Mund mit der Serviette ab. Edu bemerkte, daß um Elias' Teller Brotkrümel und Soßenflecke auf dem Tischtuch waren.

«Der Weißwein ist trocken; ich finde ihn gut», sagte er.

«Früher hat sich der Stil nicht so schnell geändert», fuhr Elias fort. «Und die Erfindungsgabe hat auch keine so große Rolle gespielt wie heute.»

«Probier das Lamm.»

«Mmm! Rosig und zart», erklärte Elias. Er spülte es mit einem großen Schluck Rotwein hinunter.

«Der weiße war besser», sagte Edu.

«Kennst du Meier-Graefe?» fragte Elias plötzlich.

Edu schüttelte den Kopf.

«Er ist ein sehr scharfsichtiger Kritiker. Ich stimme nicht immer mit ihm überein, aber er ist einer der wenigen, die intelligent über die neue Kunst sprechen. Meier-Graefe sagt zum Beispiel, Cézanne habe dem Impressionismus – einer bourgeoisen Kunst, die oberflächlich und spießig sei – den Todesstoß versetzt.»

Er machte eine kleine Pause, um seine Worte wirken zu lassen. «Wie die Sozialdemokratie – etwas für jedermann. Aber Cézanne macht damit Schluß. Er wird wie Rembrandt, kompromißlos. Ein Aristokrat, der Paläste verschmäht.»

Edu war nicht ganz sicher, daß er seinen Freund verstand. Er fand theoretische und kritische Untersuchungen nutzlos für sein Bestreben, einen raschen und scharfen Blick zu entwickeln und zu erkennen, was gut war und warum, was von Wert war und was nicht. Er war ein praktisch veranlagter Mensch und schämte sich dessen nicht.

«Ich interessiere mich mehr für Kennerschaft als für Kritik», sagte er.

«Du kannst das eine nicht ohne das andere haben», rief Elias, gefährlich weit in seinem Stuhl nach hinten kippend. «Vor allem, wenn es um moderne Malerei geht, die so radikal mit der Vergangenheit bricht und ihre Geheimnisse nicht leicht preisgibt.»

«Ich dachte, dein Spezialgebiet seien frühmittelalterliche Handschriften?»

«Stimmt, stimmt», sagte Elias, «aber du kannst den Modernen nicht entkommen. Wir sind von ihnen umgeben. Wir leben in einer phantastischen Zeit – sieh dir an, was in Paris, Berlin, München, Wien geschieht . . .»

«Du hast mir noch nicht die Sezession erklärt», sagte Edu. Sie hatten ihre *fraises du bois* beendet und tranken zum Abschluß einen Brandy.

«Werd ich, werd ich –» Elias' Worte schossen meist in abgehackten Wiederholungen heraus –, «aber eh ich's vergesse – hast du noch irgendwelche weiteren Pläne für heute abend gemacht?»

Edu schüttelte den Kopf. Er hatte seine ganze Energie darauf verwandt, dieses Abendessen zu arrangieren.

«Ich frage dich, weil ich hier in Frankfurt einen jungen Maler getroffen habe – so schwer vorstellbar es dir auch erscheinen mag, denn es hat hier seit Courbet keinen bedeutenden Maler mehr gegeben. Wir haben uns lange unterhalten, und er fragte mich, ob ich seine Arbeiten sehen möchte. Ich habe keine Ahnung, wie sie sind, aber wir hatten ein hochinteressantes Gespräch, und ich sagte ihm, ich würde vielleicht heute abend noch bei ihm vorbeischauen. Hättest du Lust mitzukommen?»

Edu, der bei allem, was er sich vornahm, Zeit zum Nachdenken brauchte, fühlte sich von dieser unvorhergesehenen Einladung überrumpelt. «Ich kenne überhaupt keine Maler», sagte er. «Der einzige, dem ich je begegnet bin, war dieser Mann, der Papas Porträt gemalt hat, und er kam mir wie ein regelrechter Geschäftsmann vor.»

«Franz Bleicher wird dir nicht wie ein Geschäftsmann vorkommen, das kann ich dir versichern. Er ist durch und durch Bohemien. Aber er versteht wirklich viel von Malerei.»

«Ich weiß nicht recht . . .»

«Sei nicht so ängstlich», rief Elias. «Komm und sieh dir an, wie die andre Hälfte lebt.»

«Ist er sehr arm?»

«Was hat das zu sagen?»

«Es macht die Sache peinlich.»

«Unsinn! Du mußt dir darüber klar sein, Edu, daß nicht jeder deine privilegierte Stellung mit Neid betrachtet. Franz ist ganz zufrieden mit seinem Leben. Ein armer Künstler will kein reicher Kaufmann sein. Er träumt davon, ein erfolgreicher Künstler zu werden. Wenn er jemanden mit etwas Geld kennenlernt, sieht er in ihm nur einen möglichen Mäzen.»

Edu fragte sich, warum er den Besuch nicht selbst unter diesem Aspekt gesehen hatte. Ein Kunstwerk direkt vom Künstler zu kaufen – was für eine wundervolle Idee! Nicht nur, daß es billiger sein würde als über einen Händler, vielleicht würde er auch das Glück haben, jemanden zu entdekken! Er erinnerte sich an die zahllosen Geschichten von heute weltberühmten Malern, die Meisterwerke für den Preis eines Stück Brots und einer Flasche Wein weggegeben hatten.

Edu bat um die Rechnung, prüfte sie sorgfältig, bezahlte und fügte ein reichliches Trinkgeld hinzu. Der Kellner verbeugte sich tief, und der Oberkellner sagte: «Gute Nacht, Herr Wertheim», als sie gingen. Edu war sicher, daß man sich das nächstemal, wenn er kam, an ihn erinnern würde. Elias, unbekümmert wie immer, bot ihm nicht an, seinen Teil zu bezahlen. Edu spielte zwar gerne den großzügigen Gastgeber, aber er war auch ein wenig verärgert über die Selbstverständlichkeit, mit der Elias sich von ihm einladen ließ.

«Sollen wir eine Droschke nehmen?» fragte Edu.

«Die brauchen immer so lange, bis sie in der Altstadt eine Adresse finden», sagte Elias. «Laß uns zu Fuß gehn.»

«Wo, um alles in der Welt, wohnt denn dein Maler?» fragte Edu, wieder mißtrauisch und von Zweifeln geplagt.

«In der Nähe der alten Judengasse, wo eine Menge alter Gebäude – sogar einige historische, wie ich gehört habe – abgerissen werden, um die Braubachstraße zu verlängern.»

«Warum wohnt er ausgerechnet da? Die meisten dieser Häuser sind für unbewohnbar erklärt worden.»

«Genau», sagte Elias. «Er zahlt wahrscheinlich keine Miete, oder wenn, dann nur eine winzige Summe.»

Sie gingen eine Weile schweigend durch den nebligen Abend. Die Dächer der alten Häuser schienen sich über ihren Köpfen an manchen Stellen zu berühren; der Himmel war nicht zu sehen, nur ab und zu als blasser Schimmer, sooft sie einen der vielen kleinen Plätze überquerten.

«Ich danke dir für das Abendessen», sagte Elias plötzlich.

«Nichts zu danken», erwiderte Edu.

FRANZ BLEICHER WOHNTE im obersten Stock eines Hauses, das bereits halb verlassen war. In fast allen Stockwerken waren die Fenster herausgeschlagen; in einigen Wohnungen, deren Türen lose in den Angeln hingen, bewegte die feuchte Luft zerfetzte Tapeten. Edu schauderte in der kühlen Abendluft. Elias lief, zwei Stufen auf einmal, die Treppe hinauf und klopfte energisch an die Tür des Malers.

Bleicher machte auf, ohne vorher zu fragen, wer da war, ein Verhalten, das Edu angesichts der Art und des Zustands des Hauses töricht vertrauensvoll erschien. Als er das höhlenartige, mit Kerzen beleuchtete Atelier betrat, wäre er um ein Haar über eine morsche Diele gestolpert. Das Glas in dem riesigen Dachfenster klirrte bei jedem Windstoß, jedem Schritt. Der Maler selbst war ein grobschlächtiger Mann mit vorstehendem Bauch und plumpen, schmutzigen Händen. Er trug eine Cordhose und einen dicken Pullover und roch nach Farbe, Schweiß und Wein. In seinem Mund war eine dunkle Lücke – zwei Zähne fehlten –, aber seine undeutliche Redeweise schien eher vom Wein zu kommen.

Elias und Bleicher begannen sofort, angeregt und mit lebhaften Gesten über einen Maler zu sprechen, dessen Namen Edu nicht verstehen konnte. Es war eine Unterhaltung, die ihm nichts sagte, da er sich unter den Werken, von denen sie sprachen, nichts vorstellen konnte. Er saß auf dem harten Stuhl, auf den er verwiesen worden war, als warte er auf irgend etwas Unangenehmes, einen Verweis in der Schule oder eine schmerzhafte Prozedur beim Zahnarzt. Ein- oder zweimal versuchte er zu sehen, ob es irgendwo Bilder an den Wänden oder auf einer Staffelei gab, aber in der Dunkelheit des Dachbodens war nichts zu erkennen.

«Sie mögen also Malerei, hm?» fragte Franz Bleicher ihn abrupt.

«Nun ja», sagte Edu, «als Freund von Elias habe ich keine

andere Wahl.» Die Antwort kam ihm nichtssagend und albern vor. Es war nicht das, was er gesagt haben würde, wenn er mit mehr Überlegung gesprochen hätte. Aber er war wütend auf Elias, weil er ihn hierhergebracht hatte, und er ließ die Worte hervorsprudeln, wie sie ihm gerade in den Sinn kamen. Diese Art zu reden hatte er sich in Amerika angewöhnt, wo leeres Geschwätz an der Tagesordnung war.

«Haben Sie jemals etwas von einem lebenden Künstler gekauft, oder haben Sie nicht den Mut dazu?»

«Nein», sagte Edu, «und ich werde es auch nicht tun, bevor ich nicht mehr davon verstehe.»

«Haben Sie kein Vertrauen zu Ihrem Freund? Er hat Sie hierhergebracht.»

«Er hat nicht gesagt, daß er Ihre Arbeiten gesehen hätte, sondern nur, daß Sie gut reden können.»

«Dem werden wir abhelfen», rief der Maler, sprang von der Kiste, auf der er gesessen hatte, und lief zum anderen Ende des Dachbodens, wo anscheinend etliche große Bilder an der Wand lehnten.

«Er ist betrunken», entschuldigte Elias ihn flüsternd.

Edu behielt den Maler im Auge, der mit den übertriebenen Bewegungen eines Possenreißers herumhantierte, obwohl er mit den Gemälden zart und behutsam umging. Edu sah, daß im Gegensatz zu dem völlig chaotischen Teil des Ateliers, wo Bleicher Besucher empfing – und auch trank und aß und kochte –, der Teil, wo er zu arbeiten schien, sauber und ordentlich war. Die Pinsel standen in schlichten, hübschen Gläsern, die große Palette war saubergewischt, und die Farbtuben waren wie Zinnsoldaten auf einem alten Eichentisch aufgereiht. Edu fühlte sich fremd. Regen begann aufs Dach zu prasseln. Zu seinen Füßen bildete sich eine kleine Pfütze.

Die Bilder gefielen ihm nicht. Er hatte gehofft, daß sie ihm gefallen würden, aber sie waren wie ihr Schöpfer, beunruhigend und roh. Sie zeigten tanzende Figuren, Stilleben mit blutigen Früchten, apokalyptische Reiter. Die Ölfarbe war dick aufgetragen, die Farben waren kräftig.

«Sie gefallen Ihnen nicht!» krähte Bleicher triumphierend.

«Nein», sagte Edu ebenso unverblümt, obwohl er nach Worten gesucht hatte, die seine Meinung diplomatischer zum Ausdruck bringen sollten.

«Vielleicht solltest du dir noch mehr ansehen», schlug Elias vor, «ehe du ein voreiliges Urteil fällst.»

«Er war es, der mir die Worte in den Mund gelegt hat», erwiderte Edu.

«Es stand in Ihrem Gesicht geschrieben», sagte der Maler. «Ich kann es immer erkennen. Selbst im Dunkeln. Sie werde ich *nicht* fragen, was Sie denken», sagte er zu Elias und drehte die Bilder wieder zur Wand.

Elias versuchte, Bleicher abermals in eine Unterhaltung zu ziehen, ihn mit technischen Fragen über seine Arbeit zum Reden zu bringen. Aber der Maler reagierte nicht. Er saß auf seiner Kiste, sah auf seine breiten Hände und puhlte an den schwarzen Fingernägeln. Es blieb ihnen nichts anderes übrig, als zu gehen.

Die beiden jungen Männer gingen wortlos die Treppe hinunter. Die Straße war voller schmutziger Pfützen. Es war offensichtlich, daß sie keine Droschke finden würden; Edus Anzug würde mit Schlamm bespritzt werden; sie würden sich erkälten.

«Sag nichts», sagte Elias.

«Ich kann nicht glauben . . .»

«Bitte sei still. Ich will deine Meinung nicht hören.»

«Es hat dort drinnen gestunken, der Mann war betrunken, seine Bilder waren grauenvoll, und er hat mich verachtet und beleidigt – aber du willst meine Meinung nicht hören! Erwartest du, daß ich mich entschuldige, weil ich mich wasche und gute Manieren habe?»

Sie gingen rasch durch den Regen, und keiner von beiden sprach ein weiteres Wort. Am Goetheplatz, wo sie sich für gewöhnlich trennten, standen sie eine Minute lang da und wußten nicht, was sie sagen sollten. Sie waren jetzt eher verlegen als zornig, und wären ihre Füße nicht so naß gewesen, hätten sie sich vielleicht umarmt und einander zugelächelt.

«Adieu, bis dann», sagte Elias, während er sich abwandte, um dem Fiasko des Abends zu entkommen. «Nächstesmal lad *ich* dich ein.»

«Wann wird das sein?» rief Edu, aber es kam keine Antwort, nur das Geräusch von planschenden Schritten, die über das glänzende Kopfsteinpflaster eilten.

Gottfried hatte den Sohn der Hauswirtin nach einer Droschke geschickt und den Kutscher ein Dutzend Rosen für Nellie holen lassen. Der Cognac hatte ihn trübsinnig gemacht, und die feuchte Luft verstärkte den Geruch der Stadt nach Ruß und Pferdemist. Die Vorstellung hatte bereits begonnen, als er am Opernhaus eintraf, und so gab er die Blumen am Bühneneingang ab, bezahlte den Kutscher und ging in das hellerleuchtete Foyer. Er spürte in seinem Inneren die Leere heißen Verlangens, und die Musik von Richard Wagner, die er schwach in den mit Teppichen belegten Gängen des geschmackvoll ausgestatteten Gebäudes vernahm, trug nicht dazu bei, diese Leere zu füllen. Er saß, nervös mit den Fingergelenken knackend, auf einer Plüschbank, da er mitten im Akt seine Loge nicht betreten wollte.

In der Pause sagte er jedem, dem er begegnete, er finde die Aufführung langweilig, schwunglos. Da Nellie ihm nicht gestattete, vor dem letzten Vorhang in die Garderobe zu kommen, mußte er allein durch die Menge wandern und sich liebenswürdig lächelnd vor den Bekannten seiner Familie verneigen, obgleich er sehr wohl wußte, daß jeder, den er grüßte, hinter seinem Rücken über ihn tuscheln würde.

Als die Oper zu Ende war, hatte es zu regnen begonnen. Gottfried wartete im Flur des Bühneneingangs auf Nellie. Er war dort nicht der einzige; er war von einer ganzen Schar gutgekleideter Männer mit Blumensträußen in der Hand umgeben. Da er vermeiden wollte, die Aufmerksamkeit von irgend jemandem auf sich zu ziehen, blickte er, ein verächtliches Lächeln um die Lippen, starr auf die Uhr über der Pförtnerloge. Nellie brauchte lange zum Umziehen und erschien immer als letzte der Chorsängerinnen.

«Haben Sie die Blumen bekommen?» fragte Gottfried, als sie mit leeren Händen aus der Garderobe kam.

«O ja, vielen Dank. Ich habe sie einer Freundin gegeben, deren Schwester im Krankenhaus ist. Es ist Ihnen doch recht?»

Gottfrieds Gesicht verriet seine Enttäuschung.

«Sie waren alt und verwelkt», sagte sie. «Haben Sie das nicht bemerkt?» Gottfried verfluchte im stillen den Kutscher.

Es war für sie ein Tisch in demselben Restaurant reserviert, wo Edu und Elias ein paar Stunden früher zu Abend gegessen hatten. Gottfried und Nellie aßen üppig und tranken eine beachtliche Menge Wein. Sie sprachen nicht viel, aber wenn sie etwas sagten, waren es Bosheiten. Nellie kritisierte den Chorleiter; Gottfried sagte, er habe die Sänger seelenlos gefunden.

Es war sehr spät, als sie bei Nellies Haus eintrafen. Gottfried schickte den Droschkenkutscher fort. «Tun Sie das nicht», sagte Nellie, während das Pferd davontrabte. «Rufen Sie ihn zurück!» bat sie mit eindringlicher Stimme.

«Warum, um Himmels willen?»

«Ich will nicht, daß Sie hierbleiben», sagte sie, mit den Zähnen klappernd. «Ich bin schrecklich müde.»

Die Droschke war um die Ecke gebogen, und die regennasse Straße war still.

«Lassen Sie mich bleiben», sagte Gottfried. «Bitte! Ich habe so lange gewartet.»

«Nicht heute nacht.»

Aber Gottfried, entnervt von den Beleidigungen des Nachmittags und der Langeweile des Abends, war der Meinung, daß ihm etwas Vergnügen zustand. «Ich muß dich haben!» sagte er und hielt sie so fest in seinen Armen, daß sie vor Angst zu zittern begann. Er drängte sie gegen die Mauer und küßte sie, nicht liebevoll, sondern zornig. Dann packte er sie bei den Schultern und schüttelte sie. Sie war fast leblos vor Schreck, und das steigerte noch seine Wut. Er schüttelte sie immer fester, bis sie anfing, ihm Widerstand zu leisten, und sich loszureißen versuchte. Es wäre ihr fast gelungen, aber er schoß hinter ihr her, glitt auf den nassen Steinen aus und riß sie im Fallen mit sich zu Boden. Der Sturz verletzte ihn, und er hörte Nellies Schmerzensschrei an seinem Hals. Sie lag jetzt unter ihm, und er glaubte, sie sei im Begriff, ihm nachzugeben, da schrie sie abermals, und er sah einen Augenblick ihre Zähne, als ob sie ihn beißen wollte. Er preßte seinen Mund auf den ihren, um ihn zu schließen, und er schmeckte Blut, kurz ehe er zum Orgasmus kam.

Die Erschütterung seines Ausbruchs ließ ihn schwindlig und in Schweiß gebadet zurück. Plötzlich roch er das Pflaster, das mit Schmutz und Abfällen übersät war. Nellie lag regungslos da. Irgendwo ging ein Licht an, und er hörte, daß ein Fenster geöffnet wurde. Er machte sich eilig davon. Sich dicht an den Mauern der Häuser haltend, hinkte er nach Hause. Als er nicht lange vor dem Morgengrauen in seine Wohnung kam, fiel er erschöpft aufs Bett. Er schlief unruhig, abwechselnd vom Schüttelfrost und den Schweißausbrüchen eines Fiebers gequält. Sein Kopf dröhnte wie unter Trommelschlägen. In klaren Augenblicken überlegte er sich, daß er im Lauf des Morgens seine Mutter anrufen und ihr sagen mußte, daß er nicht zum Mittagessen kommen könne. An Nellie dachte er überhaupt nicht.

Das sonntägliche Mittagessen mit der ganzen Familie bereitete Hannchen mehr Vergnügen als irgendein anderes Ereignis der Woche. An ihrem Tisch war sie die Königin. Sie konnte die Unterhaltung lenken, ihre Söhne verwöhnen, indem sie ihnen ihre Lieblingsspeisen vorsetzte, die Gesichter ihrer Schwiegertöchter auf Anzeichen von angegriffener Gesundheit oder nachlassendem Mut prüfen.

Hannchen plante jedes Mittagessen so sorgfältig, als ob es das erste wäre (oder das letzte, wenn man es so betrachten wollte), und nur die Mahlzeiten zu Weihnachten, Neujahr und Ostern, zum Seder und Rosch ha Schana wurden mit noch größerem Aufwand vorbereitet.

Sie führte ein regelrechtes Protokoll über ihre Sonntage. In einem in Leder gebundenen Tagebuch notierte sie, was es zu essen gab, was jeder anhatte, worüber hauptsächlich gesprochen wurde. Sie vermerkte sogar das Wetter. Moritz gab vor, sich über all das zu amüsieren, aber er wäre verletzt, um nicht zu sagen untröstlich gewesen, wenn wegen irgendeines unseligen Ereignisses auch nur eine dieser Zusammenkünfte nicht hätte stattfinden können. Sie wurden nur in den zwei Sommermonaten und während der Winterferien ausgesetzt, wobei diese Daten ebenso streng eingehalten wurden wie der 16. Oktober, der Tag, an dem die Hausbesitzer von Frankfurt die Heizung anstellten und die Frauen und Kinder ihre neuen Wintermäntel und -hüte anlegten.

Gottfried rief um halb elf an und verkündete, wie Hannchen später sagte, «mit Grabesstimme», daß er krank sei und nicht zum Mittagessen kommen könne. Hannchen fragte, ob er Dr. Schlesinger brauche oder ob sie ihm eine Terrine mit Bouillon schicken solle; sie sei sicher, daß Bruno sie ihm bringen könne, solange sie noch heiß war. Gottfried lehnte sowohl den Arzt als auch die Suppe ab und sagte, er brauche lediglich Bettruhe und einen Fastentag.

Etwa um die gleiche Zeit erhielt Nathan einen Anruf von der Polizei. Der Beamte, den er flüchtig kannte, sagte ihm – weder so knapp noch so direkt, wie Nathan es gewünscht hätte –, daß eine junge Frau (und er hielt inne, um sehr sorgfältig ihren Namen vorzulesen, der Nathan natürlich nichts sagte), die bewußtlos und mit Prellungen im Hof ihres Mietshauses aufgefunden und von der Polizei ins Krankenhaus gebracht worden sei – daß diese junge Frau behauptete, es sei Gottfried Wertheim gewesen, der sie angegriffen und geschlagen habe, als sie sich seinen Avancen widersetzte. Hier seufzte der Beamte tief. Er rufe auf Befehl seines Vorgesetzten an, sagte er, um Nathan darauf hinzuweisen, daß möglicherweise Klage erhoben werde.

Nathan dankte ihm und hängte ein.

Hannchen war noch nicht über Gottfrieds jüngste Missetat unterrichtet worden, aber sie argwöhnte, noch ehe sich die Familie zu Tisch setzte, daß etwas «faul im Staate Dänemark» war, wie sie es später selbst ausdrückte. Ein düsteres Gefühl der Besorgnis ergriff alle Anwesenden.

Jacob versuchte, unterhaltend zu sein. Aber seine Witze kamen nicht an, und schließlich, auf einen vernichtenden Blick seines Vaters hin, versank auch er in finsteres Schweigen. Nur Pauline schien nichts zu merken und schwatzte munter über die Gesellschaft am vorhergehenden Abend bei den Seligmanns.

Es war eine Erleichterung für alle, als der Nachtisch endlich serviert und pflichtschuldig verzehrt worden war.

«Die Mokkacreme ist köstlich», wagte Caroline zu sagen.

«Zu schade, daß wir sie nicht genießen können», erwiderte Hannchen.

Bei diesen Worten erhoben sich die Männer wie auf Befehl, baten, sie zu entschuldigen, und gingen ins Herrenzimmer.

«Nun gut», sagte Moritz, «laß uns hören, was geschehen ist. *Alles.*»

Nathan wiederholte fast wörtlich, was der Polizist ihm berichtet hatte.

«Hast du schon irgend etwas unternommen?» fragte Moritz.

«Nein», sagte Nathan. Edu fragte sich, warum Nathan sich immer noch vor seinem Vater zu ducken schien.

«Warum nicht?» warf er ein. Moritz sah ihn ärgerlich an.

«Ich wollte nichts unternehmen, ehe ich mich mit euch allen beraten hatte.»

«*Du* bist es doch, der Rechtswissenschaft studiert hat», sagte Siegmund.

«Es ist keine Frage des Rechts. Wir müssen eine endgültige Entscheidung darüber treffen, was mit Gottfried zu geschehen hat. Er scheint wirklich nichts als Dummheiten zu machen.»

«Auch im Geschäft», warf Edu ein.

«Hast du mit Gottfried gesprochen?» fragte Jacob.

«Er war völlig wirr, sagt Mama.»

«Was sollen wir tun?» fragte Siegmund.

«Sie mit Geld zum Schweigen bringen», erklärte Moritz.

«Sie hat gewisse Rechte», murmelte Jacob.

«Was für Rechte?» wollte Moritz wissen.

«Sie mag Rechte haben», sagte Nathan, «aber solange sie nichts von ihnen weiß . . . Die Polizei ist auf unserer Seite.»

«Was ist, wenn sie ihre Stellung verliert?»

«Ich kenne den stellvertretenden Intendanten», sagte Siegmund.

Es wurde beschlossen, daß Nathan das Mädchen im Krankenhaus besuchen und mit ihr reden sollte. Man einigte sich auf einen Betrag, mit dem er die Verhandlungen beginnen würde. Und es wurde eine Höchstsumme festgesetzt, die er ihr anbieten durfte.

«Und Gottfried?» fragte Jacob.

«Ich will ihn nicht wiedersehen», sagte Moritz.

«Niemals?» fragte Edu.

«Niemals!» erwiderte Moritz.

Seine vier Söhne erstarrten. Es war, als wäre ein eisiger Hauch durch das Zimmer geweht. Die Stimme des alten Mannes hatte einen schrecklichen, heiseren Klang.

«Aber was wird er machen?» fragte Siegmund.

«Er wird nach Amerika gehen», sagte Jacob, «wie alle anderen auch.»

«Genug!» rief Moritz.

«Wir sprechen ein andermal darüber», sagte Nathan.

Nellie brauchte, wie sich herausstellte, nur ein paar Tage Ruhe und Erholung. Sie empfing Nathan mit Würde und einem gewissen rührenden Stolz und gab sich mit einer Summe zufrieden, die nicht weit über dem lag, was er ihr zuerst geboten hatte. Nach zwei Wochen sang sie wieder im Chor.

Edus sorgfältige Durchsicht der Bücher bei Wertheim und Söhne brachte einige Unregelmäßigkeiten ans Licht, aber bis Nathan sie überprüft hatte und Moritz davon unterrichtet wurde, war es zu spät, Gottfried danach zu fragen. Er war schon auf dem Weg nach New Orleans, versehen mit einer Summe Geldes und einem Empfehlungsschreiben an einen Frankfurter Herrn an der Baumwollbörse. Er hatte seinen Vater nicht mehr gesehen, aber Jacob und Siegmund waren zu ihm gegangen, um sich von ihm zu verabschieden. Er hatte ihnen gesagt – ein wenig trotzig, wie Jacob meinte –, er sei ebenso froh, fortzugehen, wie seine Familie froh sei, ihn fortgehen zu sehen.

Zweites Kapitel

1913

MORITZ WERTHEIM STARB eines Nachts im Februar 1913 friedlich im Schlaf. Er wurde in angemessener Form gepriesen und begraben, seine Söhne trugen einen Trauerflor am Ärmel, und seine Witwe kleidete sich in aufwendiges Schwarz. Später war sie der Meinung, es sei ein Glück, daß Moritz den Weltkrieg nicht mehr erlebt habe, aber in diesen ersten Monaten vermißte sie ihn schmerzlich. Sie hatte ihn sehr geliebt.

Bis zur Adventszeit jenes Jahres war die Trauerzeit beinahe vorüber, und die Gedanken der meisten Familienmitglieder, vor allem der Kinder, wandten sich dem bevorstehenden Fest zu. Ganz Frankfurt war auf den Beinen, in den Läden herrschte Hochbetrieb, die Straßen waren festlich beleuchtet, und überall roch es nach Kuchen und Plätzchen.

Auf dem Platz vor dem Römer war der alljährliche Weihnachtsmarkt in vollem Gang. Der Römer war, wie jedes Kind in der Schule lernte, nicht nur seit 1405 das Rathaus von Frankfurt, sondern dort hatten zwischen 1564 und 1794 die deutschen Kaiser – nach ihrer Krönung im Dom – ihre Feierlichkeiten abgehalten.

Würzig duftende Tannenbäume waren in dichten grünen Reihen aufgeschichtet und warteten auf Käufer. Marktbuden waren vollgestopft mit Süßigkeiten, mit Lebkuchen, Zwetschemännche und anderen Leckereien, mit bunten Kerzen und hell glänzendem Weihnachtsschmuck, mit geschnitzten, handbemalten Figuren für die Krippe, mit Pfeifen und Blechtrommeln, mit ganzen Regimentern von Spielzeugsoldaten, ihren Kanonen und ihren Feinden in farbenprächtigen Uniformen, die aus jedem Winkel der Erde kamen: aus Indien und der Türkei, aus Rußland und Afrika. An einigen der Buden konnte sich der Besucher ein Glas Punsch, Süßmost oder Glühwein genehmigen, um damit die gerösteten Kastanien hinunterzuspülen, die außen verkohlt, innen jedoch gelb, butterweich und süß waren. Die italienischen Verkäufer, die sie auf ihren tragbaren kleinen Öfen rösteten, trugen weiche Filzhüte und hatten große, dunkle Schnurrbärte und Augen so schwarz wie Kohle. Sie riefen *«Marroni, marroni!»* mit ihren melodischen, südländischen Stimmen, die sich (unvergeßlich) mit den blechernen Tönen der Weihnachtslieder aus einem Dutzend verschiedener Drehorgeln vermischten.

Es hatte in der Woche vor Weihnachten leicht geschneit, und eine dünne Schneeschicht lag auf den schrägen Dächern der Altstadt und verlieh ihr ein angemessen malerisches Aussehen. Die Erwachsenen konnten sich darüber nicht genug freuen und zeigten die schneebedeckten Häuser immer wieder den Kindern, die sich nicht das geringste aus derlei Dingen machten, denn sie hatten nur Augen für die Spielsachen in den Schaufenstern und den Buden vor dem Römer.

Hannchen und Moritz Wertheim hatten seit dem Jahr, in dem Edu geboren wurde, Weihnachten gefeiert. *Alle Welt,* sagten sie sich, feierte Weihnachten, warum sollten sie es nicht tun? Es war ein gutes deutsches Fest, und sie waren gute deutsche Bürger. Seltsamerweise hatte Hannchen dieses Jahr, da Moritz tot und auf dem jüdischen Friedhof in der Rat-Beil-Straße begraben war, gewisse Bedenken hinsichtlich der bevorstehenden Festlichkeiten. Was war, wenn Moritz dort droben im Himmel (wohin er gehörte, dessen war sie gewiß) mit dem jüdischen Gott sprach und Er ihn fragte: «Mosche, Mosche, bitte sage mir, warum hast du all die Jahre Weihnachten gefeiert? Wußtest du nicht, daß damit die Geburt meines *Sohnes* gefeiert werden soll? *Ich habe keinen Sohn!* Oder besser gesagt, ich habe hundert Millionen Söhne – ihr alle seid meine Söhne, die Menschenkinder überall sind meine Söhne und Töchter . . .» Was würde Moritz Ihm erwidern? Er würde wahrscheinlich sagen: «Jeder dort unten zu Hause tut es», und Gott würde – mit gutem

Recht – fragen: «Was ist *das* für eine Antwort?» Hannchen hatte seit vielen Jahren nicht mehr über die religiöse Bedeutung des Weihnachtsfestes nachgedacht, obwohl ihre Augen feucht wurden, wenn sie auf das süße Baby blickte, das, von Eseln, Kühen und Schafhirten umgeben, auf seinem Strohlager in einer Krippe lag, oder wenn sie ihre Stimme erhob, um zusammen mit den anderen «Stille Nacht, Heilige Nacht» zu singen.

Natürlich konnte sie ihren Enkeln das Weihnachtsfest nicht nehmen. Vielleicht, sagte sie sich, würden sie in einer Welt aufwachsen, in der all diese Unterschiede vergessen waren, obwohl die Frage, *wer* sie vergessen sollte, ein Problem war, das bisher niemand hatte lösen können. Aber sie würde das ebensowenig tun, wie sie ihnen verbieten würde, sich die religiösen Gemälde im Städel anzusehen – es gab ja ohnehin dort kaum etwas anderes zu sehen –, zumal ihr eigenes Lieblingsbild die van-Eycksche Madonna war, die sie so oft betrachtet hatte, daß sie jetzt ihre Augen schließen und sie in allen Einzelheiten vor sich sehen konnte – von dem mit Perlen und Edelsteinen umsäumten roten Umhang bis zu den Äpfeln auf dem Fenstersims und den vier Löwen aus Bronze, die die Armlehnen und die Rücklehne ihres Thrones zierten . . .

Hannchen hatte beschlossen, daß die Familienfeier am Heiligabend bei Nathan und Caroline stattfinden sollte. Sie erbot sich, ihnen ihre eigenen Dienstboten zu schicken, damit sie Carolines Personal halfen, und versprach, die ganzen Weihnachtsplätzchen und Stollen zu liefern. Des Nachts in ihrem großen Himmelbett versuchte sie, über jede Entscheidung nachzudenken, die sie tagsüber getroffen hatte. Und während sie früher alles mit Moritz besprochen hatte, wenn sie nach dem Abendessen allein im Salon beisammensaßen, Kaffee tranken und auf die fernen Geräusche im Haus und das Klappern der Pferdehufe auf der Straße lauschten, sprach sie jetzt zu – sie war sich nicht sicher, vielleicht zu Gott? Oder war es einfach Moritz in himmlischen Gewändern, der, wie er es immer getan hatte, mit ernster Miene ihrem Geplauder zuhörte und sie nur unterbrach, wenn es ihm zu unvernünftig schien?

Hannchen war erleichtert, als ihre Lösung des Weihnachtsproblems bei ihrer Familie Anklang fand und keine Beschwerden von oben hervorrief.

Helene Wertheim hatte in diesem Jahr ihren zehnten Geburtstag gefeiert. Nachdem ihr Onkel Edu sie anfangs als ein «wütendes Äffchen» bezeichnet hatte, war sie inzwischen dazu aufgerückt, sein «Mops» genannt zu werden. Das pummelige kleine Mädchen mit dem wilden Lockenkopf war eindeutig sein Liebling. Gewiß, sie geriet leicht in Zorn, aber sie war viel robuster veranlagt als Emma, die mit dreizehn immer noch schlecht aß und überempfindlich war. Nichtsdestoweniger war sie eine liebevolle ältere Schwester, die Lene und die Zwillinge so oft unter ihre Fittiche nahm, daß die Familie sie die «kleine Mutter» nannte.

Ernst und Andreas, jetzt elf, bildeten eine eigene Bruderschaft, nicht nur, weil sie Jungen waren und daher von ihnen erwartet wurde, daß sie ihren eigenen, anders gearteten Beschäftigungen nachgingen, sondern auch, weil sie als Zwillinge naturbedingte Gefährten waren, sich selbst genügend und im Gleichklang wie fein aufeinander abgestimmte Instrumente. Sie waren keine eineiigen Zwillinge, was ein Segen war, denn es bewahrte sie davor, ewig verwechselt zu werden, und gewährte ihnen, obwohl sie gleich gekleidet waren, ein gewisses Maß an Individualität. Caroline war der Meinung, daß Andreas eher Emma glich und daß Ernst und Lene einander mehr ähnelten. Alle Verwandten waren sich einig, daß die Jungen sich gut ergänzten und daß die Mädchen, die, sehr zu Emmas Kummer, ebenfalls gleich gekleidet waren, ein reizendes Paar bildeten.

Die Familienmitglieder wurden nie müde, über die Kinder zu sprechen. Pauline und Siegmund hatten Julia und Jenny einen kleinen Bruder, Willy, beschert, jetzt ein Bürschchen von neun, mit Ohren, die weit von seinem Kopf abstanden; ein schüchternes, ängstliches Kind, das die Zielscheibe des albernen Gelächters seiner Schwestern war. Bei Hannchens Sonntagsessen schwatzten alle zufrieden über den Fortschritt, den die Kinder machten, oder rügten eines der Schar, wenn es auf die eine oder andere Art nicht den Erwartungen entsprochen hatte. Allzuoft vergaßen sie, daß die Kinder ebenfalls am Tisch saßen – wenn auch am anderen Ende, unter der Aufsicht von Nanny und Fräulein Gründlich –, und Nathan sah sich veranlaßt, mahnend auf englisch zu sagen: *«Not before the children!»*

Fräulein Gründlich war seit der Geburt der Zwillinge bei Caroline und Nathan Wertheim. Als Säuglinge wurden die Kinder von einer Amme betreut; die Erzieherin übernahm sie erst, als sie dem Babyalter entwachsen waren. Fräulein Gründlich kam aus Norddeutschland, eine untersetzte Frau von bäuerlicher Herkunft, die ihr möglichstes getan hatte, den engstirnigen Chauvinismus ihrer schleswig-holsteinischen Erziehung zu überwinden. Sie war achtundzwanzig, sah aber älter aus, und trug das Haar straff zurückgekämmt und am Hinterkopf zu einem kleinen, runden Knoten geschlungen.

Sie hatte mit sechzehn, sehr gegen den Wunsch ihrer mürrischen und abergläubischen Mutter, ihr Elternhaus verlassen, um sich eine Stellung zu suchen. Die eintönige Landarbeit gefiel ihr nicht, das flache Heideland bedrückte sie, und sie haßte das Meer. Eine Stellung bei einer Familie schien ihr der beste Weg, dem zu entkommen. Ehe sie zu den Wertheims kam, hatte sie ein Jahr in Hamburg gedient, und sie hatte nie bereut, diesen Weg gewählt zu haben. Kinder, fand sie, machten überhaupt keine Mühe; sie wollten am liebsten in Ruhe gelassen werden. Sie brauchte nie zu kochen, und kein Staubtuch beschmutzte je ihre Finger. Bei Tisch lauschte sie auf Gespräche, die ihr Horizonte erschlossen, von denen sie früher nie etwas geahnt hatte. Sie begann zu lesen, zuerst die Bücher der Kinder und dann diejenigen, die sie auf den Regalen der Bibliothek ihrer Herrschaft fand. Da von ihr erwartet wurde, daß sie nur sprach, wenn man das Wort an sie richtete, brauchte sie ihre Unwissenheit nicht zu zeigen; sie baute sich ihr Wissen langsam hinter einer Mauer des Schweigens auf. Und die Kinder liebten sie von Anfang an. Sie erkannten, früher als die Erwachsenen, daß sie freundlich und gutmütig war. Sie war da, um die Kinder zu beaufsichtigen, sie zur Schule zu bringen (ehe die Jungen allein gehen durften, hatten sie sich angewöhnt, ein paar Schritte vor ihr herzugehen, damit keiner, der sie sah, mit Sicherheit sagen konnte, ob sie zu ihr gehörten oder nicht), dafür zu sorgen, daß sie ihre Hausaufgaben machten, sich ordentlich anzogen und gute Manieren zeigten. Wenn eine Anstandsdame gebraucht wurde, war sie da, in der Tanzschule, bei Gesellschaften und bei Einkäufen. Wenn die Familie in die Ferien fuhr, hatte sie ihr eigenes Zimmer im Hotel und sorgte ebenso wie zu Hause dafür, daß die Kinder ihren täglichen Spaziergang machten.

Und so ergab es sich, daß die meisten der kleinen Krisen im Leben der Kinder in Gegenwart von Fräulein Gründlich stattfanden. Es blieb ihr überlassen, ihre Tränen zu trocknen, ihre Streitigkeiten zu schlichten und sie in den Schlaf zu singen. Mama und Papa schwebten durch ihr junges Leben wie königliche Hoheiten auf Besuch. Keines von ihnen sah Caroline je mit Nathan streiten oder Tränen des Schmerzes, des Kummers oder des Zorns vergießen. Sie hatten im vergangenen Herbst alle in zwangloser und elegant liebevoller Pose für ein Porträt gesessen. Das fertige Bild erweckte den Eindruck einer ungezwungenen Gemeinschaft – eine komplette Erfindung. Der Maler hätte besser daran getan, die Eltern allein zu zeigen – zum Beispiel, wie sie im Begriff sind, ins Theater zu gehen, oder zusammen am Flügel sitzen. Solche Augenblicke *gab* es in ihrem Leben. Was die Kinder betrifft, man hätte sie mit ihren Attributen – einem Segelboot, einem Teddybär – in Pose stellen sollen, zwei auf jeder Seite von Frieda Gründlich, die kerzengerade wie eine Pfarrersfrau dasaß, die Hände im Schoß gefaltet. Aber natürlich war es die Aufgabe des Malers, die Annäherung an ein bürgerliches Familienideal darzustellen.

Die Vorweihnachtszeit war in diesem Jahr voller geselliger Veranstaltungen. Kaum ein Tag, an dem es nicht irgendeine Unterhaltung für die Kinder oder die Erwachsenen gab. Rückblickend schien es, als wäre das ganze Volk von der unausgesprochenen Vorahnung ergriffen worden, daß sich die Welt noch vor dem nächsten Advent in einen Krieg stürzen würde, aus dem sie für alle Zeiten verwandelt hervorgehen sollte.

Kostümbälle waren besonders beliebt, vor allem bei den jungen Leuten, die als Schornsteinfeger und Clowns, Milchmädchen und Schäferinnen gekleidet durch die Stadt gingen. Lene genoß diese Feste intensiver als die anderen Kinder. Sie liebte es, sich in Kostüme ferner Zeiten und Länder zu kleiden. Die Zwillinge kamen sich albern vor, wenn sie in Samtanzügen oder als neapolitanische Bauern verkleidet ausgingen, und Emma hatte sich eingeredet, daß sie häßlich sei. Sie sah mit großen, dunklen Augen in die Welt – mit Augen, die eher Angst vor ihren Gefahren als Hoffnung auf ihre Freuden spiegelten. Sie hatte einmal gehört, wie über ihre Nase gesprochen wurde. Hannchen sagte, es sei der am wenigsten reizvolle Teil ihres Gesichts, worauf Caroline erwiderte, daß es eine «Wertheimsche Nase» sei, und Siegmund mit einem boshaften Lachen hinzusetzte: «eine jüdische Nase». Jetzt blickte Emma oft in den Spiegel, um zu sehen, ob sie, wie Pinocchios Nase, vielleicht eingeschrumpft war. Sie hatte sie zuvor nicht bemerkt, aber jetzt war sie das einzige, was sie sah.

Lene hingegen schien nicht zu hören, wenn die Erwachsenen mit gewissem Ärger über ihre Molligkeit sprachen. «Wir werden dich als ‹kleine Dickmadam› auf dem Jahrmarkt ausstellen», ermahnte Hannchen sie, aber Lene aß unbekümmert ein weiteres Stück Kuchen.

Am 21. Dezember gaben die von Brenda-Badolets ihre alljährliche Gesellschaft, die zur Feier des Geburtstags des Sohnes Thomas veranstaltet wurde. Fräulein Gründlich beriet stundenlang mit den Mädchen über ihre Kostüme, und dann gingen sie alle drei in die Stadt, um die nötigen Einkäufe zu machen. Lene sollte als der junge Mozart gehen, dessen Bild in einem ovalen Rahmen dicht beim Flügel hing.

«Er paßt auf, daß du keine falschen Noten oder falsche Tempi spielst», sagte Herr Sauerwein, der Klavierlehrer.

Emma hatte ein wenig widerwillig das Kostüm einer Schäferin nach einem Gemälde von Watteau gewählt. Sie wurde mit vielen Metern von geblümtem Chintz ausstaffiert und trug sogar einen echten Hirtenstab. Ihre dunklen Locken wurden unter einer blonden Perücke versteckt, auf der eine kleine Haube saß. Von ihren sehr dunklen Augen abgesehen, sah sie wie eine Meißner Porzellanfigur aus.

Der kleine, pausbäckige Mozart trug ebenfalls eine Perücke – eine gepuderte mit einem Zopf, genau wie auf dem Bild. Es erwies sich als schwierig, den Mädchen die Wintermäntel über die Kostüme zu ziehen, und es gab viel Ächzen und Stöhnen, aber Fräulein Gründlich tat ihr möglichstes, sie warm einzuhüllen, ohne ihre Kleidung in Unordnung zu bringen.

Tom von Brenda-Badolet war ein Klassenkamerad der Zwillinge im Goethe-Gymnasium. (Die Mädchen gingen in eine Privatschule, die von zwei unverheirateten Schwestern geleitet wurde und denjenigen, die intelligent genug waren, eine recht ordentliche Bildung vermittelte, aber zugleich auch dazu diente, den schwächeren Schülerinnen den letzten gesellschaftlichen Schliff zu geben.) Die Schüler des Goethe-Gymnasiums trennte weniger ihre Konfession als ihre gesellschaftliche Stellung: Es kam nicht so sehr darauf an, ob man Jude oder Nichtjude, Katholik oder Protestant war, als vielmehr darauf, ob man im Westend wohnte. Die von Brenda-Badolets waren eine alte Frankfurter Familie, deren Vorfahren sowohl italienischer als auch französisch-hugenottischer Herkunft waren. Diese beiden Gruppen waren seit dem sechzehnten und siebzehnten Jahrhundert ein wesentlicher Bestandteil der Frankfurter Kaufmannschaft. Obgleich sie niemals in einem Ghetto hatten leben müssen wie die Juden, waren sie nichtsdestoweniger anfangs einer gewissen Diskriminierung ausgesetzt gewesen, zählten aber mittlerweile zu den angesehensten «alten» Familien Frankfurts und waren in vielen Fällen geadelt worden.

Tom war ein Nachkömmling. Seine Geschwister waren erwachsen, verheiratet, standen im Geschäftsleben oder studierten an der Universität. Tom wurde mit jener Art von verständnisloser, nachsichtiger Liebe erzogen, die Eltern für gewöhnlich ihren Enkeln zuteil werden lassen. Er wurde auf vielen Knien geschaukelt, zu lange in Spitzen gekleidet und trug bis zum Alter von drei Jahren schulterlange Locken. Er war ein einsames Kind, von seinen Altersgenossen getrennt durch all die Spitzen, die Locken und den Luxus seiner Umgebung. Das Haus seiner Eltern gehörte zu den ältesten und schönsten Villen des Frankfurter Westends. Aber er war so viel allein, daß er sich darin verlassen und fremd fühlte; seine vertrautesten Gefährten waren meistens Juden. Er wurde für schwächlich gehalten, aber das war bis zu einem gewissen Grad eine Täuschung. Abgesehen von den üblichen Kinderkrankheiten, war er kaum jemals krank. Wie die meisten einsamen Kinder las Thomas viel, und er wußte durch das, was er aus den Büchern lernte, über die Welt Bescheid. Er saß oft stundenlang da und las, gefesselt von irgendeinem Abenteuer, das er dann – mit ihm selbst als Held – am Abend im Bett noch einmal durchlebte. Seine Mutter vergaß oft, ihm einen Gutenachtkuß zu geben, und seine alte Kinderfrau war fast senil; so wurde ihm wenig Aufmerksamkeit zuteil, und niemand kümmerte sich um die Wahl seiner Lektüre. Seine Einbildungskraft wurde von seiner Familie nicht als Plus gewertet. Seine Mutter war eine kalte Frau und sein Vater ein Geschäftsmann der alten Schule. Er hatte einen Sitz an der Börse und seine Lebensweise war einfach.

Tom war für sein Fest als Pierrot verkleidet. Das Kostüm war für einen seiner älteren Brüder angefertigt und im Lauf der Jahre viel getragen worden, aber seine bunten Flicken waren aus reiner Seide, und es war mit der Hand genäht. Tom trug einen Dreispitz und eine Maske über seinen blauen Augen; er fühlte sich gut geschützt, und es gelang ihm, die Rolle des Gastgebers mit einer aristokratischen Würde zu spielen, die er nicht immer empfand.

Die meisten Kinder waren eingeschüchtert durch das große Haus der von Brenda-Badolets, das zu der Zeit, als der Westen Frankfurts noch eine ländliche Gegend gewesen war, seinen Besitzern als Sommervilla gedient hatte und weit von der Straße entfernt in einem großen Park lag, mit einer eigenen Orangerie und einem Kutschhaus. Die ehrfürchtige Scheu führte zu viel Kichern und Flüstern und staunenden Blicken in die fernen Winkel der neoklassizistischen Räume.

Der kleine Pierrot stand am Fuß einer großen Treppe und begrüßte seine Gäste. Direkt über ihm hing ein Kronleuchter von wahrhaft imposanten Ausmaßen, dessen sanftes Licht sich in tausend Prismen spiegelte, so daß in dem Raum über dem Kopf des Jungen zahllose Sterne zu glitzern schienen. Tom erkannte fast jeden, der hereinkam, selbst diejenigen, die eine Maske trugen, denn er kannte die Fräuleins, die *nannies* und Mademoiselles, die seine Gäste begleiteten. Er war es gewohnt, den Gastgeber zu spielen. Seine Eltern zogen es vor, daß er seine Freunde bei sich empfing, statt zu ihnen zu gehen, und Tom nahm dies als eine Gegebenheit seines Lebens hin.

Ein Zauberkünstler war engagiert worden, um die Kinder zu unterhalten. Er führte nicht nur Zauberkunststücke vor, sondern organisierte auch die Gesellschaftsspiele. Der Tanzlehrer, dessen Schule die Jungen und Mädchen einmal in der Woche besuchten, war zugegen, um die Tänze anzuführen. An einem Ende des Ballsaals war ein bunt geschmückter Tisch aufgestellt worden, und die Kinder musterten ihn aufmerksam, aber es war noch fast alles in der Küche, bereit, serviert zu werden, wenn es Zeit zum Essen war.

Fräulein Gründlich ließ die Kinder allein, nachdem sie Thomas begrüßt hatten, und zog sich in das große, schlicht eingerichtete Wohnzimmer hinter der Küche zurück, das dem Personal als Aufenthaltsraum zur Verfügung stand. Dort versammelten sich die diversen Erzieherinnen zu Kaffee und Kuchen und klatschten über ihre Herrschaft. Sie bildeten eine Clique, die beinahe so exklusiv war wie die der Familien, bei denen sie angestellt waren. Diejenigen, deren Herrschaft christlich war, fühlten sich denen, die für Juden arbeiteten, leicht überlegen.

Lene ging mit resoluten, schnellen Schritten zu den übrigen Kindern. Sie war glücklich, wenn sie wie die Jungen Kniehosen tragen konnte; sie gaben ihr die Möglichkeit, sich frei zu bewegen, die Beine zu spreizen und, wenn sie wollte, auf die Bäume zu klettern, was sie mit Kleidern nicht konnte. Sie drehte sich im Kreis, ganz für sich allein, halb Junge, halb Mädchen, und hätte fast einen Stuhl umgeworfen. Sie war Emma entkommen; die Jungen (ein Pirat und ein Husar) waren ihr entwischt. Sie wollte tanzen, aber es war noch zu früh; sie wollte essen, aber auch dafür war es noch zu früh. Der Zauberkünstler rief sie alle gerade zur Ordnung; eine Geige und ein Klavier spielten irgendwo. Emma konnte sich mit ihren vielen Röcken kaum bewegen und saß steif und schüchtern auf einem Stuhl in der Nähe der Tür. Schulfreundinnen kamen oft zu ihr herüber und flüsterten ihr etwas ins Ohr. Sie hörte eine Weile zu, dann warf sie ein oder zwei Worte ein, um sie zum Lachen zu bringen. Sie fing die Blicke auf, die zwischen Freundinnen gewechselt wurden, und manchmal war sie zu unbesonnen in ihren Bemerkungen. Dann legten die Mädchen die Hand vor den Mund, wandten sich ab und sagten: «Habt ihr gehört, was Emma gesagt hat? Nein so was!»

Als der Zauberkünstler seine Vorführung beendet hatte, wurde getanzt. Ein junger Schornsteinfeger kam auf Lene zu und forderte sie auf. Tom tanzte nicht, sondern ging, wie seine Eltern es ihn gelehrt hatten, unter seinen Gästen umher und vergewisserte sich, daß alles in Ordnung war. Er bemühte sich, so zuvorkommend zu sein, wie es ihm mit seinen zwölf Jahren möglich war. Er besaß ein außerordentlich feines Gespür für die Gefühle seiner Gefährten; auf seinen einsamen Reisen durch zahllose literarische Länder hatte er das Leben so vieler fiktiver Personen geteilt, daß er mit einem Scharfblick weit über seine Jahre hinaus die verschiedenartigen Ängste verstand, die sich hinter dem menschlichen Antlitz verbargen.

Tom hatte den kleinen Mozart gleich bemerkt, als er hereinkam. Nach einem Augenblick der Verwirrung – war es ein Junge oder ein Mädchen? – erkannte er an den zarten Lippen, der gekünstelten Haltung und dem Gang, daß es in der Tat ein Mädchen war. Als er ihr die Hand schüttelte, bemerkte er ihre fröhlichen Augen. Danach hielt er Ausschau nach ihr, wann immer er konnte.

Er sah, daß ihr nächster Partner ein Stierkämpfer war, mit einem langen, bestickten Cape, das ihm sehr hinderlich zu sein schien. Was er nicht sehen konnte, war die verschwitzte Hand des Jungen in der ihren und sein schweres Atmen, während er sein möglichstes tat, ihr nicht auf die Zehen zu treten. Lene war froh, als der Tanz vorüber war und sie sich davonstehlen konnte. Sie begann, sich nach Emma umzusehen, als die Dienstboten gerade damit begannen, das Essen hereinzutragen. Beim Anblick so vieler Leckerbissen zog sich ihr Magen plötzlich vor Hunger zusammen, als ob sie seit Tagen nichts gegessen hätte.

«Wo warst du?» fragte Emma, die sie in einer Ecke direkt bei der Anrichte entdeckte. «Ich soll auf dich aufpassen.»

«Wer hat das gesagt?» Lene näherte sich ihrer Schwester oft in bester Absicht und mit dem Wunsch, irgendein Geheimnis mit ihr zu teilen, stieß aber bei Emma oft nur auf Mißbilligung und Kritik.

«Ich bin deine ältere Schwester und daher für dich verantwortlich.»

«Dieser Junge ist mir dauernd auf die Füße getreten. Ich glaube, ich hol mir was zu essen. Ich habe einen Bärenhunger.»

«Du darfst noch nicht essen», sagte Emma. «Sie werden uns Bescheid sagen, wenn es soweit ist.»

Aber Lene hatte sich bereits auf den Weg gemacht. Sie musterte den Tisch mit Kennerblicken, während sie angestrengt überlegte, was sie als erstes kosten sollte. Die Zimtsterne oder die kleinen Sandwiches mit Sardellenbutter? Die Baisers oder die Petit fours? Die Russischen Eier oder die *madeleines*?

Lene konnte nicht widerstehen. In der Annahme, daß niemand guckte, nahm sie sich rasch zwei Butterkekse. Sie hatte gerade einen in den Mund gesteckt, als sie eine knochige Hand auf ihrer Schulter fühlte. In ihrem schuldbewußten Schreck stieß sie einen leisen Schrei aus und drehte sich um, überzeugt, daß Herr von Brenda-Badolet gekommen war, um sie aus seinem Haus zu weisen. Aber es war nur der Tanzlehrer. «Zeit für den nächsten Tanz», sagte er, «ich habe einen Partner für dich, mein Kind.»

Sein Gesicht war seltsam angeregt. Lene wandte sich von ihm ab und stopfte den zweiten Keks in die Tasche ihrer Kniehosen. Ihre Hand war jetzt fettig, und Krümel klebten an ihren Lippen. «Tanzt, Kinder, tanzt», rief der alte Mann und stieß Lene in die Arme eines Ritters, während die Geige und das Klavier einen Foxtrott zu spielen begannen.

Der Ritter hieß Günter. Er war größer als Lene und viel älter. «Ich wollte gar nicht mit dir tanzen», flüsterte er ihr ins Ohr. «Der Tanzlehrer hat mich gezwungen. Du bist fett – wie ein Schwein.»

Lene starrte auf den Hals des Jungen, dorthin, wo sein Puls in einem stetigen Rhythmus schlug. Tränen traten ihr in die Augen, und sie fragte sich, wo Emma sein mochte. Günter hielt sie mit grausamer, jungenhafter Kraft an sich gepreßt. Aber sobald die Musik aufhörte, stieß sie ihn mit aller Gewalt fort, so daß er überrascht dreinblickend zurücktaumelte und mit einem anderen Paar zusammenstieß, ehe er das Gleichgewicht wiedergewann. Lene lief in die Halle; ihr einziger Gedanke war, so schnell wie möglich wegzukommen. Sie wollte einen Platz finden, wo sie allein sein und weinen konnte, aber das Haus war so riesig, daß es in ihm keine verschwiegenen Winkel zu geben schien, kein Versteck für ein kleines Mädchen. Schließlich fand sie die Hintertreppe und lief eilig hinauf in eine große Diele mit vielen Türen, von denen die meisten geschlossen waren. Aber eine stand offen, und sie betrat ein Arbeitszimmer, ähnlich wie das ihres Vaters, nur größer. An einer Wand hing ein wundervoller Gobelin in tiefen Rot- und Blautönen, voll von Tieren aller Art – Kaninchen, Vögeln und Mäusen, Wieseln und Fasanen und Katzen mit den runden Gesichtern von Babies. Es gab auch Blumen in Hülle und Fülle. Lene vergaß, daß sie weinen wollte. Sie stand wie angewurzelt da und blickte auf den Wandteppich. Da war ein weißes Tier, ein Einhorn, mit einer Wunde am Hals, aus der rotes Blut floß, und es war von Hunden umringt. Lene sah, daß seine Augen in Schmerz und Todesqual dem Himmel zugewandt waren.

Sie vergaß Günter und seine beleidigenden Worte. Die Tränen auf ihren Wangen trockneten, und sie konnte das Salz schmecken, wenn sie ihre Zunge so weit wie möglich herausstreckte. Sie hörte nicht, daß Tom hinter ihr ins Zimmer kam. Er hatte den Zwischenfall mit Günter beobachtet und sofort ihren Kummer erkannt. Er wußte, daß Günter ein Grobian war, dumm, beschränkt und eitel. Da er sich in seinem eigenen Haus befand, fühlte er sich mutig, und sein Beschützerinstinkt erwachte. Er folgte ihr. Als er spürte, daß sie sich seiner Gegenwart bewußt war – daß er sie nicht erschrecken würde –, sagte er: «Das ist die Kopie eines berühmten Wandteppichs, der in Paris hängt. Mein Großvater hat sie anfertigen lassen.» Lene drehte sich nicht sofort nach ihm um. Als sie ihn schließlich ansah, konnte er nicht umhin, die letzte Träne zu bemerken, die noch an ihrer Wange, direkt neben ihrer Nase, hing.

«Weine nicht», sagte er, aber Lene lächelte schon wieder.

Ein paar dunkle Locken schauten unter der weißen Perücke hervor. Tom küßte sie auf die Wange, und sie rührte sich nicht. Sie stand einfach da und sah zu ihm auf, als hätte sie immer gewußt, daß Thomas von Brenda-Badolet sie eines Tages im Arbeitszimmer seines Vaters küssen würde. Er nahm sie bei der Hand und sagte: «Komm wieder runter. Es gibt jetzt was zu essen, und du hast doch sicher Hunger. Ich werde dich beschützen», setzte er großartig hinzu.

Aber Lene konnte sich noch nicht vom Anblick des Wandteppichs losreißen. «Kennst du die Geschichte?» fragte sie.

Tom nickte. «Ich habe die übrigen Gobelins gesehen; dies ist nur einer von ihnen», sagte er, und Lene fand, daß seine Art, etwas zu erklären, kein bißchen überheblich war.

«Das arme Einhorn», murmelte sie.

«Es wird wieder lebendig», erklärte Tom beruhigend.

Sie kehrten über die Haupttreppe in den überfüllten Ballsaal zurück.

«Kann man sehen, daß ich geweint habe?» fragte Lene. Tom musterte sie im Licht des großen Kronleuchters. Er holte sein Taschentuch heraus und wischte die letzte Spur von Tränen fort.

«Ich bin jetzt wirklich hungrig», sagte Lene, aber dann fiel ihr ein, was Günter gesagt hatte, und sie beschloß, nur ganz wenig zu essen.

Emma hatte wieder nach ihrer Schwester gesucht, und als sie sie mit Thomas auf der Treppe sah, fühlte sie den Ärger, der oft der Erleichterung folgt, und einen Stich von Eifersucht angesichts der Selbstverständlichkeit, mit der die beiden dort nebeneinander standen. Ihre Stimme klang ein wenig zu schrill, als sie rief: «Lene! Wo hast du die ganze Zeit gesteckt? Ich habe mir solche Sorgen gemacht, weil ich dich nicht finden konnte!»

Lene antwortete nicht, denn Emmas Stimme hatte die Aufmerksamkeit mehr auf sie gelenkt, als es die verrutschte Perücke oder ihre tränennassen Wangen hätten tun können.

Das Fest schien zu Ende zu gehen; einige der Erzieherinnen waren bereits mit Mänteln und Muffs in den Händen hereingekommen, um ihre Schützlinge zu holen. Lene steuerte entschlossen auf die Tafel zu, sah jedoch zu ihrer Enttäuschung, daß fast alles aufgegessen war. Nur einige zerbrochene Plätzchen und geschmolzenes Eis waren übriggeblieben, und auf der heißen Schokolade lag eine dunkle, runzelige Haut.

«Vergiß nicht, dich zu bedanken», sagte Fräulein Gründlich, «und deinem Gastgeber zu sagen, wie gut du dich unterhalten hast.»

«Aber das hab ich nicht», protestierte Lene. «Der ganze Kuchen ist weg, und Günter hat mich ein Schwein genannt.» Sie hätte fast wieder zu weinen angefangen.

«Das ist nicht die Schuld des jungen von Brenda-Badolet. Gute Gäste beschweren sich nicht», ermahnte die Erzieherin sie.

Lene ging zu Thomas hinüber, der ruhig und gelassen unter dem Kronleuchter stand und die Höflichkeitsbezeigungen seiner Gäste entgegennahm.

«Vielen Dank», sagte sie mit einem kleinen Knicks. «Ich habe mich gut unterhalten.»

Er lächelte ihr verschwörerisch zu. «Wiedersehn, kleine Lene», sagte er. «Auf bald.»

Sie gingen zu Fuß nach Hause und kamen mit kalten Wangen und roten Nasen in der Guiollettstraße an. Kaum hatten sie das Haus betreten, da hörten sie im Salon die Stimmen von Erwachsenen.

«Onkel Edu ist da!» rief Emma und lief in das warme, gemütlich beleuchtete Zimmer, in dem die Familie an Winterabenden saß. Sie hatte sich nicht einmal die Zeit genommen, ihren Mantel auszuziehen. Lene, die kleiner, dicker und langsamer war, blieb zurück und ließ sich aus ihren warmen Sachen herausschälen. Die Zwillinge waren nach oben gerannt.

Onkel Edu küßte Emma auf die kalte Wange.

«Laß mich dich in deinem schönen Kleid bewundern!» sagte er und sah zu, wie sie ihren Mantel zu Boden fallen ließ und sich, fast ohne ihn aus den Augen zu lassen, langsam vor ihm im Kreis drehte. Er lächelte, und sie war beglückt. Und dann sah sie, daß sein Lächeln breiter und strahlender wurde, bis es sein ganzes Gesicht verwandelte. Er blickte an ihr vorbei zur Tür, wo Lene gerade mit leicht verrutschter Perücke und aufgeknöpfter Weste erschienen war.

«Der kleine Mozart!» rief Edu. «Was für eine reizende Idee. Wer hat sich das ausgedacht?»

Er sah sich im Zimmer um. Nathan und Caroline waren da, und Jacob und Hannchen.

«Es war Nathans Idee», sagte Hannchen.

«Ich bin sicher, daß es Carolines war», widersprach Jacob. «Mein Bruder ist zu nüchtern für eine so charmante Idee. Er *spielt* Mozart sogar, als sei dieser nie jung und sorglos gewesen. Verzeiht mir meine Offenheit», setzte er mit einem Kopfnicken in Nathans Richtung hinzu.

«*Dein* Mozart ist nichts als Scherz und Spielerei, was sicherlich eine ebenso große Entstellung ist», sagte Nathan, «aber du hast recht, es war tatsächlich Carolines Idee.»

Edu küßte das kleine Wunderkind und nahm sie auf den Schoß. «Wie war das Fest?» fragte er.

«Ich habe kaum was zu essen bekommen», erwiderte Lene schmollend, «und ein Junge namens Günter hat mich ein Schwein genannt.»

«Sie wollte essen, bevor es Zeit dazu war», sagte Emma. «Sie versucht immer, sich vollzustopfen.»

«Wir werden sie auf dem Jahrmarkt ausstellen», erklärte Jacob.

«Laßt das Kind in Ruhe», sagte Hannchen. «Essen ist gesund. Ich wünschte, Emma würde nicht wie ein Spatz an ihrem Essen picken.»

«Was wünschst du dir mehr als alles andere zu Weihnachten?» fragte Edu sie.

«Das darf ich dir nicht sagen», erwiderte Lene, «sonst bringt das Christkind es mir nicht. Ich habe vor zwei Wochen einen Zettel auf meinem Fenstersims gelassen. Das Christkind hat ihn noch in derselben Nacht geholt, aber Fräulein Gründlich sagt, ich darf nicht darüber sprechen.»

«Nicht einmal mit deinem Onkel Edu?»

«Das hat sie gesagt.»

«Du bist ein Baby, daß du noch an so etwas glaubst», sagte Emma. «Willst du wissen, was *ich* mir wünsche, Onkel Edu?»

Er sah sie an, und sie war erfreut zu sehen, daß seine Augen auch ihren Blick liebevoll erwiderten. Sie trat dicht an ihn heran und flüsterte ihm ins Ohr: «Eine Puppe in einem Wagen, so groß wie ein wirkliches Baby.»

«Aber du hast doch schon tausend Puppen», sagte Edu. «Wie kannst du für noch eine sorgen?»

«Oh, ich *kann*», sagte Emma. «Du wirst sehn, wenn ich erwachsen bin, werde ich viele, viele Kinder haben, und dann weiß ich genau, was ich tun muß.»

«Bist du nicht allmählich zu groß, um noch mit Puppen zu spielen?» fragte Nathan.

«Fräulein Gründlich bringt mir jetzt bei, ihnen Kleider zu nähen, und ich kann auch stricken und häkeln. Mama sagt, das ist alles sehr nützlich. Nicht wahr, Mama?»

Emma erwartete eine Bestätigung von ihrer Mutter, aber Caroline saß über ihrer Petit-point-Stickerei und war völlig vertieft in das, was sie tat.

«Was hast du gesagt?» fragte sie zerstreut. Und dann setzte sie entschuldigend hinzu: «Ich war hier gerade mit einer schwierigen Stelle beschäftigt. Komm, sieh es dir an.»

«Ich habe Papa gesagt, daß ich noch nicht zu groß bin, um mit Puppen zu spielen», sagte Emma.

«Natürlich nicht, mein Liebes.»

«Und ich habe sehr gut nähen gelernt, nicht wahr?»

«Ja, das stimmt.» Caroline war jetzt ganz bei der Sache. «Vielleicht erlaubt dir dein Vater bald, Zeichenstunden zu nehmen.»

Caroline hatte sich immer Zeichenstunden gewünscht, aber ihr Vater hatte ihr das nie erlaubt. So hatte sie ihren Wunsch auf Emma übertragen, der sie sich am nächsten fühlte.

«Wenn ich Zeichenstunden nehme», fragte Emma aufgeregt, «darf ich dann mit den Klavierstunden aufhören?»

«Du hast noch nicht genug gelernt, um damit aufzuhören», sagte Nathan.

«Aber ich mag nicht Klavier spielen», entgegnete Emma, «und du hast selbst gesagt, ich hätte kein Talent.»

«Wir werden sehen», sagte Nathan.

Im Lauf dieser Unterhaltung waren Ernst und Andreas ins Zimmer gekommen und hatten sich still in eine Ecke gesetzt, um Domino zu spielen. Sie akzeptierten die Tatsache, daß ihren Schwestern soviel mehr Aufmerksamkeit gezollt wurde als ihnen – das sei nur natürlich bei all den vielen Onkels, sagte Fräulein Gründlich –, und waren vollkommen zufrieden mit ihrer gegenseitigen Gesellschaft. Sie hielten sich fern von Onkel Edu, der offensichtlich die Mädchen bevorzugte, und waren vertrauter mit Onkel Jacob, den sie viel amüsanter fanden. Er erzählte ihnen Witze und nahm an ihren Spielen teil; er schämte sich nie, mit ihnen Versteck zu spielen und sich dabei die Knie seiner Hosen auf dem Boden schmutzig zu machen. Er hänselte sie nie, so wie Onkel Edu, und die Streiche, die er ihnen spielte, waren nie boshaft.

Andreas, der kleinere der beiden, war besonders sensibel. Wenn er in den Spiegel blickte, fand er, daß sein Gesicht immer traurig und ein wenig besorgt aussah. Im Gegensatz zu Ernst hatte er Angst, auf Bäume oder Mauern zu klettern. Sein Onkel Jacob hatte ihm oft die Geschichte von Jacob und Esau erzählt. «Obgleich ich mich nicht erinnere, daß du mit der Hand die Ferse deines Bruders haltend geboren wurdest», sagte er, «ist die Moral der Erzählung trotzdem klar und eindeutig: Klugheit siegt letztlich über animalische Kraft. Die Juden ziehen nach wie vor wichtige Lehren daraus.»

«Stopf ihm nicht den Kopf mit solchem Unsinn voll», hatte Edu mehr als einmal gesagt. «Wir leben im zwanzigsten Jahrhundert. Die Juden sind wie alle anderen, und wenn sie es nicht sind, sollten sie es sein.»

Nathan sah sich bemüßigt, als Friedensstifter zu fungieren. «Wir können die Geschichte nicht außer acht lassen», sagte er, «aber es besteht keine Veranlassung, ihr Sklave zu sein. Die Dinge ändern sich tatsächlich. Hoffen wir, daß für die Juden das Schlimmste vorüber ist.»

«Plus ça change, plus c'est la même chose», sagte Jacob. «Je mehr die Dinge sich verändern, desto mehr bleiben sie die gleichen.»

Hannchen hatte angestrengt versucht, ihr Buch zu lesen, aber sie war nicht dazu aufgelegt. Manchmal, wenn sie des Nachts allein in ihrem Bett lag, vermißte sie Moritz immer noch, aber es war nicht mehr der brennende Schmerz, den sie zu Anfang empfunden hatte. Sie seufzte, als sie daran dachte, aber zugleich blickte sie zufrieden auf die Szene, die sich ihr bot. Ihre hellen grauen Augen fielen auf Jacob, der den Zwillingen bei ihrem Spiel zusah. Er hatte sich kurz vor dem Tode seines Vaters einen Teil seiner Erbschaft auszahlen lassen, um eine Buchhandlung in der Nähe des Römers zu kaufen. Dieses Unternehmen hatte ihn in den Augen seines sterbenden Vaters achtbar gemacht und seine Brüder versöhnt, denen sein untätiges Dasein stets ein Dorn im Auge gewesen war.

«Du vernachlässigst dich immer mehr», sagte Hannchen. «Was um alles in der Welt sollen deine Kunden denken, wenn sie dich so sehen?»

«Die sollen nicht mich ansehen, sondern meine Bücher», entgegnete Jacob. Er war nicht leicht aus der Ruhe zu bringen. Ernst und Andreas lachten, und er zwinkerte ihnen zu.

«Du hast einen schrecklichen Einfluß auf die Kinder», sagte seine Mutter, aber der Ton ihrer Stimme war nicht sehr streng.

«Angenommen, ich sagte dir, daß ich ans Heiraten denke?» fragte er. Die Frage schlug wie eine Bombe ein. Keiner der Anwesenden rührte sich.

Hannchen sprach als erste. «Hast du jemand Passendes gefunden?»

«*Ich* finde sie passend.»

«Doch nicht diese Gerda?»

Jacob nickte. Er hatte das Gefühl, Herr der Lage zu sein, und ein leichter Schwindel überfiel ihn.

«Hast du etwas über sie erfahren, was du vorher nicht

wußtest?» fragte Nathan. «Ist sie vielleicht eine uneheliche Tochter des Kronprinzen von Österreich?»

«Ich halte es für besser, das eheliche Kind von Eltern aus der Arbeiterklasse zu sein als der Bankert einer fürstlichen Persönlichkeit», entgegnete Jacob gereizt.

«Pas devant les enfants!» murmelte Hannchen und wandte sich an die Kinder. «Seht nach, wo Fräulein Gründlich ist; es ist bald Zeit für euer Abendessen.»

Die Mädchen brauchten lange für die paar Schritte zur Tür. Die Jungen legten ihre Dominosteine einen nach dem anderen in den Kasten und ließen auch noch einige absichtlich fallen. *«Vite, vite!»* sagte Hannchen ungeduldig. «Ihr könnt später wiederkommen.»

«Wir wollen bei Onkel Jacob bleiben», maulte Andreas.

«Ich werde Heiligabend hier sein», sagte Jacob und fuhr mit der Hand durch das kurzgeschnittene Haar des Jungen. «Sag ihnen, sie sollen dein Haar ein wenig wachsen lassen», setzte er hinzu. Sein eigenes war zerzaust, und darüber gab es oft Streit innerhalb der Familie. «Wenn ihr brav seid», fuhr Jacob fort, «wird man euch vielleicht erlauben, mich morgen im Laden zu besuchen.»

«Wirst du uns heiße Würstchen zum Mittagessen kaufen?» fragte Ernst.

«Selbstverständlich! Ich mache den Laden zu und hänge ein Schild an die Tür: ‹Ausgegangen, um heiße Würstchen zu essen.›»

Sobald die Kinder draußen waren, wandte sich das Gespräch wieder der Frage zu, die allen auf der Seele brannte.

«Ist das dein Ernst?» fragte Nathan.

«Ich würde über etwas, das mir so wichtig ist, gewiß nicht scherzen.» Jacobs Stimme klang scharf.

«Du weißt, wie wir über Gerda denken . . .» sagte Edu.

«Ich bin sicher, du hast Wunder an ihr vollbracht», sagte Nathan.

«Von solch bescheidenen Anfängen in ein Haus wie das deine zu kommen – ich weiß, sie ist dir dankbar und treu ergeben», sagte Hannchen, «aber, Jacob . . . Heirat!»

«Ich liebe sie, Mama.»

Dieses Eingeständnis, sehr leise, aber mit einer Eindringlichkeit gesprochen, die wegen ihres Ernstes nur um so stärker wirkte, wurde mit tiefem Schweigen aufgenommen.

«Erfüllt meine Liebe euer Herz mit Schrecken?» fragte Jacob.

«Nur mit Verwirrung ...» sagte Edu zögernd.

«Dann hast du keine Ahnung, was Liebe ist.»

«Das ist mal wieder eine deiner typischen anmaßenden Behauptungen. Nur weil ich meine Liebschaften nicht vor aller Welt zur Schau stelle ...»

«Du hast Liebschaften?»

«Schluß damit», sagte Nathan. «Wir kommen vom Thema ab.»

«Du kannst Gerda nicht heiraten», erklärte Hannchen mit kühler Entschiedenheit. «Es kommt nicht in Frage. Ich spreche auch für deinen Vater seligen Angedenkens. Er hätte dir nicht einen Pfennig deines Geldes zur Verfügung gestellt, wenn er angenommen hätte, daß es in die Hände dieser Frau gelangen würde. Wenn du dich nicht ehrbar verhältst, ist es überflüssig, dich in einem ehrbaren Geschäft etabliert zu sehen.»

«Findest du es ehrbar, daß ich mit einer Frau *lebe,* mit der ich nicht verheiratet bin?»

«Sie ist deine Haushälterin.»

«Aber du weißt doch, Mama ... das ist, das ist –» Jacob zögerte – «eine Täuschung.»

«Wir leben mit Hilfe solcher Täuschungen», erwiderte seine Mutter. «Auf diese Weise schützt sich die Gesellschaft. Würdest du das Mädchen heiraten, müßtest du sie in die *beau monde* einführen, mit uns zusammenbringen, du müßtest sie *hierher* bringen. Und das dulde ich nicht.»

«Würde deshalb die Welt wirklich untergehen?»

«Nein. Aber unser kleiner Bereich würde unwiderruflich verändert werden.»

«Er wird ohnedies bald unwiderruflich verändert werden. Es wird Krieg geben, vielleicht sogar eine Revolution. Glaubst du, daß *wir,* unsere kleine Gruppe hier, ungeschoren davonkommen werden?»

«Genug!» sagte Hannchen erregt. «Ich will nichts mehr davon hören.»

Fräulein Gründlich ging regelmässig mit den Kindern spazieren. Das gehörte ebenso zum Programm eines jeden Tages wie die sorgfältig geplanten Mahlzeiten und die obligaten acht Stunden Schlaf. Manchmal begleiteten alle vier Kinder die Erzieherin, manchmal gingen nur die Mädchen mit, aber stets führte ihr Weg in einen der Frankfurter Parks. Bei besonderen Gelegenheiten fuhren sie mit der Straßenbahn über den Fluß und zum Stadtwald hinaus und wanderten langsam auf seinen sonnengesprenkelten Pfaden zwischen stattlichen Buchen.

Ernst und Andreas hatten von ihrem Vater die Erlaubnis erhalten, Onkel Jacob zu besuchen, und so verlief ihr Spaziergang heute weniger gemächlich. Die Jungen hatten es eilig, zur Buchhandlung zu kommen. Mit Onkel Jacob zusammenzusein bedeutete für sie, einige der Freuden des Erwachsenseins zu erleben.

Die besondere Zuneigung, die Jacob jetzt den Zwillingen entgegenbrachte, hatte ursprünglich Emma, seiner ersten Liebe, gehört. Sie war einmal reizend gewesen, zart und schüchtern, mit dunklem Teint und riesengroßen dunklen Augen. Aber sie war nun kein kleines Mädchen mehr, und ihre Schüchternheit hatte jetzt etwas Morbides an sich. Und sie hatte sich von ihm zurückgezogen, dessen war er sicher. Sie schien auf der Seite derer zu stehen, die hinsichtlich seiner Beziehung zu Gerda gegen ihn waren, und sie wandte sich immer mehr Edu zu, fast als ahnte sie, daß die Macht innerhalb der Familie künftig bei ihm liegen würde. Die Jungen hielt Jacob für unkomplizierter und geradliniger. Das war eine Selbsttäuschung, aber Jacob spürte in diesen Tagen eine gewisse Voreingenommenheit gegenüber Frauen.

Die Straße, in der Jacobs Buchhandlung lag, hatte sich seit Goethes Zeiten nicht sehr verändert. Die Leute spazierten an Tagen, an denen sie nicht viel zu tun hatten, gerne dort umher. Um die Weihnachtszeit schienen die Leute in der Nachbarschaft überhaupt nicht schlafen zu gehen. Es war ein idealer Platz für einen Buchladen.

Jacob kannte jedes Buch auf seinen Regalen, und er konnte alles sogleich finden, was irgend jemand zu sehen wünschte – Jules Verne oder H. G. Wells, Schiller, Shakespeare, Mark Twain oder James Fenimore Cooper. Es war eine Art Zauberwelt, und weder Ernst noch Andreas wurden je müde, sie aufzusuchen. Ein rothaariger Österreicher namens Alois, der Jacob bei der Arbeit half, verstärkte noch den magischen Charakter des Ladens; er sah aus wie ein Geist und rieb sich ständig die knochigen Hände, als wollte er exotische orientalische Gaben aus irgendeiner staubigen Ecke hervorzaubern. Jacob hatte, als er den Laden kaufte, eine sehr hübsche alte Flasche gefunden und sie im Schaufenster zwischen die Landkarten und die schönen alten Bände gestellt, die dort als Blickfang lagen. Die Zwillinge fanden es aufregend, sich vorzustellen, daß Alois jeden Abend als Geist in dieser Flasche verschwand.

Alois hatte ein überraschendes Sammelsurium von Kenntnissen in seinem Kopf. Er konnte Buchillustrationen aus dem achtzehnten Jahrhundert mit sicherem Blick erkennen und klassifizieren, und er kannte mittelalterliche Rüstungen ebenso gut, wie ein Schneider die Herrenmode kennt. Er liebte die russischen Schriftsteller und verstand sogar ein wenig ihre Sprache. Wenn Jacob ihn nicht im Laden brauchte, hielt er sich meist hinten im Büro auf, wo er Briefe beantwortete und Aufträge erledigte.

Fräulein Gründlich unterhielt sich, wie Andreas bemerkt hatte, sehr gern mit Alois. Sie betrat den Laden, stand dort wie verloren herum und wartete darauf, daß er nach vorne kam, um ihm in ihrem eigenartigen norddeutschen Tonfall irgendeine sorgfältig formulierte Frage zu stellen.

Die Jungen kamen an diesem Morgen mit Freudengeschrei in den Laden gestürmt und erschreckten einen schwerhörigen alten Herrn, der Jacob gerade einen langen und komplizierten Auftrag gab. Fräulein Gründlich spähte auf der Suche nach Alois in das dunkle Innere.

«Entschuldigen Sie mich», sagte Jacob schließlich zu dem alten Herrn, «meine Neffen sind hier, und ich möchte sie begrüßen; Alois wird den Rest Ihrer Bestellung aufnehmen.»

«Was?» fragte der Mann.

«Meine Neffen . . .»

«Wer?»

«Die Prinzen von Hohenlohe-Schillingsfürst!»

Der alte Herr wandte sich mit strahlendem Gesicht den Zwillingen zu und verneigte sich vor ihnen so tief er konnte. *«Enchanté . . .»* sagte er.

Die Jungen kicherten und verneigten sich ebenfalls. Jacob führte sie, die Arme um ihre Schultern gelegt, in die Kinderecke. «Sucht euch ein Buch aus, meine Prinzen», sagte er, «für jeden eines, als Geschenk von eurem Onkel.»

Sie setzten sich auf zwei Schemel in der Nähe des Eingangs. Jedesmal, wenn jemand hereinkam oder hinausging, klingelte eine kleine Glocke, und ihr Ton war eine der Freuden, die die Kinder mit der Buchhandlung verknüpften. Sie klang beinahe wie die Glocke, die sie am Heiligabend in das festlich geschmückte Wohnzimmer rief. An diesem Tag klingelte sie fast unaufhörlich, denn in den letzten hektischen Stunden vor dem Fest kamen viele Kunden, und Alois war zu beschäftigt, um sich mit Fräulein Gründlich zu unterhalten.

«Kommen Sie gegen vier Uhr wieder, um die Jungen abzuholen», sagte Jacob zu ihr.

«Seid schön brav», ermahnte sie die Zwillinge, ehe sie auf die Straße trat.

Erst lange nachdem die Glocken des Doms die Mittagsstunde geschlagen hatten, fand Jacob einen Augenblick Zeit, um die Jungen zu fragen, ob sie Hunger hätten. Und was für einen Hunger sie hatten! Und Ernsts Magen knurrte zur Bestätigung. Die Sonne war hinter den Giebeldächern der gegenüberliegenden Häuser verschwunden, das Schaufenster lag im Schatten, und eine weiße Wolkenwand rückte langsam über den blaßblauen Himmel vor.

«Es sieht nach Schnee aus», sagte Jacob. «Seid ihr warm angezogen?» Sie trugen die gleichen blauen Mäntel, graue Schals und Mützen mit Ohrenklappen.

Es war nur ein kurzer Weg zum «Schirn», wo die Würstchen verkauft wurden. Jacob kaufte jedem eine fette Gelbwurst, deren Haut aufplatzte, als sie ihnen, zusammen mit einem Klecks scharfem Senf und einer knusprigen, noch ofenwarmen Kaisersemmel, tropfend aus dem großen Kessel gereicht wurde. Es gab gewiß nichts Schöneres auf der Welt, als durch die winterliche Altstadt zu gehen, zuerst in die Wurst und dann in die Semmel zu beißen und dann alles mit einem großen Glas Süßmost hinunterzuspülen. Onkel Jacob genoß es ebenso wie die Jungen, aber er trank statt Süßmost Apfelwein, der ihn, wie er sagte, *«très gai»* machte.

Als sie mit Essen und Trinken fertig waren, gingen die drei, Jacob in der Mitte, durch die Straßen, blickten in Schaufenster und Höfe und nach oben, um die verschiedenartigen Dächer und die Verzierungen an den Mauern zu betrachten. Sie wurden nie müde, die Mannigfaltigkeit der Altstadt zu sehen, vor allem in Gesellschaft von Onkel Jacob, der jeden Brunnen und jedes Denkmal und die dazugehörigen Geschichten kannte.

«Wir wollen etwas für Alois zu Weihnachten kaufen», sagte er, und schon hatte er eine Sparbüchse in der Form des Goethehauses gewählt, auf deren Rückseite das Bild des Dichters in leuchtenden Farben gemalt war.

«Jetzt kann er das Bild des größten deutschen Dichters betrachten, während er Geld für seine Hochzeit spart», sagte Jacob.

«Wen will er denn heiraten?» fragte Andreas.

«Ich glaube, er hat's auf Fräulein Gründlich abgesehen», bemerkte Ernst.

Gegen zwei Uhr waren sie wieder im Laden.

«Ihr dürft mich jetzt nicht stören», sagte Jacob. «Ich schicke Alois zum Mittagessen.» Er hatte es eilig, zu seinen Bestellungen und seinen Kunden zurückzukehren. Sosehr er seine Neffen liebte, es kam Jacob nicht in den Sinn, daß der Laden sie mittlerweile ein wenig langweilen könnte.

«Komm, wir gehen auf die Straße», sagte Ernst, «wir können draußen auf Gründlich warten.»

Die Jungen verließen den Laden, ohne jemandem Bescheid zu sagen. Die kleine Glocke klingelte, aber Jacob achtete nicht darauf. Sie standen ein paar Minuten auf dem Bürgersteig und erkannten bald, daß es hier draußen noch langweiliger war als im Laden. Auf der schmalen Straße drängten sich die Menschen. Es war kälter geworden, und die Feuchtigkeit vom Fluß schien über das Kopfsteinpflaster zu ziehen. In einigen Schaufenstern waren schon die ersten Lichter angezündet worden.

«Hast du Geld?» fragte Andreas.

«Nicht viel», sagte Ernst. «Warum?»

«Auf dem Rückweg vom Römerplatz habe ich in einem winzig kleinen Laden sehr schöne Zinnsoldaten gesehen. Ich möchte zurückgehen und sie mir noch mal ansehen. Vielleicht kaufe ich einen, wenn er nicht zu teuer ist. Es war ein wundervoller berittener Husar. Er würde genau zu den anderen passen, die zu Weihnachten aufgestellt werden. Du kriegst das Geld wieder.»

«Willst du *jetzt* dorthin zurückgehn?»

«Wenn wir genug Zeit haben, bevor Gründlich kommt. Onkel Jacob wird uns nicht vermissen. Es ist nicht weit.»

Sie wollten beide sehr gerne gehen, waren sich aber nicht ganz klar darüber, ob sie nicht gegen irgendein Gebot verstießen. Inzwischen waren sie bereits an der nächsten Ecke, außer Sichtweite des Ladens, und das gab ihnen Mut. Niemand hatte ihnen nachgerufen oder war gekommen, sie zurückzuholen. Sie schlenderten weiter.

«Glaubst du wirklich, Gründlich wird Alois heiraten?» fragte Andreas.

«Möglich wäre es», erwiderte Ernst. «Frauen heiraten andauernd, selbst Dienstboten. Aber ich hoffe, sie tut's nicht.»

«Sie müßte dann von uns weggehen, nicht wahr?»

«Ja – und mit Alois in einem kleinen Haus in Offenbach oder Rödelheim wohnen, das voller kleiner Sparbüchsen in der Form des Goethehauses wäre . . .»

«Und wir würden eine andere Erzieherin kriegen.»

«Die wahrscheinlich nicht so nett wäre wie Gründlich.»

«*Niemand* ist so nett wie sie.»

«Sie wird nie böse . . .»

«Und sie zieht keinen vor.»

«Und läßt einen in Ruhe, wenn man in Ruhe gelassen werden will.»

«Wir müssen uns beeilen», sagte Ernst, «es wird bald dunkel.»

Sie gingen jetzt schneller, freudig erregt über die ungewohnte Freiheit. Abgesehen von ihrem Weg zur Schule gingen sie selten allein irgendwohin, obgleich sie ganz Frankfurt von ihren vielen Spaziergängen her kannten und auch wußten, wohin die verschiedenen Straßenbahnen fuhren.

«Bist du sicher, daß du den Laden wiederfindest?» fragte Ernst, nachdem sie mindestens zehn Straßen weit gegangen waren und immer noch nicht weit von ihrem Ausgangspunkt entfernt zu sein schienen.

«Es ist nur noch ein kleines Stückchen weiter», sagte Andreas, aber er war sich keineswegs sicher, und der selbstgewisse Ton seiner Stimme sollte, wie Ernst sofort erkannte, seine Zweifel verbergen. Sie bogen wieder um eine Ecke und hofften, am Ende der kleinen Straße den Dom zu sehen, aber sie sahen statt dessen den Fluß.

«O verflucht», sagte Andreas, «wir sind völlig falsch.»

«Willst du dich erkundigen, wo wir hier sind?» fragte Ernst sanft, um Andreas nicht noch unsicherer zu machen. Ihm war kalt, und er klapperte vor Angst und Kälte mit den Zähnen. Andreas, der sich schuldig fühlte, weil er die ganze Sache angezettelt hatte, spielte den Unbekümmerten.

«Ich werd mich schon zurechtfinden, keine Sorge», sagte er. «Wenn wir bis zum Main gehen, können wir uns orientieren. Wir sehen den Dom und können dann geradewegs drauf zusteuern.»

Sie gingen bis ans Ende der kleinen Straße und standen jetzt am Ufer des Flusses. Kein Laut war zu hören; schwere, graue Winterwolken hingen über der vertrauten Silhouette der Stadt. Die Bäume auf der Insel in der Mitte des Flusses hoben sich schwarz und spinnenartig gegen den grauen Hintergrund ab; das Ufer von Sachsenhausen schien weit entfernt und von Schnee eingeschlossen. Eine Gruppe säuberlich angeordneter umgedrehter Boote auf der Insel sah wie eine Reihe Zähne aus. Das Wasser schlug gegen die steinernen Stützpfeiler der Brücke. Hier und dort trieben Eisschollen den Fluß hinunter.

Der vertraute Blick machte die Jungen zuversichtlich und verscheuchte ihr Unbehagen.

«Du hättest nicht einfach so losziehn sollen, ohne zu wissen, wohin du gehst», sagte Ernst.

«Ich will immer noch den Laden mit den Soldaten finden», erklärte Andreas störrisch, «damit ich ein andermal wieder hingehn kann. Ich möchte den Husaren wirklich gern haben.»

«Die Figuren sind wahrscheinlich sowieso zu teuer. Ich wette, sie kommen aus irgendeinem fremden Land und kosten ein Vermögen.»

Es begann zu schneien. Die zarten weißen Flocken schwebten langsam vom fahlen, grauen Himmel herab. Anfangs schmolzen sie, wenn sie die Erde berührten, und verwandelten sich in winzige Wassertropfen, aber bald gewannen sie in der zunehmenden Kälte an Kraft und blieben weiß und unversehrt, und es war, als ob auch der Himmel durch sie weiß würde.

«Sollten wir nicht umkehren?» fragte Ernst.

«Ich finde, wir sollten statt dessen lieber gleich nach Hause gehn», sagte Andreas. «Vielleicht ist es schon vier, und sie vermissen uns, und es gibt einen Heidenkrach. Dann können wir notfalls immer sagen, daß wir auf dem Rückweg zur Guiollettstraße waren.»

Sie gingen nach Westen, den Kai entlang, der zu dieser Tageszeit verlassen und einsam dalag. Plötzlich tauchte eine Gestalt aus dem Schneetreiben auf, blieb vor ihnen stehen und versperrte ihnen den Weg. Zuerst glaubten sie, es wäre ein Straßenverkäufer oder ein Botenjunge oder vielleicht ein leicht beschwipster Lehrling auf seinem Heimweg. Der Mann war klein und mager. Er stand vornübergebeugt in der gekrümmten Haltung eines Menschen, der zu lange zu schwere Lasten getragen hat. Er schien im Zweifel, ob er ihnen Platz machen oder warten sollte, daß sie um ihn herumgingen. Er war, wie Ernst bemerkte, zu gut gekleidet, um ein Arbeiter zu sein. Sein Mantel war gut geschnitten, und er trug eine Krawatte – eine ziemlich bunte, dachte Andreas bei sich. Als die Jungen merkten, daß der Mann im Begriff war, sie anzusprechen, rückten sie instinktiv näher zusammen, bis ihr Arme sich berührten.

«Ihr Kinder müßt euch verirrt haben», sagte der Mann mit einer Stimme voll freundlicher Anteilnahme und ohne eine Spur von Frankfurter Dialekt. Ernst sah zu seiner Erleichterung, wenn auch mit gewisser Besorgnis, daß es der Tanzlehrer war.

«Nein, wir haben uns nicht verirrt», erwiderte Andreas.

«Was tut ihr dann hier unten so mutterseelenallein?»

Jetzt hatte Andreas ihn ebenfalls erkannt. «Wir suchen nach einem Laden mit Spielzeugsoldaten», sagte er; er hatte den Tanzlehrer eigentlich mit seinem Titel anreden wollen, es war ihm aber nicht möglich. Obgleich die scharfen Augen direkt in die seinen blickten, schien der kleine Mann sie offensichtlich nicht zu erkennen.

«Hier am Flußufer?» fragte er in gespielter Ungläubigkeit.

«Wir sind nur heruntergekommen, um uns den Main anzusehen», sagte Ernst. «Wir gehen gleich zurück, ehe sie schließen.»

«In welcher Straße liegt denn der Laden?» Der Tanzlehrer trug keine Handschuhe und blies fortwährend in seine Hände, um sie warm zu halten.

«Ich erinnere mich nicht genau an den Namen der Straße», sagte Andreas.

«Aber wir können ihn finden», mischte Ernst sich ein.

«Ich glaube, ich kenne den Laden, den ihr meint», sagte der Mann. «Und ich werde euch hinführen.» Er legte Andreas die Hand auf die Schulter. «Du solltest hier unten nicht allein herumlaufen. Ist das dein Bruder?»

Andreas nickte, erfreut, daß sie nicht für Zwillinge gehalten worden waren, aber erstaunt, daß der Mann sie nicht erkannte.

«Erkennen Sie uns nicht?» fragte er. Die gebeugte Gestalt sagte nichts.

Sie überquerten die Straße und steuerten auf eine der Gassen zu, die in die Altstadt führten. Ernst blieb ein wenig zurück; ihm war, als ob sein Bruder ihm entrissen worden wäre. Der Tanzlehrer ließ die Hand auf Andreas' Schulter, bis sie den Kai überquert hatten, dann ließ er sie plötzlich fallen, richtete aber seine Aufmerksamkeit weiterhin auf ihn. Andreas sah Ernst mit einem verlegenen Achselzucken an.

Sie gingen mit schnellen Schritten weiter und waren bald

in vertrauteren Straßen. Es wurde nicht viel gesprochen, und beide Jungen blickten mit Freude und Erleichterung auf die bekannten Wahrzeichen rings um sie. Sie hatten sich tatsächlich verirrt gehabt. Andreas erwartete, jeden Augenblick sein Schaufenster mit den Hunderten von bunten Zinnsoldaten zu sehen.

Plötzlich blieb der Tanzlehrer vor einem Haus stehen, in dem eine kleine Kneipe war und ein Trödlerladen mit einem Schild «Echte Antiquitäten». «Hier wohne ich», sagte er. «Laßt uns einen Augenblick hineingehen. Mir ist gerade eingefallen, daß ich möglicherweise so einen kleinen Soldaten, wie du ihn mir beschrieben hast, in meiner Sammlung habe.»

Andreas und Ernst zögerten. Der Tanzlehrer hatte eine reich verzierte Holztür geöffnet, die in einen dunklen Gang zwischen der Kneipe und dem Laden führte. Er stand dort genauso, wie er in der Tanzstunde dazustehen pflegte, ein wenig reizbar, mehr erwartend, als seine Schüler zu geben vermochten.

«So kommt schon», sagte er, und sein Ton duldete keinen Widerspruch. Er führte sie durch den Gang und eine Treppe hinauf in eine offenbar recht geräumige Wohnung. Ernst sah erleichtert, daß sie auf die Straße hinausging – was ihm eine Fluchtmöglichkeit zu sein schien –, und auch der Lärm, der aus der Kneipe heraufdrang, war eine Verbindung mit der Außenwelt.

Eine fette Katze mit buschigem Schwanz sprang von einem Stuhl, als sie hereinkamen, und erschreckte beide Jungen. Es war heiß in der Wohnung, deren Einrichtung etwas abgenützt, aber von guter Qualität war, eine Art von Einrichtung, mit der die Jungen vertraut waren. Aber was sie überraschte, war die Gestalt eines jungen Mannes, der ausgestreckt in einem niedrigen Armsessel lag und ein Buch las. Er bewegte sich kaum, als sie eintraten, hob nur das blasse, hübsche Gesicht, um den Tanzlehrer anzulächeln und ihn mit einem lässigen Kopfnicken zu begrüßen.

Die zwei Männer wechselten ein paar Worte auf französisch, aber sie sprachen so leise und so schnell, daß keiner der beiden Jungen verstehen konnte, was sie sagten. Dann stand der jüngere Mann von seinem Sessel auf und ging ins Nebenzimmer. Andreas sah, daß das Gesicht des Tanzlehrers ruhiger wurde, während er seinem Freund nachblickte.

«Er holt die Soldaten», sagte er. «Es dauert nur einen Augenblick. Zieht eure Mäntel aus. Mein Assistent», setzte er hinzu.

«Wir können nicht bleiben», sagte Ernst, der die Schelte fürchtete, die sie bei ihrer Rückkehr bekommen würden. Andreas warf ihm einen gereizten Blick zu; er schien das Abenteuer höchst erfreulich zu finden. Und tatsächlich hatte er beim Anblick des Assistenten den letzten Rest von Angst verloren; der junge Mann hatte etwas Engelhaftes an sich, als ob in seiner Gegenwart nichts Böses oder Sündhaftes geschehen könnte. Sein Gesicht, blaß und glatt, von weichem, ziemlich langem braunen Haar umrahmt, hatte die Vollkommenheit, die manche Maler suchen, und für den Jungen, der weit mehr von Kunst als vom Leben wußte, glich der Assistent Verrocchios ausschreitendem Engel.

Ernst sah genau dieselbe Gestalt wie sein Bruder, und auch er bemerkte die Anmut und Schönheit des jungen Mannes, aber ihre Vollkommenheit beschwor für ihn nicht Bilder von Engelsgestalten und Kunstwerken herauf; sie erinnerte ihn immer beharrlicher daran, daß sie aus dem Laden ihres Onkels weggelaufen waren und Onkel Jacob, Fräulein Gründlich und vielleicht sogar Alois Ärger und Aufregung verursachen würden. Mit jeder Sekunde, die sie fort waren, schien es dunkler zu werden – sein Vater würde bestimmt zornig sein und sie bestrafen; seine Mutter würde sie mit ihren traurigen Augen ansehen, resigniert, gequält und hilflos, und sie würde sich noch mehr von ihnen zurückziehen.

Der Assistent brachte eine große Schachtel herein und stellte sie auf den Boden. Andreas kniete nieder, um einen Blick hineinzuwerfen, und sein Gesicht strahlte vor Freude über das, was er sah. Der Tanzlehrer klatschte in die Hände, wie er es tat, wenn er die Aufmerksamkeit der Kinder zu erlangen suchte, um einen Kontertanz zu beginnen.

«Was habe ich gesagt?» rief er aus. «Genau wie ich versprochen habe.»

Andreas stellte die Spielzeugsoldaten einen nach dem anderen auf. Vor lauter Bewunderung für die Dutzende farbenprächtiger Figuren vor ihm hatte er den Husaren, nach dem er suchte, vollkommen vergessen.

«Wir müssen gehn», sagte Ernst, und er kam sich so schwerfällig wie ein Klotz vor. «Es ist dunkel draußen. Wenn du nicht mitkommst, geh ich allein.»

Die Hitze im Zimmer war zum Ersticken, doch Ernst war nicht bereit, seinen Mantel auszuziehen. Er wollte nicht ohne Andreas fortgehen, aber er fühlte sich mit jeder Sekunde weiter von ihm entfernt. Zum erstenmal war etwas Fremdes zwischen sie getreten.

«Auf Wiedersehn», sagte er.

Niemand schien zuzuhören, und er mußte seine Worte wiederholen. «Auf Wiedersehn, ich gehe.» Er steuerte auf die Tür zu.

«Ich komme gleich», sagte Andreas und tat, als wolle er aufstehen. Aber etwas anderes, irgendeine andere Figur, fiel ihm ins Auge, und er beugte sich wieder über die Soldaten. Ernst öffnete die Tür, und der kalte Luftzug vom Treppenhaus ließ sie alle schaudern. Die Lichter flackerten, und die Katze, die sich auf dem Schoß des Tanzlehrers niedergelassen hatte, hob den Kopf. Ernst lief eilig die Treppe hinunter und auf die Straße hinaus.

Nach der überheizten Wohnung war es draußen bitterkalt, und ihn überkam ein schmerzliches Gefühl der Einsamkeit. Er stand einen Augenblick unschlüssig da, dann ging er sehr langsam, seine Schritte zählend, durch den herabfallenden Schnee bis zur Ecke. Er erkannte den kleinen Platz mit dem Brunnen, und plötzlich wußte er genau, wo er war. Wenn sie rannten, würden sie von hier aus nur zehn Minuten brauchen, um nach Hause zu kommen.

Die Straßen schienen jetzt durch die Schneedecke heller zu sein, und Ernst blieb abermals stehen, die Augen auf die Haustür des Tanzlehrers geheftet, und wartete auf Andreas. Er hatte sein Erstgeburtsrecht nicht für einen Teller Suppe verkauft wie Esau, aber er fühlte sich jetzt hungrig und rauh, der linkische, törichte Bruder, der um seinen Segen betrogen worden war. Er stampfte mit den Füßen, sowohl aus Zorn als auch gegen die Kälte. Dann sah er Andreas aus der Tür neben der Kneipe kommen, sah ihn um sich blicken und hörte ihn mit einer hellen, hohen Stimme, die ihr Zittern gerade noch beherrschen konnte, seinen Namen rufen.

«Hier bin ich!» rief er zurück, obwohl er eigentlich vorgehabt hatte, sich still zu verhalten und Andreas einen Schrekken einzujagen, um ihm eine Lektion zu erteilen. Andreas lief auf ihn zu.

«Wir müssen uns beeilen», sagte Ernst, «es ist spät.»

Im Schaufenster eines Uhrmacherladens sahen sie, daß es bereits fünf Minuten vor fünf war. Ohne ein weiteres Wort machten sie sich auf die Socken und rannten, Ernst voran, den ganzen Weg nach Hause. Beim Denkmal Kaiser Wilhelms I., gegenüber der Oper, blieben sie einen Augenblick stehen, bis ihr Atem sich ein wenig beruhigt hatte, und dann gingen sie das letzte kleine Stück von dort aus im Schritt, um nicht völlig verschwitzt anzukommen.

Zu Hause herrschte größte Erregung. Fräulein Gründlich war in Tränen aufgelöst. «Wohin seid ihr gegangen?» fragte sie. «Wo wart ihr? Warum habt ihr das getan?»

Caroline stand am Fuß der Treppe, ans Geländer gelehnt; sie sah zutiefst bestürzt aus. Lene und Emma, frisch aus dem Bad, standen im Schlafrock mit weit aufgerissenen Augen neben ihr; in Lenes Blick spiegelte sich neugierige Erregung, in Emmas Besorgnis. Sie rochen nach Seife, frischen Handtüchern und Talkumpuder. Andreas wurde ihrer fast im gleichen Augenblick gewahr, als er das weinende Fräulein sah, und ihre süß duftende Sauberkeit gab ihm das Gefühl, schmutzig zu sein.

Nathan kam mit großen Schritten aus seinem Arbeitszimmer. Er hatte, als die Jungen eintrafen, gerade mit Jacob telephoniert, und sie hatten überlegt, ob man die Polizei benachrichtigen sollte. «Es ist nicht mehr nötig», hatte er gesagt, «sie haben anscheinend selbst nach Hause gefunden.» Eigentlich wollte er seinen Bruder zur Rechenschaft ziehen, aber seine zornigen Worte lösten sich in Erleichterung auf.

Ernst und Andreas wurden zur Strafe ohne Abendessen zu Bett geschickt. Nathan las ihnen energisch die Leviten, aber es waren Fräulein Gründlichs Tränen, die ihnen den größten Kummer bereiteten.

Als das Licht aus war und sie im Bett lagen, brachte Ernst das Gespräch wieder auf ihr Abenteuer. «Glaubst du wirklich, daß er uns nicht erkannt hat?» fragte er.

«Wir sind alle eins für ihn», erwiderte Andreas, der bereits im Begriff war, einzuschlafen.

«Ist irgend etwas geschehen, nachdem ich weggegangen bin?»

«Was soll denn geschehen sein?»

«Ich weiß nicht. Ich mochte sie nicht.»

«Schade», murmelte Andreas. «Ich fand sie eigentlich sehr nett. Stell dir vor, unser Tanzlehrer mit einem Engel in seiner Wohnung.»

«Was?» fragte Ernst. Er fühlte sich wieder alleingelassen, niedergeschlagen. Er und Andreas waren nicht mehr ein Herz und eine Seele.

«Schlaf jetzt», sagte Andreas, drehte sich zur Wand und war wenige Sekunden später eingeschlafen. Aber Ernst dachte lange über ihr Erlebnis nach, und als er endlich einschlief, verfolgte es ihn in seinen Träumen. Er lief, von einem Mann mit flatternden Flügeln verfolgt, durch die verschneiten Straßen. Der Mann erreichte ihn zwar nicht, aber Ernst konnte sich auch nicht in Sicherheit bringen.

Auf dem Adventskalender der Kinder war der letzte Tag erreicht: Die kleine Papiertür mit dem Datum konnte jetzt geöffnet werden, um das letzte Bild in der verschneiten Weihnachtslandschaft zu enthüllen. Alle wußten, was es darstellen würde, aber das machte seine Entdeckung nicht weniger aufregend. Lene durfte die Klappe öffnen. Und da war es – das Baby in der Krippe, auf Stroh gebettet, einen goldgelben Heiligenschein über dem Kopf. Es war der 24. Dezember, der Heilige Abend stand bevor.

Der Tag war sonnig und kalt. Ein blaßblauer, lichterfüllter Himmel spannte sich über die verschneite Stadt. Lene und Emma wachten früh auf, und als sie die Vorhänge zurückzogen und die winterliche Landschaft sahen, hielten sie beide den Atem an. Gleißendes Sonnenlicht lag hinter dem mit Eis überzogenen Fenster, und es war, als blickten sie aus dem Inneren eines glitzernden Gletschers nach draußen.

Fräulein Gründlich war bereits auf und eifrig beschäftigt, die Jungen schliefen noch, kein Laut war im zweiten Stock zu hören. Die Mädchen zogen ihre langen wollenen Morgenröcke an und gingen noch einmal sorgsam ihren Bestand an selbstgemachten Geschenken durch. Sie hatten monatelang angestrengt gearbeitet, hatten gehäkelt und gestrickt, gezeichnet und geklebt, Silhouetten geschnitten und Perlen aufgereiht, um Geschenke für alle zu machen, von Mama und Papa bis zu Anna in der Küche und Liese, dem Mädchen, ganz zu schweigen von Vettern und Cousinen, Tanten, Onkeln und Freunden. Sie hatten am Tag zuvor die Geschenke sorgfältig eingepackt, mit Bändern verschnürt und mit Anhängern versehen und überprüften sie jetzt, um sich zu vergewissern, daß sie niemanden vergessen hatten. Irgendwann im Laufe des Tages würde Mama oder Fräulein Gründlich sie hinunter ins Wohnzimmer bringen, wo die Weihnachtsvorbereitungen geheimnisvoll hinter verschlossenen Türen vor sich gingen, außer Sicht, aber den Kindern trotzdem deutlich bewußt. Wenn sie auf Zehenspitzen im Haus umherschlichen, hörten sie manchmal das Klingeln von kleinen Glocken, rochen den frischen Duft des Tannenbaums (der spätabends, als sie fest geschlafen hatten, hereingebracht worden war) oder vernahmen eilende Schritte und das Rascheln von Seidenpapier.

Köstliche Wohlgerüche zogen schon seit dem frühen Morgen durchs Haus. Die Küche, in der sie sich gerne aufhielten, sofern sie nicht von der schwitzenden Anna hinausbugsiert wurden, war ein Wunderland von dampfenden Puddings, frisch gebackenen Plätzchen, Kesseln mit Rotkohl, in dem nelkengespickte Äpfel siedeten, Kastanien, die in Kupferpfannen rösteten, um hinterher geschält und in die Gans gestopft zu werden. Die Gans, sagte man, war Frankfurts Adler, und je fetter, um so besser. Anna hatte bereits einen Topf Gänsefett mit Zwiebeln ausgelassen, und es kühlte jetzt ab (Lene lief das Wasser im Mund zusammen, wenn sie daran dachte), um hinterher, mit Salz bestreut, auf Schwarzbrot gestrichen zu werden. Und dann gab es die Grieben, die knusprigen Stückchen, die nach dem Auslassen übrigblieben. Anna hatte sie auf Löschpapier gelegt, um das

Fett abzuziehen, und Lene kostete sie, wenn niemand hinsah, ebenso wie sie von den Plätzchen naschte oder die Schlagsahne ableckte, die an den Drahtschlägern hängengeblieben war.

«Verdirb dir nicht den Appetit», mahnte Anna, aber nicht sehr streng, und Sophie, die engagiert worden war, um an diesem Tag in der Küche zu helfen, steckte dem kleinen Mädchen noch eine Griebe zu. «Laß dir's schmecken», flüsterte sie. Sophie war Köchin bei den älteren Wertheims gewesen, ehe sie sich vor zwölf Jahren zur Ruhe gesetzt hatte. Sie war eine große, kräftige Frau, die Geflügel besser zubereiten konnte als jede andere und die lockersten Klöße der Welt zu machen verstand. Sie liebte Lene, weil Lene gerne aß, und wenn Anna im Begriff war, das Kind aus der Küche zu weisen, bat Sophie sie jedesmal, sie «nur noch ein Weilchen» bleiben zu lassen.

Der Tag schlich mit qualvoller Langsamkeit dahin, und die Kinder fingen vor lauter Ungeduld an, sich zu zanken, obwohl man sie warnend darauf hingewiesen hatte, daß es schlimme Folgen haben würde, wenn sie sich nicht bis zum letzten Augenblick, ehe die Türen zum Wohnzimmer geöffnet wurden, ruhig und brav verhielten.

Am frühen Nachmittag erklärte Fräulein Gründlich plötzlich, es sei Zeit, einen Spaziergang zu machen. Die Kinder vermuteten sofort, daß irgendein Geschenk unterwegs war, das sonst nicht unbemerkt ins Haus gebracht werden konnte, und alle vier zogen gehorsam ihre Mäntel an und begleiteten die Erzieherin in den Palmengarten. Dieses tropische Paradies, heiß und dampfig wie die Weihnachtsküche, aber von zahlreichen anderen Düften durchtränkt, war eines der Lieblingsziele der Kinder. Neben dem großen Treibhaus, in dem sich die Palmen befanden, gab es eine Anzahl kleinerer Gewächshäuser, und jedes von ihnen stellte eine andere exotische Landschaft mit dem dazugehörigen Klima dar – von der trockenen Wüste bis zum feuchtheißen Dschungel. Aber das Haupthaus mit seinen riesigen Palmen gefiel den Kindern am besten. Sein Boden war mit einem Teppich aus grünem Gras bedeckt, über das sich gepflasterte Fußwege schlängelten. Im Wald plätscherte ein Wasserfall, der kleine Teiche bildete, in denen es von Goldfischen wimmelte. Vögel flogen zwischen den Bäumen hin und her und sangen und zwitscherten vor Freude über diesen ewigen Sommer.

Doch Heiligabend war, wie sie alle einstimmig erklärten, nicht der geeignete Zeitpunkt, um ein Tropenparadies zu genießen, und so wanderten sie durch den Park selbst, wo die Wege vom Schnee geräumt waren und die Landschaft der Jahreszeit entsprach. Kinder liefen Schlittschuh auf dem Teich, und die großen Tannen waren in einen zarten Schneeschleier gehüllt. Alles glitzerte in der Sonne, und von den Eiszapfen, die vom Dach des verwahrlosten kleinen Gartenrestaurants herabhingen, tropfte Wasser auf die seit dem Ende des Sommers aufgestapelten Eisenstühle.

Als sie nach Hause zurückkehrten, war es an der Zeit, mit den Vorbereitungen für die festlichen Stunden zu beginnen, die vor ihnen lagen. Fräulein Gründlich schickte die Jungen zuerst ins Bad. Sie saßen oft zusammen in der Wanne, wuschen sich gegenseitig den Rücken und planschten ein wenig, meist unter ihrer Aufsicht. («Keine Dummheiten», sagte sie jedesmal sehr streng, und sie waren nie ganz sicher, was sie damit meinte.)

Die Mädchen badeten getrennt. Fräulein Gründlich hatte ihnen schon am Tag zuvor das Haar gewaschen; jetzt wurde es für das Bad hochgebunden und mit einem Handtuch umwickelt. Emma wusch sich methodisch, sogar zwischen den Zehen, aber Lene spielte gerne in der Wanne, und bis sie fertig war, schwamm für gewöhnlich das ganze Badezimmer. «Beeil dich, beeil dich», drängte Fräulein Gründlich. «Das Christkind kommt gleich.» Aber Helene Wertheim beeilte sich für nichts und niemanden.

Als sie endlich alle hübsch angezogen, gekämmt, gewaschen und gepudert waren und ihre Zähne geputzt hatten, war es doch noch etwas zu früh, um hinunterzugehen. So saßen sie, steif und herausgeputzt, im oberen Wohnzimmer und warteten auf den großen Augenblick. Fräulein Gründlich, die in ihren Sonntagsstaat gekleidet war und zur Feier des Tages die Haare onduliert hatte, schwitzte leicht, denn sie war mindestens ebenso aufgeregt wie die Kinder.

Und dann hörten sie das Glöckchen! Was für ein unverkennbarer Klang – silbern und rein, schien es nicht nur hier, sondern auch in jedem anderen Haus in Frankfurt zu klingeln. Die Mädchen faßten sich bei den Händen, und sie gingen alle zusammen hinunter. In der Halle drängte sich die ganze Familie, und alle Dienstboten standen in ihren saubersten und besten Uniformen in einer Reihe neben der Treppe. Sophie hatte Tränen in den Augen. Sie hatte Nathan und seine Brüder heranwachsen sehen, und hier waren sie nun – alle außer Gottfried –, wohlhabende und erfolgreiche Männer, zwei von ihnen Väter von schönen Kindern. Sophie war drauf und dran, einen Knicks zu machen, doch dann hielt sie sich zurück: man tat es nicht mehr, aber die Kinder, die die Treppe herunterkamen, hatten einen fast hochmütigen Gesichtsausdruck. Auch Caroline sah an diesem Abend majestätisch aus. Sophie wischte sich mit ihrem Schürzenzipfel die Tränen ab.

Alles in dem großen Wohnzimmer war schön und liebevoll hergerichtet. Der Weihnachtsbaum erstrahlte im Kerzenlicht. Er stand am hinteren Ende des Raums zwischen den hohen Glastüren, die in den Garten führten. Die Lampen waren noch nicht angezündet worden, so daß der Baum allein Licht ausstrahlte. Die Kerzen flackerten leicht, und dabei funkelten jedesmal die goldenen Kugeln am Baum, und die hölzernen Engel, die an den zarten Spitzen der Zweige hingen, bewegten sich auf und ab. Einige bliesen Trompete, andere hielten Zimbeln in den Händen, und zwischen ihnen allen wanden sich Girlanden aus silbernen Fäden, und der würzige Duft der Zimtsterne mischte sich mit dem Waldgeruch der Tanne.

Die Krippe stand am Fuße des Baumes auf einem alten weißen Laken, das so drapiert war, daß es einem verschneiten Berghang glich. Da standen Hirten und auch die drei Könige; in einer Holzhütte knieten Maria und Joseph vor der Wiege mit dem Kind, umringt von den obligaten Schafen, Eseln und Kühen. Und überall im Zimmer selbst standen die mit Gaben überhäuften Tische, jeder mit einer weißen Karte, auf die Caroline den Namen des Beschenkten geschrieben hatte. Die Kinder stürzten auf ihre Geschenke los, wurden jedoch von Fräulein Gründlich zurückgehalten, die mit ihrer spröden norddeutschen Stimme rief: «Wartet! Wartet! Wir haben noch nicht ‹Stille Nacht› gesungen!» Als gute Protestantin wußte sie, daß zu Weihnachten unbedingt Weihnachtslieder gehörten, und sie wählte immer dieses, das deutscheste von allen. Sie begann mit tremolierender, unmusikalischer Stimme die einleitenden Worte zu singen, wobei sie ihre Hand zuerst Schweigen gebietend in die Höhe hielt und sie dann im Takt der Musik bewegte, während die anderen langsam einfielen. Nathan ging rasch zum Flügel, um den Gesang zu begleiten, und keine Strophe wurde ausgelassen.

Die Geschenke waren in diesem Jahr von fast orientalischer Pracht. Es schien, als ob jeder sein Bestes getan hätte, um dieses Weihnachtsfest zum denkwürdigsten von allen zu machen. Auf Emmas Gabentisch stand das größte und schönste Puppenhaus, das man sich vorstellen kann, und die Jungen bekamen eine in allen Einzelheiten naturgetreu nachgebildete Eisenbahn und einige Kompanien von Soldaten, einschließlich zweier berittener Husaren. Lene erhielt ein Teeservice aus Meißner Porzellan für ihre Teddybären und eine wunderschöne Ausgabe von Andersens Märchen, aber, das schönste von allem und völlig unerwartet, sie bekam, was sie sich gewünscht hatte, solange sie denken konnte: einen jungen Hund! Dieser kleine Hund war es, den man ins Haus gebracht hatte, während sie ihren Spaziergang durch den Palmengarten machten. Lene hatte für nichts anderes mehr Augen und hätte fast die kleine Mozartfigur übersehen, die Fräulein Gründlich für sie gekauft hatte. Hätte Emma sie nicht spätabends in ihr Zimmer gebracht und auf den Nachttisch gestellt, wo die Erzieherin sie sehen konnte, als sie kam, um gute Nacht zu sagen, so hätte Lene sie bestimmt vergessen und versäumt, Fräulein Gründlich dafür zu danken.

Die Kinder hatten nach langen Beratungen beschlossen, ihre Ersparnisse zusammenzulegen, um Fräulein Gründlich gemeinsam ein liebevoll ausgedachtes Geschenk zu machen. Sie hatten ihrer Mutter das mit kleinen Münzen angefüllte Glas überreicht, und Caroline hatte das nötige Geld hinzugefügt, um auf ihren Wunsch einen ledernen Handkoffer zu kaufen, der fast so elegant wie ihr eigener war.

«Dies ist von uns allen», hatte Emma mit ihrer säuberlichen Handschrift auf eine kleine Karte geschrieben. «Ein neuer Handkoffer für Fräulein Gründlich, die sagt, es beschämt sie, wenn wir reisen, ihren alten Handkoffer zwischen den unsrigen zu sehen.» Die Erzieherin war natürlich – wie erwartet – fast zu Tränen gerührt.

Edus Gaben für die Kinder waren wie immer am sorgfältigsten ausgewählt. Er kaufte Geschenke für seine Nichten und Neffen mit dem gleichen klaren Verstand, mit dem er an alles heranging, was mit Entscheidungen über Geld oder Fragen des Geschmacks verbunden war. Die Jungen bekamen immer Bücher. Aber nicht gewöhnliche, sondern wertvolle Erstausgaben, die, wenn sie erwachsen waren, den Kern einer Bibliothek bilden würden. Sowenig sie diese Geschenke auch jetzt zu würdigen wußten, waren sie doch beeindruckt davon. Die Mädchen erhielten stets irgend etwas Kostbares – nicht für den Geist, sondern für den Körper. Edu liebte es, sie mit hübschen Sachen zu schmücken, und seine Geschenke für sie waren dazu bestimmt, gleich getragen zu werden. Er beging nie den Fehler, ihnen etwas zu schenken, was zu erwachsen, zu fraulich für sie war. Diesmal erhielt Emma eine einzelne schwarze Perle, die in einer tropfenförmigen, mit winzigen Diamantsplittern besetzten Silberfassung hing. Sie lag in einem kleinen, mit Samt ausgeschlagenen Lederetui vom Juwelier Koch. Emma war entzückt davon und bat Caroline sofort, sie ihr um den Hals zu legen.

Lene machte sich noch nichts aus Schmuck, und so warf sie nur einen kurzen Blick auf Onkel Edus zierliche goldene Halskette mit kleinen Perlen, Smaragden und Türkisen und wandte sich sogleich einer kleinen Kommode mit vielen Schubladen zu, einem Geschenk von Onkel Jacob, das ihr viel besser gefiel.

«Gefällt dir die Kette nicht?» fragte Onkel Edu, und Lene erkannte schuldbewußt, daß er beobachtet hatte, wie sie sein Geschenk fast achtlos überging.

«O doch», sagte sie rasch. «Sie ist wunderschön!» Und sie

ging, immer noch den kleinen Hund im Arm, auf ihn zu, um ihm zu danken.

«Wenn du den Hund niedersetzt, lege ich dir die Kette um, damit wir sehen können, wie sie aussieht», sagte er, einen jovialen Ton anschlagend, um zu zeigen, daß die Reaktion der Kinder auf seine Geschenke ihn nicht berührte. Lene ließ sich neben ihm auf dem Sofa nieder und setzte den kleinen Hund sanft zu ihren Füßen. Sie hob mit beiden Händen ihre Haare hoch und fühlte, wie Edus kühle Finger und die kratzende Halskette gleichzeitig ihre Haut berührten. Sie schauderte leicht, nur einen Augenblick, und dann kitzelte Edus Schnurrbart ihren Nacken, und sie spürte seinen trokkenen Kuß. Sie kicherte. «Du kannst jetzt das Haar herunterlassen», sagte er, und sie tat es. Dann drehte sie sich um und gab ihm einen Kuß auf die Wange.

Carolines Verwandte trafen eine Viertelstunde vor dem Essen ein, gerade rechtzeitig, um noch Jacob zu sehen, der Gerda an diesem Abend nicht allein lassen wollte und sich verabschiedete.

Benedict Süßkind und seine anderen drei Kinder wurden nicht regelmäßig zu den Zusammenkünften der Wertheims eingeladen. Die Familien verkehrten freundschaftlich miteinander, zogen es aber vor, eine gewisse Distanz zu wahren. Benedict hatte keinerlei gesellschaftlichen Ehrgeiz; er wünschte, daß seine Kinder nützliche und produktive Arbeit leisteten, und glaubte, daß ihr Glück daher kommen würde. Er war überzeugt, daß man es nicht mit Geld erkaufen konnte, und er fühlte sich ein ganz klein wenig den Wertheims überlegen, die dem Geld offensichtlich so viel Bedeutung beimaßen. Die Wertheims ihrerseits fanden die Süßkinds sehr nett und im allgemeinen recht unterhaltend, aber sie waren auch sicher, daß sich die Süßkinds irgendwie niemals «einfügen» würden. Da war in erster Linie die Frage ihrer Religion: Benedict war zwar kein frommer Jude, das heißt, er war keinesfalls ein Orthodoxer, aber er war dagegen, die Bräuche der *gojim* in Bausch und Bogen zu übernehmen. Er fand, daß man ihre Feste nicht mit solchem Enthusiasmus feiern sollte, wie er es heute hier sah. Er konnte die Einladung seiner Tochter zum Weihnachtsessen nicht ablehnen, aber der Baum mit seiner Krippe – auch wenn es eine antike war, die Edu auf einer Reise nach Tirol entdeckt hatte – ärgerte ihn, und aus Prinzip machte er seinen Enkeln Geschenke, die sie an den Glauben ihrer Väter erinnern sollten. In diesem Jahr brachte er ihnen allen einen schönen silbernen Chanukka-Leuchter aus dem achtzehnten Jahrhundert, der aus Prag stammte. Er hatte neun kleine Öllampen für die acht Tage des Festes – die neunte Lampe wurde *schammasch*, das Bedienungslicht, genannt. Auf seinem Sockel war ein Basrelief, das in blutigem Detail und in der Kleidung des achtzehnten Jahrhunderts den Sieg von Judas Makkabäus über die Römer darstellte. Dieses Bild umgaben andere Szenen, die eine Vielzahl von jüdischen Siegen über die Unterdrückung verherrlichten, und am oberen Ende des Leuchters klingelten einige Silberglöckchen mit leisem, zartem Ton.

Die Kinder schrien vor Freude, als sie den Leuchter sahen, und gaben ihm sofort einen Ehrenplatz auf dem Kaminsims hinter dem Flügel, direkt unter dem Porträt von Mozart.

Hannchen musterte das Geschenk durch ihr Pincenez und sah den Spender mit ihrem hochmütigsten Lächeln an. Gewiß, es war ein kostbares Stück, aber sie fand, daß es ein Fauxpas von Benedict war, es ausgerechnet an Weihnachten zu schenken. Caroline hielt die Augen gesenkt und betete, daß weder Nathan etwas Unfreundliches sagen noch Siegmund einen schlechten Witz oder Edu eine sarkastische Bemerkung machen würde. Die Brüder achteten auf Hannchen und reagierten entsprechend, jeder auf seine Art, als ob sie allen ihren Ansichten besonderen Nachdruck verleihen wollten. Fräulein Gründlich war fasziniert von dem Leuchter. Sie war die einzige, die die Bibel gut genug kannte, um die Szenen aus dem Alten Testament mühelos zu entschlüsseln.

Von Benedicts anderen drei Kindern hatte sich Eva, die älteste Tochter, am energischsten dagegen gewehrt, an diesem Abend mitzukommen. Sie hatte für diese großen, vergnügten Gesellschaften im Hause ihrer Schwester nicht viel übrig. Durch eiserne Entschlossenheit und endlose Stunden angestrengter Arbeit war es ihr gelungen, Chemikerin zu werden und eine Stellung im Laboratorium von Dr. Paul Ehrlich zu bekommen. Ihre Erfahrung hatte sie zwar nicht direkt verbittert, aber zu der Überzeugung gebracht, daß nichts im Leben leicht zu erreichen war, und sie mißtraute dem Luxus und der perfekten Eleganz im Hause ihrer Schwester. Sie redete sich ein, keine Illusionen zu haben, aber ihre Illusionen waren lediglich von anderer Art als die ihrer Schwester oder auch ihrer Brüder. Sie war neunundzwanzig, entschlossen und eigenwillig, und der erklärte Liebling ihres Vaters.

Von den drei Geschwistern fühlte sich Elias bei den Wertheims am wohlsten. Seine Freundschaft mit Edu, sein Interesse am kulturellen Leben Frankfurts und das Bewußtsein, der *haute bourgeoisie* der Stadt als Quelle gelehrtenhafter Kennerschaft zu dienen (er hatte seit einigen Jahren eine Stellung im Städel-Museum und machte sich dort allmählich einen Namen), ermöglichten es ihm, mit diesen Leuten ungezwungen zu verkehren.

Er hatte ein kluges und begabtes Mädchen namens Bettina geheiratet, das in Frankfurt geboren, aber keine Jüdin war. Bettinas Vater, ein wohlhabender Rechtsanwalt mit einem nahezu prophetischen Instinkt für moderne Malerei, hatte im Aufsichtsrat des Städel gesessen, und es wurde behauptet, Elias habe sie geheiratet, um sich seine Stellung zu sichern. Nichts hätte weiter von der Wahrheit entfernt sein können. Sie hatten sich im Salon ihrer Eltern kennengelernt, und Bettina, die schüchtern und recht unscheinbar war und jene eigenartige Mischung aus Einzelgängertum und Redseligkeit besaß, die oft das Merkmal talentierter Frauen ist, hatte sich sofort in den Kopf gesetzt, Elias zu heiraten. Er verstand sie besser als irgend jemand, dem sie je begegnet war. Elias seinerseits war entzückt über ihre manchmal sehr eigenwilligen Gedanken – und sexuell von ihr gefesselt. Er konnte diese Anziehungskraft nicht definieren, denn sie lag weit außerhalb der ihm vertrauten Gebiete, und er beharrte darauf zu glauben, daß sie etwas mit Bettinas auffallender Ähnlichkeit mit einer von Hans Baldung Griens «Wetterhexen» zu tun hatte, einem Gemälde, das seit 1878 im Museum hing. Sie hatten einen kleinen Sohn, Benno, der von seiner Mutter abwechselnd vergöttert und vernachlässigt wurde, und Bettina hatte Elias an diesem Abend nur deshalb nicht zu den Wertheims begleitet, weil sie Benno gerade wieder innig liebte und er mit hohem Fieber im Bett lag.

Jonas, Carolines anderer Bruder, war Arzt. Er war noch unverheiratet und arbeitete in einem Krankenhaus in Höchst mit der Zielstrebigkeit eines Menschen, der sich inmitten der verwirrenden Mannigfaltigkeit und Weite der Welt nur einem kleinen und klar abgegrenzten Stückchen Land gegenübersehen will. Er verbrachte seine Jahre in dieser häßlichen Industriestadt vor den Toren Frankfurts in der Hoffnung, in nicht allzu ferner Zukunft vielleicht eine kleine, aber einträgliche Praxis in einer kleinen Stadt mit vielen kränklichen reichen Witwen übernehmen zu können.

Die Wertheims hofften, ein festliches Mahl würde die Süßkinds in ihre Gemeinschaft eingliedern. Caroline teilte ganz offensichtlich die Ansicht, daß man Meinungsverschiedenheiten oder Streitsucht nur verhindern konnte, indem man alle bis obenhin vollstopfte – so wie man die Gans mit Kastanien vollgestopft hatte.

Man konnte den Weihnachtsbaum durch die Tür sehen, die vom Wohnzimmer ins Eßzimmer führte. Der Tisch dort war in seiner vollen Länge ausgezogen, um den achtzehn Personen Platz zu bieten. Caroline, die alle beobachtete, war sicher, es würde eine harmonische Mahlzeit werden; die Stimmung an dem mit weißem Damast gedeckten Tisch schien Gutes zu verheißen, als ob jeder mit sich selbst zufrieden wäre, froh, das Essen zu genießen und sich über die glücklichen Kinder zu freuen. Hannchen, die am oberen Ende der Tafel saß, blickte mit majestätischer Gelassenheit den Tisch hinunter.

«Du siehst aus wie ein wohlwollender Despot», sagte Siegmund. Hannchen nahm es als Kompliment, ob wegen des Wortes «wohlwollend» oder der Bezeichnung «Despot», war schwer zu sagen. Offenbar hatte sie Benedict die Menora verziehen, denn sie wandte sich jetzt an ihn und sagte, natürlich mit einem Augenzwinkern: «Sprechen wir ein Tischgebet?»

«Das tun wir doch nie», war Edus scharfes Aparte.

«Nun, heute abend werden wir Benedict bitten, ein Gebet zu sprechen.»

Benedict, der zu Hannchens Rechten saß, sah sich spöttisch um. Die Dienstboten waren in der Tür zur Anrichte stehengeblieben und neigten den Kopf. Fräulein Gründlich hatte die Hände gefaltet. Er begann: «*Baruch atah adonai . . . eloheinu melech ho'olom . . .*», blickte triumphierend um sich und fuhr dann im Frankfurter Dialekt fort, Gott für das Brot der Erde und die Früchte des Weinstocks zu danken. Als er geendet hatte, sagten alle «Amen», und das Essen wurde serviert. Die meisten von ihnen sahen das Gebet als seltsames Zwischenspiel an, aber da es eine Verbindung zwischen Hannchen und Benedict herstellte, nahmen sie es hin.

Als erster Gang wurde eine klare Suppe aufgetragen, «um uns die Kraft zu geben – falls Gott uns im Stich läßt –, uns durch alle Gänge hindurchzuessen», sagte Siegmund. Die Kinder strahlten ihn an. Die Vettern und Cousinen sahen sich häufig und wurden in der Schule manchmal für Geschwister gehalten. Sie hatten eine ungezwungene Art untereinander, vor allem die vier Mädchen. Die Zwillinge mochten Willy gern, aber er hatte eine Scheu vor Kameradschaft, als ob seine abstehenden Ohren ihn Stimmen hinter oder unterhalb von denjenigen vernehmen ließen, die von der übrigen Welt gehört wurden.

«Hat Edu euch schon die große Neuigkeit mitgeteilt?» fragte Pauline, als sie mit der Suppe fertig waren.

«Worum handelt es sich?» fragte Tante Berthe, die überzeugt war, alles immer als letzte zu erfahren.

«Edu kauft ein Haus», sagte Hannchen.

«Und läßt dich ganz allein?» sagte Berthe, aber ihre Schwester beachtete sie nicht.

«Wo?» fragten Caroline und Eva wie aus einem Mund. Elias war als Edus Freund bereits von dem Vorhaben unterrichtet worden. Niemand wußte, wo Pauline es erfahren hatte.

«Ich habe schon lange mit dem Gedanken gespielt», sagte Edu, die Frage ignorierend. «Als Papa starb, ließ ich den Plan für eine Weile fallen, aber jetzt wird ein Haus zum Verkauf angeboten, dem ich nicht widerstehen kann.» Er wischte sich den Mund sorgfältig mit der Damastserviette ab, zufrieden, der Mittelpunkt der Aufmerksamkeit zu sein. «Immobilien sind eine gute Kapitalanlage», fuhr er fort, «vor allem in diesem Teil der Stadt. Nachdem ich die Firma übernommen hatte –» er machte eine Pause – «nachdem Siegmund und ich die Firma übernommen hatten», aber es war schon zu spät, ein Schatten war über Siegmunds Gesicht gezogen. «Danach», fuhr er rasch fort, «dachte ich mir, es wäre vielleicht eine gute Idee – aus vielerlei Gründen, auf die ich hier nicht näher eingehen will –, in mein eigenes Haus zu ziehen. Mama hat oft genug gesagt, daß wir unabhängig sein müssen.»

Die Suppenteller waren fortgenommen worden, und der zweite Gang wurde serviert, eine Spezialität von Anna, die zu essen den Kindern allerdings schwerfiel, denn es waren Aale in einer weißen, mit Jamaicapfeffer gewürzten Soße.

«Für Mama wird in meinem Haus immer ein Appartement bereitstehen», erklärte Edu, «aber sie sagt, vorläufig möchte sie nicht umziehen.»

«Demnach ist es ein großes Haus?» fragte Nathan.

«Was hast *du* gedacht?» sagte Siegmund.

«Die Stadt wird sich bald nicht mehr weiter ausdehnen», fuhr Edu fort, «und es wird immer schwerer werden, gute Häuser innerhalb ihrer Grenzen zu finden, vor allem im Westen.»

«Wo der Gestank der Fabriken nicht in deine Fenster weht», sagte Eva Süßkind plötzlich.

«Was für Fabriken?» fragte Elias.

«Die meisten Winde kommen von Westen», erklärte sie mit – wie Edu bemerkte – vollem Mund. «Das gilt für ganz Europa, und deshalb ist der Westen der Städte immer die Gegend, wo die ‹besseren Leute› wohnen.»

«Wo liegt das Haus?» fragte Pauline.

«In der Bockenheimer Landstraße.»

Einige der Gäste sagten bewundernd «Aah!» und Edu lächelte. Ein Ausdruck des Stolzes lag auf seinem Gesicht. Seine Mutter sah es und hatte eine ihrer blitzartigen Erkenntnisse: Diesen Ausdruck wird er immer haben, dachte sie.

«Welches Haus ist es?» fragte Siegmund und ließ alle

Häuser dieser Straße vor seinem geistigen Auge vorbeiziehen.

«Nummer zweiunddreißig», sagte Edu, «vier Häuser vom Rothschild-Palais entfernt.»

Siegmund pfiff leise. «Ich kenne es. Es ist ein Traum von einem Haus!» Und dann begannen alle auf einmal zu sprechen.

«Und wieviel hat es gekostet, Onkel Edu?» fragte Willy.

«Das geht dich nichts an», sagte sein Vater.

«Nicht vor den Dienstboten», sagte Hannchen auf englisch, obwohl in diesem Augenblick keiner der Dienstboten zu sehen war außer Fräulein Gründlich, von der man nicht recht wußte, in welche Kategorie sie gehörte.

«Nun, auf jeden Fall *mazel tov*!» sagte Benedict Süßkind und hob sein Glas mit dem vorzüglichen Weißwein. Alle stimmten ein und tranken auf Edus Kauf. («Mindestens hunderttausend», flüsterte Siegmund Nathan über Carolines weiße nackte Schulter hinweg zu.)

In diesem Augenblick wurde die Gans hereingebracht, und die Unterhaltung wandte sich von Edus Haus unmittelbar ihr zu.

«Ich hoffe, sie ist schön fett», bemerkte Elias.

«Wir haben schon drei Töpfe Schmalz von ihr gewonnen», sagte Caroline. «Du kannst einen mit nach Hause nehmen.»

«Bleibt dann noch genug für uns?» fragte Lene sehr zum Vergnügen aller.

Der Rotkohl wurde herumgereicht, das Kartoffelpüree und die überbackene Gänseleberpastete, und dazu gab es eine Schüssel Gurkensalat, scharf mit Essig und Kümmel gewürzt, um die schweren, fetten Speisen bekömmlicher zu machen.

«Dies ist die beste Gans, die wir je hatten», sagte Edu.

«Ich erinnere mich an ein oder zwei in *meinem* Haus, die mindestens so gut waren», entgegnete Hannchen. «Nicht etwa, daß ich Caroline den Rang streitig machen will. Sie ist eine hervorragende Hausfrau, das habe ich schon immer gesagt.» Und sie lächelte Benedict zu, der sich, sehr gegen seinen Willen, nach und nach in eine Art Verschwörung mit ihr verstrickt sah. «Wißt ihr», erklärte sie allen, die es hören wollten, «diese Dinge liegen nicht ausschließlich in der Hand der Hausfrau oder selbst der Köchin. Es ist der Schlachter, dem man letztlich vertrauen muß, und es wird immer schwerer, einen vertrauenswürdigen Schlachter zu finden. Als der alte Fritz Hanauer noch am Leben war, gab er mir immer die besten, fettesten Gänse. ‹Für Sie tu ich alles, Frau Wertheim›, pflegte er zu sagen. Aber der neue Besitzer ist da anders. Bei ihm ist alles nur Geschäft. Er gibt das Beste nicht denjenigen, die es zu würdigen wissen, sondern denen, die am meisten bei ihm bestellen. Wenn ich ihm sage, er ist nicht vom selben Schlag wie Fritz, antwortet er: ‹Die Zeiten ändern sich, Frau Wertheim, die Zeiten ändern sich.›»

«Das tun sie allerdings», sagte Berthe nachdrücklich und holte diskret ein Stückchen von dem Flügel, an dem sie genagt hatte, zwischen ihren Zähnen hervor.

«Nächstes Jahr um diese Zeit werden wir wahrscheinlich Krieg haben», verkündete Benedict.

«Verdirb uns nicht das Essen», sagte Berthe.

«Du bist ein alter Pessimist», erklärte Hannchen.

«Habt ihr nicht die Nachrichten verfolgt?» fragte er. «Es wird immer schlimmer.»

«Ich lasse mich von so was nicht aus der Ruhe bringen», erwiderte Hannchen. «Es hat in den letzten Jahren so viele Krisen gegeben, daß man sich nicht über jede neue aufregen kann.»

«Vor zwei Jahren hatten wir diese Geschichte in Marokko . . .»

«. . . ihr wißt ja, wie die Franzosen sind!»

«. . . leiden immer noch wegen 1871 . . .»

«. . . und unsere Vettern, die Engländer, nehmen sich immer der französischen Sache an . . .»

«Die Engländer glauben, sie können der ganzen Welt vorschreiben, was sie zu tun hat», sagte Pauline.

«Natürlich beherrschen sie die Meere . . .»

«Deutschland muß sich davor schützen, eingekreist zu werden . . .»

«Es heißt, wenn wir die Österreicher in einem Krieg gegen

Rußland unterstützen, müssen wir damit rechnen, gleichzeitig gegen Frankreich kämpfen zu müssen.»

«Diese verdammten Österreicher! Durch und durch korrupt . . .»

«Ihr Reich ist immer wieder zusammengeflickt worden, meist auf Kosten anderer . . .»

«Ihr werdet sehen, es wird uns teuer zu stehen kommen.»

«Deutschland muß England auf dem Meer herausfordern . . .»

«Unsinn! Unser Trumpf war seit jeher ein starkes Heer.»

«Wenn der Kaiser mehr Vertrauen zu Bethmann-Hollweg zeigen und weniger auf seine Generäle hören würde . . .»

«Wenn, wenn, wenn», sagte Hannchen. «Laßt uns bitte von erfreulicheren Dingen reden.»

Der Hauptgang war abgeräumt worden, und ein Chor von Seufzern war am Tisch zu hören. Die Kinder hatten leicht glasige Augen, und die von Fräulein Gründlich glänzten.

«Ich schlage vor, wir schenken uns den Nachtisch», sagte Siegmund. Die Kinder protestierten stürmisch. Teller mit Weihnachtsgebäck wurden auf den Tisch gestellt mitsamt der *pièce de résistance,* einem langen, mit Schokolade überzogenen und mit Mandeln gespickten Weihnachtsscheit aus leichtem, lockerem Biskuit, der von einer dicken Schicht Schlagsahne umhüllt war.

Er wurde mit der gleichen Begeisterung begrüßt wie eine Weile zuvor Edus Plan, ein Haus in der Bockenheimer Landstraße zu kaufen. Jeder hatte in seinem Magen doch noch Platz für ein Stück, und niemand lehnte es ab, ein oder zwei Plätzchen zu essen.

«Wir müssen davon ausgehen, daß der Balkan der Anlaß für die Auseinandersetzung sein wird», sagte Edu, der fand, man habe ihm noch nicht genügend Gehör geschenkt, «und in dem Fall werden die Russen bestimmt eingreifen.»

«Unruhen fangen *immer* auf dem Balkan an», bemerkte Berthe.

«Gegen Rußland hilft uns keine starke Marine», sagte Elias.

«Es hängt alles davon ab, was für Schritte die Österreicher

unternehmen werden», erklärte Siegmund. «Und Gott allein weiß, wieviel Einfluß der alte Franz Joseph hat, oder ob er überhaupt noch weiß, was er tut. Er könnte seit einer Woche oder zwei Wochen tot sein, und niemand würde es bemerken. Seit '48 auf dem Thron! Wißt ihr, wie lange das ist? Fünfundsechzig Jahre!»

«Wenn es wirklich zu einem Krieg kommt», sagte Nathan, «könnt ihr die Schuld bei unseren preußischen Herrschern suchen.»

«Deutschland wird von Militaristen beherrscht», sagte Eva, erzürnt über die reaktionären, chauvinistischen Ansichten ihrer Verwandten und verärgert, daß ihre Meinung hier so wenig zählte. Ich bin nicht albern wie Pauline oder wirr wie meine Schwester, dachte sie erbittert, aber sie behandeln mich trotzdem wie ein dämliches Frauenzimmer.

«Falls es Krieg gibt», sagte Elias, «und wir ihn verlieren, wißt ihr, wem man die Schuld geben wird?»

«Natürlich den Juden», sagte sein Vater grämlich.

«Wir scheinen immer wieder auf die Juden zurückzukommen», bemerkte Edu.

«*Wenn* es einen Krieg gibt», sagte Caroline zögernd, «werdet ihr alle daran teilnehmen müssen.»

«Gott schütze uns», rief Hannchen. «So etwas darfst du nicht sagen!»

«Ein Krieg, besonders einer, der ungünstig verläuft, könnte die Revolution beschleunigen», sagte Eva.

Alle Anwesenden schwiegen. Man sprach bei Tisch nicht von Revolution. Und schon gar nicht vor den Dienstboten!

«Nicht in Deutschland», erklärte Pauline schließlich in entschiedenem Ton, als wüßte sie das von höchster Stelle.

«Habt ihr einmal gesehen, unter welchen Bedingungen einige eurer Mitbürger leben und arbeiten?» fragte Eva aufgebracht.

«Nein, und ich will es auch nicht», erwiderte Pauline, «vielen Dank.»

«Wenn sie sich aufraffen und ehrliche Arbeit tun würden», sagte Jonas, «statt auf die Revolution zu warten ...»

«Viele von ihnen haben keine Arbeit», entgegnete Eva.

«Gut, Kinder», sagte Hannchen, ernsthaft entschlossen,

die Unterhaltung von diesem heiklen Thema abzulenken, «wir brechen jetzt die Diskussion ab. Bei Tisch über Politik zu reden ist schlecht für die Verdauung. Das hat schon meine Großmutter gesagt, und sie hatte recht damit, ebenso wie mit vielen anderen Dingen.» Sie schwieg einen Augenblick, wie um sich zu vergewissern, daß das Bild ihrer Großmutter fest in ihrem Geist verankert war. «Ihr könnt euch nicht vorstellen, was für ein verschlafenes kleines Dorf Bokkenheim zu ihrer Zeit war, und so weit weg von Frankfurt! Sie wäre überwältigt, wenn sie uns jetzt in diesem schönen Haus beim Weihnachtsessen sehen könnte, zu dem wir gerade die größte und beste Gans gegessen haben, die man sich vorstellen kann . . . Sie würde wahrscheinlich glauben, es sei ein Traum.»

«Gab es damals keine Gänse?» fragte Lene, und alle brachen in erleichtertes Gelächter aus. Der kritische Augenblick war überwunden, und Hannchens Gesicht entspannte sich. Sie ließ sich von ihren Enkeln überreden, von den alten Zeiten in Bockenheim zu erzählen, und die ganze Familie, einschließlich Evas, lehnte sich zurück, um ihr zuzuhören.

Schließlich fielen den Kindern vor Müdigkeit die Augen zu. Lene war schon ein paarmal eingenickt, fuhr aber erschrocken in die Höhe, als sie ihren Namen hörte. «Zeit, zu Bett zu gehen, Lenchen», sagte ihr Vater, aber sie wandte schmollend ein, daß sie noch einen Keks haben wollte, daß sie ihre Geschenke noch einmal sehen und mit dem kleinen Hund spielen wollte.

«*Der* schläft bereits», sagte Caroline.

Die Kerzen am Weihnachtsbaum waren schon längst niedergebrannt, und der Geruch von heißem Wachs und verkohlten Dochten vermischte sich mit dem würzigen Tannenduft. Es war beinahe Mitternacht, und die Erwachsenen waren fast ebenso müde wie die Kinder.

Unten in der Küche beendeten die Dienstboten ihr eigenes Festmahl und sprachen über das, was sie im Eßzimmer gehört hatten. Sie kannten das Haus, das Edu kaufen wollte, und stellten Vermutungen an, wieviel es kosten mochte. Das Stubenmädchen hatte eine Freundin, von der sie glaubte, daß sie an einer Stellung bei Herrn Wertheim interessiert wäre. «Ich habe ihr gesagt, daß es sich gut bei Juden arbeiten läßt, und sie soll nicht auf das hören, was die andern sagen.»

«Welche anderen?» fragte August, der stämmige hessische Kutscher. Er war ein gutherziger Mensch und konnte sich nicht vorstellen, daß irgend jemand etwas Böses tat oder sagte.

«Wissen Sie nicht, was die Leute in der Stadt reden? Haben Sie nicht die Zeitung gesehn, die sie lesen? Sie sollten hören, was Hans-Friedrich, der bei den von Varrentrapps arbeitet, zu erzählen weiß!»

«Uns betrifft das nicht», sagte August.

«Oh, wie sind Sie altmodisch!» rief Annas Schwester aus, die beim Servieren geholfen hatte.

August nahm sich noch ein Stück Kuchen und zuckte die Achseln. «Ich bin glücklich, so wie ich bin», erklärte er. «Ich will die Welt nicht ändern.»

«Es sind Leute wie Sie, über die man sich lustig macht», sagte das Stubenmädchen. «Sie sollten lieber umlernen. Die Zeiten ändern sich.»

«Und inwiefern ändern sie sich?» fragte August.

«Es wird eine Revolution geben – das haben sie sogar oben gesagt», erwiderte sie.

«Es beunruhigt die alte Dame», sagte Annas Schwester.

«Was auch geschehen mag», erklärte August, «es wird immer welche geben, die oben sind, und andere, die unten sind. Das ist die menschliche Natur.» Er trank den Rest einer Flasche Rotwein auf einen Zug aus. «Fröhliche Weihnachten!» sagte er.

Zwischen Weihnachten und Neujahr schneite es wieder, und das Gerede über Krieg hielt an. Edu verpflichtete sich vertraglich, das Haus in der Bockenheimer Landstraße für 150000 Goldmark zu kaufen, und machte Pläne, bis Ostern einzuziehen. Am letzten Tag des Jahres rief er Jacob an und sagte ihm, daß er ihn gern sprechen wolle.

«Komm gegen Mittag bei mir vorbei», sagte Jacob, «dann können wir einen Spaziergang machen.»

Frankfurt war in Weiß gehüllt, überall klingelten Schlittenschellen, und die Luft war trocken und kalt. Es lag jetzt eine Rauheit in der Kälte, wie immer nach Weihnachten, aber in diesem Jahr war sie besonders grausam, und am Kai längs des Mains folgten die Armen den Kohlenwagen, um die kleinen Brocken aufzusammeln, die auf die Straße fielen. Manchmal rauften sie sich darum. Die meisten der guten Bürger Frankfurts wandten die Augen von dem Anblick ab, aber einige erhöhten ihre wohltätigen Spenden. Jacob ging oft, in unruhige Gedanken versunken, dort unten spazieren. Er fühlte, wie eine Traurigkeit von ihm Besitz ergriff, die ihm – der so gerne glücklich war – als erdrückende Last erschien und ihn noch weiter in sich hineintrieb. Er war keineswegs sicher, daß er Gerda wirklich heiraten wollte, aber sein Gewissen verlangte es. Seine Traurigkeit verband sie jetzt mehr als seine Liebe. Wenn er sie heiraten, sich zu dieser guten und selbstlosen Tat entschließen könnte, würde es ihm vielleicht doch noch gelingen, sich mit den Begrenzungen seines Lebens abzufinden.

Edu erschien Punkt zwölf an seiner Wohnungstür.

«Ist es zu früh, dir ein glückliches neues Jahr zu wünschen?» fragte Jacob, bereit, seinen Bruder zu umarmen. Er bemerkte gerade noch rechtzeitig, daß Edu, der seinen elegantesten hellgrauen Anzug trug, leicht zur Seite wich, um eine Berührung zu vermeiden.

«Es ist zu früh, aber du kannst es mir trotzdem wünschen», sagte Edu. Er betrat die Wohnung nicht. «Wenn du fertig bist», setzte er hinzu, «können wir gehen.»

Jacob schlang sich seinen langen Wollschal um den Hals und setzte den weichen Filzhut auf das zu lange Haar.

«Du wirst einen Mantel brauchen», sagte Edu, der seinen Paletot über dem Arm trug und einen Spazierstock in der Hand hielt. Jacob nahm seinen ältesten, schäbigsten Mantel vom Haken und zog ihn an. Edu sah ihn mißbilligend an, sagte jedoch nichts, bis sie auf die Straße traten.

«Was bist du nur für ein Bohemien geworden», sagte er.

Jacob, der beschlossen hatte, Kritik zu überhören, zuckte lediglich die Achseln. «Wir sind sehr verschieden, du und ich», erwiderte er. «Aber es besteht kein Grund, darüber ständig moralisch zu urteilen.»

Sie gingen schweigend die Fahrgasse entlang. Edu wurde immer nervöser. «Ich bin aus einem bestimmten Grund hier», sagte er schließlich. «Ich muß mit dir über Gerda sprechen. Du hast doch nicht wirklich vor, sie zu heiraten?»

Jacob hatte die Frage erwartet, aber er war selbst in seinen geheimsten Gedanken außerstande gewesen, eine Antwort darauf zu finden. Er sagte: «Ich bin älter als du, warum bedrängst du mich?» Nichts wäre ihm lieber gewesen, als mit Edu offen und ehrlich über seine Gefühle zu sprechen, aber das war offensichtlich unmöglich.

«Du magst älter sein», sagte Edu, «aber ich bin verantwortungsbewußter.»

«Verantwortlichkeit sollte sich auf das eigene Ich begrenzen», entgegnete Jacob.

«In einer Familie wie der unsrigen genügt das nicht. Wir haben eine verwitwete Mutter, an die wir denken müssen, Kinder – selbst wenn es nicht unsere eigenen sind –, ein Geschäft –» er zögerte einen Augenblick – «von dem du, auch wenn du daran nicht beteiligt bist, Unterstützung erwartest. Irgend jemand *muß* für all das die Verantwortung übernehmen. Findest du nicht?»

«Du bist sehr schnell mit deinem Urteil bei der Hand», sagte Jacob. «Vielleicht fällt es mir deshalb so schwer, mit dir zu reden. Du hast alles gründlich durchdacht, logisch und klar. Du läßt keine Zweifel gelten. Ich glaube nicht, daß ich dich von irgend etwas überzeugen könnte – selbst wenn es mein eigenes Leben beträfe.»

«Manche Dinge *sind* doch sehr klar, nicht wahr? Pflicht, Ehre, Wahrheit . . .»

«Genau die Dinge, die ich gewählt hätte, um *dir* zu beweisen, wie schwer es ist, ernstlich an irgend etwas zu glauben. Es gibt feine Unterschiede bei all diesen Begriffen . . .»

«Wir denken immer verschieden, du und ich . . .»

«Nur über die wirklich wichtigen Probleme unserer Zeit. Sag mir, Edu, glaubst du, daß es Krieg geben wird?»

«Ich glaube, daß wir darauf vorbereitet sein müssen.»

«Alles, worauf *du* dich vorbereitest, ist mehr als eine Möglichkeit – es wird wohl zur Gewißheit werden. Also nehme ich an, daß es Krieg geben wird, und wenn das der Fall ist, werden wir in ihm kämpfen müssen.»

«Wir sollten stolz darauf sein.»

«Du hast sehr altmodische Ideen für einen so jungen Menschen», sagte Jacob. Er sprach viel lieber über diese Dinge als über sein Privatleben. «Kriege sind nicht mehr, was sie einmal waren. Sie werden es nie wieder sein. Ich habe kürzlich erneut *Krieg und Frieden* gelesen, und eines der Dinge, die mir aufgefallen sind – abgesehen von der Erkenntnis, daß es wahrhaftig einer der größten Romane aller Zeiten ist –, ist die Einfachheit der damaligen Kriegführung. Ich will damit nicht sagen, daß nicht auch Menschen getötet wurden oder daß es sich damals leichter starb. Aber die Kriege wurden von gewissen Regeln bestimmt, es war wie ein Tanz oder ein Spiel. So ziellos menschliche Handlungen auch sein mögen, sie scheinen es noch mehr zu sein, wenn sie nicht einer strengen Prüfung und Kontrolle unterstehen. Es ist wie ein Feuer, das ganze Städte und Wälder niederbrennt ... Mit den Mitteln, die uns heute zur Verfügung stehen, können wir – und werden wir – Millionen abschlachten und einen Brand entfachen, der sich über die ganze Welt ausbreiten wird.»

«Was für ein Pessimist du bist! Und woher hast du die Informationen, auf die du deine düsteren Prophezeiungen stützt?»

«Ich lese.»

«Romane?»

«Natürlich. Woher sollte man sonst die Bausteine für seine Weltanschauung nehmen?»

«Ich dachte, du liest Zeitungen.»

«*Zeitungen*? Die *Frankfurter Zeitung* ist ein gutes Blatt, aber ich würde mich nicht darauf verlassen, daß sie mir die Informationen liefert, nach denen ich mein Leben einrichten könnte. Die Börsenberichte, ja, die kann man lesen und für bare Münze nehmen. Was das übrige betrifft, drucken sie all den Unsinn ab, den sich irgend jemand – für gewöhnlich ein Politiker oder hoher Beamter – ausdenkt, während er spricht oder von einem Papier abliest, das jemand anderes abgefaßt hat. Wenn es dann schließlich schwarz auf weiß dasteht, kommt am nächsten Tag jemand und streitet alles ab. Es ist nicht die Schuld der Zeitungen, es liegt lediglich an der Tatsache, daß sie jeden Tag erscheinen müssen, und es gibt so viele nutzlose Informationen, daß man von ihnen nicht mehr als Oberflächlichkeit erwarten kann.»

«Wie sind wir auf dieses Thema gekommen?»

«Bücher. Ich lese gern Bücher.»

«Nein.»

«Doch. Wir sprachen über Krieg. Du sagtest, es werde einen geben.»

«Habe ich das gesagt?»

«Du glaubst an Fortschritt. Ich glaube, die Industriellen wollen unbedingt noch reicher werden. Als ob sie nicht schon reich genug wären.»

«Die Franzosen wollen sich für 1871 rächen.»

«Das sagen die Preußen.»

«Laß uns dieses bedrückende Thema abbrechen.»

«Um von einem *noch* bedrückenderen zu sprechen?» fragte Jacob.

Es war ein bitterkalter Tag, und Jacob, der seine Handschuhe vergessen hatte, steckte die Hände tiefer in die Taschen und neigte den Kopf, damit der Schal sein Kinn bedeckte. Er bemerkte, daß Edu graue Glacéhandschuhe trug.

«Wärst du daran interessiert, wieder in die Neue Mainzer Straße zu Mama zu ziehen?» fragte Edu.

«Was für eine Idee!» Es war ein so unerwarteter Vorschlag, daß Jacob es kaum fassen konnte.

«Dann bräuchte sie nicht allein zu sein. Das Appartement, das ich dort habe, ist – wie soll ich es ausdrücken? – eleganter als das deinige, das mußt du zugeben. Es gibt Personal, einen schönen Garten, und du hast keine Miete zu zahlen. Der Gedanke ist mir erst vor ein, zwei Tagen gekommen. Natürlich habe ich Mama nichts gesagt.»

«Und Gerda?»

«Darüber wollte ich gerade sprechen. Wenn du dich wirklich auf diese Beziehung festgelegt hast, warum richtest du ihr nicht eine kleine Wohnung ein, kaufst ihr ein kleines Geschäft – Modewaren, zum Beispiel – und verbringst soviel Zeit mit ihr, wie du möchtest. Viele Männer tun das.»

«Sie kann nicht gut genug nähen, und sie hat nicht den nötigen Geschmack, um Hüte zu entwerfen – es gibt wahrscheinlich hundert Frauen in Frankfurt, die geschickter darin sind, als sie es je sein könnte, und schon *ihnen* fällt es schwer, ihr Auskommen zu finden.»

«Wenn sie genügsam ist, braucht sie nicht viel zum Leben. Vielleicht könnte sie lernen, etwas anderes zu machen – zum Beispiel künstliche Blumen. Und sie würde möglicherweise jemanden kennenlernen, den sie heiraten könnte.»

Jacob sah seinen Bruder an. Wie gerade und selbstsicher er geht, dachte er bei sich. Er weiß genau, was er will, er hat eine Lösung für jedes Problem; er kann einem sagen, ob das Pferd erschossen werden muß oder nicht und welches die richtige Blume fürs Knopfloch ist.

Edu, der sich des finsteren Blickes seines Bruders bewußt war, sah weiter geradeaus. Es machte ihm kein Vergnügen, das zu tun, was er für notwendig hielt, es war einfach seine Pflicht. Wenn er der stärkste war, dann mußte er es auch zeigen und die Verantwortung übernehmen. Selbst Nathan hatte angefangen, sich seinem Urteil zu fügen.

«Hör zu, Edu», sagte Jacob. Seine Stimme, durch den Wollschal gedämpft, klang gezwungen, aber nur, weil er sich angestrengt bemühte, genau das zu sagen, was er sagen wollte. «Ich liebe Gerda, und ich erwarte, daß du das respektierst. Ich möchte sie heiraten. Vielleicht werde ich es nicht tun, aber ich möchte es. Nenn es Ehrgefühl, wenn du willst. *Ich* glaube, es ist etwas anderes, vielleicht etwas Moderneres. Man sollte, im Jahre des Herrn 1913, Frauen nicht ausnutzen, vor allem nicht *arme* Frauen wie Gerda.»

«Ausnutzen?» sagte Edu. «Was willst du damit sagen? Sie hat ein gutes Leben, besser als jedes, das sie sich hätte erträumen können, als sie nach Frankfurt kam. Du hast ihr sehr viel gegeben.»

«Aber Ehrbarkeit habe ich ihr nicht gegeben.»

«Glaubst du wirklich, sie schätzt Ehrbarkeit mehr als ein sorgenfreies Leben? *Du* weißt vielleicht, was ihr fehlt, aber weiß sie es? Wird sie es zu würdigen wissen, in das Haus deiner Mutter gebracht zu werden? Du würdest es vielleicht gerne tun, aber hast du jemals daran gedacht, daß es für sie eine Qual wäre? Nicht, weil irgendeiner von uns sich schlecht benehmen würde, denn das würden wir nicht tun, sondern weil sie weiß und immer wissen wird, daß sie nicht dorthin gehört.»

«Es wird nicht immer so sein», sagte Jacob. «Unsere Welt wird zu Staub und Asche werden. Fühlst du es nicht? Kannst du es nicht begreifen? Es werden Warnsignale ausgesandt, aber niemand beachtet sie. Weißt du, daß Tiere kurz vor einem Erdbeben leicht verrückt werden? Genauso ist mir zumute. Du siehst es rational. ‹Der Krieg ist unvermeidlich›, sagst du, und du siehst ihm entgegen, wie du der Ernte entgegensehen würdest, setzt auf ihn, als handeltest du mit Gütern. Zweifellos sehen die Generäle ihn auch so. Aber für mich ist er der Auftakt zu einer schrecklichen Umwälzung. Ich sehe ihn vom menschlichen Standpunkt aus. Er wird das Ende unserer Welt sein . . .» Er breitete die Arme aus, als wollte er die ganze friedliche Stadt am Main und auch Sachsenhausen umfassen.

«Und du willst das neue Zeitalter als Gerdas Ehemann begrüßen?» fragte Edu ihn. «Du tust etwas aus einer abstrakten Überzeugung heraus. Du willst tun, was richtig, korrekt und ‹modern› ist. Deine Leidenschaft, scheint mir, gilt nicht Gerda, sondern der Gerechtigkeit.»

«Ich werde Gerda nicht verlassen», sagte Jacob, aber Edu hatte den Eindruck, daß mehr Trotz als Überzeugung in seiner Stimme lag. «Vielleicht werde ich sie doch noch heiraten.» Er sprach leise, als redete er zu sich selbst. «Wir haben es geschafft, aus der Judengasse herauszukommen, als niemand uns wollte oder glaubte, daß wir wie die anderen, wie *sie* sein könnten. Es steht uns nicht an, das zu vergessen und eine andere Gruppe ‹in ihren Schranken› zu halten.»

Edu wollte nicht mit ihm streiten. Er war überzeugt, seinen Zweck erreicht zu haben. Sie waren quer über den Opernplatz und die Bockenheimer Landstraße entlang gegangen und standen jetzt vor dem Haus, das Edu gekauft hatte.

«Ist es nicht wundervoll?» sagte er, und Jacob war gerührt über diesen törichten Stolz, der so sehr dem eines Kindes glich, daß man es nicht fertigbrachte, ihn zu verachten. «Jetzt im Winter kann man den Garten nicht richtig sehen, aber gerade den Garten habe ich schon immer bewundert», sagte Edu. «Ich komme oft auf dem Weg zum Palmengarten hier vorbei, und ich habe das Gefühl, das Haus zu kennen. Im Frühling wirst du sehen, wie herrlich der Garten ist.»

Danach trennten sie sich. Edu ging zu seiner Mutter, während Jacob lange durch die verschneite Stadt wanderte; er war erregt, und seine Nerven waren gespannt, aber er fühlte sich so frei und empfänglich für die Welt, daß er alles bemerkte, was seinen Weg kreuzte, als wäre es von größter Bedeutung.

EDU HATTE VOR, den Silvesterabend allein mit Hannchen zu Hause zu verbringen. Sie hatte alle Einladungen abgelehnt; ihre Gedanken waren bei Moritz, und das beunruhigte sie. Sie war froh, Edu bei sich zu haben. Sie tranken zusammen einen Sherry, und er berichtete ihr über das, was er für das Resultat seiner Unterhaltung mit Jacob hielt. «Er hat nichts versprochen», sagte Edu, «aber ich hatte den Eindruck, daß er selbst auf seltsame Weise erleichtert war.»

«Versprich mir, Edu, daß du dich immer um die Probleme der Familie kümmern wirst», sagte sie. Sie fühlte sich alt in diesem Augenblick und hätte nicht in den Spiegel blicken mögen.

Edu nickte. «Ich habe mit Papa, nicht lange vor seinem Tod, über all das gesprochen.»

«Er wußte, daß man dir die Sorge für die Familie am besten anvertrauen konnte.»

«Ich habe ihm versprochen, daß ich, solange ich das Geschäft leite, dafür sorgen werde, daß niemandem in der Familie etwas fehlt, daß jeder einen Teil unserer Gewinne erhält – abgesehen von Gottfried natürlich. Dabei fällt mir ein, er schickt mir jeden Weihnachten einen Brief und rühmt sich seiner Erfolge. Habe ich dir gesagt, daß er seinen Namen geändert hat?»

«Und wie nennt er sich jetzt?»

«Laß mich nachsehen, ich habe den Brief bei mir.» Er nahm ein zusammengefaltetes Couvert aus der Brieftasche. «Gerald F. Worth», las er.

«Klingt seltsam», sagte Hannchen.

«Er hat das *heim* von Wertheim weggelassen und aus dem *e* ein *o* gemacht. ‹Wert› heißt auf englisch ‹worth›. Er lebt jetzt in New York und behauptet, in seiner Wahlheimat ein geachtetes Mitglied der Gesellschaft geworden zu sein.»

«Vielleicht ist er zur Vernunft gekommen», sagte Hannchen und nahm sich noch einen Sherry. «Ich werde früh zu Bett gehen und an nichts denken», verkündete sie. Sie hatte zugenommen und ähnelte an diesem Abend verblüffend ihrer Schwester Berthe.

Edu hatte noch nicht alles gesagt, was er ihr sagen wollte. «Ich habe Papa auch versprochen, falls – Gott behüte – Siegmund oder Nathan etwas zustoßen sollte, dafür zu sorgen, daß die Kinder, unabhängig von der finanziellen Lage ihrer Väter, materiell gesichert sind.»

«Vor allem die Mädchen», sagte Hannchen.

«Vor allem die Mädchen.»

Etwas später aßen sie Aprikosenknödel, die in geschmolzener Butter mit Semmelbröseln serviert wurden. Sophie war eigens gekommen, um sie zuzubereiten. Die Kirchenglocken begannen zu läuten.

«Eigentlich hatte ich früh zu Bett gehen wollen», sagte Hannchen bei einem Cognac. «Oh, wie sehr ich deinen Vater vermisse! Und du wirst bald in dein neues Haus ziehen.»

«Du kannst jederzeit kommen und bei mir wohnen.»

«Nein, nein, nein. Aber ich will dir etwas Schönes zum Einzug schenken. Was möchtest du haben?»

«Ein Gemälde.»

«Dein Geschmack ist so ganz anders als meiner . . .» Es war beinahe ein Vorwurf.

«Ich werde es selbst aussuchen», sagte Edu, «und es dir zeigen, damit du mir sagen kannst, ob du damit einverstanden bist.»

Bei Nathan und Caroline spielten die Kinder immer noch mit ihren Weihnachtsgeschenken. Lene fütterte getreulich ihren kleinen Hund und tat ihr möglichstes, ihn zu erziehen. Die Jungen lagen den ganzen Tag bäuchlings auf dem Boden und spielten mit ihrer Eisenbahn und den Zinnsoldaten. Am Silvesterabend brachte Andreas ein paar

Steine herein, die er aus dem Schnee gegraben hatte, und ließ sie auf die Schienen fallen. Der Zug entgleiste.

«Was soll das?» rief Ernst.

«Krieg», erwiderte Andreas.

Die Kirchenglocken läuteten, aber die Kinder schliefen, als das Jahr 1914 anbrach.

Drittes Kapitel

1918

Bis zum Sommer 1918 war der Krieg zum bitteren Alltag für die Zivilbevölkerung geworden, in Frankfurt wie überall im Deutschen Reich. Die Armen litten natürlich mehr als die Reichen. Der vorhergehende Winter war sehr kalt gewesen. Die Leute hatten zuwenig Kohlen, zuwenig Nahrung, und sie standen trotz des eisigen Windes stundenlang Schlange, um einen Kohlkopf zu erstehen. Sie verfluchten die Reichen, und sie verfluchten die Regierung. Hungrige Kinder gingen aufs Land hinaus, um zu betteln und nach Kartoffeln zu suchen, die sie – falls sie nicht von einer Polizeistreife erwischt wurden – heimlich nach Hause in armselige Arbeiterwohnungen brachten. Abgesehen von den Polizisten gab es nur wenige gesunde Männer in der Stadt; auf den Straßen, in den Fabriken, in den Läden sah man fast ausschließlich Frauen.

Der Beginn des Sommers änderte zwar nicht den Verlauf des Krieges oder die politischen Verhältnisse, aber er verringerte einige der Beschwernisse. Die Leute gingen im Stadtwald spazieren und schwammen im Main, sie hegten ihre Schrebergärten am Rande der Stadt und hofften, daß es Frieden geben würde, ehe ein weiterer Winter begann.

Lene Wertheim hatte Fräulein Gründlich geholfen, zwischen den Rosen- und Päonienbeeten einen kleinen Gemüsegarten anzulegen. Gurken krochen am Boden entlang, und Tomaten kletterten zusammen mit Erbsen und Bohnen an ihren Stangen empor. Ein paar schlichte Kartoffelpflanzen säumten die weißen Kieswege. Selbst Edus Gärtner – der einzige, der ihm geblieben war, ein gebeugter, alter Mann – hatte in diesem Jahr Gemüse angepflanzt. Edu war Offizier im Dragonerregiment des Großherzogs von Hessen, das an der Ostfront stand. Nathan war zu alt für den aktiven Militärdienst, und Siegmund, der sich während der ersten Kriegsmonate freiwillig gemeldet hatte, war nach zwei Jahren vom Dienst befreit worden, um das Familienunternehmen zu leiten, das notwendige Wollstoffe für den Heeresbedarf lieferte. Jacob hatte sich ebenfalls freiwillig gemeldet, nicht sosehr aus Patriotismus als vielmehr in der verzweifelten und letztlich vergeblichen Bemühung, sein Leben und seinen Charakter zu ändern. Er war an der Somme verwundet worden und genas jetzt langsam in einem Lazarett in Mainz. Trotz der Schwierigkeiten, eine Transportmöglichkeit zu finden, besuchte Gerda ihn dort jede Woche und saß, auf sein blasses Gesicht starrend, stumm neben seinem Bett.

Da die Ernährungslage – wie in allen Städten – kritisch geworden war, schickten viele Eltern, die es sich leisten konnten, ihre Kinder im Sommer 1918 aufs Land. Fräulein Gründlich begleitete Lene und die Zwillinge nach Königstein im Taunus, wo sie in einer bescheidenen Pension wohnten. Emma, die jetzt achtzehn war, hatte um Erlaubnis gebeten, sich einer Gruppe von Altersgenossinnen auf einem Landgut in der Nähe von Kronberg anzuschließen, wo junge Mädchen aus guter Familie dem Vaterland dienten, indem sie halfen, das Gut zu bewirtschaften und die Ernte einzubringen.

Sie schrieb begeisterte Briefe und schickte eine Photographie von sich und den übrigen Mädchen; sie trugen alle Dirndlröcke und hatten Tücher um den Kopf gebunden wie russische Bäuerinnen, hielten Heurechen in der Hand und sahen braungebrannt und gesund aus. Zufällig stand Emma auf dem kleinen Schnappschuß ein wenig abseits, und nur ihr Profil war zu sehen, aber auf ihrem Gesicht schien ein Lächeln zu liegen. «Nun, jedenfalls sehen die *anderen* gesund aus», sagte Nathan.

Caroline war beeindruckt von Emmas dunkler Schönheit zwischen den bezopften Gutsbesitzertöchtern, die selbst in ihrer bäuerlichen Kleidung und der zwanglosen Pose noch hochmütig aussahen. Wenn Nathan es bemerkte, so sagte er nichts. Seine Kinder verwirrten ihn, ohne daß er wußte, warum. Sie waren aufmerksam und höflich, sie schwatzten über ihr Leben und äußerten Ansichten über vielerlei Probleme, aber keines von ihnen ließ ihn je in sein Herz blicken. Emma berichtete über ihre Tätigkeit, vom Reinigen des Herdes bis zum Füttern der Hühner, mit der gleichen entschlossenen guten Laune, mit der sie ihnen zu Hause ihre Geschichten über Lehrer, Dienstmädchen und Verkäuferinnen erzählt hatte. Kein Schmerz oder Zweifel war je in diesen Briefen zu finden; wenn durch Zufall irgend etwas Unangenehmes auftauchte, wurde es im nächsten Satz abgetan.

Caroline hatte recht – Emma war zu einer schönen jungen Frau herangewachsen. Ihre schwarzen Augen schienen noch dunkler geworden zu sein, ihr Teint noch weißer; er würde nie die gesunde Röte haben, die Lenes Gesicht erstrahlen ließ, wenn die Sommersonne es berührte, aber ihr Knochenbau war zarter, ihre Züge feiner. Die Ängstlichkeit, die fast zitternde Unsicherheit gegenüber dem Leben war nie von Emma gewichen, und um sie sich nicht anmerken zu lassen, verhielt sie sich im Umgang mit den Menschen reserviert. Sie mochte es nicht, berührt zu werden, und war so flink und nervös in ihren Bewegungen, daß es tatsächlich schwer war, sich ihr zu nähern. Und doch hatte sie ein Bedürfnis nach Freundschaft, ein verzweifeltes Verlangen nach Vertrautheit, das sie nicht zum Ausdruck zu bringen wagte und nicht zu erfüllen vermochte. Sie sehnte sich nach einer Busenfreundin, die sie küssen und streicheln und mit der sie Geheimnisse teilen konnte; aber wenn sie jemanden fand, brachte sie es nicht über sich, sie zu umarmen, oder ihr, selbst bei Nacht, im Schutz der Dunkelheit, die Gedanken und Ängste anzuvertrauen, die sie quälten. Die Kameradschaft der Gruppe sei «gut für sie», erklärte die Familie. Sie gehöre jetzt zu einer Schar von Mädchen, die arbeiteten, schwatzten, verantwortungsbewußt und gut lebten, frische Luft, gesunde Nahrung und ausreichend Schlaf bekamen. Emma half ihnen, diese Wunschvorstellung als Realität zu betrachten.

Caroline hatte Emma nur zögernd erlaubt, aufs Land zu gehen. Sie mißtraute instinktiv Erfahrungen, die die Lebensweise eines Menschen grundlegend änderten. Sie selbst war völlig abhängig geworden von ihrem Mann, ihrem Haus und ihren Dienstboten. Als sie erfuhr, daß Nathan nicht zum Militärdienst zugelassen worden war, wurde ihr buchstäblich schwindlig vor Erleichterung. Der Gedanke, daß sie das Haus allein würde führen müssen, hatte wie ein Alpdruck auf ihr gelastet. Eva, entsetzt über die Abhängigkeit ihrer Schwester, drängte sie immer wieder, ihr Leben selbst in die Hand zu nehmen, aber Caroline war nicht aus ihrem Elfenbeinturm herauszubringen. Als Eva erkannte, daß ihre Bemühungen vergebens waren, wandte sie sich Emma zu, um sie zu ermutigen, selbständig einige kleine Schritte zu machen. Emmas Plan, auf einem Gut zu arbeiten, wurde von ihrer Tante mit Freuden begrüßt.

Eva hatte natürlich keine genaue Vorstellung von den Bedingungen, unter denen Emma arbeiten würde. Sie stellte sich eine Art Kollektiv vor, wo derbe Bauernkinder sich mit den Töchtern der Bourgeoisie mischten und jeder gleichermaßen an der täglichen Arbeit teilnahm. Sie wäre schockiert gewesen, hätte sie das Gut gesehen und beobachtet, in welchem Stil diese Töchter der Privilegierten dort lebten. Eva, die sich immer mehr zur Linken hingezogen fühlte, hatte sich einer kleinen und geheimen Spartakistengruppe angeschlossen, die zu wöchentlichen Diskussionen zusammenkam und über die Revolution sprach. Im Gegensatz zu einigen ihrer Genossen ging Eva gutgläubig und mit reinem Herzen an dieses Thema heran. Im Jahr zuvor war ein Friedensvertrag mit dem neuen bolschewistischen Regime geschlossen worden, und die deutsche Linke blickte hoffnungsvoll nach Osten.

Hätte Edu, der auf einem Vorposten im östlichen Galizien am äußersten Rand der zerfallenden österreichisch-ungarischen Monarchie diente, etwas von Eva Süßkinds Sympathien oder gar von ihrer Verbindung mit dem Spartakusbund geahnt, hätte er sicherlich nicht gezögert, sie verhaften zu lassen. Er klammerte sich immer fester an die Überzeugungen seiner Gesellschaftsschicht, obwohl seine Erfahrungen im kaiserlichen Heer alles andere als angenehm waren. Er hatte seine Offiziersstelle bei den exklusiven Dragonern nur erhalten, weil ein nichtjüdischer Bekannter und Geschäftsfreund, ein Mann von hohem Rang, sich für seine Wohlhabenheit und seine Fähigkeiten verbürgt hatte. Es war bis dahin für einen Juden praktisch unmöglich gewesen, Offizier zu werden. Diejenigen, die jetzt im Krieg das Offizierspatent erhalten hatten, empfanden den Antisemitismus ihrer Kameraden als eine Bürde, mit der jeder auf seine Art fertig werden mußte. Edu reagierte darauf wie gewohnt, indem er seine beträchtlichen Reserven an persönlicher Unabhängigkeit aufbot, wortlos und gewissenhaft seinen Dienst versah und dabei den übrigen Offizieren gegenüber eine höfliche und diskrete Zurückhaltung wahrte. Er gewann nur einen Freund, einen Arzt aus Darmstadt namens Max Demant, der ebenfalls Jude war. Aber Demant wurde an ein Lazarett in Litauen abgeordnet, wo er kurz vor dem Frieden von Brest-Litowsk an Typhus starb. Er hatte dort zuletzt drei Wochen lang rund um die Uhr die Kranken und Verwundeten betreut. Die zwei Freunde hatten sich oft gestanden, daß sie das Militär grausam und das Soldatenleben unerträglich fanden. Als Edu vom Tod seines Freundes erfuhr, schwor er, nie über seine Jahre beim Militär zu sprechen. Er verbannte sie aus seiner Erinnerung mit der gleichen Entschlossenheit, mit der er später seine Uniform verbrannte und seine Orden in einer Schachtel auf dem Dachboden begrub, die er nie wieder öffnete.

Die meisten Offiziere in Edus Regiment verabscheuten den Teil der Welt, in dem sie sich befanden. Sie hatten vorher an Kämpfen teilgenommen, und die meisten von ihnen wollten das wieder tun. Für sie stand fest, daß der wichtige, der «wirkliche» Krieg in Frankreich ausgefochten wurde, und jetzt, da man mit Rußland keinen Krieg mehr führte, sahen sie keinen Grund, weshalb sie in Osteuropa bleiben sollten. Aber eineinhalb Millionen deutsche Soldaten blieben an Ort und Stelle zwischen der Ukraine und der Ostsee. Zum Teil wurden sie dort behalten, weil die Regierung fand, daß die politische Situation zu unbeständig war, um sie abzuziehen, aber zum Teil ließ man sie auch auf ihren Posten, weil General Ludendorff davon träumte, daß Deutschland einen großen russischen Satellitenstaat ins Leben rufen und verwalten würde, der sich von der Krim bis zum Kaukasus erstrecken sollte. Weder die Mannschaften noch ihre Offiziere ahnten etwas von diesem Plan, obwohl er lediglich die Fortführung einer Idee war, die von vielen, einschließlich der Offiziere, mit denen Edu diente, gebilligt wurde. Edu machte es sich zum Prinzip, jede politische Diskussion zu vermeiden. Hätte ihn jemand nach seiner Meinung gefragt – was aber niemand tat –, so hätte er gesagt, er wisse nichts über die Situation.

Man hatte ihm einen jüdischen Offiziersburschen zugeteilt, aber die tiefe soziale Kluft, die sie trennte, machte eine Vertrautheit unmöglich. Trotzdem gab es zwischen ihnen ein Gefühl der Zuneigung und des Wohlwollens, und sie machten auf mancherlei verschleierte, geheime Art gemeinsame Sache gegen die anderen Offiziere, gegen «sie», gegen – obwohl das Wort nie erwähnt wurde – die *gojim.* Mit seiner typischen ironischen Objektivität bemerkte Edu, daß es weit mehr Kameradschaft zwischen seinem Burschen Solly und den anderen Soldaten gab, als zwischen ihm und seinen Offizierskameraden.

Sie wurden in einem galizischen Dorf nach dem anderen einquartiert, und für die Soldaten sahen sie alle gleich aus. Sie kamen aus einer idyllischen, grünen Hügellandschaft, aus schmucken Dörfern und kleinen Städten, wo die Häuser regelmäßig getüncht und die Straßen gekehrt wurden. Diese armselige, flache ländliche Gegend, wo halb zerfallene Häuser planlos zusammengedrängt an Kreuzungen standen, die ein Meer von Schlamm bei Regen und staubig wie die Wüste bei Hitze waren, war für sie ein barbarisches Land. Viele der Bauern in diesen Grenzgebieten sprachen kein Deutsch, und selbst wenn sie es taten, fiel es den deutschen Soldaten schwer, sie nicht als Fremde zu betrachten. Und überall traf man Juden. Die meisten Soldaten hatten noch nie so viele Juden auf einmal und in solch schrecklicher Armut gesehen. Als Folge der Kämpfe hatten viele der Bewohner immer wieder aus ihren Häusern fliehen müssen und lebten, dem Verhungern nahe, von der Hand in den Mund. Edu, der auf Pegasus, seinem kastanienbraunen Wallach, an der Spitze seiner Truppe ritt, kam auf den ungepflasterten Straßen oft an diesen unglücklichen Menschen vorbei. Mit Bettzeug und Kupfertöpfen beladen, manche mit Kinderwagen, in die sie ihre wenigen Habseligkeiten gestopft hatten, hasteten sie auf den Straßengraben zu. Er blieb nie stehen, er sah sie kaum an, aber sie verfolgten ihn Nacht für Nacht in seinen Träumen. «Hast du sie gesehen?» fragte er Solly eines Abends.

Der Bursche wichste Edus Reitstiefel, bis sie spiegelblank waren. «Wen gesehen, Herr Leutnant?»

«Diese armen Juden, an denen wir heute auf der Straße vorbeigekommen sind.»

«Sie sind immer dort, Herr Leutnant.»

«Aber sie haben kein Land, keine Ernte, keine Arbeit.»

«Sie sind daran gewöhnt. So ist es hier. Sie überleben.»

«Warum gehen sie nicht nach Amerika?» fragte Edu, und er dachte an New York.

«Das weiß ich nicht, Herr Leutnant. Ich zerbrech mir nie den Kopf über Geschichte oder Politik. Ich will nur heil und unversehrt nach Hause zu meiner Familie kommen. Der Krieg dauert nicht mehr lange. Das sagen alle. Wir haben Glück gehabt, nicht wahr? Wir hätten ebensogut in den Schützengräben in Frankreich sein können, und da kommt kaum jemand lebend heraus.

Ich weiß wirklich nicht viel über diese Juden», fuhr er fort, «aber ich würde mir an Ihrer Stelle keine Sorgen um sie machen. Dies ist ihr Zuhause, sie kennen sich hier aus, sie sind an schwere Arbeit gewöhnt. Sie werden zurückkriechen und wieder damit anfangen, Kinder zu machen. Auch ich sollte das tun, statt das Gewehr zu präsentieren und über den Marktplatz zu marschieren. Ich bin sicher, Ihnen geht's genauso.»

«Hast du jemals mit den Juden hier gesprochen?» fragte Edu.

«Ja, Herr Leutnant.»

«Und was sprechen sie, welche Sprache?»

«Jiddisch. Und ein klein wenig Polnisch und etwas Deutsch. Ein paar können sogar Russisch. Der Gastwirt – Sie wissen schon, dieser rotbärtige Mann – sagte, wenn ich zu Rosch ha Schana hier bin . . .» Er sah Edu einen Augenblick von der Seite an, um zu sehen, ob er wußte, wovon er sprach. Als er sich überzeugt hatte, daß Edu kein so großer Renegat war, daß man ihm die Feste erklären mußte, fuhr er fort: «Er sagte, ich soll kommen und mit ihm und seiner Familie zu Abend essen. Ich sagte, vielen Dank, aber mir wär's lieber, wenn wir zu Rosch ha Schana nicht mehr hier wären. Waren Sie je in seinem Gasthaus?»

Edu schüttelte den Kopf. Er ritt manchmal allein aus oder ging am Markttag zu Fuß durch die Stadt, aber er hatte nie ein Gebäude betreten, nicht einmal einen Laden.

«Sie sollten mal dorthin gehn», sagte Solly. «Er hat guten Wodka, fünfundvierzig Prozent, und der vertreibt einem die Einsamkeit und die Langeweile.»

Briefe nach Hause an seine Familie zu schreiben war eines der wenigen Dinge, zu denen Edu inmitten des begrenzten und ziellosen Ablaufs seines Lebens fähig war. Er schrieb an seine Mutter, er schrieb an seine Brüder, und er schrieb an seine Nichten und Neffen. Er schrieb sogar an Tante Berthe, und natürlich schrieb er an Elias, der es fertiggebracht hatte, sich einen sicheren Posten im Hauptquartier zu verschaffen. Als Edu hörte, daß Jacob verwundet und im Lazarett war, schrieb er ihm öfter als den anderen und ließ sogar etwas von seinem Verdruß und Heimweh durchblicken, vermied es jedoch, irgendwelche Bitterkeit gegen die anderen Offiziere zum Ausdruck zu bringen.

Lieber Jacob,
mein Bursche sagt, der Krieg kann nicht mehr lange dauern. Er rechnet damit, zu den jüdischen Feiertagen zu Hause zu sein (vielleicht weißt Du, wann sie in diesem Jahr sind; ich weiß es nicht, und ich werde meine Unwissenheit nicht vor Solly zur Schau stellen, der mich schon ohnedies als einen halben *goi* ansieht). Die Stadt, in der wir stationiert sind, ist eine jener trostlosen galizischen Städte, die sich in Hunderten von Jahren nicht verändert haben. Sie sieht aus wie die alten Photos, die man manchmal zu sehen bekommt, denn sie scheint keinerlei Farben zu haben, nur Schwarz, Weiß und Grau. Der Himmel ist meistens bedeckt, die Straßen sind ungepflastert, es gibt

eine Kirche mit zwei Türmen (die Kirche ist weiß), zwei oder drei Backsteinhäuser, alles übrige besteht aus Gipsmörtel und Zinndächern, außer da, wo die Juden leben, dort sind es Holzhütten mit undichten Dächern und tausend schmutzigen Kindern. Die Armut ist unbeschreiblich, besonders jetzt, nachdem die Österreicher, die Russen und die Deutschen auf diesem armseligen Fleckchen Erde gekämpft haben. Die Österreicher sind besonders roh mit der ortsansässigen Bevölkerung umgesprungen, weil sie viele der völkischen Minderheiten verdächtigen, gegen sie zu sein, und sie deshalb der Spionage bezichtigen. Ich selbst habe gesehen, wie diese armen, unwissenden Bauern von Exekutionskommandos in Scharen hingerichtet wurden, nachdem sie von einem Scheingericht in einer Verhandlung von wenigen Minuten verurteilt worden waren. Sie knüpfen die Leichen am nächsten Baum auf oder hängen sie an Laternenpfähle als Warnung für andere. (Allerdings sind, wie ich gehört habe, tatsächlich einige Angehörige des österreichischen Heeres zu den Russen übergelaufen, und viele von denen, die in russische Gefangenschaft geraten sind, werden jetzt von den Bolschewiken freigelassen und kehren als überzeugte Revolutionäre zurück. Wohin soll das alles führen?) Die an den Bäumen hängenden Toten sind etwas, woran ich mich selbst nach fast vier Jahren Krieg nicht gewöhnen kann. Die anderen lachen einfach über sie, aber ich muß immer an Goethes Entsetzen über die drei Köpfe denken, die man als Warnung für die rebellische Bevölkerung auf der alten Mainbrücke aufgespießt hatte.
Ich versuche, mich in Form zu halten, reite täglich, sorge für mich, meine Leute, mein Pferd. Ich habe wenig Kontakt mit den aktiven Offizieren; sie leben in einer eigenen Welt. Die Nachrichten erreichen uns hier nicht sehr schnell, aber nach den Gerüchten zu schließen, sieht es so aus, als ob – jetzt, da die Amerikaner in den Krieg eingetreten sind – alles vor Beginn des nächsten Winters vorüber sein wird. Ich sehe manchmal im Geiste das grausige Bild, wie Gottfried – oder Gerald, wie er sich jetzt nennt –, eine Attacke gegen uns, seine eigenen Brüder, reitet. Ein

weiterer Grund, froh darüber zu sein, daß für Dich der Krieg vorüber ist und ich hier draußen festsitze.
Natürlich drillen und exerzieren wir weiter, als ob wir morgen in die Schlacht müßten. Mir kommt das manchmal völlig absurd vor, aber die anderen Offiziere nehmen es sehr ernst. Sie scheinen nicht zu begreifen, daß wir uns auf eine andere Art von Krieg vorbereiten, einen Krieg, der nicht mehr durch Kämpfe entschieden wird. Wenn ich mich recht entsinne, haben wir beide, Du und ich, einmal vor Jahren auf einem Spaziergang durch die verschneite Altstadt von Frankfurt darüber gesprochen. Ich wünschte, ich wäre jetzt dort – Du kannst Dir nicht vorstellen, wie ich mich nach den vertrauten Straßen, dem Klang des heimatlichen Dialektes sehne. Manchmal höre ich einen meiner Hessen frankfurterisch sprechen, und ich möchte auf ihn zugehen und ihn umarmen.
Mama schreibt, daß Du auf dem Wege der Besserung bist, was mich sehr freut. Sie sagt auch, daß Siegmund das Geschäft gewissenhaft führt, was ich nicht bezweifle, aber sie sagt nicht, wie *gut* er es führt. Nathan spricht regelmäßig bei ihm vor. Wir scheinen tatsächlich außergewöhnlich hohe Gewinne erzielt zu haben, aber wenn man bedenkt, daß Krieg ist und wir die Regierung beliefern, ist das nicht weiter verwunderlich. Ich hoffe nur, daß das Kriegsende keinen völligen Zusammenbruch bringt.
Ich freue mich auf ein baldiges Wiedersehn.

Dein Dich liebender Bruder
Edu.

Jacob las Edus Brief mehrere Male. Es gab im Lazarett außer Lesen kaum etwas zu tun, und so vertrieb er sich die Zeit damit, daß er alles wieder und wieder las. Er hatte immer noch starke Schmerzen, und er schlief deshalb sehr wenig, aber auch wegen der Erinnerungen an die Kämpfe, die ihn im Dunkel der Nacht stets von neuem überfielen. Er konnte sie während des Tages verdrängen, aber sobald die Lichter erloschen, wurde das geringste Geräusch zum Knattern von Maschinengewehren und das Holpern eines Wagens draußen zum Beginn eines Bombardements. Das Stöhnen eines Soldaten, der sich in einem benachbarten Bett herumdrehte, weckte die Erinnerung an das endlose Gemetzel, an Schmerzensschreie, an zerfetzte Körper, die ihre Gedärme hinter sich herschleiften, an Schützengräben voller Blut und schlammigem Wasser. Wohin er auch blickte, sobald seine Augen geschlossen waren, sah er überall diese Szenen von Tod und Verderben. Er hatte Angst zu träumen.

Edus Beschreibung von den Leichnamen, die an den Bäumen hingen, schien nichts anderes zu sein als ein Vorspiel zu dem schrecklichen Drama, das sich allabendlich in seinem Geist abspulte. Jacob fand die Briefe seines Bruders überraschend sanft und aufschlußreich. Er vermutete, daß Edu unglücklich war, aber wenn er ihm antwortete, schrieb er, als habe er nichts zwischen den Zeilen der Briefe gelesen. Er hatte seine eigenen Probleme.

Es war Sonntag, der Tag, an dem Hannchen für gewöhnlich zu ihrem zweiwöchentlichen Besuch im Lazarett erschien. Sie brachte immer irgendwelche Leckerbissen und eine heitere Miene mit. Beides machte Jacob nervös, die Speisen, weil es ihm schwerfiel, sie zu essen – ein Granatsplitter hatte ihm bei einem Angriff gegen senegalesische Truppen, die sich an der Somme verschanzt hatten, den Darm durchbohrt –, und die heitere Miene, weil sie seine eigene Trübsal zu verspotten schien. Er hatte sich in den Kopf gesetzt, daß seine Mutter ihn nicht mochte, und diese fixe Idee verdüsterte seine ohnedies schon trübsinnige Stimmung noch mehr.

Hannchen neigte nicht dazu, viel nachzudenken, und schon gar nicht über ihre eigenen Gefühle, die sie für den Ausdruck irgendeiner elementaren Kraft in ihrem Inneren hielt. Sie schrieb Jacobs finsteres Gesicht seiner Verwundung und seinen Kriegserlebnissen zu. Bestimmt glaubte sie nicht, ihn weniger zu lieben als ihre anderen Söhne, obgleich sie sich bewußt war, daß sie Edu mehr liebte. Jacob war mit dem Eisernen Kreuz I. Klasse ausgezeichnet worden, und Hannchen war – auch wenn sie es nicht zugeben wollte – sehr stolz darauf. Sie erzählte es allen, aber ihre nichtjüdischen Freunde mußten sich die Geschichte mehr als einmal anhören.

«Wie fühlt sich mein tapferer Sohn heute?» Hannchen erschien wie auf ein Stichwort, als Jacob, der Edus Brief zum drittenmal gelesen hatte, sich gerade zu überlegen begann, wie er sich gegen sie verhalten würde.

«Nicht sehr gut.» Jacobs Antwort war immer die gleiche.

«Ich habe dir Gänseleberpastete mitgebracht. Nur ein ganz kleines bißchen, das ich auftreiben konnte, frag mich nicht, wie. Sie hat ein Vermögen gekostet und ist sehr leicht und kann deinem Magen bestimmt nicht schaden. Und, rate mal? Um sie hinunterzuspülen, eine kleine Flasche von einem ganz besonders guten Wein.»

Hannchen stellte alles auf Jacobs Nachttisch und setzte sich auf den Stuhl neben dem Bett. Irgend jemand hatte den Vorhang zwischen Jacob und seinem Nachbarn zugezogen, einem Mann, der bei Verdun das Augenlicht verloren hatte und wenig sprach, aber ständig zu lauschen schien.

«Vielen Dank, Mama», sagte Jacob. «Ich weiß deine Fürsorge zu schätzen, aber es ist wirklich nicht nötig. Die Ärzte erlauben mir kaum irgendwelche feste Nahrung.»

«Ärzte!» schnaubte sie verächtlich. «Wenn man mich ließe, würde ich hier bleiben und dich selber pflegen. Nun, jedenfalls kannst du den Wein trinken, der ist flüssig.»

«Ich habe einen Brief von Edu bekommen», sagte Jacob. «Es scheint ihm gutzugehen. Er sagt, der Krieg wird bald zu Ende sein.»

«Woher weiß er das, dort unten in Galizien?»

«Sein Bursche hört Gerüchte.»

«Wir haben diese Gerüchte zwei volle Jahre lang in Frankfurt gehört. Was schreibt er sonst noch?» Hannchen war immer ein wenig eifersüchtig, wenn jemand anderes Nachricht von Edu bekam. Sie bildete sich gerne ein, daß er, wenn auch nicht ausschließlich, so doch am liebsten mit ihr korrespondierte.

«Er schreibt über Leichname, die an Bäumen hängen . . .»

«Aber Jacob, red keinen Unsinn!»

Jacob sah sie so grimmig an, daß sie seinem Blick nicht standhalten konnte. Er hatte sich einen Bart wachsen lassen, der schwarz und struppig war und jeden Ausdruck auf seinem Gesicht verstärkte. Es ist beinahe, als ob er mich haßte, dachte Hannchen, aber der Gedanke war so schrecklich, daß sie ihn nicht ertragen konnte und sofort verdrängte.

«Verzeih», sagte sie, «ich bin eine törichte alte Frau, die nichts vom Krieg weiß. Darf ich den Brief lesen, oder enthält er irgendwelche Geheimnisse?»

Jacob reichte ihr wortlos den Brief. Er wußte, daß er seine Nervosität nicht zeigen und auch keine Tugend aus seiner Verachtung machen sollte, vor allem nicht seiner Mutter gegenüber, die nichts von den komplizierteren Zügen seines Charakters wußte, die wahrscheinlich nicht einmal ihren eigenen Charakter verstand. Hannchen warf einen kurzen Blick auf den Brief und gab ihn Jacob zurück. Edus Handschrift war klein und sauber und eilte in einer geraden Linie auf den rechten Rand des Blattes zu. Er schrieb zum Teil in der alten deutschen Schrift, schien sich jedoch allmählich von ihren gotischen Schnörkeln zu befreien.

«Es muß schrecklich sein», sagte sie, aber es war schwer zu sagen, was sie für schrecklich hielt. Jacob erkundigte sich nach allen Verwandten, wobei er sorgfältig der Reihe nach vorging, um ja niemanden auszulassen.

«Ich glaube, Gründlich wird dich demnächst mit den Kindern besuchen», sagte sie. «Sie sind den Sommer über draußen in Königstein. Frankfurt ist dieses Jahr nicht der geeignete Ort für sie. Habe ich dir erzählt, daß man Lenes Hund vergiftet hat?»

«Weshalb, um alles in der Welt?»

«Das weiß niemand. Entweder aus Mutwillen, oder weil sie ins Haus einbrechen wollten. Das ist die Ansicht der Polizei; sie haben Gemüse aus dem Garten gestohlen und versucht, die Kellertür zu öffnen, konnten es aber nicht.»

«Arme Lene! Ich habe ein so reizendes Bild von ihr, wie sie auf dem Rasen sitzt und der Hund ihr die Pfote reicht. Sie trägt die Uniform von irgend jemandem ... vielleicht sogar die meine. Sie sieht bezaubernd aus.»

«Wenn du über die Kinder sprichst, wirkst du viel menschlicher.»

«Hmmm», murmelte Jacob. Er schloß für einen Moment die Augen.

«Hast du Schmerzen?» fragte seine Mutter.

«Nur ein wenig.»

«Soll ich den Arzt rufen?»

«Nein, nein.»

«Oder die Schwester, damit sie dir ein Schmerzmittel gibt?»

«Es ist nicht nötig, Mama.»

«Etwas Wein?»

«Das ist eine gute Idee.»

Der Korkenzieher war in eine Serviette gewickelt und zusammen mit der Gänseleberpastete und ein paar Keksen, zwei Birnen und einem Stück lockerem, gelbem Guglhupf in den Korb gelegt worden.

«Sophie hat ihn für dich gebacken», sagte Hannchen. «Weißt du, sie arbeitet wieder bei uns, seit Marie in die Munitionsfabrik gegangen ist. Es wird diesen Mädchen schwerfallen, zur Hausarbeit zurückzukehren, wenn der Krieg vorüber ist. Und wir werden ihre schlechte Laune und ihre Arroganz ertragen müssen.»

Diese kleinen Nichtigkeiten aus einer Welt des Luxus und des Friedens waren wirklich rührend, dachte Jacob bei sich, auch wenn sie nichts mit seinem Leben zu tun hatten. Er war müde und wollte nicht den wohlerzogenen Sohn spielen müssen. Hannchen machte sich umständlich mit dem Korken zu schaffen, den herauszuziehen Jacob sich nicht erboten hatte. Ach zum Teufel, sagte er im stillen, laß mich schlafen. Gleich nachdem diese Worte ihm durch den Kopf gegangen waren, schlief er ein, aber kurz darauf – es konnten nicht mehr als ein paar Minuten vergangen sein – wurde er von dem Gefühl geweckt, daß jemand anderes ins Zimmer gekommen war. Die Frau meines Nachbarn, dachte er, als er das Rascheln von Röcken hörte. Der Korken sprang mit einem leisen Knall aus der Flasche, Jacob öffnete die Augen, und da war Gerda. Sie hatte den Vorhang nur ein klein wenig zurückgezogen – um ihn zu überraschen – und hatte Hannchen gesehen. Ein Ausdruck panischen Schreckens lag auf ihrem Gesicht. Sie öffnete den Mund, als ob sie schreien wollte, aber dann sah sie Jacobs offene Augen und erstarrte.

«Komm später wieder», sagte Jacob zu ihr, als wäre sie die Krankenschwester. Hannchen saß auf dem steiflehnigen Stuhl ebenso regungslos wie Gerda. Sie sahen sich ein paar Sekunden lang starr an, dann wandte sich Hannchen wieder Jacob zu, schenkte ihm ein Glas Wein ein, nahm sich selbst ein anderes Glas und sagte: «Prosit!»

«Geh weg!» rief Jacob so laut, daß der ganze Saal ihn hören konnte. «Geh, geh, *geh*!» Gerda verschwand. Jacob und Hannchen lauschten auf ihre eiligen Schritte, als sie den Korridor entlang floh.

Jacob leerte sein Glas auf einen Zug. Seine Mutter füllte es wieder und dann noch einmal, bis er benommen auf die Kissen zurücksank.

«Das war gut», murmelte er mit schwerer Zunge.

«Es ist noch etwas in der Flasche», sagte Hannchen. «Du kannst es für später aufheben. Ich muß jetzt gehen. Bruno wartet unten.»

«Bist du mit dem Wagen gefahren?» fragte Jacob. «Im Krieg?»

«Er ist mit mir im Zug gekommen. ‹Sie sollten nicht allein gehn müssen, Frau Wertheim›, sagte er.»

Das war das letzte, was er seine Mutter sagen hörte. Als er wieder aufwachte, war eine Stunde oder mehr vergangen, und Gerda saß an Hannchens Stelle auf dem geradlehnigen Stuhl neben seinem Bett. Er hatte Kopfschmerzen vom Wein. Gerda sah dünn und elend aus, ihr Teint hatte eine ungesunde, gelblich-graue Färbung, ihr Haar war glanzlos und fettig. Jacob empfand Abscheu vor ihr. Er verglich sie mit einer jener armseligen, schwächlichen Huren, die er längs der Marschroute des Heeres gesehen hatte, wo sie oft die einzigen noch übriggebliebenen Lebewesen waren. Sie und die räudigen, jaulenden Hunde.

«Du siehst nicht gut aus», sagte er. «Hast du nicht ordentlich gegessen?»

Gerdas Augen waren rot vom Weinen.

«Du hast doch genügend Geld?»

«Es ist schwer, L-l-lebensmittel zu bekommen», sagte sie. «Die Leute stehen überall Sch-sch-schlange, und die F-f-frauen streiten sich.»

«Du mußt auf dich aufpassen», sagte Jacob verzweifelt. «Für mich – tu es für mich, damit ich eine hübsche Gerda habe, wenn ich nach Hause komme.» Er ließ die Worte hervorsprudeln, als spräche er zärtlichen Unsinn zu einem Baby. Aber er empfand keinerlei Zärtlichkeit. Sie legte ihre Hand auf die seine. Es war eine demütig bittende Geste. Die Venen auf ihrem Handrücken liefen wie dicke blaue Schnüre zu ihrem knochigen Handgelenk.

«Ich werde dir mehr Geld schicken», sagte Jacob.

Sie schüttelte den Kopf.

«Dann werde ich dich heiraten», rief er, und alle im Krankensaal hörten ihn, aber niemand achtete auf seine Worte. «Ich werde dich heiraten, das schwöre ich!» Seine Stimme war angefüllt mit Haß und Verzweiflung. «Sitz nicht einfach da», schrie er, «ich habe dir doch gesagt, daß ich dich heiraten werde!»

Tränen liefen ihr über die Wangen. Sie bedeckte das Gesicht mit beiden Händen und begann heftig zu zittern. «Verzeih, Gerda, verzeih», flüsterte Jacob unzählige Male und streichelte ihr Knie; er konnte weder ihren Kopf oder auch nur ihre Schulter erreichen. So blieben sie, in stummem Elend gefangen, bis zum Einbruch der Dunkelheit; dann stand Gerda auf und sagte nur: «Der letzte Zug . . .»

«Nimm den Korb mit Lebensmitteln mit», sagte Jacob.

«Er gehört d-dir.»

«Bitte nimm ihn.»

Sie schüttelte abermals den Kopf mit jener stummen Halsstarrigkeit, die ihn so sehr erzürnte.

«Ich habe dir gesagt, du sollst ihn mitnehmen!»

Sie machte eine Bewegung, als ob sie ihm gehorchen wolle, aber das Gespenst von Hannchen stellte sich ihr in den Weg, und sie ließ die Hände sinken und ging rasch ohne den Korb hinaus.

Drei Tage später kam Fräulein Gründlich mit den Zwillingen und Lene zu Besuch. Die Kinder standen mit ernsten, fragenden Gesichtern neben dem Bett. Das Fräulein hatte sich bemüht, sie auf das vorzubereiten, was sie dort im Lazarett zu sehen bekommen würden, so daß sie alle das

Schlimmste erwarteten und jetzt ein wenig enttäuscht waren. Sie blickten sich verstohlen nach den Schrecken um, die man ihnen verheißen hatte. Lene schnupperte und rümpfte die Nase. Der Geruch nach Äther verursachte ihr leichte Übelkeit, aber das war das einzige unangenehme Gefühl, das sie empfand.

«Wie kannst du nur den Geruch ertragen, Onkel Jacob?» fragte sie.

«Ich habe mich daran gewöhnen müssen», sagte er, «wie an viele andere Dinge auch.»

Die Kinder bewunderten seinen schwarzen Bart.

«Du siehst wie ein Revolutionär aus», erklärte Ernst.

«Ich finde, du siehst wie ein Prophet aus», sagte Andreas.

«Und was meinst du?» fragte Jacob, an Lene gewandt.

«Du siehst wie einer dieser jüdischen Trödler in der Altstadt aus», sagte sie. Fräulein Gründlichs Augen wurden starr vor Mißbilligung. Aber Lene war sich, wenn auch nur undeutlich, ihres Charmes bewußt. Sie lächelte Jacob verschwörerisch zu.

«Wie war euer Sommer?» fragte er.

«Langweilig! Wir wohnen in dieser öden Pension und können nichts anderes tun, als in der frischen Luft spazierengehen, frische Milch trinken und frisches Brot essen.»

«Ich dachte, es macht dir Spaß zu essen?»

«Aber nicht immer das gleiche. Und außerdem, ist dir nicht aufgefallen, Onkel Jacob, daß ich abgenommen habe?»

Lene war tatsächlich schlanker geworden, hatte den Babyspeck verloren, der ihr immer noch ein so kindliches Aussehen verliehen hatte. Jacob bemerkte, daß sie sich jetzt mehr ihrer selbst als junges Mädchen und ihrer Wirkung auf die Umwelt bewußt war.

«Vergeßt nicht die Geschenke für euren Onkel», mahnte Fräulein Gründlich. Lene legte den Strauß, den sie umklammert hatte, auf die Bettdecke, fast genau dorthin, wo Jacobs Brust war.

«Ich bin noch nicht tot», scherzte er und schnupperte an den Wiesenblumen, die keinen besonderen Duft hatten.

Lene hatte sie an diesem Morgen gepflückt, aber sie welkten bereits. Das war so typisch für Lene! Fräulein Gründlich bemerkte plötzlich mit Schrecken, daß sie offenbar zwei Dahlien aus dem Garten der Pension gestohlen und sie zu den Margeriten, den Kornblumen und dem Mohn gesteckt hatte.

«Fräulein Gründlich wird sicher ein Glas und Wasser finden können», sagte Jacob und reichte den Strauß der Erzieherin, die Lene wieder einen strengen Blick zuwarf und mißbilligend den Kopf schüttelte.

Die Zwillinge waren mit ihren sechzehn Jahren im linkischsten Alter. Hochaufgeschossen und mager, sahen sie aus, als könnten sie jeden Augenblick auseinanderbrechen. Ernst hatte Pickel und einen schwachen, flaumigen Schnurrbart auf der Oberlippe. Andreas' Haut war zart und noch unbehaart; seine Augen schweiften ruhelos suchend umher.

Was soll das? fragte sich Jacob. Wonach sucht er?

Ernst hatte seinem Onkel mit der Hilfe eines alten Tischlers, der in der Pension herumwerkelte, einen kleinen Kasten mit mehreren Fächern gemacht.

«Er ist wunderschön», sagte Jacob. «Wofür kann man ihn brauchen?»

«Für alles mögliche», erwiderte Ernst. «Du kannst Bleistifte darin aufheben oder Kragenknöpfe, Radiergummis oder Heftklammern oder Schreibfedern oder Manschettenknöpfe ...»

«Du hast dir viele Gedanken gemacht.» Jacob lächelte.

«Und du kannst auch das Geschenk von Andreas hineintun!» schloß Ernst.

Andreas zog ein Päckchen aus seiner Tasche. Es war – nicht sehr ordentlich – in ein kleines Stück Seidenpapier gewickelt und mit einem Bindfaden verschnürt.

«Ich bin nicht so geschickt mit meinen Händen wie Ernst», sagte er, «und deshalb habe ich dir dies gekauft. Ich habe es neulich, als wir spazierengingen, in einem kleinen Laden in Königstein gefunden.»

Jacob wickelte das Päckchen aus und sah einen flachen Briefbeschwerer aus Bronze mit kunstvoll gearbeiteten Basreliefs auf beiden Seiten. Auf einer Seite war ein Porträt von

Heinrich Heine, wie er mit einem Federkiel schreibt; auf der Rückseite hielt eine schwebende weibliche Gestalt einen Lorbeerkranz in den Händen. Darunter standen in verschnörkelter Schrift die Worte: «Aus meinen großen Schmerzen mach ich die kleinen Lieder.»

Jacob betrachtete die kleine Bronzeplatte immer wieder von allen Seiten. Was für ein hübsches Geschenk! Er war tief gerührt und – da die üblichen Scherzworte ihm nicht über die Lippen kommen wollten – ausnahmsweise sprachlos. Seine Kehle war wie zugeschnürt. «Welch ein Glück, solch eine Schar hochherziger und wohlerzogener Nichten und Neffen zu haben», murmelte er.

«Haben dich Jenny, Julia und Willy schon besucht?» fragte Lene.

«Sie sind doch an der See», erinnerte sie Fräulein Gründlich.

«Sie schreiben mir reizende Briefe», sagte Jacob, «ebenso wie eure Schwester Emma.»

Fräulein Gründlich, deren Aufgabe es war, alles zu bemerken, sah, daß Jacob sehr still geworden war. «Es ist Zeit zu gehen», mahnte sie die Kinder.

«Ich danke euch, daß ihr gekommen seid», sagte Jacob formvollendet, «und ich danke euch für eure schönen Geschenke. Ihr macht Fräulein Gründlichs Erziehung alle Ehre.»

Die Erzieherin lächelte erfreut. Sie bekam nur selten einen Dank oder ein Kompliment, obgleich die Kinder in großen wie in kleinen Dingen von ihr abhängig waren. Selbst Emma war mit achtzehn noch nicht frei von ihrem strengen, aber wohlwollenden Einfluß. Fräulein Gründlich nahm tagaus, tagein an ihrem Leben teil. Es gab nur eine geheime Sphäre, in die sie nicht eindringen konnte – den Bereich ihrer erwachenden Sexualität. Sosehr sie sich auch bemühte, es würde ihr nie gelingen, sich zwischen ihre Schützlinge und die Versuchungen des Fleisches zu stellen, die sie buchstäblich in der Gestalt der Schlange vor sich sah, die der Frau, Eva, sündige Worte ins Ohr flüsterte.

Fräulein Gründlich war stolz darauf, den Unterschied zwischen gut und böse zu kennen. Was die Beschränkungen ihres Lebens betraf, sie verstand auch diese und verhielt sich entsprechend. Jeder hatte einen Platz in dieser Welt, und es wurde von ihm erwartet, daß er ihn pflichtbewußt ausfüllte. Die Krankenschwestern auf den Stationen, die in ihren blauweiß gestreiften Baumwollkleidern und weißen Schürzen und Hauben die Betten machten, Kodein verabreichten und Wunden verbanden, verstanden ihre Arbeit ebenso gut wie sie selbst, und dieses Bewußtsein ließ sie des Nachts zweifellos fest und ruhig schlafen.

Jacob döste vor sich hin und ließ seine Gedanken schweifen. Der Besuch hatte ihn nachdenklich gestimmt; er grübelte über den Charakter von Fräulein Gründlichs Beziehung zu seinen Nichten und Neffen nach. Wie sollten die moralischen Grundsätze und guten Sitten, die sie ihnen so mühsam beibrachte, ihnen helfen können, in dieser Zeit des Krieges und des Leidens zu überleben? Jacob hatte den Eindruck, daß alle sich verhielten, als ob sich nichts jemals ändern würde. Aber was konnte man schon dagegen tun? fragte er sich. Eingefahrene Gewohnheiten halten sich zäh, selbst wenn eine Nation zugrunde geht und eine Revolution droht. Der bequeme ausgetretene Pfad, das Essen, das genau *so* serviert wird, die Post, die jeden Tag Schlag zwölf geöffnet wird ... diese Dinge bieten den Menschen Trost und ermöglichen es ihnen, die Verzweiflung zu besiegen.

Die Kinder verabschiedeten sich mit einem Kuß von ihrem Onkel, der sich nach besten Kräften zu lächeln bemühte. Sie trafen rechtzeitig am Bahnhof ein, um den Zug nach Königstein zu erwischen. Nach der staubigen Hitze der Stadt und dem Gestank des Lazaretts war es angenehm, die frische Landluft einzuatmen, während der Zug ratternd durch die Gegend dampfte. Die Fenster des Wagens waren geöffnet (es wurde, wie die Erzieherin bemerkte, kein Unterschied zwischen erster und zweiter Klasse gemacht, wahrscheinlich wegen des Krieges), und die Kinder beugten sich hinaus und rochen das frisch gemähte Heu und den würzigen Duft des Waldes. Fräulein Gründlich nickte ein Weilchen ein, saß aber selbst im Schlaf noch steif und aufrecht da. Lene hielt sich getrennt von ihren Brüdern; sie war beleidigt, weil sie es fertiggebracht hatten, sie mit ihren Geschenken bei Onkel Jacob auszustechen. Es war nicht das erste Mal, daß dies geschah: Lene dachte im allgemeinen zuwenig über die Qualität ihrer Gaben nach, weil sie immer annahm, daß ihr warmes und großzügiges Herz den unscheinbarsten Gegenstand in letzter Minute in einen glitzernden Stern verwandeln würde. Sie hatte an diesem Morgen viel Zeit damit verbracht, die Blumen zu pflücken, und hatte dabei liebevoll an Onkel Jacob gedacht. Es hatte Mut dazugehört, die gestreiften Dahlien aus dem Garten der Pension zu stehlen. Aber sie war kaum am Bett ihres Onkels angelangt, da hatte sie bemerkt, wie welk sie schon waren. Die Geschenke der Jungen hingegen waren stabil und dauerhaft und würden Onkel Jacob für alle Zeiten an ihren Besuch erinnern.

Emma arbeitete am Liebsten im Stall bei den Kühen. Es war dort kühl und schattig und roch nach Milch, Dung und Streu. Jeden Morgen kurz nach Sonnenaufgang wurde die Herde von den zwei Söhnen des Pächters und den Mädchen, die diese Woche «Melkdienst» hatten, von der entfernt gelegenen Weide hereingebracht. Zuerst hatte sich Emma vor den Hufen und den schwingenden, schwirrenden Schwänzen der Kühe gefürchtet, aber sie verlor die Angst, nachdem der Bauer ihr genau gezeigt hatte, was sie tun mußte, und nach einer Weile kannte sie jede einzelne Kuh und konnte, den Eimer an der richtigen Stelle und selber bequem auf dem kleinen Schemel sitzend, flink und geschickt melken. Sie war anfangs nicht gern so früh aufgestanden, aber dann gewöhnte sie sich daran; nur das erste schrille Läuten des Weckers erschreckte sie nach wie vor. Sie sprang rasch aus dem Bett und wusch sich das Gesicht mit dem kalten Wasser aus der Pumpe im Hof. Ein Tuch um den Kopf gebunden und eine Wolljacke über dem Dirndl, rannte sie den ganzen Weg zum Kuhstall, während die Sonne über den purpurnen Bergen im Osten aufstieg und der Nebel in den Tälern sich aufzulösen begann.

Die zwölf Mädchen wohnten in einem Flügel des stattlichen Herrenhauses, das der Gräfin von Albers-Eschenbach gehörte, einer ältlichen Witwe, die viel Zeit guten Werken und sozialer Aufbauarbeit widmete. Sie war eine hochgewachsene, magere Frau, energisch und ein wenig maskulin, mit einer Vorliebe für Kartenspiele und Schundromane. Ein großer Teil des Landes in dieser Gegend Hessens gehörte ihr, aber sie war eine Frau mit Grundsätzen, und die Bauern und Dorfbewohner achteten und schätzten sie. Sie kannte von allen die Vornamen und erkundigte sich nach ihren Frauen und Kindern, wenn sie ihnen bei ihren Fahrten über Land begegnete. Dann standen sie vor ihr, den Hut in der Hand, den Kopf geneigt, hörten sich ihre Moralpredigten an und unterrichteten sie über den voraussichtlichen Ernteertrag, den sie immer viel zu niedrig ansetzten. Sie behielten einiges für sich zurück, und die Gräfin wußte es, aber sie ließ es bis zu einem gewissen Punkt stillschweigend zu. Während des Krieges mußte ein Teil des Ertrags an die Regierung abgeliefert werden, und die Gräfin trieb ihn streng und gewissenhaft ein. Sie hatte sich freudig bereit erklärt, die jungen Mädchen «aus guten Familien» bei sich aufzunehmen, die den Sommer damit verbringen wollten, dem Vaterland zu dienen, indem sie bei der Landarbeit halfen und gleichzeitig Hauswirtschaft lernten. Sie wurden von zwei qualifizierten Lehrerinnen in allen Aspekten der Haushaltsführung unterrichtet und wechselten sich gegenseitig beim Kochen und Backen, Stopfen und Flicken, Pökeln und Einmachen ab. Sie sammelten Eier ein und fütterten die Hühner, molken die Kühe, harkten Heu und kümmerten sich um den großen Gemüsegarten.

Eine Turnlehrerin namens Ilse Stauffer hielt Vorträge über Hygiene und sorgte dafür, daß alle Mädchen genügend Bewegung hatten und sich einmal in der Woche die Haare wuschen. «Die Stauffer», wie sie allgemein genannt wurde, machte jeden Morgen eine festgelegte Anzahl von Kniebeugen und anderen Übungen. Sie badete in eiskaltem Wasser und sprach allabendlich, neben ihrem Bett kniend, lange Gebete. Die meisten Mädchen schwärmten für sie. Emma war regelrecht in sie vernarrt; jeder Brief von ihr war, wie Caroline bemerkte, größtenteils eine begeisterte Aufzählung von Ilse Stauffers hervorragenden Eigenschaften.

Sie war eine blonde junge Frau von teutonischem Körperbau und Gesichtsschnitt. In der aristokratischen Umgebung des Gutes derer von Albers-Eschenbach wurde sie bewundert, aber man erwartete von ihr, daß sie wußte, wohin sie gehörte. Außerdem war sie recht primitiv, einer jener Menschen, die sich durch Mangel an Wissen und Verständnis von anderen abgesondert sehen und deshalb imstande sind, nicht wiedergutzumachenden Schaden anzurichten. Diese Menschen kennen weder Freund noch Feind, jeder Tag ist für sie ein unbeschriebenes Blatt, sie besitzen weder Erinnerungskraft noch Phantasie.

Für die Stauffer war Emma ein Rätsel. Sie schien schwach und nachgiebig zu sein, die Art Mädchen, die über Kopfschmerzen und Menstruationsbeschwerden klagen. Aber in Wirklichkeit war sie ganz anders. Sie war ausdauernd und zäh, und sie klagte nie über irgend etwas. Emma hatte natürlich ihre Gründe, den guten Kumpel zu spielen. Obgleich körperlich gesund und kräftig, war sie doch sehr empfindsam und gerade deshalb verwundbar, weil niemand – schon gar nicht die Turnlehrerin – die Eigenarten, Ängste und Spannungen unter der dünnen Haut bemerkte.

Als sie eines Morgens nebeneinander am Waschtisch standen und sich die Zähne putzten – die Stauffer machte es sich zum Prinzip, genau wie ihre Schützlinge zu leben –, wandte sie sich an Emma: «Du bist Jüdin, nicht wahr?»

Die Sonne hatte den Nebel noch nicht durchbrochen, und im fahlen Frühlicht blieben zarte Einzelheiten noch unsichtbar. Emma fühlte, wie sie errötete, aber sie wußte, daß Ilse Stauffer dies nicht sehen konnte. Sie machte ein gurgelndes, bejahendes Geräusch, sagte jedoch nichts.

«Weißt du, daß ich bisher noch nie einer Jüdin begegnet bin?» fuhr die Stauffer fort. «Du bist die allererste. In der Schule, in der ich unterrichte, sind Juden nicht zugelassen. In der Stadt, in der ich aufgewachsen bin, gab es, soviel ich weiß, keine Juden, abgesehen von einem alten Mann, der hin und wieder kam, um Töpfe und Pfannen zu verkaufen. Wir hatten alle Angst vor ihm.»

«Aber ich bin ihm doch nicht ähnlich, oder?» sagte Emma.

Ihre Ironie war bei Ilse Stauffer verschwendet. «Nein, natürlich nicht», beteuerte sie, «aber du mußt zugeben, daß du anders bist als wir.»

Emma sah vom Waschbecken auf und blickte in den Spiegel. Es war noch nicht hell genug, um irgend etwas deutlich erkennen zu können, aber sie sah ihr dunkles Haar und ihre schwarzen Augen, und die Pinocchio-Nase, die immer weiter zu wachsen schien, während sie sie anblickte. Ihr Gesicht kam selbst ihr häßlich und fremd vor. «Ich werde bald getauft», erklärte sie.

«Und dann bist du nicht mehr jüdisch! O Emma, laß uns bald wieder darüber sprechen. Ich werde dich alles über unseren lieben Herrn Jesus lehren, und ich werde mit dir beten.»

Sie schlang impulsiv die Arme um Emmas Hals und küßte sie auf die Wange, aber nah genug an ihrem Mund, um Emma in Schrecken zu versetzen.

«Es ist Zeit, daß ich die Kühe hereinhole», sagte Emma und ging rasch hinaus.

Sie lief aus dem Haus, ohne auf die anderen Mädchen zu warten, die an diesem Morgen «Melkdienst» hatten. Das Gras war noch feucht vom Tau, und ihre Kniestrümpfe waren bald durchnäßt. Aber der Himmel erstrahlte im frühmorgendlichen Sonnenlicht, und hoch über dem Scheunenhof trillerten die Lerchen. Alles wurde vom Gold der Sonne berührt: Der gelbe Weizen wogte sanft wie ein ruhiges Meer. Kornblumen und Mohn öffneten der Sonne ihre leuchtend blauen und roten Blütenblätter, und der Frieden und die Schönheit des Morgens verdrängten die seltsame Begegnung mit Ilse Stauffer vorübergehend aus Emmas Gedanken. Sie verwandelte sich von einem blassen, furchtsamen jüdischen Mädchen aus der Stadt in ein rotwangiges Landmädchen, das in der Natur und in jeder Gesellschaft zu Hause war.

Die Söhne des Bauern waren als erste zur Weide gegangen und trieben die Kühe bereits zum Stall. Die Euter waren prall gefüllt und schwankten hin und her, während die Tiere die ausgetretenen Pfade entlangtrotteten. Sie kannten ihren Weg und waren leicht zu lenken. Die Leitkuh ging, wie

Emma bemerkte, beinahe geziert, und ihre Glocke schepperte bei jedem Schritt. Als alle Kühe im Hof waren, schloß Emma das Tor und half, sie in die gewohnten Boxen zu treiben. Sie holte ihren Eimer und den Schemel und begann zu melken. Sie hatte das schnell gelernt. Ihre schlanken, kräftigen Finger zogen geschickt an den rosigen Zitzen, die Milch schoß in einem langen, warmen und weißen Strahl heraus, der mit einem rhythmischen Trommelton auf die Wand des Eimers traf. Emma liebte diese Arbeit; sie fühlte sich stark und tauglich. Behutsam strich sie den letzten Tropfen Milch aus jeder Zitze, bis das Euter schlaff und leer wie eine alte Tasche zwischen den Beinen der Kuh hing.

Als der Eimer fast voll war, trug sie ihn zum Milchhaus, wo die Milch durch einen Seiher in die großen Kannen gegossen wurde, die der Gutsverwalter zweimal am Tag mit seinem Pferdewagen abholte. Im Milchhaus war es kühl und dunkel und blitzsauber. Es wurde nach jeder Melkzeit mit einem Schlauch abgespritzt und alle Utensilien wurden gewaschen und gescheuert. Gregor, ein verkrüppelter alter Mann, der früher stark wie ein Bulle gewesen war, jetzt aber nur noch Kraft in den Armen hatte, war für den Stall und das Melken verantwortlich und mußte auch den Dung auf den Misthaufen im Hof schaufeln, wo er dampfend und sich zersetzend liegenblieb, bis er reif war, wieder auf die Felder gebracht zu werden, um den Boden für das kommende Jahr fruchtbar zu machen. Gregor begrüßte Emma, wie jeden Morgen, und lobte ihre Flinkheit und Sauberkeit.

Emma kehrte in den Stall zurück und begann wieder zu melken. Es war eine stille Arbeit, niemand sprach. Ein paar Fliegen schwirrten umher, die Sonnenstrahlen drangen allmählich durch die staubigen Fenster, und es wurde heißer. Warum hatte Ilse Stauffer das zu ihr gesagt? Warum nur? Warum? Ihr war, als sei sie gebrandmarkt worden. Als würden die anderen Mädchen sie jetzt alle sonderbar ansehen, auch wenn nichts in ihrer Gegenwart gesagt worden war. Sie hatte sich nie für «anders» gehalten – zumindest nicht in dieser Hinsicht. Aber jetzt, nachdem es ausgesprochen war, konnte es nie zurückgenommen werden. Es war da, wie ihre Nase; es würde nicht verschwinden.

Gregor und die Söhne des Pächters benahmen sich stets respektvoll und höflich zu den «jungen Damen». Es war ausgemacht, daß die schwere oder sehr schmutzige Arbeit den Männern und Jungen überlassen blieb. Selbst die kleinen Kinder des Pförtners wußten das. Sie waren auf jedem Schnappschuß zu sehen, denn sie wirkten sehr niedlich und malerisch, etwas schmutzig natürlich, barfuß, in Baumwollkittel gekleidet, mit zerzaustem Haar. Wenn Eltern mit Photoapparaten und Picknickkörben zu Besuch kamen, standen die Kinder in der Nähe herum, sahen entzückend aus und bettelten um Pfennige und Bonbons. Die Lehrerinnen sagten zwar, man sollte das nicht unterstützen, aber es war schwer, den Kleinen zu widerstehen.

Gregor und die zwei Jungen hielten sich fern an diesen Besuchstagen, als wollten sie zeigen, daß sie sich der Kluft bewußt waren, die sie von den vornehmen Leuten trennte. Gregor trank sein Bier, und die Jungen ließen Steine über den Teich hüpfen, banden die Schwänze der Katzen zusammen und stahlen Pfirsiche aus dem Obstgarten. Christoph, der ältere der beiden, benahm sich den Mädchen gegenüber wohlmeinend und freundlich. Er war stets bereit, ihnen zu helfen, ohne etwas dafür zu erwarten. Er war noch nicht siebzehn, aber groß für sein Alter. Sein Gesicht wurde von einer bläulichroten Narbe entstellt, die von der rechten Augenbraue zu seinem Mundwinkel lief und die ganze Gesichtshälfte verzerrte. Emma fürchtete sich vor ihm. Sie hatte Angst, ihn anzusehen, und da er linkisch und unbeholfen war, hielt sie ihn für einen Tölpel. Emma bildete sich oft ein grausames, vorschnelles Urteil. Hätte sie bemerkt, wie gutherzig er war und daß er die gleiche Scheu vor Menschen hatte wie sie, wäre sie vielleicht freundlicher zu ihm gewesen.

Sie wollte an diesem Morgen schnell mit dem Melken fertig werden, um zum Haus zurückzulaufen und einen Brief an ihren Vater zu schreiben. Wenn sie sich beeilte, konnte sie es in der Zeit tun, die für Frühstück und Bettenmachen vorgesehen war. Sie würde Papa sagen, daß sie es satt hatte, jüdisch zu sein, und getauft werden wollte! Das war eine perfekte Lösung, die Einfachheit selbst. Viele ihrer Altersgenossen – einschließlich, wie sie vermutete, ihres Vetters und ihrer zwei Cousinen – waren bei der Geburt getauft worden. Niemand redete viel darüber, man brachte das Baby einfach zu Pfarrer Soundso von der evangelischen Gemeinde, er spritzte ein paar Tropfen Wasser auf den Kopf des Kindes und gab den Eltern einen Taufschein, der zusammen mit anderen Dokumenten in eine verschlossene Schreibtischschublade gelegt wurde, um nie wieder angesehen zu werden. Er war da als Beweis, falls man ihn brauchte; er hatte keinerlei Einfluß auf das Privat- oder Familienleben des Betreffenden, aber vielleicht würde man dann in weiteren drei Generationen wirklich nicht mehr jüdisch sein.

Der Gedanke gefiel Emma immer besser. Ihr letzter Eimer war fast bis zum Rand gefüllt. Als sie ihn aufhob, lief er über. Der süßliche Geruch der fetten Milch stieg ihr in die Nase und verursachte ihr ein leichtes Gefühl der Übelkeit. Sie mochte keine kuhwarme Milch, die reich an gelber Sahne war. Erst nachdem sie abgekühlt und entrahmt war, konnte sie sie trinken. Sie hatte panische Angst davor, dick zu werden, rund und aufgebläht wie ein Ballon, so daß sich die Familie bei ihrer Rückkehr ebenso über sie lustig machen würde wie über die mollige kleine Lene.

Als Emma den letzten schweren Eimer ins Milchhaus trug, sah sie Christoph neben der Außentür warten. Er stand direkt im Licht der schräg einfallenden morgendlichen Sonnenstrahlen, und so konnte sie zum Glück sein Gesicht nicht sehen.

«Wie geht es dir heut morgen?» fragte er. «Ich seh dich von Tag zu Tag schneller arbeiten. Du wirst bald ein richtiges Mädchen vom Lande sein.» Er brauchte das vertrauliche Du, was Emma nicht gefiel. Sie lächelte ihm steif und mechanisch zu, ein Lächeln, wie man es aufsetzt, wenn man einen Bettler abwimmeln oder sich einen Geistesgestörten vom Leibe halten will.

«Du sagst mir nie ein nettes Wort», fuhr der Junge fort. «Ist es meine Narbe, die dich stört?»

Emma schüttelte den Kopf. Sie lächelte immer noch.

«Ich gehe morgen fort», sagte Christoph. «Hab mir Arbeit in einer Fabrik besorgt. Es gibt zuwenig Arbeitskräfte wegen des Krieges. Da kümmert sich niemand darum, wie ich aussehe. Viele, die aus dem Krieg zurückkommen, sehen schlimmer aus. Und wenn ich einmal hier weg bin, komme ich nicht wieder.»

«Wo ist die Fabrik?» fragte Emma. Sie wußte, er würde sie nicht gehen lassen, wenn sie nicht auf seine Worte einging.

«In Höchst.»

«Das ist nicht weit von Frankfurt», sagte Emma. «Eine häßliche Industriestadt.»

«Das ist mir gleich.»

Emma wußte plötzlich, daß Lene freundlicher zu diesem Jungen gewesen wäre. Es machte sie ungeduldig. «Ich muß zum Haus zurück», sagte sie. «Das Frühstück steht auf dem Tisch, und ich will noch Briefe schreiben, ehe wir aufs Feld gehen.»

«Es gibt Regen, das fühle ich.» Er berührte seine scharlachrote Narbe. «Wir werden uns sehr anstrengen müssen, wenn wir das Heu einbringen wollen, ehe das Wetter umschlägt.»

Emma ging an ihm vorbei in die strahlende Sonne hinaus. Sie vermied es, ihm nahe zu kommen, aber ihr Rock streifte sein Knie. Der Himmel war klar und von einem tiefen, sommerlichen Blau. Nirgends war auch nur die Spur einer Regenwolke zu sehen. Im Wirtschaftshof scharrten die Hühner in der Erde, die Enten watschelten schnatternd zu dem kleinen Teich, und die Gänse reckten die Hälse, als wären sie Zuschauer bei einer Parade.

Emma wandte sich nicht um, aber sie wußte, daß Christoph ihr folgte. Sie wollte sich seinetwegen nicht beeilen, und so ging sie mit langsamen, gemessenen Schritten. Der Weg, den sie wählte, führte zwischen den Apfelbäumen hindurch und am Erdbeerbeet vorbei zu der breiten Kiesauffahrt, die einen Bogen um den Springbrunnen vor dem barocken Herrenhaus beschrieb. In der Mitte des Obstgartens, im gesprenkelten Schatten eines der Apfelbäume, holte Christoph sie ein. Er roch nach Stallmist und Milch, und an seinen schweren Gummistiefeln klebte der Schlamm. Emma roch ihn und sah sein ausgewaschenes Hemd und seine

Cordsamthosen, die mit Spreu besprenkelt waren. Sie sah ihm nicht ins Gesicht.

«Du bist schön», sagte Christoph. «Ich will einen Kuß von dir. Einen Abschiedskuß, der mich in Höchst an dich erinnert.»

Emma schüttelte energisch den Kopf, aber der Junge legte seine rauhe Hand unter ihr Kinn und hob ihr Gesicht dem seinen entgegen. Emma schloß die Augen. Sie zitterte, und ihr Magen zog sich schmerzhaft zusammen.

«Hab keine Angst», sagte Christoph. «Ich will nichts weiter als einen Kuß von dir.» Er preßte seine Lippen auf die ihren, und sie waren rauh wie seine Hände. Sie fühlte seine Zähne und seine Zunge, die in ihren Mund zu dringen versuchte, und sein Stallgeruch hüllte sie ein. Sie würgte. Christoph hielt sie jetzt fest an sich gepreßt. Sie versuchte, sich loszureißen, stolperte aber über einen Stein in dem hohen Gras und stürzte rücklings zu Boden. Christoph fiel auf sie, und seine Hand lag auf ihrer Brust.

«Es tut mir leid», flüsterte er, «verzeih mir, das wollte ich nicht. Es tut mir leid.»

Er hatte sich sofort zurückgezogen, hockte jetzt auf seinen Fersen und sah sie erschrocken an. Emma spürte, wie Übelkeit in ihr aufstieg; sie wandte hastig das Gesicht zur Seite und erbrach ein kleines Rinnsal von bitterer Galle über ihre Schulter ins Gras. Als sie die Augen öffnete, war Christoph fort, und nur die Unordnung ihrer Kleidung und sein Geruch, der in der Luft hing, zeugten davon, daß er dagewesen war.

Emma wusch sich gründlich im Waschbecken, spülte den Mund und kämmte ihre Haare. Im Schlafzimmer, das sie mit einem Mädchen namens Gertrud teilte, zog sie ihr Kleid aus und versteckte es in ihrem Wäschebeutel. Dann kroch sie ins Bett, heiß und schwindlig, als ob sie hohes Fieber hätte. Es kam ihr nicht mehr in den Sinn, an ihren Vater zu schreiben. Jedesmal, wenn ein Hauch von Christophs Stallgeruch an ihre Nase drang, kehrte die Übelkeit zurück.

Als Gertrud nach dem Frühstück heraufkam, sah sie Emma zitternd unter der Bettdecke liegen. «Bist du krank?» fragte sie. «Wir sollen alle beim Heuen helfen.»

«Ich komme gleich», sagte Emma, aber als Ilse Stauffer eine halbe Stunde später hereinkam, um nach ihr zu sehen, schlief sie fest. Die Lehrerin nahm einen schwachen Geruch nach Erbrochenem wahr und dachte, Emma habe wahrscheinlich zuviel von den Süßigkeiten gegessen, die ihre Eltern ihr schickten – in Wirklichkeit verschenkte Emma sie jedesmal –, und werde bis zum Abendessen wieder in Ordnung sein. Sie war die einzige, die nicht dabei half, das Heu einzubringen.

Christoph ging früh am nächsten Morgen fort, und Emma sah ihn nicht wieder. Sie glaubte, sich besser zu fühlen, aber als sie zum Melken in den Stall ging und den Dung und die Milch roch, wurde ihr wieder übel. Sie versuchte mit äußerster Willenskraft, ihre Schwäche zu überwinden, wurde aber von einem solchen Abscheu, solch einer unerklärlichen Angst gepackt, daß sie bat, sie zu entschuldigen. Der alte Gregor beendete die Arbeit für sie. Ilse Stauffer war verwirrt und beunruhigt, als Emma darum ersuchte, von jeder weiteren Arbeit im Stall befreit zu werden. Sie verlangte eine Erklärung, aber Emma war nicht gewillt, ihr eine zu geben.

«So etwas ist mir noch nie vorgekommen!» sagte die Stauffer. «Du kannst nicht einfach aufhören. Es ist deine Pflicht, weiterzumachen.» Aber Emma war nicht zu bewegen, in den Stall zurückzukehren. Die Turnlehrerin betrachtete ihre Weigerung als eine moralische Entgleisung und persönliche Beleidigung. Sie wandte sich von Emma ab und sprach nicht mehr mit ihr.

Emma wurde zum Küchen- und Einmachdienst eingeteilt, mußte den Garten jäten und die Wäsche kochen. Es regnete tagelang ununterbrochen. Der Sommer war zur Hälfte vorüber. Die Gräfin Albers-Eschenbach lud ihre Schützlinge an ihrem Namenstag, dem ersten Sonntag im August, zum Abendessen ein.

DER SOMMER LAG HEISS UND DRÜCKEND über Frankfurt. Man befürchtete Epidemien. In einigen deutschen Regimentern, die in entlegenen Gebieten standen, war die Cholera ausgebrochen. Der Krieg zog sich in die Länge. Viele hatten längst erkannt, daß er verloren war. Überall im Land wurden Stimmen laut, die eine Beendigung der Kämpfe forderten. Man rechnete mit der Möglichkeit einer Revolution, so wie man mit der Möglichkeit eines Sturmes rechnet, wenn sich an einem schwülen Nachmittag schwere, graue Wolken am Horizont auftürmen und ferner Donner zu hören ist.

Ein neuer Intendant war engagiert worden, der sowohl die Oper als auch das Theater von Frankfurt leiten sollte. Er versprach, zeitgenössische Stücke aufzuführen, und erregte Aufsehen mit einigen expressionistischen Werken, die selbst in den Hundstagen des Sommers leidenschaftliche Diskussionen unter den Theaterbesuchern auslösten. Max Beckmann hatte sich in Frankfurt niedergelassen. Er nahm seine Arbeit im Städel auf, und seine wilden Gemälde und Radierungen, die die Welt als Irrenhaus zeigten, schockierten und erschreckten eine Gesellschaft, die sich weigerte, sich selbst zu erkennen.

«Was für schaurige Bilder!» sagte Pauline Wertheim. «Wie kannst du so etwas Kunst nennen?» fragte sie Elias Süßkind.

«Hast du dir jemals einige der Martyrien aus dem fünfzehnten Jahrhundert, die im Städel hängen, aufmerksam angesehen?» fragte er sie seinerseits.

«Aber die hängen im Museum», entgegnete sie. «Natürlich ist das Kunst. Außerdem sind sie vor fünfhundert Jahren gemalt worden. Die Künstler sahen damals tagaus, tagein Grausamkeit, Tod und Entstellung. Sie haben sich daran gewöhnt.»

Caroline, die ohne ihre Kinder jetzt viel allein war, widmete sich ihrer Malerei. Sie hatte ihr Wohnzimmer im ersten Stock zum Atelier gemacht und verbrachte täglich viele Stunden damit, Stilleben und den Blick aus ihrem Fenster zu zeichnen. Sie kopierte auch weiterhin romantische Landschaftsbilder aus dem 18. Jahrhundert und aristokratische Porträts. Nathan war von seiner Frau gelangweilt, wünschte sich aber keine andere an ihre Stelle. Sie liebten einander unter einem Schleier von Traurigkeit.

Pauline und Siegmund hatten die Kinder und ihre Nanny in ein Ostseebad geschickt. Sie selbst waren nach wie vor auf jedem Wohltätigkeitsball anzutreffen. Sie gingen mit Begeisterung in die Oper und ins Theater, ganz gleich, was gespielt wurde. Keiner von beiden schien jemals das Bedürfnis zu haben, allein zu sein. Es ging bei ihnen immer lebhaft zu.

Als die Kinder in ihren Briefen klagten, das Hotel sei wegen des Krieges absolut trostlos, rief Pauline ihre Schwägerin an. «Warum schickst du nicht deine Kinder auch dorthin?»

«Sie sind sehr glücklich im Taunus», sagte Caroline.

«Die Seeluft würde ihnen bestimmt guttun», entgegnete Pauline. Dann rief sie Fräulein Gründlich an, um zu fragen, ob die Jungen nicht gern für eine Weile an die Küste wollten. «Willy braucht Gesellschaft», sagte sie, «und die Mädchen wären glücklich, Lene bei sich zu haben. Sie ist eine so reizende junge Dame geworden.»

«Was sagt Frau Wertheim dazu?» fragte Fräulein Gründlich. Sie war an Paulines Methoden gewöhnt.

«Sie hat noch keinen Entschluß gefaßt, Sie wissen ja, wie sie ist. Aber sagen Sie ihr bitte nicht, daß ich Sie angerufen habe.»

Pauline rief Caroline selbst an, um ihr zu sagen, daß sie mit der Erzieherin gesprochen habe. «Es ist praktisch abgemacht», sagte sie. «Sie würden liebend gern an die See fahren. Du brauchst nur ja zu sagen. Ich werde Siegmund bitten, die Zimmer im Hotel reservieren zu lassen, und der Chauffeur wird die Fahrkarten besorgen.»

«Ist das Hotel sehr teuer?» fragte Caroline. «Nathan sagt, wir müssen sparen.»

«Nathan wird allmählich zu einem Geizhals», sagte Pauline. «Du solltest einmal ernsthaft mit ihm reden. Eure Töchter werden nie eine anständige Partie machen können, wenn er jeden Pfennig umdreht. Wenn sie wie bettelarme Mädchen herumlaufen, lernen sie nie die richtigen Leute kennen, und selbst *wenn* sie es tun, wird niemand sie haben wollen, so reizend sie sind, wenn es keine ordentliche Mitgift gibt.»

«Nathan versucht, ihnen beizubringen, daß Geld nicht alles ist. Er will ihnen den Wert des Geldes vor Augen führen, damit sie nicht glauben, es wachse an Bäumen oder sie hätten ein Recht darauf, ganz gleich, was geschieht.»

«Er könnte mit seiner Anwaltspraxis mehr Erfolg haben, wenn er energischer wäre.»

«Man kann ihn nicht ändern.»

«Richte ihm bitte von mir aus, er soll nicht versuchen, reichen Kindern einzureden, daß sie arm seien, wenn sie es nicht *sind*. Es wird sie nur durcheinanderbringen und zu Patienten dieser neumodischen Seelenärzte machen.»

Der Zug nach Travemünde brauchte länger als gewöhnlich. Fräulein Gründlich paßte scharf auf die Kinder auf. «Seht euch vor», sagte sie mehr als einmal. Der Zug war überfüllt mit abgezehrten Frauen, verkrüppelten Soldaten und Kindern, die tiefe Schatten unter den Augen hatten. «Sie werden euch eure Sachen stehlen, wenn sich die Gelegenheit dazu bietet», sagte Fräulein Gründlich. «Dieses Land befindet sich am Rande einer Revolution.»

«Um so besser», erwiderte Lene, «dann haben wir wenigstens Frieden.»

«Du weißt nicht, wovon du sprichst, oder hast du das von deiner Tante Eva? Wenn es eine Revolution gibt, wird in den Straßen von Frankfurt Blut fließen, und Menschen wie eure Eltern werden an die Wand gestellt und erschossen.»

«Und Sie?» fragte Ernst.

«Ich gehe zurück nach Hause, zurück aufs Land», sagte Fräulein Gründlich. «Und nehme euch alle mit. Bei mir zu Hause seid ihr in Sicherheit. In unruhigen Zeiten ist es immer besser, auf dem Land zu sein, wo man sich verstecken kann, denn man kennt jeden Winkel, der Feind nicht. Es gibt immer etwas zu essen, und schließlich zieht der Eindringling weiter und läßt einen wieder in Ruhe. Oder, wenn er bleibt, wird er von dem Land aufgesogen, wird allmählich ein Teil des Landes. Und dann wird seine Loyalität dem Land gehören, nicht dem Eroberer, mit dem er gekommen ist. Die Revolution betrifft nur die Städte.»

Die Kinder hatten Fräulein Gründlich noch nie so reden hören; sie waren erstaunt und sahen sich schweigend an. Doch ihr Vorsatz, sie notfalls in Sicherheit zu bringen, war ihnen ein Trost.

Sie trafen spät am Abend in Travemünde ein und nahmen eine Pferdedroschke zum Hotel. Gaul und Kutscher bestanden nur noch aus Haut und Knochen. Die Kinder waren so müde, daß sie sich hinterher an keinerlei Einzelheiten dieses Abends erinnerten, außer an das Gefühl der Erleichterung, mit dem sie in ihre Betten sanken, umfächelt vom salzigen Geruch und der kühlen Brise des nahen Meeres.

Als sie am nächsten Morgen aufwachten, hörten sie als erstes das Rauschen des Meeres. Der weite, sonnendurchflutete Himmel war das erste, was sie sahen. Während sie noch schläfrig im Bett lagen und sich langsam an ihre neue Umgebung gewöhnten, lauschten sie auf die Rufe der Möwen und atmeten tief durch. Sie wunderten sich über die ausgeblichenen Farben der Gegenstände in ihrem Zimmer; sogar das Holz war von der salzhaltigen Luft gebleicht.

«Wäre es nicht nett, wenn Emma hier wäre?» fragte Lene beim Frühstück. Sie fühlte sich einsam. Die Brötchen waren frisch und knusprig, die heiße Schokolade war dunkel und süß, aber ihre zwei Cousinen, die mit Nanny am Nebentisch saßen, beachteten sie nicht. Andreas und Ernst waren mit Willy an den Strand gegangen, und Julia und Jenny schienen sich nur für junge Männer zu interessieren, obgleich es kaum welche gab. Das Hotel war fast nur mit jungen Frauen und Kindern belegt.

«Sie können über nichts anderes als über ‹Liebe› reden», sagte Lene verdrießlich, während sie einen weiteren Löffel Aprikosenmarmelade auf ihr Brötchen strich.

«Iß nicht zuviel von dem süßen Zeug», mahnte Fräulein Gründlich. «Du wirst es auch bald interessant finden, über Liebe zu sprechen.»

«Die Jungen und Willy benehmen sich nicht so. Sie kommen sehr gut miteinander aus, und ich wette, sie denken nicht einmal an Mädchen.»

«Das wird auch noch kommen», sagte Fräulein Gründlich. Sie stellte die Marmelade auf ihre Seite des Tisches. «Geduld, mein Kind, Geduld ist alles.»

Als die Jungen am Ende der Strandpromenade angelangt waren, zogen sie ihre Schuhe aus und gingen barfuß durch den Sand. Weit hinten am Horizont sahen sie Schiffe.

«Das sind Kriegsschiffe», sagte Willy, der sehr kurzsichtig war und eine starke Brille trug. Er konnte die Schiffe kaum sehen, aber da er schon länger hier war, kannte er sich aus. Andere Jungen hatten ihm am ersten Tag von den Kriegsschiffen erzählt.

Bei ihrer Rückkehr ins Hotel trafen sie im Vestibül den Photographen der Ortschaft an, der Aufnahmen von den Gästen machte. Lene bat Fräulein Gründlich, ein Bild von ihr und ihren Brüdern aufnehmen zu lassen.

«Ich weiß nicht, ob eure Eltern damit einverstanden wären. Es kostet Geld.»

«Bitte!» sagte Andreas.

Während die Erzieherin noch nach einer Antwort suchte, sagte Ernst: «Wir bezahlen es von unserem Taschengeld . . .»

«Wenn nötig», warf Lene ein.

Sie wurden alle drei aufgestellt vor einem gemalten Hintergrund mit Meer und Segelbooten, kleinen weißen Wolken am Himmel sowie Liegestühlen und Fahnen auf einer Terrasse.

Hanno Altenburg, ein Schriftsteller, der im Hotel wohnte, sah zu, wie die Kinder sich in Positur setzten, während der alte Photograph seine Kamera einstellte. Immer wieder verschwand er unter seinem schwarzen Tuch und gab neue Anweisungen. Die Kinder waren zugleich ernst und zum Lachen aufgelegt; sobald es einem von ihnen gelungen war, eine feierliche Miene aufzusetzen, fing ein anderes zu grinsen an, und alle drei brachen wieder in Gelächter aus.

Hanno hatte sich in einem der weißen Korbsessel in der Glasveranda des Hotels niedergelassen, von wo man bequem alles beobachten konnte, was im Vestibül und im großen Salon vorging. Er hatte scharfe Augen und war, in noch größerem Maße als die meisten Schriftsteller, ein Voyeur. Er reiste viel und trug stets eine Mappe mit liniierten Notizbüchern bei sich, in die er Beobachtungen und Gedanken schrieb, wo immer er sich befand. In den siebenundfünfzig Jahren seines Lebens hatte er viele Preise und Auszeichnungen erhalten. Er war eher ein gewandter als ein großer Schriftsteller, aber er war beliebt, seine Bücher wurden gut aufgenommen, und sein Ruf reichte über die Grenzen seines Heimatlandes hinaus.

Altenburg verfolgte aufmerksam die Szene im Vestibül und lächelte über die Possen der Kinder. Die beiden Jungen hatten es ihm besonders angetan. Er hatte eine Schwäche für Halbwüchsige; das war einer der Gründe für sein ruheloses Wanderleben. Männer seines Alters interessierten ihn nur als Freunde; er suchte nie Geliebte unter ihnen. Die Arbeit nahm den Hauptteil seines Lebens in Anspruch, und da ihm somit kaum Zeit und Kraft für große Leidenschaften blieb, hatte er schon früh beschlossen, sich abseits zu halten, Zuschauer zu bleiben und sich nie innerlich zu binden. Er betrachtete sich als Bourgeois im besten Sinne des Wortes.

Als Hanno die drei Geschwister beobachtete, wurde ihm plötzlich klar, daß sich seine Aufmerksamkeit mehr und mehr auf den einen der Jungen konzentrierte. Der zartere der beiden zog immer wieder seine Blicke auf sich; und er spürte, wie das Verlangen nach diesem Jungen in ihm erwachte. Bald sah er nur noch Andreas. Das Notizbuch lag, der offene Füllfederhalter zwischen die Seiten geklemmt, unbeachtet in seinem Schoß, während sich Hanno Altenburg langsam und genußvoll in Andreas Wertheim verliebte.

Nachdem die Kinder verschwunden waren, ging Hanno zum Portier und fragte: «Wer ist die Familie, die gestern abend angekommen ist?»

«Die Kinder mit der Erzieherin?»

«Ja.»

«Sie heißen Wertheim. Aus Frankfurt. Frankfurt am Main. Soll ich Ihnen den Namen buchstabieren?»

«Nicht nötig, vielen Dank.»

Andreas war der Schriftsteller aufgefallen, noch ehe dieser ihn bemerkte. Der Junge hatte ein scharfes Auge. Er erfaßte eine Szene auf einen einzigen Blick. Jeder Raum war für ihn eine Bühne, auf der sich jeden Moment ein Drama abspielen konnte, und er bemühte sich, seine Rolle darin einzuschätzen. Tatsächlich geschah meist nichts Besonderes, aber Andreas hatte sich alle notwendigen Einzelheiten eingeprägt, um sich künftig orientieren zu können. Während

Ernst und Willy an diesem Morgen beim Frühstück lebhaft miteinander schwatzten und Lene versuchte, die Aufmerksamkeit ihrer Cousinen auf sich zu lenken, hatte Andreas einen Herrn mit graumelierter Mähne den Eßsaal betreten und zu einem günstig placierten Tisch gehen sehen, von dem aus man alles beobachten konnte, ohne selbst gesehen zu werden.

Andreas sah, daß der Mann eitel war – er wirkte ein wenig dandyhaft in seiner Kleidung und schien ängstlich bestrebt, sich jung zu halten. Dies alles dachte der Junge nicht detailliert in Worten, aber er erkannte es so instinktiv, wie man die Elemente eines Dramas erfaßt, das man auf der Bühne sieht: dies ist der Schurke, das die Heldin, diesem kann man nicht trauen. Andreas wurde den Gedanken an diesen Mann nicht los, auch nicht, als er mit seinem Bruder und seinem Vetter ausgelassen am Strand herumtobte. «Wer war dieser Mann?» fragte er Willy beiläufig. «Der mit der langen Mähne?»

«Ein berühmter Schriftsteller», sagte Willy, «allerdings kenne ich ihn nicht, habe noch nie von ihm gehört.»

Andreas war überzeugt, daß es ihm diesmal bestimmt war, in dem Stück eine Rolle zu spielen.

Nach dem Mittagessen schickte Fräulein Gründlich die Kinder zu Bett. «Die Seeluft ist ebenso ermüdend wie die Luft im Gebirge», sagte sie. «Wir dürfen am ersten Tag nichts übertreiben.» Sie schloß die Fensterläden in den Zimmern der Kinder und deckte die Betten auf. Ernst schlief sofort ein; er war den ganzen Morgen durch die Dünen und den weichen Sand gelaufen, war den Wellen nachgejagt, wenn sie zurückwichen, und vor ihnen weggerannt, wenn sie sich über den Sand ergossen. Sein Geist war unbelastet, sein Schlaf traumlos und tief. Andreas betrachtete ihn, wie er auf dem Bett ausgestreckt dalag, das Gesicht bereits von der Sonne verbrannt. Er beneidete ihn oft, aber nicht heute. Er war erregt und glücklich, denn er wußte, daß er am Rande eines Abenteuers stand; er konnte nicht schlafen.

Lene, die ein Zimmer für sich neben dem ihrer Brüder hatte, schlief ebenfalls. Sie schnarchte leise, und ihre braunen Locken waren salzig vom Gischt des Meeres. Fräulein

Gründlich, die sich nur kurz hatte ausruhen wollen, merkte, daß sie die Augen nicht offenhalten konnte. Nach wenigen Minuten war sie fest eingeschlafen.

Bis zum folgenden Morgen waren schwere Wolken über das Meer herangezogen. Dicke Regentropfen schlugen klatschend gegen die Fenster. Die Kinder trödelten lange beim Frühstück herum, dann machten sie sich daran, das Hotel auszukundschaften. Andreas schlug vor, ins Spielzimmer zu gehen, aber dort roch es nach kaltem Zigarrenrauch. Jenny und Julia hatten Lene gnädig gestattet, sie ins Musikzimmer zu begleiten, wo sie abwechselnd Klavier spielten. Ernst versuchte, eines der Bücher zu lesen, die er mitgebracht hatte, ließ sich aber immer wieder von irgend etwas ablenken; er war gelangweilt und unkonzentriert. Nur Andreas empfand kein Unbehagen wegen des schlechten Wetters. Er hatte beim Frühstück wieder beobachtet, wie Hanno Altenburg den Raum betrat. Als er die Augen des älteren Mannes über die dort versammelten Gäste schweifen sah, hatte er ihm zugelächelt. Er hoffte, daß sein Lächeln genau richtig gewesen war, weder zu dreist noch zu schüchtern. Hanno Altenburg erwiderte es und neigte grüßend den Kopf. Andreas errötete vor Freude.

Die erste direkte Begegnung zwischen ihnen fand an diesem Abend bei Einbruch der Dunkelheit statt. Der Regen hatte allmählich nachgelassen, und der Himmel erstrahlte auf einmal im rosigen Widerschein der untergehenden Sonne. Die Gäste versammelten sich auf der Terrasse, um den Sonnenuntergang mitzuerleben. Andreas sah sich plötzlich neben dem Schriftsteller stehen.

«Was für ein herrlicher Anblick», sagte Andreas wie zu sich selbst.

«Ein Zeichen, daß wir morgen schönes Wetter haben werden», erwiderte Hanno Altenburg.

Bisher hatten sie sich noch nicht angesehen.

«Mein Name ist Andreas Wertheim», sagte der Junge. «Es heißt, Sie sind ein berühmter Schriftsteller. Ich habe gesehen, wie Sie gestern die Gäste beobachteten.»

Hanno lachte, und es lag ein Anflug von Verlegenheit in diesem kurzen, charakteristischen Lachen.

«Du bist einer von den Schlauen», sagte er. «Ich hätte es wissen sollen. Willst du auch Schriftsteller werden?»

«Ich glaube nicht», erwiderte Andreas. «Hoffentlich habe ich Sie nicht bei etwas ertappt, was Sie geheimhalten wollen. Aber keine Sorge – ich sag's niemandem.»

Hanno glaubte, Belustigung in den Augen des Jungen zu entdecken. Wie erfrischend das war!

«Gestatten», sagte er mit gespielter Ernsthaftigkeit, die Hacken zusammenschlagend. «Hanno Altenburg aus Berlin.»

Sie gaben sich die Hand und beobachteten dann wieder schweigend den Sonnenuntergang. Lene, die in der Nähe gestanden hatte, kam zu ihnen herüber. Sie hatte eine dünne Strickjacke über die Schultern gelegt und zitterte in der kühlen Abendluft.

«Solltest du nicht lieber hineingehen?» sagte Andreas. «Du siehst ganz durchgefroren aus.»

«Leih mir deine Jacke. Ich möchte noch ein Weilchen draußenbleiben. Ich liebe Sonnenuntergänge, wenn man den ganzen Himmel sehen kann.»

«Wenn ich dir meine Jacke gebe, wird mir kalt.»

«Wir können sie uns ja teilen», sagte Lene und schmiegte sich an ihren Bruder, der widerwillig einen Teil seiner Lodenjacke über ihre Schulter legte. Hanno entfernte sich ein wenig und hielt den Blick auf die untergehende Sonne gerichtet. Andreas hatte ihm seine Schwester nicht vorgestellt.

«Wer ist dieser Mann?» flüsterte sie.

«Ein berühmter Schriftsteller», antwortete er genauso leise.

Lene musterte Hanno mit kritischen Blicken. «Er sieht gut aus», erklärte sie, «aber er ist ganz und gar nicht der Typ von Mann, der mir gefällt. Er ist hochnäsig. Und aufgeblasen.»

«Psst! Er kann dich hören. Geh jetzt rein, es wird dunkel.»

Es war in der Tat plötzlich dunkler geworden. Nur im Westen war noch ein schwacher gelber Schimmer am Himmel zu sehen. Die Dünen hatten sich in schwarze Schatten verwandelt, und im Hotel wurden die Lichter angezündet. Alle Gäste gingen nach drinnen, bis auf einen verwundeten Soldaten und seine Braut, die sich im Schutz der Dunkelheit küßten.

Am nächsten Morgen schien die Sonne, und es war beinahe windstill. Fräulein Gründlich ging am Vormittag mit ihren Schützlingen an den Strand. Die Jungen hatten beschlossen, eine große Sandburg zu bauen, und die Mädchen machten sich auf die Suche nach Muscheln, um sie damit zu schmücken. Julia und Jenny schwatzten mehr, als daß sie suchten. Sie stellten Vermutungen darüber an, wie die Liebe des verwundeten Soldaten wohl enden würde, und fragten sich, was wohl die neueste Mode in Frankfurt sein mochte. Travemünde war so unsagbar provinziell; sie hatten in der ganzen Zeit, seit sie hier waren, nicht eine einzige anständige Illustrierte zu sehen bekommen. Lene hörte ihnen zu und äußerte sich kaum, um nichts Dummes zu sagen, aber sie hatte das Gefühl, die Mädchen akzeptierten sie mit jedem Tag ein wenig mehr. Besonders Julia, die nur ein Jahr älter als sie war, bemühte sich, sie nicht auszuschließen. Jenny war zwei Jahre älter und genauso geschwätzig wie ihre Mutter.

«Hast du Hanno Altenburg kennengelernt?» fragte Julia ihre Cousine, während sie den Strand entlanggingen.

«Nein, aber Andreas hat sich gestern abend auf der Terrasse mit ihm unterhalten.»

«Worüber hat er mit ihm geredet?» fragte Julia. «Ich hätte Angst, mich einem so berühmten Mann zu nähern und mit ihm zu sprechen. Und weißt du was –» ihre Stimme klang verschwörerisch – «ich habe beschlossen, Schriftstellerin zu werden.»

«Ich möchte Ärztin werden», sagte Lene.

Diesen Wunsch hegte sie, seit sie Jacob im Krankenhaus besucht hatte.

«Ärztin? Warum nicht Krankenschwester?»

«Mädchen wie wir werden nicht Krankenschwester!»

«Mädchen studieren im allgemeinen auch nicht Medizin.»

«Heutzutage schon. Aber wie dem auch sei, ich habe noch

viel Zeit, darüber nachzudenken.» Das war ein Satz, der geradewegs aus Fräulein Gründlichs Mund zu kommen schien.

«Worüber redet ihr zwei so ernst?» wollte Jenny wissen.

«Wir überlegen uns, was wir aus unserem Leben machen wollen», sagte Julia mit einem tiefen Seufzer.

FRÄULEIN GRÜNDLICH UND NANNY IDA saßen in angeregter Unterhaltung mit ihrer Handarbeit im Schatten von zwei großen Strandkörben.

«Da kommt Herr Altenburg, der berühmte Schriftsteller», flüsterte Fräulein Gründlich. «Ich möchte wissen, was er will.»

Hanno Altenburg war gekommen, um sich die Sandburg anzusehen. «Großartig!» sagte er. «Wer von euch ist der Architekt dieses Bauwerks?»

«Wir haben alle drei daran gearbeitet», sagte Willy und schob mit sandigen Händen seine schwere Brille die Nase hinauf.

«Die Mädchen suchen die Muscheln für die Verzierung», erklärte Ernst.

Nur Andreas schwieg.

«Möchtet ihr, daß ich euch nach eurem Mittagsschlaf weiter oben an der Küste ein altes Schiffswrack zeige? Es ist am besten bei Ebbe zu sehen, die heute gegen vier Uhr eintritt.» Hanno war stolz auf seine Kriegslist, selbst wenn das bedeutete, daß er alle drei Jungen spazierenführen mußte.

«Wir müssen unsere Erzieherinnen fragen», sagte Ernst.

«Es überrascht mich, daß er sich für Kinder interessiert», bemerkte Nanny Ida zu Fräulein Gründlich, nachdem die Kinder mit ihnen gesprochen hatten.

«Vielleicht hat er Enkelkinder», überlegte Fräulein Gründlich.

«*Mir* macht er nicht den Eindruck, als ob er jemals verheiratet gewesen wäre», erklärte Nanny.

Während sie beim Mittagessen saßen, kam ein Ferngespräch für sie aus Frankfurt. Fräulein Gründlich wurde bleich, als der Kellner sie zum Empfangspult rief.

«Keine Sorge», sagte der Portier, als er ihr Gesicht sah.

«Madame sagt, die Nachricht sei gut, sie seien alle bei bester Gesundheit.»

Die Erzieherin kehrte lächelnd an den Tisch zurück. «Ratet mal, wer morgen hier sein wird!»

«Emma!» sagte Lene auf gut Glück. Sie hatte seit einer Woche keinen Brief von ihrer Schwester bekommen, hatte aber oft an sie gedacht.

«Ja, Emma.» Fräulein Gründlich nickte. «Ich glaube, sie hat diese Landarbeit satt. Eure Mutter hat nichts dergleichen gesagt, aber ich nehme es an. Emma ist nicht für den Stall und die Scheune geschaffen.»

«Ist Mama noch am Telephon?» fragte Lene.

«Wo denkst du hin? So ein langes Ferngespräch wäre viel zu teuer. Aber sie läßt euch alle herzlich grüßen.»

Der Spaziergang zum Schiffswrack und zurück dauerte fast eine Stunde. Ernst und Willy waren enttäuscht, denn das Wrack bestand nur aus ein paar massigen hölzernen Spanten, die, von Wasser und Alter geschwärzt und mit Muscheln bewachsen, aus dem Sand ragten. Hanno ging ein paar Schritte hinter den Jungen und beobachtete Andreas, der alles tat, um seine Jugend und Fröhlichkeit zur Schau zu stellen. Er sprang von den Dünen, jagte den Wellen nach und schlug sogar ein Rad. Das Meer war fast so ruhig wie ein Gebirgssee. Andreas und Hanno wechselten kaum ein Wort. Für den Augenblick genügte es, zu bewundern und bewundert zu werden.

EMMA TRAF AM NÄCHSTEN NACHMITTAG in Travemünde ein, und alle sechs Kinder holten sie vom Bahnhof ab. Fräulein Gründlich musterte sie prüfend, konnte jedoch keinerlei Anzeichen von Schwäche oder Abgespanntheit entdecken. Emma war braungebrannt und hatte nicht abgenommen. Ihre Arme und Hände, die sie ihnen stolz zeigte, als die Jungen sich erboten, ihr Gepäck zu tragen, waren so braun und kräftig wie die jeder Stallmagd. Tatsächlich fand Fräulein Gründlich die Arme ein wenig zu robust «für eine junge Dame».

«Was ist geschehen?» fragte Lene, sobald sie für einen Augenblick allein waren.

«Ach, nichts Besonderes», sagte Emma in einem unbekümmerten Ton, der Lene nicht echt zu sein schien. «Ich fand einfach, daß ich lange genug gearbeitet hatte, und wollte gern einen Teil meiner Ferien mit euch verbringen. Besonders nachdem ich gehört hatte, daß ihr hier am Meer seid.»

«Hattest du *Heimweh*?» Heimweh war ein Gefühl, das Lene in all seiner Schmerzlichkeit nachempfinden konnte. Selbst bei einer Ferienreise wie dieser, in Gesellschaft ihrer Geschwister und unter der vertrauten Obhut von Fräulein Gründlich, sehnte sie sich manchmal nach ihrem eigenen Bett, dem geliebten Blick aus ihrem Fenster und dem tröstlichen Gefühl, daß alles zu Hause unverändert war, solange sie denken konnte, und daß es immer so bleiben würde.

«Ein wenig», gab Emma zu.

«Nun, das erklärt alles», sagte Lene und stellte ihrer Schwester keine weiteren Fragen. Sie bemerkte jedoch, daß Emma stiller war als sonst; selbst die Neckereien, die sie mit ihrer Cousine Jenny tauschte, und ihr Gekicher wirkten ein wenig gezwungen.

Obwohl Hanno Altenburg bisher kaum mehr als ein paar Worte mit Andreas gewechselt hatte, wußte er, daß er bald ein Treffen arrangieren mußte, und sei es auch nur, um zu sehen, wie weit er gehen, welche Freuden er erwarten konnte. Andreas war nicht irgendein gewitzter, billiger Straßenjunge, dem man ein Geldstück zeigen und ihn dann mit einem Wink aufs Hotelzimmer beordern konnte. Außerdem war dies ein Familienhotel. Gewiß, es war infolge des Krieges nur spärlich besetzt, aber es gab Dutzende von rotznäsigen Kindern, eins neugieriger als das andere, und die Wertheims klebten aneinander wie ein Wurf junger Hunde, besonders jetzt, da die älteste Schwester gekommen war. Und erst die Erzieherin! Was für ein Drachen! Hanno wollte sich nicht mit ihr anlegen. All diese Erwägungen gaben der Affäre andererseits einen Reiz, den ein Stelldichein mit einem neapolitanischen Gassenkind niemals haben konnte. Sie steigerten noch sein Verlangen.

Das Hotel hatte einen Vergnügungspavillon, wo früher Konzerte veranstaltet worden waren. Er wurde jetzt nicht mehr benutzt. Die Stühle standen aufgestapelt in einer Ecke, die Bühne war staubig, das Klavier mit einem Laken zugedeckt, der Parkettboden befleckt mit Mäuseexkrementen. An den Fensterscheiben klebte eine dicke Schmutzschicht. Der Pavillon war nicht verschlossen, und seine Veranda wurde gelegentlich bei einem plötzlichen Gewitter als Unterstand benutzt. Dies war der Ort, an den Hanno Andreas zu bringen hoffte; er sollte ihr geheimer Treffpunkt sein für ein langes Gespräch und was immer sich sonst daraus ergeben mochte.

Hanno war in der ersten Woche, die er im Hotel verbrachte, bei einem seiner Rundgänge auf den Pavillon gestoßen und hatte das Klavier entdeckt. Er ging gelegentlich dorthin, um zu spielen, denn seine Eitelkeit erlaubte ihm nicht, das Instrument im Musiksaal zu benutzen, wo alle Gäste, wie er meinte, sich zuflüstern würden: «Hört euch an, wie schlecht Hanno Altenburg Klavier spielt.» Er war sich seiner Popularität sehr bewußt und nahm als selbstverständlich an, daß alle ihn ständig beobachteten, über ihn sprachen und darauf lauerten, ihn in törichte Unterhaltungen zu ziehen. Wenn er aber jemals argwöhnte, daß sie dies *nicht* taten, wurde er verdrießlich. Es gehörte auch zu seinen Gewohnheiten, mit dem Notizbuch in der Hand hinter den Topfpalmen zu sitzen, als trüge er eine Tarnkappe.

Andreas war nervös. Sein Appetit ließ nach, und er schlief schlecht. Das Gesicht des Schriftstellers verfolgte ihn in seinen Wachträumen, und er war sich ständig seiner Gegenwart bewußt. Wenn Hannos kühle, graue Augen zu ihm hinüberblickten und sich auf ihn hefteten, stellte er sich vor, sie seien Liebkosungen. Er war noch unberührt, und wie viele unberührte Jungen seines Alters sehnte er sich danach, es nicht mehr zu sein. Der Umstand, daß es ein Mann war, der ihn verführte, störte ihn nicht. Im Gegenteil, es schien ihm eher natürlich. Andreas kannte seinen Körper und verstand ihn. Jetzt, da er und Ernst zu Hause getrennte Schlafzimmer hatten, spielte er oft nackt vor dem großen Spiegel seines Kleiderschranks. Er vermißte die enge Verbundenheit, die einst zwischen ihm und seinem Bruder bestanden hatte. Aber die Unterschiede in ihren Neigungen und Wünschen bildeten sich immer stärker heraus. Ein wirkliches Verstehen schien nicht mehr möglich zu sein. Dabei wünschte er sich mehr als alles andere, mit Ernst zu reden und sich ihm anzuvertrauen. Er sehnte sich danach, daß Ernst ihn verstehen, seine Geständnisse anhören und ihm verzeihen sollte.

Gegen Ende der Woche kam ein starker Landwind auf. Gleichzeitig war Vollmond und die Flut stieg stark an. Die Gäste im Hotel verbrachten Stunden damit, die stürmische See zu beobachten. Die riesigen Wellen brachen sich weit draußen und schlugen donnernd ans Ufer. Die Badehütten waren fest verschlossen und die Strandkörbe in Sicherheit gebracht worden. Die See hatte eine häßliche, graubraune Farbe und schwemmte viel Strandgut an. Auch der Himmel war von einem schmutzigen Grau, und die Luft war schneidend, als brächte sie Schnee.

Andreas, der einen Pullover unter seiner Jacke aus Öltuch trug, stand auf der hölzernen Landungsbrücke, die gefährlich glitschig war. Sie zitterte unter den Schlägen der Brandung. Jedesmal wenn die hohen Wellen sich brachen, stürzte eine Kaskade von salzigem Gischt über ihr Geländer. Andreas konnte sich nicht von dem Schauspiel losreißen, obwohl seine Hosen bereits vollkommen durchnäßt waren. Hanno sah ihn dort stehen wie eine einsame Gestalt in einem Schneesturm, den Mund zu einem Ruf geöffnet, der halb freudig, halb ängstlich war. Der Schriftsteller zog sich warm an und ging an den Strand. Niemand achtete auf ihn, das Schauspiel an diesem Tag war das Meer. Er blieb unterhalb der Landungsbrücke stehen und sah zu Andreas empor, traute sich jedoch nicht, zu ihm hinaufzuklettern. Er war nicht so behende und trittsicher wie der Junge.

«Hallo!» rief er, keineswegs gewiß, daß Andreas ihn hören konnte. «Ich habe dir zugeschaut, wie du das Meer beobachtest. Großartig, nicht wahr?»

Andreas verstand nur ein paar der Worte, aber er nickte beglückt. Hanno nahm seinen Mut zusammen und stieg, sich krampfhaft am Geländer festhaltend, die Stufen zur Landungsbrücke hinauf. Dort blieb er, an die Brüstung gelehnt, schweigend neben dem Jungen stehen, bis sein Herzschlag sich wieder beruhigt hatte.

«Glaubst du, wir zwei könnten uns einmal in Ruhe unterhalten?» fragte Hanno nach einer Weile. «Es sind zu viele Frauen und Kinder in diesem Hotel», setzte er als Erklärung hinzu. Andreas nickte, und Hanno sah ein Lächeln auf seinem Gesicht – die Art von Lächeln, das von innen kommt, voller Glück und nicht ganz frei von Selbstzufriedenheit. Als er wieder ernst wurde, sah er dem älteren Mann direkt ins Gesicht und sagte: «Leider habe ich Ihre Bücher nicht gelesen.» Obgleich seine Offenheit bestrickend war, empfand der Schriftsteller für einen Augenblick einen Anflug von Ärger.

«Es gibt andere Dinge, über die wir sprechen können», sagte er sanft. «Es tut mir gut, mich hin und wieder von der ungeheuren Konzentration zu entspannen, die meine Arbeit erfordert. Wenn ich mich eine Weile von ihr freimache – natürlich kann ich sie nie ganz vergessen –, kehre ich hinterher mit frischer Kraft zu ihr zurück.»

«Möchten Sie einen Spaziergang am Strand entlang machen?» fragte Andreas. «Ich bin sicher, ich kann meinen Bruder und meinen Vetter davon überzeugen, daß es sich nicht lohnt, das Schiffswrack noch einmal anzusehen.»

«Das ist eine großartige Idee für gutes Wetter», sagte Hanno, «aber weiß der Himmel, wann wir wieder einen schönen Tag haben werden. Nein, nein . . . wir haben schon genügend Zeit vergeudet.» Die Worte entfuhren ihm, obwohl er beabsichtigt hatte, behutsamer vorzugehen. Er hob die Hand, um sie auf den Kopf des Jungen zu legen, zog sie aber rasch zurück, aus Angst, dabei gesehen zu werden.

«Wie Sie meinen.» Mit seinem angeborenen Feingefühl hatte Andreas eine Andeutung von Hanno Altenburgs Egoismus wahrgenommen, und es diente ihm als Warnung. Er erkannte, daß er vorsichtig sein und sich schützen mußte. Dieser Mann würde ihn mit schmeichelnden Worten umwerben, aber dann verschwinden wie der Schaum auf einer Welle, sobald etwas anderes wichtiger war. Aber der Wind und das Meer und sein eigenes sinnliches Verlangen machten ihn wagemutig, und er ließ den Dingen ihren Lauf.

«Schau doch, schau!» rief Hanno. «Diese riesige Welle dort draußen, die sich gleich brechen wird! Ungeheuerlich!» Als Andreas seinen Kopf dem Meer zuwandte, zerzauste der Wind sein Haar, das nicht mehr geschnitten worden war, seit sie Frankfurt verlassen hatten, und Hanno, der mit der linken Hand aufs Wasser deutete und den Kopf zu Andreas geneigt hielt, fühlte es an seiner Wange. Er legte den Mund dicht an das Ohr des Jungen und flüsterte: «Ich liebe dich», genau in dem Augenblick, als sich die Welle nicht weit vom Ende der Landungsbrücke mit donnerndem Getöse brach und der Gischt hoch in die Luft schoß, so daß ein leichter Regen auf sie niederging. Andreas war von der Erklärung nicht überrascht, aber er hielt die Augen aufs Wasser gerichtet und sagte: «Danke.» Es war die einzige Antwort, die ihm in den Sinn kam.

«Wir können uns im Pavillon treffen», sagte Hanno. «Weißt du, wo das ist? Die Tür an der Seite, neben der Bar, ist offen. Ich gehe regelmäßig dorthin und spiele auf dem alten Klavier. Du wirst sehen, es ist zwar staubig dort drinnen, aber romantisch. Man wird uns dort nicht entdecken. Wann kannst du kommen?»

«Morgen früh, nach dem Frühstück?»

«Nicht eher?»

«Wann?»

«In einer Stunde. Wir haben den ganzen Nachmittag für uns; das Abendessen wird erst um halb acht serviert.»

«Man wird mich vermissen.»

«Sag ihnen, du willst in den Ort gehen.»

Andreas' Herz klopfte so stark, als hätte er gerade eine große körperliche Leistung vollbracht. Er hatte eine Eroberung gemacht, seine erste! Er hätte jubeln mögen vor Freude. Noch nie zuvor hatte er etwas Ähnliches erlebt. Es verlieh ihm ein ungeahntes Gefühl der Stärke. Wenn er sich jetzt in die schäumende See stürzen würde, sagte er sich, er wäre imstande, ihr Ungestüm zu überleben, er würde unversehrt wieder herauskommen.

Hanno trennte sich am Rand der Terrasse von dem Jungen. Sie reichten sich förmlich die Hand, als verabschiedeten sie sich nach einer zufälligen Begegnung. Hanno war ebenfalls erregt, wie immer bei diesen Gelegenheiten, aber seine Gefühle wurden durch Alter und Erfahrung gedämpft. Er wußte, daß die Leidenschaft, die zwischen zwei Liebenden bei ihrem ersten Zusammensein aufflammt, die schönste, aber auch die unbeständigste aller Gemütsbewegungen ist. Er dachte über die Begegnung im Pavillon hinaus und seufzte bei dem Gedanken an den unvermeidlichen Verlust, der sie beide erwartete.

Die meisten Gäste verbrachten den Nachmittag entweder auf ihren Zimmern oder in einem der ruhigen Salons des Hotels. Andreas wußte, man würde ihn vermissen, wenn er sich zu dieser Zeit allzu offensichtlich entfernte. Es war bereits drei Uhr, und er mußte eine gute Ausrede finden, um eine Weile fortbleiben zu können. Fräulein Gründlich war der Meinung, daß die Jungen schon genug Freiheit hatten; schließlich war es ihre Aufgabe, dafür zu sorgen, daß ihnen nichts passierte, und sie konnte dessen nur gewiß sein, wenn sie jederzeit wußte, wo sie waren.

Ernst saß im Sessel neben dem Fenster und las einen Abenteuerroman von Karl May. Seine knochigen Knie waren voller Kratzer und mit Schorf bedeckt. Er schnitt sich ständig, schlug sich mit dem Hammer auf die Finger und zerriß seine Hosen an Stacheldraht. Ernst mußte seinen körperlichen Mut beweisen, er war entschlossen, stark und tapfer zu sein. Wie alle Kinder von Caroline litt er an Schüchternheit, und wie allen Kindern von Nathan fehlte ihm der Ehrgeiz, mit anderen zu wetteifern. Obwohl die beiden Jungen sich innerlich voneinander entfernt hatten, hatte doch jeder immer noch ein tiefes und feines Empfindungsvermögen für das innere Uhrwerk des anderen.

Ernst blickte auf, als Andreas ins Zimmer kam. «Du schleichst herum», sagte er.

«Was willst du damit sagen?»

«Du hast eine gewisse Ruhelosigkeit an dir. Die Art, wie du ins Zimmer gekommen bist – ich kann immer erkennen, ob du einfach gelassen herumspazierst, oder ob du auf dem Sprung bist wie ein Panther –»

«– der darauf wartet, sich auf seine Beute zu stürzen?»

«Nein. Der darauf wartet, daß etwas geschieht.»

«Ernst?»

«Ja?»

«Ich möchte dich um einen Gefallen bitten.»

Ernst saß sehr still in seinem Sessel. Er fühlte instinktiv, daß diese Angelegenheit irgendwie von großer Tragweite war. Aber Andreas tat sein möglichstes, die Erregung, die er empfand, nicht in seinen Worten durchblicken oder in seinen Augen aufflammen zu lassen.

«Es ist nichts Besonderes. Ich möchte in den Ort gehen. Ich will ein Mitbringsel kaufen –» ihm wurde ein wenig unbehaglich bei der Lüge – «für meinen Freund Wolfgang. Aber du weißt ja, wie Gründlich ist; sie würde wahrscheinlich nein sagen, wenn ich sie fragte. Trotzdem möchte ich nicht, daß sie sich Sorgen macht. Darum sag ihr bitte, falls sie mich sucht, daß ich mit einer Gruppe von diesen Pfadfindern aus dem anderen Hotel einen Spaziergang zum Schiffswrack gemacht habe. Aber sag nichts, wenn sie nicht fragt. Es ist besser, nicht zu lügen, wenn man es nicht unbedingt muß.» Er errötete, als er dies sagte, und war fest überzeugt, daß Ernst ihm kein Wort glaubte.

Aber Ernst schien keinerlei Verdacht zu hegen. «Wirst du rechtzeitig zum Abendessen zurück sein?» fragte er.

«Natürlich. *So* lange bleibe ich gar nicht fort.»

Ernst stellte keine weiteren Fragen. Seine Gedanken hatten sich wieder Winnetous Abenteuern zugewandt. Andreas' nervöse Bitte sollte ihm erst viel später zu denken geben, als solche Anliegen immer häufiger wurden. Im Augenblick sah er keinen Grund, seinem Bruder nicht zu glauben, und war gern bereit, ihm einen Gefallen zu tun. «Amüsier dich gut», sagte er.

«Warum sagst du das?»

«Du gehst doch in den Ort, nicht wahr? Das ist hier ein Abenteuer. Sieh dich nur vor, daß du nicht von einem wilden Pferd niedergerannt wirst.»

Andreas ging so leise wie möglich durch die langen Korridore des Hotels. Er begegnete niemandem. Jetzt, da er auf dem Weg war, ließ er seiner Erregung freien Lauf. Er durchquerte den leeren Speisesaal, wo bereits die Tische fürs Abendessen gedeckt waren. Ein Kellner döste in der Ecke der großen Halle, es war noch niemand zum Tee gekommen. Andreas ging gemächlich über den Rasen und durch einen kleinen Kiefernwald. Er hörte Hannos Klavierspiel, noch ehe er den Pavillon erreichte, und ihm kam, ganz nebenbei, der Gedanke, daß Hanno nicht sehr gut spielte. Andreas war musikalisch, und es erschien ihm selbstverständlich, darüber zu urteilen. Was er nicht erkannte, war die Affektiertheit dieser Geste: Hanno Altenburg, der seine Verführung in Szene setzte.

Andreas blieb einen Augenblick vor der Tür stehen, die einen Spalt geöffnet war. Eine plötzliche Panik, unmittelbar gefolgt von einem Sturm des Verlangens, überkam ihn. Er schlüpfte durch die Tür und sah Hanno – der wußte, daß er da war, weil die Tür in den Angeln quietschte – über die Tasten gebeugt. Es war theatralisch, aber das machte nichts aus; Andreas hatte das Gefühl, daß es so sein mußte. Er schloß die Tür, und der Raum versank in trübes Zwielicht. Hanno beendete einen schlecht gespielten Lauf mit einer Passage und stand vom Klavierschemel auf, um seinen jungen Geliebten zu begrüßen. Er breitete die Arme aus, und Andreas warf sich ihm an die Brust.

Das Hotel war wieder erwacht, als Andreas aus dem Pavillon zurückgeschlendert kam. Mütter schwatzten leise in der Glasveranda, Kinder waren in ruhige Spiele versunken, junge Damen lasen Zeitschriften oder standen in kleinen Gruppen zusammen und lauschten der Harfenistin, die jeden Nachmittag von fünf bis sieben die gleiche sentimentale Musik spielte. Andreas fühlte sich leicht berauscht und von dem täuschenden Gefühl der Stärke erfüllt, das auch Alkohol hervorrufen kann. Er wollte springen und jauchzen, aber er ging gelassen durch die Gesellschaftsräume des Hotels, winkte seinen Schwestern und Cousinen zu, die Karten spielten, und dann ging er quer über die Terrasse wieder hinaus und hinunter zum Wasser. Er zog seine Schuhe aus und lief barfuß. Das Meer toste immer noch, doch die Gefahr, daß es das Land überfluten könnte, schien vorüber zu sein. Die Sonne, die gerade unterging, war nichtssagend. Andreas tauchte die Hände in das kalte Wasser und legte sie an sein heißes Gesicht. Er konnte das Eau de Cologne des Schriftstellers riechen und fühlte seine Hände und Lippen auf seiner zarten Haut, die immer noch glühte von der Liebe, die ihr zuteil geworden war. Aber all das mußte abgewaschen werden. Andreas rieb das salzige, sandige Wasser in seine Wangen, seinen Hals und über die Arme. Dann lief er in einem Ausbruch von überschüssiger Kraft den Strand entlang, bis er ein Klingen in den Ohren und Schweiß auf seinem Rücken fühlte.

Hanno Altenburg, der seinen gewohnten Platz auf der Terrasse eingenommen und einen Aperitif bestellt hatte, beobachtete ihn aus der Ferne. Er war sowohl zufrieden als auch stolz auf seine eigene Großzügigkeit. Er hatte dem Jungen mehr gegeben, als dieser jemals ahnen würde, er hatte ihn zum Mann gemacht und in ihm geweckt, was immer es zu wecken gab. Hanno betrachtete sich als sentimentalen Narren, als Mann, dessen Schicksal es war, niemals seinesgleichen zu finden. Er liebte Andreas von ganzem Herzen – wegen seiner Jugend und seiner Schönheit und wegen der Art, wie er sich ihm rückhaltlos hingegeben hatte; aber er beneidete ihn auch wegen der vielen Jahre, die noch vor ihm lagen.

Sie trafen sich fast täglich während der wenigen Wochen, die ihnen blieben, ehe Andreas in die Schule zurückkehren mußte. Da Fräulein Gründlich ihn nicht vermißt hatte, fühlte sich Andreas sicher und erfand keine weiteren Lügen für Ernst. Er sagte lediglich jeden Tag zur verabredeten Stunde: «Ich gehe wieder ein Weilchen spazieren.» Ernst kümmerte sich nicht um seinen Bruder. Er war zu sehr mit seinen Büchern beschäftigt, die zu Hause verbotene Lektüre waren. Karl May war ein äußerst produktiver Schriftsteller gewesen, und die Ferien näherten sich ihrem Ende.

Andreas hoffte, daß es keine lange Abschiedsszene geben würde. Er hatte das Feuer der Liebe und des Verlangens gefühlt und Freude an einer unerlaubten Liebschaft gefunden, aber er sah Hanno mit dem kühlen Scharfblick seiner Jugend klarer, als Hanno ihn sah. Er wurde unduldsam gegen den Schriftsteller wegen seines romantischen Gehabes, seines Narzißmus und seiner ältlichen Gewohnheiten. Andreas sehnte sich danach, zu seinem unkomplizierten alltäglichen Leben zurückzukehren.

«Können wir uns heute abend treffen, um uns zu verabschieden?» fragte Hanno Altenburg am Vortag ihrer Abreise. «Wir könnten vielleicht am Strand spazierengehen, es ist abends so schön draußen, und die Milchstraße ist zu dieser Jahreszeit wunderbar zu sehen. Ich habe ein Geschenk für dich», setzte er hinzu. Sie saßen auf der Terrasse und spielten Schach. Es war eine der kleinen Kriegslisten, die Hanno sich ausgedacht hatte, um die Gespräche zwischen ihnen zu erleichtern. «Ich werde diesem jungen Mann ein Spiel beibringen, das sein Denkvermögen schärft», hatte er Fräulein Gründlich erklärt, und die Erzieherin war hoch erfreut zu sehen, daß ein so berühmter Mann sich für Andreas interessierte.

«Wirst du kommen – wenn die anderen schlafen?» fragte Hanno wieder, diesmal mit größerer Eindringlichkeit.

«Ja, natürlich», versicherte Andreas ihm. Es würde ein Abenteuer sein, es konnte jetzt nicht mehr viel geschehen, und er hatte gelernt, sich zu verstellen.

Um halb elf verabschiedete sich der Schriftsteller von einer langweiligen alten Dame, küßte ihr galant die Hand und drückte durch ein Seufzen sein Bedauern aus. «Ich brauche meinen Abendspaziergang, liebe Freundin», sagte er.

Er wartete leicht fröstelnd neben einigen umgekippten Bojen am Ende der Strandpromenade. Ein paar Wolken zogen eilig am abnehmenden Mond vorbei. Er wird nicht kommen, dachte Hanno, aber er wartete dennoch. Er hatte das Geschenk – eine privat gedruckte Ausgabe einiger seiner erotischen Gedichte – in der Manteltasche. Auf dem Deckblatt stand eine rätselhafte Widmung in Hannos eigener Handschrift. «Er kann nicht so gedankenlos sein, er muß kommen», sagte sich der Mann, während er mit zornigem Bedauern auf das dunkle Hotel blickte.

Aber Andreas, der, nur halb ausgezogen, in seinem Bett gewartet hatte, bis Ernst schlief, war selber eingeschlafen; er hörte nicht das Läuten der Glocke an der Boje auf dem Meer, und Hanno gab seine Nachtwache auf.

Es dämmerte bereits, als Andreas aus dem Schlaf aufschreckte und schuldbewußt erkannte, daß er seinen Liebhaber versetzt hatte. Er lief ans Fenster und schob den Vorhang zurück, aber das Morgenlicht hing in einem dichten weißen Nebel, und die Stufen der Terrasse führten ins Nichts. Andreas ging wieder zu Bett und wachte erst auf, als Fräulein Gründlich hereinkam, um ihnen zu sagen, daß es höchste Zeit zum Aufstehen sei, wenn sie den Zug erreichen wollten.

Der Gedichtband kam einige Wochen später per Post mit einem kurzen, bittersüßen Brief, der, wie Andreas erkannte, mehr literarische Floskeln als Gefühlstiefe enthielt.

Edus Regiment wurde im Frühherbst 1918 nach Deutschland zurückgerufen. Im Januar jenes Jahres hatte sich ein Metallarbeiterstreik in Berlin, der von der Regierung mit Entschlossenheit und Härte unterdrückt worden war, auf andere Städte ausgedehnt. Viele der Arbeiter waren zur Strafe aus den Fabriken an die Front geschickt worden und schürten dort die Unzufriedenheit unter den Soldaten. Die arbeitende Bevölkerung war völlig ernüchtert vom Krieg, aber weder der Kaiser noch die Generäle schienen bereit, Frieden zu schließen, und in den Parteien des rechten Flügels gab es immer noch Leute, die so inbrünstig wie eh und je von Expansion und Oberherrschaft träumten.

Die nach Berlin entsandten Truppen sollten notfalls eingreifen, um die Revolution, mit der man rechnete, niederzuschlagen. Edu war verzweifelt; so energisch er auch für Recht und Ordnung eintrat, er verspürte nicht die geringste Neigung zu Polizeiarbeit und erst recht nicht den Wunsch, Zivilisten zu erschießen. Er wollte nur heim zu seinem Haus und seinem Garten. Immer wieder träumte er, daß er im Frühling, wenn die Kastanien blühten, die Bockenheimer Landstraße entlangging und in den Palmengarten einbog, wo er sich im Grün des tropischen Dschungels verlor. Aber er wachte jeden Morgen in dem armseligen Zimmer unweit des Bahnhofs auf, in dem er einquartiert war.

Berlin war in jenen Herbsttagen eine Stadt, die zwischen verzweifelter Fröhlichkeit und immer spürbarer werdender

Bedrohung schwankte. Zerfetzte Flaggen hingen aus den Fenstern, und die Frauen trugen Kleider, die aus den Überresten alter Ballroben gefertigt waren. In den Straßen wimmelte es von im Krieg Verwundeten und Dirnen. Das Groteske wurde zur Norm, das tägliche Leben war aus dem Gleis geraten. Die bitteren, bissigen Zeichnungen von George Grosz waren keine Übertreibung, sondern ungeschminkte Wahrheit. In allen Cafés schien man den Künstler zu kennen, der um ein Haar von einem Militärgericht wegen Verrats zum Tode verurteilt und hingerichtet worden wäre. Nur das Eingreifen von Harry Graf Keßler hatte ihm das Leben gerettet.

Edu, der durch die heruntergekommene Hauptstadt wanderte, fühlte sich abgestoßen von dem, was er sah. Ihm war, als gehe er durch die Hölle, nicht die der Schützengräben, sondern die Hölle einer in Auflösung begriffenen Gesellschaft, die für einen so sensiblen Menschen wie Edu fast noch erschreckender war als der Krieg. Bei jedem Schritt rief seine Seele: «Haben wir dafür gekämpft?» Ebenso wie viele andere glaubte er, daß die Verzweiflung und Verwirrung, die er in den Straßen von Berlin sah, all das bedrohte, was ihm heilig war.

Als er eines Abends über den Kurfürstendamm ging, wurde er von einem blassen, abgezehrten Mann angespuckt, der in einem kleinen vierrädrigen Wägelchen an der Bordschwelle saß. Seine Beinstümpfe waren in die Fetzen einer Militärdecke gehüllt, und die Stümpfe seiner nackten Arme bewegten sich in einem stoßweisen, krampfartigen Rhythmus hin und her. «Du Schwein!» rief der Mann Edu nach. «Sieh her, was du mir angetan hast!» Seine Brust war mit Orden bedeckt, und er hielt eine Blechschale zwischen die Schenkel geklemmt.

Edu fühlte die Blicke der anderen Fußgänger. Seine Uniform machte ihn so auffällig, als trüge er einen gestreiften Häftlingsanzug. Eine Atmosphäre von Feindseligkeit und Zorn breitete sich um ihn aus. Er sah, daß einige Leute über ihn kicherten, entdeckte einen finsteren Ausdruck auf den Gesichtern anderer. Edu war noch nie zuvor Gegenstand von so viel öffentlicher Verachtung gewesen. Er dachte:

Wenn nur einer dieser Männer die Faust hebt, werden alle übrigen mich bewußtlos schlagen! Die Spucke war an seinen gewichsten Reitstiefeln hängengeblieben. Edu fürchtete und schämte sich zugleich. Seine Offiziersuniform, die blanken Stiefel, sein glattrasiertes Gesicht waren die Kennzeichen des Eroberers. Der arme Kerl in dem Wägelchen hatte zweifellos vor dem Krieg sehr wenig besessen, jetzt besaß er nichts, nicht einmal einen Körper. Im Vergleich zu ihm war Edu vom Glück gesegnet. Er wollte sich verteidigen, aber was konnte er sagen? In den Minuten, die er brauchte, um sich von der Menge zu entfernen, versuchte er, eine Antwort zu formulieren. Aber es gab keine Antwort. Er konnte nur fliehen.

Er bog um die nächste Ecke und ging fast eine Stunde lang durch das bürgerliche Viertel der Stadt, wo große Mietshäuser, mit den reichen Stuckverzierungen des Jugendstils geschmückt, schweigend, dunkel und abweisend auf ihn niederblickten. Er kannte hier niemanden, die Stadt selbst war ihm fremd, der einzige Mensch, der mit ihm sprach, war eine Dirne, die nicht annahm, daß der einsame, gutaussehende Offizier sie abweisen würde. Aber Edu schüttelte den Kopf. Die Dirne verfluchte ihn lautstark und grob; er hörte ihre Stimme noch lange durch die verlassene Straße hallen.

Erst als seine Füße müde wurden und sein Geist benommen, begann er die Beleidigungen zu vergessen, die er sich hatte anhören müssen. Es war Zeit, nach Hause zu gehen, aber er wußte nicht recht, wo er sich befand. Er kam an einigen Kunstgalerien vorbei und blickte in ihre vergitterten Fenster, aber was er sah, interessierte ihn nicht sonderlich, bis er zu einem sehr schwach erhellten Schaufenster kam, in dem ein einziges leuchtendes Gemälde vor einem Hintergrund aus schwarzem Samt hing. Edu blieb stehen und starrte es an. Es war so lange her, seit er das letztemal ein Kunstwerk gesehen hatte, daß ihm erst jetzt klarwurde, wie steril sein Leben in den vergangenen Jahren gewesen war. Er konnte den Namenszug in der unteren rechten Ecke des Bildes nicht entziffern, aber er wußte, daß er das Gemälde nie «verlieren», daß sein Geist es für immer bewahren würde, selbst wenn er es in diesem Schaufenster nicht wiederfand. Das Bild stellte, soweit er erkennen konnte, einen orgiastischen Tanz dar. Aber es war nicht der Inhalt, der ihn beeindruckte – es waren die kräftigen Farben und die leidenschaftliche Bewegung. Seine Impressionisten verblaßten neben den purpurnen, blauen und roten Tönen des Gemäldes, seinem feurigen Gelb und Orange. Edu stand lange Zeit an das Eisengitter gelehnt da und blickte auf das Bild, ehe er die Adresse der Galerie in das kleine Notizbuch schrieb, das er bei sich trug.

Über eine Woche lang hatte er keine Gelegenheit, zu der Galerie zurückzukehren. Als er schließlich etwas freie Zeit hatte, ging er geradewegs dorthin, nicht sicher, ob das alles nicht eine Sinnestäuschung gewesen war und er bei der Adresse nur ein unbebautes Grundstück oder eine kahle Mauer vorfinden würde. Aber die Galerie war da, das Gemälde hing noch im Schaufenster, und diesmal war die Tür nicht verschlossen. Sie öffnete sich, wie die von Jacobs Laden, mit dem Klingeln einer Glocke. Die Galerie bestand aus einem einzigen Raum mit einem kleinen Büro hinter einem bogenförmigen Durchgang; es war durch einen Vorhang aus Perlenschnüren abgetrennt, die leise klirrten, als Edu eintrat. Ringsum an den Wänden hingen weitere leuchtende Bilder, offensichtlich von demselben Künstler. Edu sah sie mit einer Aufmerksamkeit an, die ihn alles andere vergessen ließ. Er fuhr erschrocken zusammen, als er jemanden sagen hörte: «Kann ich Ihnen helfen?» Ein eulenähnlicher, korpulenter Mann war zwischen den Perlenschnüren hervorgekommen. Er starrte Edu mit dem mürrischen, spöttischen Blick eines Berliners an.

«Wer hat diese Bilder gemalt?» fragte Edu.

«Emil Nolde», erwiderte der Mann. «Ist er es, der Sie hierhergeführt hat? Es geschieht nicht alle Tage, daß ich Besuch von einem Offizier der kaiserlichen Armee erhalte. Was sind Sie, ein Kosak? Ach nein, es gibt in unserem Heer ja keine Kosaken . . .»

Edu vermied es, die Hacken zusammenzuschlagen, aber er verneigte sich leicht und sagte: «Ich bin Eduard Wertheim aus Frankfurt am Main. Ich interessiere mich für Bilder . . .»

Er zögerte einen Augenblick, dann fuhr er fort: «Ich sammle sie.»

Der Mann streckte die Hand aus. «Wenn man Nolde in Frankfurt nicht kennt», sagte er, «ist man dort weit hinter Berlin zurück. Ich bin Levy.» Sie gaben sich die Hand. Levy sah Edu verschlagen an. «Werden Sie etwas kaufen?»

«Ja», erwiderte Edu, bemüht, sich seine Überraschung über diese unverblümte Frage nicht anmerken zu lassen.

«Sehr gut. Ich hoffe, Sie haben Geld?»

«Ich habe meinen Sold erhalten, und es gibt nichts, wofür man ihn sonst ausgeben kann.»

«Sehr gut. Schicken Sie nichts nach Hause an Ihre Gattin oder Ihre Frau Mama?»

«Das geht Sie nichts an.»

«Sie haben vollkommen recht, es geht mich wirklich nichts an. *Chuzpe*, nicht wahr? Oder kennen Sie diese Art Ausdrücke nicht?»

Edu kam zu dem Schluß, daß es das beste war, die taktlosen Fragen zu ignorieren. «Wieviel kostet das Bild, das mir gefallen hat – das im Schaufenster?»

«‹Der Tanz ums goldne Kalb›? Ein biblisches Thema. Sie sagen, Sie haben Bargeld?»

Er nannte einen Preis, der nicht zu hoch zu sein schien. Edu, der nicht sicher war, ob man hier handeln sollte, schwieg einen Augenblick und sah sich die anderen Bilder an. Keines beeindruckte ihn so stark wie das «Goldene Kalb», obwohl es ein schönes Seestück gab, an das er beinahe sein Herz verlor.

«Wir handeln hier nicht», sagte Levy. Edu bemerkte, daß sein Pullover sich auftrennte. «Andererseits, wenn Sie mehr als ein Bild kaufen – wenn Sie zwei oder drei kaufen –, könnte ich Ihnen vielleicht einen anderen Preis machen: en gros, wie man das im Geschäftsleben nennt. Ich nehme an, Sie sind Geschäftsmann, wenn Sie nicht beim Militär sind?»

Edu nickte. Sosehr ihm dieser Mann auch auf die Nerven ging, er konnte sich nicht losreißen. «Zeigen Sie mir, was Sie sonst noch haben», sagte er, und Levy führte ihn in ein Zimmer hinter dem Büro, wo Gestelle voller Gemälde standen.

Levy holte systematisch bestimmte Bilder daraus hervor; er schien Edus Geschmack mit magischem Scharfblick erkannt zu haben. Unter den Bildern, die er herausholte, war kein einziges, das Edu nicht mehr oder weniger gefiel. Nach drei Stunden hatte er vier Gemälde ausgewählt und das ganze Geld ausgegeben, das er bei sich hatte.

«Ich werde jemanden kommen lassen, der Ihnen hilft, die Bilder nach Hause zu bringen», sagte Levy.

Der halbe Tag war vergangen, und Edu hatte Hunger, aber er war so glücklich wie schon seit Jahren nicht mehr. Kein anderes Gefühl glich der Befriedigung, die er bei Käufen dieser Art empfand. Und er würde die Bilder jeden Tag ansehen können, bis er aus der Armee entlassen wurde.

Der Junge, der Edu half, die Bilder zu tragen, war nach Edus Schätzung etwa sechzehn Jahre alt. Er trug einen langen schwarzen Mantel, ein kragenloses weißes Hemd, das bis zum Hals zugeknöpft war, und eine Botenjungenmütze auf seinem kahl rasierten Kopf. Edu bemerkte nicht sofort, daß er Schläfenlocken hatte, die hinter seine Ohren geschoben waren. Er sagte kaum etwas, aber an seinen knappen Antworten auf Edus höfliche Fragen war zu erkennen, daß er besser Jiddisch als Deutsch sprach. Als sie Edus Zimmer erreichten, das zu Fuß zwanzig Minuten entfernt war, gab Edu ihm als Trinkgeld eine kleine Goldmünze. Der Junge war hoch erfreut; offensichtlich hatte er keinen so großzügigen Lohn erwartet. Er stand da und versuchte, irgend etwas zu formulieren.

«Er is a Jid?» fragte er schließlich. Edu verstand ihn nicht sofort. Jiddisch war eine Sprache, die er sich einfach zu hören weigerte. Als die Frage, zweimal wiederholt, endlich in sein Bewußtsein drang, war sein erster Impuls, zu leugnen, daß er ein *Jid* war, aber ein Blick in die wissenden schwarzen Augen des Jungen zeigte ihm, daß die Frage in Wirklichkeit die Feststellung einer Tatsache war; der Junge hatte ihn beobachtet, hatte in sein Herz und seinen Geist gesehen und hatte einen Bruder erkannt.

«Was immer Sie brauchen oder haben wollen», sagte der Junge, nachdem er das Geldstück sorgfältig in eine Ecke seines Taschentuchs gewickelt und sie verknotet hatte, «ich kann es Ihnen beschaffen.» Edu nickte geistesabwesend; er wollte die Tür schließen und sich seine Käufe ansehen. «Ich kann fast alles besorgen. Sogar ein Mädchen.» Es lag keine Prahlerei in der Art, wie der Junge es sagte. Er schien vielmehr mit der Bemerkung ein Verlangen zu äußern, als handle es sich weniger um ein Angebot, das er dem vornehmen Offizier machte, als um den Ausdruck seines eigenen Herzenswunsches.

Edu war so erstaunt darüber, daß er einen Augenblick zögerte, ehe er steif erwiderte: «Nein, nein, auf keinen Fall.»

«Meine Cousine», beharrte der Junge, «ein jüdisches Mädchen. Sie ist sehr hübsch. Sie können mir vertrauen. Ich will Sie nicht betrügen.»

Ich habe noch nie ein jüdisches Mädchen gehabt, dachte Edu bei sich.

«Ich bringe sie heute abend her», sagte der Junge.

«Nein. Nicht heute abend.»

«Morgen?» Der Junge ließ nicht locker.

Edu zuckte mit einer, wie er erschrocken erkannte, ausgesprochen jüdischen Geste die Achseln. Er wußte nicht, wie er sich aus der Affäre ziehen sollte. Der Junge wollte ihm die Hand reichen, besann sich jedoch anders und salutierte statt dessen vor ihm mit einer rührend kindlichen Gebärde. Dann lief er, zwei Stufen auf einmal, die Wendeltreppe hinunter. «Warte!» rief Edu ihm nach, aber das Getrampel der Füße des Jungen auf den Steinstufen übertönte seine Stimme.

Nachdem er die Bilder ausgepackt und so an die Wand gestellt hatte, daß das Licht seiner zwei Lampen sie aufs vorteilhafteste beleuchtete, trat er ein paar Schritte zurück, um sie in Ruhe zu betrachten. Sie sahen jetzt noch schöner aus als in der Galerie. Hatte seine Freude, sie zu besitzen, ihre Farben vertieft? Außer den zwei Noldes hatte er einen kleinen abstrakten Franz Marc und ein weibliches Porträt von Kirchner gekauft. Als er sich an ihnen satt gesehen hatte, packte er die Bilder wieder ein. Es gab nicht genügend Platz, sie aufzuhängen, seine Wirtin würde es ohnedies nicht erlauben, und außerdem sollte sie hier niemand anderes als er selbst sehen.

Edu versuchte, soviel Abstand von seiner Umgebung zu halten, wie er nur irgend konnte. Er wollte nicht, daß irgend etwas aus dieser Zeit ihm im Gedächtnis blieb. Jeden Abend pünktlich um zehn, kurz ehe er zu Bett ging, strich er den Tag in dem in Leder gebundenen Taschenkalender aus, den seine Mutter ihm alljährlich zu Weihnachten schenkte. Wenn er mit anderen Offizieren sprechen mußte, wahrte er eine Zurückhaltung, die ebenso kühl war wie die ihre. Es war jetzt nicht mehr nötig, höflich zu sein oder zu lächeln; die Friedensverhandlungen machten gute Fortschritte, und Edu war sicher, ausgemustert zu werden, sobald der Waffenstillstand erklärt wurde.

Am Abend nach seinem Besuch bei Levy saß er in seinem muffigen Zimmer und fragte sich, ob der Junge wohl mit einem jungen Mädchen zurückkehren würde. Die schwüle Hitze des Tages hing noch im Raum, und er öffnete beide Fenster, um die kühle Abendluft hereinzulassen. Sie brachte einen widerwärtigen Stadtgeruch mit sich und trug die Geräusche vom Hof herein – Schreien und Heulen von Katzen und Hunden und das Schimpfen und Fluchen zorniger Menschen. Eine Umgebung, die Edu so fremd war wie ein Eingeborenendorf im afrikanischen Busch.

Das Klopfen an seiner Tür erschreckte ihn, obwohl er sich an das verheißene Stelldichein erinnert hatte. Er hätte beinahe nicht aufgemacht, aber beim zweiten Klopfen faßte er Mut und ließ den Jungen mit den Schläfenlocken und seine «Cousine» herein. Der Junge war genauso gekleidet wie letztesmal. Das Mädchen, das ihn begleitete, konnte nicht älter als neunzehn sein. Sie war nicht schön, aber der Schmelz der Jugend lag noch auf ihrem zarten, ovalen Gesicht. Sie trug das Haar lose um den Kopf gewunden, so daß es ihre Ohren bedeckte; ihr Mund war voll, und in ihren dunklen Augen stand stumme, namenlose Angst.

«Das ist Friedl», sagte der Junge. «Sie ist sehr still.» Das Mädchen versuchte zu lächeln, aber es gelang ihr nicht. Edu fragte sich, ob sie vielleicht taubstumm war.

«Kann sie sprechen?» fragte er. «Versteht sie Deutsch?»

«Ein wenig. Sie ist von dort hinten . . .» Der Junge deutete in eine Richtung, die er für den Osten hielt. «Sie hat eine schlimme Zeit mit den Russen durchgemacht. Aber sie ist in Ordnung. Sie ist sauber. Sie können bei mir bezahlen.»

Friedl setzte sich auf den Rand des roten Plüschsessels, die Hände zwischen die steif gehaltenen Knie geklemmt. Ihre Schultern waren schmal, die Schultern eines Kindes, und ihr Kleid war dünn und bedeckte knapp ihre Knie. Die Haltung erinnerte Edu an ein Mädchen auf einem Gemälde von Edvard Munch, aber ihr Gesicht war das seiner Nichte Emma, nur etwas gewöhnlicher. Es war ein unausgeglichenes Gesicht. Außer der Angst lag in ihm Sinnlichkeit und eine Niedergeschlagenheit, die Edu rührte und zugleich erregte. Er holte ein Bündel Papiergeld aus der Tasche.

«Sie ist mehr wert als eine gewöhnliche Nutte», sagte der Junge, aber seine Stimme war unsicher. «Und ihre Geschwister sind hungrig. Ihre Mutter ist tot, ihr Vater ist krank und kann nicht arbeiten . . .»

«Das genügt», sagte Edu. Friedl hatte während dieser Litanei keine Miene verzogen. Er blätterte ein paar Geldscheine auf den Tisch, fast ohne sie zu zählen, dachte an sein Haus, seine Familie und seine Bilder, und plötzlich machte es ihn wütend, sich in einer Situation zu sehen, aus der es jetzt kein Entrinnen, keinen ehrenhaften Rückzug mehr gab. Mit einer Gebärde, die aussah, als sei er im Begriff, den Jungen zu schlagen, schob er ihm das Geld hin und sagte ihm, er solle verschwinden.

«Da wohnt sie», sagte der Junge und gab Edu einen Zettel, auf dem eine Adresse stand. Er steckte das Geld ein, das er mit den Augen gezählt hatte, während Edu es auf den Tisch blätterte, und lief, wieder zwei Stufen auf einmal nehmend, die Treppe hinunter.

Edu schloß die Tür und setzte sich Friedl gegenüber aufs Sofa.

«Nun», sagte er, «was wollen wir tun?» Es widerstrebte ihm, sich dem Mädchen zu nähern, wie er sich einer wirklichen Hure genähert hätte. Sie sah zu Boden und zuckte die Achseln in jener aufreizenden Manier der Juden. Er hätte sie am liebsten gepackt, um die Vielzahl ihrer schlechten Gewohnheiten aus ihr herauszuschütteln, erkannte aber sofort, daß er das nicht durfte.

«Soll ich mich ausziehen?» fragte Friedl in einem Deutsch, das für Edus Ohren wie reines Jiddisch klang.

«Nein», erwiderte er, «noch nicht. Wir haben viel Zeit.»

Friedl sah ihn an und schien ihren ganzen Mut zusammenzunehmen. «Ich habe Hunger», flüsterte sie. Es war das erste Mal, daß ihre Augen den seinen begegneten.

«Dann laß uns zum Abendessen gehen», sagte Edu. Froh, etwas zu tun zu haben, stand er sofort auf, um seinen Hut und Mantel zu holen. Draußen auf der Straße schlug ihnen die nächtliche Kälte so jäh entgegen, daß Edu schauderte und Friedl mit den Zähnen zu klappern begann.

«Hast du keine Jacke?» fragte er, und sie schüttelte den Kopf. Er zog seinen Mantel aus und legte ihn ihr um die Schultern. «Ich werde dir eine kaufen», sagte er. Hätte er einen offenen Laden gefunden, er wäre auf der Stelle hineingegangen, um seinen Vorsatz auszuführen.

Sie gingen in ein nahegelegenes Restaurant, wo Edu oft aß, und er bestellte Essen für Friedl und eine Flasche Wein für sich selbst. Sie sah ihn eine Sekunde an, als ihr der Teller gebracht wurde, und dann begann sie gierig zu essen. Sie sah aus wie irgendein kleines, zartes Tier, vielleicht ein siamesisches Kätzchen, dem man gerade eine Schüssel mit etwas Köstlichem vorgesetzt hat. Edu, der langsam den schlechten Wein trank, beobachtete sie, und eine Reihe von Gedanken gingen ihm durch den Kopf. Als erstes fragte er sich erstaunt und verwirrt, was er eigentlich hier tat. Er mußte plötzlich an den Abend vor vielen Jahren denken, als er mit Elias diesen schrecklichen Maler besucht hatte. Für jemanden wie Edu, der sich nur in einer Welt sicher fühlte, die er kannte und beherrschte, waren Augenblicke wie dieser sehr selten, und er konnte seine Anwesenheit dort im Restaurant mit Friedl nur erklären, indem er sich wie durch einen Zauberbann seiner Vernunft beraubt wähnte. Selbst als er allein in Amerika war, hatte er sich nie in solch eine bizarre Affäre verstricken lassen. Er war immer überzeugt gewesen, daß die Dinge, die er lernen mußte – mit anderen Worten, seine Bildung –, nicht auf der Straße oder in den Armen einer Frau zu finden waren. Er bezweifelte, daß es überhaupt notwendig war, Liebe kennengelernt zu haben, um die Art von Mann zu sein, die er sein wollte. Er hatte bisher noch nie Sehnsucht nach einem romantischen Abenteuer oder Angst um seinen gesunden Menschenverstand verspürt. Jetzt trieb er unter der Wirkung des billigen Weins beidem entgegen.

«Oh, das war gut», sagte Friedl, nachdem sie den letzten Klecks Soße auf ihrem Teller mit dem letzten Stückchen Brot aufgewischt hatte.

«Was möchtest du jetzt tun?» fragte Edu.

Friedl senkte die Augen. Sie schien noch jünger als Emma zu sein; sie hätte eigentlich noch einen Reifen durch die Straßen Berlins treiben sollen.

«Wie alt bist du?» fragte Edu.

«Zweiundzwanzig», sagte sie, und er wußte nicht, ob er ihr glauben sollte.

«Tanzt du?» fragte er, und sie zuckte wieder in jüdischer Manier die Achseln. «Ich sehe gern beim Tanzen zu», erwiderte sie.

Als sie zu Edus Wohnung zurückgingen, sah er, daß sie nicht mehr so stark vor Kälte zitterte, aber er gab ihr trotzdem seinen Mantel. Niemand beachtete sie, während sie die Straße entlanggingen; es gab zu viele andere Paare wie sie. Aber sie berührten sich nicht, sie gingen Seite an Seite, und nur ihr Atem vermischte sich.

Edu goß Cognac in die zwei silbernen Becher, die zu seiner ledernen Reisegarnitur gehörten. Der Cognac war gut. Er hatte ihn von irgend jemandem auf dem Schwarzmarkt gekauft. Friedl rührte den ihren nicht an. Es gab nichts zu sagen. Die Fragen, die Edu hätte stellen können, waren sinnlos. Friedl wollte nichts verraten, nichts wissen.

«Möchtest du meine Bilder sehen?» fragte er, und Friedl nickte zu seinem Erstaunen mit dem Kopf. Er packte alle vier Gemälde aus und stellte sie so vorteilhaft wie möglich auf. «Das Licht ist schrecklich», sagte er. «Man kann sie bei Tag viel besser sehen.»

Edu spürte die Erregung, die ihn immer ergriff, wenn er Bilder, seine Bilder, ansah. Er hockte sich vor ihnen nieder und fing an, Friedl zu erzählen, was er sah. Er sprach über die Farben und die Komposition, und er wußte, daß einiges von dem, was er sagte, Unsinn war, aber das kümmerte ihn nicht sonderlich – die Worte waren Worte der Liebe. Er redete weiter und sah Friedl nicht an, bis er, mitten in einem Satz, irgendeine Bestätigung brauchte. Als er sich nach ihr umwandte, sah er sie splitternackt auf dem Sofa sitzen. Sie hielt die Hände wieder zwischen die Schenkel geklemmt; die Vertiefung zwischen ihren Schultern war im Schatten, aber Edu konnte ihre zwei kleinen weißen Brüste sehen, die Brüste eines jungen Mädchens. Sie sah fast wie in Trance versetzt aus.

Edu stellte die Bilder behutsam beiseite, zog sich aus, machte das Licht aus und trug das schweigende Mädchen in sein Bett. Friedls Körper war geschmeidig und kühl, und sie hielt ihn sehr still für ihn. Sie verlangte nichts, und sie kam nicht zum Orgasmus, versuchte auch nicht, ihn vorzutäuschen. Als Edu gekommen war und neben ihr lag, leckte sie ihn am Ohr und begann, eine Melodie zu summen, die wie ein slawisches Wiegenlied klang. «Laß das», sagte er, und sie war wieder still, stiller als der Tod.

Als Edu etwa eine Stunde später aufwachte, war es kalt im Zimmer geworden. Friedl schlief zusammengerollt am Fußende des Bettes. «Ich muß dich nach Hause bringen», sagte Edu, und sie wachte ebenso schweigend auf, wie sie alles andere tat. Sie zog sich wie im Traum an und setzte sich auf den roten Plüschsessel, um auf ihn zu warten. Edu gab ihr einen seiner Pullover. «Du kannst ihn behalten», sagte er. Der Pullover reichte ihr bis über die Hüften, die Ärmel waren zu lang, die Schultern zu breit.

«Wie weich er ist», sagte sie. Sie schob die Ärmel hoch und nahm den Gürtel von ihrem Kleid, um ihn über den Pullover zu binden.

Sie sah beinahe schick aus, und Edu erkannte, daß sie, wenn sie wollte, viel aus sich machen könnte. Sie hatte zweifellos einen Instinkt für die richtige Art, sich zu kleiden.

«Es ist Kaschmir», erklärte er, aber das Wort sagte Friedl nichts. Sie strich mit der Hand über die Wolle und legte die Nase an ihre Schulter. «Er riecht nach dir», sagte sie.

Edu konnte kein Taxi finden, und so gingen sie eilig zu Fuß durch die nächtlichen Straßen. Friedl kannte den Weg, und Edu brauchte nicht den Zettel mit ihrer Adresse zu Rate zu ziehen. Vor einem alten sechsstöckigen Mietshaus im jüdischen Viertel blieb Friedl stehen. «Hier wohne ich», sagte sie.

«Wirst du mich wieder besuchen?» fragte Edu sie.

Friedl zuckte die Achseln. Er nahm Geld aus seiner Brieftache und drückte es ihr in die Hand, aber sie ließ es fallen und schüttelte den Kopf. Edu hob die Scheine auf. «Bitte, nimm es», sagte er, «für die Jacke, die ich dir versprochen habe.»

«Du hast mich bereits bezahlt», erwiderte Friedl. «Gute Nacht.» Er hörte, wie sich ihre Schritte die Treppe hinauf entfernten.

Etwa eine Woche später sah Edu sie wieder – oder glaubte, sie zu sehen –, als er an einem Künstlercafé im Berliner Westen vorbeikam. Friedl, wenn sie es war, saß zwischen zwei bärtigen, nachlässig gekleideten Bohemiens, die sich eifrig und mit lebhaften Gesten unterhielten. Das Café war überfüllt, und Edu konnte nicht hineingelangen; er sah die Szene nur als stummes Spiel. «Versperren Sie nicht die Tür», sagte der Rausschmeißer. «Warten Sie, bis Sie an die Reihe kommen.»

Edu spähte durchs Fenster in das rauchige Lokal und sah Friedl ebenso still und unnahbar zwischen den beiden Männern sitzen, wie sie in seinem Zimmer gesessen hatte. Nach ein paar Minuten war die Glasscheibe von seinem Atem beschlagen, und er konnte nichts mehr sehen. Es begann zu regnen, und Edu ging nach Hause. Die zwei Bohemiens erinnerten ihn wieder an den Maler auf dem Frankfurter Dachboden – Franz Bleicher, so hieß er! Edu hatte den Namen nie wieder gehört, und soviel er wußte, wohl auch sonst niemand.

Er ging in der darauffolgenden Woche noch ein paarmal an dem Café vorbei, aber Friedl war nicht da. Er wartete auf den Jungen, doch der kam auch nicht. Dann ging er in die Galerie; er wollte Levy bitten, ihm den Jungen zu schicken, damit er ihm helfe, ein paar Möbel zu verrücken. Aber Levy war krank, und Edu brachte es nicht über sich, die Frau auszufragen, die statt seiner im Laden war. Schließlich nahm er den Zettel, den er aufbewahrt hatte, und fand die Straße mit den armseligen Mietshäusern, wo er Friedl zurückgelassen hatte. Aber niemand war bereit, ihm Auskunft zu geben. Die alten Männer gaben vor, kein Deutsch zu verstehen, und die Jungen sagten «nicht da» oder «falsche Adresse». Wahrscheinlich glaubten sie, er sei von der Polizei, aber das konnte er natürlich nicht ahnen. Er zog sich vor ihren bärtigen, spöttischen Gesichtern zurück; er wußte, daß sie ihn verachteten, und war dagegen machtlos.

Ein paar Tage später kam die Nachricht von der Meuterei in Kiel. Im ganzen Land forderte eine kriegsmüde Bevölkerung lautstark und rebellisch die Abdankung des Kaisers. Eine Stadt nach der anderen fiel an aufrührerische Matrosen, Industriearbeiter und Soldaten, die nicht mehr kämpfen wollten.

Selbst Frankfurt war kurze Zeit unter der Herrschaft der Roten. Glücklicherweise floß kein Blut. Die Bourgeoisie verfolgte besorgt den Lauf der Dinge, obwohl die Reden der Revolutionäre voller vertrauter, abgedroschener Phrasen waren. «Wir glauben an die Wahrheit, wir fürchten sie nicht», sagten sie. Doch leider hatten sie weder die Unterstützung der Massen noch die Kontrolle über die Institutionen. Sie trugen nicht den Sieg davon. In Berlin, wo letztlich alles entschieden wurde, überstürzten sich die Ereignisse. Der Kaiser wurde zu Abdankung und Flucht gezwungen. Eine sozialdemokratische Regierung übernahm widerwillig die Führung und wandte sich hilfesuchend an die Generäle, um «die Bedrohung von seiten der Bolschewisten» zu unterdrücken. Der Waffenstillstand wurde unterzeichnet. Der Krieg war beendet.

Edu wurde bald darauf vom Wehrdienst entlassen. Wie Tausende andere machte er sich auf den Weg nach Hause. Nach einer Reise, die vier Tage dauerte und die er teils im Gang stehend, teils auf dem Boden des Gepäckwagens liegend verbrachte, stand er schließlich wieder im winterlichen Garten seines Hauses, bereit, dort wieder anzufangen, wo er vier Jahre zuvor aufgehört hatte. Die Lichter waren angezündet, der Diener begrüßte ihn mit einem warmen Händedruck, das Hausmädchen knickste, im Kamin brannte ein

Feuer. Er konnte seine Bilder an die Wände seines Hauses hängen und ohne Ungewißheit, Furcht oder romantische Selbsttäuschung in seinem eigenen Bett schlafen.

Ernst und Andreas Wertheim gingen fast jeden Tag mit Thomas von Brenda-Badolet mittags von der Schule nach Hause. Nach dem Mittagessen mußten sie Schularbeiten machen, aber sie verbrachten manchmal einen Teil des Nachmittags zusammen im Palmengarten oder gingen in den Anlagen spazieren.

Es war kein guter Winter. Der Frieden hatte zwar den Feindseligkeiten ein Ende gemacht, nicht aber dem Hunger und den Entbehrungen. Das Heer der Bedürftigen wurde jetzt noch durch Hunderttausende heimkehrender Soldaten vermehrt, von denen die meisten arbeitslos waren. Die Kinder der Wertheims waren sich, ebenso wie die Kinder anderer wohlhabender Familien, der Ereignisse nur unklar bewußt und lebten im wesentlichen so, wie sie immer gelebt hatten. Die Tische waren nicht mehr ganz so üppig gedeckt, und sie hatten eine Zeitlang weniger Dienstboten. Die Lehrer ermahnten sie, gewisse Straßen und Plätze zu meiden, wo sich das Proletariat versammelte, denn es bestünde immer noch die Gefahr von Gewalttätigkeiten, aber wenn sie im Westend, auf *ihrer* Seite der Taunusanlage und der Bokkenheimer Anlage blieben, könnten sie vor den schönen Villen ungestört spazierengehen.

Wenn die Jungen vor dem Haus der Wertheims in der Guiollettstraße angelangt waren, forderten die Brüder Tom oft auf, mit ihnen hineinzukommen. Er lehnte es jedoch jedesmal ab. Das verwirrte sie, und sie sprachen daher nie darüber. Aber einmal, an einem sehr kalten Tag, hatten sie den ganzen Heimweg im Laufschritt zurückgelegt, und als sie, etwas atemlos, an den Stufen zum Wertheimschen Haus stehenblieben, sagte Andreas: «Es ist heute noch früh. Willst du nicht hineinkommen?»

Diesmal zögerte Tom. «Vielleicht auf ein paar Minuten», sagte er schließlich. «Meine Eltern sind weggefahren und kommen erst gegen Abend zurück.»

«Wenn du deine Erzieherin anrufen und fragen willst, ob

du zum Essen bleiben kannst . . .» begann Andreas, aber Tom schüttelte den Kopf. «Das geht nicht», sagte er.

Emma und Lene, die einen kürzeren Heimweg von der privaten Höheren Töchterschule hatten, waren bereits zu Hause und hatten sich umgezogen, als die drei Jungen erschienen. Sie begegneten sich in der Halle, und Andreas bemerkte, daß Lenes Gesicht vor Freude aufleuchtete, als sie Tom sah. Er begrüßte sie, und seine Augen ließen die ihren nicht mehr los. Emma runzelte die Stirn und auch Andreas fühlte sich ausgeschlossen.

«Was tust *du* denn hier?» fragte Lene.

«Deine Brüder haben mich aufgefordert, hereinzukommen.»

«Ich will ihm mein Zimmer zeigen», erklärte Andreas. «Er hat nicht viel Zeit.»

«Schon gut», sagte Lene mit betonter Nonchalance, «behalt deine Freunde ruhig für dich!»

In diesem Augenblick erschien Fräulein Gründlich am oberen Treppenabsatz und sah den Gast. «Wie nett, dich zu sehen, Tom», sagte sie, und ein Außenstehender hätte bei flüchtiger Betrachtung annehmen können, daß sie die Mutter der Kinder sei. «Vielleicht möchtest du mit uns zu Mittag essen?» setzte sie hinzu. Fräulein Gründlich hatte schon früh erkannt, daß Thomas von Brenda-Badolet eine wichtige Persönlichkeit war.

«O nein, vielen Dank, das kann ich nicht. Ich darf nicht. Ich muß zu allen Mahlzeiten zu Hause sein.» Tom sprach so höflich und wohlerzogen, daß die Erzieherin ihm zulächelte, als hätte er ihr gerade ein Kompliment gemacht. Ernst fand es nicht verwunderlich, daß Mütter und Mädchen von ihm schwärmten.

Die drei Jungen liefen eilig die Treppe hinauf, und als Tom an Fräulein Gründlich vorbeikam, lächelte er ihr wieder liebenswürdig zu.

«Spielt nicht zu lange», rief sie ihnen nach. «In zwanzig Minuten wird das Essen serviert.»

«Wir sind zu *alt,* um zu spielen», sagte Ernst, der sich in seiner Würde gekränkt fühlte.

Sie gingen geradewegs in Andreas' Zimmer, wo die meisten Schätze liebevoll und ordentlich aufbewahrt wurden. Tom musterte mit höflicher Aufmerksamkeit alles, was ihm gezeigt wurde. Er war überrascht und ein wenig schockiert über die Fülle an Besitztümern bei seinen Freunden, aber er bemühte sich, es nicht zu zeigen. Sein Vater war der Ansicht, daß Kinder in spartanischer Einfachheit aufwachsen sollten – selbst wenn sie in einer Welt lebten, wo Reichtum als selbstverständlich angesehen wurde –, und Tom erhielt nie mehr als ein einziges nützliches Geschenk zu Weihnachten.

Andreas hatte gerade die elektrische Eisenbahn in Betrieb gesetzt und angefangen, seine Zinnsoldaten aufzustellen, da kam Lene ohne Anklopfen herein.

«Was fällt dir ein, hier einfach so hereinzuplatzen?» schrie er, verärgert über die Störung.

«Ich wollte Tom einen Keks bringen», sagte Lene, die selbst geräuschvoll an einem kaute.

«Nur für mich?» fragte Tom. «Was ist mit deinen Brüdern?»

«Die können für sich selber sorgen», erwiderte sie. «Sie wissen, wo sie stehen.»

«Bist du seit letztem Frühling gewachsen», fragte Tom, «oder nur schlanker geworden?» Er beachtete weder die Eisenbahn noch die Soldaten.

«Ich habe etwas abgenommen», sagte Lene.

«Mit all den Keksen wirst du schnell genug wieder zunehmen», bemerkte Ernst.

«Hast du gehört, daß mein Hund tot ist?» fragte Lene, an Tom gewandt. «Wir nehmen an, daß ein Einbrecher ihn vergiftet hat. Ist das nicht schrecklich? Ich bin nur froh, daß ich nicht hier war und sehen mußte, wie er leidet. Mama hat angeboten, mir zu Weihnachten wieder einen jungen Hund zu schenken, aber ich will nicht, daß so etwas Schlimmes noch einmal passiert. Papa hat große neue Schlösser an allen Türen anbringen lassen.»

«Tom will keine Geschichten über tote Hunde hören», murrte Andreas.

Er hockte mit gekreuzten Beinen zwischen seinen Schätzen, während Ernst, der auf der Fensterbank saß, Tom und

Lene beobachtete. Er hatte Tom seine versteckten Karl-May-Romane zeigen wollen, aber er wußte, daß das jetzt ein aussichtsloses Vorhaben war. Lene drängte Tom, sich ihre Sammlung von Stofftieren anzusehen.

«Es gehört sich nicht, in das Zimmer eines Mädchens zu gehen», sagte Andreas, während er seine Soldaten wieder in ihre Schachteln packte.

«Gründlich paßt auf», entgegnete Lene. «Ihre Tür ist offen», flüsterte sie, «sie kann jedes Wort hören.»

Lene stellte Tom mit gespielter Feierlichkeit jedes einzelne ihrer Steiff-Tiere vor. «Sie haben sehr ausgeprägte Persönlichkeiten», erklärte sie. Da es Winter war, trugen sie alle Wolljacken, die Lene gehäkelt hatte, «als ich noch viel jünger war», setzte sie hinzu, «vor vielen, vielen Jahren.»

Nur allzubald erschien Fräulein Gründlich an der Tür, um sie zum Essen zu rufen. Tom verabschiedete sich rasch.

«Bis morgen in der Schule», sagte er zu Ernst und Andreas. Lene war ihm zur Haustür gefolgt. «Kommst du mich wieder einmal besuchen?» fragte sie.

«Ich hol dich zu einem Spaziergang im Palmengarten ab», sagte er und rannte nach Hause, bange vor dem, was die Erzieherin seinen Eltern erzählen würde.

An diesem Abend versammelte sich die ganze Familie bei Hannchen, um Edus Heimkehr zu feiern. Auch die Kinder waren gekommen, obwohl es ein langer Abend zu werden versprach. Sie blieben eine Weile bei den Erwachsenen, dann zogen sie sich allesamt in die Bibliothek zurück, wo sie sich auf ihre Art vergnügten.

Die Erwachsenen hatten die letzten der kostbaren Champagnerflaschen aus der Vorkriegszeit geöffnet. Alle waren der Einladung gefolgt, sogar Jacob, der noch nicht völlig wiederhergestellt war. Elias und Bettina hatten zur allgemeinen Mißbilligung den achtjährigen Benno mitgebracht. Er wurde der Obhut des Hausmädchens übergeben, das ihn in Moritz' ehemaligem Schlafzimmer ins Bett legte und sich wieder seiner Zeitungslektüre zuwandte.

Es war kalt in dem großen Haus, und Bruno mußte ständig im Kamin nachlegen.

«Jetzt sind wir endlich wieder alle beisammen», sagte Hannchen. «Es ist wie in alten Zeiten, Gott sei Dank.»

Niemand wiedersprach ihr. Sie war noch stärker geworden, und ihr Haar war schneeweiß, aber ihr Gesicht war so rosig und heiter wie immer. «Ich liebe *alle* meine Söhne», erklärte sie, ihr Sektglas hebend, «aber ich muß euch gestehen, daß ich Edu sehr, sehr vermißt habe.» So etwas wie ein Schluchzen kam in ihre Stimme, aber sie schluckte es tapfer hinunter. «Willkommen zu Hause!» sagte sie, und alle tranken auf Edus Wohl.

Hannchen legte Jacob die Hand aufs Knie und sagte ihm, daß er gut aussehe. Sie erkundigte sich nach Siegmunds Quartett und fragte Nathan, ob die Kinder ihre Sommerferien genossen hatten. «Sie sind seit drei Monaten wieder zu Hause», sagte er. «Es scheint ihnen nicht schlecht ergangen zu sein.»

«Das sagst du immer», schalt Hannchen ihn. «Du kümmerst dich überhaupt nicht darum, was sie tun und wie sie aufwachsen. Es ist eine Schande!»

«Warum fragst du sie nicht selbst?» sagte Siegmund. «Sie sind ja heute abend alle hier.»

«Du weißt sehr wohl, daß sie mit einer alten Frau wie mir nicht sprechen», entgegnete Hannchen. «Und selbst wenn sie etwas sagen, ist es nicht sehr aufschlußreich. Ich erwarte von ihren Eltern, daß sie mir sagen, wie es ihnen geht und ob sie sich zufriedenstellend entwickeln. Schließlich ist Emma alt genug, um zu heiraten. Ich hoffe, du hast ein wachsames Auge auf sie», sagte sie zu Caroline.

«Hast du die wunderbaren Bilder gesehen, die Edu in Berlin gekauft hat?» fragte Caroline.

«Natürlich», erwiderte Hannchen. «Ich war die erste, der er sie gezeigt hat.»

Die alte Dame beherrschte auch weiterhin die Unterhaltung. Es war ein fröhlicher und harmonischer Abend, aber Hannchen fragte sich hin und wieder, weshalb weder ihre Söhne noch ihre Schwiegertöchter sich jemals bei ihren Kindern um etwas anderes kümmerten als um ihren Gesundheitszustand, ihr Betragen und die Fortschritte, die sie in der Schule machten.

THOMAS VON BRENDA-BADOLET hielt sein Versprechen und stattete dem Haus in der Guiollettstraße zwei Wochen später wieder einen kurzen Besuch ab. Es war ein Sonntagnachmittag, und er fragte nach Caroline Wertheim, denn er wollte sie um Erlaubnis bitten, am folgenden Sonnabend mit Lene in die Oper zu gehen. «Es gibt *Die Zauberflöte*», sagte er. «Ich dachte mir, Mozart wird Lene gefallen.» Er erwähnte nicht, daß er nie vergessen hatte, wie sie auf seiner Gesellschaft vor fünf Jahren als junger Mozart erschienen war.

Caroline sagte ihm, das sei eine reizende Idee, und sie habe nichts dagegen einzuwenden, wolle aber vorsichtshalber ihren Mann fragen, um ganz sicher zu sein, daß nichts anderes für diesen Tag geplant war. Sie verschwand in Nathans Arbeitszimmer, während Tom auf dem mit Chintz überzogenen Sofa saß und die großen Gemälde musterte, deren Firnis so dunkel geworden war, daß man kaum noch erkennen konnte, was sie darstellten.

«Warum sollte ich etwas dagegen haben?» fragte Nathan. Er hatte nicht erwartet, wegen solch einer Bagatelle belästigt zu werden. «Die Brenda-Badolets sind eine der ersten Familien von Frankfurt.»

«Aber Lene ist erst fünfzehn», sagte Caroline.

«*Die Zauberflöte* wird sie nicht verderben.»

«Und Thomas?»

«Thomas ganz gewiß nicht. Weißt du nicht, daß Jungen in diesem Alter die Unschuld in Person sind? Sieh dir doch deine beiden an. Eher könntest du dir Sorgen um Thomas' Tugend machen. Lene weiß, was sie will.»

Und so wurde der Opernbesuch gestattet. Lene strahlte die ganze Woche vor Glück.

«Wirst du mich um die Kutsche bitten?» wollte Toms Vater wissen. Sie besaßen ein Auto, aber der alte von Brenda-Badolet, wie er von seinen Geschäftsfreunden genannt wurde, ließ es in der Garage stehen und benutzte es nur, wenn es unbedingt nötig war. Er war mit fortschreitendem Alter immer schrullenhafter geworden. Zwei seiner Söhne waren im Krieg gefallen. Tom hatte Andreas gesagt, sein Vater erinnere ihn an den alten Fürsten Bolkonskij, Fürst Andrejs Vater in *Krieg und Frieden*. Tom fand ständig, daß seine

Mitmenschen irgendwelchen Romangestalten ähnelten. Andreas gelangte zu dem Schluß, daß er Tolstoj lesen sollte. Hanno Altenburg hatte ihn auch empfohlen.

«Ich brauche die Kutsche nicht», sagte Tom. «Wir gehen nur hinüber zum Opernhaus.»

«Wundere dich nicht, wenn diese kleine Jüdin von dir enttäuscht ist», murmelte der alte Mann.

«So ist sie ganz und gar nicht, Papa.»

«Unsinn! Sie sind *alle* so. Frauen sind entweder geldgierig, oder sie sind fromme Närrinnen.» (Seine Frau hatte es sich seit einiger Zeit sehr zu seinem Unwillen zur Pflicht gemacht, unentwegt für die Kirche tätig zu sein. Entsendung von Missionaren zur Bekehrung der Heiden und Armenhilfe waren ihre bevorzugten Werke der Nächstenliebe. «Sie ist genau wie die Frau des alten Konsul Buddenbrook in der zweiten Generation», sagte Tom. Aber Andreas war zu sehr von Tolstoj in Anspruch genommen, um sich noch mit Thomas Mann zu befassen.)

Tom stand respektvoll vor seinem Vater. Er versuchte nie, ihn von der Richtigkeit irgendeiner seiner Ansichten zu überzeugen. Die meiste Zeit begegnete er den Eigenheiten seiner Eltern mit Schweigen. Sie hatten vergebens versucht, ihn für ihre Anliegen zu gewinnen. Tom war mit siebzehn bereits völlig unabhängig in seiner inneren Haltung und seinem Denken, aber er ließ es deshalb nie zu einer Auseinandersetzung kommen. Höflich in seinen Beziehungen zu den Menschen seiner Umgebung, war er untauglich für irgendeine Rolle außer der eines aufgeklärten Mannes von Welt aus dem achtzehnten Jahrhundert, einer Gestalt – wie er selbst als erster erkannte – aus den *Wahlverwandtschaften*. Letztlich kam man doch immer auf Goethe zurück.

Lene zog das Abendkleid an, das sie am liebsten mochte. Es war gefüttert, hatte einen losen Gürtel über den Hüften und reichte ihr knapp bis zu den Knöcheln. Caroline hatte ihr erlaubt, die einreihige Perlenkette zu tragen, die sie im Safe für sie aufbewahrte. Ihr neuer Mantel, von der Hausschneiderin aus einem unmodern gewordenen Mantel von Caroline gefertigt, und der dazu passende Hut standen ihr ausgezeichnet. Ihr Gesicht war bereits gerötet vor Freude, als Tom sie abholen kam, und er fand sie schöner denn je. Er war stolz, sie an seiner Seite zu haben, und überzeugt, daß alle Köpfe sich nach ihnen umwandten. Sie gingen Hand in Hand durch die Anlagen zum Opernhaus. Beide wußten, daß sie verliebt waren, aber sie waren noch zu unerfahren, um es in Worte zu fassen.

Tom hatte die Logenplätze seiner Eltern bekommen, und sie kamen sich sehr erwachsen vor. «Es ist, als wären wir Mitglieder eines Königshauses», flüsterte Lene, als sie sich auf die weichen Plüschsitze unter den Stuckgirlanden und vergoldeten Putten setzten. Eigentlich war sie nicht der Meinung, daß Prinzen und Prinzessinnen ein beneidenswertes Leben führten. Sie hatten, wie sie wußte, überhaupt keine Freiheit, und Freiheit war das, was Lene gegenwärtig am meisten ersehnte. Dennoch waren auf sie die Augen der ganzen Welt gerichtet, sie wohnten in Schlössern und fuhren in eleganten Kutschen. Lene hatte nie den Wandteppich im Arbeitszimmer von Toms Vater vergessen, und als sie in Onkel Jacobs Laden ein Buch mit Illustrationen zum ganzen Einhornzyklus fand, bat sie ihn, es ihr zu schenken, und bewahrte danach für immer diese Vorstellung vom königlichen Leben. Und Tom war der ideale Prinz, das stand außer Zweifel. Er war so gutaussehend, mit seinen großen, tiefblauen Augen und dem widerspenstigen blonden Haarschopf – nicht strohblond, sondern honigfarben – über der hohen Stirn. Er trug einen Siegelring mit dem Familienwappen, und Lene sah ihn hin und wieder an seiner schlanken Hand glitzern. Fräulein Gründlich sagte immer, man könne den Adel und Charakter eines Menschen an seinen Händen ablesen.

«Hast du *Die Zauberflöte* schon jemals gehört?» fragte Tom. Lene schüttelte den Kopf. «Ich auch nicht», sagte er.

«Mama hat mir die Handlung erzählt. Sie hat das Libretto rausgesucht, damit ich es lesen sollte, aber das war zuviel!»

«Bei mir zu Hause war es genauso», sagte Tom und griff in seiner Freude nach ihrer Hand.

Die Lichter im Zuschauerraum verdunkelten sich, der Dirigent erschien, das Publikum applaudierte, und dann ertönte, sehr rasch, die Ouvertüre. Bald öffnete sich der Vorhang, und Lene stieß ein überraschtes, begeistertes «Oooh . . .» aus. Die Bühnenausstattung war alt und verstaubt – während des Krieges hatte es keine Neuinszenierungen irgendwelcher Art gegeben –, aber sie wirkte trotzdem märchenhaft. Und die Musik enthielt zu ihrer Überraschung eine vertraute Melodie nach der anderen. Lene hatte vorher nicht erkannt, daß sie eigentlich ihr Leben lang fast ständig von Musik umgeben gewesen war. Das Haus war fortwährend voll von ihr – Papa machte Kammermusik mit Onkel Siegmund und Onkel Jacob, die Jungen übten täglich, und sie – sie mußte *unbedingt* wieder anfangen, Klavier zu spielen; wenn sie versprach, sehr fleißig zu üben, würde Papa ihr vielleicht erlauben, die Stunden wiederaufzunehmen.

Die Handlung auf der Bühne hielt Tom und Lene in atemloser Spannung. Obwohl sie wußten, daß alles gut enden würde, konnten sie nicht umhin, um die Liebenden zu bangen und die böse Königin der Nacht zu hassen. Sie lachten über Papageno in seinem Federkleid. Nur Sarastro mit seiner tiefen Stimme und der Priesterkleidung verwirrte sie ein wenig. Die Pause schien im Nu zu kommen, und als sie durchs Foyer gingen, waren sie beide noch tief im Märchenland der *Zauberflöte*.

«Möchtest du eine Orangeade?» fragte Tom.

«Natürlich», sagte Lene, «gehört das nicht zu einem Opernbesuch?»

Die Orangeade schmeckte schrecklich, und die Farbe war nicht einmal orange.

«Sie war auch vor dem Krieg nicht gut», sagte Tom, und sie schütteten das widerwärtig süße Zeug in den Topf einer Palme.

Eine Gruppe von Leuten, die in der Nähe der Bar standen, wurden auf sie aufmerksam.

«Ist das nicht der Sohn des alten von Brenda-Badolet?»

«Wahrhaftig. Und mit einem jüdischen Mädchen.»

«Kennst du sie?»

«Eine aus der Wertheimschen Sippe, glaube ich.»

«Schwerreiche Leute.»

«Sind sie das nicht alle?»

«Glücklicher von Bre-Ba!»

«Würdest *du* solch eine Liaison unterstützen?»

«Ich habe gewisse Prinzipien, aber ich wäre vielleicht aus finanziellen Erwägungen bereit, sie vorübergehend zu vergessen.»

Sie lachten, aber es war kein angenehmes Lachen.

«Du lieber Himmel, sie sind doch noch Kinder!» sagte eine Dame, die in der Loge neben Tom und Lene saß und entzückt von ihrer Unschuld gewesen war.

«Solche Dinge fangen oft schon in der Wiege an.»

«Besonders wenn Ehrgeiz im Spiel ist.»

«Oder Geld.»

«Ist das nicht das gleiche?»

«Ich weiß immer noch nicht, wozu die Gleichstellung der Juden gut gewesen sein soll.»

«Das ist doch ganz egal. Es ist geschehn, und wir müssen uns wohl oder übel damit abfinden.»

«Eure Unterhaltung ist abscheulich», sagte dieselbe Dame, dann drehte sie sich auf dem Absatz um und ging fort. Ihr Mann sah ihr nach. «Kümmert euch nicht um die dumme Ziege», sagte er. «Sie will sich nur wichtig machen. Ihr Vater war Rothschilds Friseur.»

Tom und Lene, die glaubten, daß alle Augen auf ihnen ruhten, weil sie verliebt und schön waren, hörten diese Unterhaltung nicht. Sie hörten an diesem Tag keine Unterhaltung außer ihrer eigenen. Sie verfolgten die Oper und lauschten aufmerksam, und während der Pausen erzählten sie sich von ihren Ferien. Tom war in einem abgelegenen Teil von Ostpreußen bei Verwandten seiner Mutter gewesen.

«Es ist schrecklich öde dort oben», sagte er. «Man hat den Eindruck, als läge die ganze Welt bis zum Horizont ausgebreitet vor einem. Selbst die Farben sind anders als bei uns. Es ist, als ob Himmel und Erde etwas aus der dazwischenliegenden Landschaft herauspreßten.»

Es machte ihn ein wenig verlegen, diesen Empfindungen, über die er viel nachgedacht hatte, Ausdruck verliehen zu haben, und er begann leicht zu stottern. Aber Lene hörte ihm offensichtlich gerne zu, und so beendete er seine Rede fließend und fügte sogar einen spontanen Schlußsatz hinzu.

«Wenn man an solch einem Ort lebt, wird man völlig von der Grenzenlosigkeit der Natur aufgesogen, aber sie treibt einen auch zu den eigenen Gedanken zurück, und wenn diese einen im Stich lassen oder unerträglich erkünstelt und nichtig erscheinen, kann das Leben schrecklich einsam sein. Die Menschen dort sind im Rhythmus der Jahreszeiten und der ihnen folgenden Landarbeit gefangen; man muß damit im Einklang stehen. Aber ich glaube, ich könnte es nicht. Weißt du, ich bin mir klar, daß es mir schrecklich wäre, dies alles aufzugeben, darauf zu verzichten, in Frankfurt zu leben, in die Oper zu gehen oder einfach die Straßenbahn irgendwohin zu nehmen . . . Aber ich kann Tolstoj jetzt besser verstehen», sagte er abschließend.

In diesem Augenblick klingelte es, und die zwei kehrten zu ihren Plätzen zurück.

Die Abenddämmerung und ein kalter Nebel hatten sich über die Stadt gelegt, als sie das Opernhaus verließen, um zu Fuß nach Hause zu gehen. Frankfurt sah in dieser Beleuchtung bedrückend aus. Überall gab es Polizeisperren, und die Straßen waren voller Schutt. Durch die Kahlheit des Winters wurde das trostlose Aussehen der Stadt noch unterstrichen und hatte etwas Bedrohliches an sich. Lene schauderte. Der Kontrast zu dem warmen, hellen Opernhaus und seiner verzauberten Welt des Scheins war zu stark. Tom legte den Arm um sie, und sie gingen im Gleichschritt dicht nebeneinander nach Hause.

Die Familie Wertheim saß beim Tee, als sie hereinkamen. Hannchen war da, und Tom und Lene waren sich der neugierigen Blicke der Erwachsenen bewußt. Toms Unterhaltung war gewandt und höflich. Er beantwortete alle Fragen, die man ihm stellte – wer hat welche Rolle gesungen, und war die Aufführung gut besucht; wie wirkten die alten Bühnenbilder, und hat die Königin der Nacht die hohen Töne gebracht? Jeder hatte etwas zum Thema beizutragen, und schließlich setzte sich Nathan ans Klavier und spielte für sie Papagenos Arie «Ein Mädchen oder Weibchen». Lene war ein wenig verlegen; sie erinnerte sich an die kühle Förmlichkeit in Toms Elternhaus, aber ihn schien die lebhafte Anteilnahme nicht zu stören, und er setzte sich neben Hannchen, um eine Tasse Tee zu trinken.

«Wer war mit euch in der Loge?» fragte Caroline ihre Tochter.

«Ich kannte sie nicht», erwiderte Lene, «aber Tom hat mir gesagt, sein Vater nennt sie *parvenus,* die im Krieg reich geworden sind.»

Als Tom schließlich feststellte, daß er nicht eine Minute länger bleiben konnte, verabschiedete er sich ebenso höflich, wie er seine Gastgeber beim Hereinkommen begrüßt hatte, und Lene begleitete ihn zur Haustür.

«Ich mag deine Familie», sagte Tom. «Sie sind aufgeschlossen und herzlich. Ich mag vor allem deinen Onkel Jacob.»

Lene seufzte, fühlte sich aber trotzdem geschmeichelt. Sie reichten sich die Hand.

«Weißt du noch, wie ich dich einmal vor dem Wandteppich meines Vaters geküßt habe?» fragte Tom.

«Natürlich! Das werde ich nie vergessen.»

«Nun – ich werde dich wieder küssen – nächstesmal!» Er sprang übermütig lachend die Stufen hinunter und drehte sich noch einmal winkend um, ehe er um die Ecke der Gartenmauer verschwand.

An diesem Abend saß Lene lange vor dem Spiegel und bürstete ihr Haar. Fräulein Gründlich schaute alle paar Minuten bei ihr herein und fragte sich, wann sie wohl endlich fertig sein würde.

«Es war also nett mit Thomas in der Oper?» fragte sie. Es war nicht das erste Mal, daß sie die Frage stellte. «Wie ich sehe, wirst du eitel. Ich erinnere mich an Zeiten, wo du ins Bett zu hüpfen pflegtest, ohne dein Haar mit einer Bürste auch nur in Berührung zu bringen.»

Fräulein Gründlich lernte das Leben durch ihre Schützlinge kennen. Abgesehen von ihrem Flirt mit Alois hatte sie keine Gelegenheit gehabt, sich zu verlieben, und so entwarf sie Bilder von Liebe nach den Beispielen, die sie um sich herum sah. Sie sammelte Informationen aus Büchern und Zeitungen, Klatsch und Altweibergeschichten und goß sie in die Formen, die sie am besten kannte. Sie erlebte sowohl die Freuden der Kinder als auch ihren Schmerz. Sie wollte sie trösten und beraten, erkannte aber nur allzu klar, daß sie wahrscheinlich mehr über diese Dinge wußten, als sie selbst jemals wissen würde.

Lene, die noch vom Nachmittag träumte, war an diesem Abend nicht zu einem Gespräch mit Fräulein Gründlich aufgelegt. Gefühle der Liebe hatten sie in eine andere Welt versetzt, hatten sie vorübergehend von den irdischen Sorgen und energischen Sentenzen der Erzieherin entfernt. Diejenigen ihrer Gedanken, die klar genug waren, um in Worte gefaßt zu werden, wollte sie mit Emma teilen.

Nachdem sie Fräulein Gründlich ziemlich kurz angebunden gute Nacht gesagt hatte, machte Lene das Licht aus und ging zu Bett. Aber der Schlaf wollte nicht kommen, und als das Haus vollkommen still war, abgesehen von den Schnarchlauten, die aus Fräulein Gründlichs Zimmer drangen, schlich Lene auf Zehenspitzen in die Halle, um zu sehen, ob unter Emmas Tür noch Licht war. Tatsächlich. Lene klopfte leise an.

«Komm rein», sagte Emma, die sie erwartet hatte. Sie lag mit einem Buch im Bett. Lene setzte sich mit gekreuzten Beinen ans Fußende. Emma fand, daß sie mit ihren zerzausten dunklen Locken und den geröteten Wangen reizend aussah.

«Bist du gekommen, um mit mir über *Die Zauberflöte* zu sprechen?» neckte Emma sie.

«O Emma», sagte Lene. «Tom ist wunderbar, anders als jeder, dem ich bisher begegnet bin. Er ist all das, wovon man träumt und was man nur für romantischen Unsinn hält. Ich möchte über ihn sprechen.»

Und die Worte sprudelten hervor, während sie den Nachmittag mit Tom schilderte. Sie erwähnte die Oper, die Sänger und das Publikum nur als Spiegelbild ihrer Gefühle.

«Glaubst du, ich könnte ihn eines Tages *heiraten*?» fragte sie schließlich und errötete über ihre eigenen Worte.

«Er stammt aus einer alten und prominenten Familie», sagte Emma.

«Ist das so wichtig?» Lene wußte, daß ihre Entrüstung unecht klang, denn ihr war der gleiche Gedanke durch den Kopf gegangen.

«Natürlich ist das wichtig, Dummchen. Wenn die Welt besser wäre, als sie ist, wäre es nicht wichtig. Aber so, wie die Dinge liegen, gelten Geburt und Rang sehr viel. Ich hoffe, du versuchst nicht, mir zu sagen, daß ich unrecht habe.»

«Nicht allein, daß er aus einer vornehmen Familie stammt, er sieht noch dazu sehr gut aus.» Lene versuchte, sarkastisch zu sein, aber sie hatte offenbar nicht den richtigen Ton getroffen, denn Emma schien den Sarkasmus nicht zu bemerken.

«Um so besser. Blond und blauäugig, ein echter germanischer Gott. Nicht so ein typischer ‹häßlicher Jude›!»

Lene hörte Zorn in Emmas Stimme. Ihre Schwester sah sie nicht an, sondern saß steif zwischen ihren Kissen, die Daunendecke bis an den Hals gezogen, und starrte mit einem gequälten Ausdruck vor sich hin. Ihr schmales Gesicht, um das Lene sie oft beneidet hatte, war jüdisch in jeder Nuance der Farbe, jedem der fein geschnittenen Züge von der Stirn bis zum Kinn.

«Ich mag die ‹häßlichen Juden›», sagte Lene trotzig.

«Das ist vermutlich der Grund, weshalb du dich in Thomas von Brenda-Badolet verliebt hast?»

Lene wußte keine Antwort darauf.

«Die Juden machen eine so lächerliche Figur in der Welt», fuhr Emma fort. «Sie sollten alle verschwinden.»

«Wie schrecklich, so etwas zu sagen! Willst du, daß *wir* verschwinden?»

«Ich will, daß wir so sind wie alle anderen. Daß wir nicht immer anders sind und aus dem Rahmen fallen.»

«Ich finde nicht, daß wir aus dem Rahmen fallen. Wir *sind* wie alle anderen. Zumindest hier in Frankfurt. Wir laufen ja nicht in komischer Kleidung und mit den Händen redend herum.»

«Nein, natürlich nicht, aber die Christen sehen uns so.»

«Nur die dummen.»

«Nein, Lene, nein. Wir haben ihre Verachtung verdient, wir sind so halsstarrig – das auserwählte Volk! Oh, ich wünschte, ich wäre Christin!»

«Du bist, was du bist, das kannst du nicht ändern. Du könntest dir ebensogut die Haare abschneiden, Hosen tragen und sagen, du bist ein Mann.»

Emma wandte Lene den Kopf zu und sah ihr eigenes Gesicht im Spiegel auf dem Toilettentisch, der hinter ihrer Schwester stand.

«Zum Teufel mit meinem jüdischen Gesicht», sagte sie mit herzzerreißender Bitterkeit, «zum Teufel mit meiner jüdischen Nase und meinem krausen jüdischen Haar ...»

«Du bist bildhübsch!» rief Lene, und in ihrer Stimme lag absolute Ehrlichkeit. «Du warst immer schon hübscher als ich. Ich habe dich mein Leben lang beneidet!»

«Aber du bist diejenige, die Tom gekapert hat ...»

«Ich habe es nicht darauf angelegt, Emma. Du willst mir doch nicht sagen, daß du eifersüchtig bist? Es ist doch nicht, weil *du* ihn willst, oder?»

«Nein, nein! Natürlich nicht. Er ist viel zu jung, er ist ja noch ein halbes Kind, und er ist auch weichlich, fast jüdisch weichlich ... Ich möchte einfach aus meiner Haut heraus und in die ihre steigen. Verstehst du das nicht?»

Lene schüttelte den Kopf. Sie konnte es überhaupt nicht verstehen. «Hast du jemals Mama oder Papa etwas davon gesagt?»

«Nein. Wie könnte ich das, Lene? Ich habe nie darüber gesprochen, außer mit dir, und du darfst es auch niemandem sagen.»

Das Vertrauen ihrer Schwester schmeichelte Lene. Und sosehr sie sich auch wünschte, über Tom zu sprechen, sie wußte, daß das, was Emma in ihrem Herzen trug, dringender war, und sei es nur, weil Emma so offensichtlich unglücklich war – was war es doch gleich, was Tom ihr aus Tolstoj zitiert hatte? –: und ihr eigenes Glück erfüllte die ganze Welt und würde, wie sie in ihrer Unschuld glaubte, immer dasein.

«Soll ich dir erzählen, was letzten Sommer geschehen ist? Warum ich das Gut vorzeitig verlassen habe? Es war nicht das Heimweh.»

Emmas Stimme wurde leise und nahm einen Ton an, der sich mehr für eine Beichte als für eine zwanglose Unterhaltung eignete. Sie hatte ständig an die Demütigungen des Sommers gedacht, hatte es jedoch nicht über sich bringen können, darüber zu sprechen. Jetzt war sie plötzlich bereit, Lene die ganze schreckliche Geschichte zu erzählen.

Sie begann, indem sie über Ilse Stauffer sprach, deren Bild sie mit peinlich genauen Einzelheiten heraufbeschwor. Ihre Erinnerung reichte bis über die Ereignisse des Sommers hinaus zurück und heftete sich an ihren ersten Eindruck.

«Sie war so voller Lebenskraft, ein so natürlicher, gesunder Mensch; ich war noch nie zuvor jemandem wie ihr begegnet. Selbst Fräulein Gründlich ist verdorben durch das Stadtleben ... durch uns. Und sie war fromm, auf eine so schlichte, selbstverständliche Art. Ich mochte sie sehr gern», Emma seufzte, «und sie mochte mich auch. Bis zu dem Tag, wo ich ihr sagte, ich könne nicht mehr in den Stall gehen.»

«Warum konntest du es nicht?» Lene erkannte sofort, daß noch größere Geheimnisse in den Tiefen von Emmas Herz verborgen waren.

«Ich ... ich hatte etwas Unangenehmes erlebt, aber lassen wir das.»

Lene wußte, daß es zwecklos sein würde, ihre Schwester weiter auszufragen.

«Nicht lange danach», fuhr Emma fort, «in der Woche, in der es regnete, wurden wir zur Gräfin ins Herrenhaus eingeladen. Ich freute mich darauf, wir alle taten es. Es sollte der Glanzpunkt des Sommers sein und für uns die einzige Gelegenheit, diese außergewöhnliche Frau kennenzulernen. Lach nicht. Ich weiß, du findest es töricht von mir, adelige Frauen ihres Schlags zu bewundern, aber sie ist ganz und gar nicht so, wie man meinen könnte. Die Bauern verehren sie.»

«Sag das Tante Eva!»

«Reden wir nicht von ihr, sie ist unmöglich. Aber laß mich weiter erzählen. Die Gräfin war charmant und höflich. Sie sagte, wir sollten uns ganz zu Hause fühlen, und sprach mit allen auf die liebenswürdigste Art. Nur ...» Emmas Stimme war nahe daran zu brechen, aber sie faßte sich und fuhr rasch fort: «Sie sagte kein Wort zu mir.»

«Und du findest sie immer noch wundervoll?»

«Es war ein Mißverständnis. Sie verfahren nach ihren eigenen strengen Regeln.»

«Sprich weiter, erzähl mir den Rest.»

«Wir setzten uns zum Essen, und ich wurde allein ans untere Ende des Tisches gesetzt. Mir war inzwischen klargeworden, daß ich als Aussätzige behandelt werden sollte.» Ein Schluchzen drang aus Emmas Kehle. «Alle Mädchen bemerkten es; eine nach der anderen hörte auf, mit mir zu reden. Sie schlugen sich alle auf die Seite der Gräfin, selbst diejenigen, die ich für meine Freundinnen gehalten hatte. Als es Zeit war, uns zu verabschieden, stellten wir uns in einer Reihe auf, um ihr die Hand zu reichen und einen Knicks zu machen, aber als ich mich ihr näherte, legte sie die Hände auf den Rücken – nicht gewillt, mich zu berühren – und sagte: ‹Ich habe gehört, daß du deine Kameradinnen im Stich gelassen hast.› Ich stammelte irgend etwas. ‹Fräulein Stauffer sagt mir, du weigerst dich, die dir zugewiesenen Arbeiten zu verrichten. Sie sagt, du drückst dich vor deiner Pflicht. Mit Mädchen wie dir können wir hier nichts anfangen.› Ich versuchte, ihr zu sagen, daß ich mich schlecht gefühlt hatte, daß der Geruch mir Brechreiz verursachte, aber sie unterbrach mich. ‹Es gibt keine Entschuldigung›, sagte sie. ‹Gott und das Vaterland verlangen, daß wir ihnen ohne Rücksicht auf unsere persönlichen Wünsche dienen. Aber als Jüdin kannst du das vielleicht nicht verstehen.› Alle hörten zu. Ich konnte mittlerweile nur noch den Kopf schütteln. Nein, nein! rief mein Herz im stillen. Aber sie hätte mich nicht angehört, selbst wenn ich vor ihr auf die Knie gefallen wäre. ‹Ich nehme an, dein Vater hat sein Geld im Krieg verdient›, sagte sie, ‹mit dem Blut unserer *deutschen* Jugend.› ‹Mein Vater ist Rechtsanwalt›, erwiderte ich, ‹und mein Onkel ist bei Verdun verwundet worden.› ‹Rechtsanwälte und Pfandleiher›, höhnte sie. Ihre letzten Worte an mich waren: ‹Lerne, was Pflicht und Ehre sind!›

Ich ging zu Ilse Stauffer und fragte sie, warum sie der Gräfin solch ein Lügenmärchen über mich erzählt habe, aber sie tat, als wüßte sie nicht, wovon ich sprach. ‹Die Gräfin weiß, was sie tut; im Gegensatz zu mir hat sie viel Erfahrung mit Juden. Ein wenig Disziplin hat noch niemandem geschadet. Sei froh, daß sie dich nicht rausgeworfen hat.›

Natürlich konnte ich nicht bleiben. Die Mädchen wandten sich gegen mich, und ich wurde ihr Sündenbock. Zwischen meinen Sachen tauchten immer wieder Zettel mit kleinen Botschaften auf: ‹*Tu deine Pflicht, Jüdin*›, und ähnliche Dinge. Ich ging bei der ersten Gelegenheit ins Dorf und rief Mama an, um sie zu bitten, mich nach Hause kommen zu lassen.»

Emma legte das Gesicht in die Hände und ließ endlich ihren Tränen freien Lauf. Sie weinte bitterlich, leise. Lene, die es nicht ertragen konnte, jemanden weinen zu sehen, saß hilflos am Fußende des Bettes und sagte: «Hör auf, Emma, bitte, hör auf . . .»

Aber im stillen kamen ihr Zweifel, Fragen, die sich nicht verdrängen ließen. Hatte Emma es herausgefordert? Hatte sie gedemütigt, ausgestoßen werden wollen? Warum war sie nicht zornig? Pflichtete sie ihnen bei? Lene dachte darüber nach, was sie getan hätte, was sie jetzt, in diesem Augenblick gerne tun würde. Und alle ihre Gefühle konzentrierten sich auf Rache.

«Weine nicht», sagte sie, «es sind engstirnige, abscheuliche Menschen, und sie sind deine Tränen nicht wert. Du mußt das alles vergessen, Emma. Denk nicht mehr an sie.»

«Aber ich wollte so gern, daß sie mich mögen», schluchzte Emma.

Erst als die Uhr in der Halle Mitternacht schlug, verließ Lene das Zimmer ihrer Schwester und ging zu Bett. Emma hatte sich inzwischen beruhigt und konnte sogar wieder lächeln. Sie gaben sich einen Gutenachtkuß. Dunkle Schatten der Müdigkeit lagen unter ihren Augen. Ihr schwarzes Haar fiel in wirren Locken über ihre Schultern; sie ähnelten einander sehr – zwei Prinzessinnen aus dem Orient, die an eine schneebedeckte, nördliche Küste verschlagen worden waren.

DEM ENDE EINES KRIEGES, der die Kraft des Landes erschöpft und zu einem Frieden geführt hatte, der als Vermächtnis viel Groll hinterließ, folgte ein böser Winter. Nicht nur Deutschland, sondern die ganze Welt wurde von einer schweren Seuche, der Influenza, heimgesucht. Es war, als ob ein rächender Gott die ungebärdige Menschheit bestrafen wollte. Millionen starben im Laufe dieses grausamen Winters; jede Familie zählte ihre Toten. Tante Berthe, die alt und senil war, starb als erste. Jacob lag zwei Wochen lang mit Fieberphantasien zu Bett, und niemand glaubte, daß er am Leben bleiben würde. Gerda pflegte ihn mit schweigender Hingabe, nur um selbst niedergeworfen zu werden, sobald Jacob die Krise überstanden hatte. Sie war nur drei Tage krank. Am vierten Tag frühmorgens starb sie. Sie hatte während ihrer Krankheit nichts gesagt, sie verließ die Welt so schweigsam, wie sie in ihr gelebt hatte. Jacob saß neben ihrem Bett, kaum kräftig genug, um von seinem Stuhl aufzustehen, aber es war nicht seine physische Schwäche, die ihn dort verweilen ließ. Er saß tränenlos und ungläubig da und sprach in Gedanken zu ihr von seiner Liebe und seinem Versäumnis. Er saß bei ihr während der trüben Stunden des Tages und bis in den Abend hinein, wo es zu schneien begann. Er ging nicht ans Telephon, er rief keinen Arzt, saß nur stumm und regungslos da, bis schließlich gegen zehn Uhr abends Siegmund kam und ihn fand.

Jacob traf die Anordnungen für die Beerdigung und ging alleine hin. Er verbot seinen Brüdern zu kommen, weil er fürchtete, daß sie es ohnedies nicht tun würden, und so war es *seine* Entscheidung. Auf Gerdas Grabstein ließ er ihren Namen setzen und den seinen dahinter. Abgesehen davon war die einzige Inschrift: GELIEBT. Er kaufte heimlich einen Platz neben dem ihren, obgleich es nicht der jüdische Friedhof war, und legte einen Brief zu seinen Papieren, in dem er erklärte, daß er neben ihr begraben werden wolle.

Es folgten Wochen und Monate, während derer er in seiner Wohnung saß und zu sterben wünschte. Aber er konnte den Weg nicht finden, und nach einer Weile verließen ihn die Gedanken an den Tod, und langsam konnte er sich ohne Schmerz und Schuldgefühl an Gerda erinnern.

Viertes Kapitel

1923

DIE JAHRE NACH DEM ENDE des Ersten Weltkriegs waren Jahre des Aufruhrs. Ein Ereignis jagte das andere, und die Inflation galoppierte. 1919 wurden Rosa Luxemburg und Karl Liebknecht ermordet, die Nationalsozialistische Deutsche Arbeiterpartei gegründet. 1920 besetzten die Franzosen das Ruhrgebiet, und am 6. April desselben Jahres marschierten ihre Truppen in Frankfurt ein. Aber das schrecklichste Geschehen jener Zeit, drohend und unheilverkündend, war der Tod des jüdischen Außenministers Walther Rathenau, der am 24. Juni 1922 von einer Gruppe junger Nationalisten ermordet wurde, die glaubten, den Interessen ihres Landes zu dienen.

Nathan Wertheim wurde während dieser Jahre immer melancholischer, aber nicht, weil er wie andere seiner Gesellschaftsschicht der Vergangenheit nachtrauerte. Er konnte sich einfach nicht erinnern, jemals eine Zeit erlebt zu haben, in der er glücklich gewesen, in der Caroline nicht von Ängsten gequält worden war, wo es keine Krisen oder Tragödien gegeben hatte.

Edu widmete sich mit Feuereifer dem Geschäft, bemüht, die Einkünfte stabil zu halten und einen Markt zu gewinnen, der über alle Erwartungen zu wachsen versprach. Die Kinder genossen im großen und ganzen ihr Leben, obwohl Frankfurt ihnen manchmal gefährlich und dekadent vorkam. Aber diese Dekadenz hatte dazu beigetragen, die Fesseln der Konvention zu lockern, die sie zwanzig Jahre früher in sicherer Hut gehalten hätte, die Jungen im Kontor, die Mädchen im Garten, sittsam unter Sonnenschirmen promenierend. Die Verhaltensregeln waren nicht mehr so streng, ebenso wie die Kleidung loser, schlichter, salopper geworden war.

Siegmund Wertheim behielt seine unbekümmerte Lebensweise bei; er war nicht fähig, ernsthaft über irgend etwas nachzudenken, und er kannte keine Trauer. Jacob dagegen hatte in den Monaten nach Gerdas Tod ein gerüttelt Maß an Kummer gehabt.

Eva Süßkind trauerte ganz gewiß nicht der Vergangenheit nach. Sie kehrte von einer Pilgerfahrt in die Sowjetunion nach Frankfurt zurück und war fest davon überzeugt, daß sie die Zukunft gesehen hatte und daß diese Zukunft sich durchsetzen würde. Alle ihre Träume und Hoffnungen konzentrierten sich im Augenblick auf das Wunschbild, das sie von ihrer Reise mitgebracht hatte. Sie besuchte Caroline, saß auf dem Sofa, das kürzlich mit goldfarbenem Samt neu überzogen worden war, rauchte ihre russischen Zigaretten und erzählte ihrer Schwester von Kolchosen und Wasserkraftwerken. Sie trug den blauen Sergerock und die sackartige Bluse, die sie schon immer getragen hatte, aber sie hatte jetzt einen bunten russischen Bauernschal hinzugefügt, den sie um den Hals band und mit einer Mischung von herausforderndem Stolz und Eitelkeit zur Schau stellte.

Sie war sofort, fast instinktiv, begeistert gewesen – von der sowjetischen Technologie, der sozialistischen Gleichberechtigung der Frauen, von Tatsachen und Zahlen hinsichtlich der Produktion und Modernisation und der ungestümen Proklamation der klassenlosen Gesellschaft. Eva hatte nie genügend Geduld für die Feinheiten und Verwicklungen menschlicher Beziehungen gehabt; sie fand jeden zweiten Tag «die beste Freundin meines Lebens» und konnte Feuer und Flamme sein für jemanden, mit dem sie eine Stunde lang über die Weizenernte in der Ukraine gesprochen hatte. Sie war nie verliebt gewesen, und niemand hatte sie je geküßt. Sie war tapfer, treu und gutherzig, und sie hatte einen scharfen Verstand – «zu scharf für eine Frau», bekam sie immer wieder zu hören –, aber trotzdem vertraute sie naiv auf die Redlichkeit all derer, die sie umarmten und «Genossin» nannten.

Eines Morgens saß sie wieder einmal im Salon der Guiollettstraße; es war ein heißer Sommertag, und die Türen zum Garten standen offen. Caroline blickte hinaus und hörte ihrer Schwester nur mit halbem Ohr zu. Der Ausblick beruhigte sie, nicht nur, weil er schön, sondern, wichtiger noch, weil er ihr vertraut war. Caroline klammerte sich an das Vertraute mit einer Beharrlichkeit, die nach Evas Meinung fast panischer Lebensangst gleichkam. Wenn die Schwestern zusammen waren, herrschte ständig eine gewisse Spannung zwischen ihnen. Caroline fühlte sich gestört durch Evas Zigarettenrauch und wedelte mit der Hand vor ihrem Gesicht. Sie hegte auch den Verdacht, daß Eva sich nicht so oft wusch, wie sie sollte; sie hatte die Aura und das schmuddelige Aussehen eines Menschen, der zu sehr von wichtigeren Dingen in Anspruch genommen ist, um sich um derlei Äußerlichkeiten zu kümmern.

«Was du mir über die Russen erzählst», sagte Caroline plötzlich mit größerer Heftigkeit, als sie hatte zeigen wollen, «sagt mir nichts, nicht das geringste. Mir erscheinen sie als ein asiatisches, fremdes und wildes Volk, Rohlinge, die heute nicht anders sind als unter dem Zaren – den sie zusammen mit seiner Frau und seinen kleinen Kindern so brutal ermordet haben. Man kann Menschen nicht von einem Tag zum anderen ändern. Ihre Wasserkraftwerke machen die Russen noch lange nicht zu zivilisierten Abendländern.»

«Sie waren unter den Zaren so unterdrückt, daß sie natürlich verroht sind», sagte Eva, entschlossen, nicht die Ruhe zu verlieren, «aber sie sind im Grunde ein rechtschaffenes und großherziges Volk, und unter dem Sowjetregime, unter dem Sozialismus, kann sich ihre bessere Natur frei entfalten. Ich bin *überzeugt,* daß man Menschen ändern kann, wenn man die Bedingungen ändert, unter denen sie leben.» Ihre Stimme stieg leidenschaftlich an. Ihre Zigarettenasche fiel aufs Sofa und lag als kleines graues Häufchen auf dem neuen Samtpolster. Caroline wollte es ignorieren, aber sie konnte die Augen nicht von dem Fleck losreißen, bis Eva, die den kummervollen Blick ihrer Schwester bemerkt hatte, die Asche hastig mit der Hand fortfegte. Sie stieg in einer kleinen Wolke auf und verteilte sich auf dem Buchara.

«Die französische Revolution hat den Lauf der Weltgeschichte verändert, und die russische wird das gleiche tun. Niemand wird imstande sein, sie aufzuhalten, niemand kann ihre Botschaft außer acht lassen: ‹Wachet auf, Verdammte dieser Erde, die stets man noch zum Hungern zwingt . . .› Das ist es, was wir singen, und das ist es, was die Bauern und Arbeiter der Welt hören. Es ist nicht aufzuhalten – es ist unvermeidlich. Und es ist *richtig*, daß es so ist.»

«Ich will nicht mit dir streiten», sagte Caroline. «Ich weiß zuwenig über Geschichte Bescheid. Das mag ein Fehler sein, aber du weißt ja, ich konnte mich auch nie an all die Kaiser erinnern, die dort im Dom neben dem Römer gekrönt worden sind . . .»

«Die Namen von Kaisern auswendig zu lernen, hat nichts mit Geschichte zu tun!»

«Ich weiß manches über andere Dinge, und ich interessiere mich für das, was Rußland kulturell zu bieten hat. Man sagt, die Eremitage sei voll von großartigen Kunstwerken, und Moskau und St. Petersburg –»

«Es heißt jetzt Petrograd . . .» warf Eva ein.

«– seien sehr schöne Städte.»

«Was nützt eine schöne Stadt, wenn die Menschen, die dort leben, unglücklich sind? Schöne Städte zeugen vom Geschmack der herrschenden Cliquen, der Höfe und der Fürsten. Der Ruhm Griechenlands ist der Ruhm einer Zivilisation, die Sklaverei betrieben hat.»

«Haben die Zaren nicht die Leibeigenen befreit?»

«Erst 1861. Das ist genau das, was ich meinte, als ich von der jahrhundertelangen Unterdrückung durch die Zaren sprach.»

«Du hast also nichts Schönes gesehen?»

«Ich habe Menschen gesehen, die sich bemühen, eine neue Welt zu schaffen. *Das* war schön!»

«Eva, um Himmels willen, hör auf, in Schlagworten zu sprechen! Du hörst dich an wie eine Propagandamaschine.»

«Ich sage nur die Wahrheit. Überall, wo ich war, wurde ich freudig, mit Umarmungen und Küssen, willkommen geheißen. Und wenn die Leute einen Laib Brot hatten, teilten sie ihn mit mir; und wenn sie nur einen halben Laib hatten, teilten sie ihn auch mit mir. Willst du wissen, was ich erlebt, was ich mit angesehen habe, als ich eines Tages in Moskau in einem überfüllten Omnibus fuhr? Ein Mann machte eine antisemitische Bemerkung. Er nannte einen anderen Fahrgast einen dreckigen Juden. Und die Schaffnerin – sie haben dort in den öffentlichen Verkehrsmitteln oft Frauen als Schaffner – zerrte ihn aus dem Bus und übergab ihn einem Polizisten, wobei sie ihm die ganze Zeit eine Standpauke über seinen Verstoß gegen Moral und Gesetz hielt. Mein Russisch ist nicht gut genug, als daß ich alles hätte verstehen können, aber ein Genosse, der mit mir fuhr, hat mir übersetzt, was ich nicht mitbekommen hatte.»

«Das ist sehr nett», sagte Caroline. «All das und auch die Wasserkraftwerke.»

«Sie haben vor sechs Jahren angefangen – hundert Jahre später als der Westen. Ihre Leistung ist sowohl in technischer als auch in menschlicher Hinsicht absolut bewundernswert.»

«Ich sage immer noch, du kannst die menschliche Natur nicht ändern, und du kannst auch eine Kultur nicht von einem Tag zum anderen ändern.»

Eva drückte energisch ihre Zigarette aus. «Es besteht kein Grund, uns zu streiten», sagte sie. «Du hast deine Ansichten, und ich habe meine. Aber ich höre nie auf zu hoffen, daß es mir gelingen wird, einen Hauch von etwas Neuem und Frischem in dein Leben zu bringen. Du bist wie eine Gefangene in diesem Haus, abseits von der Welt, aber ich bin nicht sicher, ob du dir dessen überhaupt bewußt bist. Und wenn sie jemals kommen und dich befreien, wird es dir wahrscheinlich wie das Ende des Lebens erscheinen.»

«Greif mich nicht an», sagte Caroline mit trauervoller Stimme. Eva empfand plötzlich Mitleid mit ihrer Schwester. Gleichzeitig hatte sie gute Lust, sie zu schütteln, sie in die «wirkliche» Welt hinauszubefördern, wo man von Menschenmengen angerempelt wurde und sich seinen Weg allein bahnen mußte. Caroline ihrerseits fühlte die Panik, die sie immer empfand, wenn sie sich von den Kräften der Leidenschaft bedroht sah; ihr Atem stockte, als ob eine Hand ihr die Kehle zudrückte. Sie sah sich in dem von Sonnenlicht durchfluteten Zimmer um. Alles war an seinem Platz. Caroline atmete ruhiger. Sie würde Baldriantropfen nehmen, sobald Eva fort war. Sie würde sich mit einem dünnen Taschentuch über den Augen hinlegen und sich ausruhen. Und dann, wenn sie ganz entspannt war, würde sie ein paar Blumen für den Eßtisch arrangieren und zu ihren Miniaturen zurückkehren, sobald es ein wenig kühler geworden war.

Eva sah Carolines gequälten Ausdruck, aber sie zündete sich noch eine Zigarette an und machte sich bereit, weiter über ihre Erlebnisse zu berichten. Sie hatte zwölf Wochen in der Sowjetunion verbracht, und diese Wochen waren angefüllt gewesen mit Episoden, von denen jede einzelne sich dazu eignete, in eine moralische Geschichte verwandelt zu werden, ähnlich derjenigen, die sie Caroline über den Antisemiten im Omnibus erzählt hatte. Es war Lene, die schließlich dem Tête-à-tête ein Ende machte, indem sie unangemeldet durch die Terrassentür hereinkam. Tom war unmittelbar hinter ihr. Sie waren beide außer Atem und bewegten sich mit ungestümer Hast.

«Beruhigt euch und setzt euch», sagte Caroline. «Wie ihr seht, ist Tante Eva hier.»

«Wir sind radgefahren», sagte Lene. «Ich würde dir gern einen Kuß geben, Tante Eva, aber ich bin ganz verschwitzt. Du kennst Tom ja mittlerweile. Der Verkehr in der Stadt ist grauenvoll. Wir sind so schnell wie möglich rausgefahren, in Richtung Stadtwald, und haben in der Oberschweinstiege ein Bier getrunken. Das Lokal war gerammelt voll ... mit ‹Proletariern›, wie Tom es in seiner arroganten Art nannte. Bitte entschuldige uns, Tante Eva. Es ist schrecklich heiß.»

Lenes Haar war kurz geschnitten und aus der Stirn gekämmt, und es wurde von einem langen, schmalen Baumwollschal gehalten, den sie auf indianische Art um den Kopf gebunden hatte. Ihr sonnenverbranntes Gesicht war mit Sommersprossen bedeckt. Sie trug eine ärmellose Baumwollbluse und Knickerbocker. Schmal gebaut und schlank, wie sie jetzt war, hatte Lene mit zwanzig etwas von einem *gamin* an sich. Ihre Stimmung war bald lebhaft, bald nachdenklich. Sie konnte ein Wirbelwind von Geschwätz und Gelächter sein, aber sie konnte auch in völlige Schweigsamkeit verfallen. Tom fand manchmal, daß sie einem Renaissanceporträt glich, einer jungen Contessa, die über die Schultern blickte, ihrer Schönheit und ihrer Stellung im Leben gewiß, weder affektiert noch hart, und nicht ganz sicher, daß alles mit der Welt in Ordnung war.

Tom trug ebenfalls Knickerbocker und ein Hemd mit offenem Kragen, aber nichts an seiner Kleidung oder seiner Haltung deutete darauf hin, daß er gerade eine heiße, staubige Radtour hinter sich hatte. Er begrüßte Eva mit einem Händeschütteln und küßte Caroline die Hand.

«Ich habe gehört, Sie waren in Rußland», sagte er zu Eva. «Hat es Ihren Erwartungen entsprochen?»

«Ja, und mehr noch als das», erwiderte sie.

Es fiel ihr schwer, Tom nicht zu mögen, der immer charmant war und fast keinerlei Vorurteile zu haben schien. Er war groß geworden – einen Kopf größer als Lene –, und sein Gesicht schien ständig zu einem liebenswürdigen Lächeln bereit. In Wirklichkeit behielt er seine Gefühle viel mehr für sich, als Lene es tat. Er vertraute darauf, daß seine Sicherheit und sein gutes Aussehen ihm helfen würden, sich elegant seiner gesellschaftlichen Verpflichtungen zu entledigen.

Lene setzte sich aufs Sofa neben Eva und umarmte sie. Caroline bedeutete Tom mit einer Handbewegung, sich neben sie auf einen bequemen Sessel zu setzen.

«Du kannst mit mir reden», sagte sie, «während Eva Lene einen kurzen – oder auch nicht so kurzen – Bericht von ihrer Reise gibt.» Sie hob die Augen und sagte leise: «Gott bewahre mich vor der Erwähnung von Traktoren oder anderen schweren Maschinen. Du wirst, hoffe ich, von etwas anderem sprechen.»

«Ich gebe Ihnen mein Wort», sagte Tom. Er hatte die Gewohnheit angenommen, Caroline amüsante Geschichten über Leute, die sie kannte, und über die Schauspieler und Sänger der Frankfurter Theater zu erzählen. Er stellte keinerlei Anforderungen an sie, denn er hatte längst erkannt, daß dies der sicherste Weg zu ihrem Herzen war.

Lene versuchte, sich Evas Bericht über die Sowjetunion mit gebührendem Interesse anzuhören, aber die Begeisterung ihrer Tante fand bei ihr ebensowenig Widerhall wie bei ihrer Mutter. Lene hatte jedoch ihre Tante Eva sehr gern, und so ließ sie sich ihre Ungeduld nicht anmerken.

«Rat mal, was ich zu tun beschlossen habe», unterbrach sie schließlich Evas Redeschwall. «Ich glaube, du wirst stolz auf mich sein. Ich habe beschlossen, Kindergärtnerin zu werden. Ich habe mich im Pädagogischen Institut angemeldet und fange in weniger als einem Monat mit dem Unterricht an. Neben den theoretischen Vorlesungen arbeiten wir mit armen Kindern in einem Hort, und am Ende unserer Studien legen wir das Staatsexamen ab und bekommen unser Diplom.»

«Wie schön», sagte Eva. «Ich bin wirklich stolz auf dich, und wenn ich bei deinem Entschluß, eine lohnende Arbeit aufzunehmen, auch nur die geringste Rolle gespielt haben sollte, werde ich sogar noch stolzer sein. Weißt du, ich habe immer das sichere Gefühl, daß meine Überzeugungen stark genug sind, Kaiserreiche zu vernichten, aber der Gedanke, daß eine einzelne Person *meinetwegen* ihre Lebensweise geändert hat, ist absolut verwirrend . . .»

«*Noch* hat sie ihr Leben nicht geändert», sagte Tom. «Warten Sie ab, bis sie einen Tag unter rotznäsigen Kindern verbracht hat.»

«Ich hoffe, Lene ist sich klar darüber, daß mühevolle Arbeit vor ihr liegt», sagte Caroline, die wußte, daß ihre Tochter ihr in einer gewissen Hinsicht sehr ähnlich war, und zwar in ihrer Neigung, beim ersten Anzeichen von Schwierigkeiten aufzugeben und sich in das sanfte Kissen der Lethargie sinken zu lassen. Eva hingegen war, ihrer eigenen Weltanschauung gemäß, überzeugt, daß der Enthusiasmus, der auf dem Gesicht ihrer Nichte stand, Ausdruck einer tief empfundenen Verpflichtung war.

Lene versuchte, die Ansicht ihrer Tante zu bekräftigen und die ihrer Mutter zu widerlegen. «Ich habe Vorlesungen in Soziologie an der Universität besucht, und du wärst überrascht, wieviel ich gelernt habe. Ich werde wohl niemals ein Muster an Gelehrsamkeit sein, aber ich bin überzeugt, daß wir uns auf große Veränderungen vorbereiten müssen, und ich möchte etwas Gutes in dieser Welt tun. Tom macht sich über mich lustig –» sie warf ihm einen liebevoll geringschätzigen Blick zu –, «aber das stört mich nicht im geringsten. Wir alle haben ein ziemlich leichtfertiges Leben geführt – alle außer dir, Tante Eva –, und ich werde das grundlegend ändern. Tom hat selbst zugegeben, als er mich einmal mit einigen Kindern auf dem Spielplatz des Palmengartens sah, daß ich dort unter ihnen so natürlich wirkte, als ob ich dazu geboren wäre, mit Kindern zu spielen . . .»

«Sie waren sauber und gepflegt», sagte Tom, «und ungefähr so wild wie eine Schar neugeborener Küken.»

«Ich bin überzeugt, daß Lene ihre Sache gut machen wird», erklärte Eva. «Wir werden uns einmal ausführlich darüber unterhalten, du und ich.» Sie streichelte Lenes Knie. «Du hast noch sehr viel zu lernen, und ich werde dich auf die Fehler hinweisen, die du vermeiden mußt. Man schätzt diejenigen, die nicht so sind wie man selbst, leicht falsch ein, besonders wenn sich das eigene Leben in einer so andersgearteten Welt abspielt.»

«Es wird bald immer weniger Unterschiede geben», bemerkte Lene.

«Gott schütze uns vor solch einer Gleichheit», sagte Caroline inbrünstig.

«Apropos Palmengarten», warf Tom ein, «wir haben Karten für das Konzert heute abend.»

«Wann fängt es an?» fragte Lene.

«Ich glaube, um sieben.»

«Dann muß ich sehr früh essen. Soll ich's Anna sagen?»

«Du denkst mal wieder wie üblich nur an Essen», sagte Caroline. «Und dabei siehst du soviel besser aus, seit du abgenommen hast.»

«Ich schlage vor, du ißt nicht zu Abend, und wir gehen nach dem Konzert irgendwohin», sagte Tom.

«Wann wolltest du heute zu Mittag essen?» fragte Lene ihre Mutter.

«Zur gleichen Zeit wie immer», erwiderte Caroline. «Dein Vater wäre außer sich, wenn wir jemals die Essenszeit änderten.»

«Wer kommt?»

«Niemand Besonderes . . . Eva bleibt natürlich, und Emma nach ihrem Ritt im Stadtwald.»

«Ich hab ganz vergessen, heute ist ja Emmas Reittag!» rief Lene. «Wir hätten nach ihr Ausschau halten sollen, wie sie hoch zu Roß durch den Wald galoppiert, während wir uns auf unseren Rädern abstrampelten.»

«Der Stadtwald ist groß», sagte Caroline. «Andreas kommt nicht, er habe zu tun, sagt er. Aber vielleicht hat Tom Lust zu bleiben?»

«Ich habe meinen Eltern versprochen, nach Hause zu kommen», erwiderte Tom.

«Wie geht es deinem Vater?» fragte Caroline.

«Es wird von Woche zu Woche schlimmer mit ihm. Aber er klammert sich verzweifelt ans Leben.»

«Niemand will sterben», sagte Eva.

«Das stimmt nicht», widersprach ihre Schwester. «Es gibt viele, die aufgegeben haben und sich einfach treiben lassen . . .»

«Oder Selbstmord begehen», sagte Lene mit einem leichten Schaudern.

«Mein Vater gehört nicht zu dieser Art von Menschen», murmelte Tom. «Er ist mittlerweile achtzig und leidet an Arterienverkalkung. Manchmal ist er geistig klar wie der Tag und dann wieder so senil, daß er sich nicht an den Krieg und seine toten Kinder erinnert. Nichts, was nach 1901 geschehen ist, scheint für ihn zu existieren – aber er vergißt nie, mich wegen meiner ‹verantwortungslosen› Lebensweise zu tadeln.»

«Du mußt ihn verstehen und ihm verzeihen», sagte Caroline, deren Umgang mit unangenehmen Themen darin bestand, daß sie gängige Phrasen wie Segnungen über sie aussprach. Sie dachte wenig über das nach, was sie sagte, aber sie wollte ihre Umgebung wissen lassen, daß ihre Gedanken so perfekt waren wie der Dekor ihres Hauses, wenn auch nicht tiefgründiger als die von Frieda Gründlich.

«Wo ist Fräulein Gründlich?» Tom wollte das Thema wechseln. Der Gedanke an seine Eltern, vor allem an seinen Vater, deprimierte ihn, und er war nicht gern deprimiert. Aber trotzdem liebte er seinen Vater, hauptsächlich, weil er ihn aus seiner frühen Kindheit in zärtlicher Erinnerung hatte.

«Was hat dich veranlaßt, plötzlich an Gründlich zu denken?» fragte Lene. «Du mußt meine Gedanken erraten haben. Sie ist auf Urlaub, die Gute. Zu Hause auf dem Bauernhof, bei ihrer Familie. Ernährt sich von roher Milch und frischem Gemüse und schüttelt sich vermutlich bei dem Gedanken an das Zeug, das wir hier essen müssen.»

«Anna kocht so gut sie kann», sagte Caroline sanft.

«Wenn ihr glaubt, daß *ihr* es schwer habt bei dieser Inflation, dann stellt euch mal vor, womit die Armen zu kämpfen haben», sagte Eva.

«Da kommt Emma», sagte Tom und stand auf, um sie zu begrüßen. «Genau im richtigen Augenblick, um uns von unserer bedrückenden Unterhaltung zu befreien.»

«Wir haben überall nach dir Ausschau gehalten», sagte Lene, überzeugt, daß es wirklich so gewesen war, «aber du warst nirgends zu sehen.»

Emma trug ihr Reitkostüm, Handschuhe und einen Hut, und nur die leichte Röte ihrer Wangen deutete auf die Hitze des Tages hin. Ihr langes, dunkles Haar wurde von einem roten Band zusammengehalten. Sie hielt noch die Reitpeitsche in der Hand. «Ratet mal, was ich heute erlebt habe», sagte sie.

«Was?» fragte Lene ohne viel Interesse. Die Erlebnisse ihrer Schwester bestanden für gewöhnlich darin, daß sie die Geburt eines Fohlens oder irgend etwas Ähnliches beobachtet hatte.

«Ich habe einen gutaussehenden Kavallerieoffizier kennengelernt. Er ist eine Stunde lang mit mir durch den schönsten, abgelegensten Teil des Waldes geritten. Es war herrlich.»

«Kein Wunder, daß wir dich nicht gesehen haben», sagte Lene.

«Wer ist es? Wie heißt er?» wollte Caroline wissen.

«Warte, warte», sagte Emma. «Laßt mich euch die ganze Geschichte der Reihe nach erzählen.»

«Ich habe dich noch nie so erregt gesehen», sagte Eva mit einem unverkennbar spöttischen Lächeln. «Es ist erstaunlich, wie der Anblick eines gutaussehenden Mannes dem vernünftigsten Mädchen den Kopf verdrehen kann!»

Emma nahm sehr selten die allgemeine Aufmerksamkeit für sich in Anspruch. Sie hatte offenbar tatsächlich ein ungewöhnliches Abenteuer erlebt. Und der Bericht darüber bereitete ihr ebensoviel Vergnügen wie das Erlebnis selbst.

«Ich ritt den kastanienbraunen Wallach», sagte sie, «mein Lieblingspferd, das mit dem weißen Fleck am rechten Vorderfuß. Es heißt Onufri.»

«Komischer Name», sagte Lene.

«Ja. Ich ging mit ihm im Hippodrom im Kreis herum, wie ich es für gewöhnlich als Übung vor dem Ausreiten tue, und plötzlich hörte ich lautes Geschrei in der Nähe des Stalles. Einer der Pferdeknechte hatte große Schwierigkeiten mit Black Savage, einem tückischen Gaul, den nur die Tollkühnsten zu reiten wagen. Man läßt Frauen nicht einmal in seine Nähe. Er bäumte sich und schlug aus, benahm sich wie eines dieser Pferde, die man manchmal in den Wildwestschauen sieht. Der Reitknecht war offensichtlich außerstande, ihn zu bändigen. Schließlich nahm er einen Stock und versetzte ihm damit einen Hieb über die Flanke. Daraufhin geriet das Pferd völlig außer Rand und Band. Es schlug mit beiden Hinterbeinen aus und traf den Jungen am Kopf. Ich sah ihn blutend zu Boden stürzen. Es war schrecklich, aber ich muß sagen, jemand, der ein Pferd so brutal schlägt, hat es nicht anders verdient – das arme Tier!»

«Wie kannst du nur so etwas sagen?» rief Eva.

«Was sagen?» Emma war verblüfft.

«Daß der Junge es ‹verdient› hat, getreten zu werden. Ist er schlimm verletzt worden?»

«Woher soll ich das wissen? Ich bin nicht hinübergegangen, um ihn anzustarren, das hätte in diesem Augenblick gerade noch gefehlt», sagte Emma spöttisch. «Und man brachte ihn sehr schnell fort, sobald Otto das Pferd gepackt hatte. *Er* hat wahrscheinlich dem armen Teufel das Leben gerettet.»

«Ein dummes Tier ist und bleibt genau das, besonders wenn es sich um ein *bösartiges* dummes Tier handelt. Aber ein Mensch ... ein Junge!» Eva konnte Menschen, die viel Getue um Tiere machten, nicht ertragen.

«Ist dieser Otto dein Offizier?» fragte Lene.

«Ja. Otto von Benzow. Er hat Black Savage gepackt, ehe er

dem Reitknecht noch mehr Schaden zufügen konnte. Hat ihn beruhigt und ist eine Weile mit ihm herumgeritten, bis er sanft wie ein Lamm war. Ich habe ihn beglückwünscht; nicht viele Leute verstehen es, mit solchen Tieren umzugehen. Er ist Oberst.»

«Wie viele Arbeiter hat er erschossen?» fragte Eva.

«Diese Frage will ich nicht gehört haben, Tante Eva!»

«Das Ganze klingt wie eine Geschichte aus den Illustrierten. Einer dieser Fortsetzungsromane von Damen mit erfundenen dreifachen Namen», sagte Tom. «Ich hätte nicht gedacht, daß sich Mädchen im wirklichen Leben immer noch in schneidige Husaren verlieben.»

«Ich bin nicht verliebt», sagte Emma.

«Hat er Uniform getragen?» wollte Lene wissen.

«Natürlich! Woher hätte ich sonst gewußt, daß er Offizier ist?»

«Er hätte ja vielleicht ein Schild auf der Brust tragen können: ‹Vorsicht! – Bin Offizier!›», sagte Lene.

«Ihr macht euch alle über mich lustig.»

Caroline fand, es sei an der Zeit, einzugreifen. «Ihr zwei habt versprochen, heute nachmittag zu Onkel Jacob zu gehen.»

«Aber wir sind bei Onkel Edu zum Tee eingeladen.»

«Ihr könnt gleich nach dem Essen zu ihm gehen; er macht jetzt immer eine lange Mittagspause und wird wahrscheinlich erst gegen halb vier wieder in den Laden gehen. Anna hat ein Hühnchen für ihn gebraten, das ihr ihm bringen sollt. Er kann es kalt zum Abendbrot essen. Man muß ein bißchen für ihn sorgen. Wenn man ihn sich selbst überläßt, ißt er überhaupt nichts mehr.»

«Ich hol dich um halb sieben ab», sagte Tom zu Lene, nachdem er sich von den anderen verabschiedet hatte. «Mach dich schön für mich.»

«Ich begleite dich hinaus», entgegnete Lene und hakte sich bei ihm ein. Am Gartentor, wo er sein Rad zurückgelassen hatte, stellte sie sich auf die Zehenspitzen und küßte ihn auf die Wange.

«Glaubst du, daß Emma endlich einen Verehrer gefunden hat?» fragte sie.

«Einen deutschen Offizier? Großer Gott, hoffentlich nicht!»

«Sie *dürstet* förmlich nach Sex, hast du das nicht bemerkt?»

«Nach *Liebe.*»

«*Ich* glaube, nach Sex.»

«Was erzählt sie dir?»

«Nichts. Sie sagt kein Sterbenswörtchen.»

«Du bist boshaft – und lieblos.»

«Ich glaube auch, daß sie mit uns nicht einverstanden ist.»

«Darf ich fragen, warum?»

«Zuerst war es Eifersucht, und jetzt glaubt sie nicht, daß du es ernst meinst.»

«Ich dachte, wir kämen glänzend miteinander aus, sie und ich.»

«Das tut ihr auch. Aber Emma ist sehr kritisch.»

Tom stieg auf sein Rad und gab Lene einen Kuß auf die sommersprossige Stirn. «Bis heute abend. Geh jetzt unter die Dusche.»

Emma liess die Tür zu ihrem Zimmer offen, während sie sich für ihr Bad auszog. Sie war jetzt fast dreiundzwanzig und immer noch sehr schlank. Ihr schwarzes Haar reichte ihr bis zur Taille. Sie trug es für gewöhnlich mit einem Mittelscheitel und im Nacken zu einem schweren Knoten geschlungen, der von großen Schildpattnadeln gehalten wurde. Es sah aus wie eine schwarze Kappe, die nur ihre zarten Ohrläppchen freiließ und sich in einer anmutigen Linie von der Stirn zum Nacken senkte.

Emma hatte den Punkt ihres Lebens erreicht, an dem ihre Schönheit in voller Blüte war. Überall blieben die Männer stehen, um sie anzustarren – im Theater, im Museum, in den Läden und auf der Straße. Sie wußte nicht, weshalb sie es taten, und nahm an, daß dies einfach zu ihrer animalischen Natur gehörte. Sie hielt sich kerzengerade, blickte starr vor sich hin und strahlte eine frostige Strenge aus, die die Männer vertrieb, sobald sie sich ihr genähert hatten. Sie sei wie ein Engel, sagten sie, strahlend und menschenunähnlich, oder wie eine Marmorbüste von Laurana, kunstvoll in kalten Stein gehauen. Sie war eine hervorragende Reiterin geworden, ritt majestätisch und in tadelloser Haltung im Damensattel, das Pferd nur mit den Händen lenkend. Und dennoch – unter alledem schwelte etwas wie Feuer, und man konnte nicht sagen, ob es Wärme oder Zerstörung bringen würde.

Als Lene die offene Tür sah, ging sie in das Zimmer ihrer Schwester, streckte sich auf dem Chintzsessel aus und bat: «Erzähl mir von deinem Verehrer.» Sie liebte den Pferdegeruch, der an Emmas Kleidung haftete, während Emma selbst ihn nicht mochte und die Sachen immer zum Lüften ins Freie hängte. Ihre Reitstiefel wurden sofort in den Keller gebracht, wo August sie blitzblank putzte.

«Er ist schlank und hat graublaue Augen. Es geht eine ungeheure Kraft von ihm aus, obwohl er nicht groß ist. Man spürt, daß er durch und durch muskulös ist, vollkommen ausgewogen, zäh.»

«Und das gefällt dir?»

«Ich mag keine weichlichen Männer.» Sie dachte an den Vorgang im Reitstall und erinnerte sich, wie Otto das wilde, zornige Pferd gebändigt hatte, von dessen Augen nur das Weiße zu sehen war und dessen Körper von Schweiß glänzte, bis auf die Stelle, wo der Reitknecht es blutig geschlagen hatte.

«Ich hoffe, er sieht nicht nur gut aus, sondern ist auch nett.»

«Er war sehr galant. Hat sich verbeugt, ehe er sich vorstellte, und er hat mir die Hand geküßt, als wir von unserem Ritt zurückkamen.»

«Tom hat recht, es klingt wirklich genau wie eine Geschichte aus irgendeiner Illustrierten.»

«Tom macht sich in seiner überheblichen Art über alles lustig. Es ist unerträglich. Fang du nicht auch noch damit an.»

«Hast du jeden Sinn für Humor verloren, Emma?»

«Ich mag nicht ausgelacht werden.»

«Niemand lacht dich aus; wir versuchen nur, diese seltsame Begegnung zu ergründen. Woher kommt dein Kavalier?»

«Aus Ostpreußen.»

«Du lieber Himmel – ein Junker. Glaubst du, Eva hat recht – hat er während der Revolution Arbeiter erschossen?»

«Eva ist eine blinde Närrin. Wart ab, bis ihr geliebtes Proletariat sich gegen sie wendet und sie in Stücke reißt.»

«Sie hat ein Herz aus Gold.»

«Wie viele Narren.»

«Wann werdet ihr zwei euch wiedersehen?»

«Das weiß ich nicht. Aber er hat mich gefragt, an welchen Tagen ich reite, und ich habe es ihm gesagt.»

«Werden wir ihn kennenlernen? Vielleicht können wir einmal zu viert ins Theater gehen – oder einen Ausflug machen, falls er Theater nicht mag.»

«Warum sollte er Theater nicht mögen? Er macht den Eindruck eines kultivierten Mannes, ‹eines Kavaliers der alten Schule›, würde Gründlich sagen.»

Emma saß auf dem Bett, nur mit einem seidenen Schlafrock bekleidet. Lene konnte immer noch einen leichten Pferdegeruch wahrnehmen.

«Wie dem auch sei», sagte Emma entschieden, «soweit sind wir noch nicht. Ich will nicht darüber nachdenken, was sein könnte. Und ich will nicht weiter darüber sprechen. Ich gehe jetzt in die Badewanne, um diesen Stallgeruch loszuwerden.»

Das Esszimmer, das nach Norden lag, war der kühlste Raum im Haus. Nathan kam pünktlich um eins nach Hause, und das Essen wurde um halb zwei serviert, so daß ihm Zeit blieb, die Post zu lesen und einen Blick in die Zeitung zu werfen. Wenn er auf dem Weg zu seinem Arbeitszimmer am Eßzimmer vorbeikam, sah er immer nach, wie viele Gedecke aufgelegt waren, um zu wissen, wen er erwarten konnte. Heute war für fünf Personen gedeckt, was bedeuten mochte, daß Andreas sich angesagt hatte. Aber die Stimmen, die aus dem Wohnzimmer herüberdrangen, waren Frauenstimmen, und er erinnerte sich, daß seine Schwägerin aus Rußland zurückgekehrt war. Eva, Caroline und seine zwei Töchter machten vier, also würde er – leider! – wieder allein unter den Frauen sein.

Es war für ihn immer eine angenehme Abwechslung,

wenn Andreas kam. Sie sprachen dann über Musik. Andreas studierte an der Hochschule mit der Absicht, Musikwissenschaftler zu werden. Einige seiner Konzertkritiken waren bereits von der *Frankfurter Zeitung* angenommen worden. Er kannte die zeitgenössische Musik besser als die meisten Frankfurter Kritiker, und er schrieb einen ausgezeichneten Stil. Aber er hatte keinen Ehrgeiz; sein Leben schien zwischen Lethargie und Unrast zu schwanken. Er konnte tagelang herumliegen und Pläne schmieden, die durchzuführen er nicht imstande war; dann wieder streifte er ruhelos durch die Straßen auf der Suche nach einer Begegnung, irgendeinem Echo für seine Gefühle, einem gefährlichen Rausch, dem er sich hingeben konnte. Er wünschte, daß seine Arbeit ihn in solch eine Hochstimmung versetzen könnte. Ein- oder zweimal hatte er das erlebt, und es war beglückend gewesen. Er verstand, was es bedeutete, Künstler zu sein. Aber diese Augenblicke waren so selten, daß es ihn immer wieder auf die Straßen und in die kleinen, düsteren Bars der Altstadt trieb. Seine Familie weigerte sich, seine Homosexualität zur Kenntnis zu nehmen. Es hätte ihn getröstet zu wissen, daß sie diese Veranlagung nicht als eine Verirrung ansah, die man aus Angst vor dem Urteil der Welt geheimhalten mußte. Selbst Ernst, der, unzufrieden mit ihnen allen, an die Berliner Universität geflohen war, wurde nervös, sooft Andreas das Thema anzuschneiden versuchte.

Lene hatte einmal mit Emma darüber gesprochen – Lene betrachtete sich als aufgeklärt, als Kind ihrer Zeit – und gesagt, sie glaube nicht, daß Andreas sich etwas aus *Frauen* machte. Emma hatte ihr auf eine vage Art beigepflichtet, die ungewöhnlich für sie war und deutlich erkennen ließ, daß sie nicht weiter auf das Thema einzugehen wünschte.

«Er schläft mit *Männern*», sagte Lene. «Ich versuche, es mir vorzustellen, aber es fällt mir schwer.»

«Ich stelle es mir überhaupt nicht vor», erwiderte Emma. «Meine Gedanken machen vor dieser Tür halt. Ich will nichts davon wissen.»

Nathan begrüßte die vier Frauen mit einem matten Lächeln und hieß seine Schwägerin höflich, aber lustlos willkommen. Er schüttelte ihr die Hand, küßte sie aber nicht.

«Ich hoffe, das Essen ist heute besser als gestern», sagte er. Das war jetzt sein täglicher, trockener Kommentar.

«Es wird nicht besser werden, solange es so wenig Lebensmittel gibt», erwiderte Caroline. «Bei dieser Inflation können wir von Glück sagen, daß wir überhaupt etwas bekommen. Man braucht einen Kinderwagen voller Geld, um sechs Eier zu kaufen, und bis man beim Laden angelangt ist, stellt man fest, daß es gerade noch für vier reicht.»

«Man kann es den Bauern nicht verübeln, daß sie kein wertloses Geld annehmen wollen», sagte Eva.

«Hast du es auf dem Schwarzmarkt versucht?» fragte Nathan scheinbar arglos.

«Laß Pauline damit ihre Zeit vertrödeln», sagte Caroline. «Mich wirst du nicht dabei ertappen, daß ich mich mit Verbrechern abgebe.»

«Man ist in Berlin sehr streng gegen Schwarzhändler vorgegangen», bemerkte Eva. «Und mit Recht.»

«Können wir nicht über erfreulichere Dinge reden?» fragte Lene.

Nathan rümpfte die Nase über die Kroketten, die Liese herumreichte. Anna hatte ihr möglichstes getan, sie schmackhaft zu machen, hatte gehackten Schnittlauch aus dem Garten hineingetan und sie mit Bergen von Petersilie umgeben. Es gab außerdem selbstgeerntete Tomaten und grünen Salat. Aber die Brötchen waren dunkel und zäh. Caroline brach ein paar kleine Stücke ab und rollte sie zu teigigen Bällchen, ohne zu bemerken, was sie tat.

«Ich glaube, ich werde Eisenstein entlassen müssen», sagte Nathan, während er an der Krokette auf seinem Teller herumstocherte und versuchte, sie mit dem unschmackhaften Reis zu vermischen.

«Warum ausgerechnet in diesen schweren Zeiten?» fragte Caroline.

«Die Zeiten sind für uns alle schwer», erwiderte Nathan in seinem üblichen niedergeschlagenen Ton. «So wie die Dinge sich entwickeln, glaube ich nicht, daß ich ihn behalten kann. Ganz gleich, wie gut und gewissenhaft ich meine Praxis führe, sie scheint ständig kleiner statt größer zu werden. Eisenstein wird alt.»

«Er ist nicht viel älter als du, Papa», wandte Lene ein. «Armer Eisenstein, was wird er tun?»

«Stempeln gehen», sagte Eva leise.

«Ich werde versuchen, ihn woanders unterzubringen», sagte Nathan. «Vielleicht kann Edu ihn anstellen.»

«Was täten wir, wenn wir Edu nicht hätten?» murmelte Emma. Alle gaben vor, es nicht gehört zu haben, aber alle hatten genau das gleiche gedacht.

«Jetzt, wo Edu Partner im Bankhaus Goldschmidt geworden ist, müßte es ihm eigentlich möglich sein, etwas für ihn zu finden», sagte Caroline. «Die Unternehmen deines Bruders florieren, ganz gleich, was geschieht. Krieg, Revolution, Inflation . . . nichts scheint ihn aufhalten zu können.»

«Sei froh darüber», sagte Nathan. «Es hält uns alle über Wasser.»

Es wurde still am Tisch. Die Hitze, die von draußen hereindrang, schien allen zuzusetzen. Caroline aß so gut wie nichts und spielte weiter mit dem Brot. Ihre Hände waren sehr weiß; abgesehen von den blauen Adern auf dem Handrücken hätten sie aus Elfenbein geschnitzt sein können. Eva wurde von Mitleid mit ihrer Schwester überwältigt, hatte aber gleichzeitig den Wunsch, nichts mehr mit ihr zu schaffen zu haben. Caroline gehörte für sie zu der Vergangenheit, die sie während der Wochen ihrer Reise durch die Sowjetunion für immer hinter sich gelassen zu haben glaubte. *Dort,* in Rußland, lag die Zukunft, und sie hatte nichts mit diesen Überbleibseln der alten Ordnung zu tun, die so voller melancholischer Dekadenz und nervöser Leiden waren. Eva zog sich in ihre persönlichen Erinnerungen zurück und dachte mit Behagen an die Zeit, wo sie mit den Genossen der Arbeiterjugend durch den Taunus gewandert war, um das Lagerfeuer herum gesessen und Volkslieder gesungen hatte. Ein hoher Parteifunktionär hatte ihr gesagt, das Politbüro hoffe, daß es am 7. November, dem Jahrestag der russischen Revolution, in Deutschland eine Revolution geben werde. Obgleich sie es nicht recht glaubte – ihr Instinkt sagte ihr, daß diese Hoffnung eine Illusion war –, richtete sie ihre Gedanken darauf.

«Eisenstein ist ein guter Mann», sagte Nathan, das

Schweigen brechend, «zuverlässig und ehrlich. Ich werde für ihn tun, was ich kann. Edu muß doch sicher Verwendung für solch einen Mann haben. Seine Frau ist leidend, und seine zwei Söhne taugen nichts.» Er seufzte.

Die Nachspeise war ein gelblicher Pudding, mit kleinen Stückchen von kandierten Früchten gespickt. Er schien ausschließlich aus Chemikalien zu bestehen.

«Sollen wir Onkel Jacob etwas ausrichten?» fragte Emma. Sie hatte den Pudding beiseite geschoben und wollte so schnell wie möglich vom Tisch aufstehen.

«Sag ihm, er kann unsere Karten für das Konzert am nächsten Mittwoch haben. Wir sind bei den Schlesingers eingeladen.»

«Wie lästig», brummte Nathan. «Du hast mir nichts davon gesagt. Ich wünschte, du würdest für die Abende, für die wir Konzertkarten haben, keine Einladungen annehmen.»

«Ich hatte es vergessen. Es ist Sommer, und die Konzerte werden ganz planlos angesetzt. Als mir klar wurde, daß wir eine Kollision von Terminen hatten, war es zu spät, um abzusagen.»

«Ich möchte lieber das Konzert hören. Es spielt ein junger und, wie es heißt, sehr begabter Pianist namens Manfred Solomon, in Polen geboren, aber hier aufgewachsen. Sag diesen langweiligen Schlesingers, daß wir nicht kommen können.»

«Das werde ich ganz gewiß nicht tun», entgegnete Caroline.

«Dann wirst du wohl allein hingehen müssen, oder in Begleitung eines deiner Kinder. Ich will auf keinen Fall das Konzert versäumen.»

Caroline trommelte mit den Fingern auf den Tisch. Eva zwang sich, in ihrem Wachtraum bei dem Tag zu verweilen, an dem sie mit den «Freunden der Natur» auf den Feldberg gestiegen war, um den Sonnenaufgang zu sehen.

«Dürfen wir aufstehen?» fragte Emma. «Wir haben heute noch viel zu tun, besonders wenn wir auch noch bei Onkel Jacob vorbeischauen sollen.»

«Ich hol schon mal das Hühnchen aus der Küche», sagte Lene.

«Was für ein Hühnchen?» fragte Nathan.

«O Gott», stöhnte Caroline, «noch eine Szene. Geht, Kinder ... und seht zu, daß ihr nicht zu spät zu Edu kommt.»

«Schickst du meinem nichtswürdigen Bruder Jacob ein Hühnchen?» tobte Nathan. Er hatte sich in Wut gesteigert, ohne recht zu wissen, warum. Wenn bloß Andreas dagewesen wäre, um ihn vor den Vorwürfen und Quengeleien dieser Frauen zu bewahren. Er gab Eva die Schuld an allem, wagte aber nicht, sie anzugreifen. «Nachdem du mir diesen Fraß vorgesetzt hast, läßt du ein Hühnchen für Jacob zubereiten, dem es nichts ausmachen würde, Sägemehl zu essen, solange er eine Flasche Wein hat, um es damit hinunterzuspülen?»

«Wir bekommen auch Hühnchen», sagte Caroline müde, «morgen. Deine Mutter und Edu kommen zum Essen, und auch Andreas. Da dachte ich mir – ich hoffe, du wirst mir verzeihen, Eva –, ich hebe sie lieber bis dahin auf. Es ist Anna gelungen, frag mich nicht wie, dem Schlachter drei Poularden abzuschwatzen. Eine war etwas kleiner als die anderen, und ich dachte, daß Jacob ...» Carolines Stimme war jetzt bittend. Die Mädchen hatten ihre Servietten zusammengelegt, sie in die silbernen Ringe gesteckt und sich aus dem Zimmer geschlichen. «Da Jacob nicht zum Essen kommen kann oder will, wollte ich ihm mit der kleinen Poularde eine Freude machen. Er hat niemanden, der für ihn einkaufen geht, und er besteht praktisch nur noch aus Haut und Knochen. Ich glaube, er ist nie über Gerdas Tod hinweggekommen oder über die Tatsache, daß er sie – nur der Familie wegen – nicht geheiratet hat, ehe sie starb. Er ist seit ihrem Tod so seltsam und eigenbrötlerisch geworden ...»

«Gerdas Tod ist nach all diesen Jahren wahrhaftig kein Hühnchen wert.»

Eva, außerstande, den Streit zu verhindern, stand ebenfalls vom Tisch auf. Sie küßte ihre Schwester, die keine Notiz von ihr nahm, griff nach ihrer Hand und flüsterte ihr «Auf Wiedersehn» ins Ohr, um ihre Solidarität zu zeigen.

Emma und Lene waren in die Küche gegangen. Sie vermißten Fräulein Gründlich, deren Gegenwart Streitereien verbot.

«Papa ist wütend über das Hühnchen», sagte Lene.

«Das kann ich mir denken», erwiderte Anna, «besonders nach den Kroketten, die er nicht mag. Wie war der Pudding? Wie ich sehe, hat fast niemand ihn angerührt.»

«Na ja –» Lene zögerte – «zumindest war er süß.»

«Bald fängt die Apfelernte an, dann haben wir es leichter», sagte Anna. «Beneidet ihr nicht Fräulein Gründlich dort oben auf dem Land, wo auch immer es ist?»

«In Schleswig-Holstein», sagte Emma.

«Wißt ihr, ich habe nie geglaubt, daß es schön sein könnte, auf dem Land zu leben, aber nach allem, was ich gesehn habe – und Besseres wird nicht nachkommen –, find ich's gar nicht mehr so schlecht.» Anna hatte das Hühnchen in ein altes sauberes Geschirrtuch und dann in eine karierte Serviette gewickelt, in einen Korb gelegt und vorsorglich ein paar Tomaten hinzugefügt. «Sagt eurem Onkel Jacob, er soll den Korb gelegentlich zurückbringen», sagte sie. «Und grüßt ihn schön von mir.»

Lene und Emma gingen gemächlich durch die Altstadt zur Fahrgasse. Als sie am Laden vorbeikamen, winkten sie Alois zu, der mit einem Buch in der Hand neben der geöffneten Tür saß.

«Ich hatte damals, vor Jahren, fest angenommen, daß er Gründlich heiraten würde», sagte Lene, nachdem sie um die Ecke gebogen waren. «Was mag zwischen ihnen geschehen sein?»

«Sie hat mir einmal davon erzählt», sagte Emma.

«Warum dir und nicht mir?» fragte Lene gekränkt.

«Wahrscheinlich hat sie sich gedacht, daß ich als die Ältere mehr Verständnis haben würde.»

«Und du hast es mir nie gesagt!»

«Ich hielt es nicht für richtig. Und dann habe ich es vergessen.»

«Ich wette, er war untreu!»

«Nein, es war etwas ganz anderes. Gründlich bekam es mit der Angst zu tun. Sie hatten sich oft getroffen, und eines Tages, auf einer Dampferfahrt den Main hinunter, machte er ihr einen Heiratsantrag. Zuerst, sagte sie, war sie erregt und glücklich. Aber je mehr sie darüber nachdachte – sich vorstellte, mit ihm in irgendeiner kleinen Wohnung in Sachsenhausen oder, schlimmer noch, in Niederrad oder Rödelheim zu leben –, um so törichter kam ihr der Gedanke vor. Sie sahen sich Möbel an, und Alois sprach über ihren Platz in seinem Leben und in seiner Küche; und sie dachte so lange darüber nach, bis sie in Angst und Schrecken geriet und schon Beklemmungen bekam bei dem bloßen Gedanken an eine Wohnung in der Vorstadt, wo sie die Art von Leben führen würde, wie ihre Mutter es geführt hatte. So löste sie schließlich die Verlobung. Sie sagte ihm, sie wolle in ihrer Stellung bleiben. Ist das nicht erstaunlich?»

«Hat sie dir gesagt, wie er reagiert hat?»

«Er war natürlich verblüfft und wütend. Zu denken, daß sie es vorzog, der Herrschaft zu dienen, statt ihm zu dienen! Ich glaube, er hat ihr schrecklich zugesetzt. Er lief ihr noch eine Weile nach, dann hat er sich wohl anderweitig getröstet. Das ist die ganze Geschichte.»

«Die gute alte Gründlich! Sie wird noch für meine Kinder und die Kinder meiner Kinder dasein – wie eine alte russische Kinderfrau!»

«Sie lebt in *unserer* Welt, verstehst du? Ich sollte eigentlich Tante Eva einmal die Geschichte erzählen, um zu sehen, was sie dazu sagt.»

«Sie würde nur die traurige Seite der Sache sehen.»

Sie waren bei Jacobs Haus angelangt und klingelten an seiner Wohnungstür. Frau Köppening, die zweimal in der Woche zum Putzen und Waschen kam, öffnete ihnen. Sowohl Emma als auch Lene hatten eine starke Abneigung gegen diese grobknochige Frau, die den größten Teil ihrer Zeit in angeregter Unterhaltung mit Frau Strüpler, der Frau des Hausmeisters, zu verbringen schien. Jacob merkte nicht, daß seine Wohnung in einem erschreckenden Zustand war. Sie war nach und nach verkommen, und ihm fielen in seiner Zurückgezogenheit weder Frau Köppenings Nachlässigkeit noch ihre gelegentlichen Diebstähle auf. Frau Köppening wußte, daß Jacob blind gegen ihre Fehler war, daß er ihre große schlampige Gestalt überhaupt nicht wahrnahm und nichts von der Arbeit verstand, die von ihr erwartet wurde, und so tat sie nur das Allernötigste.

«Ich tu so wenig, wie ich kann, ohne mich vor mir selbst schämen zu müssen, daß ich sein Geld nehme», sagte sie regelmäßig zu Frau Strüpler. Sie war nach ihrer eigenen Überzeugung voll guten Willens und mit einer echten deutschen Freude an schwerer Arbeit und Sauberkeit zu ihm gekommen. Aber seine mangelnde Bereitschaft, sie zu beachten, sich darum zu kümmern oder auch nur zu bemerken, ob sie lebte oder starb, hatte sie so tief verletzt, daß sie seine Feindin geworden war. Frau Köppening wußte, daß seine zwei Nichten, die immer so gut gekleidet, so hübsch, so *vornehm* waren, sie durchschauten und haßten, aber das machte ihr nichts aus; auch sie konnten nicht zu ihrem Onkel durchdringen.

Jacob hatte sie nicht erwartet. Er saß an seinem Schreibtisch und machte sich Notizen für einen Artikel, mit dem er etwas widerlegen wollte, was in einer gelehrten philologischen Zeitschrift veröffentlicht worden war.

«Wir haben dir ein Hühnchen zum Abendessen gebracht», sagte Lene. Jetzt erinnerte er sich, daß Caroline gestern am Telephon versprochen hatte, ihm ein Hühnchen zu schicken, nachdem er ihre Einladung zum Essen abgelehnt hatte. Wie jung und hübsch seine Nichten aussahen. Warum ging er nie mit ihnen irgendwohin? Er schnupperte an dem Hühnchen. «Köstlich», sagte er, und er nahm eine der Tomaten und biß hinein. Der Saft spritzte heraus und hinterließ einen nassen rötlichen Fleck auf der gelehrten Zeitschrift.

«Ich nehme an, mein Bruder, euer Papa, war wütend über das Hühnchen?»

Die Schwestern sahen sich an.

«Seht ihr, ich habe recht gehabt! Nathan wird von Tag zu Tag geiziger. Aber es ist nett, euch zwei zu sehen – wir sollten uns wirklich öfter treffen. Als eure Brüder noch klein waren, bin ich oft mit ihnen mittags zur Schirn gegangen. Wir kauften uns heiße Würstchen direkt aus dem siedenden Topf und aßen sie, während wir durch die Altstadt gingen. Ich muß euch beide bald einmal zum Essen ausführen. Diese Inflation kann ja nicht ewig so weitergehen. Ich bedaure, daß euer Vater ärgerlich über das Hühnchen war. Es sieht wirklich verlockend aus.» Er neigte sich vornüber. Emma sah, daß noch Tomatensaft und ein paar Kerne an seinem Kinn klebten. «Ich muß das Hühnchen vor Frau Köppening verstecken. Sie *stiehlt.*»

«Papa wird in letzter Zeit über vieles wütend», sagte Lene tröstend. «Er sagt, er muß Eisenstein entlassen.»

«Der arme Teufel. Was wird er machen? Wohin wird er gehen? Er muß in den Fünfzigern sein . . .»

«Und seine Frau ist krank», sagte Lene.

«Und seine Söhne taugen nichts», setzte Emma hinzu, «aber Papa sagt, er will mit Onkel Edu sprechen, um zu sehen, ob er eine Stellung für Eisenstein finden kann.»

«Was habt ihr sonst noch zu berichten?»

«Emma hat einen Verehrer gefunden!»

«Was du nicht sagst.»

«Ach, es ist gar nichts», sagte Emma. «Hör nicht auf Lene, sie übertreibt wie immer.»

«Einen preußischen Offizier!» sagte Lene. «Sie will es nur nicht zugeben.»

«Ich bin heute morgen geritten», begann Emma, entschlossen, es mit ihren eigenen Worten zu erzählen, «und er hat ein Pferd gebändigt, das wild geworden war, nachdem der Reitknecht es geschlagen hatte. Wir sind zusammen ausgeritten. Das ist in Wirklichkeit die ganze Geschichte.»

Jacob hatte sich in seinem alten Bürosessel zurückgelehnt, die Füße auf den Schreibtisch, direkt auf seine Notizen für den Artikel, gelegt und beobachtete aufmerksam seine Nichten. Die Vorhänge waren zugezogen, und Emma nahm einen Geruch wahr, der sie störte. Sie konnte ihn nicht genau definieren, aber es schien ein Gemisch von verbrauchter Luft, unsauberer Kleidung und Moder zu sein.

Jacob bemerkte ihren Widerwillen, bemerkte, daß sie versuchte, ihn nicht zu zeigen. Er faltete die Hände über dem Bauch und wandte seine Aufmerksamkeit Lene zu, deren Augen unkritisch im Zimmer umherschweiften. Auf ihrem Gesicht lag ein verträumter Ausdruck, der sie beschützte. Emma besaß keinen derartigen Schutz. Jacob hätte ihr mehr Sympathie entgegenbringen sollen, und es ärgerte ihn, daß er es nicht tat. Beide Mädchen, sagte er sich, sind ein wenig töricht, und es war wirklich Zeit, wieder in den Laden zu gehen. Er schlang den Seidenschal, den er ständig trug, noch ein paarmal um den Hals. Der Schal hatte jetzt auch Tomatenflecken, und Emma hatte es wahrscheinlich bemerkt. Jacob roch den frischen Duft der reifen Frucht. Frau Köppening drückte sich in der Küche herum.

«Zeit, nach Hause zu gehen, Frau Köppening!» rief er, aber nichts rührte sich, denn Frau Köppening war gerade dabei, sich ihr zweites Mittagessen sowie den Rest einer Weinflasche zu Gemüte zu führen.

«Sie kriegt mein Hühnchen nicht», sagte Jacob. «Ich warte, bis sie geht. Habe ich euch übrigens dafür gedankt? Und eurer Mutter und der guten, treuen Anna?» Er sprach ziemlich laut, aber plötzlich senkte er wieder die Stimme. «Frau Köppening ist eine Hexe, man muß sich vor ihr in acht nehmen. Sie ist mit dem Teufel im Bunde.»

«Warum entläßt du sie nicht?» fragte Emma. Ihr war unbehaglich zumute wie immer, wenn Schmutz und Staub aus den Ritzen der Dielen hervorzukriechen schienen. Plötzlich wurde ihr bewußt, daß das, was ihr an Otto von Benzow am besten gefiel, seine korrekte und gepflegte Erscheinung und seine klare, präzise Redeweise waren – Dinge, die auf ein geordnetes Leben, die Ruhe des gewohnheitsmäßigen Laufs, den Segen der Gewißheit hindeuteten.

«Ich kenne sie zu gut», sagte Jacob. «Ich kenne jeden ihrer Fehler, und ich weiß, daß sie keine versöhnenden Eigenschaften hat. Sie wird mich nie durch eine Freundlichkeit überraschen. Solch eine Konsequenz ist nicht nur selten, sondern auch bewundernswert.»

«Wir müssen gehen», sagte Emma.

«Onkel Edu erwartet uns zum Tee», erklärte Lene.

Jacob erhob sich. Frau Köppening stand in Mantel und Hut auf der Türschwelle; sie pulte mit der Zunge zwischen ihren Zähnen herum, um die Mohnsamen herauszuholen, die dort steckengeblieben waren. «Ich gehe», sagte sie.

«Wie geht es euren Brüdern?» fragte Jacob seine Nichten. Er sagte der Haushälterin niemals «Guten Morgen» oder «Auf Wiedersehen». Sie schloß geräuschvoll die Tür hinter sich, aber Jacob hatte den Verdacht, daß sie draußen stehenblieb, um zu lauschen.

«Ernst schreibt trübsinnige Briefe», sagte Emma.

«Er denkt daran, nach Palästina zu gehen», setzte Lene hinzu. «Sagt, es besteht in Deutschland keine Hoffnung für die Juden.»

«Berlin erweckt bei mir auch immer diesen Eindruck.»

Sie gingen fort, sobald sich Frau Köppenings schwere Schritte die Treppe hinunter entfernt hatten. Jacob begleitete die Mädchen bis zu seinem Laden. Erst viel später fiel ihm ein, daß er das Hühnchen auf seinem Schreibtisch zwischen den gelehrten Zeitschriften, dem Wörterbuch und den mit Tomatensaft befleckten Papieren hatte stehenlassen.

Selbst die heiße Sommerluft, dachte Emma, ist eine Wohltat nach der Muffigkeit der Wohnung.

«Gott sei Dank, *das* hätten wir hinter uns», sagte sie, nachdem sie sich von Jacob getrennt hatten. «Du mußt zugeben, daß er immer sonderbarer wird.»

«Er ist unglücklich und einsam, der Arme.»

«Das ist keine Entschuldigung», sagte Emma.

Sie sahen auf die Uhr und beschlossen, einen gemächlichen Spaziergang durch die Innenstadt und dann die Goethestraße entlang zu machen. Die Bäume trugen dichtes Laub, die Sommerkleider der Frauen waren farbenfroh, und eine anheimelnde Kleinstadtatmosphäre lag in der Luft. Onkel Edu hatte sie gebeten, um halb vier zu kommen. Sie behielten sorgsam die Zeit im Auge, denn sie wußten, daß Edu Unpünktlichkeit nicht mochte, egal, ob man zu früh oder zu spät kam.

Die großflächigen Blätter der Kastanienbäume in der Bokkenheimer Landstraße ließen nur wenig Sonnenlicht bis zu den Bürgersteigen durchsickern, und sie steigerten noch das Gefühl des Fußgängers, sich auf geheiligtem Boden zu befinden. Die großen Häuser hinter den reich verzierten Eisenzäunen breiteten sich geruhsam zwischen ihren grünen Rasenflächen aus und wirkten stattlicher und beständiger denn je. Wenige Wagen störten den Frieden der Stunde, und selbst die Straßenbahn schien leiser auf ihren Schienen dahinzugleiten. Das lauteste Geräusch war der gelegentliche, stampfende Schritt eines Pferdes, das einen Lieferwagen zog und Erinnerungen an die Vorkriegszeit weckte. Wenn man ganz still stehenblieb, konnte man die Bienen bei ihrer Arbeit in den Gärten summen hören. Diese Straße zu dieser Stunde entlangzugehen bedeutete, die magische Kraft von irdischem Reichtum zu spüren, zu erkennen, daß er zartes Leben beschützt und ihm ein Paradies auf Erden schafft.

Onkel Edus Villa hatte ein Mansardendach und einen Renaissance-Fries mit Girlanden und Blumen, der dem kritischen Auge, das in der neuen Ästhetik der Künstler um Gropius geschult war, viel zu überladen erschien. Tom hatte Lene auf all die schrecklichen Stilwidrigkeiten des Hauses hingewiesen und hatte das Landhaus Rothschild, das ein paar Häuser weiter unten in derselben Straße lag, sowie die Villa Leonhardsbrunn hinter dem Palmengarten wegen ihrer klassischen Fassaden gelobt, aber es war vergebens: Lene liebte das Haus ihres Onkels, selbst wenn diese Liebe sündig war, ebenso sündig wie ihre Leidenschaft für Schokoladen-Eclairs mit Schlagsahne. Die Zufahrt für die Autos und Kutschen hatte ein reich verziertes schmiedeeisernes Tor, das von demselben Kunstschmied gefertigt war wie die verschlungenen Gitter auf dem Mansardendach. Fußgänger wie Lene und Emma gingen durch ein kleineres Tor daneben, das eine genaue Nachbildung war. An dem Pfeiler zwischen den beiden Toren befand sich ein Klingelzug, den man bedienen mußte, um von Humboldt, dem Butler, mittels eines elektrischen Türöffners hereingelassen zu werden, nachdem er sich durch ein kleines Fenster neben der Haustür vergewissert hatte, wer der Besucher war.

Die Rolläden des Hauses waren jetzt im Sommer während der heißen Tageszeit geschlossen, um die Gemälde und Gobelins vor der Sonne zu schützen. Emma sah auf die Uhr, als sie beim Tor angelangt waren. Es war fünf Minuten vor halb vier. Sie hatten noch Zeit für einen kurzen Rundgang durch den Garten. Humboldt, der nach ihnen ausgeschaut hatte, ließ sie herein und sagte sich nach einem Blick auf seine große Taschenuhr, daß sie vermutlich fünf Minuten im Garten spazierengehen würden.

Sobald die Mädchen durch das Tor getreten waren, empfanden sie wieder die gleiche Erregung und ehrfürchtige Scheu, die sie empfunden hatten, als sie vor zehn Jahren zum erstenmal mit Fräulein Gründlich hierhergekommen waren. Der Garten, Edus Stolz und Freude, war ein farbenprächtiges Paradies von süß duftenden Sommerblumen, üppig wie eines von Monets Ölgemälden aus Giverny. Während Lene und Emma die mit Kies bestreuten Wege entlangschlenderten, fühlten sie sich, wie jedesmal, in eine andere Welt versetzt. Rings um sie gab es eine überwältigende Vielzahl und Mannigfaltigkeit von Blütenformen und Farben, aber alles war mit erlesener Sorgfalt und Genauigkeit geplant. Es war diese Präzision, die Emma gefiel – alles an seinem Platz und säuberlich geordnet, obwohl es völlig ungezwungen, fast zufällig wirkte –, während Lene sich von der üppigen Fülle des Ganzen angesprochen fühlte.

Punkt halb vier betraten sie das Haus und erwiderten Humboldts Gruß mit einem freundlichen Lächeln. Sie hatten beide unwillkürlich den Atem angehalten, als sie aus dem Sonnenschein des Gartens in das Dunkel der Halle kamen. Das Innere des Hauses war ursprünglich ein ebenso überladenes Stilgemisch gewesen wie das Äußere, aber Edu hatte es nach Elias' Vorschlägen umgestaltet und die Gemälde und *objets d'art,* die er sammelte, in den Mittelpunkt gestellt. Elias war jetzt stellvertretender Direktor des Städel-Museums.

Humboldt führte Emma und Lene ins Wohnzimmer. Er trug eine Dieneruniform und weiße Handschuhe und war kürzlich der neuen, scheinbar harmlosen NSDAP, der Nationalsozialistischen Deutschen Arbeiterpartei, beigetreten, in deren Reihen er gelegentlich bei Straßenschlachten gegen die Kommunisten kämpfte.

Onkel Edu ließ seine jungen Besucherinnen wie üblich ein paar Minuten warten, ehe er, gepflegt und elegant in seinem nach englischer Mode geschnittenen Anzug und seinem getupften Seidenschlips, im Wohnzimmer erschien.

«Guten Tag, liebe Nichten», sagte er, als er hereinkam. Sein Schnurrbart war sauber gestutzt (ein Friseur kam jeden Morgen, um ihn zu rasieren), und ein leiser Duft von Eau de Cologne strömte von ihm aus. Edu stand jeden Tag, wenn es nicht regnete, bei Morgengrauen auf, um im Stadtwald zu reiten. Um diese Zeit waren nur ein paar Straßenarbeiter unterwegs, und auf den Wiesen am Rande des Waldes lag noch der Tau. Es war eine Stunde, in der Edu die Einsamkeit genoß und seine Gedanken sammelte. Die körperliche Bewegung belebte ihn, und wenn er um acht, eine volle Stunde vor Siegmund, in sein Büro kam, fühlte er sich geistig frisch und bereit, sein Tagewerk zu beginnen.

Er ließ sich von Lene und Emma auf die Wange küssen, dann setzte er sich ihnen gegenüber auf einen Louis-quinze-Sessel und musterte sie aufmerksam. Er war der Überzeugung, daß eine dezente und geschmackvolle Art, sich zu kleiden, eine geordnete Lebensweise widerspiegelte, und er zögerte nicht, seine Nichten zu kritisieren, wenn er fand, daß irgend etwas an ihrer Kleidung Anzeichen von Boheme, Altjüngferlichkeit oder den schädlichen Einfluß irgendeiner der damals sehr zahlreichen orientalischen Sekten erkennen ließ.

«Ihr seht heute alle beide mal wieder reizend aus», sagte er, und die Mädchen lächelten sich zu. Sie trugen schlichte Kleider, die bis zur halben Wade reichten, unterhalb des Gürtels plissiert waren und einen runden Ausschnitt hatten, und dazu die einreihigen echten Perlenketten, die Edu ihnen geschenkt hatte. Weiße Seidenstrümpfe, zu ihren Kleidern passend, und Spangenschuhe mit flachen Absätzen ergänzten das hübsche Bild.

Edu bemerkte ihr Lächeln und sah, wie unterschiedlich ihre Gesichter davon erhellt wurden. Lene verlieh ihr Lächeln einen Ausdruck verwirrter Ironie, als ob sie dies alles durchschaute. Emmas Lächeln nahm ihrem wachsamen Gesicht ein wenig von seiner Spannung und enthüllte ihre Unschuld und ihren Wunsch zu gefallen. Edu war zufrieden mit der Entwicklung all seiner Nichten, die er so sorgfältig überwachte, wie seine Brüder und Schwägerinnen es zuließen. Er war überzeugt, daß weder Siegmund noch Nathan sich voll bewußt waren, was für bezaubernde Wesen sie in die Welt gesetzt hatten. Beide hatten die Erziehung der Mädchen ihren Frauen überlassen, und diese ihrerseits hatten sie in die Hände von Gouvernanten gelegt. Edu machte sich keine Illusionen über Caroline und Pauline, das heißt, er sah eher ihre schlechten als ihre guten Seiten. Er hielt sie für egoistisch und schrieb jegliche Engstirnigkeit, die er bei seinen Brüdern entdeckte, dem Einfluß ihrer Frauen zu. Er war froh, daß Jacob keine Kinder hatte. Was Gottfried in Amerika hervorgebracht haben mochte, darüber konnte man nur Vermutungen anstellen.

«Was habt ihr zwei heute gemacht?» fragte Edu.

«Ich bin morgens geritten ...» begann Emma.

«... und sie hat einen Verehrer gefunden», sagte Lene. Sie fühlte sich immer ein wenig unbehaglich unter Onkel Edus Blick, nie ganz sicher, daß alles seinen hohen Anforderungen entsprach. Sie war diejenige, der es am ehesten passieren konnte, daß sie eine Laufmasche im Strumpf oder einen aufgetrennten Saum am Kleid hatte. Sie hoffte, der Tee würde bald serviert werden, aber sie wußte, daß die Zeitspanne zwischen ihrer Ankunft und dem Augenblick, wo Marie, das Mädchen, mit dem Teetablett hereinkam, ebenfalls genau festgelegt war.

«Zweifellos ist er ein schneidiger Offizier», sagte Edu. Neuigkeiten machten bei den Wertheims schnell die Runde.

«Wie hast du das erraten?» fragte Emma ehrlich überrascht.

Edu lächelte verschmitzt. «Ich weiß immer, was in deinem Herzen vorgeht, sei es ein Weihnachtswunsch oder ein romantisches Pochen. Aber ich warne dich: Nimm dich in acht vor schneidigen Offizieren. Schon manches junge Mädchen hat sein Herz an einen verloren und bitterlich dafür büßen müssen.»

«Du machst Witze, Onkel Edu. Diese Zeiten sind ein für allemal vorbei. Das Heer ist heutzutage eine ziemlich langweilige Angelegenheit. Das hat Otto mir gesagt.»

«Ja, ich mache Witze», sagte Edu, «aber ich meine es auch vollkommen ernst. Das Heer ist voll von skrupellosen Männern mit beschränkter Intelligenz.» Als er Emmas bestürztes Gesicht sah, setzte er hinzu: «Aber ich bin sicher, daß dein Otto nicht so ist.»

Marie erschien fünf Minuten vor vier, erst mit einer weißen Spitzendecke, die sie über den Tisch breitete, und dann mit dem silbernen Teeservice und drei Platten mit einer Vielzahl von belegten Schnittchen: Räucherlachs, Anchovispaste, schwarzer Kaviar, Gurken, Brunnenkresse und gehacktes Ei. Es gab auch süßes Gebäck, Petits fours und kleine Eclairs, knusprige Butterkekse und zarte Cremeschnitten aus Blätterteig. Die Teller waren aus Nymphenburger Porzellan und hatten rosa Blüten und einen Goldrand. Die kleinen Servietten waren mit Spitzen umsäumt, frisch gewaschen und gestärkt.

Es war zweifellos den Besuch wert, sagte sich Lene im stillen.

«Wie hast du es fertiggebracht, solche Leckerbissen zu ergattern?» fragte sie, während sie sich überlegte, was sie wählen sollte, den Lachs oder den Kaviar, und schließlich ein Schnittchen von jedem nahm.

«Müssen die armen Kinder zu Hause Hunger leiden?» fragte Edu. In seinem Sarkasmus lag auch nicht eine Spur von Besorgnis.

«Zumindest haben wir schon seit langem nichts Derartiges zu sehen bekommen», erklärte Lene. «Kaviar!»

«Mama tut, was sie kann. Es ist bestimmt nicht leicht», sagte Emma loyal. Sie machte sich nichts aus nahrhaften Speisen, und auf *ihrem* Teller gab es weder Kaviar noch Räucherlachs, noch ein mit Schlagsahne verziertes Erdbeertörtchen wie auf Lenes, sondern nur zwei Gurkenschnittchen und eins mit Brunnenkresse.

«Wie dünn Sie sind», hatte Otto von Benzow gesagt, als sie an diesem Morgen nebeneinander geritten waren, «wie eine schlanke, dunkle Tanne.» Emma erinnerte sich an die Worte, als sie den heißen, ungesüßten Tee trank. Eine Zitronenscheibe, die obenauf schwamm, strömte den stechenden Geruch der Gewürznelken aus, die in ihrer Schale steckten, und Emma sah sich wieder im leichten Galopp den schattigen Waldweg entlangreiten. Die Pferde hatten sich im Gleichschritt bewegt, während ihre Reiter die Zügel locker hielten und fühlten, wie die Geschwindigkeit und Kraft der Tiere auf sie überging. Emma hoffte, daß Otto nicht bemerkt hatte, wie groß ihre Nase war, oder wie nervös sie sich in seiner Gegenwart fühlte. Aber sie ritt gut, und er hatte ihr in seiner steifen und galanten Art dazu gratuliert. Er hatte ihr gestanden, daß er Gedichte las, in einem Ton, als wäre es ein unseliger, verhängnisvoller Makel.

«Ich kann keinen Bissen mehr essen.» Lene ließ sich behaglich in die Sofakissen sinken. «Es war köstlich.»

«Es freut mich, daß ich dich vor dem drohenden Hungertod bewahren konnte», sagte Edu. «Du hast Krümel auf dem Schoß.»

Lene fegte sie fort.

«Großartig, jetzt liegen sie auf meinem chinesischen Teppich!»

«Ein Glück, daß du so viele und tüchtige Dienstboten hast, Onkel Edu.» Lene lächelte ihm unerschrocken zu. Edu mochte sie, weil sie ihm mutig gegenübertrat. Er wußte, sie würde niemals impertinent werden, dazu war sie zu gut erzogen; seine einzige Befürchtung war, daß sie in die Boheme geraten könnte. Der Horror, den er davor hatte, stammte von seiner Begegnung mit Franz Bleicher vor vielen Jahren. Jetzt breitete sich die Boheme überall aus. Man konnte nicht die Straße entlanggehen, ohne Gruppen von jungen Menschen zu begegnen, die aussahen, als wären sie Vagabunden, italienische Bauern oder russische Anarchisten. Keine Kleidung war zu überspannt, kein Stil zu exotisch. Edu machte sich oft Sorgen, daß Lene Tom heiraten würde. Der Junge war recht nett, und er stammte aus einer der ersten Familien Frankfurts, aber Edu mißtraute seinem schläfrigen Blick, seiner Neigung zu Stubengelehrsamkeit. Er gehörte zu den Menschen, die es nie zu etwas bringen und bis zum Tage ihres Todes glauben würden, sie seien dazu berufen, Dichter zu sein, obwohl sie nicht mehr als ein halbes Dutzend mittelmäßige Verse geschrieben hatten.

«Ich habe eine Überraschung für euch», sagte Edu. «Tatsächlich sind es zwei Überraschungen, eine für mich und eine für euch. Die für mich ist ein neues Gemälde, das ich gekauft habe und das ich euch zeigen will. Ich glaube, es wird euch gefallen. Die andere, *eure* Überraschung, ist ein Plan, den ich mir ausgedacht habe. Ich möchte euch beide einladen, Anfang Oktober eine Woche mit mir in Venedig zu verbringen.» Die Mädchen quietschten vor Freude. «Ihr werdet meine Gäste sein, ebenso wie Julia und Jenny, denen ich es morgen sagen werde, wenn *sie* zum Tee kommen. Ich sehe, mein Vorschlag gefällt euch.»

Sie schlugen die Hände zusammen und hätten sich fast umarmt, aber es kam ihnen dann doch zu kindisch vor.

«Venedig!» rief Lene. «Wir waren noch nie dort.»

«Ich weiß», sagte Edu. «Es ist eine Stadt, die man gesehen haben muß, besonders wenn man jung und romantisch ist. Eines Tages werde ich mit euch eine Rundreise durch ganz Italien machen, damit ihr die schönsten Plätze kennenlernt: Florenz, Neapel, Rom, Sizilien – die Liste ist endlos. Es würde mich sehr glücklich machen, zu wissen, daß ich es war, der euch die Schätze Italiens gezeigt hat. Aber damit müssen wir noch eine Weile warten, bis die Zeiten sich bessern.»

«Vielen Dank, Onkel Edu!» Emma vergaß nie, sich zu bedanken.

«Werden die Zeiten sich bald bessern?» fragte Lene.

«Sie können nicht mehr viel schlechter werden», sagte Edu. «Die Regierung wird demnächst die Währung stabilisieren müssen; diese Inflation fügt dem Mittelstand schweren Schaden zu. Sie bringt die Leute um ihre Ersparnisse und macht ihre Pensionen wertlos ... Aber laßt uns über angenehmere Dinge sprechen – warum solltet ihr zwei euch den hübschen Kopf über diese Probleme zerbrechen? Ihr werdet keine Not zu leiden haben, komme, was da wolle. Dafür werde ich sorgen.» Die letzten Worte kamen leise, fast unhörbar, von seinen Lippen. Die Mädchen konnten sie nicht genau verstehen, aber der zuversichtliche Ton, in dem er sprach, beruhigte sie.

«Papa hat uns heute gesagt, daß er Eisenstein entlassen muß», platzte Lene heraus, ohne den Blick ihrer Schwester zu beachten, der deutlich sagte: Sprich nicht darüber.

«Weshalb denn, um alles in der Welt? Eisenstein arbeitet bei ihm, solange ich denken kann!»

«Er sagt, seine Kanzlei geht zurück, er hat immer weniger Klienten.»

«Er scheint deprimiert zu sein», sagte Emma. «Wir sollten nicht darüber sprechen.»

«Die wohlhabenden Leute», sagte Edu, «gehen heutzutage dorthin, wo alles modern, flott und dynamisch ist. Ich muß mit ihm reden. Ich bin überzeugt, daß wir einige Klienten für ihn finden können. Aber kommt jetzt, wir wollen uns das Bild ansehen.» Sie standen auf, und als sie das Zimmer verließen, wandte sich Edu lächelnd an Lene und fragte: «Bist du auch sicher, daß du genug zu essen gehabt hast?»

«Ganz bestimmt, vielen Dank.»

Das neue Gemälde hing im Eßzimmer über dem Buffet. Es war von einem höchst ungewöhnlichen Blau.

«Wißt ihr – könnt ihr erkennen –, wer es gemalt hat?»

Beide Mädchen schüttelten den Kopf.

«Es ist von einem modernen Maler», sagte Emma.

«Es ist sehr blau», sagte Lene.

«Ihr habt beide recht.» Edu nickte. «Aber ihr solltet auch zeitgenössische Meisterwerke erkennen, nicht nur die alten Meister, die euch, wie ich annehmen möchte, natürlich alle bekannt sind. Dieses Bild ist von Henri Matisse gemalt.»

«Ich hätte es wissen müssen», sagte Emma.

«Nächstesmal wirst du's wissen», versicherte Edu ihr.

«Was soll es darstellen?» fragte Lene. «Ich erkenne den Topf und die Blumen, aber es liegt noch mehr darin.»

«Alle Gemälde, alle großen Gemälde, sind mehr als nur Blumen, Landschaften oder die Geburt Christi», sagte Edu. «Dieses Bild ist keine Ausnahme . . .»

Die Schwestern hörten ihm schweigend zu. Edu wurde ein anderer Mensch, wenn er über seine Gemälde sprach. Er hätte nie auf diese Art über eine Frau gesprochen, aber es klang, als singe er das Lob seiner Geliebten.

«Seht euch an», sagte er, «wie ungeheuer mannigfaltig das Blau ist, wie tief, wie subtil die Veränderungen in den Pinselstrichen. Dieser Hauch von Lavendel dort ist der Kern des Bildes. Und wie ihr seht, hat Matisse das gleiche Lavendel als Grundierung für die blaue Vase benutzt. Könnt ihr es erkennen?»

«Es ist schön», sagte Lene, die zuerst anderer Meinung gewesen war, «sobald man sich daran gewöhnt hat.»

Irgendwo im Haus ertönte eine Klingel, und Edu sah auf die Uhr. «Ich muß euch nach Hause schicken; es ist nach fünf.» Er führte sie, den Arm um ihre Taillen gelegt, vom

Eßzimmer durch die große Halle zur Haustür. Als sie am Salon vorbeikamen, sah Lene eine Frau auf dem Sofa sitzen. Sie hielt das Gesicht zur Seite gewandt, und Lene sah nur flüchtig ihr Profil unter einem breitrandigen Sommerhut. Dann kam Humboldt hastig herbei und schloß leise die Tür zum Salon. Die Mädchen küßten Onkel Edu, dankten ihm und schlenderten durch den Garten hinaus. Die Sonne stand noch über den Kastanien; die leuchtenden Dahlien hingen schwer an ihren Stengeln.

«Eigentlich hat das Bild mir nicht sonderlich gefallen», sagte Emma zu Lene. «Es hat etwas Unnatürliches an sich, etwas *Gewolltes.* Allerdings ist Blau auch nicht gerade meine Lieblingsfarbe.»

«Hast du die Frau gesehen, die gekommen ist?»

«Was für eine Frau?»

«Auf dem Sofa, im Salon. Du warst auf der anderen Seite von Onkel Edu und konntest sie wahrscheinlich nicht sehen. Sie muß zu früh gekommen sein, denn Edu ist für gewöhnlich sehr genau mit seiner Zeiteinteilung. Humboldt hat schnell die Tür zugemacht, als er mich gucken sah.»

«Ich möchte wissen, wer sie ist?» Sie stellten beide die Frage im gleichen Augenblick und im gleichen Tonfall. Dies brachte sie zum Lachen, und sie gingen, über die Dame auf Edus Sofa nachdenkend, Arm in Arm nach Hause.

Lene blieb kaum Zeit, sich noch etwas auszuruhen und umzuziehen, ehe Tom um halb sieben an der Tür stand. Sie hatte ein langes Satinkleid angezogen, das sie besonders liebte. Sein schmaler Schnitt ließ sie größer erscheinen, außerdem verdeckte es ihre etwas zu dicken Fesseln. Ein Schönheitsfehler, der in der Familie lag; selbst die dünne Emma hatte dicke Beine. Das Kleid war goldfarben, wie klarer Sherry, und hatte einen schmalen Gürtel über den Hüften. Lene trug ihre Perlenkette und sehr wenig Lippenstift. Ihr Haar war straff von der Stirn zurückgekämmt.

«Erinnerst du dich an das erste Mal, als wir zusammen in die Oper gegangen sind?» fragte Tom.

«Ja, natürlich. Wir haben *Die Zauberflöte* gehört. Erinnerst du dich an unsere erste Wanderung im Taunus?»

«Wir sind zur Saalburg gegangen, und du warst so aufgeregt, als du sahst, daß sie ein altes römisches Kastell ist, daß du sofort anfangen wolltest, römische Geschichte zu studieren und dein Latein aufzufrischen.»

«Ich bin nie sehr weit damit gekommen.»

«Es gehört schon ein besonderer Geschmack dazu, sich für Cäsars Feldzüge zu begeistern.» Tom lachte. «Wir schwelgen in Erinnerungen wie ein altes Ehepaar.»

Sie gingen Arm in Arm durch den Sommerabend. Tom trug einen Smoking und Lackschuhe. Ein Seidenschal hing lose über seiner Schulter. Sie waren ein schönes Paar, und sie wußten es. Ihre Haltung war selbstbewußt, und ein Teil der Liebe, die sie füreinander empfanden, bestand darin, daß sie entzückt waren von dem Anblick, den sie boten – der hochgewachsene, blonde junge Mann mit den blauen Augen und die dunkeläugige, brünette junge Frau mit dem herzförmigen Gesicht.

«Wir gehen hinterher ins Café Rumpelmayer und essen eine Kleinigkeit», sagte Tom. «Ist dir eigentlich noch nie aufgefallen, wie selten wir in Gesellschaft ausgehen? Wir verbringen die meiste Zeit allein zusammen, oder wir sitzen mit deiner Familie in eurem Garten. Wir wandern, wir radeln, wir machen Dampferfahrten den Main hinunter, aber nie mit irgend jemand anderem.»

«Ich finde das schön so, du nicht?»

«Ich finde es auch schön, Lene, aber es ist nicht die einzige Art, wie man seine Zeit verbringen kann. Es ist gut, hin und wieder mit anderen zusammenzusein, andere Stimmen zu hören und Gedanken über das Leben und die Kunst auszutauschen. Schließlich sind wir ja von Natur aus gesellige Wesen.»

«Manche von uns mehr als andere.»

«Du darfst nicht so scheu sein.»

«Ich habe mir nicht ausgesucht, wie ich bin.»

«Dann bemüh dich, es zu überwinden . . .»

«Ausgerechnet *du* mußt von ‹überwinden› sprechen! Du hältst hartnäckiger an deinen Gewohnheiten fest als ein Angehöriger des Hofes von Versailles!»

«Schon gut. Wir wollen nicht mehr darüber reden. Ich verspreche dir, der heutige Abend wird sehr amüsant. Es werden eine Menge Theaterleute und Journalisten von der *Frankfurter Zeitung* dasein, Schriftsteller, Künstler ... du wirst schon sehen.»

Lene hängte sich noch fester bei ihm ein, und er preßte ihre Hand an den schwarzen Ärmel seines Smokings. Es war kurz vor Einbruch der Dämmerung, und der Palmengarten war in das trübe blaue Licht getaucht, das in der Stadt dem Abend vorangeht. Überall im Park hingen Ketten von Lampions zwischen den Bäumen. Ihr Licht konnte sich noch nicht mit dem des dahinschwindenden Tages messen, aber ihre Spiegelbilder tanzten fröhlich auf dem Wasser des Sees und des Ententeichs. Die Mitglieder des Orchesters kamen einer nach dem anderen und stimmten ihre Instrumente. Kellner brachten Sekt für die elegante Gesellschaft, die an den kleinen Tischen auf der offenen Veranda des Klubhauses saß. Der Sekt war deutsch und zweitklassig, aber das konnte den Zauber des Abends nicht trüben. Es war die letzte Veranstaltung des Sommers.

«Schau, schau!» rief Lene plötzlich und deutete auf den jetzt fast purpurfarbenen Himmel über den Bäumen, wo ein weißer, runder Vollmond hing.

«Er ist nicht echt, Lene», sagte Tom, «man hat ihn vom Theater eigens für dieses Konzert herübergebracht.» Lene hätte ihm fast geglaubt. Leuchtkäfer flogen über die kleine Wiese vor dem Musikpavillon, und die Lampions verbreiteten jetzt ein warmes, helles Licht. Die Leute nahmen ihre Plätze ein, die Kellner hörten auf, Sekt zu servieren.

«Es ist dieselbe Frau!» rief Lene plötzlich.

«Was für eine Frau?» fragte Tom überrascht.

Lene flüsterte ihm ins Ohr: «Sieh jetzt nicht hin, aber dann, wenn du kannst, wirf einen Blick dort hinüber zur ersten Reihe – natürlich –, wo Onkel Edu sitzt, und sieh dir das an ... er ist in Begleitung einer fremden Dame, *und ich habe sie heute nachmittag bei ihm gesehen*!»

«Warum bist du so aufgeregt?»

«Eine fremde verheiratete Dame bei Onkel Edu!»

«Woher weißt du, daß sie verheiratet ist?»

«Oh, Tom! Das ist doch sonnenklar. Sie sieht verheiratet aus. Und Frauen dieses Alters und Standes sind immer verheiratet. Sie macht gewiß nicht den Eindruck einer alten Jungfer.»

«Hat er dich vorgestellt?»

«Nein. Ich habe sie nur eine Sekunde gesehen, im Salon.»

«Du hast viel in dieser Sekunde gesehen.»

«Ich beobachte sehr scharf.»

«Wenn es um deinen Onkel Edu geht.»

In diesem Augenblick fingen alle an zu klatschen, denn der Dirigent war auf dem Podium erschienen. Er war weltweit bekannt und in diesem Jahr sehr gefragt. Jetzt kam er gerade aus Bayreuth.

«Er soll besser sein als Hermann Scherchen», sagte Tom leise.

«Unsinn!» erwiderte Lene zornig im Flüsterton. Alle jungen Mädchen Frankfurts schwärmten für Hermann Scherchen.

Lene reckte ein ums andre Mal den Hals, um die Frau zu sehen, die neben Onkel Edu saß. Das Orchester war bereit, der Dirigent hob den Taktstock, und die vertrauten Klänge der *Kleinen Nachtmusik* erfüllten die Abendluft. Sosehr Lene dieses Stück liebte und auch Schumanns *Frühlingssinfonie,* die ihm folgte, sie war so neugierig, was Edus Begleiterin betraf, daß sie sich nur schwer auf die Musik konzentrieren konnte. Sie war entschlossen, das Paar während der Pause zu begrüßen, und sobald der Dirigent sich zum letztenmal vor dem applaudierenden Publikum verneigt hatte, stand sie auf, um sich unter die Menge zu mischen, die auf den Kieswegen umherschlenderte. Tom folgte ihr. Sie entdeckten Edu inmitten einer Schar prominenter Persönlichkeiten, unter ihnen der Bürgermeister von Frankfurt und der Komponist Paul Hindemith, dessen neuestes Werk das Programm des Abends beschließen sollte. So beharrlich Lene versuchte, sich einen Weg zu ihrem Onkel zu bahnen, es fiel ihr nicht leicht. Die Prominenz macht ungern anderen Platz. In diesem Augenblick begriff Lene den Unterschied zwischen jenen, die bekannt sind, und jenen, die keiner kennt – eine Lehre, die sie nie wieder vergessen sollte. Es lag in diesem Fall nicht an dem üblichen Zeremoniell der Macht – schließlich war dies die Weimarer Republik –, aber überall in jenem Kreis drängten sich katzbuckelnde Schmeichler und Schmarotzer vor. Lene wurde ignoriert. So hübsch sie war, elegant gekleidet und in Begleitung eines gutaussehenden jungen Mannes, niemand schenkte ihr die geringste Beachtung.

Endlich gelang es ihr, die Aufmerksamkeit ihres Onkels auf sich zu lenken, und er kam zu ihr, küßte sie und sagte ihr, wie bezaubernd sie aussehe. Er schüttelte Tom kühl die Hand; Edu übersah häufig die jungen Männer, die seine Nichten bei derartigen Anlässen begleiteten. Er hatte jedoch bemerkt, mit welch neugierigen Blicken Lene seine Begleiterin verschlang, und so nahm er sie sanft bei der Hand und stellte sie vor. «Dies ist Lady Samuel», sagte er, «eine Bekannte aus England, die zu Besuch in Frankfurt ist.»

Lene reichte der Engländerin die Hand, und Edu bemerkte sofort, wie gründlich die zwei einander abschätzten. Lene war in solchen Augenblicken fähig, eine zurückhaltende frauliche Würde an den Tag zu legen. Sie fand Lady Samuel außergewöhnlich schön, eine imponierende Erscheinung; ein Hauch von heiterer Gelassenheit und Ruhe lag über ihr, als sie Lene wohlwollend zulächelte. Sie sprach offensichtlich sehr wenig Deutsch, gab aber zu verstehen, daß sie etwas Nettes gesagt hätte, wenn sie nur die deutschen Worte wüßte. Lene war sehr angetan von ihr. Sie empfand jene Art spontaner Zuneigung, die junge Mädchen zu einer Frau fassen, von der sie annehmen, daß sie die Geliebte eines älteren Angehörigen ist. Lady Samuel schien den Anflug von Schwärmerei bei Lene zu spüren. Sie sagte etwas, das so klang wie: «Ich hoffe, wir sehen uns wieder», ehe sie sich an Edu wandte, um ihn auf englisch darauf aufmerksam zu machen, daß es wohl Zeit sei, zu ihren Plätzen zurückzukehren. Gleich darauf stießen Tom und Lene auf Elias und Bettina Süßkind. Bettina war wie üblich zerstreut oder gab vor, zerstreut zu sein. Sie verfaßte in Gedanken, größtenteils bei öffentlichen Veranstaltungen, scherzhafte, sarkastische Gedichte, und einige davon hatten unter einem Pseudonym den Weg in die *Frankfurter Zeitung* gefunden. Eine Frau mit scharfem Verstand, aber kaum der Typ, für den ein junges

Mädchen wie Lene schwärmen konnte. Die Komposition von Hindemith, die das Konzert beschloß, wurde mit höflichem Applaus aufgenommen. Lene war allerdings nach der Pause so sehr von ihren Gedanken in Anspruch genommen, daß sie die Musik kaum hörte.

Hinterher fuhren Lene und Tom mit der Straßenbahn zum Café Rumpelmayer; die Lokale der Boheme zu frequentieren war damals zu einem beliebten Zeitvertreib der Reichen geworden. Lene hielt sich dicht hinter Tom, als sie das überfüllte, laute Café betraten. Sie war müde, und sie wußte, daß nicht ein einziger geistreicher Satz über ihre Lippen kommen würde.

Tom fand einen Tisch, an dem gerade knapp Platz für sie war. Er schien einige der Anwesenden zu kennen und stellte sie Lene vor, an der jedoch ihre Namen, ebenso wie vorher die Musik von Hindemith, vorbeirauschten. Der einzige, der ihre Aufmerksamkeit erregte, war ein schmalgliedriger, unscheinbarer Mann, der fortwährend in ein blaues Notizbuch kritzelte und sich kaum die Mühe nahm aufzublicken, als er vorgestellt wurde. Sein Haar lichtete sich bereits, seine unregelmäßigen Züge waren fein geschnitten, beinahe zart, und er hatte die traurigsten Augen, die Lene je gesehen hatte. Vor ihm stand ein Aschenbecher, der voller Zigarettenstummeln war, und daneben ein Glas mit einem abscheulich aussehenden Getränk, das sich als Cognac erwies. Lene mußte plötzlich an die Worte denken, die Emma einmal verzweifelt ausgestoßen hatte: «Der typische ‹häßliche Jude›.» Sie hatte bis zu diesem Augenblick nie recht verstanden, was ihre Schwester damit gemeint hatte. Hier war er, der «häßliche Jude»; und er hieß Paul Leopold.

Außerdem entdeckte Lene einen Maler mit einer Löwenmähne, der, wie um seinen Beruf zu demonstrieren, Farbflecken an den Fingern hatte; eine Dichterin mit einem männlichen Haarschnitt, die von sich selbst in der dritten Person als Lulu sprach; zwei Schauspieler aus den Kammerspielen; und einen Mann, der sagte, er sei Bühnenschriftsteller. Paul Leopold schrieb für die *Frankfurter Zeitung*.

Tom bestellte eine Flasche Wein und «etwas Leichtes» zu essen, ohne Lene zu fragen, was sie wollte. Es herrschte ein solcher Lärm im Lokal, daß es unmöglich war zu hören, was irgend jemand außer den am nächsten Sitzenden sagte. Lene saß zwischen dem Künstler mit dem langen Haar und Paul Leopold. Der Kellner war kaum verschwunden, da kam ein bärtiger Mann in Shorts an den Tisch. Er trug eine grüne Fahne über der Schulter und versuchte, ihnen eine handgedruckte Zeitschrift, *Liebe* genannt, zu verkaufen. Die meisten Leute am Tisch wiesen ihn mit boshaften Bemerkungen ab, aber Paul Leopold holte etwas Kleingeld aus der Tasche und kaufte ein Exemplar der Zeitschrift, ehe er wieder wie besessen zu kritzeln anfing. «Ein harmloser Narr», murmelte er, «aber ihr seid alle miteinander ein Haufen von niederträchtigen Stümpern.»

«Wer ist das?» fragte Lene.

«Karlchen Wassmann», sagte der Journalist, als ob das alles erklärte.

«Und wer ist Karlchen Wassmann?»

«Ein guter Mensch, der seinen eigenen Traum verfolgt, niemandem etwas Böses tut, Gemüse ißt und Liebe predigt. Ich muß einmal einen Artikel über ihn schreiben. Wie war doch gleich Ihr Name?»

«Lene Wertheim.»

«Sind Sie allein hier?»

«Ich bin mit Thomas gekommen; er sitzt dort drüben . . .» Lene deutete auf Tom, der in ein Gespräch mit Lulu vertieft war.

«Ihr seid beide für etwas Besseres gekleidet», sagte Paul Leopold.

«Wir waren in einem Konzert im Palmengarten», erwiderte Lene, aber er beschäftigte sich bereits wieder mit seinem Notizbuch.

«Er schreibt das bedeutendste philosophische Werk unserer Zeit», erklärte ihr der Maler.

«Unsinn», sagte Paul Leopold.

«Was schreiben Sie wirklich?»

«Den bedeutendsten Roman unserer Zeit.»

«Ihr Freund Tom sieht aus wie einer dieser schwarzweißen Vögel vom Südpol», sagte der Maler. «Wie nennt man sie?»

«Pinguine», sagte Lene.

«Playboys», verbesserte Paul Leopold sie, und der Maler kicherte. Lene nippte an ihrem Weinglas, bemüht, ein interessantes Thema zu finden, mit dem sie eine Unterhaltung beginnen konnte. Der Maler, der schon nicht mehr ganz nüchtern war, schielte lüstern nach ihr. Paul Leopold drehte die Seite um, seine Feder strich ein Wort aus, dann flog sie weiter. Ein Kellner brachte Lene eine Portion kaltes Huhn, das wäßrig war und nach nichts schmeckte. Lene tat, als sei sie mit dem Essen beschäftigt, denn niemand sprach mit ihr. Der Maler hatte sich von ihr abgewandt und unterhielt sich angeregt mit dem Dramatiker. Hin und wieder drang ein Schlüsselwort zu Lene herüber – «Agitprop», «Stilisierung», «Sachlichkeit» –, aber es herrschte zuviel Lärm, als daß sie der Unterhaltung hätte folgen können, und außerdem fühlte sie sich nach dem zweiten Glas Wein benommen. Irgend jemand, sie wußte nicht wer, füllte ihr Glas immer wieder nach. Tom blickte zu ihr herüber, und sie sah, daß seine Lippen Worte formten, die sie für Äußerungen liebevoller Besorgnis hielt, aber sie fühlte sich immer einsamer. Paul Leopold hatte mit einem neuen Glas Cognac begonnen.

«Kann ich bitte eine Zigarette haben?» fragte Lene ihn, und er reichte ihr eine, ohne von seiner Arbeit aufzusehen. Sie wußte, daß sie in ihrem beschwipsten Zustand eigentlich nicht rauchen sollte, aber der Rauch am Tisch war so dicht, daß sie glaubte, selber zu rauchen würde ihm entgegenwirken, so wie Forstwarte manchmal andere Brände legten, um einen tobenden Waldbrand zum Stillstand zu bringen. Als sie den ersten Zug inhalierte, wurde sie von Übelkeit und Schwindel ergriffen.

In diesem Augenblick schloß Paul Leopold sein Notizbuch und verkündete mit schallender Stimme, er habe für heute Schluß gemacht. Er rief den Kellner, bestellte schwarzen Kaffee und noch einen Cognac, «um ihn hinunterzuspülen». Schon nach wenigen Minuten beherrschte er die Unterhaltung. Lene war verblüfft über die Verwandlung, die mit ihm vorgegangen war. Es war faszinierend, seinen Erzählungen zuzuhören: Er nahm irgendeinen kleinen Vorfall, den er beobachtet hatte – zum Beispiel, wie eine *grande dame*, die ihren Hund spazierenführte, von einem Betrunkenen beleidigt worden war –, und machte ihn zu einer herrlichen Geschichte, voll Erfindungskraft und mit einem Bezugsrahmen, der nicht nur Frankfurt, sondern das ganze Land, die Welt und manchmal sogar Gott im Himmel einschloß.

Das Gesicht und die Gestalt des «häßlichen Juden» verwandelte sich plötzlich in die eines Weisen, Propheten und Hofnarren. Paul Leopold verschwand hinter seinen Fabeln. Er hatte die Hand auf Lenes Arm gelegt, und sie sah mit Staunen, daß sie breit und flach war, mit schlanken Fingern – die Hand eines Handwerkers, nicht eines Talmudisten. Sie hatte weiter in kleinen Schlückchen ihren Wein getrunken, und solange sie von der Erzählung des Journalisten gefesselt war, schien ihr Kopf klar zu sein, aber sobald er geendet hatte, fühlte sie sich schlechter denn je. Sie war erfreut, ihn sagen zu hören: «Sie haben zuviel getrunken, mein Kind, und Sie werden deswegen morgen früh – wenn nicht schon heute abend – schlecht von uns denken. Ich möchte, daß Sie gut über diese kleine Bande urteilen, und hoffe, Sie werden ein andermal wiederkommen, wenn Sie gelernt haben, nicht mehr zu trinken, als Ihnen guttut. Dann wird unsere anregende Unterhaltung vielleicht keinen Schleier über Ihre hübschen Augen legen. Bring die junge Dame heim!» rief er über den Tisch hinweg dem überraschten Tom zu, der sah, daß Leopold recht hatte, und sofort aufstand. Er blickte schuldbewußt zu Lene hinüber, die sich bemühte, sich gerade zu halten.

«Laß uns Geld zum Zahlen da», sagte Paul Leopold.

«Komm später wieder!» bat Lulu. «Wir sind bis zum Morgengrauen hier. Paul kann nicht schlafen, ehe die Sonne aufgeht.»

Lene erhob sich ein wenig unsicher und nickte allen zu. Auf ihrem Gesicht lag immer noch ein starres Lächeln. Sie hatte beim Hereinkommen gesehen, wie die Köpfe sich nach ihr umwandten, und hatte geglaubt, daß es vielleicht möglich wäre, durch ein oder zwei scheinbar zwanglose Gesten – wenn sie zum Beispiel das Haar aus der Stirn schob – bei allen einen bleibenden Eindruck zu hinterlassen. Jetzt spürte sie immer noch die Augen auf sich ruhen, aber sie fühlte sich gedemütigt. Ihr Abgang war nicht annähernd so großartig wie ihr Auftritt.

Auf dem Heimweg traute sie sich nicht zu sprechen. Tom hatte in der Nähe eine Pferdedroschke gefunden, und sie fuhren schweigend durch die Sommernacht. Lene bemühte sich verzweifelt, den sauren Wein und das schlechte Essen nicht hochkommen zu lassen. Die Fahrt zur Guiollettstraße kam ihr endlos vor. Sie schloß die Augen und öffnete sie erst wieder, als sie Tom sagen hörte: «Wir sind da.»

Er versuchte sie an der Haustür zu küssen, aber sie wandte sich ab. Der Wagen wartete auf ihn.

«Fährst du ins Café zurück?» fragte sie.

«Ich glaube, ja», sagte er ein wenig verlegen.

«Lulu wird dich mit Haut und Haar verschlingen.» Ihre Stimme klang undeutlich.

«Ich werde in ihrem Magen sitzen wie Jonas im Bauch des Walfischs, bis sie mich wieder ausspeit.»

«Sag nicht ‹ausspeien›!» bat Lene kläglich.

«Ich liebe dich», sagte Tom, «niemand andres zählt.»

«Beim nächstenmal werde ich wie ein Tiger sein. Ich werde mit glühenden Augen lautlos durchs Café schleichen und sie alle vor Schreck erstarren lassen . . .»

«Geh schlafen, Lene.»

«Oder vielleicht werde ich nur eine getigerte orangefarbene Katze sein . . .»

«Gute Nacht, Lene. Schlaf gut.»

Lene schloß so leise wie möglich die schwere, knarrende Haustür. Sie schlich auf Zehenspitzen hinauf und sah, daß die Tür zum Zimmer ihrer Mutter geschlossen war; drinnen waren Stimmen zu hören, schwach wie der Lichtschein, der unter der Tür hervordrang. Was hatte das zu dieser späten Stunde zu bedeuten? Lenes Neugier hätte fast ihr Schwindelgefühl besiegt. Sie blieb einen Augenblick auf der obersten Stufe der Treppe stehen und versuchte, die eindringlichen Stimmen hinter der Tür zu erkennen. Dann stiegen die Wogen der Übelkeit wieder auf, und ihr wurde klar, daß sie gerade noch genügend Energie hatte, um zu ihrem Zimmer zu gelangen. Das Mädchen hatte die Bettdecke zurückgeschlagen und ihr Nachthemd zurechtgelegt, aber Lene fiel, voll angezogen, quer übers Bett und schlief sofort ein. Eine Stunde später wurde sie von dem aufsteigenden Brechreiz geweckt. Sie erreichte gerade noch rechtzeitig den Waschtisch.

Andreas hatte sich im vergangenen Jahr zu Beginn des Herbstsemesters eine kleine Wohnung in der Nähe der Universität gemietet. Er wollte einige Entfernung zwischen sich und die Familie legen, um ungestört zu sein und ohne Erklärungen oder Entschuldigungen sein eigenes Leben führen zu können. Ihm war jedoch bald klargeworden, daß er eine viel größere Entfernung als die kurze Strecke von der Guiollettstraße zur Sophienstraße würde zurücklegen müssen, um diese festen Bande zu lockern. Das bedrückende Interesse der Wertheims füreinander machte nicht an der Türschwelle ihrer Häuser halt. Es würde ihn zweifellos weiter verfolgen, selbst wenn er in eine andere Stadt zog. Mama hing täglich mehrere Stunden am Telephon. Sie sprach mit Eva – nur, um sich später bei jedem, der es hören wollte, über sie zu beklagen – und mit Pauline. Sie rief jeden Tag ihre Schwiegermutter an, die ihr Haus verkauft hatte, kurz ehe die Inflation mit voller Kraft zuschlug. Jetzt lebte sie in einem hellen und luftigen Appartement in Edus Villa. Sie sprach einmal in der Woche mit ihrem Bruder Jonas in Wiesbaden, der eine Nichtjüdin geheiratet und sich von der Krankenhausarbeit in eine einträgliche Privatpraxis zurückgezogen hatte. Sie sprach mindestens jeden zweiten Tag mit Elias oder Bettina. Und sie konnte nicht umhin, mit Edu zu sprechen, der immer wissen wollte, was die «Kinder» machten. Andreas fand dies alles unerträglich und zum Ersticken, aber man konnte sich dem nicht so leicht entziehen.

Er hatte bedauerlicherweise eine Liebschaft mit einem jungen Arbeiter angefangen, der in einer Kohlenhandlung angestellt war. Andreas fand seine Sinnlichkeit, seine Naivität und den Stolz, mit dem er seinen Körper darbot, unwiderstehlich. Heiner war es gleichgültig, wer ihm Liebe entgegenbrachte, ihn verwöhnte und hätschelte. Er hatte auch eine ganze Reihe von Freundinnen. Andreas wußte nicht, wie er den Weg in die verborgene Welt der Homosexuellen gefunden hatte. Heiner hatte ihm viele unterschiedliche Geschichten erzählt, von denen keine wahr zu sein schien. Er neigte dazu, die ausgefallensten Lügen zu erfinden, die er bis zum bitteren Ende verteidigte, um sich dann ärgerlich schmollend zurückzuziehen, wenn man ihm bewies, daß er schamlos gelogen hatte. Es hatte eine Weile gedauert, bis Andreas sich an die Schwindeleien gewöhnte. Zuerst war er verärgert, dann erkannte er, daß Heiners Naivität sich auf seine Märchen ausdehnte. Er log, weil die Wahrheit so alltäglich war, so einförmig wie das Arbeiterviertel, in dem er aufgewachsen war. Heiner war eines von neun Kindern, eine Null, ein Niemand. Er log, um den «Herren» ebenbürtig zu sein, die ihn ansprachen, ihn zum Essen und Trinken einluden und ihm Geschenke machten.

«Mann, o Mann», sagte er, als er Andreas zum erstenmal nackt sah, «schau dir des kleine Judeschwänzche an!» Es sollte keine Beleidigung sein, er nahm es einfach in seinem unnachahmlichen Frankfurter Dialekt zur Kenntnis und ging danach zu einem anderen Thema über. Er war genauso alt wie Andreas, was ihn weniger wie einen Strichjungen erscheinen ließ, aber einen Kampf um Vorherrschaft zwischen ihnen heraufbeschwor. Andreas, der behütet in den Häusern und Gärten des Westens aufgewachsen war, hatte nie einen Jungen der Arbeiterklasse kennengelernt, bis er sich in diesen verliebte.

Obwohl er sich auch weiterhin dem Musikstudium widmete, wurde ihm bewußt, daß die Affäre immer mehr von seiner Zeit in Anspruch nahm. Wenn er allein war, mußte er sich zwingen, nicht von Heiner zu träumen oder Monologe an seinen abwesenden Geliebten zu richten. Hatte es bei ihrer letzten Begegnung irgendeine Mißstimmung zwischen ihnen gegeben, beschuldigte Andreas ihn in Gedanken immer wieder der Grausamkeit oder Rücksichtslosigkeit. Während er über die Unehrlichkeit seines Geliebten nachsann und seine Treulosigkeit analysierte, wurde der Nachmittag zum Abend, oder der Abend zum Morgen, und sein Buch lag immer noch auf derselben Seite aufgeschlagen da.

Andreas schnitt diese Themen nie an, wenn er mit Heiner

zusammen war. Er wünschte sich verzweifelt, so frei und unbekümmert wie Heiner zu sein. Von einem Tag zum anderen zu leben. Im Sommer im Fluß zu schwimmen und im Winter mit einem Schlitten den steilen, gefährlichen Hügel hinunterzurasen und niemals gefragt zu werden: «Wo warst du?» Aber er selbst fragte fortwährend: «Wo warst du?» und war wütend, wenn Heiner ihm sagte, er solle sich um seine eigenen Angelegenheiten kümmern.

Heiner wußte, daß er Andreas unglücklich machte, daß er ihn quälte und hinterging. Er wußte, daß Andreas mit Recht zornig war. Aber er konnte sein kindisches Schmollen und seine mädchenhaften Seufzer nicht leiden. Sie brachten ihn vor seinen Freunden in Verlegenheit, und Heiner lag viel an seinen Freunden. Er war ein geselliger Mensch. Er konnte es nicht ertragen, wenn Andreas ihn für sich allein haben wollte, und er wurde wütend, wenn ihm, in sanftestem Ton, irgend etwas vorgeworfen wurde, was Andreas tagelang nicht zur Ruhe hatte kommen lassen. Heiners Eltern hatten es in seinen einundzwanzig Jahren nie erreicht, daß er sich schuldig fühlte. Warum sollte Andreas das fertigbringen?

An diesem Abend waren sie in einer Bar gewesen, in der die verkommeneren Bohemiens von Frankfurt herumlungerten. Einige Homosexuelle waren da, aber es war nicht ausschließlich eine Bar für Schwule. Andreas, der eine Karte für das Konzert im Palmengarten hatte verfallen lassen und mit seiner Arbeit für den Sommerkursus im Rückstand war, war gereizt und unzufrieden. In der Bar war wenig Betrieb, und die Preise für Bier waren gerade wieder um einige tausend Mark gestiegen.

«Ich sollte eigentlich zu Hause sein und arbeiten», murmelte Andreas, nicht zum erstenmal.

«Dann geh doch nach Hause», sagte Heiner. «Halt den Mund und geh.»

Er brachte sein Bier zu einem anderen Tisch, wo ein Mädchen mit slawischen Zügen vor einem leeren Glas saß und in einer Filmzeitschrift blätterte. Eine Zeitlang saß Andreas allein da, während Heiner mit dem Mädchen über Charlie Chaplin und Anny Ondra sprach und ihr noch ein Getränk bestellte, das er auf Andreas' Rechnung setzen ließ. Das

Mädchen war nicht sehr gesprächig und blickte mit seinen kalten, stumpfen Augen immer wieder nervös zu Andreas hinüber. Sie erlaubte Heiner, den Arm um sie zu legen, sah aber unentwegt Andreas an, der aufgestanden war und in seinen Taschen nach genügend Geldscheinen suchte, um die Rechnung zu zahlen.

«Geh wieder zu ihm», sagte das Mädchen zu Heiner, laut genug, daß Andreas es hören konnte. «Geh zu deinem Freund, bevor er zu weinen anfängt.»

«Von mir aus kann er ewig weinen», sagte Heiner. «Er kann auf seinen Tränen den Main hinunterschwimmen und in den Rhein und aufs Meer hinaus. Ich habe seine Launen satt.»

Andreas wollte nicht allein fortgehen, aber er wollte auch nicht bleiben. Er wollte mit Heiner in seine Wohnung gehen und mit ihm allein sein. Nicht nur, um ihn zu berühren, ihn auszuziehen und mit ihm zu schlafen, sondern auch, um auf ihn einzuwirken, mit ihm zu reden, damit Heiner aufhören würde, den großen Mann zu spielen. Wenn sie allein zusammen waren, standen sie eher auf fast gleicher Stufe, und Heiners Geschichten verloren etwas von ihrer Schrille und fingen an, sich der Wahrheit zu nähern.

Als Andreas, dessen Gedanken bei Heiner und dem Mädchen waren, auf die Tür zusteuerte, paßte er nicht auf – oder der Mann hatte ihm absichtlich ein Bein gestellt – und stolperte über den Fuß eines Gastes, der sich auf einem Stuhl in der Nähe der Tür rekelte. Er stürzte zu Boden, seine Brille rutschte unter einen Tisch, und das Geld, das er in der Hand hielt, flog in alle Richtungen. Es kam so unerwartet, daß Andreas keine Zeit mehr hatte, sich zu schützen; er fiel schwer, ungeschickt und schmerzhaft. Die Leute in der Bar lachten. Das lauteste Lachen kam von Heiner, der mit dem Mädchen im Arm in der Ecke saß.

Andreas tastete unter den Tischen nach seiner Brille und dem Geld, während das Gelächter um ihn herum anschwoll. Plötzlich wurde er wütend. Sobald er seine Brille gefunden hatte, stand er auf und stürzte sich auf Heiner. Er kippte ihn von seinem Stuhl, und sie wälzten sich, eng im Kampf umschlungen, auf dem Boden, teilten Hiebe aus, wohin sie trafen, kratzten, bissen, boxten. Aber Andreas war dem jungen Arbeiter nicht gewachsen. Hätte der Barbesitzer sie nicht getrennt und beide hinausgeworfen, wäre es für Andreas schlecht ausgegangen.

«Das wär's», sagte Heiner, nachdem sie wieder zu Atem gekommen waren. «Von jetzt an kannst du mich am Arsch lecken. Ich hab die Nase voll. Such dir einen anderen Spielgefährten.»

Andreas beging nicht den Fehler, ihn um Verzeihung zu bitten, obwohl er es am liebsten getan hätte. Er wollte ihn nicht gehen lassen. In diesem Augenblick wünschte er sich mehr denn je, mit ihm zusammenzusein, nackt, Indianer zu spielen, zu ringen und so zu tun, als ob sie große körperliche Leistungen vollbrachten. Aber Heiner glättete seine Jacke, straffte die Schultern, setzte die Schirmmütze fest auf den Kopf und schlenderte davon. Er drehte sich noch einmal um und machte eine obszöne Geste, die Andreas als Ermutigung auslegte, dann steuerte er auf die Bahnunterführung zu, um nach Hause zu gehen.

«Wir treffen uns morgen nach der Arbeit», rief Andreas ihm nach. «Ich werde ein Geschenk für dich mitbringen.»

«Was?»

«Was immer du willst.»

«Ich dachte, du hättest schon was Bestimmtes im Sinn.» Heiner, der unter einer Straßenlaterne stehengeblieben war, die Brust herausgestreckt, damit Andreas sehen konnte, wie sich sein Hemd über ihr spannte, tat so, als wollte er wieder weitergehen. Andreas ging hastig in Gedanken all seine Besitztümer durch.

«Meinen Ring!» rief er. «Ich schenke dir meinen Ring!»

«Was ist das für ein Ring?»

«Ein Goldring mit einem Edelstein.»

«Einem Diamanten?»

«Nein, es ist kein Diamant. Ich weiß nicht, was es ist. Aber er ist grün.»

«Wem gehört er?»

«Ich habe dir doch gesagt, er gehört mir.»

«Du wirst behaupten, ich hätte ihn dir gestohlen.»

«Nein, bestimmt nicht.»

«Dann schreib mir einen Brief und sag, daß du ihn mir schenkst.»

«Gut. Triff mich um fünf an der Bockenheimer Warte.»

«Vielleicht.»

Heiner verschwand im Dunkel der Unterführung. Andreas hörte noch eine Weile die Schritte seines Freundes. Dann war alles still.

Andreas machte sich sofort auf den Weg in die Guiollettstraße, um den Ring zu holen. Die Quetschwunde an seiner Wange brannte, und sein Brustkorb schmerzte. Während er durch die mondbeschienenen Straßen hinkte, fort vom Schauplatz des unglückseligen Zusammenstoßes, fühlte er ein vages, aber beharrliches Unbehagen und – deutlicher – eine Gewißheit, daß er von der kalten Hand des Todes berührt worden war. Seine Knie zitterten vor Angst. Er setzte sich auf den nächsten Mauervorsprung, fuhr aber erschreckt wieder in die Höhe, als er sich nahende Schritte hörte. Er schleppte sich weiter, erstaunt, daß seine Beine ihn trugen. Als er zum Haus seiner Eltern kam, ruhte er sich eine Weile neben dem Gartentor aus, das zum Hintereingang führte. Er war sicher, daß seine Eltern entweder schliefen oder ausgegangen waren. Aber ihr Streit über die Abendeinladung hatte mit dem Entschluß geendet, zu Hause zu bleiben und ihre verletzten Gefühle zu pflegen. Caroline, die nachgegeben und den Schlesingers unter irgendeinem Vorwand abgesagt hatte, schloß sich in ihr Zimmer ein mit der Erklärung, daß sie Herzklopfen habe. Sie nahm Baldriantropfen, um sich zu beruhigen, konnte aber trotzdem nicht schlafen.

Nathan, unbeeindruckt von der Erregung seiner Frau, zog sich in sein Arbeitszimmer zurück, um *Der Untergang des Römischen Weltreiches* zu lesen. Er las es aus Protest gegen die herrschende Vorliebe für Oswald Spengler und sein neuestes Buch, *Der Untergang des Abendlandes,* das er für das Werk eines Scharlatans hielt. Nathan war stets von neuem belustigt über Gibbons Voreingenommenheit zugunsten der Römer und gegen die emporkommenden Christen. Er grübelte in seiner melancholischen Art oft über die Zuversicht nach, die dem Zeitalter der Aufklärung eigen war, und wünschte, es wäre ihm vergönnt gewesen, in der damaligen

Zeit zu leben – selbst wenn dies ein Leben in der Judengasse bedeutet hätte. Wer weiß, vielleicht wäre er sogar ein Freund Börnes gewesen. Das einzige, was ihm jetzt noch Freude bereitete, waren Dinge wie Bücher und Musik, in die er sich genügend versenken konnte, um die schmerzliche Gegenwart zu vergessen. Das Recht hatte ihm einst eine Zuflucht geboten, aber er war seiner überdrüssig geworden; es wurde zu sehr mißbraucht. Er hatte das Gefühl, daß es in den Händen skrupelloser Rechtsanwälte oder eines totalitären Staates zum Instrument für ungeheuerliche Rechtsverdrehungen werden könnte, die nichts mehr mit moralischen Zwekken zu tun hatten. Er hatte angefangen, eine Abhandlung über dieses Thema zu schreiben, aber er schrieb langsam und schwerfällig, und mit seinem üblichen Pessimismus bezweifelte er, daß er jemals damit fertig werden würde.

Andreas hatte beabsichtigt, sich leise ins Haus zu schleichen, um den Ring, ein Geschenk seines Großvaters Wertheim, an sich zu nehmen, Gesicht und Hände zu waschen, ein sauberes Hemd anzuziehen und wieder fortzugehen, ohne gesehen zu werden. Er wußte, daß Fräulein Gründlich auf Urlaub war; der Gedanke, Emma zu begegnen, beunruhigte ihn nicht, denn er vertraute ihr und betrachtete sie als seine Verbündete; und Lene war mit Thomas von Brenda-Badolet ausgegangen.

Sobald Andreas die Tür geöffnet hatte, wurde ihm klar, daß seine Eltern zu Hause waren. Kurz darauf hörte er die besorgte Stimme seiner Mutter, die von oben rief: «Wer ist da?» Und dann noch einmal voller Angst: «Wer ist eben hereingekommen?»

«Ich bin's, Mutter», sagte Andreas. Er stand auf dem Treppenabsatz und sah, daß die Tür zu ihrem Zimmer halb offen stand. «Ich bin gekommen, um etwas zu holen.»

«Zu dieser nachtschlafenden Zeit?» fragte sie. «Komm herein und erzähl mir, was geschehen ist.»

Andreas sah sie durch die Tür im Schlafrock auf ihrer Chaiselongue liegen. Sie konnte ihn nicht sehen.

«Ich komme gleich, Mama», sagte er. «Laß mich nur rasch ins Badezimmer gehen.»

Er wollte sein brennendes Gesicht mit kaltem Wasser waschen, sich die Haare kämmen und sehen, ob alles übrige an ihm einer Prüfung standhalten konnte.

«Was machst *du* hier?» Emmas Stimme erschreckte Andreas derart, daß er unwillkürlich einen leisen Schrei ausstieß. «Du mußt etwas angestellt haben», sagte Emma, «daß du dich so vor mir fürchtest.» Sie sah ihn aufmerksam an. «Du hast eine Schlägerei gehabt!» sagte sie. «Oh, Andreas!»

«Es war keine Schlägerei.»

«Wer hat dich angegriffen?»

«Niemand. Ich bin gefallen, in einer Bar.»

Emma schnitt eine Grimasse. Sie glaubte ihm nicht.

«Ich muß zu Mama gehen», sagte er, «und mich vorher noch einigermaßen präsentabel machen. Wir müssen uns bald einmal zum Abendessen treffen, dann können wir uns in Ruhe unterhalten.»

«Wann? Ich habe dir viel zu erzählen.»

«Bald.»

«Nächste Woche?»

«Ich muß eine Prüfungsarbeit schreiben. Die Woche danach. Ich verspreche es dir.»

Andreas küßte sie rasch, dann wusch er sich in fieberhafter Eile das Gesicht, brachte seine Kleidung in Ordnung und durchstöberte hastig seinen Chiffonnier nach dem Ring. Er fand ihn in seinem kleinen grünen Lederetui und stopfte ihn tief in die Tasche. Er wischte den Schweiß, der ihm auf der Stirn stand, mit Eau de Cologne ab und fuhr sich noch einmal mit dem Kamm durch die Haare. Dann ging er ins Zimmer seiner Mutter und schloß die Tür hinter sich. Das erste, was sie bemerkte, war der Bluterguß auf seinem Gesicht.

«Mein Gott!» rief sie aus. «Was ist das?»

«Ich bin gestolpert und gestürzt.»

«Das sieht nicht aus, als ob es von einem Sturz käme. Du hast dich geprügelt!»

«Nur ganz harmlos – mit einem Freund.»

«Wenn dies ein Freund ist, möchte ich nicht das Werk eines Feindes sehen.»

Andreas kam sich wie ein kleiner Junge vor. Er war nie auf Carolines mütterlichen Scharfblick vorbereitet. So reserviert sie war, sie hatte eine gute Beobachtungsgabe; hin und wieder drang sie direkt zum Kern eines Geheimnisses vor, das ihre Kinder vor ihr verbergen wollten.

«Setz dich einen Augenblick», sagte sie. «Du gehst doch nicht wieder fort?»

«Ich muß eine Prüfungsarbeit schreiben. Ich darf keine Zeit verlieren. Nächstes Wochenende komme ich zum Mittagessen, Ehrenwort. Quäle mich nicht, Mama, ich will nicht bedrängt werden.»

«Du siehst nicht aus wie ein junger Mann, der sich mit einer Prüfungsarbeit befaßt hat. Wenn du Faustkämpfe mit deinen Freunden austrägst, wirst du wohl nicht viel zum Arbeiten kommen. Wirst du das Examen im Januar bestehen?»

«Und wenn ich es nicht bestehe?»

«Du kennst die Antwort ebenso gut wie ich. Du bekommst nicht deinen akademischen Grad. Du wirst hierbleiben müssen. Dein Vater wird dir zweifellos seine Unterstützung entziehen. Onkel Edu –»

«Ich werde das Examen bestehen, Mama.»

Caroline sah ihn an, wie er in nachlässiger Haltung auf dem Stuhl saß, dünn, blaß, hübsch, leicht verletzbar. Sein Haar war naß und unnatürlich angeklatscht. Seine rechte Hand steckte in der Hosentasche. Er roch nach Straße.

«Dies sind keine guten Zeiten», begann Caroline. Der üble Geruch der Gosse hing über ihrem Sohn. Sie bangte um ihre ganze Familie. «Sag mir, Andreas», bat sie und faltete die Hände im Schoß, «ist es wahr, was ... was man von dir sagt?»

«Was sagt man von mir, Mama?»

«Daß du ... daß du Männer vorziehst.»

«Ja, es ist wahr, Mama.»

Caroline blickte ihm eine Sekunde in die Augen, um zu sehen, ob sie etwas Neues dort finden konnte, etwas, das sie zuvor noch nicht gesehen hatte. Andreas erwiderte ohne eine Spur von Spott ruhig ihren Blick. Tränen schimmerten an seinen Lidern. Sie sah jetzt, daß sein Mund geschwollen war, daß er Kratzwunden an den Wangen hatte und die Prellung sich purpurrot färbte.

«Auf diese Art hast du dir also die Verletzungen zugezogen», sagte sie mit leiser, belegter Stimme. Sie räusperte sich. «Sie haben deinen Onkel Gottfried aus einem weit geringfügigeren Anlaß nach Amerika geschickt.»

«‹Sie› können mich meinetwegen auch nach Amerika schicken! Es ist mir völlig schnuppe – je weiter weg, um so besser!»

«Sieh dich vor, Andreas, *bitte*, sieh dich vor.»

Caroline war aufgestanden und hatte sich zum Fenster gewandt. Sie wollte sich vor Andreas verstecken, wollte nichts weiter hören. Aber er folgte ihr, und sie umarmten sich. Während Caroline ihn festhielt, wurde ihr bewußt, daß sie schon lange – wie lange? – niemanden mehr in den Armen gehalten hatte. Nicht ihre Kinder, nicht ihren Mann, nicht ihre Schwester oder ihre Brüder. Tränen strömten ihr über die Wangen. Sie sehnte sich plötzlich wieder nach kleinen Kindern. Nach Enkelkindern.

«Wenn du etwas brauchst», flüsterte sie ihm ins Ohr, «bitte sag es mir. Was auch immer es ist, ich beschaffe es dir. Dulde nicht, daß man dich . . . erpreßt.»

Andreas küßte ihr die Hand. Der Ring wog schwer wie ein Stein in seiner Tasche. Er ging in sein Zimmer zurück und warf das leere grüne Lederetui wieder in die Schublade. Auf dem Heimweg zu seiner Wohnung war er nicht sicher, ob es Erleichterung war, was er empfand, oder lediglich die Leere, die nach einer ersten Berührung mit dem Tod zurückbleibt.

Bei Nathan klingelte an diesem Abend sehr spät das Telephon. Er war, den aufgeschlagenen Gibbon auf dem Schoß, in seinem Sessel eingeschlummert. Edus Stimme am anderen Ende der Leitung war kühl und entschieden. «Es tut mir leid, wenn ich dich geweckt habe, aber ich wollte dich zu Hause und allein erreichen. Ich bin gerade vom Konzert und einer Gesellschaft zurückgekommen und dachte mir, es ist ein guter Zeitpunkt, dich anzurufen.»

«Ich habe hier gesessen und gelesen», sagte Nathan.

«Mir ist zu Ohren gekommen, daß du vorhast, Eisenstein zu entlassen.»

«Er hat nicht genug zu tun, Edu. Meine Kanzlei . . . nun,

du weißt ja . . . Ich dachte, du könntest ihn vielleicht gebrauchen.»

«Ich bin kein Fürsorgeinstitut, Nathan, und die Firma ist auch kein Asyl für pensionierte Dummköpfe. Behalte Eisenstein. Deine monatlichen Gewinnanteile aus der Firma werden um fünfzig Prozent erhöht. Wir haben in letzter Zeit Glück gehabt – für Leute, die, wie wir, Geld aufnehmen können, ist die Inflation keine so schreckliche Angelegenheit. Man leiht sich gute Mark und zahlt schlechte zurück. Wir haben gut abgeschnitten. Das Geschäft mit Amerika belebt sich, und jetzt, da ich Partner in der Bank bin . . . nun, lassen wir das.»

«Danke, Edu, vielen Dank.» Nathan glaubte zu träumen.

«Du brauchst mir nicht zu danken. Es war Vaters Wunsch, daß alle seine Söhne an den Gewinnen von Wertheim und Söhne teilhaben sollten.»

«Ich werde Eisenstein behalten, bis er alt genug ist, seine Rente zu beziehen. Das sind, glaube ich, noch sieben Jahre . . .»

«Nathan! Hör zu, dein Eisenstein geht mich nichts an, aber es ist wichtig, daß deine Kinder versorgt sind. Verstehst du mich? Politisch, wenn auch nicht unbedingt finanziell, wird es für uns immer schlechter werden. Ich fürchte, die Ermordung Rathenaus war nur der Anfang . . .»

«Ich schreibe gerade eine Abhandlung über Recht und Moral, die ich dir gern zu lesen geben werde, sobald sie fertig ist.»

«Viel Glück», sagte Edu trocken. «Gute Nacht.» Und er hängte ein.

Hannchen war nicht auf den Brief vorbereitet, den sie Mitte August von Gerald F. Worth aus New York erhielt. Beim Anblick des Couverts mit dem in Stahlstich geprägten Namen und einer Adresse in der Park Avenue fragte sie sich zuerst mit einem leisen Anflug von Besorgnis, ob es wohl eine Bitte um Geld von einem Fremden oder eine schlechte Nachricht von irgendeiner anderen Seite sei. Erst als sie die Anrede sah, erinnerte sie sich, wer Gerald F. Worth war. Und als sie zu lesen begann, fiel ihr auf, daß die Handschrift sich verändert hatte und die Sprache schwerfällig geworden war.

Liebe Mutter,
zwanzig Jahre sind vergangen, seit ich Frankfurt verlassen habe, um nach Amerika zu gehen. Meine Briefe an Edu sind unbeantwortet geblieben, aber ich kann nicht länger zulassen, daß seine Unversöhnlichkeit mir im Wege steht – ich muß Dir schreiben. Nicht etwa, daß es mir im Leben schlecht ergangen wäre, ganz im Gegenteil, ich bin, was man hierzulande einen «uneingeschränkten Erfolg» nennt. Ich habe einen Börsensitz, gehöre dem Aufsichtsrat verschiedener Privatbanken an und bin zur Hälfte an einer Firma beteiligt, die Kosmetika herstellt. Alles in allem keine schlechte Leistung.
Ich bin mit einer sehr liebenswerten Frau verheiratet, und wir haben drei Kinder, die unser Stolz und unsere Freude sind. Blanche, meine Frau, stammt aus einer vornehmen jüdischen Familie aus New Orleans, wo wir uns kennengelernt und geheiratet haben. Ihr Vater hat mir zum Start in Amerika verholfen. Er hat mich von Anfang an wie einen Sohn behandelt. Man urteilt hier nicht so streng über die kleinen Vergehen eines Menschen. Aber laß uns nicht von der Vergangenheit sprechen. *Let by-gones be by-gones* – laß das Vergangene ruhen, wie man hier sagt.
Wir leben seit kurz vor dem Krieg in New York. Ich habe (als stolzer Staatsbürger dieses großen Landes) im amerikanischen Heer gedient, wurde aber nicht nach Übersee geschickt, so daß ich nicht gegen Deutschland und meine Brüder gekämpft habe – obwohl ich in jedem Fall meine Pflicht getan hätte.
Das Leben war gut zu mir, aber ich denke oft an Dich, Mama, und frage mich, wie es Dir geht. Haben die Jahre Dich gut behandelt? Bist Du glücklich? Gehst Du immer noch so gern in die Oper und ins Theater? Es würde mich sehr freuen, von Dir zu hören. Ich weiß, daß Du im Hause meines Bruders lebst, aber ich bitte Dich, ihm diesen Brief nicht zu zeigen. Ich weiß nicht, warum er mir nie verziehen hat, ich habe ihm doch nie etwas getan. Aber ich

möchte Dich wiedersehen, ehe der Tod uns für immer trennt. Ich möchte, daß Du mir gestattest, Dich zu besuchen, sollte das Schicksal mich nach Frankfurt führen ...

Dein Sohn
Gerald

Hannchen las den Brief sehr aufmerksam. Sobald sie fertig war – noch ehe sie ihre Gedanken bei seinem Inhalt verweilen ließ –, fragte sie sich besorgt, was sie tun sollte. Sollte sie den Brief Edu zeigen? Durfte sie es? Ihr jüngster Sohn – und ihr erklärter Liebling – war ihr Hüter geworden. Sie sagte zwar immer, sie sei «nur Gast» in seinem Hause, aber in Augenblicken wie diesem hatte sie das Gefühl, eher eine Gefangene zu sein. Edu mußte alles über sie wissen: was sie zu Mittag aß, wie sie ihre Nachmittage verbrachte, was sie kaufte und wovon sie träumte. Er würde sie fragen, was für Post sie erhalten hatte, und sie würde antworten müssen: «Einen Brief von Gottfried.» Aber mußte sie das wirklich? Was war, wenn sie einfach sagte: «Nur ein paar Rechnungen und Zirkulare?» Würde er es erfahren? Kontrollierte Humboldt, der ihr zweimal am Tag die Post brachte, jeden ihrer Briefe? Plötzlich wurde sie ärgerlich auf Gottfried, weil er den Frieden dieses schönen Tages gestört hatte. Er war immer schon schwierig gewesen; hatte wütender gekämpft und weniger geweint als die anderen. Er war schrecklich jähzornig. Hannchen sah das Kind, das er gewesen war: das Gesicht auf dem Familienphoto von den anderen abgewandt. Ohne Lächeln.

Am Ende entschied sie sich für einen Kompromiß. Sie zeigte Edu den Brief nicht, erzählte ihm aber, daß er mit der Morgenpost gekommen war. Edu zeigte keinerlei Interesse. Hannchen war verärgert. «Gottfried hat seinen Weg gemacht», sagte sie. «Er hat einen Börsensitz, ist im Aufsichtsrat zahlreicher Banken und besitzt eine Puderfabrik.»

«Er scheint jetzt auch noch ein Aufschneider zu sein», murmelte Edu. «Hast du vor, mit ihm in Verbindung zu bleiben?»

Hannchen wandte den Blick ab. «Ich habe noch nicht darüber nachgedacht», log sie.

«Laß dich auf nichts ein», warnte er sie. «Er ist der gleiche Lumpensack wie eh und je. Einmal ein Dieb, immer ein Dieb.»

Eine Woche lang ging Hannchen mit sich zu Rate, dann schrieb sie Gottfried einen Brief. Sie schrieb überschwenglich und bat um Bilder von seinen Kindern. Aber: «Denk nicht daran, mich zu besuchen», setzte sie hinzu. «Ich bin eine alte Frau und tauge für nichts, außer in meinem schönen Zimmer in Edus Haus in der Sonne zu sitzen, mich im Schaukelstuhl zu wiegen und zu träumen.» Sie stellte sich als schwach und gebrechlich dar. Sie schob Edu die Schuld zu. Aber sie hatte nicht geschwiegen; niemand konnte ihr einen Vorwurf machen.

Emmas Leben änderte sich von einem Tag zum anderen. Lene hatte recht gehabt, sie hatte einen Verehrer; sie war verliebt! Otto von Benzow war von größerer Bedeutung in ihrem Leben, als irgend jemand es je zuvor gewesen war. Sie ging weiterhin dreimal in der Woche zum Reiten, und diese drei Tage beherrschten alle anderen Tage. Otto erwartete sie auf seinem Apfelschimmel, und wenn sie auf ihn zugeritten kam, erhob er sich in seinen Steigbügeln und lüftete die Mütze. Das Wetter war herrlich in diesem Jahr, es war bis weit in den September hinein noch sommerlich warm. Sie galoppierten durch Sonnenschein und Schatten die stillen Pfade entlang, bis die Pferde vor Schweiß glänzten. Dann ritten sie im Schritt und suchten sich einen hübschen Platz unter irgendeinem großen Baum, wo sie abstiegen, um sich eine Weile ins Gras zu setzen und zu reden. Sie hatten sich viel zu sagen, denn sie waren sich wahrhaft fremd.

«Wann werden wir dieses Muster von deutscher Männlichkeit, deinen schneidigen jungen Siegfried, kennenlernen?» fragte Nathan eines Tages beim Mittagessen.

«Er ist nicht *jung*», sagte Emma.

«Ach nein?» In dem gleichmäßigen Klang von Carolines Stimme und dem starren Blick, der ihre Worte begleitete, lag etwas, das Emma beunruhigte.

«Oh, er ist auch nicht *alt*», sagte sie rasch.

«Was würdest du sagen, wie alt er ist?»

«Ende Dreißig . . .»

«Hat er es dir gesagt?»

«Nein – ich habe ihn nie gefragt.» Es war eine Lüge. Otto hatte es ihr gesagt. Er war im Juli vierundvierzig geworden.

«Gibt es irgendein Problem?» fragte Nathan. «Wenn ja, laß es uns wissen. Ich habe lediglich gefragt, ob wir jemals die Bekanntschaft dieses Mannes machen werden. Ich weiß nicht, was sein Alter damit zu tun hat.»

«Bald, Papa», sagte Emma.

Sie brachte Otto an einem regnerischen Nachmittag zum Tee. Anna hatte in der irrtümlichen Annahme, daß der Offizier Österreicher sei, eigens für diese Gelegenheit eine Sachertorte gebacken. Emma war so nervös, daß sie kaum einen Bissen davon herunterbrachte. Der Besuch verlief nicht, wie sie es sich gewünscht hatte. Die Unterhaltung war steif, ohne Wärme. Nathan sprach kaum ein Wort. Emma warf sich tapfer in die Bresche und schwatzte fieberhaft drauflos. Caroline befragte den Offizier nach Heim und Familie und erfuhr, daß er eine alte Mutter hatte, an der er sehr hing. Er hatte dem Vaterland im Krieg «ehrenvoll» gedient, machte sich nichts aus Politik, war aber gegen alles «Radikale» und «Extreme».

«Ich bin für die *Mitte*», erklärte er, «die Mitte von allem.»

«Sie müssen unbedingt meine Schwester Eva kennenlernen», sagte Caroline.

«Mit Vergnügen», erwiderte der Offizier, obwohl der sarkastische Ton der Bemerkung ihm sagte, daß sie ironisch gemeint war. Emma hätte weinen mögen vor Erbitterung über ihre Familie, und Otto fing den empörten Blick auf, den sie ihrer Mutter zuwarf. Ihm war klar, was sie nur undeutlich wahrnahm: daß ihre Eltern erkannt hatten, daß ihre Liebe etwas bewußt Gewolltes hatte. Emma wünschte sich verzweifelt, von einer weißglühenden Flamme versengt, von ihr geläutert zu werden und neu geboren daraus hervorzugehen. Ihre Eltern fanden es jedoch seltsam und daher unglaubhaft, daß all dies einen Widerhall in Otto von Benzow gefunden haben sollte. Sie sahen in ihm einen Mitgiftjäger und schrieben ihn ab.

Caroline fand ihn recht gutaussehend, aber er war nicht

akzeptabel. Er war, wie Nathan später sagte, «der Feind». «Ich bestehe keineswegs darauf, daß meine Kinder innerhalb des Glaubens heiraten», erklärte er Hannchen. «Es könnte sogar ein Segen sein, etwas von der jüdischen Lebensangst zu verlieren, mit der wir alle gestraft sind. So wie die Dinge sich entwickeln, wäre die nächste Generation uns vielleicht sogar dankbar, daß wir ihre Verbindung mit dem ‹auserwählten Volk› gelöst haben. Aber –» er machte eine Pause, um seinen Worten mehr Gewicht zu verleihen – «ein Thomas von Brenda-Badolet ist eine Sache, ein Otto von Benzow eine ganz andere.»

«Ich habe Emma noch nie so strahlend gesehen», sagte Hannchen.

Man hoffte, daß die Reise nach Venedig die Affäre abkühlen würde.

«Eine Woche dürfte kaum genügen, sie von ihm loszueisen», sagte Caroline eines Sonntagmorgens am Telephon zu Edu.

«Leider habe ich nicht geahnt, daß die Reise auch noch dem Zweck dienen sollte, meine Nichte von ihrem Liebsten zu trennen, sonst hätte ich mit den Mädchen eine Reise um die Welt gemacht», erwiderte er.

«Vielleicht kannst *du* ihr die Sache ausreden», sagte Caroline. «Ich habe den Verdacht, daß er hinter ihrem Geld her ist.»

«Es ist nicht schwer herauszufinden, wie er finanziell gestellt ist», erklärte Edu und gab sofort am nächsten Morgen Anweisungen, Otto von Benzows Kreditfähigkeit zu überprüfen. Eine Woche später kam der Bericht: Der Mann lebte in geordneten Verhältnissen, und es gab keinerlei Grund zu der Annahme, daß er es auf eine Mitgift abgesehen hatte. Seine Familie war nicht reich, aber ihr Gut warf Gewinn ab, und Otto, der einzige Sohn, hatte neben seinem Heeressold ein ansehnliches Einkommen. Er war nicht als Spieler bekannt. Edu gab den Bericht an Caroline weiter. «Und wie steht's mit seinem Privatleben?» fragte sie. «War er schon mal verheiratet?»

«Danach haben wir uns nicht erkundigt», sagte Edu. «Wir sind ja schließlich keine Detektei.»

Am folgenden Sonnabend bestiegen Edu und seine vier Nichten den Nachtexpreß nach Venedig. Edu hatte zwei Doppelzimmer und ein Einzelzimmer im Hotel Danieli bestellt. «Bitte in einem der oberen Stockwerke und mit Blick auf den Kanal», hatte er geschrieben, und man hatte seinem Wunsch entsprochen.

«Es ist das beste, am ersten Tag sehr wenig zu unternehmen», sagte er, als sie zu ihren Zimmern geführt wurden. «Akklimatisiert euch, so wie ihr es im Gebirge tut.»

«Wir haben so wenig Zeit!» sagte Lene.

«Ich bin sicher, du wirst noch öfter nach Venedig kommen», erwiderte Edu. «Du brauchst nicht unbedingt alles auf dieser Reise zu sehen.»

«Wir machen nur eine Runde um die Piazza San Marco», sagte Julia.

«Mit vielen Ruhepausen», fügte Jenny hinzu.

Die jungen Mädchen machten sich, ihre Reiseführer in der Hand, auf den Weg. Sie hatten sich in den letzten Wochen vor ihrer Abfahrt gemeinsam bemüht, etwas Italienisch zu lernen, aber die einzige, die genügend Sprachtalent besaß, war Emma, und so blieb es ihr überlassen, hin und wieder nach dem Weg zu fragen «*Dove* . . .» begann sie mit ihrem deutschen Akzent und brachte langsam, jedes Wort klar artikulierend, ihr Anliegen vor.

Beim Abendessen erzählten die Mädchen Edu von ihren Eindrücken, und er hörte ihnen lächelnd zu. Mitten bei der Nachspeise wurde er ans Telephon gerufen. Die Mädchen aßen weiter ihre *zuppa inglese.*

Lene sagte: «Ich möchte wissen, wer *das* sein mag?»

«Wer *könnte* es denn sein?» fragte Jenny neugierig.

«Lene ist überzeugt, daß Onkel Edu ein heimliches Liebesverhältnis mit einer verheirateten Frau hat», erklärte Emma.

«Von höchstem Rang!» setzte Lene hinzu.

«Erzähle», sagte Julia und zündete sich jetzt, da Onkel Edu fort war, eine Zigarette an. Julia war klug und stark gefühlsbetont, und ihre Begabung für stilistische Nachahmung ließ ihr kleines literarisches Talent größer erscheinen, als es war. Sie hatte geschworen, niemals zu heiraten, und hatte bereits einige kurze Essays und Artikel an Provinzzeitungen verkauft.

Lene erzählte ihre Geschichte. Da es eigentlich nicht viel Stoff dafür gab – ein flüchtiger Blick durch die Tür und eine kurze Begegnung in der Pause zwischen Schumann und Hindemith –, mußte sie sie mit Mutmaßungen und Meinungen ausschmücken. Die Cousinen waren begeistert. Ein leises Lächeln spielte um Jennys Lippen, und Julia kicherte vor Freude. «Wenn sie *wirklich* hier in Venedig ist, müssen wir jeden Augenblick nach ihr Ausschau halten», sagte sie. «Das wird sehr aufregend! Mein Gott, ich könnte sogar eine kleine Geschichte darüber schreiben ...»

«Psst ...» warnte Emma leise. «Da kommt er.» Julia drückte ihre Zigarette aus, aber Edu, der es nicht mochte, daß Frauen rauchten, roch die Reste von Rauch, die in der Luft hingen, und erklärte, Zigaretten ruinierten die Geschmacksnerven.

«Ich bin fertig mit dem Essen», sagte Julia als Entschuldigung.

«Es ist unhöflich gegen die anderen, die es *nicht* sind», entgegnete er streng.

Julia errötete. «Es tut mir leid, Onkel Edu», sagte sie mit geziemender Bescheidenheit. Ebenso wie alle übrigen hatte sie nicht den Mut, sich ihm zu widersetzen, aber im Gegensatz zu ihnen fügte sie sich nicht aus Liebe, sondern aus Berechnung, die sie nach besten Kräften zu verbergen suchte. Sie erkannte ihre Abhängigkeit von ihm deutlicher als die anderen.

Die Woche in Venedig war unvergeßlich. Vom ersten Bummel über die Piazza bis zur letzten Fahrt den Canal Grande entlang, kam den Mädchen jeder Augenblick wie verzaubert vor. Das Wetter war milde und manchmal ein klein wenig neblig, was der Stadt ein melancholisches Aussehen verlieh.

Am Tag nach ihrer Ankunft fuhren sie mit einem *vaporetto* zur Kirche San Giorgio Maggiore hinüber. Emma las ihnen die Beschreibungen aus dem Baedeker vor, während sie die Tintorettos bewunderten, die allerdings in der Dunkelheit des Chors nur undeutlich zu sehen waren. Dann gingen sie zum Campanile und fuhren mit dem Aufzug hinauf, um ganz Venedig ausgebreitet unter sich zu sehen.

Onkel Edu begleitete sie nicht zum Glockenturm. In der Bibliothek, die an die Kirche grenzte, gab es eine Ausstellung venezianischer Zeichnungen aus dem 16. Jahrhundert, die er gern sehen wollte; er hatte gerade kürzlich eine Zeichnung gekauft, die einem Schüler Tizians zugeschrieben wurde. Während er sich dort aufhielt, begegnete er Lady Samuel und ihrer Gesellschaft, die ebenfalls gekommen waren, sich die Zeichnungen anzusehen. Edu erwies sich als redegewandter Führer. Elias wäre stolz auf seinen Freund und Schüler gewesen. Lady Samuel lächelte zufrieden und erklärte ihren Freunden, daß Mr. Wertheim ein bekannter Kunstsammler sei. Sie fragte ihn, ob er vorhabe, mit seinen Nichten nach Torcello zu fahren. «Ich habe das für den letzten Tag aufgespart», erwiderte er. Lady Samuel erklärte, die Mosaiken aus dem 12. Jahrhundert seien «einfach großartig». Sie habe sie bei ihrem letzten Besuch gesehen und erinnere sich noch lebhaft an ihre Pracht. «Ich kenne sie gut», sagte Edu.

Bis die Mädchen in die Ausstellung kamen, war Lady Samuel bereits mit ihrem privaten Wassertaxi fortgefahren, um die Kirche Il Redentore zu besichtigen. «Ich befasse mich heute mit Palladio», hatte sie Edu erklärt, ehe sie mit gemessenen Schritten in den grasbedeckten Hof hinausging, wo sie stehenblieb, um ihren Sonnenschirm aufzuspannen. Sie wußte, daß Edu sie beobachtete.

Die Tage gingen wie im Fluge dahin, bis nur noch einer übrigblieb. Lene hatte nicht einmal Ansichtskarten an all die Leute auf ihrer Liste geschickt. Julias Notizen füllten knapp die Hälfte ihres Tagebuchs. Nur Emma freute sich auf die Rückkehr. Sie hatte jeden Abend in dem Zimmer, das auf den Canal Grande hinausging, lange Briefe an Otto geschrieben. «Wir werden uns zweifellos sehen, ehe Du diesen Brief erhältst», schrieb sie am vorletzten Abend. «Morgen fahren wir mit dem *vaporetto* nach Torcello, wo es eine romanische Kirche und berühmte Mosaiken gibt. Wir nehmen einen kalten Lunch mit, um dort im Freien zu essen.»

Der Tag, der für Torcello vorgesehen war, brach fast sommerlich warm und neblig an. Als sie vom Kai abfuhren, war der Horizont noch in Dunst gehüllt. Sie schienen auf wogende Nebel zuzusteuern, die einen verschwundenen Kontinent verbargen. Sie kamen an San Michele vorbei und hörten die Sirenen der Schiffe und Schlepper, die auf der Lagune fuhren. Von San Michele, der Friedhofsinsel Venedigs, waren nur ein paar dunkle Zypressen zu sehen, die wie geisterhafte Galeonen aus Venetias Vergangenheit aus dem Nebel auftauchten. Erst als sie Burano hinter sich gelassen hatten, verscheuchte die Sonne die letzten Spuren des Nebels, und der Morgen erstrahlte in der ganzen Pracht des goldenen Herbstes.

Sie waren die einzigen, die in Torcello ausstiegen, und nachdem das Boot wieder abgelegt hatte, blieben sie allein in der stillen, flachen Landschaft. Sie folgten dem Pfad, der am Kanal entlanglief. Onkel Edu ging voraus; er hatte es eiliger als die Mädchen, zu ihrem Ausflugsziel zu kommen. Hin und wieder blieb er stehen und deutete mit seinem Spazierstock auf die friedliche Landschaft. «Seht euch an, wie schön das ist», sagte er, obwohl er Kunstwerke für gewöhnlich Landschaften vorzog. Er blickte lieber auf Gemälde von Turner als auf Alpenschluchten oder sturmgepeitschte Meere.

Nach etwa fünfzehn Minuten kamen sie zu dem kleinen Platz am Ende des Kanals. Die Kirche stand in einiger Entfernung hinter einem Stück Grasland, das von zerbrochenen Skulpturen und Bruchstücken geriffelter Säulen umgeben war. Sie wirkte älter als die Tempel des Altertums; eine Aura von triumphierender Verlassenheit lag über ihr. Als Edu und seine Nichten das Innere der Kirche betraten, empfing sie eine atemberaubend kalte Dunkelheit. Es dauerte einige Minuten, bis sie sich soweit daran gewöhnt hatten, daß sie die Mosaiken an den Wänden erkennen konnten. Zwölf weißgekleidete Apostel standen im Halbkreis in der Apsis unter einer schwarz gekleideten Figur der Jungfrau. An der gegenüberliegenden Wand schien eine grauenerregende Vision von Hölle und Verdammnis in dem trüben Sonnenlicht zu beben, das durch die schmalen Fenster drang. Edu las mit ruhiger, nüchterner Stimme aus dem Führer vor, aber die

Mädchen, gefesselt von den Qualen der Verdammten, hörten nur mit halbem Ohr zu.

«Wollen wir jetzt zu Mittag essen?» fragte Onkel Edu, und seine Worte erinnerten sie daran, daß sie in einer zivilisierten Gegenwart lebten, die Dämonen ins Dunkel des Mittelalters verbannt hatte, auf Mysterien verzichtete und Heiligkeit im Pomp des Staates fand.

«Wenn wir heute nach Venedig zurückkommen, dürfen wir nicht vergessen, uns auf der Piazza photographieren zu lassen», sagte Edu, während sie sich einen geeigneten Platz für ihr Picknick suchten. Der Portier des Danieli hatte ihnen einen köstlichen Lunch eingepackt, und sie setzten sich im Schatten eines Feigenbaumes an einen Tisch aus roh gezimmertem Holz, in Sichtweite der alten Kirche. Emma und Jenny packten den Käse, den rohen Schinken, den Wein und das knusprige Weißbrot aus. Es gab frische Tomaten und eingelegte Oliven und zum Nachtisch blaue Trauben und frische grüne Feigen.

«Es sieht herrlich aus!» rief Lene begeistert.

«Gut zu essen, selbst wenn man einfach ißt, ist eine der großen Freuden des Lebens», sagte Edu. «Es zeugt von der Kultur eines Menschen, wenn er gutes Essen zu würdigen weiß.»

Sie tranken den Wein aus kleinen Silberbechern und strichen den scharfen Käse auf das frische Brot. Der *prosciutto* war papierdünn geschnitten. Die Mädchen packten gerade die Reste des Picknicks ein, da erschien auf der Straße vom Anlegeplatz eine andere Gesellschaft, um sich die Mosaiken der Kathedrale anzusehen. Lene und Edu erkannten Lady Samuel in der gleichen Sekunde.

«Ah», sagte Edu, «ich muß hinübergehen, um meine alte Freundin zu begrüßen.»

«Seht ihr», flüsterte Lene, als er außer Hörweite war, «ich hatte recht, ich habe immer recht. Sie ist hier!»

Als Edu zurückkam, waren die letzten Krümel beseitigt und die Speisereste wieder sorgfältig im Korb verstaut. Die Mädchen waren bereit aufzubrechen. Wenn Edu das selbstzufriedene Lächeln auf Lenes Gesicht bemerkte, so ließ er es unbeachtet.

«Lady Samuel hat mich gebeten, den Abend mit ihr am Lido zu verbringen», sagte er. «Ich hoffe, ihr werdet mir verzeihen, wenn ich euch allein lasse. Ihr seid im Hotel gut aufgehoben, und ich nehme an, ihr seid alle alt genug, um ohne mich zu Abend zu essen.»

Während sie gemächlich zum Anlegeplatz schlenderten, um dort auf den *vaporetto* für die Rückfahrt nach Venedig zu warten, trat Edu an Emmas Seite. «Geht ihr anderen voraus», sagte er. «Ich möchte mit meiner ältesten Nichte ein paar Worte unter vier Augen sprechen.»

Er nahm Emma beim Arm, und sie verlor sofort jedes Gefühl für die Landschaft um sie herum; sie war sich nur noch Edus bewußt und der Einzelheiten seines Anzugs, der hellen Knöpfe, des schmalen roten Streifens auf seiner Krawatte, der Art, wie er seinen steifen Filzhut trug. Sie sah in sein Gesicht, aber das war schwerer zu erfassen als seine Kleidung. Er schien heute ihrem Vater zu ähneln, und Hannchen. Seine Nase war ziemlich spitz und scharf geworden.

«Deine Mutter sagt mir, es ist dir ernst mit dem Mann, den du erst vor kurzem kennengelernt hast.»

Das war es also. Sie hätte es wissen müssen. Edu hatte das Wort «Mann» mit besonderem Nachdruck und, wie Emma meinte, mit Widerwillen ausgesprochen.

«Ich will mich nicht in dein Leben einmischen», fuhr er fort, «aber die Sorge deiner Mutter um dich ist echt, und du sollst wissen, daß auch ich sehr um dich besorgt bin. Deine Zukunft ist etwas, worüber wir ernsthaft nachdenken müssen. Liebst du diesen Mann?»

«Ja, sehr», sagte Emma. Es fiel ihr schwer, ruhig zu bleiben. Sie fühlte, wie Angst in ihr aufstieg.

«Du scheinst dir deiner Sache sehr sicher zu sein. Wie lange kennst du . . .?»

«Otto. Wir haben uns im August kennengelernt.»

«Das sind zwei Monate.»

«Beinahe drei.»

«Trotzdem nicht sehr lange. Wie alt ist er?»

«Vierundvierzig.» Emma wußte, daß es sinnlos war zu lügen.

«Ich werde dieses Jahr vierzig.»

«Dann solltest du ihn gut verstehen.»

«Deine Mutter glaubt, du willst . . . Otto . . . heiraten.»

«Wir haben noch nicht darüber gesprochen. Aber Mama hat recht, ich will es wirklich.» Emma glaubte, daß es von Mut und Entschlossenheit zeugte, sich klar zu äußern.

«Hast du an die Konsequenzen gedacht?»

«Was für Konsequenzen?» Sie fröstelte und ihre Hände waren eiskalt.

«Alles, was wir tun, bringt Konsequenzen mit sich, mein Kind.» Edu verfiel wieder in seine schulmeisterliche Redeweise. Dann änderte er seinen Ton. Er wußte, daß er diese absurde Verbindung auf jeden Fall verhindern mußte. Im Vergleich zu einem preußischen Offizier war von Bre-Ba das Große Los!

«Hättest du dich in einen Straßenkehrer verliebt», fuhr er, ihren Arm fester an sich pressend, fort, «könnten wir dich überzeugen, was für eine unpassende Partie das wäre. Wir könnten die Heirat verbieten, dich fortschicken, den Mann abfinden.»

Sollte das eine Drohung sein? «Ich bin dreiundzwanzig», sagte Emma leise.

«Du hast ein behütetes Leben geführt, du weißt nicht, wie gefährlich die Welt sein kann. Ein preußischer Offizier –» er suchte nach passenden Worten –, «ein Oberst des deutschen Heeres ist kein Reitknecht mit Pferdemist unter den Fingernägeln. Aber er ist auch nicht jemand, mit dem ich dich verheiratet sehen möchte . . .»

«Du kennst ihn nicht! Er ist ein feiner, ein wundervoller Mensch!»

«Laß mich ausreden, Emma.»

«Du bist ungerecht, es ist nicht fair . . .» Wenn Otto wüßte, was sie durchzustehen hatte!

«Es *ist* fair», beharrte Onkel Edu. «Eltern und Verwandte haben eine Verantwortung ihren Kindern gegenüber. Ich will nicht mit dir rechten, und ich will dir auch nicht vorschreiben, was du zu tun hast. Ich will dich lediglich warnen. Und dich darüber aufklären, was dich in einer Ehe wie dieser erwartet – einer Ehe zwischen zwei Menschen, bei denen ein so großer Unterschied in Herkunft, Gewohnheiten und Alter besteht. Glaub mir, ich weiß ein bißchen mehr als du über preußische Offiziere. Ich habe vier Jahre lang mit ihnen zusammen gedient. Sie sind ein Schlag für sich.»

«Nicht Otto!»

«Sie sind grausam, kalt und gefühllos. Sie sind antisemitisch. Sie kennen seit Generationen nichts als Krieg ... ‹Blut und Eisen›, wie Bismarck es ausgedrückt hat. O nein, mein Liebes! Du kannst sie nicht verstehen.» Edus Stimme war haßerfüllt. Emma wollte sich die Ohren zuhalten, die Augen schließen. Die Herbstlandschaft, die ganze schöne Insel, der Kanal, die Blumen, die stille Lagune, alles war dahin, zerstört, verwüstet, verheert.

«Wir sind beinahe am Anlegeplatz», fuhr Edu mit normaler Stimme fort. «Ich möchte jetzt das Thema fallenlassen.»

«Du hast genug gesagt», erwiderte Emma eisig.

«Dort kommt der *vaporetto*. Wir haben es gerade richtig abgepaßt.»

Die drei anderen Mädchen drängten sich um sie. Edu versuchte, sich fröhlich und unbeschwert zu zeigen, und machte einige törichte Witze, während sie alle zusammen an Bord gingen. Sie waren die einzigen Fremden und daher der Gegenstand allgemeiner Aufmerksamkeit.

Emma ging ans Heck, um allein zu sein, aber Lene und ihre Cousinen folgten ihr wie eine Schar schützender Engel. Sie blickte auf die schäumende Schiffsspur hinunter. Das Wasser war einladend. Wie leicht wäre es, sich unter seine graugrüne Oberfläche sinken zu lassen. Emma dachte mit Sehnsucht an Tod und Vergessen. Aber der Augenblick ging vorüber; sie fühlte Lenes Arm um ihre Taille, hörte Jennys Kichern. Selbstmord war am Ende doch nur eine Sache für Dichter – und unordentlich.

Als sie in Venedig ankamen, gingen sie direkt auf die Piazza und ließen sich als Erinnerung an ihre Reise alle zusammen photographieren. Es wimmelte rings um sie von Tauben, und Emma, die Vögel verabscheute, mußte die Zähne zusammenbeißen, um nicht vor Angst laut aufzuschreien. Sie konnte an nichts anderes denken als an die Krallen und Schnäbel, die auf ihr Gesicht einzuhacken drohten. Onkel Edu verhandelte mit dem Photographen, bezahlte ihn, gab ihm ihre Adresse und ein Trinkgeld und schrieb sich seinen Namen auf, dann waren sie fertig. Die Bilder kamen Wochen später und zeigten sie alle fünf inmitten eines Schwarms von Tauben, Emma so starr und steif, als ob das Wasser der Lagune über ihr zusammenschlüge.

Sie fuhren am nächsten Tag ab. Die Mädchen wußten nicht, wann Onkel Edu vom Lido zurückgekehrt war. Auf jeden Fall war er am Morgen rechtzeitig fertig, um bequem den Zug zu erreichen. Er schlief jedoch während der ganzen Fahrt durch Italien und wachte nur kurz auf, als sie zur Schweizer Grenze kamen. In Luzern trank er schwarzen Kaffee, und in Basel ging er mit seinen Nichten zum Essen in den Speisewagen. Sie kamen spätabends in Frankfurt an.

Caroline und Nathan waren aufgeblieben, um ihre Töchter zu begrüßen.

«Wie war es?» fragte Nathan, nachdem er sie umarmt hatte.

«Ich hoffe, ihr habt Onkel Edu gedankt», sagte Caroline.

«Ich bin sicher, daß wir es getan haben», erwiderte Lene. «Auf jeden Fall werden wir ihm noch einen netten Brief schreiben.»

«Es ist schön, wieder zu Hause zu sein», sagte Emma. Und dann fragte sie scheinbar ganz nebenbei: «Irgendeine Nachricht für mich?»

«Dein Freund Otto hat angerufen», sagte Caroline. «Er wollte wissen, ob wir euch heute abend zurückerwarten.»

«Oh!» sagte Emma erleichtert und beglückt. Ihr war plötzlich, als hätte sie die ganze schöne Reise durch ein Miasma von Sehnsucht und innerer Leere erlebt. Sie hatte Otto jede Minute vermißt. Edus «paar Worte unter vier Augen», die sie so sehr erregt hatten, waren jetzt zu einem Ansporn für sie geworden, ihren eigenen Weg zu gehen. Die vertraute Umgebung ihres Zuhauses gab ihr Mut. «Ich muß ihn zurückrufen», sagte sie.

«Hat das nicht Zeit?» fragte Nathan. «Du kommst doch gerade erst herein. Wir möchten gern etwas über die Reise hören. War sie schön?»

«Herrlich, herrlich», sagte Emma. «Das Land ist bezaubernd, Onkel Edu war wundervoll und das Essen fabelhaft.

Fragt Lene.» Sie konnte sich in diesem Augenblick nicht die Mühe machen, sich an Einzelheiten zu erinnern.

«Ich bin noch nie irgendwo gewesen, wo man *ständig so* gut ißt», sagte Lene.

«Ich hoffe, du hast nicht zugenommen.» Als Caroline den ärgerlichen Ausdruck auf Lenes Gesicht sah, setzte sie hinzu: «Es sieht nicht so aus.»

«Wir sind so viel herumgelaufen, Mama», sagte Emma.

«Ich habe Tom heute in Jacobs Buchhandlung getroffen, und er sagte: ‹Lene hat versprochen, mir täglich eine Ansichtskarte zu schicken, und ich habe nicht *eine* bekommen.› Ich habe ihn getröstet und ihm gesagt, die italienische Post sei ein Skandal, und er könne von Glück sagen, wenn sie rechtzeitig zu Weihnachten kämen. Ich hoffe, du hast sie selbst in den Briefkasten geworfen? Ich bin überzeugt, wenn man sie dem Portier gibt, steckt er das Porto ein und wirft die Karten in den Papierkorb.»

Emma bat, sie zu entschuldigen, und ging ins Arbeitszimmer ihres Vaters, um Otto anzurufen. Ihr Herz hämmerte wie wild. Sie hatte ihn noch nie zuvor angerufen, obwohl er ihr seine Nummer gegeben hatte. Sie war immer der Meinung gewesen, daß es sich für eine Frau nicht gehörte, einen Mann anzurufen. Sobald er sich meldete, erkannte sie an seiner Stimme, daß er geschlafen hatte.

«Wer ist da?» fragte er.

«Emma.»

Er schien Mühe zu haben, zu sich zu kommen. Sie hörte, daß er das Telephon fallenließ, etwas murmelte, es wieder aufhob, fluchte. «Emma», sagte er und verschluckte die Hälfte des Namens in einem Gähnen.

«Kennst du mich noch?» fragte sie mit einem leisen Lachen.

«Ah, Emma», sagte er. «Rufst du von auswärts an?»

«Ich bin zu Hause», sagte sie. «Wir sind gerade eben angekommen. Ich mußte dich anrufen. Es tut mir leid, daß ich dich geweckt habe. Ich will dich nicht länger stören.»

«Wie lange warst du fort?»

«Zehn Tage. Es kommt mir vor wie eine Ewigkeit. Ich habe dich vermißt.» Sie hatte vorgehabt, es zu sagen, aber in diesem Augenblick schien es irgendwie fehl am Platze. «Wann werde ich dich sehen?» Auch das war falsch, doch es gehörte zu dem Rollentext, den sie sich während der Fahrt zurechtgelegt und unentwegt geprobt hatte – aber natürlich ohne Otto.

«Wann reitest du?»

«Morgen. Ich kann morgen reiten. Zur gewohnten Zeit.»

«Ja, natürlich, Emma», sagte er. «Ich bin froh, daß du wieder da bist.»

Sie hängten beide gleichzeitig ein. Emma schämte sich. Sie hätte ihn nicht anrufen sollen. Er hielt sie jetzt sicher für aufdringlich; sie hatte das empfindliche Gleichgewicht der Dinge gestört. Otto war so förmlich, so bedachtsam in allem, was er tat. Er war gewohnt, selbst zu disponieren – er hatte ihr gesagt, daß er sogar hin und wieder Frauenarbeit verrichte. Beim Heer habe man nicht immer einen Burschen, der einem half. Er habe das von seiner Mutter gelernt, die eine hervorragende Hausfrau sei. Manchmal fegte er einen Grashalm von ihrem Rock oder klopfte ihr Staub vom Ärmel. Einmal hatte er ihr sogar eine Haarsträhne aus der Stirn gestrichen. Oh, wie genau er war! Wenn er sagte, ein Marsch an die Front sei vierundzwanzig Kilometer lang gewesen, dann konnte sie sich darauf verlassen, daß es nicht fünfundzwanzig oder dreiundzwanzig, sondern vierundzwanzig waren. Warum hatte sie ihn bloß angerufen?

Am nächsten Morgen wachte sie früh auf. Lene saß, noch völlig verschlafen, beim Frühstück. «Ich muß ins Pädagogische Institut», sagte sie. «Der Direktor war nicht sehr begeistert, als ich so kurz nach Beginn des Semesters eine Woche frei haben wollte, um nach Italien zu fahren. Man hat mich gebeten, früh zu kommen, um bei den Kindern im Hort auszuhelfen.» Sie stieß einen klagenden Seufzer aus. «Ich hatte nicht damit gerechnet, schon so bald mit den Kindern arbeiten zu müssen.»

«Ich bin überzeugt, daß du gut zurechtkommen wirst», versicherte Emma ihr.

Sie traf eine volle Stunde vor der gewohnten Zeit im Reitstall ein. Otto kam wie immer zwei Minuten vor zehn. Er küßte ihr die Hand.

«Ich muß dich sehr bald einmal mit auf die Jagd nehmen», sagte er, irgendeinem eigenen Gedankengang folgend. Er hatte noch nie viel von Italien und den Italienern gehalten.

«Auf die Jagd?» fragte Emma.

«Der Herbst weckt in mir immer das Verlangen danach. Wenn ich zu Hause wäre, würde ich nicht in so zahmen Wäldern wie diesem hier reiten. Habe ich dir jemals erzählt, daß wir noch Eber jagen?»

«Ich habe dir jeden Tag einen Brief geschickt», sagte Emma.

«Ich habe keinen bekommen.»

«Meine Mutter sagt, die italienische Post sei sehr unzuverlässig.»

«Du hättest all die Briefe aufheben und erst abschicken sollen, nachdem du die Grenze passiert hattest.»

«Bist du böse mit mir?»

«Natürlich nicht. Wie kommst du darauf?»

«Ich fühle eine gewisse Spannung. Es ist wahrscheinlich *meine* Schuld.» Wenn Emma mit jemandem stritt, den sie liebte, machte sie immer sich selbst dafür verantwortlich.

Sie ritten zu ihrem üblichen Platz, einer kleinen Lichtung, wo eine alte Eiche ihren Schatten über ein samtenes Moospolster warf. Die Sonne, zu warm für Mitte Oktober, ließ das Mariengras und die wilden Blumen duften. Emma und Otto saßen ab und ließen sich im Schatten der Eiche nieder, während ihre Pferde in der Nähe grasten.

«Es tut mir leid, daß meine Briefe nicht angekommen sind», sagte Emma zu ihrem gedankenverlorenen Liebsten, der noch einmal seinen Wunsch, auf die Jagd zu gehen, äußerte. Der Gedanke, früh am Morgen auszureiten, um Tiere zu erschießen, und ihre blutigen Körper abends nach Hause zu bringen, erschreckte sie. Sie wollte über Venedig sprechen, denn sie hatte zahllose Fakten über den Ursprung und die Entwicklung der Stadt, die Höhe des Campanile, die Anzahl von Kirchen und Brücken, die Größe der Piazza in ihrem Gedächtnis. Wenn es Otto auch nicht interessieren mochte, zu erfahren, wer Tintoretto war, er würde doch sicher die vielen Tatsachen und Zahlen zu würdigen wissen, die sie sich eigens für ihn eingeprägt hatte. Aber er schenkte ihrem Bericht so wenig Aufmerksamkeit, daß ihre ganze Begeisterung verflog und sie schließlich, den Tränen nahe, schweigend neben ihm saß.

«Ich habe eine Neuigkeit für dich», sagte Otto. «Es hat sich etwas ereignet, während du fort warst. Ich suche schon die ganze Zeit nach einer Möglichkeit, es dir zu sagen, aber du bist ja völlig von deinen eigenen Erlebnissen in Anspruch genommen. Es ist heute schwer, eine Brücke zu dir zu finden.»

Otto hatte die vergangene Nacht mit einer Dirne verbracht. Als Emma anrief, lag diese, den Kopf auf seiner Brust, zusammengerollt neben ihm.

«Was für eine Neuigkeit?» fragte Emma. Sie befürchtete das Schlimmste, ohne recht zu wissen, was das Schlimmste sein könnte.

«Ich werde nächsten Monat versetzt. Der Befehl ist vor drei Tagen eingetroffen; mein Regiment wird nach Weimar verlegt.»

«O nein!» rief sie. «Das kann nicht wahr sein! Sag, daß du es erfunden hast! Wir haben uns doch gerade erst kennengelernt. Ich werde so allein sein – was soll ich tun? Bitte, Otto – bitte! Geh nicht!»

Er war verblüfft über die Heftigkeit ihrer Reaktion. Emma sprach in einem eindringlichen, verzweifelten Ton. Sie schien nach ihm greifen zu wollen, aber sie hielt die Hände im Schoß verschlungen, ohne sie einen Augenblick ruhig halten zu können. Otto war fasziniert. Sie ringt die Hände, dachte er, und ihm kam nichts in den Sinn, außer dieser belanglosen Phrase. Er konnte die Augen nicht von ihren weißen Knöcheln abwenden. Der Anblick wirkte auf ihn rührend und abstoßend zugleich.

«Ich habe dich liebgewonnen», sagte Emma, ehe sie es verhindern konnte. Sobald die Worte ausgesprochen waren, schlug sie die Hände vor den Mund, als wollte sie ihn gewaltsam schließen.

Otto war sprachlos. Die Angst, die er vor ihrer schrecklichen Selbstbeherrschung gehabt hatte, verschwand. Ihre Erklärung schien ihn zu befreien und sie gleichzeitig sanfter zu machen, sie dem Punkt näherzubringen, wo sie ihm nachgeben würde. Der Gedanke machte ihn verwegen, und er küßte sie voll auf den Mund, der ihm gerade ihre Liebe gestanden hatte. Emma, die sich überrumpelt sah, reagierte leidenschaftlich. Sie sanken eng umschlungen auf das Moos. Otto wollte jedoch mehr als einen Kuß. Er glaubte, daß sie ihm mit ihrer Liebeserklärung die Erlaubnis gegeben hatte, sie zu besitzen, hier und jetzt, in einer Lichtung des Waldes, unter einem blaßblauen Herbsthimmel. Aber sobald Emma fühlte, wie Ottos Hand ihren Rock hob und an ihrer Unterwäsche zerrte, wurde sie wieder steif. Sie roch die Erde und erinnerte sich an Christophs Stallgeruch. Ottos Finger berührten ihre Haut. Emma kämpfte ungestüm, um sich zu befreien. «Tu das nicht, tu's nicht», sagte sie, ihren Mund von dem seinen lösend. *«Nein!»* schrie sie, während sie sich heftig hin und her bewegte, um ihm zu entkommen.

«Ich dachte, du liebst mich», sagte er, sich zu eiskalter Ruhe zwingend. Er stand auf. Es hatte seiner ganzen Willenskraft bedurft, sie nicht zu nehmen. Er glaubte nicht, daß es so etwas wie Vergewaltigung gab, aber er fürchtete, daß Emma ihn dessen beschuldigen würde. Er war blaß von der Anstrengung, die es ihn gekostet hatte, sich zu beherrschen, und er wandte sich zornig von der jungen Frau auf dem Boden ab. Er nahm einen Zweig, brach ihn entzwei und warf die Stücke so weit er konnte in den Wald. Die Pferde, aufgeschreckt von dem Geräusch, wieherten und scheuten.

Emma hatte sich aufgesetzt und die Arme um die Knie geschlungen. Moos und Gras hingen an ihrer Kleidung, und ihr Haar hatte sich aus seinem Band gelöst. Auch sie hatte gekämpft, um ihr Verlangen zu bezwingen und sich vom Abgrund zurückzureißen. Ihre Triebhaftigkeit erschreckte sie; sie deutete auf etwas Dunkles und Schreckliches in ihrem Inneren hin, das nicht herausgelassen werden durfte. War das eine Seite ihres jüdischen Wesens? Waren diese Ungeheuer der Versuchung ein rassischer Alptraum, der sie ihr Leben lang verfolgen würde?

«Du bist schön», sagte Otto, «und so unglaublich hart. Ich bin noch nie jemandem begegnet, der so hart war wie du.»

Sie wußte, daß er sie im stillen verfluchte, aber sie wußte auch, daß ihre Weigerung der einzige Trumpf war, den sie besaß. Wenn er jemals diese Dämonen sah, wenn er jemals ihre düsteren Geheimnisse ergründete, würde er sie bestimmt verlassen. Nur in der Ehe war sie sicher. Dann konnte er sie nicht verlassen. Sie würde sich von ihm zähmen lassen und für immer frei von ihrem Erbe sein.

Emma sah, daß er seine Selbstbeherrschung wiedergewonnen hatte. Sie sah auch, daß er entschlossen war, sie zu besitzen, und daß er alles tun würde, um das zu erreichen. Er streckte ihr die Hand hin. «Steh auf», sagte er. Seine Stimme verriet nichts. Sein Gesicht war ausdruckslos. Emma ließ sich von ihm hochziehen und abklopfen. Sie fühlte sich matt und erschöpft.

Sie ritten Seite an Seite zum Stall zurück. Keiner sprach. Otto wußte, daß er vor einer Entscheidung stand. In wenigen Wochen mußte er Frankfurt verlassen und würde viel zu tun haben, um sich in der neuen Stadt einzugewöhnen: Er mußte seine Sachen in einer neuen Wohnung unterbringen, mußte einen Schneider und einen Schuhmacher, Restaurants, Weinstuben, Frauen finden. Und wenn alles geregelt war, würde er in seine vertrauten Gedankengänge zurückfallen, die üblichen Zeitungen lesen. Gab es überhaupt ein anderes Leben? Hatte er die Wahl? Könnte er Gefallen an bourgeoiser Behaglichkeit finden, einem Heim, dem eine schöne jüdische Frau vorstand? Er sah Emma verstohlen von der Seite an. Ihr Profil war hinreißend; sie würde ihre Schönheit bis ins hohe Alter bewahren. Und es würde eine Mitgift geben. Vielleicht eine große. Er könnte sich hin und wieder etwas erlauben, würde nicht mehr so sparsam sein müssen. Er hatte einen flüchtigen Eindruck von ihrer unterdrückten Leidenschaft gewonnen. Gott allein wußte, was sie ihm geben konnte, wenn sie erregt war. Er stellte sie sich in einem Dutzend verschiedener Positionen vor, und ein verführerisches Bild nach dem anderen schoß ihm durch den Kopf. Er gab seinem Pferd die Sporen und galoppierte Emma voraus, bis er zum Ende der Wiese neben der Reitbahn kam; dort wartete er auf sie.

«Willst du meine Frau werden?» fragte er, und als sie ihm

das vor Liebe strahlende Gesicht zuwandte, fühlte er einen Stich der Reue.

«Oh, ich hoffe, es ist dir ernst damit!» sagte sie.

«Es ist nicht meine Gewohnheit, leichtfertige Liebeserklärungen zu machen», erwiderte er, obgleich er sehr wohl wußte, daß er ihr überhaupt nicht seine Liebe erklärt hatte.

«Natürlich will ich deine Frau werden», sagte sie. «Du bist der erste Mann, den ich je geliebt habe.»

Am folgenden Sonnabend kam Otto zu Nathan und bat ihn formell um Emmas Hand. Es herrschte große Bestürzung in der Familie, aber Emma sagte ihrem Verlobten nichts davon. Er hegte keinen Verdacht, denn es war für ihn unvorstellbar, daß irgend jemand bei vollem Verstand etwas dagegen haben könnte, ihn als Schwiegersohn zu bekommen. Es hatte eine schreckliche Szene gegeben, als Emma ihren Eltern eröffnete, daß sie vorhabe, den Offizier zu heiraten. Es war nach dem Essen, an dem Tag, als er ihr den Antrag gemacht hatte. Caroline bat sie, ein Jahr zu warten, Nathan sagte, sie werde sich damit ihr Leben ruinieren. Emma saß ihnen gegenüber, blaß und beherrscht, und erklärte ihnen, sie werde davonlaufen, wenn sie nicht ihre Einwilligung bekam. Sie sagte, sie sei entschlossen, Otto zu heiraten, selbst wenn sie enterbt werde und mit ihm in einem einzigen Zimmer in einer trostlosen, düsteren Garnison an der polnischen Grenze leben müsse – das Schlimmste, was irgendeiner von ihnen sich vorstellen konnte. Sie sagte, Edu habe mit ihr gesprochen, und sie habe sich durch seine Einmischung verraten und grob verletzt gefühlt und habe an Selbstmord gedacht. Ihre Eltern waren stumm. Sie konnten ihr die Einwilligung nicht verweigern.

Edu wurde am nächsten Tag zu Rate gezogen. «Was kann ich tun?» fragte Nathan.

«Sag ihr, sie bekommt keinen Pfennig.»

«Dann läuft sie mit ihm davon; das hat sie mir schon gesagt.» Nathan seufzte. «Sie ist völlig von Sinnen. Besessen.»

Edu mußte ebenfalls nachgeben. Emma triumphierte.

Der Sonnabend war ein bewölkter, kühler Tag. Nathan empfing Otto in seinem Arbeitszimmer. Caroline saß im Salon, Emma blieb oben in ihrem Zimmer. Die zwei Männer sprachen wenig miteinander. Nathan sah sich in Gedanken fortwährend in der Rolle eines *pater familias* aus dem 19. Jahrhundert, der neben seinem Schreibtisch stand, mit dem Finger auf die Tür deutete und rief: *«Hinaus!»*, worauf der Oberst mit eingezogenem Kopf in die regnerische Nacht hinausschlich. Aber er saß still da und sprach trocken über Emmas Einkommen, ihre Mitgift, Pläne für die Hochzeit. Otto notierte alles auf einem kleinen Block und unterrichtete Nathan seinerseits über seine eigenen finanziellen Mittel, den Umfang seines Landbesitzes in Ostpreußen, seine Aussicht auf Beförderung, seinen gegenwärtigen Heeressold. Wäre er dazu fähig gewesen, so hätte er vielleicht versucht, den verdrießlichen Rechtsanwalt für sich zu gewinnen, aber er besaß weder Charme noch Talent zur Schmeichelei. Ohne seine Uniform hätte niemand ihn beachtet.

Er war ehrlich, sparsam und patriotisch, und wahrhaftig nicht an Geld interessiert. Er hätte Nathan offen in die Augen sehen und ihm das sagen können, aber er nahm sich nicht die Mühe. Sollte der Jude ruhig glauben, es sei ihm wichtig. Ein Ausdruck des Widerwillens erschien auf seinem Gesicht. Er wünschte, daß alles schon vorüber wäre, auch die Hochzeit, damit er sein Eheleben beginnen konnte, geregelt wie das Heer, aber mit besserem Essen, einer behaglicheren Häuslichkeit und der Verheißung von allnächtlichen orgiastischen Begegnungen.

«Viel Glück», sagte Nathan, aber er brachte es nicht über sich, Otto die Hand zu reichen. «Passen Sie gut auf meine Tochter auf», fügte er mit seiner melancholischen, rauhen Stimme hinzu.

Die Hochzeit sollte in der Woche zwischen Weihnachten und Neujahr stattfinden. Emma und Caroline begannen sofort mit den Vorbereitungen. Sie wählten beim Drucker die Anzeigen und bestellten das Essen. Sie gingen zur Schneiderin, und Emma suchte den Stoff für ihr Brautkleid aus. Sie sprachen mit dem Blumenhändler über die Blumen und engagierten einen Photographen. Otto hatte versprochen, eine

Wohnung in Weimar zu suchen, die Emma nach ihrer Rückkehr von der Hochzeitsreise mit Muße einrichten sollte. Fräulein Gründlich versprach zu kommen, um Emma zu helfen, wenn sie gebraucht wurde, und für so lange, wie sie erwünscht war. Sie hatte nicht mehr für Otto von Benzow übrig als ihre Herrschaft, gestattete sich jedoch nicht den Luxus, es zu sagen. Sie war der Meinung, daß ihre Liebe zu den Kindern eine gewisse Loyalität erforderte. Emma wollte ihr vielleicht irgendwann einmal ihr Herz ausschütten. Aber wie konnte sie das tun, wenn sie wußte, daß sie, Frieda Gründlich, eine von denen gewesen war, die sich abfällig über Otto geäußert hatten? Als Lene einmal bei der Erwähnung seines Namens das Gesicht verzog, schalt Fräulein Gründlich sie sanft: «Du hast ja keine Ahnung, was sie einander bedeuten», sagte sie. «Niemand kann Liebende verstehen. Wir können nur hoffen, daß sie einander verstehen.»

Emma ging zum Tee zu Onkel Edu. Er erwähnte ihre Unterhaltung in Torcello mit keinem Wort, sondern zeigte ihr eine byzantinische Elfenbeinschnitzerei, die er kürzlich erworben hatte, und erzählte ihr, daß er Elias zu Ehren, der als zweiter Direktor des Museums auch Kustos der modernen Sammlung war, den blauen Matisse dem Städel geschenkt hatte. Nachdem sie ihren Tee beendet hatten, holte Edu ein Couvert aus der Tasche und reichte es Emma. Sein Briefpapier war stets von bester Qualität, aus England importiert, und auf der Klappe des Couverts war in kleinen schwarzen Lettern sein Name in Stahlstich geprägt.

«Dies ist mein Hochzeitsgeschenk für dich», sagte er. «Es ist ein Scheck über eine nicht unbedeutende Summe. Er ist jedoch in Dollar und auf eine amerikanische Bank ausgestellt. Ich rate dir, ihn gut aufzuheben, bis unsere eigene Währung stabilisiert wird, was wohl innerhalb des kommenden Monats geschehen dürfte. Ich wünsche dir alles Gute. Ich hoffe, du wirst glücklich.»

Emma nickte. Es war eine automatische Geste. Sie pflichtete Edu immer bei.

«Denk daran, mein Liebes», fuhr er fort, «du kannst dich jederzeit um Hilfe an mich wenden. Du brauchst dich nicht zu schämen. Es ist mir eine Freude, ich bin immer für dich da.»

Emma sagte: «Vielen Dank», aber an ihrem Gesichtsausdruck war deutlich zu erkennen, daß sie nicht glaubte, daß sie jemals Hilfe brauchen würde.

«Nur eines darfst du nie von mir erwarten. Bitte mich nicht um Geld für deinen Mann. Niemals! Wenn er in Schwierigkeiten gerät, sei es durch Spielschulden, unvorsichtige Spekulationen oder was auch immer, ist es mir egal. Er muß wissen, daß er nicht zu mir kommen kann. Wenn er glaubt, er hat eine wunderbare Gelegenheit, ‹einen Haufen Geld zu verdienen›, und alles, was er braucht, sind ein paar Tausender als Anfangskapital, sag ihm, ich bin nicht interessiert.»

Er wußte, daß seine Worte hart klangen. Aber das war eine Sprache, die Emma schon immer verstanden hatte. Sie empfand lediglich eine Spur von Ärger bei dem Gedanken, daß Edu auch nur einen Augenblick annehmen könnte, sie wisse nicht genau, wie er über derartige Dinge dachte.

Schließlich kam der Tag, der für die Hochzeit festgesetzt war. Es war einer jener Wintertage, an denen der Wind sich dreht und warme Luft aus dem Süden bringt, die selbst die Alpen nicht zu Wintertemperaturen abzukühlen vermögen. Als Emma aufwachte, regnete es leicht, und die Luft war so milde wie im September.

«Viel Glück zum Hochzeitstag!» sagte Lene, als sie sich beim Frühstück trafen. Der Weihnachtsbaum stand noch im Wohnzimmer vor der Verandatür, und sein Kieferngeruch zog, mit dem würzigen Duft von Weihnachtsgebäck vermischt, durchs Haus. Die Schwestern küßten sich. Seit einiger Zeit hatten sie einander nichts mehr anvertraut. Es gab jetzt wenig Gemeinsames in ihrem Leben, aber sie wußten beide, daß eine Zeit kommen würde, wo sie sich wieder nahe sein würden.

Lene sprach nicht über Otto. Ihr Schweigen war eine Anklage, die Emma nicht entgehen konnte. Sie selbst hatte zwar ihre Ansicht über Tom nicht zurückgehalten, aber ihre Kritik, und war sie noch so scharf, hatte nie so unerbittlich gewirkt wie Lenes Schweigen.

Das Hochzeitsessen war für den Abend geplant. Am späten Vormittag kam Otto, um Emma für die standesamtliche Trauung im Rathaus abzuholen, bei der nur eine Handvoll Zeugen zugegen waren. Emma trug ihr neues graues Reisekostüm, das sie mit Paulines Hilfe ausgesucht hatte. Nach der Zeremonie gab es bei Edu einen kleinen Empfang mit Champagner und Kaviar. Dann zog sich jeder auf sein Zimmer zurück, um sich auszuruhen. Ottos alte Mutter, klein und gebrechlich und schon recht senil, was sich in plötzlichen Ausbrüchen von unberechenbarem, kindischem Verhalten äußerte, war mit einer verdrießlichen Gesellschafterin, einer verarmten Adeligen polnischer Herkunft, nach Frankfurt gekommen. Otto hatte sie im Frankfurter Hof untergebracht, wo er auch ein Appartement für die Hochzeitsnacht genommen hatte.

Zwei Regimentskameraden, die in ihren prächtigen Galauniformen neben den dunkel gekleideten Clans der Wertheims und Süßkinds wie einherstolzierende Pfauen wirkten, waren außer seiner Mutter und ihrer Begleiterin Ottos einzige Gäste. Nathan und Caroline hatten ihre Einladungsliste auf Verwandte beschränkt, mit Ausnahme von Tom, der mittlerweile schon zur Familie zählte. Er war fast mehr bei den Wertheims als zu Hause.

Es war bis zum Abend nicht spürbar kühler geworden. Alle fühlten sich bedrückt. Otto hielt sich dicht bei seiner Mutter, und die zwei Offiziere wichen einander nicht von der Seite. Lene war bei Tom, und die Vettern und Cousinen blieben unter sich. Emma schien es, als seien die Gäste in antagonistische Kreise aufgeteilt, wie Öltropfen, die auf einem tiefen und aufgewühlten Meer schwimmen. Sie bemühte sich verzweifelt, fröhlich plaudernd von einer Gruppe zur anderen zu gehen, aber sie wurde überall mit einem höflichen Lächeln empfangen, das kaum die Aura von Unbehagen und Furcht verdecken konnte.

Emma begann, ihren Angehörigen die Schuld an dem Gefühl der Bedrückung zu geben, das weder guter Wein noch köstliche Hors d'œuvres vertreiben konnten. In ihrer Besorgnis erschienen sie ihr wie üble Karikaturen von hakennasigen Juden, die ihre Hände im Takt zum Singsang ihrer jiddischen Reden bewegten. Nicht ahnend, daß Emma sie so sah, sprachen sie arglos über alltägliche Dinge, erzählten sich den neuesten Klatsch, nahmen sich Kanapees und spülten sie mit Wein hinunter. Als es Zeit war, sich zu Tisch zu setzen, entfalteten sie ihre Servietten auf dem Schoß, brachten Trinksprüche aus, lobten das gute Essen und taten sich gütlich an Gänseleberpastete und knuspriger Ente mit Orangensoße, frischen Forellen, in Mandeln gebraten, saftigem Filet à la Wellington, grünem Salat, feinen Erbsen und jungen gelben Karotten – alles von einem der besten Traiteurs Frankfurts geliefert.

«Judenfraß!» stieß die alte Frau plötzlich kichernd hervor, laut genug, daß ihre Tischnachbarn sie hören konnten. Sie hatte im Laufe des Abends mehrmals leise vor sich hin gelacht wie eine Amsel, die sich in einem Baum niederläßt, und krampfhaft in die Luft gegriffen, als wollte sie Dornengestrüpp von ihrem Gesicht wegschieben. Die meisten Leute in ihrer Nähe versuchten, die Bemerkung zu ignorieren; binnen weniger Sekunden waren einige sogar bereits überzeugt, sich verhört zu haben. Aber Andreas, der zu ihrer Rechten saß, wußte genau, was sie gesagt hatte. Er wandte sich ihr jetzt zu.

«Entschuldigen Sie sich für diese Bemerkung», sagte er kalt.

«Eh?» krähte die alte Dame. «Was sagen Sie?»

«Mutter!» mahnte Otto von der anderen Seite des Tisches. In seiner Stimme lag nicht nur eine Warnung, sondern auch Angst.

«Juden!» rief die alte Frau, und die ganze Gesellschaft verstummte. «Ruinieren unser Land, hungern unser Volk aus, füllen sich wie Schweine die Bäuche voll.» Sie hatte gedankenlos gegessen, wie alte Leute es oft tun, hatte sich wie ein durchtriebenes, hungriges Kind gierig die Speisen in den Mund gestopft. «Seht», rief sie, «seht, seht, seht . . .», und dann wurde sie still, denn sie hatte vergessen, was man sehen sollte. Bratensoße klebte an ihrem Kinn. Die Offiziere lächelten.

«Meine Mutter weiß nicht, was sie sagt –» Otto war von seinem Stuhl aufgestanden –, «bitte verzeihen Sie ihr.»

«Sorgen Sie dafür, daß sie sofort das Haus verläßt», sagte Edu. Er schleuderte zornig seine Serviette auf den Tisch. «Ich dulde solche Worte nicht an unserem Tisch, ganz gleich, aus wessen Mund sie kommen. Schicken Sie sie fort.» Er sah die Offiziere an. «Diese Herren können sie ins Hotel zurückbringen.»

«Was ist geschehen?» fragte die alte Dame, die immer noch aß. «Was habe ich getan?» Sie sah sich um, und ihre Augen funkelten vor Bosheit.

«Du mußt nach Hause gehen», sagte Otto leise zu ihr. «Du warst böse. Und es ist schon spät für dich.» Er legte ihr den schwarzen Schal über die Schultern und half ihr auf die Beine. Seine Freunde standen auf und verneigten sich steif vor der versammelten Gesellschaft. Die polnische Begleiterin, die den ganzen Abend kein Wort gesprochen hatte, entblößte ihre gelben Zähne und lächelte ihrer Dienstherrin zu. «Machen Sie sich nichts daraus», flüsterte sie, «Sie haben die Wahrheit gesagt. Diese Juden werden's schon noch zu spüren kriegen.»

«Geht!» rief Otto und wandte sich wieder dem Tisch und Emma zu, aus deren Augen Tränenströme über ihre Wangen liefen, obwohl sie keinen Laut von sich gab.

«Sie weiß nicht, was sie sagt», erklärte Otto. «Sie ist eine senile alte Frau.»

Aber Emma saß steif und regungslos da, während die Tränen weiter auf ihr Brautkleid fielen.

«Emma!» bat er flehentlich und ließ sich neben ihr auf die Knie sinken, «Emma, bitte verzeih uns.» Alle am Tisch beobachteten ihn. «Es hat nichts zu bedeuten. Ich liebe dich.» Er vergrub den Kopf in ihrem Schoß. Die Juden saßen auf ihren Plätzen und starrten ihn unversöhnlich an; wie gut kannte er jetzt ihr Urteil!

Ein paar Minuten später löste sich die Gesellschaft auf. Emma wurde von ihren Verwandten umringt; niemand sprach mit Otto. Sie umarmten sie und flüsterten ihr liebevolle Worte ins Ohr. Draußen regnete es. Polizeisirenen heulten – es hatte wieder einen Straßenkampf in einem der Vororte gegeben, Braunhemden gegen die Roten. Die Folge: zertrümmerte Schädel, blutige Nasen, zerbrochene Fensterscheiben. Irgendwo sang eine Bande davonlaufender Jugendlicher: «Verreckt ist Walther Rathenau, die gottverdammte Judensau.»

Emma trug zu ihrem grauen Kostüm ihre Perlenkette, einen grauen Hut und einen blaßrosa Seidenschal um den Hals. Fräulein Gründlich mahnte: «Vergiß nicht deinen Regenmantel.» Sie schloß Emma fest in die Arme. «Gott segne dich», sagte sie. «Ich komme bald nach Weimar.»

«Ich habe Angst», sagte Emma.

«Das hat jedes Mädchen an seinem Hochzeitsabend», erklärte Fräulein Gründlich. «Du bist nicht die erste, du wirst nicht die letzte sein.»

Die Handkoffer waren nagelneu, aus hellgrauem Leder und mit ihren Initialen: E. v. B.-W. – Emma von Benzow-Wertheim. Fräulein Gründlich umarmte und küßte sie noch einmal. Sie schien sie nicht gehen lassen zu wollen.

Im Frankfurter Hof erwartete sie die Hochzeits-Suite, die voller Blumen war. In einem Eiskübel stand Champagner. Die seidene Daunendecke des breiten Himmelbetts war einladend zurückgeschlagen. Emma nahm nicht den Hut ab. Sie saß, in ihren Regenmantel gewickelt, auf dem Rand eines Sessels und lauschte auf ihr klopfendes Herz.

Otto öffnete eine Champagnerflasche, so daß der Korken an die Decke flog und der Champagner auf die Serviette sprudelte, die er sorgfältig um den Hals der Flasche gelegt hatte. Er füllte beide Gläser.

«Nicht für mich, vielen Dank», sagte Emma.

«Aber für mich», erwiderte Otto. «Viel, viel Champagner für mich!» Er stürzte schnell einige Glas hinunter. «Ich habe lange gewartet», sagte er. «Aber das macht, wie du weißt, den Genuß nur um so größer.» Leicht beschwipst, ging er mit der Zwanglosigkeit und Selbstgewißheit, die man in solchen Augenblicken empfindet, auf Emma zu.

«Zieh deinen Mantel aus», sagte er, «zieh deine Schuhe aus, zieh all deine hübschen neuen Kleidungsstücke aus.»

Emma klapperte mit den Zähnen. «Ich glaube, ich habe Fieber», sagte sie.

«Zieh dich aus!» sagte Otto und zog seine eigene Kleidung aus.

«Ich fühle mich nicht gut.» Emma ließ ihn das unbeherrschte Klappern ihrer Zähne hören. Sie hielt die Arme um ihren Körper geschlungen. «Mir ist kalt, kalt, kalt», sagte sie. Sie fühlte ein schmerzhaftes Verlangen, gleichzeitig zitterte sie vor Angst, besiegt, unterdrückt, für alle Zeiten vergewaltigt zu werden. Otto, der mit seinen schmalen Schultern und seinem zylindrischen Körper nackt vor ihr stand, wurde ungeduldig.

«Na, komm schon», sagte er, «laß uns spielen.» Er fand den Anblick des ängstlichen Mädchens verführerischer als den der weltgewandtesten Frau. Er wußte, sie würde außerstande sein, ihm zu widerstehen, sie würde sich ihm letztlich mit Freuden ergeben, wie alle anderen es getan hatten, sie würde selbst inmitten des Schmerzes vor Lust weinen. Er war ein guter Liebhaber.

«Ich bin sehr gut», sagte er jetzt zur Aufmunterung. «Ich kenne alle Tricks. Vielleicht bin ich nicht imstande, über Gemälde in Venedig oder Architektur in Rom zu sprechen, aber ich bin ein Meister in der Liebe. Ich kann jede Frau befriedigen, kann ihr vor Wonne das Innere nach außen kehren.» Er kniete sich auf den Boden und fing an, Emma die Schuhe und dann die Strümpfe auszuziehen. Er mußte zu ihrem Strumpfhalter hinauflangen. Sie schauderte.

«Sei sanft», bat sie. Ihre Tränen flossen wieder.

«Heulsuse», sagte er. «Ich werde dich zwicken, dich lekken und dich beißen, dich mit Küssen bedecken und mit meinen Lippen die Leidenschaft aus dir saugen.»

Sein Penis war riesig geworden. So kleine Hände und Füße ... dachte Emma bei sich, und dann schrie sie. Seine Finger, die wie ein Eimer voller Aale waren, hatten ihr Schamhaar erreicht und zupften daran.

«Sei jetzt still», sagte er. «Sei still!»

Während der nächsten Stunden probierte Otto von Benzow jeden Trick, den er kannte, am Körper der schluchzenden Emma aus. Wieder und wieder ergriff er triumphierend Besitz von ihr, stöhnend und verzweifelt bemüht, einen Widerhall in ihr zu wecken. Er goß Champagner auf ihren schönen, schmalen weißen Körper – wie eine Birke, sagte er – und dann auf seinen eigenen und zwang sie, ihn zu lecken, bis sie zu würgen begann. Er tat nichts, was er nicht schon hundertmal zuvor getan hatte, aber er wußte nicht, was er tat. Er wollte sowohl Vergnügen bereiten als auch selbst Vergnügen finden, aber all seine Kunstgriffe versagten bei diesem unerfahrenen, verängstigten jungfräulichen Mädchen. Hätte er nur auf Emma gehört und wäre sanft gewesen, er hätte ihr vielleicht ein Echo entlockt, hätte all die Liebe und die verborgene Sinnlichkeit zum Höhepunkt gebracht. Aber je mehr er ihren Widerstand spürte, je mehr sie weinte und ihn flehentlich bat, von ihr abzulassen, um so mehr bemühte er sich, ihr seine Meisterschaft und seine Stärke und Geschicklichkeit zu zeigen.

Als er schließlich eingeschlafen war, ausgepumpt, in Schweiß gebadet und von Champagner berauscht, stand Emma auf und wusch sich. Hätte sie die Kraft gehabt oder irgendein Mordinstrument besessen, wäre es durchaus denkbar gewesen, daß sie ihn getötet hätte. Sie zog ihre neuen Schuhe und Strümpfe, das graue Kostüm, den Hut und den Regenmantel an und stahl sich aus dem Hotelzimmer. Ihr ganzer Körper schmerzte, als hätte man sie mit Ketten geschlagen. Um nicht gesehen zu werden, ging sie die Dienstbotentreppe hinunter und an einigen verschlafenen Bäckern und Konditoren vorbei durch die Hintertür des Hotels auf die Straße hinaus. Es dämmerte bereits. Der Regen hatte aufgehört. Am östlichen Himmel war ein rosa Schimmer zu sehen. Emma ging zu Fuß nach Hause. Anna war die einzige, die schon auf war. Sie saß mit einer Tasse heißem Kaffee am Küchentisch; es war die Tageszeit, die sie am liebsten hatte. Sie machte zuerst das Feuer an, und dann plante sie ihre Arbeit. Sie war verwirrt, als es an der Haustür klingelte, aber sie hatte keine Angst, und so ging sie hin, um aufzumachen, und dort stand Emma.

Später erzählte sie die Geschichte ein ums andre Mal. «Armes Kind», sagte sie, «sah aus wie der Tod. Fiel mir weinend und jammernd um den Hals. Ich mußte sie in den Armen halten und sie hätscheln, bis ich die Gründlich aus den Federn holen konnte, und dann brachten wir zwei sie zu Bett.»

Am Vormittag kam Dr. Schlesinger und gab Emma ein Beruhigungsmittel. Sie war physisch nicht verletzt, und da sie sich weigerte, zu sagen, was geschehen war, konnte man nichts für sie tun. Edu traf Vorkehrungen für eine Nichtigkeitserklärung der Ehe. Otto verschwand, die Hochzeitsgeschenke wurden zurückgeschickt, vage Erklärungen abgegeben. Emma blieb für den Rest des Winters in ihrem Zimmer, im Bett. Fräulein Gründlich brachte ihr die Mahlzeiten, die Familie besuchte sie, aber es wurde Frühling, bis sie imstande war, das Erlebnis aus ihren Gedanken zu verbannen. Das einzige Bild, das ihr aus irgendeinem Grund vor Augen blieb, war das von Otto, wie er auf dem Boden kniete, um ihr die Schuhe auszuziehen. Alles andere war ein für allemal tief in ihrem Inneren vergraben.

Onkel Edu schenkte ihr ein Aquarell von Cézanne. Der Dollarscheck wurde nie eingelöst. Die deutsche Inflation war zum Stillstand gebracht worden. Der 7. November war längst gekommen und gegangen, und die von den Kommunisten verheißene Revolution hatte nicht stattgefunden. Hitler saß in Landsberg im Gefängnis, nachdem sein Putschversuch in München am 9. November mißglückt war.

Nach diesen Ereignissen waren viele der Meinung, das Schlimmste sei vorüber.

Fünftes Kapitel

1928

Es war Anfang März, und Kälte lag in der Luft. Noch am Tag zuvor hätte man meinen können, es sei Frühling; aber jetzt blies ein kalter Wind von Nordwesten. Lene saß am Fenster ihres Schlafzimmers im dritten Stock und blickte auf den Garten ihrer Eltern hinunter. Sie war im achten Monat, und ihre Ehe mit Tom war nicht gut. Sie waren seit drei Jahren verheiratet und wohnten in Lenes Elternhaus in der Guiollettstraße. Nathan und Caroline hatten das oberste Stockwerk umgebaut und aus unbenutzten Vorratsräumen und Mädchenzimmern eine reizende Wohnung gemacht. Anna war die einzige Angestellte, die noch im Hause wohnte, und Fräulein Gründlich hatte ihr altes Zimmer im zweiten Stock, dem Lenes früheres Schlafzimmer als Wohnraum hinzugefügt worden war.

Fräulein Gründlich schien in all den Jahren, seit sie ihre Arbeit bei den Wertheims begonnen hatte, kaum einen Tag älter geworden zu sein. Die Haut ihres runden, offenen Bauerngesichts war glatt und straff, die Runzeln um ihre Augen waren zart, und ihr Haar, obwohl ein wenig dünner, war noch von dem gleichen Braun wie eh und je. Sie freute sich auf die Geburt von Lenes Baby. Die vielen Jahre im Schoß einer jüdischen Familie, die nicht religiös war, hatten ihren schlichten christlichen Glauben nicht erschüttert, und sie war um guten Geschmack und weltgewandte Großzügigkeit bereichert worden. Sie dachte oft, daß ein Glücksfall, vom Allmächtigen veranlaßt, sie daran gehindert hatte, Alois zu heiraten, der immer noch für Jacob arbeitete und eine kleine, schmächtige, abgehärmte Frau und viele Kinder hatte.

Lenes Wohnung im dritten Stock war ganz «modern», gut

geplant, schlicht in ihren Linien und Proportionen und frei von jedem Ornament. Lene fragte sich oft, warum nichts von dieser klaren Sachlichkeit einen Einfluß auf den komplizierten, chaotischen Teil ihres gemeinsamen Lebens ausübte. Dort herrschte eine barocke Verwirrung und Unruhe.

Tom arbeitete in einem kleinen, aber renommierten Verlag, der sich durch den Druck schöner Bücher in kleiner Auflage einen Namen gemacht hatte. Er hatte sich durch eine Anzahl anderer Unternehmen durchgewurstelt, ehe er auf seinem gegenwärtigen Posten gelandet war. Sein Vater, der noch lebte, war nicht einverstanden. Aber er war ja ohnedies noch nie mit Tom einverstanden gewesen. Er hatte unermüdlich versucht, einen Geschäftsmann aus ihm zu machen, und hatte seine Bemühungen nur aufgegeben, weil seine Kräfte zu versagen begannen. Als dem alten Mann klar wurde, daß sein Sohn «die kleine Wertheim» heiraten würde, hatte er ihn zu einer Unterredung zu sich gerufen.

«Ich habe nichts dagegen, daß du eine Jüdin heiratest», sagte er. «Ihre Familie ist angesehen und *reich.* Sie leben länger in Frankfurt als wir. Aber das ist nicht das Entscheidende. Eduard Wertheim ist ein äußerst fähiger und sehr wohlhabender Mann. Er hat viele Möglichkeiten, und ich möchte, daß er etwas für dich tut. Wohin ich dich auch geschickt habe, zum Arbeiten oder Studieren, du bist jedesmal nach Hause gekommen und hast erklärt, die Arbeit oder das Fach liege dir nicht. Ich habe dir einen Posten bei einer Bank verschafft; sechs Monate später hast du ihn aufgegeben. Ich glaube, du hast nicht einmal gelernt, was eine Hypothek ist. Wenn du dieses hübsche kleine Mädchen heiratest, möchte ich, daß du einen Nutzen daraus ziehst. Bitte Eduard Wertheim um eine Stellung.»

Tom erschrak. Ihm fehlte der Ehrgeiz, der einem Mut gibt, einen so kühnen Schritt zu tun.

«Geh zu ihm!» sagte sein Vater. «Sei nicht schüchtern. Schon allein dein Name sollte dir Kraft geben. Sag ihm – *bitte* ihn nicht –, er soll dich in sein Geschäft nehmen. Wenn dir das Bankwesen, wo er großen Einfluß hat, nicht zusagt, dann versuch es mit dem Wollgeschäft. Ich kann mir nicht vorstellen, daß ein Sohn von mir so wenig geschäftlichen

Scharfsinn besitzt, daß er nicht den einfachsten Posten in einem Handelsunternehmen bekleiden kann! Du brauchst nur pünktlich und ehrlich zu sein und dir ein wenig Mühe zu geben – du bist nicht dumm, das weiß ich –, dann wirst du binnen kurzem Vizepräsident sein. Unsere Zivilverwaltung und unsere Konzerne sind voller Männer, die ihr Leben lang genau das tun, und sie fahren sehr gut dabei. Man braucht sich dessen nicht zu schämen.»

Tom sprach mit Lene, aber weiter kam er nicht. Lene machte ihrem Vater gegenüber einige Andeutungen, und Nathan murmelte etwas darüber, als er einmal mit Edu in der Stadt zu Mittag aß. Edu lud Lene zum Tee ein und erklärte ihr, daß er weder die Heilsarmee noch das Arbeitsamt sei. Er war nicht so schroff, wie er es mit Emma gewesen war, aber er sprach entschieden. «Laß ihn selbst eine Stellung finden», sagte er. «Wenn er sich jemals in irgend etwas als tüchtig erweist, können wir wieder darüber reden. Heirate ihn, wenn du willst; du bekommst eine Mitgift und wirst ein Einkommen haben, aber mehr verspreche ich dir nicht.»

Lene berichtete Tom über das Wesentliche der Unterhaltung, wobei sie mehr deren positiven als ihren negativen Charakter unterstrich, und bis die Nachricht den alten Bre-Ba erreichte, klang sie, als ob man seinem Sohn etwas für die Zukunft, etwas beinahe Sicheres, ein oder zwei Jahre nach der Heirat, versprochen hätte.

Lene, deren Leib jetzt schwer und deren Körper unbeholfen war unter dem Zelt ihres Wollkleides, beobachtete, wie die kahlen Äste der Kastanie sich steif im Winde bogen. Sie dachte über ihre Ehe nach. Das schien in letzter Zeit das einzige zu sein, woran sie denken konnte, vor allem, wenn sie allein war. Das Kind trat mit dem Fuß gegen ihren Bauch. Sie war jedesmal glücklich, wenn sie das fühlte, denn es bedeutete, daß das Baby lebte. Wenn sie ihr Kleid hob, konnte sie sehen, wie ihr Leib mit den Bewegungen des Kindes seine Form veränderte, sich an einer Seite vorwölbte oder spitz wurde. Sie liebte es, schwanger zu sein. Es gab Augenblicke, in denen sie sich sagte, daß schwanger zu sein schöner war, als verheiratet zu sein. Es war etwas, das sie vollkommen für sich hatte. Selbst wenn sie das Kind nicht allein geschaffen hatte, so nährte sie es doch allein. Sie brauchte nur zu essen, zu trinken und genügend Schlaf zu bekommen. Sie hatte etwas Lebendes in sich, sie würde Mutter werden. Nichts, was sie je getan hatte, konnte dem gleichkommen.

Genaugenommen hatte sie bisher in ihrem Leben recht wenig getan. Sie hatte noch kein volles Jahr am Pädagogischen Institut verbracht, als man ihr nahelegte, das Studium aufzugeben. Es war eine schreckliche Demütigung gewesen und war vermutlich einer der Gründe, weshalb sie geheiratet hatte. Sie war von Anfang an auf Schwierigkeiten bei der Arbeit gestoßen, und als sie aus Italien zurückkehrte, kam sie sich wie eine Ausgestoßene vor. Niemand wollte ihr helfen, und es gelang ihr nur mit Mühe, die Aufzeichnungen aus den Unterrichtsstunden zu bekommen, die sie versäumt hatte. Sie wurde sofort zur Arbeit mit den Kindern eingeteilt, was sich als beschwerlicher erwies, als sie es sich vorgestellt hatte. Die Kinder waren schmutzig und ungebärdig, hatten keinen Respekt. Zumindest hatten sie keinen Respekt vor *ihr*; sie weigerten sich, ihr zu gehorchen, sie taten, was sie wollten. Lene konnte einfach nicht mit ihnen fertig werden.

Sie sprach mit niemandem zu Hause darüber, sondern ging zu Tante Eva, die in eine der ausschließlich für berufstätige Frauen bestimmten Wohnungen in Ernst Mays Arbeitersiedlung gezogen war. Eva hörte aufmerksam zu. Sie versuchte Lene die sozialen Bedingungen zu erklären, unter denen diese Kinder aufgewachsen waren. Lene nickte. Sie verstand alles, und es fehlte ihr nicht an Mitgefühl, aber ...

«Ist dir jemals in den Sinn gekommen, daß du vielleicht einfach nicht dazu geschaffen bist, Lehrerin zu sein?» fragte Eva.

Wenige Monate später, nachdem sie in einem Examen durchgefallen und von einem Siebenjährigen gegen das Schienbein getreten worden war, wurde Lene zum Direktor gerufen, der ihr freundlich, aber entschieden erklärte, daß das Kollegium der Meinung sei, es wäre wohl das beste, wenn sie sich zurückzöge und ihren Platz jemandem überließe, der sich «besser dazu eignet, den größtmöglichen Nutzen aus dem Lehrplan des Pädagogischen Instituts zu ziehen, und danach imstande ist, die deutsche Jugend zu lehren, was sie erstrebt: Ordnung, Pflichtgefühl und Disziplin».

Sämtliche Familienmitglieder scharten sich zusammen, um Lene beizustehen, aber ihre gütigsten Bemerkungen und scharfsinnigsten Argumentationen konnten die Bitterkeit der erlittenen Kränkung nicht lindern. Von all den Menschen, die sie liebten, war Onkel Jacob derjenige, dessen Hilfe und Trost am nützlichsten waren. Er schlug vor, daß sie drei Tage in der Woche in seinem Buchladen arbeiten solle.

«Du verdienst Geld, und du tust etwas Lohnendes», sagte er. «Und wer weiß, vielleicht lernst du sogar das Gewerbe.» Sein Angebot wurde dankbar angenommen. Lene hatte Freude an der Arbeit und blieb dabei, bis sie schwanger wurde, aber auch das konnte die quälende Erinnerung an ihren beruflichen Fehlschlag nicht ganz verdrängen.

Während sie dreimal wöchentlich in Jacobs Laden arbeitete, nahm sie gleichzeitig an einem Kochkurs teil. Sie wollte sich soviel wie möglich beschäftigen, und Kochen war etwas, bei dem sie wußte, daß sie nicht versagen würde. Als sie einmal zu Hause mit wenig Hilfe von Anna ein besonders köstliches Ragout zubereitet hatte, fragte ihr Vater: «Werdet ihr beide, Tom und du, jemals heiraten?»

Lene zuckte die Achseln. Sie war in Gedanken ganz bei dem Ragout gewesen.

«Er würde wahrhaftig eine vorzügliche Köchin bekommen», sagte Nathan.

Am nächsten Abend saßen Tom und Lene auf ihren üblichen Plätzen auf dem obersten Rang in der Oper – die Brenda-Badolets hatten keine Loge mehr –, lauschten auf *La Forza del Destino* und fütterten die hauseigenen Mäuse mit Schokolade, da sagte Lene: «Mein Vater meint, wir sollten heiraten.»

«Ist er mit unserem gegenwärtigen Arrangement nicht einverstanden?»

«Ich glaube nicht, daß er es als ein Arrangement betrachtet.»

«Oh», sagte Tom. Eine der Mäuse hatte schon beinahe gelernt, ihm aus der Hand zu fressen.

«Was meinst du?»

«Ich habe nichts dagegen.»

Irgend jemand hinter ihnen brachte sie mit einem lauten, langen «Pssst» zum Schweigen. Wenige Monate darauf heirateten sie.

Immer noch bekümmert über die schrecklichen Ereignisse bei Emmas Hochzeit, sah die Familie Wertheim erleichtert der von Lene entgegen. Sie erwies sich als zwanglos und fröhlich, mehr wie eine Kindergesellschaft als eine Hochzeit. Die jungen Leute tanzten, und Tom war amüsant und liebenswürdig, wie er es vor so langer Zeit bei seinem Kostümfest gewesen war. Lene war bezaubernd schüchtern und sah sehr glücklich aus. Das Fest dauerte bis tief in die Nacht. Niemand schien das gastfreundliche Haus verlassen zu wollen.

Toms Eltern nahmen nicht teil; sie wagten sich nie aus dem Haus, in dem sie jetzt allein mit ihren Dienstboten lebten. Die einst so schöne Villa diente schon längst nicht mehr als Bühne für festliche Zusammenkünfte. Der große Ballsaal lag in einem ewig trüben Halbdunkel, die Vorhänge geschlossen, der Boden staubig, die Möbel mit weißen Laken bedeckt. Das alte Paar hatte all seine Kinder außer Thomas begraben. Sie konnten sich manchmal nicht erinnern, wer er war.

Und so zogen Tom und Lene in die neue Wohnung in der Guiollettstraße, und es gab viele Stunden an vielen Tagen, wo Lene sich überhaupt nicht verheiratet fühlte. Obwohl sie eine kleine Küche hatten, nahmen sie die meisten Mahlzeiten unten ein. Lene hatte ihr Rezept für Ragout vergessen. Caroline zahlte der Reinmachefrau einen kleinen zusätzlichen Lohn, damit sie die Wohnung einmal in der Woche gründlich «durchging». Und sie hatten Fräulein Gründlich, und Lene setzte sich in den Kopf, daß sie ein Kind haben wollte.

Tom, vage und ausweichend wie eh und je, konnte sich nicht als Vater sehen. Jedenfalls noch nicht. Vielleicht eines Tages – wenn alles geordnet war.

«Was willst du damit sagen?» fragte Lene.

«In der Welt geht es drunter und drüber. Sie ist voller Disharmonie, die Menschen sind hysterisch, ständig im Streit. Ich habe Angst, ein Kind – ein zartes, kleines Lebewesen – in solch eine Welt zu setzen.»

«Babies sind zäh», sagte Lene, «und die Zeiten sind auch früher schon manchmal schlecht gewesen.»

«Nicht so wie jetzt.»

«Es ist immer schlimm für diejenigen, die vom Wirbelwind erfaßt werden. Stell dir vor, du hättest während des Dreißigjährigen Krieges gelebt.»

«Wahrscheinlich hätte ich damals auch nicht Vater werden wollen.»

«Aber du hättest nicht gewußt, wie du es verhindern kannst!»

Lene war zu dem Schluß gelangt, daß Tom ein Geschöpf der Luft war. Er bot fast keinen Widerstand, war flüchtig und schwankend wie eine kleine Rauchfahne, die sich an einem kühlen Sommermorgen sanft aus dem Schornstein eines Bauernhauses emporringelt. Wenn sie ihn nach den Abrechnungen fragen mußte oder ihm von ihren Sorgen und Ängsten erzählen wollte, war er fort. Wenn ihm etwas mißfiel, verschwand er. Mit seinem Körper mochte er bei ihr bleiben, aber sein Geist war ausgeflogen. Und dennoch, eines Tages hielt sie ihn fest, und vier Monate später begann ihr Leib zu schwellen, denn ein neues Leben regte sich in ihr.

Ihr geselliges Leben konzentrierte sich immer mehr auf das Café. Sie hatten jetzt ihren Stammtisch und einen Kreis von Freunden, die dort kamen und gingen. Sie gehörten zu den Randfiguren von Frankfurts intellektueller und künstlerischer Elite, vertraute Gesichter, die man wiedererkannte, ohne jedoch genau zu wissen, wer sie waren. Lene war Eduard Wertheims Nichte, aber der Maler Max Beckmann konnte sich nie an ihren Nachnamen erinnern. Ihr Mann sah gut aus und war charmant, aber was genau tat er? Lene langweilte sich. Tom fing an, einen Roman zu schreiben. Während er im Café Stil und Handlung mit Lulu erörterte, sprach Lene mit Paul Leopold.

Lene sah auf die Uhr. Noch zu früh zum Mittagessen. Sie liebte ihre Wohnung. Alles war an seinem Platz, das Stahlrohr ihrer Breuer-Stühle glänzte, sooft die Sonne hinter den Wolken hervorkam, die handgewebte Tischdecke wirkte wärmer und edler als der Damast ihrer Mutter. Das Baby war jetzt gerade ruhig. Morgen war Aschermittwoch.

Das bedeutete, daß heute Karneval war. Der alljährliche Maskenball der Künstler an diesem Abend versprach, ein ungewöhnlich glanzvolles Ereignis zu werden. Man hatte eine Jazzband engagiert, von der es hieß, daß sie aus *wirklichen* amerikanischen Negern bestand, die die neueste Musik aus Harlem spielten. Lene und Tom hatten vor, ihre Freunde im Café zu treffen und von dort aus mit ihnen gemeinsam zum Ball zu gehen.

Lene, die ihren Zustand nicht verbergen konnte, hatte beschlossen, als Jungfrau Maria auf Herbergssuche zu kommen. Tom fand es eine gute Idee, weigerte sich aber entschieden, sie als Joseph zu begleiten. Nach langen, erregten Diskussionen und der sorgsamen Durchsicht vieler Bücher beschloß er, als Sultan zu gehen. Dieses Kostüm erforderte einen Turban und einen orientalischen Krummsäbel, einen falschen Bart, viele Meter Stoff für bauschige Hosen, eine breite Schärpe, ein flatterndes Cape – und die Hilfe von Fräulein Gründlich. Lulu sagte, sie werde Scheherezade sein. Paul erklärte, das alles sei völliger Unsinn, und er werde als er selber kommen.

Tom meinte, Lene sollte auf einem Esel erscheinen, damit alle sofort wüßten, wen sie darstellen wollte, aber das erwies sich als undurchführbar, und so beschloß Lene, statt dessen ein Steiff-Eselchen mitzubringen. Das Vorbild für ihr Kostüm – ein weiter blauer Umhang über einem weißen, hemdartigen Gewand und einem warmen roten Wolljumper – war die «Medici Madonna» von Rogier van der Weyden im Städel. Eigentlich mochte sie die van-Eycksche Madonna viel lieber, aber *deren* Umhang war rot, und es gab keinen roten Stoff im Haus, während Fräulein Gründlich einen blauen Samtvorhang gefunden und einen prachtvollen Umhang daraus gemacht hatte. Lene schnitt einen Heiligenschein aus

Goldpapier, klebte ihn auf steife Pappe und befestigte ihn an einem weißen Band, das sie um den Kopf schlang.

In Frankfurt wimmelte es an diesem Abend von maskierten Gestalten. Sie marschierten und tanzten durch die Straßen der Altstadt, Pierrots, Clowns und Fabelwesen. Die Braunhemden, die sich ihnen hier und da anschlossen, waren in der schreienden, singenden Menge kaum zu sehen.

Tom und Lene nahmen ein Taxi. Der Fahrer setzte sie ein paar Ecken vom Café entfernt ab; es herrschte ein solches Gedränge, daß er nicht näher heranfahren konnte. Er schüttelte den Kopf über das kostümierte Paar. «Passen Sie gut auf die schwangere Frau Gemahlin auf», sagte er zu Tom.

«Sie ist eine Jungfrau», erklärte ihm Tom.

Konfetti umwirbelte die Schwärmer, Papierschlangen flatterten aus den Fenstern herunter und ringelten sich um die bunten Mützen und die grotesken Masken der Menge. Wer keine Maske trug, hatte sich das Gesicht mit grellen Farben bemalt. Lene sah die Dämonen rings um sich; das Jüngste Gericht von Torcello war lebendig geworden. Die schrecklichen Masken gaben denen, die sie trugen, eine berauschende Anonymität. Lene wünschte, daß ihr Gesicht nicht so nackt wäre.

Noch nie zuvor hatte Lene das Café so voller Rauch, so überfüllt, so lärmend gesehen. Paul Leopold, der seinen üblichen abgetragenen dunklen Anzug, ein zerknittertes weißes Hemd und eine flotte Fliege trug, saß in der Ecke und schrieb in sein Notizbuch; die Kaffeetasse und das Cognacglas standen vor ihm auf dem Tisch. Seine Finger waren schwarz von Tinte, und er wirkte gnomenhaft wie eh und je.

Lene setzte sich neben ihn. Seine Gegenwart gab ihr ein Gefühl der Sicherheit; er war der Mittelpunkt der ewig wechselnden Menge. Wenn er nicht da war, brachen Streitigkeiten aus und wurden nicht geschlichtet, und die Langeweile machte alle reizbar. Paul sah einen Augenblick von seinem Notizbuch auf und nickte ihr zu. Lene fühlte sich unwiderstehlich zu ihm hingezogen. Tom war von einem Schwarm von Verehrerinnen umringt. Er stand da, hochgewachsen und gerade, und seine blauen Augen bildeten einen seltsamen Kontrast zu seinem schwarzen, gewichsten

Schnurrbart. Das Gelächter der Frauen um ihn herum schwoll an, ihre Hände flatterten über sein Kostüm. Lulus Stimme war lauter als alle übrigen.

«'n Abend, Lene», sagte Paul. Er hörte vorübergehend zu schreiben auf und neigte den Kopf zur Seite, als lausche er auf Töne aus einer anderen Welt. Er tat das häufig.

«Was hörst du?» fragte Lene.

«Die Leonoren-Ouvertüre Nummer drei», sagte er. «Hörst du die Trompete hinter der Bühne?» Er sang die Melodie vollkommen tonrein, obgleich seine Stimme vom Whisky brüchig war.

«Oh, Beethoven», sagte er, und als er Lene ansah, bemerkte sie, wie blutunterlaufen seine Augen waren. «Ist dir klar», flüsterte er, «daß die Nazis im Lande von Goethe und Schiller auf dem Vormarsch sind? Und weißt du, was sie singen? Sie singen ein reizendes kleines Lied, und es geht folgendermaßen –» er hob kaum die Stimme –: «‹Wenn 's Judenblut vom Messer spritzt, dann geht's noch mal so gut!› Charmant, nicht wahr?»

Sein melodischer österreichischer Tonfall bildete einen seltsamen Gegensatz zu den unheilvollen Worten. Paul Leopold beteuerte beharrlich, daß er aus Wien stamme, aber er hatte Lene einmal im Verlauf eines beschwipsten Monologs anvertraut, daß er in einem kleinen jüdischen Dorf in Galizien geboren war. Das Geständnis war kaum über seine Lippen gekommen, da brummte er: «Ich habe dir das nie gesagt, und wenn du es zur Sprache bringst, werde ich es leugnen.»

Jetzt fuhr er fort: «Und was glaubst du, was der brave deutsche Bourgeois dazu sagt? Er sagt: ‹Mach die Tür zu, Sieglinde, und stell das Grammophon lauter. Wie wär's mit einem Stück aus der Neunten Symphonie? Alle Menschen werden Brüder, usw., usw. *Das* ist das wirkliche Deutschland, unser Vaterland. Das andere geht vorüber.› Und Sieglinde sagt: ‹Ich würde nicht unter den Bolschewiken leben wollen.› Und sie trinken noch ein Glas Bier. Sie könnten sogar jüdisch sein, unsere braven deutschen Bürger.»

«Sprich nicht über solche Dinge», sagte Lene.

«Du glaubst auch, daß es vorübergehen wird?»

«Es hat schon immer Antisemitismus gegeben.»

«Und Pogrome.»

«Aber –»

«Nicht in Deutschland, wirst du mir sagen. Mutter Gottes», sagte er, «deine jüdische Schönheit ist außergewöhnlich. Vielleicht wird dieses Kind, das du unter dem Herzen trägst, unser Erlöser sein.»

«Ich hoffe, es ist ein Mädchen», sagte Lene.

«Das ist die Pointe eines berühmten jiddischen Witzes. Soll ich ihn dir erzählen?»

«Wenn er gut ist.»

«Ein Reporter kommt zu Maria, um sie zu interviewen. ‹Was ist es für ein Gefühl, die Mutter des Herrn Jesus Christus zu sein?› fragte er. ‹Eigentlich›, erwidert sie, ‹hatten wir auf ein Mädchen gehofft.›»

«Er ist nur mäßig gut», sagte Lene, aber sie lächelte. Paul kehrte zu seinem Notizbuch zurück und begann wieder eifrig zu schreiben. Er vergaß das Café und war sofort wieder in der geheimnisvollen, fiktiven Welt seines Romans.

«Warum bist du nicht kostümiert?» fragte Lene.

«Findest du nicht, daß ich auch ohne Maskerade schon grotesk genug aussehe?»

«Du siehst überhaupt nicht grotesk aus», sagte Lene. Sie wollte seine Hände berühren, aber er verschränkte die Arme, und sie waren sicher versteckt.

«Wann kommt dein Baby?» fragte Paul.

«Es kann jetzt jeden Tag kommen.»

«Warum willst du ein Kind in diese Welt setzen?»

«Das ist eine Frage, die nur ein Mann stellen kann.»

«Bekomme ich jetzt einen feministischen Vortrag zu hören?»

«Nicht von mir. Aber deine Frage war so abstrakt, daß ich sie nicht einfach übergehen konnte. Zu fühlen, wie ein Baby sich in ihrem Leib bewegt, ist für eine Frau so schön, daß es all diese Überlegungen bedeutungslos macht. Ich sage mir immer wieder: Und wenn ich nichts anderes in meinem Leben tue als dies, so wird es genug gewesen sein. Und ich glaube, ich wünsche mir ein Mädchen, weil nur ein Mädchen die Dinge verstehen kann, die ich an meine Kinder weiterzugeben weiß. Außerdem werden Jungen immer in den Krieg geschickt. Sieh mich an, Paul, hier bin ich, kurzatmig und kaum imstande, mich zu bücken, und doch habe ich mich nie in meinem ganzen Leben besser oder gesünder gefühlt. Und ich fühle mich auch unverwundbar. Ich habe das Gefühl, daß nichts mich oder mein Baby verletzen kann. Ich bin fett wie eine Kuh und stark wie ein Ochse!»

Paul holte seine Hände aus ihrem Versteck, um sich eine neue Zigarette anzuzünden. Lenes Heiligenschein war ihr in den Nacken gerutscht. Tom und Lulu saßen, in ein Gespräch vertieft, am Nachbartisch.

Paul ordnete die Papiere, die um sein Notizbuch herum verstreut lagen, tat einen tiefen Zug an seiner Zigarette und sagte unvermittelt: «Weißt du, daß ich eine Frau habe?» Er blickte auf seine von Nikotin und Tinte verfärbten Finger.

«Nein», erwiderte Lene. «Das hast du mir nie gesagt. Wo hältst du sie versteckt?»

«Sie ist in einem Sanatorium in Davos. Sie hat Tuberkulose.»

«Ich hätte nicht so frivol daherreden sollen. Es tut mir leid.»

«Mir tut's auch leid. Aber das hilft keinem von uns beiden. Wenn sie gesund wäre, wären wir wahrscheinlich geschieden. Aber ich kann sie nicht im Stich lassen, solange sie krank ist. Ich bin gefangen.»

«Warum hast du mir das gerade jetzt erzählt?»

Paul hielt immer noch die Augen abgewandt. «Weil ich weiß, ohne daß du je etwas gesagt hast, daß du nicht glücklich in deiner Ehe bist. Mein Instinkt als Schriftsteller vermittelt mir die Einsicht, und mein liebendes Herz bestätigt sie.»

«Du bist sehr scharfsichtig.»

«Ich möchte so gern etwas . . . Humor? Freude? in dein Leben bringen, Lene. Aber ich dachte mir, ich sollte dir lieber sagen, daß ich eine Frau habe.»

Paul neigte den Kopf zur Seite, und als seine Augen den ihren begegneten, sah Lene in ihnen die verlegene Zuneigung, die er nach besten Kräften hinter einem Rauchschleier zu verbergen suchte.

Gegen elf Uhr gab es einen allgemeinen Aufbruch. Alle waren schon leicht angeheitert. Es lag ein schriller Klang in dem Gelächter und eine tölpelhafte Lockerheit in den Bewegungen der Gestalten. Lulu hing an Toms Arm. Er sah verlegen aus und tat, als fehlte ihm die Kraft, sich zu befreien. Lene verachtete Lulu, die mit jedem Mann, dem sie begegnete, zu flirten begann und mit jeder Frau Vertraulichkeiten auszutauschen suchte. Sie sprach über ihre Freunde hinter deren Rücken und war beleidigt, wenn sie sich rächten, indem sie ihr die kalte Schulter zeigten. Aber was Lene am meisten erzürnte, war Lulus vorgetäuschte Unschuld und kindliche Naivität. Sie beklagte sich, daß man sie ausnutzte, war aber immer unter den ersten, wenn es darum ging, einen neuen Gönner kennenzulernen, durch alle möglichen Machenschaften einen Preis zu ergattern oder sich zu erbieten, eine öffentliche Lesung zu halten. Sie hatte Tom gesagt, daß Lene sie bei ihrer ersten Begegnung beleidigt habe. Als er fragte, womit, blickte sie in die Ferne und erklärte: «Ich will es nicht noch schlimmer machen, indem ich darüber spreche.»

Sie verließen das Café in fröhlicher Stimmung. Eine scharfe Kälte lag in der Luft, die Kälte des späten Winters, die zeigt, daß es noch nicht an der Zeit ist, nach dem Frühling Ausschau zu halten. Tom war zu Lene gekommen und hatte sich bei ihr eingehakt, obwohl Lulu immer noch an seinem anderen Arm hing. Lene hielt ihren Stoffesel in der Hand und versuchte so würdevoll wie möglich zu gehen. Sie war zornig auf Tom, aber ihre Gedanken weilten bei Paul Leopold, und sie vergaß sehr bald ihren Zorn.

Die Straßen waren immer noch voller ausgelassener Menschen, obwohl der schneidende Wind schon viele von ihnen vertrieben hatte. Zertrampelte Papiermützen, zerbrochene Trompeten und tausend kleine Ringe von bunten Luftschlangen verstopften die Rinnsteine. Paul ging, seine Papiere und das Notizbuch in der Hand, hinter der Gruppe her. Der Maskenball fand in einem höhlenartigen Saal statt, einem ehemaligen Restaurant, das mit dreidimensionalen historischen Szenen ausgeschmückt war. Die meisten davon waren entfernt worden, aber es war noch genügend von Napoleons Schatten und Hannibals Geist übriggeblieben, um dem Saal eine surrealistische Atmosphäre zu verleihen. Die schwarze Jazzband spielte die neuesten amerikanischen Melodien, und die kostümierten Paare tanzten die neuesten amerikanischen Tänze. Tom tanzte mit Lulu, und Lene saß bei Paul Leopold.

«Du solltest lieber nicht tanzen», hatte Lulu zu Lene gesagt. «In deinem Zustand könnte das schlimme Folgen haben.» Unter anderem war sie auch eine beständige Prophetin des Unheils.

«Paul wird auf dich aufpassen», sagte Tom. Wenn er beschwipst war, entzog er sich magischer denn je jeglichem Kontakt, und sein Lächeln verbarg vollkommen sein Gesicht.

«Dein Mann ist ein Schwächling und ein Dummkopf.» Die Worte überraschten Lene. Paul hatte sie sehr schroff gesagt.

«Was?» fragte sie verwirrt. Dann wurde sie ärgerlich. «Sag das nicht», sagte sie.

Paul erkannte, daß er einen Fehler begangen hatte. Er wollte nicht unfreundlich erscheinen. Um das Thema zu wechseln, deutete er auf einen Tisch in der Ecke. «Erkennst du diesen Mann dort drüben?» fragte er Lene. «Den, der als Storch gekleidet ist? Es ist Gareis, der Tenor.»

«Ich würde meine eigene Mutter nicht erkennen, wenn sie hier als Storch auftauchte.» Lene blickte mit Staunen auf die Ansammlung von zweibeinigen Tieren und ähnlich grotesken Masken.

«Das kommt, weil du an Blendwerk glaubst», sagte Paul. «Ich nicht. Ich kann jede Maske durchschauen. Das hilft mir sehr, es macht mich zu einem guten Reporter. Ich beobachte die Posen, die Tricks, die Gesten sowohl von meinen Freunden als auch von meinen Feinden. Sie können mich nicht mit einer Maske täuschen. Aber du, mein Liebstes, abgesehen davon, daß du an Güte und Wahrheit glaubst, nimmst die Welt, wie sie sich dir zeigt, bildest dir dein Urteil – zumindest am Anfang – nach dem, was du *siehst*. Nimm mich zum Beispiel. Hast du mich nicht angesehen und dir gesagt: ‹Ein häßlicher jüdischer Gnom, dieser Leopold?› Leugne es nicht!

Ich nehme es dir nicht übel, denn du hast sehr bald deine Meinung geändert, das weiß ich. Das ist eines der rührenden Dinge an dir, schöne Helene. Du bist ohne den Stolz, der die Menschen an ersten Eindrücken festhalten läßt. Du brauchst eine Weile – wie die Schildkröte –, aber du gelangst zu den richtigen, das heißt den gleichen Schlüssen wie ich. Das ist der Grund, weshalb wir füreinander bestimmt sind.»

Lene fühlte, wie das Blut ihr in die Wangen stieg, obgleich sie nicht als die Art Frau erscheinen wollte, die leicht errötete. Für Paul wollte sie *une femme du monde* sein – wobei sie allerdings keine klare Vorstellung hatte, wie man das erreichte. Während sie noch darüber nachdachte, fühlte sie eine Hand auf ihrer Schulter. Als sie aufblickte, sah sie die Gestalt eines Pierrot, ganz in Weiß, mit großen schwarzen Pompons vorn auf seinem sackartigen Anzug. Sein Gesicht war schön geschminkt, kreideweiß. Es war Andreas.

Lene stellte ihn Paul vor, der ihm die Hand schüttelte und ihn scharf ansah. Eine andere Gestalt, schwarz, im Kostüm eines Schornsteinfegers, stand hinter Andreas, wurde aber nicht vorgestellt.

«Ist es nicht ein herrlicher Ball?» sagte Lene.

«Wo ist Tom?» fragte Andreas.

«Er tanzt mit Lulu.»

«Ich habe gehört, es soll hier Stunk geben.» Andreas wirkte nervöser als sonst. «Sieh zu, daß Tom dich bald nach Hause bringt.»

«Was für einen Stunk?» Lene war mehr erregt als erschreckt.

«Stunk mit Nazis.»

«Aha!» rief Paul aus und wiederholte den grausigen Refrain, den er Lene im Café vorgesungen hatte.

«Es sind nicht nur Juden hier», sagte sie nicht sehr logisch.

«In ihren Augen sind wir alle gleich.» Paul breitete die Arme aus, um alle kostümierten Künstler und ihre Freunde einzuschließen.

«Bitte geh nach Hause, Lene», drängte Andreas. Aber es war zu spät. Noch während er sprach, entstand plötzlich ein

Tumult an der Tür. Zuerst hatte es den Anschein, als wäre es nur eine Gruppe maskierter Neuankömmlinge. Dann schrie eine Frau, und die Tänzer wichen langsam vor den etwa zehn Männern in braunen Hemden zurück, die breite rote Armbinden mit schwarzen Hakenkreuzen auf rundem weißen Feld trugen. Die Armbinden waren selbst gegen das farbenfreudigste Kostüm im Saal deutlich zu sehen.

Einer der Braunhemden sprang auf einen Tisch und rief der Jazzband zu, daß sie aufhören solle zu spielen. Ein Musiker nach dem anderen folgte zögernd dem Befehl. «Hört nicht auf!» rief eine Stimme aus der Menge, und der Trompeter blies ein paar klagende Töne in die von Rauch erfüllte Luft. Der Mann auf dem Tisch begann, eine Ansprache zu halten. «Deutsche erwachet!» schrie er. «Wendet euch ab von euren üblen Sitten.» Andreas legte Lene die Hände über die Ohren, aber sie entfernte sie sanft.

Während der Mann lauthals mit seinen Verwünschungen fortfuhr, entstand plötzlich eine Bewegung in der Menge. Vielleicht waren sie hinter ihren Masken verwegen geworden, fühlten sich stark durch ihre Zahl und ihre eigene Anonymität. Wie eine Woge drängten sie sich vorwärts. Diejenigen, die vorne waren, hakten sich ein und schoben sich dicht an die Nazis heran. Eine andere Gruppe umringte die Musiker – «diese Dschungelnigger, die ihre entartete Musik trommeln», hatte der Naziführer sie genannt –, und die Band begann wieder zu spielen, nicht zögernd, sondern mit voller Kraft. Sie wurde von einigen starken Männern in phantastischen Kostümen beschützt, die mit Stühlen bewaffnet waren.

Langsam kamen die übrigen immer näher heran, und die Nazis wichen zurück. Einer von ihnen hob die Hand mit einem Totschläger und ließ ihn auf den Kopf eines jungen Kellners in der vordersten Reihe niedersausen. Er fiel nach hinten. Niemand hörte ihn aufschreien, aber viele sahen ihn zu Boden stürzen, und sie fielen über die Braunhemden her, während die Band immer lauter spielte, Blues und Marschmusik, ein amerikanisches Potpourri mit zahlreichen Variationen.

Die Nazis wurden in die Flucht geschlagen. Zerzaust und

übel zugerichtet, machten sie sich einer nach dem anderen aus dem Staub.

«Wir kommen wieder!» rief ihr Anführer. «Wir kommen wieder im Namen unseres Führers. Heil Hitler!» Dann verschwand er; seine Mütze lag zwischen Glasscherben und verschüttetem Wein zertrampelt auf dem Boden.

Die Ordnung im Saal war bald wiederhergestellt, aber eine Wolke von Erschöpfung und Angst lag über der Menge. Sie waren alle von einer ahnungsvollen Furcht ergriffen, bis in die Tiefen ihres Herzens erschüttert worden. Sie tanzten weiter, wie im Traum, zu den letzten Melodien der Nacht. Lene, Tom und Andreas, Paul Leopold, Lulu und Andreas' namenloser Freund, der Schornsteinfeger, saßen an ihrem Tisch, und keiner sprach ein Wort. Paul hatte seit Beginn des Aufruhrs hastig und unaufhörlich geschrieben.

«Was tust du?» fragte Lene.

«Das einzige, was ich zu tun verstehe. Ich bin Schriftsteller; meine instinktive Reaktion auf alles, was ich sehe oder höre, ist, meinen Bleistift zu nehmen und zu schreiben. Später werde ich es analysieren und noch später den Text um die Hälfte kürzen.»

Tom legte die Hand auf Lenes Arm. So zaghaft die Geste war, stellte sie doch die Verbindung zwischen ihnen wieder her. Lulu war eingenickt. Andreas saß dicht neben dem Schornsteinfeger, und Lene bemerkte, daß ihre Knie sich berührten.

«Wie fühlst du dich?» fragte Tom.

«Sehr gut», erwiderte Lene. «Ich bin nicht einmal müde.»

Sie brauchten lange, bis sie ein Taxi fanden. Es dämmerte bereits. Die Silhouette des Doms stand schwarz vor dem blaßgrauen Himmel. Es war Aschermittwoch. Hier und da eilten Frauen zur Kirche, um das Aschenkreuz auf ihrer Stirn zu empfangen. Tom und Lene begegneten den letzten der kostümierten Nachtschwärmer, die auf dem Heimweg waren. In dem grauen Licht der Morgendämmerung sahen sie aus wie Versprengte einer Armee auf dem Rückzug. Als die Stadt um sie herum lebendig wurde, vom Läuten der Kirchenglocken geweckt, verschwanden die letzten maskierten Geister. Die Straßenkehrer begannen ihr Werk, und einen kurzen Augenblick schien es so, als seien auch die Hakenkreuzträger in ihren braunen Hemden mit den anderen Spukgestalten der Nacht verschwunden.

Nachdem Lene in ihrem Schlafzimmer die Vorhänge geschlossen hatte – es war draußen schon beinahe heller Tag –, fiel sie in einen tiefen Schlaf. Sie war in ihre Daunendecke gehüllt und fühlte sich so warm und behaglich, daß sie nicht aufwachen wollte, als sie den stechenden Schmerz in ihrem Unterleib spürte. Der Schmerz war nicht stark, aber er war ungewöhnlich, neu. Noch nie, nicht einmal während ihrer Menstruationen, hatte sie etwas Ähnliches erlebt. Sie war schrecklich müde und wollte nur schlafen, aber der Schmerz kam und ging, kam und ging. Ich hoffe, es ist nichts mit dem Baby, sagte sie sich bei der Erinnerung an Lulus bösen Blick. Dann setzte sie sich mit weit aufgerissenen Augen im Bett auf. «Tom!» rief sie und schüttelte ihn, aber er vergrub sich nur noch tiefer in die Kissen. «Das Baby kommt», sagte sie, überzeugt, daß er sie hörte. «Ich komme gleich», murmelte er. Sie zog sich rasch an, aber als sie fertig war, sah sie, daß Tom wieder fest schlief.

Unten in der Wohnung ihrer Eltern hatte der Tag bereits begonnen. Caroline frühstückte in ihrem Zimmer, Fräulein Gründlich hatte gerade sechs Taschentücher und eine Bluse gebügelt. Emma goß die Zimmerpflanzen. «Es ist soweit!» rief Lene. Binnen fünf Minuten war sie mit Emma in einem Taxi auf dem Weg ins Krankenhaus. Tom erschien, sorgfältig gekleidet, gewaschen und gekämmt, mit einiger Verspätung. «Wo ist Lene?» fragte er Fräulein Gründlich. «Ich hoffe, sie ist nicht ohne mich gegangen?»

Das Baby, ein Mädchen, wurde vier Stunden später geboren. Es war eine leichte Geburt, obwohl das Kind kräftige acht Pfund wog. Es schrie laut und energisch. Sein rundes, runzliges Gesicht wurde von einem hellbraunen Haarschopf gekrönt. «Es sieht aus wie ein wütendes Äffchen!» sagte Edu, als er es sah. Lene lachte ihn aus und küßte das Baby auf das Köpfchen.

Sie nannten es Clara.

Lene stillte das Baby drei Monate lang. Es war für sie eine befriedigende und schöne Zeit. Wenn sie in ihrer sonnigen Wohnung auf dem neuen Thonet-Schaukelstuhl saß, nur wenige Meter von ihren Eltern, Emma und Fräulein Gründlich entfernt, und beobachtete, wie das Kind zufrieden an ihren plötzlich üppigen Brüsten saugte, fühlte sie sich so glücklich wie nie zuvor. Sie hatte gefürchtet, daß sie nicht genügend Milch haben könnte – die Erzieherin hatte sie mehr als einmal warnend darauf hingewiesen, daß sie zu flachbrüstig sei –, aber die Sorge erwies sich als grundlos.

«Clara sieht genau wie Lene in *ihrer* Babyzeit aus», erklärte Hannchen jedesmal, wenn sie sonntags zu Besuch kam. «Abgesehen von ihrem blonden Haar und den blauen Augen», warf Emma ein. Caroline holte das Photoalbum, und die ganze Familie betrachtete die Bilder. Tatsächlich war das mollige, gelassene kleine Mädchen das Ebenbild von Lene als Baby. «Ihr Vater hat wenig Anteil daran», bemerkte Edu trocken.

Caroline bestand darauf, daß eine Säuglingsschwester engagiert werden sollte, um Lene zu entlasten. «Ich werde sie bezahlen», sagte sie. Damit war der Fall erledigt, und eines Tages erschien Schwester Adele, mit den besten Empfehlungen ausgestattet. Gleich von Anfang an gab es Schwierigkeiten. Sie hatte nicht erwartet, eine stillende Mutter vorzufinden, und tat ihr möglichstes, das Unternehmen zu sabotieren. Aber Lene war standhaft genug, sich nicht einschüchtern zu lassen. Schwester Adele kritisierte die Ernährung des Babys, wog es fortwährend und behauptete, es nehme nicht genügend zu. Sie warf Fräulein Gründlich vor, daß sie sich zuviel einmischte, und stritt sogar mit der gutmütigen Anna in der Küche über die Zubereitung ihrer Mahlzeiten.

Eines Tages, als Fräulein Gründlich sich tränenüberströmt in ihr Zimmer zurückgezogen hatte, erklärte Caroline der Kinderschwester mit einer ungewöhnlichen Entfaltung von Entschlußkraft, daß sie bis fünf Uhr nachmittags das Haus zu verlassen habe. Schwester Adele nahm ihren Lohn – Caroline hatte sie großzügig bis Ende der Woche bezahlt – und ging in reuelosem Zorn. Nachdem sie fort war, fand man in ihrem Zimmer eine Anzahl von Nazitraktaten, einschließlich eines Pamphlets über die genetisch bedingte Minderwertigkeit der Juden.

Lene dachte eine Zeitlang angestrengt darüber nach. Nichtsdestoweniger gaben die Wahlen, die am 20. Mai abgehalten wurden, Anlaß zu vorsichtigem Optimismus. Obgleich die demokratische Koalition einige Verluste erlitt, gewannen die Sozialisten insgesamt 153 Sitze im Reichstag, und die Nazis erhielten nur 12. Bedauerlicherweise wurde ihre Stimmenzahl durch die Deutschnationalen erhöht, die 73 Sitze erhielten. Die oft unberechenbaren Kommunisten gewannen 54. Für den Augenblick seufzten die meisten Liberalen erleichtert auf und wandten sich anderen Problemen zu. Aber Lene träumte immer wieder von Braunhemden, die sie durch die Stadt verfolgten. Einmal wachte sie mitten in der Nacht mit einem lauten Schrei auf.

«Die Nazis kommen», schluchzte sie. «Sie sind hinter mir her.»

Tom versuchte sie zu beruhigen. «Unsinn», sagte er, «wer sollte dir etwas antun wollen?»

Am nächsten Tag erklärte er beim Mittagessen: «Meine Freunde im Verlag glauben, solange die Wirtschaft gesund bleibt, besteht Hoffnung, daß man die Rechtsparteien im Zaum halten kann. Die Nazis werden die Kommunisten bekämpfen, die zwei werden sich gegenseitig schwächen, und wir übrigen werden davon profitieren.»

«Hast du dir jemals überlegt, wie prekär die Lage ist?» fragte Lene. «Wenn es irgendwo zu bröckeln beginnt, stürzt das Ganze zusammen. Sieh dir Onkel Jacobs Hausmeister oder seine Reinmachefrau an – sie sind so zornig. Sie glauben, die Welt ist schlecht, weil die Frauen kurze Röcke tragen und Zigaretten rauchen. Jede Kleinigkeit kann sie zur Raserei bringen. Und die Nazis haben ihnen die Juden als Sündenbock gegeben. Verstehst du das nicht, Tom?»

«Sie wollen nur ihren Stolz retten. Sie haben es nie verwunden, daß sie den Krieg verloren haben. Sie sind servil, und sie wollen, daß ihnen jemand sagt, was sie tun, was sie denken sollen. Ich hasse sie ebensosehr wie du, vielleicht noch mehr. Sie haben es darauf abgesehen, *unsere* Welt zu vernichten, nicht nur die deine.»

«Was werden wir tun?»

Tom zuckte hilflos die Achseln.

«Wir gehen fort!» rief Lene.

«Das könnte ich nicht», sagte Tom.

Lene sprach mit Nathan. Sie saßen im Garten und tranken Tee. Clara schlief in ihrem Wagen im Schatten der Kastanie. Eine saubere weiße Decke lag auf dem schmiedeeisernen Tisch. Caroline hatte gerade neue Kissen für die Stühle gekauft. «Was wird geschehen, Papa?» fragte Lene.

«Ich wünschte, ich wüßte es», erwiderte Nathan, der Lene mit jedem Tag müder und älter zu werden schien. «Meiner Ansicht nach werden wir eine Diktatur bekommen. Sieh dir Mussolini an! Massenbewegungen werden die Zukunft gestalten. Faschisten im Westen, Kommunisten im Osten. Wir werden lernen müssen, damit zu leben.»

«Aber man sagt, sie werden die Juden töten!»

«Es hat schon früher Pogrome gegeben. Viele Nationen sind aufgestiegen und untergegangen, aber die Juden sind geblieben. Wir sind das Gewissen der Welt, niemand kann uns beseitigen.»

In diesem Augenblick kam Caroline in den Garten und setzte sich neben Lene. Sie hatte ihre Wasserfarben mitgebracht. Die Pfingstrosen waren in voller Blüte, und sie wollte sie vor dem hellen, frischen Grün der Sträucher malen.

«Ich weigere mich, meine kostbare Zeit damit zu vergeuden, daß ich über politische Probleme nachdenke», erklärte sie, und der energische Klang ihrer Stimme ließ deutlich erkennen, daß es ihr ernst war.

«Der Antisemitismus vergiftet seit Jahrzehnten die deutsche Seele», sagte Nathan. «Es gibt wahrscheinlich kein westliches Land, wo die Juden eine so bedeutende Rolle im Leben der Nation gespielt haben und gleichzeitig so verachtet worden sind.»

«Ernst denkt immer noch daran, nach Palästina zu gehen», sagte Lene. «Er glaubt offenbar, daß es die einzige Hoffnung ist.»

«Wir leben hier seit mehr als vierhundert Jahren», sagte Nathan. «Wir sind *Deutsche.* Was bedeutet uns Palästina?»

«Dein Bruder Ernst ist ein Phantast», erklärte Caroline.

Mit Emma über das Problem zu sprechen war unmöglich. «Der Abschaum der Welt!» rief sie. «Gesindel, nichts wie Gesindel. Ich weiß, Tante Eva liebt das Proletariat, aber sie werden sich ebenso schnell in Nazis verwandeln, wie sie sich in Kommunisten verwandelt haben. Man kann ihnen nicht über den Weg trauen. Sie machen die Reichen für alles verantwortlich, dabei würden sie viel darum geben, selbst reich zu sein. Aber weißt du», setzte sie hinzu, «die Juden haben auch ihre Fehler. Sie sind streberhaft. Man sieht zu viele von ihnen in führenden Stellungen, beim Theater, bei den Zeitungen. Wohin man blickt, überall sind Juden. Sie glauben klüger zu sein als alle anderen, was vielleicht stimmt, nur brauchen sie es den Leuten nicht so deutlich zu zeigen.»

Lene hätte nicht sagen können, wer Emma wütender machte, die Nazis oder die Juden. Sie gelangte zu dem Schluß, daß es das beste war, mit ihrer Schwester überhaupt nicht über Politik zu sprechen.

Tante Eva hatte ihre eigene Interpretation und ihre eigene Antwort auf diese Fragen. «Du mußt verstehen, daß all dies auf einen Klassenkampf hinausläuft», erklärte sie Lene, als sie an einem Sonntagnachmittag zu Besuch kam. Eva veränderte sich nie. Ihre Kleidung war immer die gleiche, sie trug ihr Haar – das jetzt ein wenig grauer war – immer kurz geschnitten und mit Ponyfransen, ihre Schuhe waren bequem und solide. Lene war gerührt über Evas ernste Redlichkeit und verteidigte sie gegen alle, die geringschätzig von ihr sprachen. Nach ihrer Meinung war Evas einziger großer Fehler ihre beharrliche Überzeugung, daß der Mensch vervollkommnungsfähig und Utopia erreichbar sei.

«Die Nazis finden Anklang beim Kleinbürgertum, den Militaristen und den Räuberbaronen. Die KP versucht, die Arbeiter zu mobilisieren, damit die Revolution von der Linken, nicht von der Rechten kommt.» Eva seufzte. «Ich war überzeugt, es würde leicht sein. Ich hatte geglaubt, man brauche der Arbeiterklasse nur die Folgerichtigkeit ihrer Lage in der kapitalistischen Gesellschaft vor Augen zu führen, dann würde sie sich erheben und den Drachen besiegen.

Aber es ist nicht so leicht. Und die Faschisten sind schlau – indem sie die Juden zum Sündenbock machen, lenken sie die Aufmerksamkeit des Volkes von den *wirklichen* Problemen ab. Die Arbeiter, die – wie du hoffentlich weißt, Lene – in großer Not sind, schreien nach Brot, und die Nazis antworten ihnen: ‹Die Juden haben Brot, nehmt es ihnen weg!›»

«Aber was kann man tun?» fragte Lene. Sie legte Clara, die sie gerade gestillt hatte, an ihre Schulter. Das Baby schlief halb, und Eva sah es mit einer solchen Liebe und Sehnsucht an, daß Lene hätte weinen mögen vor Mitleid mit dieser alten Jungfer, die so voll zärtlicher Gefühle war, daß sie die ganze Welt lieben mußte, weil sie keinen einzelnen Menschen fand, der ihr Bedürfnis nach Liebe stillte.

«Wenn alle die Linksparteien unterstützen würden, statt beweisen zu wollen, was für gute deutsche Patrioten sie sind, könnten wir vielleicht eine geschlossene Front bilden. Es ist die einzige Möglichkeit, die Faschisten zu besiegen.» Ein Ausdruck von Hoffnungslosigkeit erschien auf Evas Gesicht. Aber nur für einen Augenblick, denn Hoffnungslosigkeit war etwas, das sie nicht billigte. «Was auch immer geschieht», sagte sie, «wir dürfen nicht aufgeben.»

Clara gab einen lauten, gurgelnden Rülpser von sich.

«Darf ich sie eine Weile haben?» fragte Eva. Als Lene ihr das Baby in die Arme legte, drückte Eva es liebevoll an ihre Brust und küßte das kleine, runde Gesicht.

Jacob runzelte die Stirn, als er über die politische Lage befragt wurde. Lene hatte auf dem Weg zum Theater, wo sie Karten für ein Stück von Ernst Toller abholen wollte, kurz in der Buchhandlung haltgemacht. Jacob mokierte sich über die neuen Bühnenautoren. Er nannte sie «Salonkommunisten» und warf ihnen vor, daß sie Ideen durch Schlagworte und Talent durch Politik ersetzten.

«Künstler werden mit ihren Werken nicht die Welt verändern», sagte er. «Das kannst du deinen Freunden von mir ausrichten. Die Soldaten und Erfinder sind es, die die Welt verändern. Künstler sind dazu da, ihnen hinterher Monumente zu errichten. Sie sind Individualisten, deren Ahnungen nur manchmal zutreffen. Wenn die Diktatur – welcher Färbung auch immer – auf uns zukommt, werden sie als erste im Gefängnis landen.»

«Werden es die Nazis sein, die an die Macht kommen?»

«Vielleicht nicht die Nazis, aber auf jeden Fall die Rechte», sagte Jacob. «Die Linken werden ihre Gewinne nicht halten können. Sobald die Lage sich wieder verschlechtert, sobald genügend Leute arbeitslos sind, wird das Evangelium, das die Nazis predigen, wie das Christentum sein, das den Sklaven Roms gepredigt wurde. Einen Platz im Himmel und eine neue Religion. Dafür werden sie mit Freuden zu Märtyrern. Und in Hitler haben sie auch schon einen Messias.»

«Ist es ihm ernst mit den Juden?»

«Bestimmt. Es ist den Leuten immer ernst, wenn es darum geht, die Juden zu hassen.»

«Und – was soll aus uns werden?»

«Wir werden wieder ins Ghetto gesteckt. Es wird für euch eine einschneidendere Veränderung sein als für mich.»

«Nicht, wenn sie das Westend zum Ghetto machen.»

«Auf jeden Fall wird es überfüllt sein», sagte Jacob.

«ONKEL JACOB GLAUBT, daß wir alle in ein Ghetto kommen werden», sagte Lene zu Edu. Sie hatten sich an einem Sonntagmorgen zu einem Bummel durchs Städel getroffen.

«Mein Bruder macht gern solche grimmigen kleinen Witze.»

«Hat er unrecht?»

«Wahrscheinlich nicht – obwohl ich annehme, daß eine erzwungene Emigration wahrscheinlicher ist. Es ist das beste, auf alles vorbereitet zu sein. Eine Machtübernahme von seiten der Linken wäre auch kein Zuckerlecken. Ich habe Freunde unter den Weißrussen, die nach der bolschewistischen Revolution geflohen sind; ihre Berichte hören sich nicht sehr schön an, was auch immer deine Tante Eva denken mag.»

«Aber es ist nicht das gleiche, ob einem das Geld weggenommen wird, weil es die Armen bekommen sollen, oder ob einem alles genommen wird – vielleicht sogar das Leben –, weil man Jude ist.»

«Tot ist tot, mein Kind.»

Elias gesellte sich zu ihnen. Er hatte eine wichtige Neuigkeit für Edu und wollte nicht, daß ihre Wirkung durch düstere Phantasien abgeschwächt wurde.

«Genug mit all diesem Unsinn», sagte er. «Wir müssen an bessere Zeiten denken, an das Erbe, das wir unseren Kindern hinterlassen. Hast du gehört, daß einige weitere Werke aus der Hohenzollern-Sigmaringen-Sammlung zum Verkauf stehen?»

Er hatte sich bei Lene eingehakt, als wolle er sie daran hindern, sich abzusondern, aber seine Aufmerksamkeit gehörte Edu. «Der Direktor wird versuchen, einige für uns – das Städel – zu erwerben, aber dafür brauchen wir eine Menge Geld. Wir zapfen all die üblichen Quellen an und noch viele andere dazu.»

«Zählst du mich zu ‹all die üblichen Quellen› oder ‹noch viele andere›?»

«Wahrscheinlich beides. Wir kommen bestimmt zweimal vorbei.»

«Besteht Aussicht, daß ich selbst mitbieten könnte?»

«Warum nicht? Wir werden nicht *alles* erwerben können. Aber wir müssen sicher sein, daß du nicht gegen uns bietest. Eigentlich sollten diese Kunstwerke *alle* in Museen sein, das steht außer Frage.»

«Wie kannst du so etwas einem Sammler sagen.»

«Vielleicht, mein Freund, wird deine Sammlung eines Tages in einem Museum auftauchen – damit alle Welt sie sieht.»

«Glaubst du wirklich, ‹alle Welt› weiß diese Kunst zu würdigen?» Edu machte eine Handbewegung, die den ganzen Raum einschloß. «Ladenbesitzer, Büroangestellte, gelangweilte Kinder?» Sie standen vor «Simsons Blendung» von Rembrandt.

«Ich glaube, sie finden es wundervoll», sagte Lene.

Ein kleiner Junge, der die Hand seiner Mutter fest umklammert hielt, blickte mit Staunen auf die große dramatische Szene vor ihm.

«Es ist eine wahrhaft barocke Komposition», sagte Elias etwas geistesabwesend.

«Ein großartiges Bild für blutdürstige Kinder», bemerkte Edu.

«Mir gefällt es auch», sagte Lene.

«Aber natürlich», erwiderte Edu, «es ist ja schließlich ein Rembrandt.»

Jonas Süsskind, der mit seiner Frau Hildegard und den vier Kindern in Wiesbaden lebte, hatte sich fast völlig aus dem Kreis der Familie gelöst. Die Schuld daran wurde für gewöhnlich eindeutig seiner Frau zugeschoben. Hildegard war zwar sehr engstirnig und überaus besorgt um ihren Platz in der Wiesbadener Gesellschaft, aber dies allein konnte nicht die Veränderung erklären, die in Jonas' Leben stattgefunden hatte. Abgesehen davon, daß er ein erfolgreicher praktischer Arzt war, der die Reichen und die Korpulenten, die Genußsüchtigen und die Dyspeptischen behandelte, die scharenweise zur Kur nach Wiesbaden kamen, war er auch so etwas wie ein Fanatiker in Fragen der Gesundheit und der persönlichen Hygiene. Er und Hildegard glaubten, daß Vitalität durch Freude komme, und daß Freude aus einer gesundheitsgemäßen Lebensweise mit kalten Bädern, langen Wanderungen, Schwimmen in Gebirgsseen, Turnübungen und Kraftproben in glühender Sonne komme. Sie wollten für alles gerüstet sein. Sie glaubten, eine Zeit sei im Anzug, in der sie sowohl ihre Kraft als auch ihre Disziplin würden zeigen müssen.

Elias' Frau Bettina, deren Ansichten oft ignoriert wurden, weil man keine allzu hoheMeinung von ihr hatte und sie lediglich für amüsant hielt, war nicht bereit, Hildegard die Schuld zu geben. «Er ist ein freier Mensch», sagte sie. «Er hat sich dieses Leben selbst gewählt.»

«Er wollte schon immer eine reiche Frau heiraten und zur guten Gesellschaft gehören», setzte Eva hinzu.

«Ich bin trotzdem der Meinung, daß es allein *ihre* Schuld ist», sagte Caroline. «Sie hat ihn auf ihr Niveau heruntergezogen.»

«Es muß nicht leicht sein, mit ihm zu leben», sagte Emma. «Er hat keinen Respekt vor Frauen.»

«Beenden wir das Thema», schlug Nathan vor. «Solange er

glücklich ist, als wohlhabender Arzt in Wiesbaden, von Patienten und Kollegen gleichermaßen geachtet ...»

«Ich glaube nicht, daß er glücklich ist», beharrte Caroline. Emma fragte sich, warum sie unbedingt das letzte Wort haben mußte.

Während der Frühling zum Sommer wurde und Clara zur Freude aller wuchs und gedieh, wurde die Kluft zwischen Lene und Tom immer größer. Es war nichts, worauf man hätte deuten können, sie stritten sich nie, aber es geschah so sicher und beständig wie die Gewichtszunahme des Babys. Tom war für immer längere Zeitspannen von zu Hause abwesend. Wenn er erschien, war er so aufmerksam wie eh und je; er sprach mit seinen Schwiegereltern, küßte das Baby und lächelte Lene zu. Manchmal hielt er Clara sogar in den Armen. Aber er schien sich immer abseits zu halten, und ehe man sich's versah, war er wieder zur Tür hinaus. Lene konnte ihn nicht halten. Er erklärte, er arbeite an einer Anthologie zeitgenössischer deutscher Dichtung und müsse kreuz und quer durchs Land reisen, um die Dichter kennenzulernen und mit ihnen über ihre Arbeit zu sprechen. Oft rief er aus dem Verlag an, um zu sagen, daß er bis spätabends zu arbeiten habe. Lene, die noch im Schoß ihrer Familie lebte, gewöhnte sich an Toms häufige Abwesenheit. Sie kam zu dem Schluß, daß es ganz angenehm war, allein zu sein, da sie ja niemals wirklich allein war.

Clara lächelte viel, bekam kleine Grübchen auf beiden Seiten des Mundes und wurde von allen vergöttert. Lene ging oft mit Emma in Konzerte oder Ausstellungen und traf sich regelmäßig mit ihren Cousinen Jenny und Julia. An einem Wochenende fuhren sie alle zusammen nach Salzburg, und als Clara entwöhnt war, verbrachten Emma und Lene eine Woche in St. Moritz. Dort trafen sie Elias und Bettina mit Benno, der jetzt achtzehn und viel zu dick, aber ungeheuer klug war. Sie machten lange Wanderungen, und Lene dachte selten an Tom.

Als sie nach Frankfurt zurückkehrten, wo Fräulein Gründlich Clara betreut hatte – eine Aufgabe, die sie nicht wieder aufzugeben gedachte –, erfuhr Lene, daß Tom seine Sachen gepackt und weggefahren war, um den Sommer in Weimar zu verbringen, wo sein Verleger kürzlich eine Zweigstelle eröffnet hatte.

Weder Caroline noch Nathan sprachen mit Lene über Toms Verschwinden. Sie sprachen nicht einmal darüber, wenn sie allein waren. Nur Fräulein Gründlich erwähnte es eines Tages, als sie und Emma mit Clara im Kinderwagen im Palmengarten spazierengingen.

«Es gefällt mir nicht, sie getrennt zu sehen. Das kann nicht gut ausgehen.»

Emma war anderer Meinung. «Lene muß nicht unbedingt einen Mann haben», sagte sie entschieden. «Sie ist vollkommen glücklich in ihrer gegenwärtigen Lage. Was macht es also, wenn Tom für immer weggeht? Solange Lene das Baby, ihre Familie und die Wohnung hat, braucht sie sich keine Sorgen zu machen.»

Fräulein Gründlich bedauerte, etwas gesagt zu haben. Sie erkannte, daß Emma alles im Zerrspiegel ihrer eigenen unglücklichen Erfahrung sah. Man mußte sich hüten, die alten Wunden wieder aufzureißen. Fräulein Gründlich glaubte, daß Emma an schwachen Nerven litt. Emma beschäftigte sich immer mehr mit guten Werken und verbrachte den größten Teil ihrer Zeit damit, Kranken und Blinden zu helfen und Frauen der Arbeiterklasse zu beraten, die von ihren Männern verlassen oder von ihren Liebhabern geschlagen worden waren. Jede wohltätige Vereinigung in Frankfurt wußte, daß sie jederzeit mit einer großzügigen Spende von Emma rechnen konnte.

Nachdem Lene seit Monaten nicht mehr im Café gewesen war, kam ihr plötzlich an einem frühen Sommerabend der Gedanke, auf ein Glas Wein hineinzuschauen. Sie hatte Paul Leopold seit dem Künstlerball nicht mehr gesehen. Der Abend war milde und ruhig, nichts erinnerte mehr an die rauhe Winterluft oder das düstere Antlitz der Gewalttätigkeit. Lene ging ohne Furcht durch die Straßen der Altstadt. Frauen schwatzten neben den Brunnen, während ihre kleinen Mädchen auf dem Bürgersteig Himmel und Hölle spielten und die Männer an ihren Motorrädern arbeiteten oder in der Kneipe an der Ecke Bier tranken. Lene fühlte sich nicht fehl am Platz; sie streichelte die Köpfe der Kinder, tauschte ein Lächeln mit den Frauen, nickte den Männern zu. Die Schrecken des Winters schienen vergessen zu sein.

Im Café herrschte immer noch die gleiche heitere Gelassenheit. Die Türen und Fenster waren geöffnet und ließen den Duft der Geranien und das Lachen der Kinder herein. Paul saß an seinem gewohnten Platz. Es war noch früh, und er war allein. Lene ging geradewegs auf ihn zu, und das Lächeln auf ihrem Gesicht war so strahlend, daß er es erwidern mußte. Er griff nach ihrer Hand, um sie zu küssen, aber sie zog sie fort, setzte sich auf den Stuhl neben ihm und küßte ihn auf die Wange.

«Hör auf mit diesen Wiener Allüren», sagte sie. «Du weißt, wie sehr ich das ‹Küß' die Hand, gnä' Frau› hasse.»

«Es ist eine charmante Sitte aus einer anderen, großzügigeren Zeit.»

«Unsinn», sagte Lene, «du romantisierst es. Gerade du mit deiner zynischen Weltanschauung solltest doch am besten wissen, was für faule Äpfel es auf dem Boden dieses Fasses gegeben hat. Lehar und Strauß und der Habsburger Hof – hast du noch nie etwas von Dr. Freud gehört?»

«Ich hatte nicht erwartet, diesen Namen jemals aus *deinem* Mund zu hören, mein Kind.»

«Natürlich glaube ich nicht an all das dumme Gerede, daß man Menschen durch Psychoanalyse heilen kann, aber ich bin überzeugt davon, daß diese dunklen Punkte, über die er spricht, sehr real sind.»

«Ich bin sicher, der gute Doktor ist dankbar, daß Lene Wertheim aus Frankfurt am Main die Gültigkeit seiner Theorien anerkennt. Er würde mir jedoch bestimmt beipflichten, daß Galanterie niemals fehl am Platz, niemals unzeitgemäß ist. Ich bin sicher, daß *er* jeder hübschen jungen Frau, die in seine Praxis kommt, die Hand küßt.»

«Was macht deine Arbeit? Was tust du?»

«Laß uns zuerst von *dir* sprechen, deinem Leben, deinem Baby. Du bist schöner denn je!»

«Das Baby ist rund und bezaubernd.»

«Und dein Leben?»

«Mein Leben desgleichen, zumindest annähernd.»

«Rund und bezaubernd?»

«Ereignislos, langweilig.»

«Und Tom?»

«Ich sehe ihn sehr wenig.» Lene versuchte, einen unbekümmerten, kühlen Ton anzuschlagen, konnte aber nicht verhindern, daß ihre Stimme leicht zitterte. Sie konnte Paul nicht ansehen; sie wußte, daß seine Augen auf ihr ruhten. «Er war auf Reisen.»

«Mit Lulu?»

«Warum sagst du das?»

Pauls scharfe Ohren hörten die bestürzte Überraschung in Lenes Stimme, und ihm wurde bewußt, daß er zuviel gesagt hatte. Er versuchte, einen Rückzieher zu machen. «Es war nur eine dumme Frage.»

«Du stellst niemals dumme Fragen», sagte Lene. «Du durchschaust die Zusammenhänge auf einen Blick, und du irrst dich selten. Jetzt, wo du es gesagt hast, kannst du es nicht mehr zurücknehmen.»

«Es tut mir leid. Ich dachte, du wüßtest es.»

«Mein Mißtrauen ist nicht leicht zu wecken.»

«Vielleicht bist du gar nicht eifersüchtig?»

«Das könnte sein.»

«Vielleicht liebst du Tom nicht genug.»

«Auch das mag stimmen.»

«Wirst du so weitermachen wie jetzt?»

«Solange nichts Neues geschieht.»

«Das könnte für immer sein.»

«Laß uns nicht darüber reden», sagte Lene. «Ich möchte viel lieber wissen, wie es dir ergangen ist.»

«Ich bin reich wie Krösus. Mein Buch verkauft sich gut, vielleicht werde ich auf den Balkan geschickt, vielleicht gehe ich nach Paris – und wenn ich das tue, nehme ich dich mit!» Er warf eine Handvoll Silbergeld auf den Tisch. «Bestell den besten Wein. Leopold ist König!»

«Ich würde sehr gern mit dir nach Paris gehen.»

«Du kennst mich nicht, Lene. Ich bin ein Mensch mit einem wankelmütigen Charakter.»

«Du bist ein Mensch mit Talent und Geist.»

«Genügt dir das?»

Lene antwortete nicht. Es war draußen dunkel geworden. Das Café war jetzt überfüllt und laut; Leute blieben an Pauls Tisch stehen. Es war Lene nicht mehr möglich, in Ruhe mit ihm zu sprechen. Er war eine bekannte Persönlichkeit, der «Schriftsteller im Café». Lene bemerkte die verstohlen neugierigen Blicke, die auf sie gerichtet wurden, sie spürte eine behutsame Freundlichkeit. Offensichtlich wußten sie nicht recht, wie sie sich ihr gegenüber verhalten sollten. Die vergangenen Monate hatten ihre Vorstellung von Lene geändert – würde sie sich wieder ändern? Lulu rangierte höher in der allgemeinen Achtung als Lene. Lulu war eine Dichterin, nicht eine Bourgeoise aus gutem Haus. Andererseits rangierte Paul höher als Tom, vielleicht sogar höher als Tom und Lulu zusammen, und wenn Lene jetzt Pauls Freundin war, so bedeutete dies, daß sie damit in die Elite aufgenommen worden war.

Im Café wurden Angelegenheiten des Herzens ebenso eingehend erörtert wie die Romane von Proust oder die Musik von Alban Berg. Lene wurde sich klar, daß sie die Scherze und Fachsimpeleien vermißt hatte. Sie genoß ihre neue Stellung und hielt sie für einen Beweis ihrer Klugheit. Sie erkannte – was sie vorher nicht bemerkt hatte –, daß Paul der Mittelpunkt des «Theaters» war. Er war der Puppenspieler, der alles dirigierte, seine Anekdoten gaben den Ton an und brachten die Leute zum Lachen. Er war derjenige, der das Thema wechselte oder der Unterhaltung eine andere Wendung gab. Wenn er zu reden aufhörte, um sich wieder seinen Notizbüchern zuzuwenden, senkte sich eine Art Niedergeschlagenheit über die ganze Gesellschaft, das Gespräch wurde leiser, zerstreuter.

Es war nach Mitternacht, als Lene zum erstenmal auf die Uhr sah. «Es ist spät», sagte sie ohne rechte Überzeugung. «Ich sollte lieber nach Hause gehen.» Sie nahm nicht an, daß Paul sich erbieten würde, sie zu begleiten, aber es konnte nichts schaden, ihn auf die Probe zu stellen.

«Wie wirst du nach Hause kommen?» fragte er.

«Es gibt Taxis in der Nähe.»

«Es freut mich, daß du selbständig bist», sagte Paul. «Ich mag keine Frauen, die wie Kletten an einem hängen.»

Lene stand auf. «Du bist anmaßend», sagte sie.

«Verzeih mir. Das gehört zu meinem Erbe. Es heißt, die Wiener seien galant – aber auch ein wenig frech.»

«Deine Frechheit übertrifft deine Galanterie um soviel, wie die Entfernung zwischen Galizien und Wien beträgt.»

«Touché», sagte Paul. «Wenn du eine halbe Stunde wartest, begleite ich dich zu Fuß nach Hause.»

«Ich glaube, ich möchte jetzt gehen.»

Paul holte sie knapp hinter der Tür ein. Er hatte all seine Papiere in eine neue lederne Aktentasche gestopft. «Das Allerbeste», sagte er, auf die Tasche klopfend. «Qualität verdient Qualität. Weißt du, wo ich sie gekauft habe?»

«Du solltest dein Interesse für ‹das Allerbeste› nie an die große Glocke hängen», erklärte Lene ihm gereizt, «das wirkt vulgär.» Sie erinnerte sich an Emmas Äußerung über den «häßlichen Juden» und fühlte sich plötzlich verwaist.

«*Ich* brauche gute Kleidung mehr, als meine Arbeit sie braucht», sagte Paul, während er neben ihr herging. Er war nicht ganz so groß wie sie. «Ich bin häßlich, meine Arbeit ist es nicht. Meine Arbeit ist wahrscheinlich die schönste in Deutschland und Österreich. Sie hat keine elegante Verpakkung nötig. Aber die Leute, die mir auf der Straße begegnen, wissen das nicht. Deshalb trage ich auch eine teure Aktentasche bei mir.»

«Und wenn sie dir gestohlen wird?»

«Ich lasse sie nie aus den Augen. Und da ich ja selbst aus dem Land der Diebe stamme, ist es nicht leicht, mir etwas zu entwenden.»

Die Nacht wurde von einem Vollmond überstrahlt. Er hing direkt über dem Dom und warf sein sanftes Licht auf die Stadt. Es stahl sich in Dachstuben und Gärten und huschte zwischen den Blättern der Kastanienbäume hindurch, um in zarten, silbrigen Flecken auf den verlassenen Gehsteigen zu zittern. Paul und Lene gingen den Mainkai entlang bis zu den Anlagen, dann wandten sie sich nach Norden, den stillen Straßen des Westends zu. Alles schien ruhig und sicher zu sein in dieser Nacht. Selbst die Straßendirnen schlenderten leise umher, wie auf nackten Füßen. Paul und Lene berührten sich nicht, gingen aber dicht nebeneinander, so dicht, daß Lene die Zigaretten und den Cognac und den frischen Wäschereigeruch seines Hemdes riechen konnte. An der Ecke, wo die Guiollettstraße abbog, blieben sie stehen und küßten sich. Die Steifheit in Lenes Körper, die sie ihm durch Selbstbeherrschung aufgezwungen hatte, lockerte sich und schmolz dahin. Sie spürte ein schmerzhaftes Verlangen, von dem sie nie geahnt hatte, das es so stark sein konnte. Sie legte die Arme um Paul und preßte sich an ihn. Ich muß mondsüchtig sein, dachte sie, denn ihr war nie bewußt gewesen, daß sie diese Bilder von sexueller Lust kannte, die ihr plötzlich vor Augen standen.

«Wir können zu mir gehen», flüsterte Paul. «Es ist nicht weit von hier. Und ich habe guten Wein. Wirst du zu Hause erwartet?»

«Nein.»

«Bist du sicher?»

«Habe ich dir nie gesagt, daß ich erwachsen bin?»

Sie gingen Arm in Arm weiter zu Pauls möbliertem Zimmer. Die Pension war ein schlichtes, massives Gebäude hinter einem frisch gestrichenen Eisenzaun. Nichts im Zimmer gehörte Paul, abgesehen von seiner Kleidung, einer Schreibmaschine und einem Wecker. Er machte kein Licht an. Lene sah nichts außer dem Mond hinter dem Fenster. Sie zogen sich gegenseitig in seinem bleichen, silbrigen Schimmer aus, und dann versank alles um sie herum.

EDU WERTHEIMS VERMÖGEN war gewaltig angewachsen. Er hatte sein Geschäft klug und umsichtig geführt, Spekulationen vermieden und sein Kapital in unterschiedlichen Bereichen angelegt. Der Wert seiner Sammlung war ebenfalls gestiegen, aber er kaufte nur Dinge, die er wirklich schätzte, und spottete über Vermutungen, daß er an vorteilhaften Käufen interessiert sei. Innerhalb der Familie übte er nach wie vor eine gütige, ironische Herrschaft aus, und niemand widersetzte sich seinen Entschlüssen. Es war bequemer, zu tun, was er sagte, sich der ruhigen Ordnung seiner Pläne zu überlassen. Nur seine Neffen – Ernst in Berlin und Siegmunds Willy, der in Göttingen Mathematik studierte – standen außerhalb seines Einflusses. Sie erkannten seine kühle Förmlichkeit ihnen gegenüber als das, was sie war: Enttäuschung, unerfüllte Erwartungen. Hatte er davon geträumt, daß der eine oder der andere ihm ein Sohn, ein Partner werden könnte? Wenn ja, erwähnte er es nie, aber der leicht geringschätzige Ton seiner Stimme, wenn er von seinen «zwei geliebten Lausbuben» sprach, klang für Lene immer nach Enttäuschung. Andreas entging seiner Kritik, vielleicht, weil er sich einen gewissen Ruf als Musikkritiker in Frankfurt erworben hatte, vielleicht, weil er regelmäßig, tadellos gekleidet und nach Zitronenseife duftend, zum Tee erschien.

Edu reiste viel. Er ging in Paris in die Oper und fuhr zu seinem Schneider und zu Lady Samuel nach London. Aber wie so viele Deutsche liebte er Italien am meisten. Während Nathan und Caroline in einem langweiligen Hotel in den Schweizer Bergen saßen und Siegmund und Pauline mit dem Auto nach Monte Carlo und zu den Rennen von Longchamps fuhren, besuchte er Neapel und Sizilien, kletterte über Tempelruinen und fuhr in holpernden Eselskarren umher. Er verlor nie seinen Aplomb, hatte nie einen Schmutzfleck auf seinen eleganten Anzügen oder einen Kratzer an seinen blankgeputzten Schuhen.

Im August 1928 lud er Emma ein, mit ihm nach Florenz zu fahren. Seit ihrem «unglückseligen Erlebnis», wie es allgemein genannt wurde, hatte er sich stets besorgt um sie gezeigt. Edu hatte auch Julia eingeladen, aber sie war in eine komplizierte Liebesaffäre mit einem zweitklassigen Schriftsteller verwickelt, und da Edu fürchtete, daß die Komplikationen sie nach Florenz verfolgen würden, verband er seine Einladung mit einem Ultimatum.

«Löse deine Schwierigkeiten, dann kannst du dich uns anschließen», sagte er zu ihr. «Du weißt, daß du immer willkommen bist, aber ich billige keine Affären mit verheirateten Männern, vor allem, wenn die Frau jung und unverheiratet ist. Es schickt sich nicht und wird dich nur unglücklich machen.»

Julia wiederholte die Unterhaltung Wort für Wort Lene gegenüber. «Was für ein Heuchler», sagte sie. «Wir wissen doch alle, daß er schon seit Jahren ein Verhältnis mit dieser Lady Soundso hat.»

«Sie ist nicht jung und unverheiratet.»

«Und wie kommst *du* zurecht?»

«Ich habe gelernt, über das, was nur mich angeht, zu schweigen.»

Hannchen war die einzige, die mit Edu über sein Privatleben sprach. Die alte Dame war fünfundsiebzig und immer noch voller Lebenskraft, obwohl sie selten ihr Appartement in Edus Haus verließ.

«Heirate sie – heirate sie nicht, du wirst es so oder so bereuen», sagte sie. Edu erwiderte nichts, sondern tätschelte ihr nur lächelnd die Hand.

Elias, Bettina und Benno schlossen sich der Expedition nach Florenz an, wo sie alle auf Edus Kosten im Hotel Minerva wohnten. Sie besichtigten, den Baedeker in der Hand, die Kunstschätze der Stadt und machten Ausflüge aufs Land. Und einmal fuhren sie, Bettina zuliebe, bis nach Pisa. Bettina hatte den Camposanto dort schon immer überwältigend schön gefunden, und sie hatte in der *Frankfurter Zeitung* ein drolliges Gedicht veröffentlicht, das die mannigfaltigen Souvenirs in der Form des schiefen Turms beschrieb, die in den Kiosken am Rand seiner grasbedeckten Peripherie verkauft wurden. Sie zeichnete Karikaturen von deutschen Touristen in ihren Lederhosen, die Souvenirs in der Hand.

Benno, der von einem kleinen, dicken Jungen zu einem fettleibigen jungen Mann herangewachsen war, hielt keuchend und schnaufend mit den anderen Schritt. Er stieg die vielen Stufen des schiefen Glockenturms hinauf, und als er oben angelangt war, fühlte er sich so schwach in den Knien, daß er sich hinsetzen mußte. Er schloß die Augen, lehnte sich an die Mauer und fächelte sich mit dem Hut Luft zu.

«Du wirst dir deinen schönen weißen Anzug schmutzig machen!» rief Emma. «Laß mich dir ein Taschentuch unterlegen.»

«Es gibt keines, das groß genug dafür wäre», sagte er mit einem leicht verlegenen Lächeln. «Hilf mir wieder hinunter.» Emma führte ihn die Wendeltreppe hinab. Er war einer der wenigen Männer ihrer Bekanntschaft, die sie in keiner

Weise fürchtete, und sie hing ebenso fest an seinem Arm, wie er sich auf sie stützte. Kichernd vor Erleichterung kamen sie unten an. «Nie wieder», sagte Emma.

Benno hatte, dem Beispiel seines Vaters folgend, Kunstgeschichte studiert; jetzt trieb er sich im Kaiser-Friedrich-Museum in Berlin herum und führte am Pergamon-Altar, über den er eine Monographie schreiben wollte, periodische Messungen durch. Er hatte bisher mehr Wörter ausgestrichen, als er hatte stehenlassen, und war bei seinem fünften Entwurf. Benno hatte die liebenswürdige Art und den enzyklopädischen Geist seines Vaters, gepaart mit dem zerstreuten und belustigten Gebaren seiner Mutter. Nur sein Körper gehörte ihm allein. Sein großes Gewicht schien ihn weniger niederzudrücken, als ihn zu erhalten.

Einige Tage später trafen sie auf einer eleganten Gesellschaft Bernard Berenson, den freiwillig im Exil lebenden amerikanischen Kenner italienischer Malerei. Er war dreiundsechzig Jahre alt und sehr klein. Sobald er Emma zu Gesicht bekam, bat er, ihr vorgestellt zu werden. Es schmeichelte ihr, daß dieser berühmte Mann ihre Bekanntschaft suchte, und sie unterhielten sich eine Weile auf englisch, das Emma – «vor langer Zeit», wie sie sagte – in der Schule gelernt hatte.

«Sie haben eine erstaunlich gewandte Ausdrucksweise», sagte B. B. galant. Er lud sie ein, ihn zu besuchen. Aber Emma hatte mittlerweile den satyrartigen Ausdruck auf seinem fein geschnittenen, bärtigen Gesicht entdeckt und lehnte die Einladung ab. B. B. war jedoch überzeugt, daß ihre Ablehnung nicht endgültig war.

Er sprach mit Elias Süßkind über sie. «Die Schönheit dieser jungen Frau ist wirklich bemerkenswert. Wie ich höre, ist sie Eduard Wertheims Nichte?»

«Sie ist auch meine Nichte», sagte Elias. «Die älteste Tochter meiner Schwester.»

«Bezaubernd, absolut bezaubernd!»

«Wollen Sie kaufen oder verkaufen?» Elias mochte B. B. nicht.

Das Gesicht des alten Mannes verriet nur eine Spur von dem Zorn, der in ihm aufstieg. Der stellvertretende Direktor des Städel hatte, wie er sich erinnerte, mehrmals seine Zuschreibungen in Zweifel gezogen und immer recht behalten. Er hoffte, der Mann würde ihm nicht bei seinen Plänen mit Eduard Wertheim und seiner Nichte in die Quere kommen. Er schlug eine gemeinsame Fahrt nach Siena vor. Sie würden sich einen ganzen Tag dafür nehmen, zwei Wagen mieten, auf der Piazza del Campo zu Mittag essen und alle Sehenswürdigkeiten besichtigen, einschließlich einiger, deutete B. B. an, die Touristen für gewöhnlich nicht zu sehen bekamen.

«Mein Neffe kommt morgen und bringt einen Freund mit», erklärte Edu ihm. Er hatte an diesem Morgen ein Telegramm von Andreas bekommen. Er hoffe, so viel Familie werde den alten Herrn nicht überwältigen.

«Ich bin Kummer gewöhnt», sagte B. B. mit einem verschmitzten Lächeln, das andeuten sollte, daß er die Risiken derartiger Familienausflüge kannte.

Der Tag erwies sich als prachtvoll auf typisch italienische Art. Es gab langwierige Debatten, wie die Gesellschaft auf die zwei Wagen verteilt werden sollte. B. B. manövrierte sich geschickt auf einen Platz neben Emma, die beschlossen hatte, mit Andreas und seinem Freund Kurt zu fahren, von dem es hieß, er sei Komponist, obwohl Emma noch nie etwas von ihm gehört hatte. Ihre Befürchtungen, daß Andreas ein unmögliches Individuum mitbringen würde, hatten sich glücklicherweise nicht bestätigt. Kurt war ruhig und korrekt und ungefähr im gleichen Alter wie Andreas. Aus Dankbarkeit für diesen Beweis von gutem Geschmack wollte sich Emma den beiden jungen Männern gegenüber besonders liebenswürdig zeigen. So unterhielt sie sich während der ganzen Fahrt – die etwas über eine Stunde dauerte – angeregt mit ihnen, und es blieb B. B. überlassen, schweigend und verdrießlich in der Ecke zu sitzen.

Sie wurden vor dem Duomo abgesetzt, und die zwei Fahrer versprachen, um halb sieben zurückzukommen. Nachdem sie den Dom innen und außen eingehend besichtigt hatten, stiegen sie durch die gewundenen Gassen zur Piazza del Campo hinunter. Hier und dort konnten sie zwischen den Backsteinhäusern hindurch flüchtig die Piazza sehen, die mit ihrem schräg abfallenden Pflaster wie eine glitzernde Muschel in der Morgensonne lag. Als sie unten ankamen, setzten sie sich im warmen Sonnenschein kurz an einen der Tische vor dem Café, um einen Espresso zu trinken. B. B. begann, seine Ansichten über Sienas Rang unter den mittelitalienischen Städten zu erläutern, und Elias unterbrach ihn hin und wieder durch eine scharfe Bemerkung.

Emma nippte nervös an ihrem Kaffee. Sie hoffte, daß die Kontroversen zwischen den beiden Männern auf ein Mindestmaß beschränkt bleiben würden. Edu freute sich über die Gesellschaft: Er fand es amüsant, all diese Menschen zusammen zu sehen, zu beobachten, wie sie um Beachtung stritten, Meinungen äußerten, urteilten, einander zu übertrumpfen suchten – all dies vor dem jahrhundertealten Hintergrund dieser Stadt aus rosafarbenem Stein. Bettina machte sich Notizen in ihrer großen, unleserlichen Handschrift. Sie sah, wie scharfsinnig und gewandt Edu die Beziehungen um sich herum aufeinander abstimmte, und wußte, daß er bei allem Respekt vor Elias glaubte, daß sein Geld ihm einen Vorteil, einen Vorrang gab. Nur mit vereinten Kräften konnten sie – Benno, Elias und sie selbst – es mit ihm aufnehmen.

Andreas, der verliebt war, hätte nicht glücklicher sein können. Er empfand die Schönheit Sienas mit einer ungewöhnlichen Intensität, denn er sah, wie sie sich in den Augen seines Geliebten widerspiegelte. Er wollte Kurt berühren, fürchtete jedoch die Reaktion der Familie. Er nahm die Sehenswürdigkeiten gierig in sich auf, und wohin auch immer er blickte, überall sah er das Gesicht seines Freundes.

Benno hörte zu, wie sein Vater sich mit Berenson stritt. Es amüsierte ihn, aber er hielt trotzdem die Ohren offen, um Einsichten zu gewinnen und Kenntnisse zu sammeln, die ihm eines Tages nützlich sein könnten. Benno war seit jeher selbstbeherrscht und gelassen; seine Eltern hatten ihn schon immer wie einen Erwachsenen behandelt. Es war ihm in der Schule nicht gut ergangen; er hatte sich geweigert, sich den Vorschriften und der Sprache des Klassenzimmers anzupassen, und so hatte seine Mutter ihn auf ein Jahr aus der Schule genommen und zu Hause unterrichten lassen. Seine

Lehrer hatten Angst vor seinem talmudischen Wissen, seine Schulkameraden machten sich über ihn lustig und wurden zornig, wenn er sie ignorierte oder sich ihrem Gelächter anschloß. Er war empfänglich für Menschen jeden Typs und Erfahrungen aller Art; seine Neugier kannte keine Grenzen. Er nahm Ideen auf, wie er Nahrung zu sich nahm – mit Gusto und ungeheurem Appetit.

Elias meinte, sie sollten sich die Fresken von Ambrogio Lorenzetti und Simone Martini im Palazzo Pubblico ansehen. B. B. brummte mißbilligend, wurde aber überstimmt. Er lächelte Emma zu, die sein Lächeln mit einem freundlichen Blick quittierte. Er wußte, sie würde ihm zu Hilfe kommen, wenn sie glaubte, daß er bedroht war. Ihm war klar, daß er ihren Beschützerinstinkt wecken mußte.

Edu zahlte mit einer Selbstverständlichkeit, die keinen Widerspruch duldete, sämtliche Eintrittsgelder. Dennoch war er sich voll bewußt, wie andere auf seine Großzügigkeit reagierten. Er bemerkte mit Befriedigung, daß Kurt peinlich berührt war, während B. B. sich überhaupt nicht darum kümmerte.

«Sie müssen bei mir Unterricht nehmen», sagte er zu Emma, während sie sich die Bilder ansahen.

«Halten Sie reguläre Kurse ab?»

«Nein, mein Kind, keine regulären Kurse. Ich hasse ungewaschene Schüler. Ich nehme ein paar ausgewählte junge Menschen unter meine Fittiche und lasse sie von meinen langen Jahren des Studiums profitieren. Sie wohnen in meiner Villa und gehören sozusagen zur Familie. Ich würde Sie gerne zu den Auserwählten zählen.»

Emma fühlte sich, wie erwartet, sehr geschmeichelt; sie hatte jetzt den Eindruck, daß sie unfair zu dem alten Mann gewesen war. Sie sah nicht mehr das Gesicht eines Satyrs, sondern nur noch den Weisen.

Nachdem sie den ganzen Vormittag mit der Besichtigung von Kunstwerken verbracht hatten, waren alle hungrig. Sie aßen in einer einfachen Trattoria an der Piazza del Campo. Das Essen war ausgezeichnet, und sie verweilten lange bei der Mahlzeit.

«Was tun wir heute nachmittag?» fragte Emma.

«Vielleicht könnten wir uns trennen», sagte Elias. «Ich muß jemanden im Museum sprechen.»

«Ich habe hier einen Freund, dessen Haus mir immer offensteht. Möchten Sie mitkommen und sich seine Sassettas ansehen?» B. B. sprach zu Emma, aber absichtlich laut genug, um von allen gehört zu werden.

«Die gefälschten Sassettas», murmelte Elias, aber nur Edu verstand, was er sagte.

«Warum gehen wir drei, du, Benno und ich, nicht zurück zum Duomo?» schlug Bettina Edu vor. «Museumsleute langweilen mich, während man sich die Marmorgraffiti auf dem Fußboden der Kirche stundenlang ansehen kann.»

«Dein Wunsch ist mir Befehl», sagte Edu und rief den Kellner herbei. Er zahlte die Rechnung mit einigen großen Lirascheinen. Diesmal holte B. B. zögernd seine Brieftasche heraus und murmelte: «Sie müssen mir erlauben, für mich selbst zu zahlen», aber er steckte sie sofort wieder ein, als Edu den Kopf schüttelte. «Es geht auf meine Rechnung», sagte er.

Der Kellner, beglückt über die Großzügigkeit des deutschen Herrn, verbeugte sich mehrmals, zog die Stühle vom Tisch zurück und half den Damen in ihre Jacken. B. B. bemerkte, daß Emma eine einreihige Perlenkette um ihren schmalen Hals trug. Er fühlte ein starkes Verlangen, sie an sich zu ziehen und zu küssen.

Sie gingen langsam zum Haus seines Freundes, des Grafen mit den Sassettas. Ein livrierter Diener mit einer langen, gestreiften Schürze ließ sie herein. Er sagte ihnen, der Graf ruhe noch, werde aber bald aufstehen. Während sie warteten, unterhielten sich B. B. und Emma auf englisch, und der alte Mann bemerkte abermals bewundernd, wie fließend sie sprach.

«Sie sollten Ihr Sprachtalent ausnutzen», sagte er. «Haben Sie nie daran gedacht, Übersetzerin zu werden?»

«Ich habe nicht die nötige Geduld», erwiderte Emma. «Und auch nicht das literarische Geschick. Ich kann nur *sprechen.* Und da ich nicht gern lange schweige, muß ich Sprachen lernen, um reden zu können, wo immer ich bin.»

«Schreiben Sie Briefe?»

«Briefe? Natürlich schreibe ich Briefe. Das ist nicht das gleiche wie Literatur, man kann einfach drauflosschwatzen, als ob man redete.»

«Werden Sie mir schreiben, wenn Sie nach Frankfurt zurückkehren?»

«Mit Vergnügen.»

Der alte Kunsthistoriker drückte ihr die Hand. «*Einige* seiner Gemälde sind nicht echt», sagte er, «aber oh, die Sassettas!»

Kurz darauf kam der Graf herein. «Ah, Signore Berenson», sagte er mit seiner hohen, nasalen Stimme, «wie ich sehe, haben Sie wieder ein bezauberndes, junges Geschöpf zu mir gebracht, um ihm meine Gemälde, meine kleinen Sassettas, zu zeigen.»

Er servierte ihnen Sherry in winzigen goldumrandeten Gläsern, die nicht viel größer als ein Fingerhut waren.

«Die Sassettas sind das einzige, was ihn interessiert», fuhr der Graf, an Emma gewandt, fort. «Ich bitte ihn, sich meine übrigen Kinder anzusehen, aber er sagt sehr nachdrücklich: ‹Nein, nein, nein!›» Seine Nachahmung des alten Mannes war sehr gut, und Emma lachte.

B. B. trank auf Emmas Wohl und auf das Glück seines Gastgebers, und dann ging er, als ob er dort zu Hause wäre, den anderen voran in ein entfernt gelegenes Arbeitszimmer. Er blieb vor drei bemalten Holztafeln stehen. Sie zeigten einen Heiligen, der in einer kahlen, aber typisch toskanischen Landschaft seiner Arbeit nachging.

«Wunderschön!» rief Emma begeistert aus.

«Naiv und bezaubernd», sagte Berenson. «Kein großer Maler, aber einer der reizvollsten. Man muß hin und wieder auch die kleinen Meister lieben.» Er wandte sich an den Grafen. «Sind Sie immer noch nicht daran interessiert, sie zu verkaufen?»

Emma hatte den flüchtigen Eindruck, daß diese Frage jedesmal, wenn die zwei Männer sich begegneten, auf genau die gleiche Art gestellt wurde.

«Nur ein Amerikaner könnte das so unverblümt ausdrükken», sagte der Graf mit seinem wiehernden Lachen. «Die Amerikaner glauben, daß man alles kaufen kann. Wenn sie etwas sehen, was ihnen gefällt, wollen sie es sofort haben – und wenn es nicht von der Wand des Schlosses weg gekauft werden kann, kaufen sie das ganze Schloß und nehmen es Stein für Stein mit nach Chicago.»

Emma war überzeugt, daß dieser kleine Teil der Unterhaltung – selbst die Art, wie der Graf so behutsam «Chicago» aussprach, als hätte er lange gebraucht, das Wort zu lernen – vertraut, sorgsam geprobt war. B. B. zuckte die Achseln, rieb sich die Hände und lächelte spitzbübisch. Das Thema der Sassettas schien abgeschlossen zu sein. Es wurde dunkler im Zimmer, und Emma sah, daß der Himmel über dem Hof sich zu tiefem Blau verfärbte. Eine Uhr schlug; es war sechs.

«Wir müssen gehen, um unsere Freunde zu treffen», sagte B. B. «Diese charmante junge Dame ist die Nichte von Edu Wertheim», erklärte er dem Grafen in vertraulichem Ton. «Sie haben doch sicher schon von ihm gehört?»

«Oh, in der Tat!» Das Lächeln des Grafen breitete sich wie ein Erröten über sein Gesicht aus. «Besitzt er einen Sassetta?»

«Ich glaube nicht», sagte Emma.

Sie kamen ein paar Minuten vor halb sieben beim Dom an und einigten sich nach einer kurzen Debatte, wie sie sich für die Rückfahrt nach Florenz verteilen wollten. Edu und Bettina fuhren mit Berenson und Emma; Benno und sein Vater mit Andreas und Kurt. Edu hörte höflich B. B. zu, der anerkennend über den Grafen sprach und die Sassettas mit keinem Wort erwähnte. Sie setzten den alten Mann an einem Taxistand ab. Er küßte Emma die Hand.

«Kommen Sie am nächsten Donnerstag zum Tee in meine Villa», flüsterte er. «Es werden andere Gäste dasein, aber ich möchte, daß Sie allein kommen. Ich schicke meinen Chauffeur.» Er nickte Edu und Bettina zu.

«Entzückt», sagte er auf italienisch, und es klang wie ein Fluch.

Als sie einige Tage später über den Ponte Vecchio gingen, um die Pontormos in der Kirche Santa Felicita zu besichtigen, benutzte Emma einen Augenblick, in dem sie mit Edu allein und außer Hörweite der anderen war, um ihm von Berensons Einladung zu erzählen.

«Er hat nur dich eingeladen?» fragte Edu.

«Ja», sagte sie, und als sie bemerkte, wie nackt und kalt das Wort klang, setzte sie, um es zu mildern, hinzu: «Es kommen noch einige andere Leute, sagte er, aber er will keine zu große Gesellschaft haben.»

«Nimm dich in acht vor ihm», warnte er sie, «soviel ich gehört habe, ist er ein alter Lüstling.» Edu war verärgert, daß er nicht eingeladen worden war. Berenson war trotz all seines vornehmen Getues letztlich doch nichts weiter als ein ungehobelter amerikanischer Jude. «Und berichte mir, wie gut seine Bilder sind», sagte Edu, «damit ich weiß, was ich versäumt habe.»

«Diese Sassettas im Haus des Grafen waren wirklich sehr hübsch», erwiderte Emma. Sie glaubte, B. B. etwas schuldig zu sein, und Edus Ärger kam ihr kleinlich vor.

«Es sind Fälschungen.»

«Was?»

«Die Sassettas des Grafen sind Kopien. Elias hat es mir gesagt. Du weißt, daß ich ihm vertraue. Er sagt, es sei ungewiß, aus welcher Zeit sie stammen. Es ist gut möglich, daß sie alt sind, aber sie sind nicht von der Hand Sassettas, und vielleicht nicht einmal von einem seiner Schüler.»

Emma versuchte sich zu erinnern, ob es irgend etwas an den Bildern gab, woran sie das hätte erkennen können.

«Hat der alte Gauner dir gesagt, du sollst versuchen, mir eins von ihnen aufzuschwatzen?»

«Nein!» sagte Emma ein wenig zu ungestüm. «So etwas würde er nicht tun. Ich habe sie nur reden hören, das ist alles.»

«Zweifellos führen sie die gleiche Unterhaltung vor jeder Nichte eines reichen Mannes», sagte Edu.

EMMA UNTERHIELT SICH GROSSARTIG bei der Teegesellschaft. B. B. hatte sie mit seinem alten Bentley abholen lassen. Der junge Italiener am Steuer fuhr sehr rasant. Es waren viele Gäste in das Haus geladen worden, das zwischen den sonnigen Hügeln über dem Arno lag, und Emma erwies sich als großer gesellschaftlicher Erfolg. Die Villa hätte leicht auch Edu und die übrigen Familienmitglieder aufnehmen können, aber B. B. hatte – wie er Emma sagte – «genug von seiten dieser Frankfurter Juden erduldet. Soviel ich gehört habe, hat sich selbst Goethes Mutter über sie beklagt.» Er zwinkerte Emma zu, um sie wissen zu lassen, daß er scherzte, und sie verzieh ihm. Sie verstand sehr wohl seinen Wunsch, Abstand zwischen eine jüdische Vergangenheit und die kosmopolitische Gegenwart zu legen.

Er liebte es, Gäste aus aller Welt bei sich zu empfangen, und es gab in dem terrassenförmig angelegten Garten und dem mit Fliesen gepflasterten Patio der großen Villa Menschen jeder Nationalität. Emmas Sprachkenntnisse kamen ihr sehr zustatten. Sie plauderte mit einigen gutaussehenden, vornehmen Italienern und mit amerikanischen Studenten, die den Sommer in Florenz verbrachten, mit adeligen Engländerinnen, einem reichen Ehepaar aus Boston, aber auch mit verknöcherten Professoren, die alle den gleichen Spitzbart wie Bernard Berenson zu tragen schienen. B. B. nahm Emma hin und wieder bei der Hand und führte sie in eine Ecke, um sie nach ihren Eindrücken von den Gästen zu fragen.

«Meine Frau ist eifersüchtig auf Sie», sagte er. «Das ist ein gutes Zeichen. Es bedeutet, daß Sie eine Frau sind, die sie für fähig hält, mein Interesse zu wecken. Aber machen Sie sich keine Sorgen», setzte er hinzu, als er den Ausdruck von Bestürzung auf Emmas Gesicht sah, «die Eifersucht ist nur ein Spiel von ihr; es endet immer damit, daß sie meine Freundinnen ebenso liebt wie ich.»

Emma war der Frau des Kunsthistorikers nicht vorgestellt worden. «Ich würde sie gern kennenlernen», sagte sie.

«Mary ist leidend», erklärte er mit der gespielten Besorgnis von Menschen, die gesund und alt sind und erwarten, noch sehr viel älter zu werden. «Sie zeigt sich einmal für kurze Zeit, dann kehrt sie in ihr Bett zurück. Sie werden sie ein andermal sehen. Aber jetzt möchte ich Sie jemandem vorstellen, den Sie unbedingt kennenlernen müssen.»

B. B. führte Emma zu einer Frau in einem wallenden Gewand, die sich in einem mit Kissen angefüllten Korbsessel niedergelassen hatte, wo sie offensichtlich die nächsten Stunden zu verbringen gedachte. Sie rauchte ihre Zigarette mit einer schön geschnitzten Elfenbeinspitze und war mit schwerem Schmuck behängt. Sie bot ein so eindrucksvolles Bild, daß Emma nicht hätte sagen können, ob sie schön oder häßlich war. Sie strahlte weder Charme noch Güte aus, schien aber auch nicht übelwollend. Sie war einfach *da*, wie ein Berg. Man konnte sie mögen oder nicht, aber man konnte sie nicht ignorieren.

Mabel Hennessy Supino-Botti war einmal mit einem Italiener von zweifelhafter Herkunft verheiratet gewesen. Niemand erinnerte sich an ihn, aber jeder hatte Berichte über die stürmische Romanze gehört. Auf jeden Fall dauerte sie nicht sehr lange. Mabel blieb zurück mit ihrem neuen verlängerten Namen und einer Villa, der Villa Botti, die groß und zugig war, aber einen «himmlischen» Blick hatte. Die Quelle ihres Geldes blieb ebenso mysteriös wie die Herkunft ihres Mannes. Sie war keine reiche amerikanische Erbin, aber sie war auch nicht auf die Freigebigkeit wohlhabender Freunde angewiesen. Ein Teil ihres Einkommens stammte von den Zimmern und Appartements, die sie in der Villa vermietete. Sie verstand es, geschickt zu wirtschaften, lebte aber offensichtlich nicht nur von den Einkünften aus ihrer *pensione*. Vor allem aß sie gern reichlich und gut. Das größte Vergnügen bei einem Aufenthalt in ihrem Haus waren ihre Mahlzeiten. An Wochenenden stand ihr Speiseraum ausgewählten Gästen zur Verfügung. Man mußte Wochen im voraus einen Tisch bestellen, und sie weigerte sich beharrlich, in irgendeinem Reiseführer genannt zu werden.

Mabels Italienisch war grauenvoll, aber sie sprach laut, eindringlich und mit Gefühl. Emma mochte sie vom ersten Augenblick an. Amerikaner waren so offenherzig, so bereit, Freundschaft zu schließen, auch wenn sie einen eben erst kennengelernt hatten. Und Mabel selbst war eine so starke Persönlichkeit, daß Emma, die Kraft bei Frauen liebte, ihr jedoch bei Männern abgeschworen hatte, sich in ihrer Gegenwart frei und sicher fühlte.

Die beiden Frauen unterhielten sich auf englisch und italienisch und tauschten Informationen und Meinungen über die verschiedensten Dinge aus. Sie erkannten sehr schnell, wieviel sie miteinander gemein hatten, von ihren Ansichten über die Italiener (scharfsinnig und liebenswürdig, aber mit unerklärlichen Anwandlungen von Grausamkeit) bis zu ihrem Urteil über die erfolgreichen Romanschriftsteller der letzten Zeit. Beide Frauen lasen gern und viel.

Mabel hatte ihre vierte Zigarette angezündet. «Ich rauche zuviel», sagte sie, «und ich esse zuviel. Aber das Leben ist kurz und die Versuchung groß. Sie müssen einmal zum Mittagessen in die Villa Botti kommen. Es wird Ihnen gefallen. Kommen Sie nächsten Montag.»

«Wir fahren Sonntag ab.»

«Dann kommen Sie morgen. Ich muß Sie wiedersehen, ehe Sie Florenz verlassen. Wir müssen *lange* miteinander reden. Und Sie sehen aus, als ob Sie eine handfeste Mahlzeit gebrauchen könnten. Es gibt einen Bus, der nur anderthalb Kilometer von meinem Haus entfernt hält. Ich schicke gegen ein Uhr einen Wagen, der Sie dort abholt.»

«Ich muß erst sehen, was mein Onkel für morgen geplant hat. Kann ich Sie anrufen?»

«Meine Liebe, Sie müssen lernen, unabhängig zu sein. Wenn Sie Ihr Leben lang an Ihrer Familie hängenbleiben, werden Sie verkümmern und welken. Familien saugen alleinstehenden Frauen das Blut aus. Glauben Sie mir, ich kenne das.»

«Wenn es möglich wäre, unabhängig zu werden, würde ich es gewiß tun!»

«Nichts ist unmöglich, wenn man es nur *will*. Ich werde Sie in die Lehre nehmen. Morgen um eins!»

Sie wandte sich ab, um mit einem der Studenten zu sprechen, und gab Emma keine Gelegenheit mehr, etwas zu erwidern.

Als Emma die Verabredung Edu gegenüber erwähnte, sagte er, eigentlich habe er gedacht, sie könnten Santa Maria del Carmine einen letzten Besuch abstatten, um noch einmal die Masaccios in der Brancacci-Kapelle zu sehen.

«Wir können morgen in aller Frühe dorthin gehen», sagte Emma, aber Edu behauptete, etwas anderes vorzuhaben.

«Du wirst sehr unabhängig», sagte er. Sein ironischer Tonfall schwächte die Kritik genügend ab, so daß Emma eine Entschuldigung erspart blieb.

Der Besuch bei Mabel erwies sich in jeder Hinsicht als denkwürdig. Die Villa lag auf einem kleinen Hügel, der das Tal des Arno überblickte. Eine schattige Terrasse und helle, gepflegte schlichte Räume gaben dem Haus den Anschein, außerhalb der Zeit zu existieren, ohne Rücksicht auf die Realitäten des Alltags nur köstlichen sinnlichen Genüssen geweiht. Die Köchin war so gut wie ihr Ruf, und Emma aß zu ihrer eigenen Verwunderung mit ungewöhnlich großem Appetit.

«Tun Sie irgendwelche geheimen Ingredienzen in die Speisen?» fragte sie.

«Es ist nur die magische Kraft des Hauses und der Zauber der Besitzerin.» Mabel, die eine ihrer weiten Roben trug, hörte nur lange genug zu rauchen auf, um große Portionen *vitello tonnato*, gedünstete Peperoni und Fenchelsalat zu essen. «Warum kommen Sie nicht nächsten Frühling für einen Monat hierher?» fragte sie. «Es würde mich freuen, Sie als einen meiner Stammgäste bei mir zu haben.»

Emma hatte abermals das Gefühl von Freiheit, das sie am Tag zuvor empfunden hatte.

«Sagen Sie mir nur nicht, Sie müssen erst um Erlaubnis fragen. Davon will ich nichts hören. Ich reserviere Ihnen ein Zimmer für März; Sie werden kommen. So einfach ist das.»

Ihre freimütigen grauen Augen musterten Emma prüfend. Sie wußte, daß sie ihr Mut gab, ahnte, daß Emma irgendein erschreckendes Erlebnis gehabt haben mußte. Vielleicht hatten ihre Eltern sie geprügelt, vielleicht war sie vergewaltigt worden. Dies war eine klare amerikanische Erkenntnis; Mabel sah Emma nicht aus einer europäischen Perspektive, die durch gesellschaftliche Stellung und Nationalität bestimmt war.

«Sie werden während des Winters Briefe von mir bekommen. Ich werde dafür sorgen, daß Sie mich nicht vergessen. Es wird Ihnen bei uns gefallen, Sie passen wunderbar hierher. Und meine Preise sind nicht exorbitant. Bernard Berenson wird es Ihnen sagen. Wenn Sie eine von den Frauen sind, die sich zu seiner hochgestochenen, affektierten Unterhaltung hingezogen fühlen, können Sie zu ihm gehen und ihm zuhören, wann immer Sie wollen.»

«Er hat mich aufgefordert, als eine seiner Schülerinnen zu ihm zu kommen.»

«Nehmen Sie sich in acht vor dem alten Lüstling!»

«Genau das gleiche hat mein Onkel gesagt.»

«Es liegt auf der Hand, daß Sie einiges lernen müssen. Aber *ich* werde Ihre Lehrerin sein. B. B. weiß, daß er mir nicht ins Handwerk pfuschen darf.»

Sie trennten sich am späten Nachmittag mit einem Kuß.

Als Emma an diesem Abend mit Andreas und Kurt bei einem Fernet Branca in der Hotelbar saß, erwähnte sie die Einladung, die sie erhalten hatte.

«Soll ich sie annehmen?» fragte sie. «Ich täte es sehr gern.»

«Dann tu's auf alle Fälle», erwiderte Andreas.

«Ich möchte es nicht gegen den Willen der Familie tun», sagte sie. «Du weißt, wie Mama und Papa sich Onkel Edus Wünschen fügen. Er scheint die Leute, die ich hier kennengelernt habe, irgendwie für fragwürdig zu halten.»

«Das ist nur, weil nicht *er* dich mit ihnen bekannt gemacht hat.» Andreas fühlte sich im Frieden mit der Welt und imstande, ein unpersönliches Urteil abzugeben. Er war noch nie zuvor so glücklich verliebt gewesen. «Edu will dich am Gängelband halten. Ich finde, du solltest dich langsam von ihm befreien. Nur, weil er einen Treuhandfonds für dich eingerichtet hat, brauchst du noch längst nicht sein Geschöpf zu werden. Es ist schließlich auf Großpapa Wertheims Wunsch geschehen . . .»

«Er hätte weniger großzügig sein können, ohne daß jemand ein Wort darüber verloren hätte.»

«So ist er nicht geschaffen, das weißt du. Er hat ein strenges Gefühl für Recht und Unrecht – und er übt gern die Macht aus, die seine Freigebigkeit ihm verleiht.»

«Wie heißt Ihre Freundin, die amerikanische Dame?» fragte Kurt. Gespräche über Edu langweilten ihn.

«Mabel Hennessy Supino-Botti – warum?»

«Haben Sie nicht von ihr gehört?»

«Nein.»

Emma und Andreas blickten verwundert drein, aber keiner von beiden schien den Klatsch hören zu wollen. Kurt sah, daß sie, wie um sich zu schützen, dicht aneinanderrückten. Aber nachdem er bisher so wenig zur allgemeinen Unterhaltung beigetragen hatte, konnte er sich nicht mehr zurückhalten. «Sie ist eine berüchtigte Lesbierin», sagte er.

Einen Augenblick herrschte Schweigen.

«Und was hat das mit mir zu tun?» fragte Emma.

Kurt sah ein wenig verlegen aus. «Nichts, nehme ich an. *Ich* will gewiß kein moralisches Urteil fällen!» Er bedauerte, daß er gesprochen hatte, aber er wollte Andreas endlich wieder für sich allein haben. Er war eifersüchtig auf Emma und wünschte, daß all die Wertheims verschwinden würden. Nie wieder würde er sich bereit erklären, Andreas auf einer Familienexkursion zu begleiten.

«Kümmer dich nicht um ihn», sagte Andreas zu seiner Schwester. «Tu genau das, was du tun willst. Ich bezweifle, daß diese Frau dich verderben wird.»

Emma legte in einer plötzlichen Anwandlung von Zuneigung ihre Hand auf die seine. Er hob sie sanft an seine Lippen und küßte sie.

Paul Leopold wurde in diesem Sommer von der *Frankfurter Zeitung* nach Berlin geschickt, um eine Artikelserie zu schreiben. Am Tag vor seiner Abreise rief er Lene an.

«Seit wann weißt du, daß du fortgehst?» fragte sie.

«Seit zwei Tagen», log er. «Zeitungen lassen einem nur gerade Zeit, die Koffer zu packen.»

Lene wußte, daß er log. Ihre Stimme war eisig. «Ich wünsche dir viel Erfolg. Schick mir eine Ansichtskarte, wenn du ein paar Minuten erübrigen kannst.»

«Willst du mich nicht besuchen kommen?» fragte Paul, einer momentanen Eingebung folgend. Er machte nicht gern Pläne im voraus.

«Wo sollte ich wohnen?»

«Bei mir im Hotel, wo sonst?»

«Es wird schwer sein, das meinen Eltern zu erklären.»

«Warum mußt du alles deinen Eltern erklären?» Paul ergriff die Offensive. Ihm war wohler, wenn er angreifen konnte, statt sich rechtfertigen zu müssen. «Ich habe noch nie jemanden gesehen, der so bourgeois ist wie du, mein liebes Kind», sagte er. Das Wort «bourgeois» war das schlimmste Attribut in seinem Vokabular. Er hatte damit schon viele Frauen zum Weinen gebracht.

«Ich tue, was ich will, aber ich halte es für angebracht, die Form zu wahren. Ich will meine Eltern nicht schockieren, und ich will mich auch nicht gerade jetzt mit ihnen auf eine Diskussion über meine Ehe einlassen. Kannst du das verstehen?»

«Eine so scheinheilige Person verdient nicht, daß man sich die Mühe macht, sie zu verstehen.»

«Also dann. Leb wohl und amüsier dich gut in Berlin.»

«Wirst du mich nicht besuchen? Berlin ist eine wundervolle Stadt. Viel kosmopolitischer als Frankfurt. Du solltest es wirklich mit mir zusammen sehen.»

«Ich werde es dich wissen lassen.»

«Wann?»

«Wenn ich bereit bin.»

«Ich liebe dich, Lene – auch wenn du unmöglich bourgeois bist.»

«Mußt du alles einschränken, sogar deine Liebe?»

Paul fuhr nach Berlin mit einem Gefühl der Freude und Erleichterung, wie es solch ein Ortswechsel immer in ihm hervorrief. Es sammelten sich kleine Probleme und Plagen an, sooft er irgendwo zu lange blieb, und er zog gern weiter, sei es auch nur für kurze Zeit, wenn sie anfingen, ihm das Leben zu erschweren. Er stimmte nicht immer mit seinen Kollegen überein, er hatte Schulden – es war gut, Frankfurt zu verlassen. Er hoffte, daß bald irgend etwas geschehen würde, so daß er vielleicht nie mehr zurückkehren mußte.

Aber er schickte Lene jeden zweiten Tag eine Postkarte mit geheimnisvollen Andeutungen. Fräulein Gründlich konnte sie nicht enträtseln, aber sie zählte die Postkarten, die aus Berlin kamen, und diejenigen, die aus Weimar kamen, und die letzteren waren weit in der Minderzahl.

«Wirst du dich scheiden lassen?» fragte sie Lene eines Tages, worauf Lene sofort erwiderte, sie wisse es nicht.

«Du kannst das, was du führst, ja wohl kaum eine Ehe nennen», sagte Fräulein Gründlich, bemüht, so ruhig und sanft wie möglich zu sprechen.

«Ich habe noch nicht mit Tom darüber gesprochen», sagte Lene, «und er hat nicht mit mir gesprochen. So versuche ich einfach, nicht darüber nachzudenken.»

Fräulein Gründlich war die erste, der sie ihren Plan, nach Berlin zu fahren, anvertraute.

«Ich werde Ernst besuchen», sagte sie.

«Und den Postkartenschreiber?»

«Ihn auch.»

Ernst war überrascht, von Lene zu hören. Er kam selten nach Frankfurt, schrieb aber kurze Briefe an seine Mutter und hin und wieder Postkarten an die übrige Familie. Die meisten Karten, die Lene erhielt, enthielten Ratschläge, was sie über das Thema des Zionismus und das Problem des deutschen Antisemitismus lesen sollte.

«Ich komme nach Berlin», sagte sie ihm eines Sonntagabends am Telephon.

«Wie nett», erwiderte er. Seine Stimme klang wachsam. «Was ist der Anlaß?»

«Ich möchte einfach mal ein Weilchen von Frankfurt weg.»

«Mitten im Sommer? Warum gehst du nicht an die See oder ins Gebirge?»

«Ich treffe einen Freund in Berlin.»

«Das ist natürlich etwas anderes. Was ist eigentlich mit deinem Mann geschehn? Du *hast* doch einen Mann, nicht wahr?»

«Er ist in Weimar.»

«Aber du kommst nach Berlin.»

«Ich möchte ihn nicht in Weimar überraschen.»

«Das ist verständlich. Hoffentlich wird er *dich* nicht in Berlin überraschen.»

«Du wirst mich warnen, wenn er's tut. Ich sage Mama, daß ich dich besuche.»

«Ich hoffe, du weißt, was du tust. Wer ist dein Freund?»

«Ein Journalist namens Paul Leopold.»

«Ich habe seine Artikel gelesen. Ein kluger Mann. Ich gratuliere. Laß mich wissen, wenn du geschieden wirst.»

«So weit bin ich noch nicht.»

«Er ist verheiratet?»

«Woher weißt du das?»

«Ich wußte es nicht. Es war eine Frage. Aber laß mich den Rest erraten. Er kann nicht von ihr loskommen, weil sie geistesgestört ist?»

«Sie hat Tbc.»

«Nun, das war nicht weit gefehlt.»

«Du wirst ihn kennenlernen – und ihn mögen, glaube ich.»

«Da wir schon einmal bei dem Thema sind, ich bin auch verliebt, und du wirst *sie* kennenlernen, aber ich bin nicht sicher, daß du sie mögen wirst.»

«Wie kannst du das sagen? Ich finde es wundervoll, daß du jemanden gefunden hast . . .»

«Du hast doch nicht etwa angenommen, ich sei . . . wie Andreas?»

«Keine Spur. Ich nahm an, du seist zu weltabgewandt, zu sehr in deine Bücher und deine Politik vertieft.»

«Miriam teilt meine politische Einstellung, und meine Bücher scheinen immer weniger von Belang für mein Leben zu sein. Ich glaube, wir werden bald nach Palästina auswandern. Wie geht es Mama? Papa?»

«Papa ist mürrisch und zieht sich von Tag zu Tag mehr von der Welt zurück, und Mama flüchtet sich in ihre Malerei. Sie verbringt eine Stunde am Tag mit dem Baby, schreibt darüber in ihr Tagebuch, dann macht sie die Tür zu und zeichnet Blumen und Traumlandschaften. Papa schaukelt das Baby vor dem Abendessen auf dem Knie. Das ist die einzige Gelegenheit, bei der ich ihn lächeln sehe. Sie scheinen beide in ein permanentes inneres Exil gegangen zu sein.»

«Wenn die Dinge so bleiben, wie sie sind, werden sie wahrscheinlich eines Tages in das wirkliche Exil gehen müssen. Sag ihnen das.»

«Sie würden eher sterben.»

«Sie werden Miriam nicht mögen.»

«Sie werden nicht genügend Anteilnahme aufbringen, um sich so oder so zu äußern. Warum sagst du immer wieder, daß niemand sie mögen wird?»

«Sie stammt aus Polen. Meine Liebste ist Ostjüdin.»

«Paul auch.»

«Gibt er es zu?»

«Nicht sehr oft.»

«Miriam gibt es nicht nur zu, sondern ist sogar stolz darauf. Sie hat mein ganzes Leben verändert, Lene.»

«Sprichst du jetzt Jiddisch?»

«Nein, aber ich lerne Hebräisch.»

«Du wirst doch nicht etwa orthodox?»

«Nichts dergleichen. Aber ich glaube, es wäre ein Fehler, bei der Ankunft in Tel Aviv nur Deutsch zu sprechen.»

«Kann ich mitkommen?»

«Du würdest schwer arbeiten müssen, Lene. Palästina ist kein Urlaubsland. Es fordert den vollen Einsatz eines Menschen.»

«Warum glaubst du, daß schwere Arbeit mir etwas ausmachen würde? Nur weil ich nie schwer arbeiten *mußte*, heißt das nicht, daß ich es nicht könnte.»

«Ja, ja, ich weiß. Du hast Kochunterricht genommen, und du könntest morgen anfangen, als Köchin zu arbeiten. Aber – für dreihundert Personen in einem Kibbuz?»

«Wir sehen uns Freitag, Ernst. Ich nehme den Morgenzug und rufe dich vom Hotel aus an.»

«Gut. Grüß Andreas von mir und sag ihm, er soll schreiben. *Schalom!*»

«Was war das?»

Aber Ernst hatte eingehängt.

Emma kehrte mit vielen amüsanten Geschichten über Bernard Berenson und Mabel Hennessy Supino-Botti aus Florenz zurück. Lene hatte sie schon lange nicht mehr so angeregt gesehen. Die zwei Schwestern schwatzten bis spät in die Nacht. Lene wollte Paul erwähnen, seinen Namen zwanglos in die Unterhaltung einflechten und sagen: «Ich treffe ihn in Berlin», aber es bot sich keine Gelegenheit dazu, und sie brachte die Worte nicht heraus – fürchtete sie, daß Emma gegen sie sein würde?

Emma stellte Lene keine Fragen über ihre Pläne. Sie war zufrieden mit der Erklärung, die Lene ihr gegeben hatte, und glücklich bei der Aussicht, Clara zu betreuen. Sie liebte das dicke kleine Mädchen abgöttisch und war überraschend geduldig mit ihr. Sie war insgeheim der Ansicht, daß sie dem Kind eine weit bessere Mutter sein könnte als Lene, denn Lenes Interessen wandten sich leicht anderen Dingen zu – Männer waren ihr wichtiger als Kinder.

Die Eisenbahnfahrt nach Berlin verlief ereignislos. Lene hatte ein Buch mitgenommen, aber sie blickte fast die ganze Zeit aus dem Fenster und träumte von dem Wochenende, das vor ihr lag. Paul hatte ihr den Namen seines Hotels genannt und ihr gesagt, sie solle ein Taxi dorthin nehmen. Sie glaubte nicht, daß er sie überraschen würde, indem er selbst zum Bahnhof kam, aber sie sah sich trotzdem nach ihm um und fühlte einen Stich der Enttäuschung, als er nicht da war. Sie machte sogar einen kurzen Abstecher ins Restaurant, für den Fall, daß er vielleicht auf ein Glas Bier dort hineingegangen war. Ihr wurde bewußt, daß sie ihn sich nicht auf einem Bahnsteig vorstellen konnte, wohl aber mit seinem Notizbuch und einem Glas Bier am blank polierten Tisch eines Restaurants. Aber auch dort war er nicht.

Schließlich gab Lene ihre Suche auf und stieg in ein Taxi. Das leise Gefühl der Enttäuschung verschwand, sobald sie sich inmitten der geschäftigen, lärmenden Stadt befand. Sie war seit Jahren nicht in Berlin gewesen und hatte vergessen, wie anders es war als Frankfurt, wieviel weltstädtischer, voll von verschiedenartigen Gesichtern, pulsierend vom Lärm der Autos und Straßenbahnen und den Rufen von Straßenverkäufern, die in Dialekten aller Art sprachen, frech, melodisch, fluchend und lachend.

Die Begegnung mit Paul gehörte in diese Stadt. Lene konnte sich nicht vorstellen, ihn irgendwo auf dem Land zu treffen, konnte sich nicht vorstellen, ihn zwischen den Birken des Waldes oder in einem altmodischen Hotel an der See zu lieben. Paul gehörte in diese große, lebendige Stadt, und sie würde sich hier mit ihm verlieren. Vielleicht war es nur für eine kurze Zeit – sie erkannte, daß es nicht von Dauer sein konnte –, aber es würde intensiv und unvergeßlich sein. Sie gab dem Taxifahrer ein unerhörtes Trinkgeld und war versucht, ihm zu sagen, warum. Aber vielleicht wußte er es ohnedies, denn er lächelte ihr verständnisvoll zu.

Sie hatte nur einen sehr kleinen Handkoffer mitgebracht. Sie trug ihre Perlenkette und um den Kopf einen dünnen Seidenschal. Die Sommersprossen auf ihrem Gesicht stachen hervor und ließen sie, selbst in der dezenten, eleganten Kleidung einer wohlerzogenen jungen Dame aus Frankfurt am Main, jung und kräftig wie ein Bauernmädchen erscheinen. Paul wartete auf sie an einem Tisch unter der farbenfreudigen Markise des Straßencafés, und um ihn verstreut war sein gewohntes Drum und Dran – Papiere und Notizbuch, Zigaretten, Gläser und Flaschen, Untersätze und Aschenbecher.

Sie umarmten sich, und Lenes Herz hämmerte zum Zerspringen. «Laß uns sofort nach oben gehen», flüsterte sie Paul ins Ohr. «Ich habe dich so vermißt, ich kann nicht einen Augenblick länger warten!»

«Eine schöne Art zu reden», sagte er spottend. «Da ist sie, eine junge Frau aus gutem Hause, soeben aus der Provinz eingetroffen, die ihre Perlen trägt und Schuhe, die zu ihrer Handtasche passen, und was sagt sie mir?»

«Komm ins Bett!»

«Nicht einmal ‹Guten Tag, wie geht es dir›?»

«Guten Tag, Paul, wie geht es dir?»

«Gut, mein Liebes.» Er streichelte ihre Wange, und seine Berührung ging ihr durch und durch.

Paul schickte den Hausdiener mit Lenes Handkoffer in sein Zimmer hinauf. «Nur noch einen Absatz», sagte er zu ihr. «Bis zum Ende der Seite, dann gehör ich ganz und gar dir. Komm – ich bestell dir einen Sherry. Trink ihn wie ein braves Mädchen und sag nichts, bis du mich das Notizbuch schließen siehst.»

Lene setzte sich neben ihn und beobachtete die Menschen, die auf der Straße vorübergingen. Es war schön, ihren Sherry zu trinken und sich Paul so nahe zu fühlen. Schließlich steckte er die Kappe auf seinen Füllfederhalter, ordnete seine Papiere und lehnte sich zurück, um sie anzusehen. Seine Augen waren blutunterlaufen, seine Bewegungen langsam und bedächtig wie die eines sehr alten Mannes. «Es ist gut, dich zu sehen», sagte er. «Ich danke dir, daß du gekommen bist.»

Lene hatte plötzlich ein Gefühl der Unsicherheit, das fast an Panik grenzte. Sie war allein. Und wenn irgend etwas geschah? Niemand würde ihr zu Hilfe kommen. «Du siehst nicht gut aus», sagte sie.

«So etwas hört man nicht sehr gern», erwiderte er, «aber natürlich hast du recht.» Sein Lächeln war theatralisch. Er schien zu schauspielern. «Ich kann es hier nicht länger ertragen», sagte er. Lene glaubte, er wollte sagen, daß er Frankfurt vermißte.

«Du mußt doch nicht mehr lange hierbleiben, oder?» fragte sie. «Ehe du dich's versiehst, bist du wieder in Frankfurt.»

«Du verstehst mich nicht», sagte er und goß ein halbes Glas Calvados hinunter. «Es ist nicht Berlin, das ich nicht mag, es ist Deutschland, das ich hasse. In Berlin erkenne ich das klarer als in Frankfurt. Das ist eines der Probleme deiner Heimatstadt – sie erlaubt einem, Scheuklappen anzulegen. Dies ist das Herz Preußens, vergiß das nicht. Und was hier geschieht, wird in jedem Winkel des Landes spürbar sein. Dies ist die Stadt, wo Karl Liebknecht und Rosa Luxemburg ermordet wurden, mein Liebling, gar nicht weit von dem Platz, an dem wir sitzen. Und auch Walther Rathenau. Hier lauern überall Meuchelmörder auf ihre Opfer. Es ist eine erschreckende Stadt – anregend und erschreckend. Ich kann in Berlin der Zukunft nicht entrinnen, so gern ich es möchte, und das bedrückt mich. Ich flüchte mich in meinen Roman, aber meine Zeitungsartikel bieten mir keine derartige Entspannung. Ich halte der Welt den Spiegel vor, und was ich ihr zeige, ist häßlich. Sogar die Kunst. Ich hatte geglaubt, es würde mich nicht berühren, ich dachte, ich könnte darüber schreiben und es dann wieder wegwischen. Aber es hinterläßt einen Rückstand. Und ich kann mich nicht davon befreien. Ich will fort, Lene. Ich will ins Ausland gehen.»

«Ist dir etwas *geschehen*? Ich will sagen, ich habe dich noch nie so aufgewühlt gesehen. Ist irgend etwas passiert?»

«Wenn du meinst, ob ich verprügelt oder verhaftet worden bin – nein. Es ist nicht so dramatisch. Aber irgend etwas passiert jeden Tag. Ich beobachte. Das ist meine Aufgabe. Ich bin allein, und ich beobachte, und ich sehe die Gewalttätigkeit und den Haß. Ich weiß nicht, wohin ich mich wenden soll. Ich schreie es in die Welt hinaus, aber niemand glaubt mir. Man sagt, meine Berichte seien hervorragend, aber sie ändern nichts. Sie werden gelesen, man spricht darüber, und die Mörder fahren fort, Deutschlands Zukunft zu planen. Da sind die unsagbar Reichen und die unsagbar Armen, und sie werden sich zusammentun, um Europa zu erobern und die Juden zu töten . . . Haß ist ein stärkeres Band als alles andere. Du glaubst mir nicht?»

«Ich verstehe dich nicht.»

Paul ergriff Lenes Hand, hielt sie fest, drückte sie, bis Lene vor Schmerz aufschrie. Er beugte sich so dicht zu ihr hinüber, daß sie seinen mit Schnaps durchtränkten Atem roch, als ob es ihr eigener wäre.

«Wenn ich es dir nicht begreiflich machen kann, wie soll ich es irgend jemand anderem begreiflich machen? Die Zeiten sind schrecklich!» rief er. «Rette sich, wer kann!»

Lene verstand sein Entsetzen, aber es gab nichts an diesem sonnigen Nachmittag, womit sie es hätte in Verbindung bringen können. Sie glaubte immer noch, die Wahlen seien ein Zeichen gewesen, daß die Gefahr vorüber war. Sie nahm an, daß die Linke stärker war als die Rechte. Sie hielt sich, ebenso wie fast alle anderen, an die Hoffnung in ihrem Herzen. «Weimar ist ein Kartenhaus», sagte Paul, «das in sich zusammenfallen wird, sobald das Weltgeschehen es ein wenig erschüttert.»

«Ich finde, du trinkst sehr viel», sagte Lene.

«Verstehst du nicht, warum?»

Sie sah die Röte seiner Augen, das Zittern seines Mundes, sah seine Hände, die die ihren umklammert hielten, und gleichzeitig erglühte ein Feuer auf der anderen Straßenseite. «Schau!» rief sie, aber es war nur die Sonne, die sich, im Dunstschleier der Stadt orangefarben glühend, in den Fenstern spiegelte. Aber die Sonnenstrahlen wirkten wie Feuer, selbst nachdem sie erkannt hatte, daß es keine Flammen waren, und Pauls Ton blieb in ihrem Geist haften, nachdem die Worte verklungen waren. Plötzlich hatte auch sie wieder Angst, und die Stadt wirkte nicht mehr schön und lebensfroh.

«Trinken ist die einzige Lösung», sagte er, und seine Stimme klang jetzt, als ob er betrunken wäre. «Calvados ist der geheime Trank, der Schlüssel zu meinem inneren Frieden. Wenn ich ihn trinke, wird der Spiegel wieder glatt und sauber, und ich kann arbeiten. Ich muß meine Vision von der Zukunft verdrängen! Das geht nur mit Alkohol. Wenn ich entkomme . . .»

«Wohin wirst du entkommen?»

«Das weiß ich nicht. Ich kann nicht darüber nachdenken, wenn ich nüchtern bin, und ich will nicht darüber nachdenken, wenn ich betrunken bin. Vielleicht nach Paris.»

«Es ist letztlich immer Paris, nicht wahr? Wohin gehen wir heute abend? Hast du irgendwelche Pläne für meinen Besuch gemacht?»

«Eine Menge Pläne», sagte er. «Wir essen zu Abend, und dann gehen wir in mein Café und treffen meine Freunde, meine Leidensgefährten.»

«Ich bin nicht nach Berlin gekommen, um den ganzen Abend in Cafés herumzusitzen», sagte Lene. «Gibt es nicht ein Theaterstück . . . oder ein Konzert?»

«Die Saison ist zu Ende. Nur die Armen sind in der Stadt, und sie laufen mit Schlachtrufen durch die Straßen. Du wirst reichlich Theater zu sehen bekommen.»

«Wer ist in den Cafés?»

«Meine berühmten Freunde, meine Saufkumpanen, die einzigen intelligenten Menschen weit und breit. Glaub nicht, daß du mich retten kannst, ich bin ein hoffnungsloser Fall. Geh zu deinem Bruder, wenn du Heilsarmeelehren verkünden willst. Sprich mit ihm über *seine* fixen Ideen. Laß mich in Ruhe.»

Er legte die Hände vors Gesicht, und Lene hatte den Eindruck, daß er weinte. Aber er gab keinen Ton von sich. Nach einem Augenblick zog er ein Taschentuch heraus und schneuzte sich. «Laß uns nach oben gehen», sagte er und ging mit kurzen, krummbeinigen Schritten zum Fahrstuhl. Er hatte Mühe, das Schlüsselloch zu finden, und sobald er im Zimmer war, warf er sich mit dem Gesicht nach unten aufs Bett und schlief sofort ein.

Lene saß neben ihm und sah zu, wie das Tageslicht langsam verblaßte. Sie rief Ernst nicht an. Sie wußte nicht, was sie ihm sagen sollte.

Als Paul aufwachte, war es Abend. Lene saß am Schreibtisch und las beim Licht einer kleinen Lampe. Paul brauchte nur wenig Zeit, um sich aufzuraffen. Ein heißes Bad, ein frisches Hemd, ein sauberer Anzug, dann war er bereit. Er umarmte Lene, er versprach ihr seine Liebe, er zauberte ein Lächeln auf ihr Gesicht. Sie waren beide hungrig und gingen Arm in Arm durch den Sommerabend zu Kempinski.

Paul bestellte eine teure, auserlesene Mahlzeit. Er kannte den Kellner; er war mit jeder Einzelheit der Speisekarte vertraut. Lene sah den Dandy in ihm, bemerkte seine goldenen Manschettenknöpfe und fühlte sich ihm entfremdet. Er stammte aus einer anderen Welt, war von düsteren Erinnerungen verfolgt, von Unsicherheit geplagt. Er wählte den besten Wein. Sie saßen lange beim Abendessen, und die Geschichten, die er erzählte, nahmen Lene sehr schnell wieder für ihn ein. Sie glaubte ihn zu lieben. Obwohl er ihr fremd war, begehrte sie ihn.

Paul erzählte Geschichten aus seiner Jugend, von seinem Dienst im österreichischen Heer. Es waren keine wahren Geschichten, aber er ließ sie so glaubhaft erscheinen, daß Lene sie für bare Münze nahm. Bruchstücke von Scholem Aleichem tauchten in seiner Erzählung auf, aber Lene hatte nie etwas von Scholem Aleichem gehört. Paul wußte, daß er sie mit Geschichten zurückgewinnen konnte. Ehe er mit der zweiten Flasche Wein fertig war, hatte er sich zu einem Offizier der kaiserlich-österreichischen Armee gemacht und erzählte ihr Geschichten, die er von Kleist entlehnt hatte.

Es war spät, als sie das Restaurant verließen. «Laß uns zu Fuß gehen», sagte Lene, «die frische Luft wird uns guttun.»

«Ich gehe nie zu Fuß», erklärte Paul großspurig und machte einen kleinen Tanzschritt auf sie zu. «Wir nehmen ein Taxi.»

Das Café war klein und drückend heiß. Die Tische draußen waren offenbar für Touristen reserviert; die Stammgäste saßen alle drinnen. Sie begrüßten Paul begeistert, und einige der Männer schielten lüstern nach Lene. Es war eine lümmelhaftere Schar als die in Frankfurt. Es gab fast keine Frauen unter ihnen, und Paul war der einzige, der eine Krawatte trug. Irgend jemand machte anscheinend eine schlüpfrige Bemerkung über Lene; sie hörte sie nicht, aber Pauls plötzlicher Zorn ließ es erkennen. «Ich fordre dich zum Duell!» schrie er. «Wenn du noch einmal so etwas sagst, bring ich dich um!» Und er begann, den Mann zu schütteln. Aber dann ging der kritische Augenblick ebenso schnell vorüber, wie er gekommen war. Paul lächelte sanft und bestellte eine Runde Cognac für alle.

«Ich nehme Kaffee», sagte Lene. «Und du solltest es auch, nach so viel Wein.»

«Ich muß mich entspannen», entgegnete Paul. «Wenn ich Kaffee trinke, bin ich in kürzester Zeit ein nervöses Wrack.» Lene wurde mutlos. Alles Verlangen war von ihr gewichen, sie wollte nur noch nach Hause.

Paul wurde gesprächig. Seine Unterhaltung begann abzuschweifen, aber irgendwie fand er immer wieder den Faden. Lene saß vollkommen still neben ihm, niedergeschlagen und müde. Sie nahm kaum wahr, was um sie herum vorging. Schließlich stand sie auf und entschuldigte sich. Niemand bemerkte es. Sie fand eine Toilette im Flur des Gebäudes, wo ein Pärchen eng umschlungen gegen die Wand gepreßt stand. Die Toilette stank, aber Lene benutzte sie trotzdem. Das Paar im Flur wiegte sich vor und zurück, als Lene wieder an ihnen vorbeikam. Der Rock der Frau war bis zur Taille hochgerafft. Dann sah Lene, daß die Hose des Mannes heruntergelassen und sein nacktes weißes Hinterteil unter der Jacke zu sehen war. Einen Augenblick lang kam ihr diese Verbindung von Sinnlichkeit und Sittenlosigkeit erregend vor. Aber nur einen Augenblick lang. Dann wurde sie von dem Gefühl des moralischen Verfalls, der Gesetzlosigkeit überwältigt. Sie ging auf die Straße hinaus, aber auch die Straße erschien ihr bedrohlich. Blitze flackerten am Himmel. Sie wußte nicht, wo sie war.

Sie rief Ernst von einer Telephonzelle aus an. Er hatte geschlafen. «Ich habe mir Sorgen um dich gemacht», sagte er. «Du wolltest doch nach deiner Ankunft in Berlin anrufen. Wo bist du?»

«In irgendeiner Spelunke», sagte Lene. «Oh, Ernst – es ist schrecklich hier!» Sie sprach wie ein kleines Mädchen. Dann dachte sie an Clara und erinnerte sich, wer sie war.

«Soll ich kommen und dich holen?» fragte er, aber es war deutlich zu erkennen, daß er kaum wach war und hoffte, sie werde sein Angebot ablehnen.

«Es genügt, einfach deine Stimme zu hören», sagte Lene. «Kann ich morgen zu euch kommen?»

«Wir hatten vor, euch beide zum Abendessen einzuladen.»

«Ich weiß nicht, was Paul vorhat, aber ich komme ganz bestimmt.»

«Bist du sicher, daß du jetzt allein zurechtkommst?»

«Ja, ja.»

«Wo ist dieses Lokal?»

«Keine Ahnung. Aber mach dir keine Sorgen, Ernst. Gute Nacht!»

Als sie zum Tisch zurückkehrte, schwang Paul gerade eine Rede über den Zerfall Deutschlands. «Ich habe wenigstens meinen österreichischen Paß», rief er. «Ich kann weg, wann immer ich will.»

Seine Freunde wurden unruhig. Seine schwere Zunge verriet ihn. Er wiederholte sich ein ums andre Mal.

«Ich gehe nach Paris», sagte er. «Oder nach Amerika. Kennt ihr Amerika? Lene – da bist du ja –, willst du mit mir nach Amerika gehn?»

Lene schüttelte den Kopf.

«Sie würden dich nie reinlassen», sagte einer seiner Freunde. «Du wärst dort todunglücklich», sagte ein anderer. «Keine Kaffeehäuser, kein kaiserlicher Glanz, Demokratie.»

«Amerika ist das Land der Zukunft», erklärte Paul. «In fünfzig Jahren wird die Welt zwischen der Sowjetunion und den Vereinigten Staaten von Amerika aufgeteilt sein. Denkt an meine Worte.»

«Bis dahin sind wir alle tot.»

«Ich werde lange vor euch sterben», sagte Paul. «An einer verfaulten Leber. Aber ich blicke dann vom Himmel hinunter – der bestimmt wie das Habsburger Kaiserreich aussieht

– und sehe zu, wie die Russen und die Amerikaner miteinander kämpfen. Die Russen werden die Revolution verkaufen, und die Amerikaner Jazz und kapitalistisches Spielzeug. Und alle werden gelaufen kommen, um es zu kaufen. Spielzeug verkauft sich leichter als Ideologie.»

«Was verkaufen die Braunhemden?»

«Haß und Spielzeug, das aus jüdischem Blut gemacht ist.»

«Laß uns nach Hause gehn, Paul», bat Lene.

«Hast du Kafka gelesen?» fragte Paul sie.

«Nein.»

«Du solltest ihn lesen. Du solltest dein hübsches, bourgeoises jüdisches Zuhause gegen die Boulevards von Paris eintauschen und einen Band Kafka mitnehmen. Meine Achtung vor dir würde steigen, wenn du das tätest. Aber was braucht ein nettes Mädchen aus Frankfurt über die Gefängnisse des Geistes und die Kerker der Bürokratie zu wissen?» Er wandte sich an die anderen. «Meine Liebste ist aus Kafka!» rief er. «Ich will sagen – sie ist aus Frankfurt . . .»

«Wir gehen nach Hause», sagte Lene und stand auf. «Jetzt sofort. Ich zumindest. Wenn du bleiben willst, gehe ich zu meinem Bruder.»

Paul setzte seinen Hut auf. Er schien kaum zu wissen, was er tat. «Sachte, sachte», murmelte er. Seine Freunde wandten sich ab, um ihm nicht zuzusehen. Er stand auf und verbeugte sich feierlich. Jetzt war er der Betrunkene auf der Bühne. Er küßte die mit Ringen geschmückten Finger fremder Frauen und biß spielerisch auf ihre Diamanten. Einer schnitt ihm in die Lippe und er schmeckte Blut. Er sah Lene verwirrt an. «Was ist geschehn?» fragte er.

Lene, die sich plötzlich stark und überlegen fühlte, ging auf die Straße hinaus, um ein Taxi zu rufen. «Ich bin der Kavalier! Ich hole das Taxi!» rief Paul. Er torkelte hinter Lene her und blieb, die Arme schwenkend, auf dem Bürgersteig stehen, aber es war kein Taxi in Sicht. Lene ging zur nächsten Ecke. Als sie gerade ein Taxi entdeckte, das auf sie zukam, rannte eine Schar von jungen Männern in braunen Hemden an ihr vorbei. Sie stießen sie grob beiseite, und sie sah, daß sie Steine in den Händen hielten. Sie sangen. Lene schnappte nur ein paar Wörter auf: «. . . Judenblut . . . Messer . . . spritzt . . .»

Lene trat in eine Pfütze am Straßenrand; ihre hellgrauen Schuhe wurden schlammig. Sie winkte dem Taxifahrer zu, daß er halten solle. Vor dem Café versperrte Pauls taumelnde Gestalt den Bürgersteig. Die Braunhemden fielen über ihn her. Es geschah blitzschnell; sie hatten ihn im Auge gehabt, und sie waren gut geschult in gewalttätigen Straßenüberfällen. Lene hatte keine Zeit, um Hilfe zu rufen. Sie schlugen ihn nieder, stießen mit den Füßen nach ihm, trommelten mit den Fäusten auf ihm herum und liefen ebenso schnell fort, wie sie gekommen waren. Das Geräusch von zerbrochenem Glas folgte ihnen, während sie ihre Steine in die Schaufenster von Geschäften schleuderten, die für die Nacht geschlossen, aber nicht durch Rolläden gesichert waren.

Lene lief zu Paul hinüber, um ihm zu helfen. Er saß stöhnend auf der Bordschwelle; sein Anzug war schmutzig, und durch einen Riß in seiner Hose war ein weißes, knochiges Knie zu sehen. «Ich bin gerade gestorben», sagte er.

Lene sah, daß das Taxi sich wieder in Bewegung setzte. «Halt!» schrie sie, aber es fuhr langsam weiter. Sie packte den Türgriff und riß die Tür auf. «Wenn Sie nicht halten, lasse ich die Tür nicht los, und Sie können mich durch die Straßen schleifen», rief sie. «Wollen Sie das?»

Der Taxifahrer bremste. «Ich misch mich nicht in Politik», sagte er. «Ich will nichts davon wissen. Ich muß mir meinen Unterhalt verdienen, und das ist schwer genug, auch ohne daß man in Politik verwickelt wird. Wenn Sie Juden sind, ist das Ihr Pech. Ich will keine Scherereien bekommen.»

Aber er blieb. Er half ihnen nicht, aber er fuhr auch nicht fort. Er blickte starr geradeaus, während Lene Paul auf den Rücksitz half. Eine kleine Menschenmenge hatte sich um sie geschart. Aber sie rührten sich nicht. Aus dem Inneren des Cafés blickten Gesichter, aber niemand kam heraus.

Während der ganzen Rückfahrt zum Hotel saß Paul, den Kopf ans Polster gelehnt, schweigend da; sein Atem ging schwer, und seine Hände zupften nervös an dem Riß in seiner Hose. Lene bezahlte den Fahrer, der ihr, ohne sie anzusehen, nur mit einem Kopfnicken dankte und losfuhr, sobald die Wagentür geschlossen war. Paul kroch die Treppe hinauf. Er wollte nicht gesehen werden. Lene folgte ihm. In seinem Zimmer angekommen, setzte er sich zitternd auf den Bettrand; er war jetzt völlig nüchtern.

«Siehst du, wie recht ich hatte?» sagte er. «Glaub immer deinem Onkel Paul – er macht sogar sich selbst zum ersten anschaulichen Beispiel. Der Deutsche ist eine Bestie, eine Bestie, die Ordnung liebt, was ihn nur um so gefährlicher macht. Er wird seine bestialischen Taten begehen, wird es sauber und ordentlich tun und entsprechend den Lehren, die er auf den Knien seines Vaters empfangen hat. Er haßt die Freiheit.»

Er streckte Lene die Hand hin. «Komm, halt meine Hand», sagte er. «Ich muß dir vieles sagen.» Er hatte seine Würde wiedergewonnen; seine Stimme war klar. «Der Deutsche weiß nichts mit der Freiheit anzufangen. Sie erschreckt ihn. Freiheit bringt Verantwortung mit sich. Er will sich freiwillig in Knechtschaft begeben und jede Verantwortung meiden. Er sagt: ‹Seht, was geschehen ist, als wir den Juden Freiheit gaben. Sie haben sich unseres Landes bemächtigt.› Jeder, der sich so verzweifelt nach vergangenem Ruhm sehnt, muß eine Rückkehr zu vergangenen Freveln fordern. Die Stärke der Nazis liegt darin, daß sie die Träume von einer reinen und vollkommenen Vergangenheit mit dem Wissen um die Massenbewegungen der Zukunft verbinden, daß sie den Hang des Volkes, Opfer zu bringen, als überaus geeignet für die Zwecke des Staates erkennen.»

Als er aufhörte zu reden, schwieg Lene. Er zog sich mit Würde aus und lehnte höflich ihre Hilfe ab. Ohne seine Kleidung sah er wie ein zartes, bleiches Gespenst aus, aber er berührte Lene, und sie fielen sich in die Arme. Sobald der Sturm ihrer Leidenschaft sich gelegt hatte, stand Paul auf und ging ins Badezimmer. Lene hörte, daß er sich übergab. Dann ließ er sich ein Bad ein, wusch sich gründlich und tauchte nach einer Weile in einem weißen Seidenpyjama auf. Man konnte nur einen einzigen Bluterguß in seinem Gesicht sehen.

Paul schlief lange am nächsten Morgen, aber Lene war schon in aller Frühe auf. Sie ging hinunter, kaufte eine Zeitung und frühstückte allein im Speisesaal des Hotels. Sie las die Zeitung sehr aufmerksam, um zu sehen, ob sie irgendeine Notiz über den Angriff auf Paul Leopold fand, aber natürlich stand davon nichts drin. Es gab überhaupt keine Berichte über Gewalttätigkeiten auf den Straßen. Paul hatte recht gehabt. «Es passiert zu oft, um noch in der Zeitung erwähnt zu werden», hatte er ihr gesagt. «Die Zeitungen berichten nur über *Neuigkeiten.* Und über Verbrechen aus Leidenschaft, die immer gefragt sind.»

Lene ging wieder nach oben. Paul schlief immer noch. Es widerstrebte ihr, sich ihm zu nähern. Der Geruch seines Atems, die Entstellung des Schlafes und seine Prellung stießen sie ab. Sie wollte nicht bei ihm im Zimmer bleiben. Sie schrieb ein paar Zeilen auf einen Briefbogen des Hotels und legte sie auf Pauls saubere Hemden: «Bin zum Mittagessen wieder da. Gehe ins Museum.» Das erschien ihr sowohl klar als auch vage genug. Sie hatte keine Ahnung, wohin sie gehen wollte, sie wußte nur, daß sie das Zimmer und den zusammengekrümmten Körper ihres Liebhabers verlassen mußte.

Es war ein heißer Sommertag, gereinigt durch das Gewitter der vergangenen Nacht, das auch die Schreckgespenste weggewaschen zu haben schien. Während Lene den Kurfürstendamm entlangschlenderte, fühlte sie sich frei und unternehmungslustig. Ein Lächeln lag auf den Gesichtern der Menschen. Wenn sie dem Blick eines anderen begegnete, sah sie darin für gewöhnlich Bewunderung für ihre eigene strahlende Lebensfreude – niemals eine Spur von Zorn oder Herausforderung. Berlin sah sauber und wohlhabend aus. Lene ging nicht ins Museum; sie stieg in einen Aussichtsbus und machte eine Rundfahrt durch die Stadt. Es war zwei Uhr vorbei, als sie ins Hotel zurückkehrte. Sie traf Paul im Café inmitten seiner Papiere an. Er hatte tiefe Ringe unter den Augen, sein Gesicht war jetzt arg verfärbt, aber sein Hemd war sauber, sein Anzug makellos, und er trug eine rote Fliege. Neben seinem Kaffee und den Resten seiner Butterhörnchen stand das zweite Glas Cognac.

«Um meine Kümmernisse und Schmerzen zu verscheuchen», sagte er, während er das Glas hob und Lene zutrank. «Wie war's im Museum?»

«Ich bin nicht hingegangen.»

«Aber du hast mir doch geschrieben ...»

«Ich habe es mir anders überlegt.»

«Hör zu, Lene –» Paul schlug seinen sanftesten, liebenswürdigsten Ton an –, «das mit gestern abend tut mir leid. Ich weiß, daß ich zuviel getrunken habe. Es muß sehr langweilig für dich gewesen sein. Ich weiß, daß ich dir den Abend verdorben habe, und ich möchte mich bei dir entschuldigen. Ich werde es wiedergutmachen. Vertrau mir, verzeih mir.»

«Du trinkst ja bereits wieder», sagte Lene. «Versprich mir nicht, daß du dich bessern wirst, wenn du nicht einmal am Morgen nach einer Sauferei nüchtern bleiben kannst!» Sie fand, daß sie sich wie Emma anhörte, und diese Erkenntnis tat ihr weh. Aber sie wußte, daß sie sich nicht von seinen Schmeicheleien einwickeln lassen durfte. Sie wußte, daß sie ihre ganze Willenskraft aufbieten mußte, um seiner Anziehungskraft zu widerstehen.

«Es ist nicht Morgen, und ich habe nicht versprochen, mich zu bessern», erwiderte er. «So etwas würde ich nie tun. Ich habe lediglich gesagt, das mit gestern abend tut mir leid, und daß ich bereit wäre, dir dein Geld zurückzuerstatten – da du offensichtlich nicht zufrieden warst.»

«Wir müssen alle unsere Lektion lernen.»

«Also war es eine ‹Lektion› für dich? Dann habe ich doch letztlich einen Zweck erfüllt.»

«Ich wollte es nicht so – grausam klingen lassen.»

«Aber du *bist* grausam. Du ahnst nicht, was es bedeutet, *ich* zu sein, jeden Morgen mit der grausigen Erkenntnis aufzuwachen, daß man immer noch in dieser abscheulichen Haut steckt, daß man noch am Leben ist, sich nicht verändert hat, immer der gleiche sein wird. Wenn ich es nicht so klar sehen würde, wäre es nicht so schlimm. Aber ich habe die schärfsten Augen der Welt. Ich trinke, um mich blind zu machen. Du kannst es nicht verstehen. Niemand kann das. Nur wenn ich schreibe, lebe ich in relativer Sicherheit. Aber ich kann nicht *immer* schreiben. Ich muß auch die Welt ansehen

– und mein gräßliches, dahinkriechendes Ich –, um weitere Dinge zu finden, die ich meinen Zeitungslesern berichten kann. Meine Phantasiegebilde werden in Prosadichtung umgewandelt – das ist meine Hoffnung auf Unsterblichkeit –, aber niemand will meine Romane lesen. Alle wollen meine Tatsachenberichte. Mein Journalismus wird als ‹überragend› angesehen . . .» Er starrte Lene aus hohlen Augen an. Sie bemerkte plötzlich, daß er lange, dunkle Wimpern hatte. «Sei froh, zu sein, wie du bist», sagte er, «und verlaß mich . . . so bald wie möglich.»

«Ich will dich nicht verlassen», sagte Lene, aber noch ehe die Worte von ihren Lippen kamen, wußte sie, daß sie unaufrichtig waren. Der Wunsch, Paul zu verlassen, war im Dunkel der vergangenen Nacht geboren worden und seither ständig gewachsen. Lene verspürte tiefe Abneigung gegen die Verwirrung, der er verfallen war, und nachdem ihr die Abneigung einmal bewußt geworden war, konnte sie nur noch zur Flucht führen.

«Ernst hat uns für heute abend eingeladen, und ich habe ihm gesagt, wir kämen um halb sieben.»

«Ich habe sehr viel Arbeit, Lene. Zwei Ablieferungstermine, die ich unbedingt einhalten muß, und so, wie ich mich fühle, wird es mir nicht leichtfallen, zu arbeiten. Ich hatte gedacht, wir würden später ins Theater gehen. Das war es doch, was du gerne wolltest . . .»

«Du hast dich so vage dazu geäußert, und ich habe es Ernst versprochen. Er möchte, daß ich seine Verlobte kennenlerne.»

«Dann geh ohne mich, und ich gebe die Karten zurück.»

«Vielleicht können wir uns im Theater treffen.»

«Warum nimmst du nicht meine Karte und gehst mit Ernst ins Theater? Es macht mir nichts aus. Ich habe genug zu tun.» Er wollte die Diskussion möglichst schnell beenden. «Tu, was du willst», sagte er brüsk. «Ich muß arbeiten.»

Lene bestellte ein leichtes Mittagessen mit kaltem Aufschnitt und trank ein Glas Rotwein dazu. Während Paul schrieb, dachte sie an Tom. Sie hatte *ihn* nie mit solcher Gewissenhaftigkeit und Leidenschaft arbeiten sehen. Er schien immer nach einer Ausrede zu suchen, um seine Arbeit beiseite zu legen. Er verlor sehr schnell das Interesse, tat nur, was unbedingt nötig war, und verbrachte die meisten Stunden des Tages mit Träumereien. Sie konnte nicht bei Paul bleiben, aber sie konnte auch nicht zu Tom zurückkehren. Sie wünschte sich einen Mann, der mit leidenschaftlichem Eifer arbeitete, aber auch ein geordnetes Leben führte. Einen Mann, der etwas tat, was sie bewundern konnte, aber mit beiden Füßen auf der Erde stand. Einst hatte sie geglaubt, er müsse gut aussehen, dann war sie davon überzeugt gewesen, daß Klugheit genügte.

Die Zigarettenstummel häuften sich neben Paul auf, die Zahl der Cognacgläser nahm zu. Der Wein hatte Lene müde gemacht. Sie entschuldigte sich und ging hinauf, um sich hinzulegen. Das Mädchen hatte das Zimmer aufgeräumt. Kein Wunder, daß Paul gern in Hotels wohnt, dachte Lene bei sich.

Als sie aus ihrem Mittagsschlaf erwachte, sah sie, daß es nach fünf Uhr war. Sie wusch sich das Gesicht, zog das frische Kleid an, das sie mitgebracht hatte, und ließ sich schwarzen Kaffee aufs Zimmer bringen.

Unten fand sie einen Zettel von Paul und zwei Theaterkarten vor. «Mußte fort», lautete die Nachricht, «werde ich dich am späten Abend sehen? Liebe Grüße, Paul.»

Lene nahm ein Taxi und fuhr zu der Adresse, die Ernst ihr genannt hatte. Er wohnte ziemlich weit vom Zentrum entfernt in einem kleinbürgerlichen jüdischen Viertel in der Nähe des Bahnhofs Börse. Lene bereitete sich während der Fahrt in Gedanken auf die Begegnung mit ihm und seiner Freundin vor. Ernst hatte seinen Doktor der Rechtswissenschaft gemacht, beabsichtigte jedoch nicht, als Jurist tätig zu sein. Er hatte einen kleinen Lehrposten an der Universität, aber angesichts seiner politischen Einstellung hatte er keine Aussichten, befördert zu werden. Besessen vom Zionismus, schien er seine Vergangenheit vergessen, sich von seiner Klasse losgesagt zu haben und war unduldsam, beinahe grob gegen jeden, der anders dachte als er. Nathan war ihm gegenüber ratlos. Er weigerte sich zu verstehen, wie irgend jemand – ganz zu schweigen eines seiner Kinder – an die

Notwendigkeit eines jüdischen Vaterlandes glauben konnte.

«Ich könnte es verstehen, wenn Du ein armseliger Ghettobewohner aus dem russischen Grenzgebiet wärst, der mit Lumpen handelt und Jiddisch spricht», schrieb er. «Wenn dies die einzige Möglichkeit wäre, Deine Lebensweise zu ändern und der erstickenden Orthodoxie Deiner Umgebung sowie dem bösartigen Antisemitismus der Bauern, unter denen Du lebst, zu entkommen, würde ich es einsehen. Aber als deutscher Jude hast Du die Möglichkeit, Dir Dein Leben einzurichten, wie Du willst. Du bist frei. Du *hast* ein Vaterland.»

Lene hatte Ernst gegen ihren Vater verteidigt, der, nachdem er einmal seiner Kritik Ausdruck verliehen hatte, nie müde wurde, sie zu wiederholen. Edu war vorsichtiger in seinem Urteil, aber er fand es töricht von seinem Neffen, einen Doktortitel wegzuwerfen, um in der Wüste Hühner zu füttern. Während Lene durch den Berliner Sommerabend fuhr, fragte sie sich, ob sie wirklich an ihre eigene energische Verteidigung von Ernst glaubte. Sie sympathisierte mit seinem störrischen Widerstand gegen Nathan und verstand seinen Wunsch, zur Scholle zurückzukehren – war dies nicht eine Idee, die von den Deutschen auch immer befürwortet wurde? Aber sie konnte sich nicht recht vorstellen, daß irgendeiner von *ihnen,* selbst Ernst, den Boden beackerte oder Getreide säte. Und sie konnte sich ihn auch nicht mit einem Gewehr vorstellen in irgendeiner Grenzsiedlung, die er gegen die Araber verteidigte.

«Da sind wir», sagte der Taxifahrer. Er hielt vor einem schäbigen Mietshaus von der Art, wie man sie in den achtziger Jahren des vorigen Jahrhunderts in ganz Deutschland gebaut hatte, um Wohnraum für die vielen Handwerker und Ladenbesitzer zu schaffen, die sich in den Städten niederzulassen begannen. Ernsts Wohnung lag im obersten Stockwerk. Lene war froh, daß sie Schuhe mit niedrigen Absätzen trug.

«Die Lage unserer Wohnung zeigt uns, wer unsere wahren Freunde sind», sagte Ernst, der auf dem obersten Absatz stand, um seine Schwester willkommen zu heißen.

«Sie hindert auch die Alten oder Gebrechlichen daran, euch jemals zu besuchen», erwiderte Lene.

Sie umarmten und küßten sich. Ernst hielt sie fest. Ein Gefühl der Erleichterung kam über sie. Hatte irgend jemand sie jemals so an seine Brust gepreßt? Er roch nach Zahnpasta, sauberer Wäsche, gründlich abgeseifter Haut. *Sie* würde nicht zögern, mit ihm nach Palästina zu gehen.

«Komm rein und lern Miriam kennen», sagte Ernst.

Die Wohnung bestand aus einem Wohnzimmer und einem kleinen Schlafzimmer, das gerade Platz für ein Doppelbett bot. Die Wände waren schräg, und die Fenster blickten direkt in den Himmel. Die Toilette war im Hausflur. In einer Ecke des Wohnzimmers stand ein Herd, und vor dem Herd stand Miriam mit einer Schürze und probierte die Suppe, die über der Gasflamme kochte.

Die zwei Frauen sahen sich nur einen kurzen Augenblick an, dann kam Miriam herbei und umarmte Lene, die eine Sekunde lang erstarrte. Sie war es nicht gewohnt, ihre Gefühle zur Schau zu stellen, und schon gar nicht einer Fremden gegenüber. Aber sie fühlte, wie ihr Widerstand in Miriams starken Armen schmolz, und so erwiderte sie ihren Kuß.

Sie hatten einander rasch abgeschätzt und beide erkannt, wie verschieden sie waren. Trotzdem empfanden sie auf Anhieb eine große gegenseitige Sympathie. Wären sie Soldaten gewesen, die sich zusammen in einer Schlacht befanden, sie hätten einander ihr Leben anvertraut.

«Ich bin so froh, dich endlich kennenzulernen», sagte Miriam. «Ernst spricht mehr über dich als über die ganze übrige Familie zusammen.»

«Ich muß sagen, er war sehr geheimnisvoll, was *dich* betrifft», sagte Lene. «Ich glaube fast, er wollte dich vor unserer Familie bewahren. Es gibt Scharfschützen unter uns.»

«Miriam braucht keinen Schutz. Sie ist sehr wohl imstande, auf sich selbst aufzupassen», sagte Ernst. «Trotzdem hast du recht; unsere Familie kann wirklich furchtbar sein. Aber ich glaube, daß ich mich selbst beschützen wollte.»

«Habt ihr vor zu heiraten?»

«Nächsten Frühling, hoffen wir, ehe wir *aliyah* machen.»

«‹*Aliyah* machen›?»

«Uns in Palästina niederlassen. Wir haben vor auszuwandern.»

«Ihr geht also *wirklich*?»

«Unbedingt», sagte Miriam, und Lene sah, wie sie und Ernst einen Blick voll stolzer Liebe wechselten. «Bis dahin bin ich mit meinem Studium fertig, ich werde mein Diplom haben und dort wirklich von Nutzen sein können . . .»

«Was tust du?»

«Ich bin Kindergärtnerin. Ich spezialisiere mich auf Kinder im Vorschulalter. Hat Ernst mir nicht erzählt, daß du auch Kinderfürsorge gelernt hast?»

«Nicht wirklich.» Lene sah Ernst an; es machte sie verlegen, ihren Fehlschlag eingestehen zu müssen. «Ich habe das Studium angefangen, aber nicht beendet. Tatsächlich bin ich nicht sehr weit gekommen. Hat Ernst das nicht erwähnt?»

«Er erzählt mir immer nur den guten Teil.»

«Ich konnte nicht mit den Kindern fertig werden», sagte Lene. «Schließlich hat man mir nahegelegt, das Institut zu verlassen. Es ist eines der Dinge in meinem Leben, an die ich nicht gern erinnert werde.»

«Es ist niemals zu spät, so etwas wiederaufzunehmen. Oft braucht man nur etwas mehr Reife, um Erfolg zu haben, wo man vorher versagt hat.» Miriam sprach mit einem leichten Akzent. Sie war kleiner als Lene, und ihr dunkles, lockiges Haar war kurz geschnitten. Ihre Beine waren kräftig, ebenso ihre Arme, und sie hatte volle Brüste. Sie trug Sandalen und ihr Gesicht war ungeschminkt. Während sie sich unterhielten, deckte sie den Tisch für drei.

«Ja, das mag stimmen», sagte Lene, «aber ich gehöre zu der Art von Menschen, die man zwingen muß, bei einer Arbeit zu bleiben. Ich fürchte, ich bin eine von den müßigen Reichen.»

Einen Augenblick lang herrschte verlegenes Schweigen.

«Wie gefällt es dir in Berlin?» fragte Miriam.

Lene erinnerte sich plötzlich an Paul. «Nicht besonders», sagte sie.

Miriam blickte überrascht auf. Sie hatte eine positive Antwort erwartet. Die meisten Menschen liebten Berlin. Sie selbst auch. Sie lebte seit fünf Jahren hier und wußte, daß sie die Stadt vermissen würde, wenn sie nach Palästina gingen. Sie machte sich keine Illusionen – es würde dort nicht leicht für sie sein. Sie waren beide durch und durch Stadtjuden.

«Wir hatten gestern abend ein unangenehmes Erlebnis», erklärte Lene. Ernst hatte drei dicke bauchige Gläser, von der Art, wie man sie in billigen Haushaltsgeschäften kaufen kann, mit Sherry gefüllt, während Miriam ein weißes Zopfbrot in Scheiben schnitt. «Paul ist von einer Rowdybande verprügelt worden.»

«Nazis?» fragte Ernst.

Lenes erster Impuls war, es zu leugnen, aber sie bejahte mit einem tiefen Seufzer.

«Es geschieht andauernd», sagte Ernst.

«Laßt uns essen», warf Miriam ein. Sie servierte eine kräftige Gemüsesuppe und eine Käseplatte. Kleine, zarte Matzeklößchen schwammen zwischen den Karotten und dem Kohl.

«Es wäre interessant gewesen, Paul Leopold kennenzulernen», sagte Ernst. «Ist er schwer verletzt worden?»

«Nein – das war nicht das Schreckliche an der Sache», sagte Lene. «Es war die Willkür des Angriffs. Diese Jungen liefen wild und ungehindert durch die Straßen, zerschmetterten Fenster, schlugen Menschen zusammen, demolierten Autos. Und niemand tat etwas. Niemand half Paul. Die Leute standen einfach da und starrten. Sie hätten im Theater sein und sich ein Schauspiel ansehen können.»

«Die Leute fühlen sich hilflos», sagte Miriam.

«Die Gewalttätigkeit der Nazis befriedigt irgendein tiefes Bedürfnis in den Deutschen», erklärte Ernst. «Sie würden gern selbst diese Dinge tun. Aber sie wagen es noch nicht. Sie warten auf Erlaubnis – darauf, daß jemand ihnen sagt: ‹Schon gut, ihr könnt loslegen, es ist erlaubt, Juden zusammenzuschlagen.›»

«Du sagst das so leidenschaftslos», bemerkte Lene.

«Wir haben uns entschlossen, wie wir darauf reagieren werden. Wir gehen nach Palästina. Wir sind der Meinung, daß es die einzige Lösung für die Juden ist, wenn auch manche Leute uns auslachen. Ich hoffe nur, daß wir später nicht sagen müssen: ‹Wir haben euch gewarnt›, aber ich fürchte, es wird genauso kommen, wie wir es vorhersagen.»

«Ihr seid von allen Leuten, die ich kenne, die einzigen, die den Dingen gelassen entgegenzusehen scheinen.»

«Das kommt daher, daß wir eine Ideologie – einen Glauben haben.»

«Tante Eva hat auch eine Ideologie und einen Glauben.»

«Ihr Glaube ist einseitig. Er läßt das wichtigste Element aus – die Tatsache, daß sie Jüdin ist.»

«Du bist wirklich zielbewußt. Du sprichst, als gäbe es nichts anderes.»

«Es gibt nichts anderes», sagte Miriam.

«Du hast doch hoffentlich keine ernsten Absichten mit Paul Leopold?» fragte Ernst. «Er ist ein großartiger Journalist, aber er scheint ein Vagabund zu sein.»

«Er ist verheiratet, wie du sicher weißt.»

«Das würde dich nicht davon abhalten, die Sache ernst zu nehmen.»

«Ich bleibe nicht bei ihm.»

«Bist du noch verheiratet?» fragte Miriam.

«Ja», sagte Lene, «ich nehme es an.»

Miriam warf ihr einen erstaunten Blick zu.

«Meine Schwester ist bekannt dafür, daß sie außerstande ist, der Wirklichkeit ins Auge zu sehen», sagte Ernst. Er stippte große Brocken Brot in seine Suppe, und Miriam sah mit Stolz und Freude zu, wie er aß. «Ich bezweifle, daß sie den Zustand ihrer Ehe jemals ernsthaft erörtert hat – sei es mit Tom oder mit irgend jemand anderem.»

«Tom spricht auch nicht gern darüber», sagte Lene. «Wir haben uns sozusagen willenlos in die Ehe treiben lassen, und ich nehme an, wir werden uns auch wieder aus ihr heraustreiben lassen.»

«Es ist leichter, sich hineintreiben zu lassen, als wieder herauszukommen», erklärte Ernst, «und das sage ich dir nicht als Bruder, sondern als Jurist.»

Miriam servierte als Nachtisch Honigkuchen und frische Pfirsiche mit braunem Zucker und Sahne. Sie hatte etwas Phlegmatisches und Mütterliches an sich, und Ernst hatte darauf reagiert, indem er entschiedener, schroffer geworden war. Es lag eine gewisse Ruppigkeit in seinem Benehmen, aber Lene wollte sie nicht sehen.

«Ich habe zwei Karten für die neue Reinhardt-Premiere», sagte sie. Es war bereits acht Uhr.

«Für wen sind sie?» fragte Ernst, den Mund voll Kuchen.

«Sie waren ursprünglich für Paul und mich bestimmt. Aber er hat gesagt, ich soll einen von euch mitnehmen.»

«Ernst kann gehen», sagte Miriam.

«Miriam kann gehen», sagte Ernst.

«Warum bleiben wir nicht alle drei zu Hause?» fragte Lene. Sie fühlte sich plötzlich sehr behaglich in der kleinen Wohnung ihres Bruders. Und sie hatten so vieles, worüber sie sprechen konnten.

«Man sollte die Karten nicht verfallen lassen», sagte Miriam. «Vielleicht finden wir jemanden im Haus, der sie gerne nehmen würde.»

«Es ist typisch für Miriam, daran zu denken», sagte Ernst. «Sie hat den Trieb des Bauern, zu sparen und nichts zu vergeuden.»

«Ich bin nicht in einem so verschwenderischen Haushalt aufgewachsen wie ihr zwei . . .»

«Ich frag die Zemlinskis, ob sie gehen wollen.» Ernst nahm die Karten und verschwand im Flur. Sie hörten seine Schritte die Treppe hinunterlaufen.

«Werden deine Eltern wütend sein, wenn wir heiraten?» fragte Miriam. Sie sah Lene mit freimütigen, scharfen Augen an, und Lene konnte ihr nicht ausweichen.

«Wahrscheinlich», erwiderte sie. «Obwohl ‹wütend› nicht das richtige Wort ist. Meine Eltern werden selten wütend. Sie werden ärgerlich und gekränkt sein, mein Vater wird vielleicht sogar eine lange Rede halten und den genauen Wortlaut einer gelehrten Abhandlung über das Thema zitieren, um zu beweisen, daß die Ehe nicht gutgehen kann. Aber er wird nicht schreien oder toben, und meine Mutter wird lediglich seufzen. Das will nicht heißen, daß sie nicht im tiefsten Inneren aufgebracht sein werden – aber bis dahin seid ihr weit fort und braucht euch keine Gedanken darüber zu machen.»

«Ich möchte nicht das Gefühl haben, daß ich zwischen

Ernst und seine Familie gekommen bin. Ich habe mich so völlig aus der Welt meiner eigenen Angehörigen entfernt, daß ich vermutlich nie zu ihnen zurückfinden werde. Aber das ist nicht gut. In einer Gesellschaft wie derjenigen, aus der ich stamme, ist es unvermeidlich, aber das gehört zu den Dingen, die ich ändern will. In *Eretz Israel* werden wir uns unseren Kindern nicht entfremden, wir werden alle in der gleichen modernen Welt leben. Ein altes Land, aber eine moderne Welt – *das* ist das Wundervolle daran!»

Ernst kam im Laufschritt wieder die Treppe herauf. «Sie waren hoch erfreut», sagte er atemlos, als er das Zimmer betrat. «Sie sind arme Studenten», erklärte er Lene, «sie kommen nie irgendwohin, es sei denn, es kostet kein Geld, und die meisten kostenlosen Veranstaltungen sind entweder schlecht oder unverhohlen propagandistisch: Man glaubt, man wird eine Lesung von Gedichten hören, und dann stellt sich heraus, daß man in eine Versammlung von Guttemplern geraten ist.»

Sie verbrachten die nächsten Stunden in angeregter Unterhaltung. Schließlich sagte Ernst: «Ich muß dich nach Hause bringen, Lene. Wir machen morgen mit einer Schar von Kindern aus unserer Jugendgruppe einen Ausflug aufs Land, und das bedeutet, daß wir bei Tagesanbruch aufstehen müssen.»

«Ich will nicht ins Hotel zurück», erklärte Lene.

«Dann bleib hier», sagte Miriam. «Du kannst auf der Couch schlafen. Wir haben oft Leute, die hier übernachten.»

«Was ist mit Paul?» fragte Ernst.

«Ich werde hingehen, ehe er aufwacht, um meine Sachen zu holen und ihm eine Nachricht zu hinterlassen. Er wird wahrscheinlich so betrunken sein, daß er mich überhaupt nicht vermißt.»

«Deine Schwester gefällt mir», sagte Miriam, als sie hinter der geschlossenen Tür ihres kleinen Schlafzimmers im Bett lagen. Die Nacht war heiß; sie schliefen nackt. Draußen donnerte es.

«Ich frage mich, was aus ihr werden wird», sagte Ernst, während er mit dem Finger über Miriams Schulter fuhr.

«Was willst du damit sagen?» fragte sie.

«Mädchen aus guten jüdischen Familien haben es heutzutage nicht leicht. Sie haben nicht gelernt, wie man überlebt.»

«Ich dachte, Lene sei anders als die anderen.»

«Welche anderen?»

«Die anderen in deiner Familie. Diejenigen, von denen du nicht willst, daß ich sie kennenlerne.»

«Ich habe dir gesagt, du würdest sie nicht mögen.»

«Aber ich mag Lene. Du hast bloß Angst, daß *sie mich* nicht mögen werden.»

«Ich will nicht, daß sie sich in mein Leben drängen, das ist alles.»

«Glaubst du, wenn du nichts mit ihnen zu tun hast, wirst du ein anderer Mensch?»

«Ja.»

«Aber das stimmt nicht. Wir tragen alle die Last unserer Vergangenheit und unserer Familie mit uns bis ins Grab. Ich glaube, du willst nicht, daß ich sie kennenlerne, weil du dich meiner schämst. Tief, tief innerlich bist du unsicher, was mich betrifft, und nur, indem du mich von deiner Familie fernhältst, kannst du den Konflikt vermeiden.»

«Es gibt keinen Konflikt.»

«Was für eine lächerliche Behauptung! Unsere Kulturen kollidieren in jeder Hinsicht. Wir mögen beide jüdisch sein, aber wir sind in völlig verschiedenen Welten aufgewachsen. Du wohlbehütet hinter jener Gartenmauer zwischen süß duftenden Blumen, ich in einem schmutzigen Hof voller Küchenabfälle.»

«Du übertreibst.»

«Ich gebrauche Metaphern, aber sie sind exakt.»

«Wenn wir nach Palästina gehen, werden all diese Probleme mit einem Schlag gelöst sein. Wir fangen ein neues Leben an. Wir werden beide Fremde in einem neuen Land sein.»

«Ich hoffe, du siehst die Dinge nicht in einem zu rosigen Licht. Nach Palästina zu gehen, sollte keine Flucht vor der Wirklichkeit werden.»

«Dessen bin ich mir sehr wohl bewußt.»

Ernsts Stimme klang gereizt, aber Miriam ließ nicht lokker. «Früher oder später wirst du dich mit deiner Familie auseinandersetzen müssen. Wenn du es nicht tust, wirst du den Konflikt ewig mit dir herumtragen.»

«Es ist spät, Miriam.»

«Ich wünschte, du würdest mir Gelegenheit geben, ihnen zu zeigen, wer ich bin. Lene scheint mich zu mögen. Vielleicht würden sie es auch tun.»

«Du bist sehr überzeugt von dir.»

«Aber du bist es nicht – ist es das?»

«Wenn wir nicht etwas Schlaf bekommen, werden wir beide morgen früh unerträglich sein», sagte Ernst, drehte ihr den Rücken zu und rutschte bis an den äußersten Rand des Bettes. Er schloß die Augen und versuchte, alle Gedanken auszuschalten, seinen Geist durch Schlaf zu betäuben.

«Ich möchte nur nicht, daß du etwas tust, was du den Rest deines Lebens bereuen wirst», flüsterte Miriam.

«Gute Nacht», sagte er, und seine Stimme war so energisch, daß sie beinahe schroff klang. Nach einer Weile hörte er ihre tiefen Atemzüge und wußte, daß sie schlief.

PAUL LEOPOLD hatte Lene nach Beendigung der Vorstellung im Theater gesucht, hatte gesehen, daß sie nicht da war, und war ins Hotel zurückgekehrt, um dort auf sie zu warten. Er sehnte sich danach, sie neben sich zu haben, und als sie nicht erschien, hatte er sich eine Flasche Calvados bestellt und sich sinnlos betrunken. Schließlich war er in den frühen Morgenstunden erschöpft und gänzlich angezogen aufs Bett gesunken, und so fand Lene ihn, als sie gegen neun Uhr ins Zimmer kam. Die leere Flasche und die gekrümmte Gestalt auf dem Bett bestätigten ihre schlimmsten Ahnungen, und sie ging rasch mit ihrem kleinen Handkoffer fort, um am Bahnhof auf den Zug nach Frankfurt zu warten. Auf dem Zettel, den sie ihm zurückließ, stand lediglich: «Du hattest recht – ich verlasse Dich.»

Paul kehrte nicht nach Frankfurt zurück. Eine Woche, nachdem Lene ihn verlassen hatte, ging er zum Bahnhof und nahm den Zug nach Prag, wo er noch einige Jahre lang weiterhin Artikel für die *Frankfurter Zeitung* schrieb.

EDU WERTHEIM verbrachte alljährlich von Ende August bis zum Herbstanfang vier Wochen in Baden-Baden. Auch hier lud er gelegentlich den einen oder anderen seiner Verwandten ein, ihm ein paar Tage oder eine Woche Gesellschaft zu leisten. Er ging dabei ganz willkürlich vor; man konnte nie damit *rechnen,* eingeladen zu werden, und wußte auch von einem Jahr zum anderen nie, ob die Einladung, falls sie kam, nur für ein Wochenende oder eine ganze Woche sein würde.

Im Sommer 1928 sagte Nathan, der schon seit einiger Zeit leidend war, seinen üblichen Urlaub in Grindelwald ab, weil die Ärzte meinten, die Höhenluft der Schweiz sei schädlich für sein Herz. Caroline fühlte sich durch diese Wendung der Ereignisse benachteiligt und beklagte sich – natürlich in verschleierter Form – gegenüber jedem, der es hören wollte. Sie erklärte Edu, es sei eine Sünde und Schande, daß der arme Nathan in der heißen Stadt bleiben müsse, und sie frage sich, was sie mit Annas Urlaub machen solle. Fräulein Gründlich führe immer im August nach Hause; außerdem könne sie nicht kochen, und es wäre auch eine Beleidigung, sie darum zu bitten. Lene habe ihr eigenes Leben, und man könne von ihr nicht erwarten, daß sie für die Familie kochte. Es kam Caroline keinen Augenblick in den Sinn, daß sie selbst eine Mahlzeit zubereiten könnte.

«Ich verstehe, was du sagen willst», sagte Edu schließlich, und der Wortschwall brach ab. Er wartete jedoch noch drei Tage, ehe er seine Einladung aussprach. «Ihr werdet zwei Wochen lang meine Gäste sein», sagte er. «Alles, was darüber hinausgeht, müßt ihr selbst bezahlen.»

Lene kehrte schweigsam und verdrießlich aus Berlin zurück. Sie blieb sehr viel für sich und ging mit Clara im Palmengarten spazieren. Das kleine Mädchen saß jetzt aufrecht in seinem Wagen und blickte sich lebhaft interessiert um. Sie gab drollige Töne von sich und fuchtelte mit den Armen in der Luft herum. Sie lachte viel und spielte Versteck hinter ihrer Decke. Morgens war sie eine Stunde bei Caroline, die eine Spätaufsteherin war und bis nach zehn im Bett blieb. Dann holte Lene das Kind und ging mit ihm aus.

«Wie geht es Ernst?» fragte Caroline sie.

«Gut», erwiderte Lene. «Er scheint sehr glücklich mit seiner Freundin zu sein und hat vor, sie zu heiraten.»

Caroline schüttelte den Kopf. «Ich wünschte, daß wenigstens *eines* meiner Kinder eine vernünftige Ehe schließen würde», sagte sie.

«Es wird Ernst vermutlich besser ergehen als uns anderen», sagte Lene. «Miriam ist wirklich sehr nett.»

«Sie ist entweder die Ursache für seine verrückte Idee, nach Palästina zu gehen, oder die Folge davon. In jedem der beiden Fälle gehört sie eindeutig nicht unseren Kreisen an.»

«Das braucht sie auch nicht, wenn sie Ernst glücklich macht.»

«Mein liebes Kind, Glück ist ein Geisteszustand, der nicht anhält, wenn es keine Gemeinsamkeit in der Vergangenheit der Liebenden gibt.»

«Dafür werden sie bald die Gemeinsamkeit der Zukunft in ihrem neuen Vaterland Palästina haben», sagte Lene.

Fräulein Gründlich war die einzige, die wußte, daß Lene nach Berlin gefahren war, um Paul Leopold zu besuchen. Lene erzählte ihr genau, was geschehen war. Es war für sie eine Wohltat, darüber sprechen zu können, und die Erzieherin fällte nie ein Urteil. Sie sagte nur: «Eines Tages wirst du den richtigen Menschen finden.»

«Ich habe die Atmosphäre in Baden-Baden nie sonderlich gemocht», erklärte Nathan seinem Bruder Edu, als sie zusammen zu Mittag aßen, wie sie es regelmäßig einmal in der Woche taten, um über Familien- und Geschäftsangelegenheiten zu sprechen. «All diese verblichene Pracht, diese sabbernden Alten.» Ihm wurde klar, daß er undankbar war. «Ich vergesse, daß ich selbst alt werde», sagte er. «Bald werde ich einer von ihnen sein.»

«Du brauchst nicht nach Baden-Baden zu kommen», erwiderte Edu trocken. «Ich kann die Vorbestellung jederzeit rückgängig machen.»

«Es tut mir leid, Edu, verzeih mir. Es ist nicht, daß ich deine Einladung nicht zu schätzen weiß . . .»

«Was ist es dann?»

«Ich bin sehr pessimistisch, was die Zukunft betrifft. Mache mir Sorgen um das Land, meine Kinder, meine Gesundheit. Der Tod hat an meine Tür geklopft. Manchmal denke ich, ich würde ihn begrüßen, aber ich weiß, das ist der Ausweg eines Feiglings.»

Gespräche über den Tod brachten Edu aus der Fassung. Er tat, als wäre der Tod eine Geschlechtskrankheit, der man entrinnen konnte, wenn man ein geordnetes Leben führte und nicht mit Dirnen verkehrte. Nathans Verlangen, darüber zu sprechen, betrachtete er als einen Mangel an Selbstdisziplin. In dieser Hinsicht war er genau wie Hannchen, und Nathan konnte das nicht ertragen. Die alte Dame saß immer noch – fett, zufrieden und munter – in ihrem Appartement in Edus Haus und bekämpfte fröhlich und siegreich den Tod. Sie erklärte Nathan, daß seine Beschwerden allesamt Einbildung seien, und verordnete ihm Kamillentee und viel Bewegung im Freien. Sie verließ ihre Räume nur, wenn sie in die Sommerfrische fuhr. Sie trank zuviel Kaffee und aß zuviel Butter, aber sie tat ihre Ansichten immer noch krächzend durchs Telephon kund, wie sie es seit eh und je getan hatte. «Ich bin fünfundsiebzig», sagte sie. «Mein Alter gibt mir das Recht, Ratschläge zu erteilen, selbst wenn sie falsch sind.» Edu vergewisserte sich, daß sie nach Baden-Baden ging, wenn er nicht dort war. Im August fuhr sie mit ihrem Mädchen nach Travemünde.

«Du wirst uns alle einmal übers Wochenende besuchen», sagte Edu zu Lene nach seinem Gespräch mit Nathan. «Julia kommt auch, falls sie ihren gegenwärtigen Liebhaber lange genug verlassen kann. Sie braucht eine kleine Atempause. Ich glaube, sie wählt absichtlich Männer, die ihr Kummer und Schwierigkeiten bereiten.»

Lene hatte schon oft das gleiche gedacht.

«Ich sollte mich lieber den Rest des Sommers Clara widmen», sagte Lene. Sie genoß das friedliche Leben, das sie seit ihrer Rückkehr aus Berlin führte. Edu hatte dieses Thema beharrlich vermieden.

«Das ist eine reizende Idee, und ich rechne es dir hoch an, daß du eine so gute Mutter bist, aber ich weiß, daß Emma sich darauf freut, das Baby ein Weilchen für sich zu haben. Du brauchst dieses Opfer nicht zu bringen.»

Edu ertappte die Familienmitglieder immer bei den kleinen Heucheleien, die sie sich gestatteten, wußte immer, wann sie schwindelten oder vorgaben, bescheidener oder rücksichtsvoller zu sein, als sie in Wirklichkeit waren.

Emma war zur Leiterin der freiwilligen Helferinnen im Frauenspital ernannt worden. Eigentlich wäre das eine bezahlte Stellung gewesen, aber Emma wollte keine Arbeit annehmen, für die sie Geld erhielt, und so hatte sie sich erboten, ihr Gehalt für wohltätige Zwecke zu spenden. Der Direktor hatte sie ohne Bezahlung behalten, und Eva schalt sie zornig: «Frauen haben es schon schwer genug, ohne daß solche wie du umsonst arbeiten.»

«Ich will niemandem verpflichtet sein», sagte Emma. «Auf diese Art steht es mir frei zu tun, was ich will. Ich kann über meine Zeit verfügen, ich schulde ihnen nichts.»

«Kein Wunder, daß sie weibliche Arbeitskräfte schlecht bezahlen, wenn sie ein ganzes Heer von Frauen haben, die bereit sind, ohne Entgelt zu arbeiten. Du bist nicht besser als ein Streikbrecher.»

«Ach, um Himmels willen, Tante Eva, laß mich in Ruhe!» Emma drehte sich auf dem Absatz um und ging mit steifen Schritten hinaus.

Emma schrieb jede Woche sowohl an Bernard Berenson als auch an Mabel Hennessy Supino-Botti. Sie hatte die Gabe, die Ereignisse eines eintönigen Lebens so wiederzugeben, daß sie zu einer Reihe amüsanter Anekdoten wurden.

«Stell Dir meine Überraschung vor», schrieb sie zum Beispiel, «als ich plötzlich den Geruch von Knoblauch in der Geburtenabteilung wahrnahm. Wie sich herausstellte, kam er von einer jungen Frau, die sich den Knoblauch auf die Brust rieb, um den Milchfluß zu fördern. Armes Baby!» Mabel und B. B. waren begeistert von ihrer neuen Freundin und schmiedeten Pläne für ihren Besuch im Frühling.

Alle, die vor dem Krieg in Baden-Baden gewesen waren, behaupteten, daß jene Zeiten der Eleganz ein für allemal vorüber seien. Ganze Familien waren damals in gemieteten Eisenbahnwagen mit einem Gefolge von Dienstboten und so viel Gepäck angereist, daß es mehrerer Pferdewagen bedurfte, um alles vom Bahnhof zum Hotel zu bringen. Die Hotels waren so prunkvoll wie Paläste – tatsächlich zählten manche von ihnen fürstliche Persönlichkeiten zu ihren Gästen. In einigen der besseren Hotels sah man niemals Juden. Scharen von Bediensteten waren ständig in Bereitschaft, und das Funkeln der Diamanten blendete die Augen.

Jetzt wirkte der Ort grau und trübe, das Mobiliar war abgenutzt, das Personal in den Hotels mißmutig, und überall traf man Juden. Das Silber war nicht mehr so schwer, die Gläser waren nicht mehr so dünn, die Blumen auf den Tischen nicht mehr so frisch, und der Ton der Kellner war impertinent. Selbst die Ärzte hatten sich verändert. Sie waren weniger optimistisch. Die Leute beschwerten sich ständig über all diese Dinge, aber sie kamen wieder, sooft sie es sich leisten konnten.

Edu, der die politischen Strömungen, die ihn umgaben, deutlicher wahrnahm als die meisten seiner Zeitgenossen, bemerkte in diesem Jahr in den Gesprächen in Baden-Baden einen neuen und gefährlichen Gehalt. Die Meinungen, die geäußert wurden, hatten eine bittere nationalistische Schärfe. Die Männer sprachen nicht nur über die «guten alten Zeiten», sondern brachten zahlreiche Ideen vor, wie man am besten zu ihnen zurückkehren könnte. Hinter vorgehaltener Hand wurde davon gesprochen, daß man Deutschland von «fremden» Elementen säubern müsse, es gab Geflüster über Waffen und Armeen und die Notwendigkeit, ein neues Deutsches Reich zu schaffen, das das Gebiet des gegenwärtigen Rumpfstaates weit nach Osten ausdehnen solle.

Diese und andere Ansichten wurden am häufigsten von nichtjüdischen Kaufleuten und Bankiers zum Ausdruck gebracht. Obwohl sie auch weiterhin freundlich, ja sogar ehrerbietig zu Edu Wertheim waren, fühlte er sich von ihren Gesprächen abgestoßen. Er nahm einige seiner Glaubensgenossen beiseite, um sie nach ihrer Meinung in dieser Angelegenheit zu fragen. Einer oder zwei pflichteten ihm bei, die übrigen fanden, daß er übertrieben pessimistisch, allzu sensibel oder einfach unrealistisch war. «Man muß sich anpassen», erklärten sie ihm. Es war leicht, sich über seine Warnungen hinwegzusetzen, denn er war offensichtlich ein Mensch, der den Geist seiner Zeit nicht erfaßt hatte.

Lady Samuel hatte beschlossen, zwei Wochen in Baden-Baden zu verbringen, während Edu dort war. Sie wohnte wie er in Brenners Parkhotel. Lady Samuel bereiste jeden Sommer das europäische Festland, verbrachte ein paar Wochen hier, ein paar Wochen dort und widmete ihre Zeit teils dem Vergnügen, teils der Kultur. Sie reiste per Auto mit ihrem Chauffeur und einer Zofe. Die beiden Angestellten saßen auf den Vordersitzen des Wagens, während sie, ihren kleinen weißen Spitz neben sich, allein im Fond fuhr. Sie blickte ständig aus dem Fenster, als erwarte sie, daß die Landschaft ihr irgendein Geheimnis enthüllen werde. In Wirklichkeit hielt sie Ausschau nach interessanten Einzelheiten, kleinen Kirchen in versteckten Dörfern, verlassenen Burgen über gewundenen Flüßchen, einfachen Gasthäusern in einer idyllischen Umgebung.

Lady Samuel hatte Edu nicht mitgeteilt, daß sie in der ersten Septemberhälfte in Baden-Baden sein würde. Sie wußte, daß er sich um die Zeit immer dort aufhielt, aber in diesem Sommer hatte sie sich in einer besonders schwankenden Gemütsverfassung befunden, war zielloser und unruhiger umhergereist, als sie es für gewöhnlich tat. War es das politische Klima auf dem europäischen Festland, oder waren es die bevorstehenden Wechseljahre? Sie wußte es nicht. Sie hoffte, daß Edu, den sie so sehr liebte, wie ihr kühles englisches Herz jemanden lieben konnte, ihr die Hand hinstrecken, ihr Gesellschaft und Zuneigung bieten würde zu einem Zeitpunkt in ihrem Leben, wo sie beides dringend brauchte.

Sie trafen sich, scheinbar zufällig, bei ihrem morgendlichen Spaziergang im Kurpark. Lady Samuel hatte ihren Spitz an der Leine, Edu ging allein, in einer Hand seinen Spazierstock, in der anderen Harry Graf Keßlers kürzlich erschienene Biographie über Walther Rathenau. Er hatte vor, sich eine Bank an einem der Waldwege zu suchen und dort eine Weile in der frischen Morgenluft zu sitzen und zu lesen. Da er Lady Samuel nicht erwartete, erkannte er sie erst im letzten Augenblick.

«Dorothea!» rief er verwirrt, erfreut, erstaunt und verärgert zugleich. Er mochte keine Überraschungen. Sie hingegen liebte sie und war hoch erfreut, daß sie ihm auf diese besondere Art und Weise begegnet war. Sie lächelte ihm strahlend zu, und sie küßten sich, nicht ohne Leidenschaft.

«Was tust du hier?» fragte Edu. Er begann sofort, seinen ganzen Zeitplan in Gedanken neu zu ordnen, und er konnte sich nicht völlig von dem leichten Ärger befreien, der sich in sein Herz geschlichen hatte, als er sie erkannte.

«Ich konnte es im Gebirge nicht mehr aushalten», sagte sie. «Ich kam mir dick und häßlich und grob wie eine Bäuerin vor. Ich mußte hierherkommen, um mich aufzufrischen, mich wieder wohl zu fühlen.»

«Warum hast du mich nicht wissen lassen, daß du kommst?»

«Ich war bis zur letzten Minute nicht sicher, ob ich wirklich nach Baden-Baden fahren würde», log sie. «Ich hatte eine Zeitlang an Marienbad gedacht.»

«Es wäre mir ein Vergnügen gewesen, alles so zu planen, daß ich meine ganze Zeit mit dir hätte verbringen können.»

«Ich wollte nicht, daß du irgend etwas planst. Ich wollte dich überraschen. Unsere Begegnung sollte spontan sein . . .»

Sie schlenderten über eine Stunde lang angeregt plaudernd Arm in Arm durch den Park, und Edu vergaß seinen Ärger. Der Spitz stolzierte an seiner blauen Leine steifbeinig hinter ihnen her. Er hatte einen winzigen Union Jack an seinem Halsband hängen.

Eine Stunde vor dem Mittagessen kehrten sie ins Hotel zurück und trennten sich in der Halle, um sich noch ein Weilchen auszuruhen. Sie hatten sich zum Tee verabredet. In ihrem Zimmer angekommen, nahm Dorothea ihren Hut ab, zog die Handschuhe aus und setzte sich aufs Bett. Sie war erhitzt und ruhelos. Nach ein paar Minuten stand sie auf und ging zum Schreibtisch, wo eine Anzahl Bücher in unordentlichen Haufen aufgestapelt waren. Es waren alles Neuerscheinungen. Dorothea nahm ein Buch nach dem anderen zur Hand, wählte schließlich einen schmalen Band – eine Auswahl von Kurzgeschichten von D. H. Lawrence –

und schrieb etwas auf sein Titelblatt. Dann stieg sie, vorsichtshalber den Fahrstuhl meidend, zwei Stockwerke zu Edus Suite hinauf. Die Tür stand offen und sie ging ohne Anklopfen hinein.

«Ich habe dir die Erzählungen gebracht, um die du mich gebeten hast», sagte sie mit unnatürlich lauter Stimme, ehe sie die Tür hinter sich schloß und sich Edu in die Arme warf.

An diesem Abend stellte Edu sie beim Essen Nathan und Caroline vor. «Dorothea ist eine alte Freundin», sagte er. «Ich habe sie aufgefordert, während ihres Aufenthalts die Mahlzeiten mit uns einzunehmen.»

Lady Samuel sah, daß Carolines sanfter Blick unverbindlich und ohne Verstehen war, während Nathan sie abschätzte wie einen Krankenhauspatienten, der der Oberschwester vorgestellt wird.

«Edu hat mir viel über Sie und Ihre Familie erzählt», sagte sie ruhig mit ihrer gutturalen englischen Stimme. «Ich bin sehr glücklich, Sie endlich kennenzulernen. In Wirklichkeit», setzte sie lächelnd hinzu, «sind wir uns schon begegnet. Vor vielen, vielen Jahren, kurz nachdem mein Mann, Viscount Samuel, gestorben war. Er war oft geschäftlich in Frankfurt, ebenso wie mein Bruder Dicky, dem die Firma Simon und Seligmann gehörte. Man könnte fast sagen, ich sei eine Wahlbürgerin von Frankfurt; ich habe so viele angenehme Stunden dort verbracht.»

«Ach ja», sagte Nathan, «ich kannte Ihren Bruder. Allerdings wußte ich nicht, daß er Ihr Bruder war.»

«*Das* ist also die Verbindung», murmelte Caroline.

«Die Mädchen kommen morgen», sagte Edu, das Thema wechselnd. «Zwei meiner Nichten», erklärte er Dorothea. «Helene, die jüngste Tochter von Nathan und Caroline, und Julia, eine der Töchter meines Bruders Siegmund. Julia ist die Intellektuelle der Familie.»

«Sie schreibt», sagte Caroline.

«Und sogar recht gut», setzte Nathan hinzu.

«Findest du das wirklich?» fragte Edu. «Mir kommt es immer so vor, als wäre sie bewußt herausfordernd. Sie wirft einem in jedem Satz einen Fehdehandschuh hin, um zu zeigen, wie modern und kühn sie ist. Abgesehen von der recht geschickten Art, wie sie Slangausdrücke gebraucht, um zeitgenössische Sprachrhythmen einzufangen, ist sie nicht sonderlich originell. Die wenigsten weiblichen Schriftsteller sind es.»

«Mir haben ihre Kurzgeschichten von jeher gefallen», sagte Caroline. «Sie mag nicht originell sein, aber sie hat ein scharfes Auge.»

«Sieh nur zu, daß sie es nicht auf dich richtet und du dich eines Tages in einer ihrer Erzählungen wiederfindest.»

«Das ist das ewige Problem», sagte Lady Samuel. «Ich kenne viele Schriftsteller, und ich bemühe mich immer, Gnade vor ihren Augen zu finden.»

«Das ist keine Garantie, daß man Sie verschonen wird», sagte Nathan. «Dann werden sie vielleicht schreiben: ‹Sie war stets bemüht, sich gut mit uns zu stellen.›»

«Und Helene?» fragte Lady Samuel. «Bin ich ihr nicht einmal begegnet?»

«Wo könnte das gewesen sein?» sagte Caroline.

«In Venedig?»

«Nein», sagte Edu.

«Im Palmengarten. Beim Konzert. Natürlich. Und was tut Helene?»

«Ihre Talente treiben vielerlei Blüten», sagte Edu.

«Sie liebt es zu essen», erklärte Caroline. Nathan warf ihr einen ärgerlichen Blick zu.

«Das freut mich für sie», sagte Dorothea. «Ich mag Menschen, die gerne essen. Sie sind für gewöhnlich gutmütig. Es sind die Mäßigkeitsapostel und Abstinenzler, die gefährlich für die Menschheit sind. Sie werden Fanatiker.»

«Gehen Sie heute abend in das Konzert im Kursaal?» fragte Caroline.

«Wenn Edu mich einlädt.»

«*Natürlich* wirst du mein Gast sein», sagte Edu.

Caroline, die von ihrem Teller mit gedämpften Hummerkrabben aufblickte, sah, daß er der Engländerin einen liebevollen Blick zuwarf.

«Was gibt es für Neuigkeiten aus Frankfurt?» fragte Nathan. «Du liest ja die Zeitung, Edu, was ich nicht tue.»

«Das Reichsbanner Schwarz-Rot-Gold hat einen großen Aufmarsch zur Unterstützung der Republik veranstaltet», sagte Edu. «Wie ich höre, war es ein ungeheurer Erfolg. Ich glaube, an die achtzigtausend marschierten mit, und eine große Menge sah ihnen zu und feuerte sie mit Rufen an. Die Zeitung schreibt, daß viele Teilnehmer Fahnen von 1848 trugen.»

«Vielleicht besteht noch Hoffnung», sagte Nathan. «Eine Koalition der Linken scheint die einzige Chance zu sein.»

«Wenn es eine weltweite Finanzkrise gibt», sagte Edu, «sind die Nazis nicht mehr aufzuhalten.»

«Und die Engländer?» fragte Caroline, an Lady Samuel gewandt.

«Wir haben keine Probleme», erwiderte Dorothea gelassen. «Weder von der Rechten noch von der Linken. Die Briten haben eine fest begründete, erprobte Tradition der Freiheit.»

Schweigen senkte sich über den Tisch. Sobald Lady Samuel ihr Dessert gegessen hatte, entschuldigte sie sich. «Ich muß mich für das Konzert umziehen», sagte sie. «Es war mir eine große Freude, Sie kennenzulernen.»

Edu blieb noch eine Weile mit einer Zigarre am Tisch sitzen.

«Bist du in sie verliebt?» fragte Caroline plötzlich.

«Das geht dich nichts an.»

«Die Frage war nicht unpassend», bemerkte Nathan. «Ich habe mich nie in das Leben eines anderen eingemischt. Ich behalte meine Meinungen für mich, aber ich interessiere mich – wenn auch mit einiger Zurückhaltung – für die Angelegenheiten meiner nächsten Familienangehörigen.»

«Das klingt reichlich pathetisch.»

«Ich habe nicht oft Gelegenheit, pathetisch zu reden, also laß mich dieses eine Mal gewähren. Pathos wird vielleicht das einzige Laster sein, dem ich im Alter frönen kann.»

«Laßt uns nicht streiten», sagte Caroline. «Es tut mir leid, daß ich eine indiskrete Frage gestellt habe. Auf jeden Fall finde ich deine Freundin außerordentlich charmant und gutaussehend.»

«Ich danke dir», sagte Edu und fragte sich, warum er so lächerlich erfreut über das Kompliment war. Nachdem er den Speisesaal verlassen hatte, wandte sich Caroline an Nathan.

«Ich glaube wirklich, er liebt die Frau. Wenn er sie heiratet, kannst du sicher sein, daß sie ihn entführen wird.»

«Was willst du damit sagen?»

«Sie wird sich zwischen ihn und uns alle stellen.»

«Ich glaube nicht, daß er sie heiraten wird.» Nathan fühlte sein Herz unregelmäßig und schmerzhaft schlagen. «Es wird Zeit, daß ich mich hinlege», sagte er.

LENE UND JULIA trafen am frühen Nachmittag des nächsten Tages in Baden-Baden ein. Sie beschlossen, zu Fuß zum Hotel zu gehen. Sie trugen große Hüte, um ihr Gesicht zu schützen, und beide waren braun gebrannt, denn sie waren in diesem Sommer, sooft das Wetter es erlaubte, zum Schwimmen an den Main gegangen. Die meisten ihrer Freundinnen waren verheiratet und führten ein konventionelles Leben; das trennte sie von den beiden jungen Frauen – eine unverheiratet, die andere verheiratet, aber allein –, die eng vertraut miteinander waren und Erfahrungen austauschen konnten, die niemand anderes verstanden hätte. Lene lebte am liebsten ziellos in den Tag hinein. Julia war eine gute Kameradin. Sie mußte schwer um ihr bißchen Unabhängigkeit kämpfen, denn der Druck der Familie, sie zur Anpassung zu bewegen, war außerordentlich stark. Sie zweifelte oft an ihrer Begabung, und in diesen kritischen Augenblicken pflegte sie sich wieder zu verlieben, aber selbst dabei spielte die Auflehnung gegen ihre Familie eine entscheidende Rolle.

Julia fühlte sich von allen Seiten durch die Forderung bedroht, daß sie ihre Laufbahn aufgeben solle. Rudi, ihr gegenwärtiger Liebhaber, schien nichts anderes im Sinn zu haben, als ihre Arbeit zu kritisieren und sie in der Öffentlichkeit zu demütigen. Sie war ihm wehrlos ausgeliefert, denn da sie nie auf ihre Familie gehört hatte, wenn diese sie vor Männern seiner Art warnte, war sie nicht imstande gewesen, den nötigen Verteidigungsmechanismus zu entwickeln. Ihr rebellisches Wesen ließ sie jedesmal genau den falschen Mann wählen. Rudi war nur der letzte in einer langen Reihe treuloser Liebhaber. Er konnte mit ihr über Literatur sprechen – er war Bühnenschriftsteller – und konnte ihre Prosa bis zum letzten Komma analysieren, aber er war völlig amoralisch und dachte nur an seine eigene Laufbahn. Er wollte nicht, daß sie Schriftstellerin war, sie sollte ausschließlich für ihn dasein. «*Dein* Talent ist nicht groß genug», pflegte er zu sagen, oder: «Die Welt wird es dir weit mehr danken, daß du für mich gesorgt hast, als sie dir für dein Geschreibsel danken wird.»

Dies alles hatte Julia Lene unter Tränen im Zug gebeichtet. Rudi war ein Schweinehund, aber sie liebte ihn und sehnte sich verzweifelt nach ihm. Er war wütend auf sie, weil sie ihn über das Wochenende allein ließ.

Lene hatte ihre eigenen Sorgen, über die sie gern gesprochen hätte, aber ihre Cousine war zu erregt, um ihr Zeit zu lassen, das Thema anzuschneiden. Sie hatte in ihrer Tasche einen Brief von Tom, einen Brief, den sie nur einmal kurz gelesen hatte, als er an diesem Morgen mit der Post gekommen war. Er war am Tag zuvor in Weimar geschrieben und aufgegeben worden, und Tom teilte ihr darin mit – natürlich in einer poetischen und gewählten Sprache –, daß er eine andere liebte.

Die Nachricht hatte Lene geschmerzt, und sei es auch nur, weil sie so klar und unmißverständlich war, auf einem blauen Briefbogen, und sie zwang, sich mit ihren eigenen Gefühlen und Plänen auseinanderzusetzen. Sie hatte plötzlich eine stürmische, eifersüchtige Liebe zu Tom in ihr geweckt. Lene hatte sich an ihr Leben als alleinstehende Frau gewöhnt, sie konnte ihre Beziehung zu Paul Leopold – jetzt, da er fort war – in der richtigen Perspektive sehen, aber sie fand Toms Geständnis unerträglich.

Die Portiers im Hotel, nicht an Gäste gewöhnt, die mitten an einem heißen Tag von der Straße hereinspaziert kamen, beachteten sie nicht. «Glaubst du, sie halten uns für Prostituierte?» flüsterte Julia laut. Aber sobald Lene sagte, sie seien Eduard Wertheims Nichten, nahm das Personal eine stramme Haltung ein, und ein Hausdiener wurde gerufen, um sie zu ihren Zimmern zu führen.

Sie fanden in der Suite einen Strauß Spätsommerblumen

und ein paar Zeilen von Edu vor, der ihnen schrieb: «Willkommen! Ich erwarte Euch um vier Uhr zum Tee auf der Terrasse.» Sie wuschen sich im Bad, das ganz aus Marmor und Majolikafliesen bestand und eine riesige Wanne hatte mit Messinghähnen in Form von Schwanenköpfen.

«Was für eine wundervolle Dekadenz», sagte Julia. «Wenn es nicht so ein Klischee wäre, würde ich eine Geschichte über Baden-Baden schreiben. Dieser Ort steht außerhalb der Zeit, und er versucht den Tod zu leugnen. Er verspricht einem ewiges Leben, wenn man nur gut auf sich aufpaßt. Wie prächtig und eindrucksvoll sind all diese Gebäude – und es dient alles dem gleichen Zweck. Unsere Vorstellung vom Himmel ist ein römisches Bad, eine Villa aus Marmor oder ein Palast aus dem achtzehnten Jahrhundert, wie Versailles ...»

«Ich glaube, Versailles ist im siebzehnten Jahrhundert erbaut worden.»

«Sei nicht so pedantisch. Ich spreche über Illusionen! Ich liebe die Pracht und das Blendwerk. Es ist fast genug, mich Rudi vergessen zu lassen. Weißt du, was er gesagt hat?»

«Nein.»

«‹Nimm mich mit›, das hat er gesagt. So eine Unverfrorenheit!»

«Ich hätte Onkel Edus Gesicht sehen mögen.»

«Er hätte es nicht zu wissen brauchen. Ich hätte Rudi in einem billigen Hotel unterbringen und heimlich treffen können ...»

«Es ist nicht leicht, etwas vor Edu geheimzuhalten. Er wittert alles, wie ein Hühnerhund.»

«Habe ich dir jemals erzählt, Lene, daß Rudis Mutter die Näherin meiner Mutter war?»

«Nein. Aber ich dachte, du wolltest ihn für die Dauer des Wochenendes vergessen.»

«Du hast recht, das will ich. Aber es ist so seltsam und amüsant. Mama ging immer dorthin, in diese schreckliche Mietskaserne in der Kaiserhofstraße. Die Kinder, die im Hof spielten, waren schmutzig und führten zotige Reden. Rudi war einer von ihnen! Ich wette, er hat mir unter den Rock geguckt, wenn ich mit Mama die Treppe hinaufging. Er weigert sich, Pauline und Siegmund kennenzulernen.»

«Würden sie ihn denn kennenlernen wollen?»

«Jetzt, wo er ein bekannter Bühnendichter ist, natürlich!»

Punkt vier erschienen sie, sauber gewaschen und mit frischen Blusen, auf der Terrasse. Sie kamen sich vor wie Kinder. Würden sie sich auch noch wie Kinder vorkommen, fragte sich Lene, wenn sie fünfzig waren und Edu siebzig?

Lady Samuel und ihr Spitz saßen da und knabberten an Häppchen von Streuselkuchen.

«Da kommen meine bezaubernden Nichten», sagte Edu.

«Sieh mal, wer bei ihm ist», flüsterte Lene ihrer Cousine zu.

«Seine Liebste!» sagte Julia. «Die Handlung meiner Geschichte verdichtet sich. Ich *muß* sie jetzt schreiben!»

Sie reichten Dorothea die Hand und küßten Edu auf die Wange. Er bemerkte ihre wissenden, vielsagenden Mienen. «Kennt ihr euch?» fragte er.

«Wir sind uns einmal vor fünf Jahren in Frankfurt begegnet», erwiderte Lene.

«Sie haben ein ausgezeichnetes Gedächtnis», sagte Lady Samuel.

«Wenn es um Onkel Edu geht, nehmen wir alle großen Anteil», erklärte Julia. «Und außerdem spricht Lene kaum von etwas anderem.»

Lene und Edu warfen Julia zornige Blicke zu, aber sie liebte es, das *enfant terrible* zu spielen.

«Ich freue mich, daß mir so viel Aufmerksamkeit zuteil wird», sagte Dorothea lächelnd. «Eifersucht ist immer schmeichelhaft.»

«Was gibt es Neues in Frankfurt?» fragte Edu. «Habt ihr den Aufmarsch des Reichsbanners gesehen?»

«Es war ergreifend», sagte Lene. «Und was für ein Menschenstrom! Sie trugen Banner von der Revolution von 1848, und die Nazis hielten sich fern.»

«Hitlers Anhänger schwingen hier große Reden», sagte Edu. «Die Atmosphäre ist vergiftet von bösartigem Geschwätz.»

Sie sprachen über die neuesten Ereignisse in der Familie, über Bücher, Theater und Musik. Edu erkundigte sich nach

Clara und fragte Julia, wie sie mit ihrer Schriftstellerei vorankam. «Wenn du den Nobelpreis bekommst, laß es mich wissen», sagte er. Lady Samuel war fast völlig von der Unterhaltung ausgeschlossen. Sie schien mit belustigter Gelassenheit zuzuhören, aber ihre Gedanken waren anderswo. Sie war es nicht gewohnt, ignoriert zu werden, und ihr Deutsch war nicht gut genug, um die Nuancen erfassen zu können, die die Unterhaltung interessant machten.

Um halb sechs gesellten sich Nathan und Caroline zu ihnen. Lene, die ihren Vater seit einigen Tagen nicht gesehen hatte, fand, daß er schlecht aussah. Sie schrieb es zum Teil der sonnigen, schillernden Umgebung zu, die so anders war als der Hintergrund, vor dem sie ihn für gewöhnlich sah, aber sie machte sich trotzdem Sorgen.

Lady Samuel seufzte hörbar. Es wäre ihr unhöflich erschienen, jetzt fortzugehen, aber sie fühlte, daß sie Kopfschmerzen bekam. Auch der Spitz war unruhig. Sie hatte ihm zuviel Streuselkuchen gegeben, und er ließ fortwährend Winde fahren. Lene umarmte ihre Eltern.

«Ist seit unserer Abreise in Frankfurt irgend etwas Interessantes geschehen?» fragte Nathan.

Lady Samuel fürchtete, daß sie eine weitere Beschreibung des Aufmarsches zu hören bekommen würde, aber Lene hatte offensichtlich anderes auf dem Herzen. «Ich habe heute einen Brief von Tom bekommen», sagte sie. Was war, wenn ihr Vater sterben würde? Es war das beste, ehrlich zu sein. Die unangenehme Angelegenheit aus dem Weg zu räumen. Sie hatte nicht vorgehabt, so überstürzt damit herauszuplatzen, es war einfach plötzlich *da.* «Er liebt eine andere.» Sie hatte nicht weinen wollen, aber sie konnte die Tränen nicht zurückhalten. Sie rollten ihr über die Wangen, und ein Schluchzen brach tief aus ihrem Inneren hervor.

Lady Samuel benutzte die Gelegenheit, um aufzustehen und sich zu entschuldigen. Der Spitz kläffte nervös.

«Sie werden unter sich sein wollen, um in Ruhe zu reden», sagte sie. «Edu – sehen wir uns später?»

«Ja, natürlich.» Er stand auf, nahm ihre Hände in die seinen und küßte sie.

Nathan tat, als ob er aufstehen wollte, neigte sich jedoch

nur steif ein wenig nach vorn. «Hast du den Brief bei dir?» fragte er Lene.

«Er steckt in der Tasche meines anderen Rocks», erwiderte sie. «Was soll ich tun?»

Die Tragödie betraf sie jetzt alle. Sie brauchte nicht mehr zu weinen.

«Ignoriere ihn», sagte Julia.

«Niemand hat dich um deinen Rat gebeten», sagte Edu.

«Meine liebste Tochter», sagte Caroline. «Es tut mir aufrichtig leid. Aber du hättest wissen müssen, daß es so kommen würde. Es war keine vernünftige Regelung, wie ihr eure Ehe geführt habt.»

«Für diese Überlegungen ist es jetzt zu spät», sagte Nathan.

«Du wirst in die Scheidung einwilligen», sagte Edu.

«Aber er hat gar nicht um Scheidung gebeten, er hat einfach gestanden, daß er eine andere liebt. Vielleicht ist es nicht für immer . . .»

«Es ist für immer, was dich betrifft», sagte Julia finster.

«Ich werde alles in die Wege leiten», erklärte Edu. «Er wird nicht so leicht davonkommen. Du mußt mir den Brief geben, und ich gehe damit zu meinem Anwalt. Wir werden unser Vorgehen genau planen.»

«Liebst *du* ihn noch?» fragte Julia.

«Ja – und ich werde auch nie aufhören, ihn zu lieben», erwiderte Lene. «So bin ich nun einmal. Aber wir haben uns auseinandergelebt, und er ist so weit weg – ich kann mich kaum an ihn erinnern.» Sie kam sich vor wie auf der Bühne, und der Text, den sie sprechen mußte, war absurd. Sie wischte sich die Tränen aus dem Gesicht. Jetzt, da sie alle daran teilhatten, wußte sie, daß es gut ausgehen würde. Onkel Edu klopfte ihr aufs Knie. «Es ist besser so», sagte er.

Beim Abendessen teilten Lene und Julia einen Tisch mit Nathan und Caroline. Lady Samuel aß mit Edu. Er erzählte ihr, was er über die Geschichte von Lenes Ehe mit Tom wußte, obwohl sie nicht danach gefragt hatte.

«Es ist schrecklich heiß hier drinnen», sagte Dorothea, als sie mit dem Essen fertig waren. «Laß uns einen kleinen Spaziergang machen. Ich hole meine Jacke.»

Sie schlenderten durch den Garten des Hotels. Der Vollmond schien auf sie herab. Edu sah Dorotheas Gesicht in seinem sanften Licht; es ließ sie jünger und schöner denn je erscheinen.

«Du bist wie eine Shakespeare-Heldin», sagte er.

«Solange es nicht Lady Macbeth ist», erwiderte sie.

«Ich möchte dich heiraten», sprudelte er ebenso jäh heraus, wie Lene Toms Untreue verkündet hatte.

«Was, um alles in der Welt, hat dich veranlaßt, das gerade jetzt zu erklären?» Dorothea hatte jahrelang einen Heiratsantrag von ihm erwartet, aber es wäre ihr nie in den Sinn gekommen, daß Mondschein schließlich den nötigen Anstoß dazu geben würde. Gerade an diesem Tag war sie zu dem Schluß gelangt, daß er sie nie heiraten würde, und sie war überrascht über die Erleichterung gewesen, die sie bei diesem Gedanken empfunden hatte.

«Ich habe dich schon lange bitten wollen, meine Frau zu werden», sagte er.

«Aber du hast es nie getan.»

«Es gab immer Hindernisse . . .»

«Und jetzt gibt es keine mehr?»

«Die Zeiten machen Entscheidungen nötig – wer weiß, was die Zukunft bringen wird?»

«Du willst mich als Sicherheit für die Zukunft haben?»

«Das ist keine nette Art, es auszudrücken. Dein unerwartetes Erscheinen hier kam mir irgendwie schicksalhaft vor. Eine Art Zeichen. Es ist vielleicht das letzte Mal, daß wir so leben können – hier.»

«Du bist ein Pessimist. Was würdest du vorschlagen, wo wir leben?»

«In Frankfurt – aber nur, bis ich die nötigen Maßnahmen getroffen habe, um fortzugehen.»

«Und dann?»

«Je nachdem. Ich würde sehr gern in Italien leben, aber dort sind die Faschisten an der Macht, und die Dinge werden auch da kein gutes Ende nehmen. Die Schweiz ist der einzige sichere Ort.»

«Die Schweiz? Ich hasse die Schweizer! Sie sind eine Nation von Hoteliers, das ist alles, wozu sie taugen.»

«Sie sind auch eine Nation von Bankiers. Und das wird sie für alle Zeiten schützen.»

«Du würdest nicht in England leben wollen?»

«So gern ich dort zu Besuch bin, nein, dort leben möchte ich nicht. Ich hasse das Klima. Außerdem wird England auch nicht ungeschoren bleiben. Deutschland ist verloren. Früher oder später wird es sich den Nazis zuwenden, und dann wird es einen Krieg beginnen, um sich für Versailles zu rächen und England und Frankreich zu erobern. Der Augenblick, wo die Arbeiterklasse bereit gewesen wäre, auf die Kommunisten zu hören, ist vorüber. Die Nazis versprechen ihnen fast das gleiche und zudem die Köpfe der Juden. *Ihr* Mythos bietet keine Hoffnung auf weltweite Brüderlichkeit, er ist engstirnig und teutonisch und leichter zu erfassen; engstirnige Ideologien sind das immer ...»

«Edu?»

«Was ist?»

«Keine weiteren politischen Vorträge! Du hast mich gefragt, ob ich dich heiraten will, nicht wahr?»

«Ich hoffe, du wirst ja sagen.»

«Nein, Edu. Ich werde nicht ja sagen. Ich habe dich all diese Jahre geliebt. Ich habe länger, als ich zugeben mag, darauf gewartet, daß du mir diese Frage stellst. Ich glaube, wir haben vieles gemein; wir hätten ein großartiges Paar abgegeben. Aber ich glaube, es ist jetzt zu spät. Der Zeitpunkt ist verpaßt. Ich bin froh, daß ich hierhergekommen bin; es hat mir Gelegenheit gegeben, dich unter den Deinen, mit deiner Familie zu beobachten. Ich habe dich Stunde um Stunde gesehen – mein Gott, es kommt mir vor, als wären es Wochen gewesen –, und ich bin zu dem Schluß gelangt, daß ich dich nicht heiraten kann. Ich kann den Platz in deinem Herzen nicht mit ihnen teilen. Sie würden mich erdrücken. Ich wäre vielleicht imstande, in einem Haus mit deiner Mutter zu leben – ich vermute, du wirst sie mitnehmen, wenn du in die Schweiz ziehst –, aber deine Mutter ist, wenn ich es so ausdrücken darf, nur die Spitze des Eisbergs. Du hast Brüder, Schwägerinnen, Nichten und Neffen. Sie alle stellen Anforderungen an dich ...»

«Ich würde sie bitten, es zu unterlassen.»

«Du kannst sie nicht bitten, es zu unterlassen, du ermutigst sie ja, es zu tun. Du brauchst es. Du willst ihr Leben lenken –»

«Ihr Leben lenken?»

«Allerdings. Du wirst dich um Lenes Scheidung kümmern, nicht wahr? Ich sehe, wie sehr du diese jungen Frauen liebst – ich könnte kein Glück bei dir finden, wenn ich deine Liebe mit ihnen teilen müßte.»

«Sie sind Kinder – kleine Mädchen! Charmant und reizend, gewiß, und ich liebe sie wirklich, aber nur als ihr Onkel. Willst du sagen, daß du eifersüchtig bist?»

«Ja. Vielleicht bin ich es. Aber du täuschst dich, wenn du glaubst, sie seien ‹Kinder›. Das sind sie keineswegs. Sie sind junge Frauen, die dich anbeten, ihre schönsten Kleider für dich anziehen, mit dir flirten, sich für dich Parfum hinter die Ohren tupfen ... selbst wenn sie heiraten oder Liebschaften haben oder Kinder kriegen. Die kleine Clara wird die Tradition zweifellos in die nächste Generation tragen. Ich kann nicht, ich will nicht mit ihnen um einen Platz in deinem Herzen kämpfen.»

«Du hast lange darüber nachgedacht?»

«Nein. Aber ich habe *eingehend* darüber nachgedacht. Ich habe in den letzten vierundzwanzig Stunden über nichts anderes nachgedacht.»

«Und du willst es dir nicht noch einmal in Ruhe überlegen? Vielleicht woanders, fern von hier?»

«Nein, Edu. Ich weiß genau, was richtig ist – für uns beide, glaube ich.»

«Es tut mir leid.»

«Es braucht dir nicht leid zu tun. Ich bin sicher, sobald der Mond untergegangen ist und du mich wieder im hellen Tageslicht siehst, wirst du selbst einsehen, daß es besser ist, wenn wir nicht heiraten. Ich werde nicht aufhören, dich zu sehen. Dazu habe ich dich zu gern. Wir können uns weiterhin treffen, aber unser Leben wird sich wie bisher jedes in seiner eigenen Bahn bewegen.»

Sie küßten sich, und es war in diesem Augenblick kein Kuß der Leidenschaft, sondern ein Kuß voller Zärtlichkeit und gegenseitiger Zuneigung.

«Soll ich dir etwas sagen?» fragte Dorothea. «Diese, deine ‹Mädchen› haben uns jahrelang beobachtet und über uns gesprochen. Das hatte ich mir schon immer gedacht.»

«Ich wäre nie auf den Gedanken gekommen.»

«Natürlich nicht. Männer sind blind gegen derartige Dinge. Die Einzelheiten, die ihr beobachtet und beurteilt, haben alle mit greifbaren Dingen zu tun – Geld auf der Bank, Worte auf Papier. Aber ich mache Beobachtungen. Ein Blick hier, eine gewisse Ausdrucksweise dort – Dinge, die sich nicht durch Tatsachen belegen lassen. Aber wenn ich sie alle miteinander in Verbindung bringe, hilft es mir, kluge Schlüsse zu ziehen.»

Sie trennten sich sehr spät in dieser Nacht, und Dorothea nahm den kleinen Band von D. H. Lawrence wieder an sich. Am nächsten Tag machte sie Pläne für ihre Abreise, und binnen vierundzwanzig Stunden fuhr sie abermals in ihrem Rolls-Royce die Landstraße entlang über den Rhein, auf Frankreich zu. Der Chauffeur und die Zofe saßen vorne, der Spitz lag neben ihr auf dem Rücksitz. Sie blickte aus dem Fenster und betrachtete die Landschaft, die an ihr vorüberzog.

Niemand – weder Nathan noch Caroline, noch Lene oder Julia – kam auf die Idee, daß irgend etwas zwischen Edu und seiner Liebsten vorgefallen sein könnte. Sie kehrten einer nach dem anderen nach Frankfurt zurück und nahmen wieder ihr gewohntes Leben auf. Es gab hier und dort kleine Veränderungen, aber sie schienen nicht welterschütternd zu sein oder dazu angetan, nachhaltige Auswirkungen zu haben. Warum empfand Lene dann solch eine Sehnsucht nach jenen Spätsommertagen in Baden-Baden? Sie waren ihr ständig gegenwärtig wie Bilder vom Paradies. Es war, sagte Edu, ein Sommer wie kein anderer gewesen.

Sechstes Kapitel

1933

Nathan Wertheim starb im Januar 1933. Sein Tod traf seine Angehörigen in dieser Zeit eines schrecklichen politischen Umbruchs viel schwerer, als er es in normalen Zeiten getan hätte. Nathan versäumte nur um wenige Tage die Nachricht, daß Adolf Hitler von Hindenburg zum Reichskanzler ernannt worden war.

«Gott sei Dank, daß ihm das erspart geblieben ist», sagte Siegmund immer wieder während der Trauerzeit.

«Was hätte es schon ausgemacht?» fragte Caroline. «Er wußte, daß es so kommen würde.» Sie weinte nachts allein in ihrem Bett, war aber ruhig und gefaßt in Gegenwart anderer.

«Jahrelang haben alle geglaubt, es sei ein böser Traum, und er werde bald vorübergehen», sagte Edu. Er war mit seinem gesamten Haushalt, einschließlich Hannchens, auf einen Landsitz in der Nähe von Zürich übergesiedelt. Hannchen Wertheim war sich des Umzugs kaum bewußt geworden. Schwach und bläßlich saß sie in ihrem alten Sessel in dem neuen Zimmer wie eine Puppe, die langsam ihre Sägemehlfüllung verliert. Sie schien von Tag zu Tag weniger zu werden. Sie war nicht immer bei vollem Verstand, aber ihr Herz schlug weiter, und ihre Haut schien sie zusammenzuhalten. Die Ärzte meinten, sie habe einen Schlaganfall oder vielleicht mehrere erlitten. Edu hingegen vermißte schmerzlich sein geliebtes Haus, das er verkauft hatte, und seine Geburtsstadt. Die Sprache der Schweizer tat seinen Ohren weh. Aber er wußte, er war in Sicherheit.

Als er die Nachricht erhielt, daß sein Bruder im Sterben lag, kehrte er nach Frankfurt zurück. Er schlug Carolines

Angebot, bei ihnen zu wohnen, aus und stieg im Frankfurter Hof ab, wo er von seinem Fenster aus einige Aufmärsche gut organisierter Nazigruppen beobachten konnte. Das Hakenkreuz war jetzt überall deutlich sichtbar. Die Luft war bitterkalt, und der Boden war mit gefrorenem, schmutzigem Schnee bedeckt.

Das Haus in der Guiollettstraße war in einem jämmerlichen Zustand. Niemand hatte während Nathans Krankheit für seine Instandsetzung gesorgt. Der Garten war vernachlässigt worden und sah sogar jetzt im tiefsten Winter verwildert aus. Verwelktes Unkraut erstickte die Rosensträucher. Niemand hatte sich die Mühe gemacht, sie in Rupfen zu hüllen. An der Gartenmauer bröckelte der Verputz ab, so daß die nackten Ziegelsteine zu sehen waren; der darüber gespannte Stacheldraht war so verrostet, daß er keinen Schutz mehr bot. Edu war zutiefst bedrückt von dem sichtbar werdenden Verfall. Er bemühte sich angestrengt, ihn nicht zu beachten, aber selbst die Luft, die er atmete, erfüllte ihn mit Besorgnis.

Lene und Clara wohnten immer noch im obersten Stockwerk. Clara war jetzt ein pausbäckiger, fünfjähriger Wildfang mit einem runden, gut geformten Kopf und einer Pagenfrisur. Fräulein Gründlich sorgte weiterhin für sie, sortierte und flickte die Wäsche, stopfte Strümpfe und nähte Topflappen aus den sauberen Stücken der Laken, die nicht mehr zu gebrauchen waren. Anna führte nach wie vor das Regiment in der Küche, und einmal in der Woche kam eine Putzfrau für die schwere Arbeit.

Der Tod hatte so lange in diesem Haus geweilt, daß in jedem Zimmer der Arzneigeruch seiner Gegenwart hing. Dr. Schlesinger hatte Nathan in seinen letzten Stunden mit der Güte eines Freundes und Arztes zur Seite gestanden, wie all die Jahre zuvor. Er schloß ihm die Augen und beobachtete das Gesicht, das viel älter aussah als das eines Mannes von dreiundsechzig. Dann ging er zu Caroline, um ihr zu sagen, es sei vorüber. Sie hatte die ganze Nacht, ohne zu schlafen, im Wohnzimmer verbracht. Edu war früh am Morgen gekommen, und er ließ sie allein zu Nathan gehen, nachdem er sie schweigend umarmt hatte. Als er sich neben Emma aufs Sofa setzte, nahm sie seine Hand in die ihre und hielt sie fest.

«Was soll ich jetzt machen?» fragte Caroline, als sie zurückkam. Ihre Stimme war so spröde wie Glas.

«Du wirst zurechtkommen», sagte Edu. «Du bist gesund, du hast deine Kinder, und ich werde mich um dein Geld kümmern. Wenn du deinen ersten Schmerz überwunden hast, werden wir darüber reden, wann du Frankfurt verläßt . . .»

«Das habe ich nicht gemeint», sagte sie. «Ich habe in all diesen Jahren geselligen Umgang verlernt. Die Menschen verstehen mich nicht mehr, und ich verstehe sie nicht. Wer wird sich meine törichten Geschichten anhören? Wer wird mir all meine Schwächen verzeihen?»

Edu wußte keine Antwort darauf. Er überließ es Emma, ihre Mutter zu trösten, und ging zum Telephon, um seine Brüder zu benachrichtigen. Als ersten rief er Jacob an.

«Wirst du es Mama sagen?» fragte Jacob.

«Bestimmt nicht am Telephon», erwiderte Edu. «Ich werde es tun, sobald ich nach Zürich zurückkomme.»

«Manchmal beneide ich die Toten», sagte Jacob. «Sie wissen nichts von alledem, was jetzt um uns herum vorgeht.»

«Ich meine, du solltest Deutschland verlassen.»

«Ich bin zu alt, um in irgendeinem fremden Land neu anzufangen, Edu. Ich werde das Ende hier in Frankfurt erwarten.»

«Das könnte früher kommen, als du glaubst. Wenn Hitler und seine Gefolgschaft ihre Macht festigen können, gibt es keine Hoffnung für uns. Er beherrscht Hunderttausende von Anhängern und einen so gut funktionierenden Apparat, daß er imstande sein wird, jede beliebige Maßnahme durchzuführen, jede Opposition zu unterdrücken.»

«Ich will nichts mehr davon hören», sagte Jacob. «Ich habe selbst jahrelang das Verhängnis prophezeit. Jetzt, da es eingetreten ist, fühle ich nur Lähmung und eine Art Erleichterung.»

Der Hilfsrabbiner kannte die Familie nur flüchtig. Er fragte Edu, wann er zum letztenmal in der Synagoge gewesen sei. Es war wohl lediglich eine Bitte um Auskunft, aber

Edu kam es wie eine Anklage vor, und er verlangte, den obersten Rabbiner zu sprechen. Als er hörte, daß der für eine Woche fort sei, drehte sich Edu auf dem Absatz um und ging hinaus. Die nötigen Vorkehrungen für das Begräbnis traf Siegmund. Soweit sich alle erinnern konnten, war es das erste Mal, daß Edu etwas nicht zu Ende geführt hatte.

Am Morgen des Beerdigungstages blieb Lene im Bett, und als Fräulein Gründlich hereinkam, um ihr zu sagen, daß es Zeit zum Anziehen sei, erklärte sie, sie habe beschlossen, zu Hause zu bleiben. Sie saß im Bett, die Decke bis ans Kinn gezogen, und sagte allen, die einer nach dem anderen kamen, um sie umzustimmen, daß sie nicht mitgehen werde.

Auch Onkel Edu kam herauf, um mit ihr zu reden. «Es ist deine Pflicht, hinzugehen», sagte er.

«Papa hätte es verstanden», erwiderte sie.

«Du tust es nicht für ihn, sondern für die übrige Familie», sagte Edu.

Clara, die die schwarzen Gestalten ins Zimmer ihrer Mutter kommen sah, die Stimmen hörte und den Schmerz und die Verwirrung spürte, begann laut zu weinen. Sie lief zu Lene und vergrub das Gesicht in der Bettwäsche, die nach ihrer Mutter, nach Schlaf und tröstendem Vergessen roch. Lene nahm sie zu sich ins Bett und hielt sie fest, während das kleine Mädchen das Gesicht am Hals ihrer Mutter vergrub und ihr Nachthemd mit Tränen benetzte.

«Ich bleibe bei meinem Kind», erklärte Lene.

Das Haus war sehr still, als alle fort waren. Lene behielt Clara bei sich im Bett und erzählte ihr, so gut sie sich erinnerte, Märchen von Hans Christian Andersen.

Anna trug zur Beerdigung ihr gutes schwarzes Kleid. Die älteren Frauen der Familie Wertheim gingen schwarz verschleiert, die Männer trugen breite Trauerflore an den Ärmeln und schwarze Hüte. Jacob bestand darauf, von der Westend-Synagoge bis zum alten jüdischen Friedhof in der Rat-Beil-Straße zu Fuß hinter dem Leichenwagen herzugehen. Die schwarzen Autos folgten im Schrittempo.

Während sich der Leichenzug langsam durch die schneebedeckten Straßen Frankfurts bewegte, starrten Kinder auf die gebeugt dahinschreitende Gestalt Jacobs, und einige warfen ihm Schneebälle nach. Der Himmel war grau, und die einzige Farbe, die ihnen auf ihrem Weg begegnete, war die rotschwarze Fahne der Nazis, die aus zahllosen Fenstern der schiefergrauen Mietshäuser hing. Der weiße, kreisförmige Untergrund, auf dem die schwarzen Hakenkreuze standen, war weißer als der Schnee. Die Trauernden versuchten, sie nicht zu sehen. Es wehte kein Wind, und die schlaff herabhängenden Fahnen schienen den Leichenzug zu verhöhnen.

Die Rede des Rabbiners war ergreifend, das gab selbst Edu zu. Er sprach weniger von dem Individuum Nathan Wertheim, das er kaum gekannt hatte, als vielmehr über den Tod eines Frankfurter Juden in den bedrohlichen Tagen des Januar 1933. Er erwähnte die Judengasse, aus der Nathans Familie voller Hoffnung gekommen war, ihre Strenggläubigkeit hinter sich lassend, um an die volle Gültigkeit ihrer deutschen Bürgerrechte zu glauben. Er fragte sich, ob das Land diesen Mann so sehr liebte, wie dieser Mann sein Land geliebt hatte. Hier gab es eine leichte Unruhe in der kleinen Menge, ein leises Räuspern, ein Schlurfen von Füßen. Einige von Nathans nichtjüdischen Kollegen waren zugegen und ein Freund aus seiner Kindheit, ein prominenter Richter.

Der Rabbiner sagte, mehr als nur ein paar Menschen guten Willens seien erforderlich, um das Land vom Rand des Abgrundes zurückzureißen, an dem es stand, bereit, sich in die Diktatur zu stürzen. Wenn die Intoleranz und der Haß, den die «braunen Horden» predigten, das Land beherrschen werden, erklärte er warnend, werde es eine Rückkehr in die Gefangenschaft der Judengasse geben, viel schlimmer als diejenige, die Nathans Vorfahren gekannt hatten. Ein Schluchzen begleitete seine Worte, aber die schwarz verschleierten Gesichter der Frauen ließen nicht erkennen, welche von ihnen weinte.

Von dem Platz neben dem offenen Grab war die Straße jenseits der Mauer nicht zu sehen. Der Friedhof war in winterliches Dunkel gehüllt, der Schnee auf seinen Pfaden noch sauber und weiß. Die Grabsteine glichen Ankern, die die Toten für ewige Zeiten festhielten. Die Trauernden waren alle für einen Augenblick vom Frieden des Todes umgeben. Dieses Stückchen jüdischer Erde, dachte Edu, wird noch hier sein, wenn die Hakenkreuze längst verschwunden sind. Aber es war ihm kein Trost.

Der Rabbiner beendete seine Rede, indem er sagte, daß Nathan Wertheim die Zukunft erspart geblieben sei, die ihnen allen möglicherweise bevorstünde. Er hoffe, daß die Familie des Toten Kraft aus seinem Andenken schöpfen werde. Dann blickte er sich um, und sein Gesicht war gütig, als er *«el moleh rachamin»* betete und den *kaddisch* sprach.

Der Sarg wurde in die Erde gesenkt, und ein Schrei – der einzige – drang aus Carolines Kehle, als er unten aufstieß. Es war ein schriller, durchdringender Laut, wie der Schrei eines wilden Tieres, auf jenem stillen, winterlichen Friedhof. Aus der Ferne, weit hinter den Mauern, war Militärmusik zu hören. Die Männer schaufelten abwechselnd Erde auf den Sarg, die Frauen hielten einander fest, und als der Rabbiner sein Buch schloß und begann, den Trauernden die Hand zu schütteln, wußten sie, daß es vorbei war und sie aus dem geschützten Park der Toten wieder auf die Straße hinausgehen mußten.

Edu dankte dem Rabbiner und gab ihm sein Geld. Er tat es natürlich unauffällig; er war es gewohnt, die Rechnung zu bezahlen. Sie gingen über das holprige, ungepflegte Gelände des alten Friedhofs, durch den Schnee, der weiße Flekken auf den schwarzen Strümpfen der Frauen und den Hosenaufschlägen der Männer hinterließ. Zu ihrer Linken war die Backsteinmauer, die den orthodoxen Teil abschloß, ein verwildertes Stück Land mit schiefen Steintafeln, die in der Erde steckten, vom Rest des Friedhofs getrennt, stolz auf seiner größeren Frömmigkeit beharrend. Sie hörten jetzt deutlicher den Lärm auf der Straße – es war eine Mischung von Rufen und Gesang und dem Trampeln von schweren Stiefeln. Der Pförtner stand neben dem verschlossenen Tor und spähte durch ein kleines Loch nach draußen.

«Gehen Sie jetzt nicht dort hinaus», sagte er. «Die da draußen sind völlig außer Rand und Band und schreien nach Judenblut. Es ist zu riskant. Ich zeige Ihnen den Weg durch den christlichen Friedhof. Ihre Wagen werden Sie dort am

Ausgang erwarten, und das Gesindel wird Sie nicht bemerken.»

Sie sahen die braunen Hemden durch die Eisenstäbe des großen Tores, das auf die Straße führte. Der Mob bewegte sich in lockeren Gruppen auf eine größere Marschkolonne zu, die sich an der Eckenheimer Landstraße formierte, um zum Römer zu ziehen und ganz Frankfurt ihren Triumph zu verkünden: Ihr Führer war an die Spitze der Nation gestellt worden. «Sieg Heil!» schrien sie. Man hörte sie bis in die Tiefe des Friedhofs. «Sieg Heil!» hallte es durch die winterlichen Straßen und versetzte diejenigen, die glaubten, in einen Freudentaumel und alle anderen in panische Angst.

Die Trauernden bewegten sich im Gänsemarsch und paarweise über Pfade, die seit den letzten warmen Herbsttagen kaum mehr begangen worden waren, durch den großen Frankfurter Friedhof. Der Pförtner kannte alle Teile des Geländes so gut, wie er die ganze Stadt kannte. Er war in Frankfurt geboren, und er wohnte mit einer Haushälterin in dem kleinen Haus neben dem verschlossenen Tor, einer guten christlichen Frau, die ihm gewissenhaft seine koscheren Speisen kochte und für ihn am Sabbat das Licht anzündete. Er zog, wie er sagte, den Friedhof der Stadt der Lebenden vor. Es war sein Lieblingsscherz, aber heute schien es, als meinte er es ernst.

Die Familie kehrte ohne Zwischenfall in die Guiollettstraße zurück. Anna servierte das Essen, das sie schon morgens vorbereitet hatte. Emma ging hinauf, um nach Lene zu sehen. Sie traf sie schlafend im Bett an. Clara lag neben ihr, in ihren Arm gekuschelt, so daß ihr glattes blondes Haar sich mit Lenes dunklen Locken vermischte. Emma küßte Mutter und Kind und weckte sie nicht.

Sie rührten das Essen kaum an und sprachen leise, fast flüsternd. Anna und Fräulein Gründlich saßen zusammen in der Küche, vereint in ihrer Sorge um die Familie, der sie all diese Jahre gedient hatten. Sie ahnten, daß für ihre Herrschaft schlimme Zeiten kommen würden, und gleichzeitig war ihnen klar, daß es für Deutschland Frohlocken und Jubel geben würde. Anna wählte sozialistisch. Sie haßte die Nazis, denn ihr war klar, daß sie die Alleinherrschaft anstrebten. Fräulein Gründlich, die rechtsliberal wählte, fürchtete sie, da sie keinen Glauben als den an ihren Staat gelten ließen. Sie wußten beide – sie waren herzensgute Frauen, die Güte in anderen erkannten –, daß es unmöglich war, auf einer Grundlage von Haß eine moralisch einwandfreie Welt aufzubauen. Als die Putzfrau kam, sprachen sie nicht mit ihr. Sie war eine von denen, die einen Platz an der Sonne begehrten; sie wollte das Land «gründlich säubern». «Ich bin nicht umsonst Reinmachefrau», erklärte sie boshaft kichernd, während sie auf Händen und Knien den Boden schrubbte und die Leute verfluchte, die darauf gingen.

Das Haus zumindest gab einem vorläufig ein Gefühl der Sicherheit, sagte sich Andreas, als er die Tür hinter sich schloß. Der Richter hoffte immer noch, daß sich bei den nächsten Wahlen das Blatt wenden würde; einer von Edus früheren Mitarbeitern glaubte, daß die vom Reichskanzler vorgeschlagenen Maßnahmen widerrufen werden würden, sobald das Land sich wieder erholt hatte. Selbst einige Juden äußerten die Ansicht, daß man abwarten müsse, daß es keinen Sinn habe, in Panik zu geraten. Aber Andreas hatte Angst. Er fröstelte, entweder von der Januarkälte oder dem plötzlichen Gefühl der Bedrohung. Er stellte sich vor den Heizkörper und rieb sich die Hände, um sie zu wärmen. Vielleicht, dachte er, ist es das klügste, wieder hierher in mein Elternhaus zu ziehen. Der Gedanke war ihm gekommen, als er neben dem offenen Grab stand. Die dunkle Erde erinnerte ihn an den Garten zu Hause. Jetzt blickte er durch die Fenster des Wohnzimmers auf ihn hinunter, sah die Verwüstung und nahm sich vor, sich darum zu kümmern.

«Ich glaube, ich werde zurückkommen und wieder zu Hause wohnen», sagte er zu Emma.

Edu schenkte Cognac ein und sprach mit jedem einzelnen. Er hatte die Familie seit Jahren nicht so zahlreich versammelt gesehen. Nur Ernst, der in Palästina war, fehlte.

«Es sieht sehr böse aus», erklärte Eva Süßkind ihm. «Die Linke ist völlig aus dem Gleichgewicht, und viele Genossen fliehen nach Rußland.»

«Warum erzählst du *mir* das?» fragte Edu. Das kurze graue Haar und die einzelnen Stoppeln am Kinn ließen sie abgehärmt und altjüngferlich aussehen. Sie trug immer noch ihren russischen Schal, sogar zu dem schlichten, schwarzen Wollkleid, das nach Mottenkugeln und Schweiß roch. Aber Edu war beeindruckt von der Unschuld ihres Herzens, die er plötzlich erkannte. Die Ereignisse des Tages hatten ihn zutiefst erschüttert, und er konnte auf einmal diese Frau und ihre törichten Ansichten verstehen. «Wirst *du* nach Rußland gehen?» fragte er.

«Nein . . .» Sie zögerte einen Augenblick. «Tatsächlich habe ich vor einiger Zeit mit der Partei gebrochen. Nicht mit meinen Überzeugungen», setzte sie hastig hinzu, «nur mit der Organisation. Ich war in zu vielen Dingen anderer Meinung, und sie dulden keinen Widerspruch von unsereinem – wohl überhaupt von niemandem. Sie sind autoritär, und ich lasse mir nichts befehlen. Ich war entsetzt, als sie sich letzten November den Nazis beim Streik der Berliner Verkehrsgesellschaft anschlossen. Die Polizei hat die Roten verfolgt und verprügelt und die Braunhemden ungestraft davonkommen lassen.»

«Ich habe, wie du weißt, nichts für Leute übrig, die sich in die Lage bringen, von der Polizei verfolgt zu werden, ganz gleich, welcher politischen Richtung sie angehören. Du magst die kommunistische Partei aufgegeben haben, aber trotzdem scheinst du immer noch keine bessere Meinung von den Kräften von Recht und Ordnung zu haben.»

«Die ‹Kräfte von Recht und Ordnung›, wie du sie nennst, werden zu einer Waffe des faschistischen Staates; sie treten das Recht mit Füßen und halten die Ordnung nur durch Terror aufrecht.»

«Redest du immer noch Unsinn, Eva?» Jonas Süßkind, der zur Beerdigung aus Wiesbaden gekommen war, sah mager, aber gesund aus. Er war der einzige, der herzhaft von Annas Speisen gegessen hatte. Nichts schien ihn zu beunruhigen. «Ich bin der Meinung, daß der demokratische Staat zu tolerant gewesen ist», setzte er hinzu.

«Wo ist deine Frau?» fragte Eva ihn. Edu zog sich zurück. Er hatte Jonas nie leiden können.

«Sie läßt sich entschuldigen. Irgend etwas ist im letzten Augenblick dazwischengekommen.»

«Hitler, nehme ich an?»

«Bitte, fordere mich nicht heraus, Eva», sagte Jonas gereizt. «Ich bin hier, um meinem Schwager die letzte Ehre zu erweisen, nicht, um mich mit dir zu streiten.»

Er sah die Verachtung auf Evas Gesicht. «Armer Nathan», sagte er, das Thema wechselnd, «Durchblutungsstörungen sind äußerst unangenehm. Ich hoffe nur, daß *mir* das erspart bleiben wird. War er am Schluß senil?»

«Überhaupt nicht.» Eva konnte sich beim Klang seiner Stimme vorstellen, wie Jonas mit den reichen Patienten sprach, die zur Kur nach Wiesbaden kamen. «Das war ein scheußlicher Anblick heute», fuhr sie fort. Sie brachte es nicht über sich, ihn so leicht davonkommen zu lassen.

«Was meinst du?»

«Die Rowdies vor dem Friedhof – die Nazis.»

«Daß sie vieles kritisieren, ist legitim.»

«Ihre Methoden sind es nicht.»

«Vielleicht brauchen wir wirklich einen starken Mann am Ruder.»

«Das klingt nach den Reden deiner Frau. Hast du vollkommen verlernt, selbständig zu denken?»

«Du kannst nicht leugnen, daß das Land in der Zeit der Republik ziellos dahingetrieben ist. Wenn ich mich recht entsinne, hast du selbst versucht, einen Umsturz herbeizuführen.»

«Die Revolution, an die *ich* glaube, befreit die Unterdrückten. Es ist eine Revolution von Ideen und Idealen; sie gibt dem Arbeiter die Möglichkeit, sein Schicksal selbst zu bestimmen, und ihr Ziel sind Demokratie und Gleichheit.»

«So könnte man auch Hitlers Revolution beschreiben.»

«Man könnte es, wenn man sein Anhänger wäre.«

«Millionen sind es.»

«Du auch?»

«Sei nicht albern, Eva. Aber du mußt doch zugeben, daß es nicht gut für die Juden ist, in so einflußreichen Positionen gesehen zu werden, wie sie sie in der Republik innehatten . . .»

«Was ist aus dir geworden, Jonas? Ich versteh nicht, wie

du so etwas sagen kannst. Du hörst dich an wie eine Bauchrednerpuppe. Ist deine Frau –»

«Bitte laß sie aus dem Spiel, Eva. Die Meinungen, die ich äußere, sind meine eigenen. Ich habe ein Recht darauf. Ich sehe dieses Land aus einer anderen Perspektive als du. Ich lebe nicht in einer großen Industriestadt. Ich teile die Ansichten der *wirklichen* Deutschen, die die Städte als Sündenpfuhl betrachten, als Brutstätten von Anarchismus und Entartung. Wir müssen zu den Werten der vorindustriellen Gesellschaft zurückkehren.»

«Man kann nicht zurückkehren – niemals.»

«Wo ist Ernst? Ich sehe ihn nicht», sagte Jonas, das Gespräch in eine andere Richtung lenkend. «Warum ist er nicht gekommen?»

«Ernst ist nach Palästina gegangen. Wußtest du das nicht?»

«Ich bekomme immer alles als letzter zu hören.» Jonas' Stimme war klagend. «Ich bin von meiner ganzen Familie geächtet – und warum? Weil ich dem Gebot meines Herzens gefolgt bin und eine sogenannte Arierin geheiratet habe.»

«Mir scheint, daß *sie* es war, die nichts mit *uns* zu tun haben wollte.» Eva wurde von Abscheu gegen ihren Bruder überwältigt.

«Du hast sie von jeher mißverstanden und ihre Absichten falsch ausgelegt. Sie ist eine prachtvolle Frau.»

«Ich hoffe in deinem Interesse, daß du recht hast.» Als sie sah, daß ihr Neffe Benno auf sie zukam, wandte sie sich abrupt von Jonas ab und hakte sich bei Benno ein. «Komm», sagte sie, «wir müssen miteinander reden. Erzähl mir, wie es dir geht.»

Benno wog immer noch zuviel, rauchte zuviel und war kurzatmig. Er hatte noch immer wenig Sinn für praktische Dinge, und er wußte sehr wohl, daß nur seine hervorragenden geistigen Fähigkeiten ihn vor ernsthafter Mißbilligung bewahrten. Jonas, der seine Kinder nie zu Besuch zu seinen Frankfurter Verwandten gebracht hatte, dachte jetzt mit Liebe an sie. Er war sich bewußt, daß auch Benno das Produkt einer Mischehe war, und betrachtete ihn nicht gerade als gute Reklame für eine solche Verbindung.

«Beschäftigst du dich immer noch mit dem Pergamon-Altar?» fragte Eva.

«Das mußte ich aufgeben», sagte Benno. «Ein älterer Kollege hat behauptet, es sei ein Übergriff auf sein Gebiet. Ich habe mit einer Untersuchung über den Einfluß der Antike auf die deutschen Künstler des späten achtzehnten Jahrhunderts begonnen. Ein faszinierendes Thema.»

Benno war im Begriff, eine umfassende Darstellung vom Stapel zu lassen, aber Eva unterbrach ihn besorgt. «Was hältst du von der politischen Lage?» fragte sie.

Benno blickte verwirrt drein.

«In bezug auf die Aufklärung oder die Französische Revolution?» Er sah Evas überraschten Blick. «Ach, du meinst hier und jetzt – die Nazis ... Nun, ich weiß nicht. Ich bezweifle, daß sie in meinem Gebiet herumpfuschen werden.»

Jacob, noch blaß und erschöpft von seinem kalten, einsamen Gang, trat in diesem Augenblick zu ihnen und hinderte Eva daran, eine langatmige Tirade loszulassen.

«War das nicht schrecklich heute?» fragte er. Jacob war knochendürr und ging stark gebeugt, obwohl er, wie er sagte, «zäh wie Leder» war. Er hatte sich angewöhnt, die Nacht zum Tag zu machen, und überließ seinen Laden fast völlig der Obhut des treuen Alois.

«Benno glaubt, sein Elfenbeinturm wird ihn beschützen.» Eva war sichtlich gereizt.

«Er wird eines Besseren belehrt werden. Wartet ab, bis mein Hausmeister die Stufen des Museums erstürmt. Wißt ihr, daß er neulich im Hof gestanden und Verwünschungen zu den Fenstern hinauf gerufen hat? Er beobachtet genau, wer die Hakenkreuzfahne hinaushängt und wer nicht. Er ist jetzt ein kleiner König in seinem Reich. Ich muß meinen Müll selbst hinuntertragen. Der alte Herr in der Wohnung mir gegenüber – ein freundlicher und ehrbarer Mann namens Elfenbein – hatte eine Auseinandersetzung mit der Frau des Hausmeisters, und sie hat ihm ins Gesicht gespuckt.»

Jacob hatte in seiner Einsamkeit Mut entwickelt. Da er Edus Hilfe nicht annehmen wollte, lebte er bescheiden von seinem Einkommen und brachte es sogar fertig, jeden Monat etwas zu sparen.

«Darf ich dich bald einmal besuchen?» fragte Benno ihn. «Ich habe einige hochinteressante Dokumente zum Thema Füssli-Kreis in Rom entdeckt, und ich muß mit jemandem sprechen, der mit den ästhetischen Theorien von Füsslis Zeitgenossen vertraut ist.»

«Ich will dir gern mitteilen, was ich weiß», sagte Jacob. «Es wird Zeit, daß wir uns mit Fragen der wissenschaftlichen Forschung, nicht mit Politik, befassen. Gib nur acht, daß du nicht der Frau des Hausmeisters in den Weg läufst.»

«Ich versuche, die Einstellung der deutschen Künstler des achtzehnten Jahrhunderts zu den klassischen Quellen mit derjenigen früherer Maler zu vergleichen. Elsheimer zum Beispiel –»

«Um Himmels willen, Benno, komm auf die Erde herunter!» rief Eva aus. «Wir befinden uns mitten in einer politischen Katastrophe!»

«Es gibt absolut nichts, was ich dagegen tun könnte», sagte Benno. «Ich kann ebensogut über das achtzehnte Jahrhundert nachdenken. Irgend jemand *muß* darüber nachdenken. Diktatoren kommen und gehen, aber das Licht, das wir auf unsere Vergangenheit werfen können, brennt immer und überliefert den künftigen Generationen Wahrheiten, die kein Herrscher je in Frage stellen kann.»

«Die ‹Wahrheit›, von der du sprichst, ist nicht unumstößlich – die Politik formt sie, zerstört sie, entstellt sie.»

Benno machte ein bestürztes Gesicht. «Die Dinge werden sich wieder beruhigen», sagte er. «Diese Regierung wird sich nicht halten.»

«Ich hoffe, du hast recht.» Andreas war bei seinem dritten Glas Cognac. Er hatte keine Angst mehr, fror nicht mehr, sein Herz schlug ruhig. Er konnte gelassen über die Ereignisse des Tages sprechen. «Diese Aufmärsche sind erschrekkend; sie sagen Schlimmes über die menschliche Natur aus. Eine Art der Barbarei, wie wir sie mit früheren, primitiveren Zeiten in Verbindung bringen, findet wie selbstverständlich im zwanzigsten Jahrhundert hier in Frankfurt statt. Im Land von Schiller und Goethe und Beethoven . . .»

«Und, wohlgemerkt, zum Klang ihrer Worte und Melodien», warf Jacob ein.

«Hitler zieht, wie ich höre, Wagner vor», bemerkte Benno.

«Wir werden zweifellos eine Götterdämmerung miterleben», sagte Andreas. «Die Deutschen lieben es, sich aufzuopfern, lieben das Gefühl, von irgendeiner gewaltigen Kraft mitgerissen zu werden, ohne eigenen Willen zu handeln.»

«Das ist alles abstraktes Gerede», sagte Eva. «Worte statt Taten . . .»

«Was können wir tun?» fragte Jacob.

«Psst, da kommt Tante Caroline», sagte Benno.

Caroline hatte erleichtert aufgeatmet, sobald die Haustür sich hinter allen geschlossen hatte und sie sich wieder zwischen den vertrauten Gegenständen ihres Hauses befand. Nichts, sagte sie sich, konnte ihr hier widerfahren. Sie würde nie wieder fortgehen, niemals.

«Ich habe die Reinmachefrau für heute bestellt», sagte Caroline. «Sie ist nicht gekommen.»

«Das Haus sieht tadellos aus», beruhigte Eva sie.

«Wo ist meine Enkelin», sagte Caroline, «mein kleines Clärchen?»

«Oben bei Lene. Sie schlafen.»

«Lene ist nicht zur Beerdigung ihres Vaters gekommen», sagte Caroline. «Weiß irgend jemand von euch, warum?»

Einen Augenblick herrschte schuldbewußtes Schweigen, während sie alle nach einer Entschuldigung für Lene suchten.

«Sie konnte es einfach nicht ertragen», sagte Jacob schließlich.

«Ich kann es ihr nicht verübeln», erklärte Benno. «Der Tod ist erschreckend, vor allem, wenn er von dem mörderischen Geschrei des Mobs begleitet wird.»

«Lene verfällt angesichts von Schwierigkeiten in völlige Passivität und wartet auf Hilfe», sagte Andreas.

«Ich muß mir eine neue Putzfrau suchen», seufzte Caroline. «Es wird nicht leicht sein. Nicht in Zeiten wie diesen.»

In diesem Augenblick erschien Lene mit Clara an der

Hand. Beide hatten noch den rosigen Schimmer des Schlafs auf den Wangen. Das kleine Mädchen trug ein gesmoktes weißes Kleid, das mit kleinen gelben Blumen bedruckt war. Lene hatte einen lavendelblauen Rock mit einer passenden Bluse und einen ärmellosen Pullover an. Zwischen den schwarz gekleideten Frauen wirkte sie wie ein Wesen aus einer anderen Welt. Eva hatte den Eindruck, daß sie sich an ihrer Tochter festhielt, als ob sie Schutz suchte. Clara war überhaupt nicht schüchtern und begrüßte die Familie mit einem strahlenden Lächeln.

«Laß sie zu mir», sagte Caroline, und die Kleine lief zu ihrer Großmutter, die sie in die Arme schloß.

«Opapa ist fort», sagte Clara. «Fräulein Gründlich hat es mir gesagt. Sie sagt, er kommt nicht wieder, aber ich werde ihn im Himmel sehen.»

Tränen traten Caroline in die Augen, aber sie drängte sie zurück. Als sie sich wieder gefaßt hatte, küßte sie das Kind auf die Wange und sagte: «Opapa hat mir besonders liebe Grüße für dich aufgetragen, ehe er fortging.»

«Ich möchte ihn sehen, aber ich glaube, ich werde vorläufig noch nicht in den Himmel kommen», erklärte Clara. Sie entwand sich den Armen ihrer Großmutter und sagte: «Ich hole meine Buntstifte und Papier und male ein Bild von Opapa im Himmel und *tu* so, als ob ich dorthin ginge.»

«Vielleicht wirst du eine berühmte Malerin, wenn du erwachsen bist», sagte Emma.

Pauline erwischte Clara, als sie versuchte, aus dem Zimmer zu schlüpfen, und kniff sie in die Wange. Sie übertrieb in allem, was sie tat. «Ich wünschte, ich hätte ein Enkelkind wie dich», sagte sie. «Ich wünschte, ich hätte ein Enkelkind, Punkt! Auf meine Kinder kann man sich in dieser Hinsicht nicht verlassen.»

«Ich habe dir ja gesagt, ich würde dir ein Enkelkind schenken», entgegnete Julia, «aber du hast darauf bestanden, daß ich verheiratet sein müßte.»

Es gelang Clara, sich ihrer Großtante zu entziehen, und sie lief hinaus, um wenige Augenblicke später mit einem Zeichenblock und Buntstiften zurückzukehren.

«Du solltest ein Porträt von ihr malen lassen», sagte Edu

zu Lene. «Ich bezahle es, unter der Bedingung, daß du es von einem erstklassigen Künstler fertigen läßt.»

Clara konnte nicht an dem Teller mit Keksen vorbeigehen, der auf dem Kaffeetisch stand, ohne sich eine Handvoll zu nehmen.

«Stopf dich nicht so voll», sagte Lene.

«Du willst doch nicht wie Onkel Benno aussehen», flüsterte Emma ihrer Nichte zu.

«Ich mag Onkel Benno», sagte Clara, «und ich kann nicht aussehen wie er – er ist ein Mann, und ich bin ein Mädchen, und wenn ich erwachsen bin, werd ich eine Frau sein.»

«Eine Dame, hoffe ich», sagte Emma.

«Müssen ‹Damen› Kleider tragen, Tante Emma?»

«Im allgemeinen ja.»

«Dann will ich keine Dame sein. Ich will *immer* meinen blauen Trainingsanzug tragen können.»

«Das Kleid, das du anhast, ist viel hübscher, Clara.»

«Es kratzt. Mein Trainingsanzug ist schön weich.»

Andreas hatte ihr den Anzug geschenkt, dessen leuchtendes Blau genau zur Farbe ihrer Augen paßte. Die Hosen hatten Gummizug an den Knöcheln und in der Taille, und das Oberteil hatte am Kragen einen Reißverschluß, der Claras ganze Wonne war.

«Wenn du im Frühling mit mir nach Italien kommst, kannst du den Trainingsanzug jeden Tag beim Spielen im Freien tragen. Aber wir tragen Kleider zum Essen und wenn wir sonntags Besuch haben.»

Lene hatte eingewilligt, Clara im Mai mit ihrer Schwester nach Florenz fahren zu lassen. Emma war Stammgast im Haus von Mabel Hennessy Supino-Botti geworden und hatte ihren Aufenthalt dort von Jahr zu Jahr ausgedehnt, so daß sie jetzt regelmäßig einen Monat im Frühling und zwei Monate im Herbst dort verbrachte. Diese Besuche waren etwas, das sie nicht einmal für ihre wohltätige Arbeit am Krankenhaus aufzugeben bereit war. Sie waren der Hauptgrund, weshalb sie keine bezahlte Stellung annehmen wollte.

Die Freundschaft zwischen den zwei Frauen hatte sich vertieft, obwohl Emma den homoerotischen Aspekt ablehnte. Sie stand dem Liebesleben ihrer Freundin wohlwollend gegenüber, fühlte sich jedoch abgestoßen von dem bloßen Gedanken an körperliche Liebe zwischen Frauen. Von einer anderen berührt zu werden, die feuchten Lippen und den heißen Atem des Verlangens zu spüren, den Körper einer anderen zu riechen – ihr schauderte, wenn sie nur daran dachte. Und trotzdem verstand sie die Schwierigkeiten, den Spott und die Eifersüchteleien, die Mabel beharrlich verfolgten, und sie hörte sich geduldig ihre Beschwerden an. Sie fühlte sich in der Gesellschaft von Frauen sorglos und beschützt. Eines Tages erklärte sie Mabel, sie sei überzeugt, daß die Geschichte vom Paradies nur von Männern erfunden sein könne, denn sie sei offensichtlich dazu bestimmt, die Frauen in ihren Grenzen zu halten und sie für alle Zeiten für nicht vertrauenswürdig zu erklären. Mabel war in ihr volltönendes, männliches amerikanisches Lachen ausgebrochen – ein Ton, der für Emma immer Bilder von Brechts *Mahagonny* heraufbeschwor –, hatte ihr aufs Knie geschlagen und gesagt, sie solle lieber ihre Ansichten über derlei Dinge für sich behalten, wenn sie nicht wolle, daß Onkel Edu ihr seine Unterstützung entzog. Emma mochte es nicht, wenn ihre Freundin sich über ihre Familie mokierte, aber sie runzelte nur die Stirn und wechselte rasch das Thema.

Emma wünschte sich sehnlich, ja sogar verzweifelt, Clara bei sich zu behalten. Sie liebte Kinder und hätte versucht, eins zu adoptieren, wenn Edu ihr nicht davon abgeraten hätte. So konzentrierte sich ihre ganze mütterliche Liebe auf ihre Nichte. Emma hatte den Eindruck, daß das Kind von seiner Mutter vernachlässigt wurde, die, wenn sie nicht gerade verliebt war, sich danach sehnte, es zu sein. Sie hatte gerade wieder einen «interessanten» Mann, einen Juden, kennengelernt. Emma war auf das Schlimmste gefaßt. Manfred Solomon war Pianist und hatte das zügellose Temperament eines Musikers. Wenn Lene mit ihm auf und davon ging – und Emma befürchtete, daß sie es tun würde –, was sollte aus Clara werden? Solomon, egozentrisch, wie er war, würde sich vermutlich weigern, Lene mit ihrem Kind zu teilen. Emma hielt die Zeit für gekommen, Clara allmählich von ihrer Mutter zu lösen und die Sorge für sie zum größten Teil selbst zu übernehmen.

Ihre träumerischen Gedanken wurden von Edu unterbrochen, der auch über Lene nachdachte. Ihre Weigerung, am Begräbnis teilzunehmen, hatte ihn zutiefst gekränkt, und er versuchte, eine plausible Erklärung für ihr Verhalten zu finden. «Wie ich höre, hat deine Schwester einen neuen Verehrer», sagte er. Emma nickte; sie hoffte, daß er sie nicht nach ihrer Meinung fragen würde. Ihre Gedanken machten sie schuldbewußt, und sie hatte das Gefühl, dabei ertappt worden zu sein.

«Ich hoffe, daß das nichts Ernstes ist», fuhr Edu fort. «Ich habe den jungen Mann in Zürich kennengelernt, als er dort spielte. Er bat darum, mir vorgestellt zu werden, und erklärte mir ganz unverblümt, daß er in meine Nichte verliebt sei. Ich war entsetzt! Er hat ungewöhnliches Talent, das steht außer Frage, aber er ist ein unmöglicher Mensch. Er sprach, als ob Lene ihm bereits *gehörte*. Es fehlte nur noch, daß er sich als nächstes nach ihrer Mitgift erkundigen würde.»

«Lene spricht nicht viel über ihn», sagte Emma wahrheitsgemäß. Lene glaubte nicht, daß irgend jemand die Regungen ihres Herzens verstehen würde, und hielt ihr Liebesleben geheim. Sie und Emma sprachen lang und breit über tausenderlei Dinge, aber nicht darüber.

«Er benahm sich, als wären wir alte Freunde. Er versuchte anzudeuten, daß wir irgendwie Gleichgestellte seien, Mitglieder derselben Loge . . .»

«Manfred ist hier in Frankfurt aufgewachsen.»

«Er hat sich große Mühe gegeben, mich daran zu erinnern. Aber er stammt aus Polen. Soviel ich gehört habe, war seine Familie sehr arm und konnte es sich nicht leisten, ihn bei sich zu behalten; als sie sein Talent entdeckten, *verkauften* sie ihn daher einfach – sozusagen an den Meistbietenden. Das war zufällig Alexander Buchsbaum – ein *nouveau riche*, wie er im Buch steht –, und so kam der Junge nach Frankfurt. Aber wie hat deine Schwester ihn kennengelernt?»

«Ich glaube, sie sind sich bei Andreas begegnet. Seine Wohnung ist ein Treffpunkt für alle Musiker Frankfurts geworden. Er veranstaltet Musikabende . . .»

«Lebt er noch mit diesem . . . Mann?»

«Mit Kurt? Ja. Kurt ist wirklich sehr nett.»

«Ich zweifle nicht daran.» Er kehrte rasch zum Thema Lene zurück. «Versuche deine Schwester von dieser Geschichte abzubringen», sagte er. «Sie ist erst dreißig Jahre alt. Sie hat ein bezauberndes Kind und eine Familie, die sie liebt. Bei der gegenwärtigen politischen Lage in Deutschland wird es für einen Juden wie Manfred Solomon schwer sein, in seiner Laufbahn voranzukommen, und er ist nicht der Typ, der ein liebevoller Ehemann sein wird, wenn es in seinem beruflichen Leben Schwierigkeiten gibt.»

«Du kennst Lene gut genug, um zu wissen, daß es kaum möglich ist, ihr *irgend* etwas zu sagen.»

«Das stimmt. Deshalb müssen wir beide versuchen, soviel Einfluß wie möglich geltend zu machen.»

«Ich habe Tom immer sehr gern gemocht», sagte Emma nachdenklich. «Es war angenehm, ihn im Haus zu haben . . .»

«Es war weniger angenehm, mit ihm zu verhandeln, als ich die Scheidung in die Wege leiten mußte. Er verlangte allerlei.»

«Er wollte das Recht haben, Clara zu sehen.»

«Wer hat dir das gesagt?»

«Er selbst.»

«Aber er wollte auch frei von der Verpflichtung sein, Unterhalt für das Kind zu zahlen. Er konnte nicht das eine *und* das andere haben.»

«Ich weiß nichts von alledem.»

«Du brauchst es auch nicht zu wissen. Aber etwas anderes weißt du sicher, und zwar, daß sich dein Vater in seinen letzten Lebensjahren kaum mehr um irgend etwas gekümmert hat. Ich mußte mich mit den Einzelheiten seiner Investitionen befassen. Ich habe Eisenstein ein Ruhegehalt ausgesetzt. Ich habe die Miete für sein Büro bezahlt. Jetzt muß ich dafür sorgen, daß die Sekretärin eine Abfindung bekommt und die letzten verbleibenden Klienten von seinem Tod verständigt werden. Es ist mir ein Rätsel, wie überhaupt noch irgend jemand zu ihm gehen konnte.»

«Er war auf irgendeine seltsame Art sehr weise in seinem Beruf.»

«Ja, das ist mir bekannt. Aber als Ehemann und Vater hat er in vieler Hinsicht völlig versagt. Er hat deiner Mutter gestattet, in ihren künstlerischen Phantasien zu schwelgen – sie ist immer noch nicht bereit, sich mit ihrem Leben auseinanderzusetzen –, und er hat seinen Söhnen keinen Weg gewiesen. Und, es tut mir leid zu sagen, er ist nicht energisch geworden, als es darum ging, zu verhindern, daß seine Töchter . . . unangemessene Ehen schlossen.»

Emma errötete. Sie konnte es immer noch nicht ertragen, daß man auf ihre unglückselige Erfahrung anspielte. Edu bemerkte ihr Unbehagen nicht.

«Du bist in gewisser Hinsicht die vernünftigste», sagte er. «Das ist der Grund, weshalb ich mit dir über diese Dinge spreche. Ich kann mit dir reden, denn ich weiß, daß du dir den Kopf nicht mehr verdrehen läßt von Männern, die dir nichtssagende süße Worte ins Ohr flüstern.»

Emma konnte ihren Onkel nicht ansehen. Sie fühlte, wie sich eine Wunde in ihrem Inneren auftat. Er liebte sie weniger als Lene; wieso hatte sie das in all diesen Jahren nicht erkannt? Er war eifersüchtig, weil Lene sich einen neuen Liebhaber zugelegt hatte. Er dachte überhaupt nicht so, wie sie angenommen hatte. Männer waren ekelhaft wie Frösche, allesamt! Nur, weil hin und wieder einer von ihnen sich in einen Prinzen verwandeln mochte, fanden sich die Frauen mit ihnen ab, aber es lohnte sich nicht. Sie fühlte, wie die Wunde schmerzte.

In diesem Augenblick gesellte sich Julia zu ihnen, ohne zu ahnen, daß sie störte. «Was war das für ein grauenvoller Tag», sagte sie, «und noch dazu habe ich nächtelang überhaupt nicht geschlafen.»

Edu sah sie an, und Emma erkannte, daß er sie schön fand, besonders jetzt, wo sie gequält und blaß aussah. Sie hatte einen Roman über ihre Liebesaffäre mit Rudi geschrieben. Es hieß, er sei sehr gut.

«Findet ihr nicht, daß der Aufruhr heute, während der Beerdigung von Onkel Nathan, etwas Symbolisches an sich hatte?» fragte sie. «Sie werden nicht zulassen, daß wir unsere Toten begraben.»

«Unsinn», sagte Edu. «Deine Phantasie läuft wieder einmal mit dir davon. Die Dinge sind schon schlimm genug, aber ihr Schriftsteller macht sie noch schlimmer.»

Irgend jemand hatte ihm eine kleine avantgardistische Zeitschrift geschickt, die eine Kurzgeschichte von Julia enthielt. Edu glaubte, sich darin wiederzuerkennen. Aber er wollte jetzt nicht darüber nachdenken. Er wandte sich ab, um Elias zu suchen, und Julia bemerkte, daß er sich absichtlich bemüht hatte, unhöflich zu sein.

«Er hat meine Geschichte gelesen», sagte sie zu Emma, «und er wird mir nie verzeihen.»

Sie hatte – wie üblich – nicht an die Konsequenzen gedacht, sondern gehofft, daß ihr Erfolg ihn günstig beeindrucken würde. Jetzt war sie verwirrt und unsicher, und ihr war, als stünde sie vor einer tiefen Grube und sei in Gefahr, hineinzufallen.

«Hast du über ihn geschrieben?» fragte Emma. «Das war sehr töricht.»

«Sprechen wir nicht darüber», sagte Julia. «Hast du jemals gewünscht, tot zu sein, aber trotzdem Angst davor gehabt, zu sterben?»

«Ich weiß nicht, was du damit sagen willst . . .»

«Ihr seid alle gleich – da ist Onkel Jacob. Ich muß ihn sprechen, ehe er fortgeht.»

Emma blieb allein neben dem Fenster zurück. Sie schloß die Vorhänge. Das Zimmer wurde kleiner, seine Lampen heller. Lene sprach jetzt mit Edu. Clara saß mit einem Stäbchenspiel auf dem Boden zu ihren Füßen. «Du wirst dich schmutzig machen», rief Emma ihr nervös zu.

Julia nahm Jacobs Arm. «Ich habe Edu beleidigt», sagte sie.

«Ich gratuliere!» erwiderte Jacob. «Es war höchste Zeit, daß jemand das tat. Was hast du ihm gesagt?»

«Es war nichts, was ich gesagt habe – aber lassen wir das, du würdest es doch nicht verstehen.»

«Fühlst du dich nicht wohl?»

«Nein, aber das geht vorüber, sobald ich vom Rand des Abgrunds wegkomme. Du weißt ja, ich bin nicht schwindelfrei.»

«Möchtest du dich nicht ein Weilchen hinlegen? Ich bin sicher, du könntest oben ein Bett finden. Caroline hat bestimmt Baldriantropfen . . .»

«Ruhe ist nicht das richtige dafür», sagte Julia mißmutig. «Würdest du mir bitte ein Glas Cognac holen?»

Emma sah, daß Claras weiße Strümpfe beim Knien auf dem Teppich schmutzig geworden waren. «Steh auf, steh auf, Kind», sagte sie und zog sie von der Stelle hoch, wo sie saß. Die Holzstäbchen zerbrachen unter ihren Füßen. Clara fing an zu weinen.

«Laß sie in Ruhe», sagte Lene.

«Sie wird ganz schmutzig», erwiderte Emma.

«Ich muß die Putzfrau entlassen», seufzte Caroline.

Clara, die die Disharmonie den Stimmen der Erwachsenen anhörte, weinte lauter. «Du hast meine Stäbchen zerbrochen!» rief sie.

«Ich kaufe dir neue», sagte Emma. «Sei jetzt still, dann geh ich mit dir nach oben und lese dir eine Geschichte vor.»

«Ich will nicht mit dir nach oben gehen. Ich will hier bei Mama bleiben.»

«Du bist ungezogen», sagte Emma. Sie setzte sich auf den äußersten Rand eines Stuhls und sammelte die zerbrochenen Stäbchen auf. Clara hielt sich am Rock ihrer Mutter fest.

Julia trank den Cognac, den Jacob ihr brachte, als wäre sie am Verdursten.

«Wie geht es deinem Freund Rudi?» fragte Jacob.

«Er ist nicht mehr mein Freund. Ein guter Bühnenschriftsteller, aber ein miserabler Liebhaber. Brecht fand sein letztes Stück sehr gut, aber niemand will es aufführen. Alle haben Angst. Sie laufen davon. Verlassen das Schiff. Meine Schwester Jenny hat sich taufen lassen.»

Jacob suchte Jenny in der Schar der Verwandten. Sie saß allein in einer Ecke und starrte ins Leere. Ihr Bruder Willy stand in ihrer Nähe und las in einem Buch, das er aus dem Regal genommen hatte.

«Sind wir nicht alle sehr sonderbar?» fragte Julia.

«Willy ist schrecklich dünn», sagte Jacob. «Wenn man ihn neben Benno stellen würde, sähen sie aus wie Pat und Patachon.»

«Er ist gerade wieder entlassen worden», sagte Julia. «Papa kauft ihn fortwährend in Stellungen ein. Sie behalten ihn ungefähr so lange, wie Papas Geld reicht, dann setzen sie ihn an die Luft. Aber er scheint ganz zufrieden zu sein, läßt sich durchs Leben treiben, verteilt Pfennige an arme Kinder und spielt Blockflöte.»

«Glaubt Jenny, daß es ihr etwas nützen wird?»

«Was?»

«Getauft zu sein.»

Der Cognac hatte bei Julia seinen Zweck erfüllt. Der Abgrund war nicht mehr unmittelbar vor ihr. Sie dachte, er könnte jetzt jenseits des Fensters sein.

«Ich glaube, sie hat sich in den Pfarrer verliebt, der sie bekehrt hat. Wäre es nicht lustig, einen Geistlichen in der Familie zu haben?»

«Nein, keineswegs.»

«Sieh sie dir an, die dumme Gans. Hat keinen Funken Verstand in ihrem Kopf. Sitzt einfach herum und sieht hübsch aus. Ich hasse sie!»

«Verschwende nicht deine Energie.»

«Onkel Edu findet sie bezaubernd.»

«Mein Bruder scheint dir heute im Magen zu liegen.»

«Er beurteilt Frauen von einem sehr oberflächlichen Standpunkt aus.»

«Das tun die meisten Männer.»

«Aber er hält sich für eine so ungewöhnliche Persönlichkeit.»

«Selbst ungewöhnliche Männer schätzen eine wohlgeformte Fessel oder ein rassiges Hinterteil . . .»

«*Du* bist nicht so.»

«Und du siehst, wohin es mich gebracht hat. *Ich* bin nicht der Onkel in der Familie, der die Herzen seiner Nichten bewegt – oder sie vor Zorn mit dem Fuß aufstampfen läßt.»

Die Nacht war hereingebrochen. Es ging ein bitterkalter Wind. Hier und dort brannten Freudenfeuer, und in den Straßen ertönten immer noch «Sieg-Heil!»-Rufe. Aber der schneidende Wind ließ sie lange vor dem Morgengrauen verstummen und verwandelte den Justitia-Brunnen vor dem Römer in einen Eisblock.

Die Familie blieb bis spät in der Nacht im Haus in der Guiollettstraße. Sie scheuten die nächtliche Kälte und wollten auch nicht die widerhallenden Rufe der Braunhemden hören, die johlend durch die Straßen zogen. Aber die Morgendämmerung brachte keine Erleichterung.

Ernst, der sich seit seiner Ankunft in Palästina Uri nannte, erfuhr vom Tod seines Vaters durch ein Telegramm von Edu. Er und Miriam saßen in ihrem kleinen Häuschen beim Mittagessen.

«Mein Vater ist tot», sagte er.

«Das tut mir leid», erwiderte Miriam. «Er ruhe in Frieden.» Sie stand auf und legte die Arme um ihn.

«Nein, nein», murmelte er abwehrend, «ich kann nicht atmen.»

«Was ist los?»

Er beugte sich über das Telegramm. «Nur Onkel Edu kann so eine Nachricht schicken», sagte er. «Hör dir das an: ‹Bedaure, Dir mitteilen zu müssen, daß Nathan Wertheim heute morgen verschieden ist. Sein Tod bekümmert uns alle. Edu.›»

«Was hätte er sonst sagen sollen?» fragte Miriam. «Was kann man in einem Telegramm schon viel sagen?»

Er zuckte die Achseln.

«Ich glaube, du versuchst, jemand anderen für deine gemischten Gefühle verantwortlich zu machen», sagte sie.

«Du bist sehr scharfsichtig.»

«Hast du mich nicht gerade deshalb geheiratet?»

Während sie den Tisch abräumte, ging er nach draußen. Es war ein naßkalter, winterlicher Tag. Regenwolken hingen über den Bergen im Osten. Er ging zum Ufer des Sees Genezareth hinunter. Dies war die ruhige Jahreszeit im Kibbuz. Es gab zwar immer Arbeiten zu verrichten, aber die Frühjahrssaat begann erst in einigen Wochen.

Er hatte gewußt, daß er seinen Vater nicht lebend wiedersehen würde, als er kurz vor seiner Auswanderung heimfuhr, um sich von seiner Familie zu verabschieden. Der Gedanke war schmerzlich gewesen, aber er hatte ihn verdrängt. Sie hatten sich nicht viel zu sagen gehabt, waren wie Fremde miteinander umgegangen. Selbst Lene wirkte kühl und reserviert. Emma redete überhaupt kaum mit ihm, und Andreas, der anscheinend sprechen wollte, schwelgte nur in Erinnerungen. Er war froh gewesen, fortgehen zu können. Als er zu Edu ging, der ihn zum Tee zu sich bestellt hatte, bekam er einen großen Scheck und viele Ratschläge. «Er hörte sich an wie Polonius», sagte Ernst zu Lene. «Er ist nicht so beschränkt und töricht», erwiderte sie. «Aber ebenso aufgeblasen», hatte er geantwortet.

Er schlenderte am Rand des Wassers entlang. Die Fischerboote waren alle fest vertäut, der Himmel hing wie eine graue Kuppel über den Golanhöhen. Die nächste Stunde konnte ein Gewitter und Schneegestöber in den Bergen oder strahlenden Sonnenschein bringen. In dieser Jahreszeit wußte man das nie. Was für ein seltsames Land!

Den größten Teil seiner Zeit gelang es ihm, die Vergangenheit in ferne Winkel seines Herzens zu verbannen. Er arbeitete schwer; seine Haut fühlte sich rauh und schwielig an, seine Hände sahen aus wie die eines Schwerarbeiters, seine Arme und Schultern waren so kräftig wie die eines Bierkutschers geworden. Manchmal, wenn er sich im Spiegel sah, erkannte er sich nicht wieder. War er wirklich im Frankfurter Westend aufgewachsen und hatte sein Gesicht im glänzenden silbernen Teeservice seiner Mutter sich widerspiegeln sehen?

Er kam zu dem Schluß, daß er noch heute einen Brief nach Hause schreiben mußte, aber an wen? Miriam würde ihm sagen, er solle einfach anfangen: «Liebe Familie . . .» Aber es war keine Familie, an die er sich erinnerte, eher ein Ort, eine bestimmte Lebensweise, eine Atmosphäre. Es war ein anderes Land, und seine Verwandten lebten dort wie Schatten. Nein, sagte er sich, nicht wie Schatten, wie Mumien. So sah er sie. Er würde an jeden von ihnen einen eigenen Brief schreiben müssen. Außer an Emma; er hatte ihr nichts zu sagen. Sie hatte sich am meisten über die Wahl aufgeregt, die er getroffen hatte, und war voller Haß gewesen. Er wandte seine Gedanken anderen Dingen zu. Er erinnerte sich an die Spaziergänge im Palmengarten, an Onkel Jacobs Buchhandlung. Ihm war, als könne er die Tannenbäume auf dem Weihnachtsmarkt am Römer riechen, und die dampfenden Würstchen. Er erinnerte sich an den Sommer in Travemünde und diesen sonderbaren Schriftsteller – wie war doch gleich sein Name? –, der, wie er glaubte, Andreas verführt hatte. Er war später in irgendeinen Skandal verwickelt worden und hatte Selbstmord begangen. War *er* für Andreas' sexuelle Orientierung verantwortlich gewesen? Worin hatten sie alle gefehlt?

Er ging durch den Orangenhain, an dem Eukalyptuswäldchen und den kürzlich gepflanzten Bananenstauden vorbei. Aus den syrischen Bergen drang das Grollen von Donner herüber, aber über dem westlichen Ufer des Sees war bereits ein Streifen blauer Himmel zu sehen. Ein Traktor kam den Feldweg entlang, der zu der Stacheldrahtumzäunung des Kibbuz führte.

«He, Uri! Heda!» schrie der Fahrer über den Lärm des ratternden Motors hinweg. «Was tust du hier?» Er sprach Hebräisch mit dem surrenden R der «Jekkes» – der über die Achseln angesehenen deutschen Juden. Ernst winkte ihm zu. «Ich geh spazieren», rief er.

«Sieh dich vor!» Der Mann hatte ein Gewehr umgehängt. Er war in Leipzig Drucker gewesen.

Ernst nickte. Man mußte sich tatsächlich vorsehen. Es war nicht klug, sich ohne Schutz zu weit von der Siedlung zu entfernen. Widerstrebend kehrte er um und suchte sich einen Platz in der Nähe der Fischerboote, wo er unbeobachtet sitzen und über den See auf Tiberias blicken konnte. Er schrieb die Briefe an seine Familie auf die Seiten des kleinen Kontobuches, das er immer bei sich trug.

Als er zu seiner Hütte zurückkehrte, schien die Sonne wieder. Miriam war zu ihrer Arbeit im Kindergarten gegangen. Sie hatte ihm ein Stück Honigkuchen und ein Glas Rotwein auf den sauberen Tisch gestellt. Ernst seufzte. Warum füllte ihn ihre Liebe nicht aus? Warum war ihm dieses schöne Land noch so fremd? Warum vermißte er immer noch den deutschen Winter, die stillen Wälder seiner Heimat?

Er schrieb die Briefe einen nach dem anderen ins reine. Als er fertig war, ging er in den Sonnenschein hinaus, zu dem Feld, das für eine neue Obstpflanzung vorbereitet wurde. Er schleppte Steine, bis die Sonne zu sinken begann und kalter Nebel vom See aufstieg. Sein Geist war stumpf vor Erschöpfung, und er empfand seinen Kummer nicht mehr so stark.

AM 27. FEBRUAR ZERSTÖRTE eine Feuersbrunst das Reichstagsgebäude in Berlin. Die Polizei verhaftete einen schwachsinnigen Holländer namens van der Lubbe, der sofort gestand, den Brand gelegt zu haben, und die Kommunisten mit dem Anschlag in Verbindung brachte. Dies gab den Nazis den notwendigen Vorwand, um durchgreifende Maßnahmen gegen die Linke anzuordnen. Nicht nur die Kommunisten, sondern auch Sozialisten und Gewerkschaftler wurden zu Tausenden verhaftet, ihre Zeitungen verboten, ihre Büros geplündert. All dies sollte den Parteien der Opposition einen Schlag versetzen, von dem sie sich nicht mehr rechtzeitig erholen würden, um bei den Märzwahlen gut abzuschneiden. Aber selbst ohne Unterstützung der Presse und geschwächt, wie sie waren, gelang es diesen Parteien, zu verhindern, daß die Nazis die Mehrheit der Sitze im Reichstag gewannen. Sie konnten jedoch nichts dagegen tun, daß Hitler sich genügend Stimmen verschaffte, um ein Ermächtigungsgesetz durchzubringen, das ihn zum Alleinherrscher machte. Er hatte jetzt den gesamten Regierungsapparat in der Hand. Die Weimarer Republik war tot.

Ein paar Tage später erschien abends Eva Süßkind bei Jacob. Sie hatte vorher nicht angerufen, sie stand einfach plötzlich vor seiner Tür. Jacob aß gerade sein übliches hartgekochtes Ei und Roggenbrot mit Gänseschmalz. Eine Kanne schwarzer Kaffee und eine Schale mit Äpfeln standen auf dem Schreibtisch, der mit Krümeln, Eierschalen und Fettflecken übersät war.

Eva klingelte ungeduldig. Jacob öffnete mit vorgelegter Kette die Tür, um zu sehen, wer es war. Der Hausmeister Strüpler hatte ihn während der letzten Wochen ständig belästigt. Nachdem er mit Erleichterung festgestellt hatte, daß es diesmal nicht Strüpler, sondern Eva war, ließ er sie herein. «Was führt dich hierher?» fragte er.

«Ich brauche deine Hilfe.»

«Natürlich, das ist mir klar. Hast du Schwierigkeiten?»

«Noch nicht. Ich bin nicht wichtig. Aber viele meiner Freunde sind es. Wir müssen sehr vorsichtig sein. Darum bin ich jetzt gekommen, wo dein Hausmeister mit größter Wahrscheinlichkeit beim Abendessen ist. Ich werde dich um etwas bitten, was dich in Gefahr bringen könnte, deshalb möchte ich, daß du ehrlich mit mir bist – du kannst es mir gleich jetzt abschlagen, wenn du nicht hineingezogen werden willst.»

«Ich habe nicht viel zu verlieren.»

«Gut, dann werde ich es dir sagen. Eine Freundin von mir, eine Frau namens Lore – ihren Nachnamen werde ich dir nicht nennen – hat keine Bleibe. Sie kann nicht in ihre Wohnung zurück; die Nazis haben sie bereits durchsucht und lauern jetzt auf Lore. Sie haben eine Nachbarin halb bewußtlos geschlagen, als sie sie um zwei Uhr nachts nicht hereinlassen wollte. Lore ist jetzt bei mir, aber wir glauben, daß meine Wohnung beobachtet wird. Wirst du sie hier aufnehmen?»

«Ist sie Kommunistin?»

«Würde dir das etwas ausmachen?»

«Nein. Vielleicht. Ich glaube nicht.»

«Gut. Aber sie ist *keine* Kommunistin, nur in jeder Hinsicht eine sehr aktive Gegnerin der Nazis. Sie gehört seit ihrer Zeit in der Arbeiterjugend – wo wir uns kennengelernt haben – der Gewerkschaftsbewegung an. Wenn du glaubst, daß die Nazis nur Kommunisten verfolgen, irrst du dich. Sie werden *jegliche* Opposition ausrotten.»

«Wie lange wird sie hierbleiben müssen?»

«Nicht länger als eine Woche, hoffen wir. Sie soll ins Saargebiet geschickt werden und von dort aus vielleicht weiter nach Holland, Frankreich oder in die Schweiz. Wir müssen ihr Papiere besorgen. Und wir haben keine Erfahrung in Untergrundtätigkeit oder geheimem Widerstand. Wir haben nicht ernsthaft geglaubt, daß es jemals dazu kommen würde. Tatsächlich werden die Kommunisten wahrscheinlich die einzigen sein, die eine ausreichend gute Organisation und genügend Rücksichtslosigkeit besitzen, um eine lange Zeitspanne der Unterdrückung zu überstehen. *Sie* haben die Sowjetunion hinter sich.»

«Und ihr habt nur euer gutes Herz. Eva – bitte sorge dafür, daß Strüpler sie nicht sieht. Wenn er auch nur vermutet, daß irgend etwas im Gange ist, kommt er sofort mit seinen SA-Kumpanen hier an. Er wartet nur auf eine Gelegenheit.»

«Ich werde vorsichtig sein. Wir haben einen Plan ausgearbeitet. Ich werde um diese Zeit herkommen, ohne daß man mich sehen wird. Dann mußt du spätabends ausgehen, um Lore zu treffen. Sie wird wie ein Straßenmädchen angezogen sein und sich auch entsprechend benehmen.»

«Strüpler weiß, daß ich keine Dirnen in meine Wohnung bringe.»

«Wir hoffen, daß er dich nicht sehen wird. Das ist nur für alle Fälle und für die anderen. Nach einer Weile gehe ich wieder fort, in Lores Kleidung, so daß sie annehmen werden, du seist jetzt allein. Es kommt niemand in deine Wohnung?»

Er schüttelte den Kopf. «Frau Köppening hat vor einiger Zeit ihre Arbeit bei mir aufgegeben.»

«Warum?»

«Sie sagte, sie könne nicht für Juden arbeiten.»

«Ich lasse ein paar alte Kleider hier, von der Art, wie eine Putzfrau sie tragen würde, damit Lore sie anziehen und notfalls behaupten kann, sie sei nur hier, um sauberzumachen.»

Es war Jahre her, daß Jacob entschlossen gehandelt oder irgend etwas getan hatte, was als nutzbringend für die Gesellschaft angesehen werden konnte. Die Aussicht, auch nur vorübergehend an einer Verschwörung teilzunehmen, erfüllte ihn mit freudiger Erregung. War es wirklich möglich, der Öde seines Lebens zu entkommen, der Lethargie, in die er seit Gerdas Tod – vor so langer Zeit! – verfallen war?

«Möchtest du etwas essen oder trinken?» fragte er Eva.

«Nein, danke.» Sie war gerührt über die Bereitwilligkeit, mit der er seine Hilfe angeboten hatte, und drückte ihm dankbar die Hand. Jacob bemerkte, wie blaß und abgehärmt sie aussah. Er hätte ihr gern etwas Gutes getan. In all den Jahren, die er sie kannte, war er nie besonders freundlich zu ihr gewesen. Ebenso wie alle anderen hatte er angenommen, daß sie unbeirrbar und zufrieden ihren Weg ging und keine Zuneigung brauchte; ihre Bindung an eine Sache schien einer klaren Entscheidung zu entspringen, von der sie niemals abwich. Er begleitete sie zur Tür, aber er brachte es nicht über sich, sie zu küssen.

«Bis morgen um die gleiche Zeit», sagte Eva und eilte auf ihren Gummisohlen die Treppe hinunter.

Jacob saß bis tief in die Nacht an seinem Schreibtisch und dachte über die Verantwortung nach, die er übernommen hatte, das armselige bißchen Heldentum, das sich ihm anbot.

Eva kehrte zur vereinbarten Zeit zurück. Die Strüplers hörten sich im Rundfunk eine Rede des Führers an, der ihnen all die Dinge versprach, nach denen sie sich so lange vergeblich gesehnt hatten. Rache für den Versailler Vertrag und den Dolchstoß in den Rücken. Schluß mit der Entartung, Schluß mit der Schande von Weimar, der Republik der Juden. Keine Musik mehr, die wie das Zerreißen von Stoff und das Poltern herabfallender Kisten klang. Keine Gemälde mehr, auf denen nichts zu erkennen war. Keine Bücher mehr, die mit Spitzfindigkeit, mit ironisch und spöttisch gezeichneten Bildern durchsetzt waren. Keine Affronts mehr gegen das Vaterland . . . Herr Strüpler ballte die Fäuste. Dies war ein Mann, den er verstehen konnte, ein Mann, der seine Sprache sprach.

Jacob war verblüfft über Evas Aussehen, als sie seine Wohnung betrat. Im ersten Augenblick hatte er sie für eine Fremde gehalten. Ihre Kleider waren viel zu groß für sie, und sie trug sie schichtweise, eines über dem anderen. Auch die leuchtenden Farben waren sonderbar, ebenso wie der glockenförmige Hut. Eva trug nie Hüte.

«Dies sind Lores Kleider», erklärte sie. «Ich habe so viele wie möglich angezogen.» Sie hatte ein großes Paket bei sich, das in braunes Packpapier gewickelt und mit einem Bindfaden verschnürt war. «Und dies ist ihr Handkoffer. So verpackt fällt er auf der Straße weniger auf.» Das Paket war mit Briefmarken und einer erfundenen Adresse versehen.

«Trägt sie immer solche fröhlichen, geblümten Kleider?»

fragte Jacob. Er hatte sich bis zu diesem Augenblick überhaupt keine Gedanken über die Frau gemacht.

«Ich habe nie darauf geachtet», sagte Eva. «Ich sehe solche Dinge nicht.»

Um Mitternacht ging Jacob hinunter. Die Nacht war pechschwarz, die Straßenlaternen schimmerten matt. Drei Ecken entfernt war eine Kneipe; sie blieb bis drei Uhr morgens offen und war ein bekannter Treffpunkt für Dirnen. Jacob ging hinein. Das Lokal war beinahe leer. Ihm war unbehaglich zumute. Er gehörte nicht hierher, und er war sicher, daß man es ihm ansah. Zwei Dirnen saßen an einem Tisch in der Nähe der Tür. Eine andere Frau saß allein an einem der hinteren Tische. Sie hatte die Ellbogen aufgestützt, und vor ihr stand eine kleine Flasche Chianti. Das war das Zeichen. Jacob ging auf sie zu. Er sah, daß die Kleidung, die sie trug, ihr viel zu eng war. Sie hatte ein rundes, freundliches Gesicht, das übermäßig stark geschminkt und gepudert war. Sie sah aus wie ein Kind, das sich herausgeputzt hatte, um «erwachsen» zu spielen, ganz und gar nicht wie ein Straßenmädchen. Er war angewiesen worden, sie zu fragen: «Sind Sie die Dame aus Rödelheim, die mir vom Gemüsehändler Lustig empfohlen worden ist?» und er sprach die Worte wie ausgemacht. Er kam sich ziemlich lächerlich vor.

«Ja», erwiderte die Frau, «ich bin die Dame aus Rödelheim. Ich habe gestern mit dem Gemüsehändler Lustig gesprochen.»

Das war die vereinbarte Antwort. Jacob setzte sich an den Tisch und bestellte ein Glas Apfelwein. Eva hatte ihm gesagt, er solle nicht gleich mit Lore fortgehen, sondern eine Weile trinken und so tun, als sei er angeheitert. «Gib dich ganz natürlich», hatte sie ihn ermahnt.

Lore begann die Unterhaltung. Sie schwatzte munter über Besuche beim Friseur, Ausflüge in den Taunus. Sie hatte einen ausgeprägten Frankfurter Tonfall, und das gewann ihr sofort Jacobs Sympathie. Nach etwa zehn Minuten stand sie leicht taumelnd auf und sagte: «Bitte zahlen Sie.» Jacob gehorchte, und sie hängte sich an seinen Arm, als sie zur Tür gingen. Nur die Dirnen blickten ihnen nach.

Lore schwieg auf dem ganzen Weg zu Jacobs Wohnung.

Aber sie klammerte sich fest an ihn, und plötzlich wurde ihm klar, daß sie Angst hatte. Ihr Geschwätz in der Wirtschaft war eine nervöse Reaktion gewesen. Nichts rührte sich auf den Gängen des Hauses, und bei den Strüplers war alles dunkel. Eva war im Sessel eingenickt und fuhr erschrocken in die Höhe, als Jacob und Lore hereinkamen. «Gott sei Dank, daß du in Sicherheit bist», sagte sie mit Tränen in den Augen. Jacob machte Tee, und sie saßen eine Stunde oder länger beisammen und unterhielten sich leise.

Jacob hatte versucht, das «Gastzimmer» so gut er konnte aufzuräumen, damit Lore einen Platz zum Schlafen hatte. Die Schachteln mit Papieren, die auf dem Bett gestanden hatten, waren jetzt alle in der Diele aufgestapelt. Er hatte sogar etwas Platz im Schrank gemacht und einen Stuhl von den dort aufgehäuften Büchern und Zeitschriften befreit. Er hatte frische Laken herausgeholt und zusammen mit einem Handtuch und Waschlappen auf die mit Seide überzogene Daunendecke gelegt. Eva und Lore tauschten hinter der Tür ihre Kleider aus, und als sie wieder herauskamen, sah Jacob Lore zum erstenmal so, wie sie wirklich war.

«Hoffentlich begegne ich keinem ‹Kunden›», sagte Eva mit dem für sie typischen, sich selbst verspottenden Lachen. «Er würde vor Schreck tot umfallen, wenn er mich so, wie ich aussehe, auf den Strich gehen sähe.»

«Um so besser, dann kann dir nichts geschehen», sagte Lore. Sie war eine Frau um die Vierzig, und in ihrem geblümten Kleid strahlte sie selbst in diesem Augenblick und unter diesen Umständen eine natürliche Fröhlichkeit aus. Sie hatte bereits das Bett gemacht und etwas Ordnung im Zimmer geschaffen. «Sei vorsichtig», sagte sie, dann drückte sie Eva fest an ihren üppigen Busen und gab ihr einen Abschiedskuß.

Als Jacob am nächsten Morgen aufwachte, brauchte er einige Zeit, um sich daran zu erinnern, daß er nicht allein war. Als er den Geruch von frisch aufgebrühtem Kaffee wahrnahm, konnte er sich nicht entsinnen, welcher Tag oder Monat oder welches Jahr es war, wußte nicht einmal, wo er sich befand, bis die Erinnerung «Ich habe einen Gast in meiner Wohnung» die Dinge ins richtige Licht rückte.

Lore war früh aufgestanden und hatte alles Nötige gefunden, um Frühstück zu machen. Sie hatte auf dem Küchentisch sogar ein Gedeck für Jacob aufgelegt und das schmutzige Geschirr gespült. Als sie fertig war, wartete sie auf Jacob und las unterdessen eines der Bücher, die sie in ihrem Zimmer gefunden hatte. Es klingelte einmal an der Tür. Sie machte nicht auf, sondern hielt erschrocken die Luft an, bis sie die sich wieder entfernenden Schritte hörte.

Im ersten Augenblick war Jacob verärgert, als er sah, daß sie sich in der Küche heimisch gemacht hatte. Wie konnte sie es wagen, sich über die Unordnung herzumachen, die er in fünfzehn Jahren geschaffen hatte, und sie innerhalb weniger Stunden zu beseitigen? Aber er blickte in ihr freundliches, offenes Gesicht, kostete den starken Kaffee und verzieh ihr. Sie sprach ihn nicht an, und er sah, daß sie sein Bedürfnis nach Ungestörtheit und morgendlichem Schweigen respektierte.

Während der nächsten zwei Wochen war Lore jederzeit bemüht, ihm nicht zu begegnen. Nur spätabends wagten sie es, in dem großen Wohnzimmer hinter den dichten, geschlossenen Vorhängen zu sitzen und sich leise zu unterhalten. Jacob erkannte, daß sie ein Mensch war, der ein Problem aufgriff und sich dann entschlossen daranmachte, es zu lösen. Ihre Gedanken verloren sich nicht in Abstraktionen; sie sah alles in einem rein praktischen Licht. Selbst ihre Lektüre – sie hatte Bebel und Lenin, Hegel und Marx gelesen – hatte keinen Hang zur Lehrerhaftigkeit hinterlassen. Sie sorgte auf eine völlig selbstverständliche Art für die Menschen ihrer Umgebung. Schon nach drei Tagen hatte sie in Jacobs Wohnung kaum merkliche Veränderungen vorgenommen, und das seltsame war, daß er es mit Freuden zuließ.

Der Boykott der jüdischen Geschäfte am 1. April wurde im ganzen Land verkündet. Schilder und Plakate forderten überall die Bevölkerung auf, sich gegen das Weltjudentum zu verteidigen, «das Deutschland vernichten will». Jacob hatte Alois angewiesen, den Laden an diesem Morgen nicht zu öffnen, und so blieb seine Eisentür geschlossen. Sie wurde während des Tages mit faulen Eiern und Farbe bespritzt, und uniformierte Strolche schmierten nachts die

Worte «Tod den Juden» auf ihre metallene Oberfläche. Alois wusch sie am nächsten Morgen weg, obwohl er von einem Passanten mit Vergeltungsmaßnahmen bedroht wurde.

Frau Strüpler stand im Hof, rief ordinäre Schimpfworte zu den Fenstern ihrer jüdischen Mieter hinauf und drohte ihnen mit gerichtlicher Vertreibung – etwas, das nicht in ihrer Hand lag, obwohl sie sich in dem Gedanken gefiel, daß sie jetzt endlich einen ganzen Teil der Bevölkerung zur Zielscheibe ihres aufgespeicherten Zornes, zu ihren Opfern machen könnte. Jacob wagte sich nur nach Einbruch der Dunkelheit hinaus; Alois brachte ihm alles, was er zum täglichen Leben brauchte, und Lore machte sich leise, auf nackten Füßen, in der Wohnung zu schaffen. Eva schaute alle paar Tage herein, hatte ihnen jedoch nichts Ermutigendes zu berichten.

Und dann brachte Eva, gegen Mitte April, die notwendigen Papiere. Lore konnte fortgehen. Sie saßen in der Abenddämmerung zusammen in Lores Zimmer, durch dessen Dachfenster man den Himmel sehen konnte, ohne gesehen zu werden. Das Wasser eines kurzen Aprilschauers lief gurgelnd in die Regenrinne.

«Was werden Sie tun?» fragte Jacob.

«Ich werde versuchen, meine Kameraden zu finden, und sehen, welche Arbeit sie für mich haben.»

«Wohin werden Sie gehen?»

«Ich habe eine Fahrkarte bis zu einer kleinen Stadt im Saargebiet, aber wie es von da aus weitergeht, weiß ich nicht. Und Sie?»

«Was ist mit mir?»

«Werden Sie hierbleiben und sich anhören, wie die Strüplers Sie beschimpfen?»

«Was soll ich sonst tun?»

«Fliehen Sie! Glauben Sie wirklich, man wird sich mit ein paar Schaufenstern begnügen? Gehen Sie jetzt, solange Sie noch können; ehe man Ihren Namen auf eine Liste setzt, so daß Sie an der Grenze aufgehalten werden. Sie haben keine Familie, um die Sie sich sorgen müssen. Sie sind kein armer Mann; Sie werden zurechtkommen.»

«Ich bin seit fünfzehn Jahren nie länger als für einen kurzen Urlaub fort gewesen. Ich kann nicht alle meine Sachen im Stich lassen!»

«Sehen Sie mich an – ich reise mit diesem einen kleinen Handkoffer. Welche Besitztümer wollen Sie retten, die Ihnen mehr wert sind als Ihr Leben?»

«Es fragt sich nur, was mein Leben wert ist ohne all das, was es enthält und worin es besteht.»

Lore kannte die Häuser im Frankfurter Westen sowohl von innen als auch von außen. Ihre Mutter war Köchin gewesen, ihr Vater Tischler. Sie war manchmal zu Weihnachten oder Pfingsten mit in das Haus gegangen, wo ihre Mutter arbeitete. Die Leute dort waren nett zu ihr gewesen, aber sie war sich deutlich bewußt, daß sie sie nicht wirklich so sahen, wie sie war. Und in der Schule war es das gleiche. Sie hatte ein Stipendium, weil sie klug war, aber ihre Klassenkameradinnen beurteilten sie nach den Kleidern, die sie trug, und ihre Lehrer gaben ihr zu verstehen, daß sie eigentlich nicht dazugehörte. Infolgedessen war auch ihr Blickwinkel begrenzt; sie sah nur die Kristalleuchter und kostete Speisereste. Jacob war der erste aus jener ihr fremden Welt, der nicht zu einer Karikatur erstarrt zu sein schien. Sie sah die Oberschicht durch seine Augen so, wie sie wirklich war. Sie erkannte jetzt die Fallen, die sie ihren Kindern stellte, selbst solchen wie Jacob, die sich aus ihrer Umgebung gelöst, aber nicht ihre Forderungen aufgegeben hatten. Seine Vergangenheit war da, zusammengefaltet und weggepackt wie seine Leinenservietten, die in einer Schublade vermoderten.

«Wenn mich irgend jemand veranlassen könnte, meine Höhle zu verlassen, wären Sie es», sagte Jacob.

Das Eingeständnis überraschte sie beide. Am Abend zuvor hatte Jacob sich gewundert, wie erstaunlich schnell er sich daran gewöhnt hatte, eine Frau im Haus zu haben. Und dann, als er im Bett lag und auf ihre ruhigen Atemzüge im Nebenzimmer lauschte, hatte er klar erkannt, daß sie nicht «eine Frau im Haus» war, sondern Lore, warmherzig und freundlich, die geblümte Kleider trug und sich vor den Nazis versteckte. Er war in Gefahr, solange sie bei ihm war, aber trotzdem wollte er, daß sie blieb. Er vermutete, daß er sich in sie verliebt hatte. Natürlich war es für ihn undenkbar, Deutschland zu verlassen. Wie sollte er sich in den fremden Straßen einer fremden Stadt zurechtfinden? Niemand würde ihn verstehen, und sie würden in Armut leben, in schäbigen Pensionen wohnen und sich über das Geld für die Miete streiten.

«Ich bin Ihnen dankbar, daß Sie mich aufgenommen haben», sagte sie. «Ich hatte erst Angst, als Eva vorschlug, daß ich hierherkommen sollte, ich glaubte, Sie würden schwierig sein, aber jetzt bin ich froh, daß ich herkam. Ich habe gelernt, Sie zu verstehen.»

«Glaubten Sie, ich würde Sie mit Haut und Haar verschlingen wie der Wolf in Rotkäppchen?»

«Nicht ganz. Aber ich hatte geglaubt, ich müßte vielleicht – ich hatte keine Angst, daß Sie mich anzeigen könnten, aber ich dachte, Sie würden vielleicht versuchen, die Situation auszunutzen.»

Jacob mußte unwillkürlich an seinen Bruder Gottfried denken. Er erinnerte sich an die Dreistigkeit, mit der Gottfried immer die Mädchen in den Läden angesehen hatte. Er hatte seinen Bruder deswegen gehaßt.

«Lore!»

«Seien Sie vorsichtig», warnte sie. «Ich glaube, ich weiß, was Sie sagen wollen . . .»

«Lore, meine Freundin, meine gute, neu gefundene Freundin, ich kann Sie nicht gehen lassen, ohne Ihnen zu sagen, wie sehr ich Sie in mein Herz geschlossen habe. In der Tat, ich kann sagen, ich glaube wahrhaftig – ich liebe Sie.»

Ihre Augen waren fröhlich. «Ich bin froh», sagte sie, «froh, daß Sie mich lieben, froh, daß es Ihnen in den Sinn gekommen ist, es zu erwähnen. Ich bin zu dem gleichen Schluß gelangt: Ich liebe Sie auch.»

«Sie sagen das so beglückt.»

«Ist es nicht beglückend, verliebt zu sein?»

«In diesem Augenblick unseres Lebens?»

«Dieser Augenblick ist besser als überhaupt keiner. Wir stehen ja nicht am Rande eines Grabens, im Begriff, hingerichtet zu werden, nicht wahr?»

Jacob war lange nicht in Gesellschaft einer Frau gewesen,

für die er Zärtlichkeit empfand. Obwohl er hin und wieder Prostituierte aufgesucht hatte, war das Verlangen, das er in solchen Augenblicken verspürte, beziehungslos, blind; er wollte lediglich einen schmerzhaften Druck lindern, so wie man einen Abszeß aufschneidet. Er nahm nie eines von diesen Mädchen mit nach Hause. Die schlechten Gewohnheiten seiner einsamen Jahre lasteten schwer auf ihm. Er fürchtete, daß sein Körper ein Wrack, sein Atem übelriechend war, daß seine Fingernägel schmutzig waren. Er konnte nicht glauben, daß Lore ihn auf irgendeine andere Art sehen würde, er wagte nicht anzunehmen, daß die Liebe ihre Wahrnehmungen verändert hatte. Aber trotzdem fand er den Mut, von seinem Stuhl aufzustehen und sie zu küssen. Als sie seinen Kuß erwiderte, spürte er, wie sein Körper sich straffte und nach Liebe verlangte; er fühlte sich wieder als junger Mann.

Sie liebten sich in dem kleinen Zimmer. Sie zogen die Vorhänge zu. Sie hatten die ganze Nacht vor sich; es erschien ihnen wie alle Zeit der Welt. Sie nutzten sie gut.

Eva kam am späten Morgen vorbei. «Ich dachte, du wärst schon längst fort. Du mußt so bald wie möglich gehen», drängte sie Lore. «Viele Leute gehen fort – niemand weiß, wie lange es noch möglich sein wird.»

Jacob merkte, daß sie nichts von der Liebe wahrgenommen hatte, die zwischen ihnen erblüht war. Sie war besorgt, verwirrt. Die Freude auf Lores Gesicht war für sie nichts weiter als ein Zeichen der glücklichen Natur ihrer Freundin.

«Ich fahre morgen», sagte Lore. «Mit dem ersten Zug. Ich werde vor Herrn Strüpler aufstehen und bei Tagesanbruch fort sein.»

Jacob nahm Lore bei der Hand. «Sollen wir es ihr sagen?»

«Mir was sagen?» fragte Eva.

«Wir lieben uns», sagte Lore.

Erst da sah Eva sie im Licht ihrer Zuneigung. Sie küßte sie beide.

In dieser Nacht liebten sie sich wieder, und in den frühen Morgenstunden nahmen sie Abschied voneinander. Sie hatten einen romantischen Pakt geschlossen. Sie wollten sich in einem Monat wiedersehen, in Straßburg. Sie hatten den genauen Platz gewählt – das südliche Portal des Münsters, unter der Uhr neben der Figur der Synagoge, um zwölf Uhr mittags am 13. Mai. «Sie ist die Frau mit den verbundenen Augen», sagte Jacob, «die den zerbrochenen Stab und die Gesetzestafel in den Händen hält.»

Bis dahin, sagten sie sich, würde ihnen möglicherweise irgendein Ausblick auf die nahe Zukunft möglich sein. Während der Zeit der Trennung würden sie über ihre Liebe nachgedacht und sie auf die Probe gestellt haben. Am Münster – wenn sie beide dorthin gelangten – konnten sie entscheiden, was sie tun wollten.

Manfred Solomon war als Mosche auf die Welt gekommen. Seine Eltern sprachen es *Meisch* aus. Sie stammten aus den Ostseeprovinzen Polens. Es gab acht Kinder in der Familie, sechs davon Jungen, und sie waren bitter arm. Der Vater war Schuhmacher, die Mutter versuchte für das tägliche Brot zu sorgen, indem sie manchmal in den Häusern der reichen jüdischen Kaufleute aushalf. Es war ein unglaublich hartes Leben. Die Winter waren endlos, die Kinder immer hungrig. Es war dieser Hunger, den Manfred nie vergaß, denn er hatte auch eine seelische Dimension; es war nicht nur Hunger nach Nahrung. «Uns fehlte alles», sagte er einmal zu Lene, «aber hauptsächlich *Freude*. Der Hunger tötete alles andere ab. Die Kinder weinten ständig, die Erwachsenen stritten sich.»

Er sprach nicht gern über diese frühen Jahre, aber als er einmal in einem Buch mit Photographien vom Leben in den jüdischen Dörfern Osteuropas blätterte, wurden die Erinnerungen wach, und er begann zu erzählen. «Ich erinnere mich nicht, jemals gelacht oder einen sonnigen Himmel gesehen zu haben – es hat doch bestimmt auch Tage ohne Regen oder Schnee gegeben –, oder die Art von Vergnügen genossen zu haben, die selbst arme Juden genießen können. Keine Purimspiele oder Lichter zu Chanukka, keine Hochzeitsfeste. Ich erinnere mich kaum, Musik gehört zu haben, obgleich Musik etwas ist, woran ich mich erinnern würde, selbst wenn ich alles andere vergäße. Gab es eine Blaskapelle auf dem Marktplatz? Vielleicht. Ich höre militärische Weisen. Jüdische Musiker, die in einem stickigen Saal spielten? Ich höre das Kratzen einer Geige. Den Vorsänger, der seine Gebete in der Synagoge sang? Ich höre ein herzzerreißendes Wimmern. Es scheint aus dem hinteren Teil der Nase zu kommen.»

Sein musikalisches Talent hatte sich schon in den frühen Jahren gezeigt. Es war kein Geld für ein Instrument da, es gab niemanden, der dem Jungen eine Geige geliehen hätte, aber in einem der reichen Häuser, wo seine Mutter arbeitete, war ein Klavier. Sie nahm ihn mit dorthin, und er schlich jedesmal heimlich in das Zimmer, wo das Klavier stand, und spielte. Der Kaufmann oder seine Frau hörten ihn; es gab Ausrufe des Erstaunens, der Überraschung. Erregte Besprechungen wurden abgehalten, das Kind wurde geküßt, gewaschen, umarmt und bekam Klavierstunden bei dem Lehrer, der einmal in der Woche aus Wilna kam, um den reichen kleinen Mädchen und Jungen Unterricht zu geben. Die Stunden sollten seine Familie nichts kosten, aber die Damen ließen sie sich von seiner Mutter mit Schweiß und schwerer Arbeit bezahlen. Sie enthielten ihr hier einen Zloty, dort einen Zloty vor und erwarteten, daß die arme Frau ihnen noch dankbar war. Der einzige, der kein Versprechen forderte, keine «Gegenleistung für seine Investition» verlangte, war der Klavierlehrer, der sofort das große Talent des Jungen erkannte. Er verbrachte soviel Zeit, wie er nur irgend konnte, mit dem musikalischen Wunderkind und war sich als erster bewußt, daß es nicht sehr viel gab, was *er* ihm beibringen konnte. «Von dem Augenblick an, wo seine Finger die Tasten berührten, hat er mehr verstanden und besser gespielt als ich!» rief der Mann. Er war es, der schließlich einen anderen Lehrer für Mosche fand und für sein «Entkommen» sorgte.

Wegen all dieser Dinge hegten sowohl seine Geschwister als auch seine Mitschüler einen bitteren Groll gegen ihn und machten ihn zur Zielscheibe grausamer kindlicher Folterungen. Nur seine Mutter brachte ihm Güte und Liebe entgegen.

Mit elf wurde er nach Wilna geschickt, um dort seine Studien fortzusetzen. Er lebte im Haus einer jüdischen Familie, die für gewöhnlich Jungen bei sich aufnahm, die an der Jeschiwa studierten. Es war für beide Teile ein unbefriedigendes Arrangement. Mosche war nicht an ein so strenggläubiges Heim gewöhnt, und Reb Farbstein wußte das musikalische Talent des Jungen nicht zu würdigen.

Es war beinahe eine Fügung des Schicksals, daß Alexander Buchsbaum auf einer Geschäftsreise zufällig durch Wilna kam und den Jungen spielen hörte. Buchsbaum hatte keine Söhne, nur eine Tochter. Als der Klavierlehrer ihm den begabten Mosche Solomon vorstellte, erkannte Buchsbaum sofort, wie er eine *Mizwe*, eine gute Tat, vollbringen und gleichzeitig einen Sohn gewinnen konnte. Er machte sich auf den Weg zu Mosches Eltern, die hundert Kilometer von Wilna entfernt lebten, und war entsetzt über die düstere Landschaft, die primitiven Reisebedingungen und die bittere Armut seiner Glaubensgenossen.

Als er sich erbot, Mosche in Deutschland zu erziehen – er sagte «Deutschland», als ob er «Paradies» sagte –, ihn zu den besten Lehrern zu schicken, ihm ein Heim und gute Kleidung, genügend zu essen und ein Paar Schuhe für jede Gelegenheit zu geben, gingen die Eltern begeistert auf den Vorschlag ein. So zumindest pflegte Alexander Buchsbaum es darzustellen.

In Wirklichkeit – und Manfred Solomon erinnerte sich sein Leben lang an diesen Punkt und dachte stets daran, wenn sein Stiefvater von seiner Adoption sprach – waren beide Eltern zutiefst bekümmert bei dem Gedanken, ihr Kind zu verlieren. Sie wußten, daß es für immer sein würde. Welche Chance hatten sie gegen diesen glattzüngigen *Daitschen*, diesen reichen und mächtigen Mann, falls sie eines Tages ihre elterlichen Rechte geltend machen wollten? Und sie weinten bitterlich. Sie wußten, daß es Mosche nicht gestattet sein würde, ihnen zu schreiben, daß er sie nie besuchen, nie nach ihnen schicken würde, ganz gleich, wie reich und berühmt er wurde. Er würde für sie so verloren sein, als wäre er vom Heer des Zaren verschlungen und im Japanischen Meer ausgespien worden. Obwohl Alexander Buchsbaum später behauptete, das Kind «gekauft» zu haben – eine Behauptung, die Edu aus seinem eigenen Munde hörte –, war nie von Geld die Rede gewesen.

Die Szene, an die Manfred sich erinnerte, als sei sie ihm ins Herz gegraben, fand statt, als er sich verabschiedete. Buchsbaum war hinausgegangen, um in seinem Wagen zu warten («Mein Gott, was für ein Gestank dort drinnen», sagte er), und Manfreds Vater setzte sich mit ihm an den Küchentisch, während seine Mutter, die niemals saß, mit tränenüberströmtem Gesicht an den Herd gelehnt stand. Die anderen Kinder waren alle hinausgeschickt worden, aber die größeren blickten durchs Fenster hinein. «*Meisch*», sagte sein Vater in seinem *litvische* Jiddisch, das Buchsbaum Manfred schnell genug abgewöhnte, «ich will dies für dich, weil ich weiß, daß du es im Leben weit bringen wirst. Aber glaube nicht, daß ich dich gern gehen lasse. Ich weiß, wir werden dich nie wiedersehen. Es wird sein, als ob du für uns gestorben wärst und wir *Schíwe* sitzen müßten. Wir lieben dich, aber wir können dir nicht die Ausbildung geben, die du brauchst, um etwas aus deinem großen Talent zu machen. Deshalb lassen wir dich gehen. Aber mit großer Trauer.»

Seine Mutter schluchzte und preßte die Hände vor ihrer Brust zusammen. «Ich weiß nicht, wie es für dich dort in Frankfurt sein wird – einer Stadt, von der ich nie etwas gehört habe, außer daß sie die Heimat der großen Rothschilds ist –, aber du wirst genug zu essen und gute Kleidung haben und ein eigenes Klavier, auf dem du spielen kannst. Buchsbaum wird dich zweifellos gut behandeln. Er ist kein grausamer Mensch. Und er wird dir wahrscheinlich sagen, daß Mosche kein guter Name für einen Sohn von ihm ist, daß er aus dem Mund der *Gójim* seltsam klingt, und er wird dir sagen: ‹Laß ihn uns ändern.› Das ist in Ordnung, obwohl es der Name deines Großvaters seligen Angedenkens war. Aber behalte den Namen, den wir alle haben, laß nicht zu, daß er auch diesen Namen ändert. Es ist, wie du weißt, der Name eines großen und weisen Königs von Israel. Und außerdem, falls ich in zwanzig Jahren oder so noch am Leben bin und eines Tages die Zeitung aufschlage und etwas über einen großen Musiker lese, will ich wissen, daß es mein Sohn ist, über den sie schreiben.»

Als sie im Wagen davonfuhren, sagte Buchsbaum: «Sieh dich um, mein Junge, sie winken dir alle zu.» Aber der Junge wandte sich nicht um. Es war ein Sturm von Tränen in seiner Brust.

Alexander Buchsbaum hatte den zurückbleibenden Kindern eine Handvoll Münzen zugeworfen, und sie suchten im Schlamm eifrig danach. Mosche wurde in «Manfred» umbenannt und trug seinen teutonischen Namen in alle Konzertsäle Europas. Aber er änderte, dem Wunsch seines Vaters gemäß, nicht ein Jota an seinem Nachnamen.

Wie Emma ihrem Onkel gesagt hatte, waren sich Lene und Manfred zum erstenmal bei einem von Andreas' sonntäglichen Hauskonzerten begegnet. Diese monatlichen Veranstaltungen waren hauptsächlich für junge Musiker bestimmt. Sie boten ihnen Gelegenheit, zu spielen, von ihresgleichen gehört zu werden, sich in zeitgenössischer Musik zu versuchen. Seit Andreas fest verpflichteter Musikkritiker der *Frankfurter Zeitung* geworden war, hatte er alle bedeutenden Musiker Deutschlands kennengelernt. Teils wegen seiner Liaison mit Kurt, dessen Werk, obwohl nicht sehr bedeutend, ausgesprochen avantgardistisch war, lag ihm vor allem daran, eine Zuhörerschaft für moderne Musik zu gewinnen. Paul Hindemith war Stammgast in seiner Wohnung, ebenso wie Hans Wilhelm Steinberg, der die Premiere des Brecht-Weillschen *Mahagonny* in der Frankfurter Oper dirigiert hatte. Klemperer, Scherchen, Schnabel, Serkin, Morini, Gareis, Slezak, Schönberg, Dessau, Hubermann – sie alle waren bei ihm gewesen und hatten sich in das Gästebuch auf dem Tisch in der Diele eingetragen.

Lene wohnte den musikalischen Nachmittagen getreulich bei. Sie liebte die gesellige Atmosphäre und genoß die Musik. Als Andreas' Schwester nahm sie eine bevorzugte Stellung ein und kannte bald all die Musiker, die «Stammgäste» im Haus ihres Bruders waren. Emma ließ sich hin und wieder blicken, aber sie behauptete, daß die neue Musik ihr Kopfschmerzen verursache. Julia hatte einmal einen sehr unliebsamen Mann mitgebracht, den Kurt höflich, aber energisch ersucht hatte, die Wohnung zu verlassen, und das setzte praktisch ihren Besuchen ein Ende. Benno kam, wenn er rechtzeitig daran dachte, Jenny, wenn sie nichts Besseres vorhatte, und Willy stellte sich oft mit seiner Blockflöte und einer Partitur ein und wartete, daß man ihn aufforderte teilzunehmen.

Lene machte es sich zur Gewohnheit, Speisen für die Gäste zuzubereiten, und die Sonntagnachmittage wurden fast ebenso bekannt durch ihre Gerichte wie durch das neueste Trio in der Zwölftontechnik. Der höfliche, leicht weltentrückte Charakter, den Andreas, Kurt und ihre homosexuellen Freunde diesen Zusammenkünften verliehen, gab Lene ein Gefühl von Behagen und Kühnheit zugleich. Behagen, weil es die Welt von Andreas war, die sie nicht ausschloß, Kühnheit, weil sie wußte, daß sie sich unter Menschen befand, die aufgrund ihrer Lebensweise außerhalb der Grenzen bürgerlicher Moral standen. Sie waren heiter und zwanglos, und ihre Gewohnheiten karikierten nicht das sexuell herausfordernde Gebaren von Frauen. Andreas wollte ebensowenig auf der Straße als Schwuler identifiziert werden, wie er als Jude erkannt werden wollte.

An einem Sonntagnachmittag im vergangenen Winter war Manfred Solomon gebeten worden, einige Klaviersonaten von Schönberg zu spielen. Manfred war in Frankfurt nicht sehr bekannt. Obgleich er dort aufgewachsen war, hatte die strenge Disziplin, der sein junges Leben unterworfen gewesen war, ihn von seinen Altersgenossen im Westend ferngehalten. Lene konnte sich nicht erinnern, ihm je begegnet zu sein, obwohl sie ihn spielen gehört und ihn in der Oper und bei den Museumskonzerten gesehen hatte. Sie war im vorhinein geneigt, ihn nicht zu mögen, denn er war zu einer umworbenen Persönlichkeit geworden, und sie war überzeugt, daß er eingebildet war und sich als arrogant erweisen würde. Sie hatte keine Ahnung, daß er wußte, wer sie war.

Manfred spielte hervorragend. Er war zweiunddreißig Jahre alt, gerade dabei, sich einen Namen zu machen, und er wurde von einer Saison zur anderen besser, zuversichtlicher und sicherer. Hindemith, der zugegen war, gratulierte ihm begeistert.

Es war ein grauer Sonntag, einer jener Tage, an denen die

Veränderungen des Lichts kaum wahrnehmbar sind und die Nacht fast unbemerkt hereinbricht, aber die Gesellschaft war in guter Stimmung. Die Musik war hinreißend gewesen, Lenes Essen köstlich und die Gruppe vollendet aufeinander abgestimmt. Manfred war der Mittelpunkt der allgemeinen Aufmerksamkeit. Er war ein Mann von mittlerer Gestalt, mit den langfingrigen und kräftigen Händen eines Pianisten. Sein großer Kopf wirkte noch größer durch seine dichte, schwarze Mähne – «wie Struwwelpeter», sagte Lene. Er hatte ein gut geschnittenes Gesicht und eine hohe Stirn. Er wußte sehr wohl, daß er eitel war, glaubte jedoch, seine Eitelkeit verleugnen zu können, indem er sich über sie lustig machte.

Er hatte Lene vom ersten Augenblick an bemerkt und wartete darauf, daß sie sich ihm vorstellte; die meisten Frauen taten das. Aber Lene zögerte und unterhielt sich mit Kurt. Schließlich wurde Manfred ungeduldig; er wandte sich abrupt von seinem Gesprächspartner ab und rief Lene zu: «Sie da, gnädige Frau, woher kenne ich Sie? Wo habe ich Sie schon einmal gesehen?»

«Ich bin Andreas' Schwester Lene. Ich weiß nicht, wo Sie mich schon einmal gesehen haben. Vielleicht auf dem Strich.»

«Verdienen Sie sich damit Ihren Lebensunterhalt?»

«Nur an Wochenenden.»

Manfred konnte nicht sagen, ob ihre Antwort spaßhaft gemeint war oder nicht. «Lene! Sie sind diejenige, die all die Leckerbissen zubereitet – diejenige, der wir unser Sodbrennen verdanken.»

Er lächelte gewinnend, um sie diesmal wissen zu lassen, daß er einen Scherz gemacht hatte. Aber Lene hatte nichts übrig für verletzende Witzeleien. Andererseits wußte sie, daß Manfred sich nur deshalb über sie lustig machte, weil er verlegen und schüchtern war. Er war offensichtlich nicht gewohnt, auf normale Art mit Menschen zu sprechen.

«Sie haben sehr schön gespielt», sagte sie.

«Ich wette, das sagen Sie allen Pianisten», erwiderte er.

Er erkannte sofort, daß die gedankenlos hingeworfene

Bemerkung sie verärgert hatte. Sie sah ihn an, und es war beinahe, als hätte sie ihm eine Ohrfeige versetzt.

«Wenn Sie *das* glauben», sagte sie, «brauchen wir uns nicht weiter zu unterhalten. Ich gehöre nicht zu den Menschen, die anderen wahllos schmeicheln.»

Sie ließ ihn stehen, drängte sich durch die Menge, die ihn umgab, und ging in die Küche. Er folgte ihr.

«Verzeihen Sie», sagte er. «Ich wollte Sie nicht kränken. Aber die Worte fliegen mir in den Mund und hinaus, ehe ich sie zurückhalten kann.»

Sie runzelte die Stirn, aber er sah, daß es weniger ein Zeichen von Unwillen war als vielmehr der Versuch, ernst zu bleiben.

«Darf ich Sie heute abend ausführen?» fragte er. «Wir können uns einen Film ansehen. Ich finde das sehr entspannend nach einem Konzert. Vor allem, wenn es ein amerikanischer Film ist. Wenn ich ein anstrengendes Programm habe, gehe ich zwei-, dreimal in der Woche nachmittags ins Kino. Das läßt mich für eine Weile die Musik vergessen.»

«Ist das sinnvoll?»

«Solange man sich später, wenn man sich ans Klavier setzt, wieder an sie erinnert. Werden Sie mitkommen?»

«Wenn Sie mich zuerst nach Hause gehen lassen, damit ich meine kleine Tochter zu Bett bringen kann. Ich habe ihr versprochen, daß wir uns nach Andreas' Gesellschaft sehen werden. Sie geht manchmal mit mir in Konzerte oder ins Museum; es macht Spaß, zu beobachten, wie solche Dinge auf eine Fünfjährige wirken. Natürlich mag sie den Zoo und die Skelette der Dinosaurier im Senckenberg-Museum am liebsten. Und sie kann nicht genug bekommen von den gemarterten Heiligen im Städel . . .»

«Ich gehe oft ins Städel, um meine Augen an den Rembrandts zu weiden», sagte Manfred. Es war seine übliche Antwort. Er begegnete zu vielen fremden Menschen, um sich originelle Erwiderungen ausdenken zu können. Aber sobald er die Bemerkung geäußert hatte, wurde ihm klar, daß Lene sie anzweifeln würde.

«Welches Bild lieben Sie besonders?»

«Ach, Sie wissen schon, das große.»

«‹Die Nachtwache›?»

«Ja, genau das.»

«Aber das hängt in Amsterdam.»

Manfred Solomon brachte es fertig, zu lachen. «Sie müssen mit mir einen Rundgang machen, dann verspreche ich Ihnen, nie wieder solch einen Fauxpas zu begehen.»

Eine spannungsgeladene Anziehungskraft war plötzlich zwischen ihnen entstanden. Lene wollte ihm einen Dämpfer geben und sich gleichzeitig an seiner leidenschaftlichen Intensität erwärmen. Er konnte tausend oder mehr Menschen im Bann halten, nur indem er die Finger über die Tasten eines Klaviers gleiten ließ! Und Manfred gefiel die hartnäkkige Beharrlichkeit, mit der sie sich der unmittelbaren Ausstrahlung seines Charmes entzog.

«Wann soll ich Sie abholen?» fragte er.

«Um acht?»

«Dann haben wir noch genügend Zeit.»

Er schrieb ihre Adresse auf, dann ging er zu Kurt. «Erzählen Sie mir alles von ihr», sagte er, und Kurt erzählte ihm alles, was er wußte.

«Ich gehe mit Manfred Solomon ins Kino», sagte Lene zu Emma, als sie nach Hause kam.

Emma las Clara gerade eine Geschichte vor. Ein Ausdruck des Widerwillens erschien auf ihrem Gesicht. «Mit diesem schrecklichen Mann!» sagte sie.

«Hast du etwas dagegen?»

«Ich habe ihn auf Gesellschaften gesehen und immer einen weiten Bogen um ihn gemacht. Er ist ein absoluter Egozentriker und Flegel.»

«Sieh dich vor, was du sagst. Ich könnte ihn heiraten.»

«Das ist doch nicht dein Ernst?»

«Nicht ganz. Aber ich mag ihn – nur sollte er das nicht allzufrüh wissen –, und ich habe es satt, allein zu sein. Es gibt zu viele Frauen in diesem Haus.»

«Was ist mit Clara?»

«Es würde ihr nichts schaden, einen Vater zu haben.»

«Sie *hat* einen Vater.»

«Er sieht sie nie.»

«Ist das *seine* Schuld?»

Lene antwortete nicht.

«Es würde mich glücklich machen, für Clara zu sorgen.»

«Vielen Dank», sagte Lene, aber sie hatte nicht wirklich zugehört.

Der Boykott gegen die Juden vom 1. April war offensichtlich nur der Anfang. Der nächste Schritt bestand darin, die Juden vom Staatsdienst auszuschließen. Danach wurden weitere Maßnahmen gesetzlich verfügt. Gleichzeitig verstärkte das Regime seine Gewalt über den Staat und löste die freien Gewerkschaften auf. Am 10. Mai verbrannten Studenten an der Berliner Universität Tausende von Büchern. Es war, wie die *Frankfurter Zeitung* berichtete, eine «Aktion» gegen den «undeutschen Geist». Unter den Schriftstellern auf der schwarzen Liste waren fast alle Großen und nahezu Großen der zeitgenössischen deutschen Literatur, von Schnitzler und Freud bis zu Remarque, Heinrich Mann und den beiden Zweigs.

Emma bereitete sich auf ihre Reise mit Clara nach Florenz vor. Das kleine Mädchen war voll freudiger Erregung. Sie war sich undeutlich bewußt, daß die Erwachsenen jetzt immer ernst und besorgt aussahen, und sie war froh zu verreisen. Edu hatte ihnen wiederholt geschrieben und sie dringend gebeten, auszuwandern. Und Andreas lief jetzt Gefahr, seine Stellung zu verlieren.

Emmas Koffer waren schon am Abend vor der Abreise fertig. Sie packte gern frühzeitig. Fräulein Gründlich hatte Claras Kleider, sorgfältig zusammengelegt, in zwei von Lenes Handkoffern verstaut. Nur eine kleine Reisetasche – Claras ganz persönliche – blieb noch zu packen übrig, und Clara suchte aus, was sie hineintun wollte. Sie hatte all die Dinge, die sie besonders liebte, um sich herum auf den Boden gelegt und stopfte zuerst das eine und dann das andere in die Tasche. Der Teddy mußte natürlich mit, und ebenso ihre Schachtel mit Buntstiften und der Zeichenblock. Sie saß jeden Morgen neben Omama und machte ihre eigenen Bilder, während Omama malte. Aber es gab andere, weniger wichtige Spielsachen, bei denen sie noch unentschlossen war. Sie legte die Blechbüchse mit Murmeln neben den

Teddy. War es richtig, Teddy in einen so engen Raum zu packen? Vielleicht sollte sie ihn lieber auf dem Arm tragen. Dann würde sie Platz für die Murmeln haben. Und wenn sie den kleinen hölzernen Zug ganz unten in die Tasche legte, und das Bilderbuch daneben, hatte sie Platz für den Gummiball und konnte auch noch die kleinen Zootierchen hineinquetschen, die so gern auf dem hölzernen Zug fuhren.

Durch das offene Fenster drang aus dem verwilderten Garten der Geruch von frischem Gras und feuchter Erde herein. Andreas war vorbeigekommen, um im Haus seiner Mutter zu Abend zu essen. Seit der Beerdigung seines Vaters hatte er keine so große Angst mehr empfunden wie an diesem Tag. Frankfurt war voller Transparente und Plakate, die die Bevölkerung ermahnten, den Geboten des neuen Staates zu folgen. All die schrecklichen Slogans, die zuvor heimlich bei Nacht von Rowdies an die Mauern geschmiert worden waren, erschienen jetzt offiziell in schwarzen gotischen Lettern, die an die kaiserliche Vergangenheit erinnerten. Die geraden, schlichten Buchstaben von Weimar waren spurlos verschwunden. Umherstreunende Trupps – aus Kadern von SA- und SS-Männern zusammengesetzt, die einst nur eine Untergrundtruppe gewesen waren – beherrschten die Straßen. Es war der Zeitpunkt im Ablauf einer Revolution, an dem die Sieger ihre Macht noch nicht gefestigt haben und sie daher rücksichtslos zur Schau stellen müssen. Erst wenn jeder Rest von Opposition ausgemerzt war, würde man diesen Rohlingen Einhalt gebieten und dem Staat wieder den Anschein von Normalität verleihen. Dann würde die Barbarei hinter verschlossenen Türen, in Kellern und Gefängnissen weitergehen.

Andreas trug einen wollenen Pullover, aber er fröstelte in der milden Frühlingsluft. Er hatte seine Rückkehr in die Guiollettstraße seit Nathans Begräbnis von einer Woche zur anderen aufgeschoben, hatte jeden Morgen nach Anzeichen von Hoffnung Ausschau gehalten und jeden Abend seine Angst mit einer Prise Kokain betäubt. Er konnte es nicht über sich bringen, Kurt zu verlassen, der nur Halbjude und daher nicht so gefährdet war. Er bat Andreas, bei ihm zu bleiben, und Andreas, der ihn liebte, hatte es versprochen. Die Päonien hatten dicke Knospen, die nicht zurückgeschnittenen Rosen kletterten in üppiger Fülle über das Gitter und die Mauer. Jacob hatte versprochen, nach Einbruch der Dunkelheit vorbeizukommen. Er wollte sich zuvor von Siegmund und Pauline verabschieden, die an diesem Abend nach Frankreich fuhren, während Jenny und Willy zurückblieben, um den Dienstboten beim Packen und Lagern der Familienhabe zu helfen. Siegmund hatte Fahrkarten für den Nachtexpreß nach Paris gelöst und erklärt, daß es eine kurze Vergnügungsreise sei. Sie hatten noch nicht beschlossen, wohin sie letztlich gehen würden. Edu drängte sie, nach Zürich zu kommen, aber Siegmund zog London vor. Er hatte die Engländer schon immer gern gemocht.

Die Firma war mit großer Umsicht und der Hilfe eines guten Anwalts an einen arischen Partner «verkauft» worden, aber Edu leitete sie immer noch von einem kleinen Büro in der Züricher Innenstadt aus. Er hatte auch noch seinen Direktorenposten bei der Bank, die mit einem privaten Schweizer Bankhaus fusioniert hatte. Die weltweite Depression wirkte sich nachteilig auf das Wollgeschäft aus, aber dank Edus kluger und konservativer Geschäftsführung blieben die Verluste auf ein Minimum beschränkt. «Die Menschen brauchen immer Kleidung», sagte er. Seine Wollstoffe wurden auch weiterhin zu Mänteln, Jacken und Hosen verarbeitet, die von Leuten der besseren Klasse in zahlreichen Ländern getragen wurden.

Lene hatte den Nachmittag mit Manfred Solomon in seiner Wohnung in der Beethovenstraße verbracht. Sie hatte ihn einmal gefragt, ob er lediglich des Namens wegen dorthin gezogen sei, worauf er erwiderte, als er zwischen der Mendelssohnstraße und der Beethovenstraße zu wählen hatte, habe er vor einer schwierigen Entscheidung gestanden, die nur zugunsten von Beethoven ausgefallen sei, weil das Wohnzimmer größer war. Tatsächlich war es ein riesiger Raum, in dem nichts stand außer einem Flügel und einer Couch. Lene saß oft stundenlang auf der Couch und hörte ihm beim Üben zu. Wenn er damit fertig war, schliefen sie manchmal noch miteinander.

Dem Naziboykott der jüdischen Geschäfte war ein Dekret gefolgt, das jüdischen Künstlern verbot, auf deutschen Bühnen und in deutschen Konzertsälen aufzutreten. Die Schnelligkeit, mit der diese Verordnungen erlassen wurden, war erschütternd und beängstigend zugleich. Hunderte von Schauspielern, Musikern und anderen Künstlern verloren ihre Stellung; das Personal von Museen, Schulen und Universitäten wurde dezimiert. Manfreds Reaktion auf das Verbot seiner Konzerte war, daß er fortfuhr, acht, zehn, ja sogar zwölf Stunden täglich zu üben. Er hatte beschlossen, seine Interpretation sämtlicher Klaviersonaten von Beethoven zu überarbeiten.

«Ich werde verrückt, wenn ich nicht weiterarbeite», sagte er zu Lene. Sein Manager hatte Deutschland verlassen und versuchte, woanders Konzerte für seine jüdischen Künstler zu arrangieren, aber der Markt war von Emigranten überschwemmt, und die Zeiten waren immer noch schlecht.

Andreas hatte stark abgenommen und ähnelte jetzt Emma, wie sie als junge Frau ausgesehen hatte – dunkel, blaß und mager. Er konnte nicht stillsitzen, seine Bewegungen waren nervös und hastig, und er wandte sich erschrokken um, sobald er ein Geräusch wahrnahm.

Caroline hingegen war in eine Lethargie verfallen, aus der sie nur selten erwachte. Weder der Klang des gesprochenen Wortes noch das Klappern von Tellern, noch das Zuschlagen einer Tür konnte sie aus ihren Träumen reißen. Manchmal hob sie den Kopf und stellte eine Frage, aber aus den Fragen war nicht immer klar zu ersehen, wo ihr Geist gerade umherirrte.

«Ich gehe nicht fort», sagte sie, als Jacob ins Zimmer kam. Er hatte nichts weiter als «Guten Abend» gesagt.

«Wie geht es Pauline und Siegmund?» fragte Lene ihn.

«Nervös wie wir alle.»

«Ihr könnt mich nicht dazu bringen, fortzugehen», wiederholte Caroline.

«Ich bleibe bei dir», sagte Andreas. «Wir schließen alle Türen zu und gehen niemals aus.»

«Was wird mit Anna und Fräulein Gründlich werden?»

fragte Jacob. «Man wird ihnen bald deutlich machen, daß sie nicht für Juden arbeiten dürfen.»

«Davon werden sie sich nicht beeinflussen lassen!» sagte Emma.

«Es wird ihnen wahrscheinlich nichts anderes übrigbleiben.»

«Ich halte es hier nicht mehr aus!» rief Lene. «Mir kommt das ganze Land wie ein riesiges Gefängnis vor. Ich will fort!»

«Und wohin willst du?» fragte Emma. «Du kannst nicht einfach wie eine Zigeunerin deine Siebensachen packen und fortgehen.»

«Ich kann nach Palästina gehen. Wie Ernst.»

«Ach, ich bitte dich, Lene, mach keine schlechten Witze!»

«Ernst pflückt jetzt Orangen, lebt in einer Hütte und ißt seine Mahlzeiten aus einem einzigen Blechnapf, zusammen mit einer Menge anderer sonnenverbrannter Arbeiter mit schmutzigen Fingernägeln.» Andreas' scharfe Stimme war vor Spott noch schärfer. «Ich könnte dort nicht überleben!»

«Natürlich könntest du», sagte Lene streng.

«Ich würde es nicht wollen», erwiderte Andreas ruhig. «Es ist besser, das Gesicht an das kalte Fenster deiner eigenen Zelle, deines Zuhauses, gepreßt zu sterben, als zwischen Fremden in einem rauhen Land unter einer ewig brennenden Sonne zu leben.»

«Ich verstehe dich nicht», sagte Emma. «Nicht etwa, daß ich selbst dort leben möchte, aber du sprichst, als wärst du versessen darauf, dich ins eigene Fleisch zu schneiden.»

«Manfred sagt, man wird jüdische Kulturgruppen gründen, bei deren Veranstaltungen Musiker und Schauspieler auftreten können . . .»

«Ich habe euch ja gesagt, wir kommen alle wieder ins Ghetto», sagte Jacob. «Man wird uns jeden Abend einsperren und uns nicht gestatten, uns an nationalen Feiertagen auf öffentlichen Plätzen blicken zu lassen. Wir werden einen besonderen Hut tragen und vom Grundbesitz ausgeschlossen sein.»

«Ich könnte so leben», sagte Andreas.

«Leute *deiner* Veranlagung kommen ins Gefängnis», erwiderte Jacob trocken.

«Der Garten muß instand gehalten werden», sagte Caroline. «Wo ist der Gärtner geblieben? Ich muß Krapprot kaufen. Erinnert mich daran, wenn die Läden wieder aufmachen.»

«Was tun wir hier?» fragte Lene. «Ich dachte, wir wären aus einem bestimmten Grund zusammengekommen.»

«Ich glaube, ich habe auch kein Chromgelb und Preußischblau mehr», überlegte Caroline.

«Hör auf, Mama!» sagte Emma zornig. «Du weißt, daß du Unsinn redest. Gib acht auf das, was vor sich geht. Es handelt sich um unsere Zukunft.»

«Edu hat uns verlassen», sagte Caroline. «Und vergeßt nicht den hellgelben Ocker.»

«Ich gehe mit Manfred fort», sagte Lene, «so bald wie nur irgend möglich.»

Emma und Clara nahmen den Zug nach Florenz. Er war länger und größer als all die Züge, die Clara von ihren Ausflügen in den Taunus her kannte, und es gab Männer mit weißen Jacken, die ihr zulächelten und fragten: «Kann ich dir etwas bringen?» Sie und Tante Emma hatten ein Abteil ganz für sich allein, und die Sitze waren mit weichem Plüsch bezogen. Clara saß mit Teddy am Fenster und blickte hinaus. Tante Emma las ein Buch und fragte sie hin und wieder, ob sie Hunger habe, und ob sie sich freue, im Zug zu sitzen und mit ihr nach Florenz zu fahren. Clara fand die Frage dumm. Natürlich freute sie sich! Es war alles sehr aufregend, und es tat ihr leid, als es dunkel wurde und sie draußen nichts mehr sehen konnte, außer einigen vorbeihuschenden Lichtern und ihrem eigenen Spiegelbild. Aber der Speisewagen war auch ein Abenteuer, denn die Männer dort servierten einem das Essen, während der Zug mit ungeheurer Geschwindigkeit dahinschoß und alles zitterte und umherrutschte, so daß die Tische einen erhöhten Rand hatten, damit die Sachen nicht hinunterglitten; und die Kellner waren wie Akrobaten, die Tabletts mit Tellern und Schüsseln auf der Handfläche trugen.

Nach dem Essen bat Tante Emma den Schaffner, die Betten zu machen, und er verwandelte das Abteil in ein Schlafzimmer, indem er einfach die Sitze umdrehte und einen Teil der Decke herunterzog. Clara mußte sich auf dem Bett sitzend ausziehen, weil es nicht genügend Platz zum Stehen gab, dann streifte sie ihr Nachthemd über und schlüpfte rasch zwischen die frischen weißen Laken.

Tante Emma schien dies alles ebenso zu genießen wie ihre Nichte. Sie umarmte das Kind immer wieder, sehr zu Claras Überraschung, aber nicht immer zu ihrer Freude. Emmas Küsse waren linkisch und hastig, ihre Umarmungen ungeschickt. Sie hatte keine Übung. Liebe nahm für sie nie physische Formen an. «Du bestehst nur aus Ecken», sagte Clara einmal, als die Arme ihrer Tante sie zu fest drückten.

Als Clara am nächsten Morgen aufwachte, waren sie in Italien, wo alles ganz anders aussah als in Frankfurt. Sie preßte das Gesicht ans Fenster, und Tante Emma mußte sehr energisch werden, um zu erreichen, daß sie sich anzog. Auch mit dem Frühstück mußten sie sich beeilen; Tante Emma wollte rechtzeitig zur Ankunft fertig sein. Clara erklärte, sie beeile sich nicht gern, worauf ihre Tante komische glucksende Töne von sich gab und mit den Fingern auf den Tisch trommelte. Clara sah, daß sie ärgerlich war. Sie durfte ihre heiße Schokolade nicht austrinken, was beinahe zu Tränen führte, und sie kehrten im Laufschritt ins Abteil zurück, wo sie in Mantel und Hut noch eine ganze Weile warten mußten, bis der Zug tatsächlich in Florenz war.

Emma rief einen Dienstmann für ihr Gepäck herbei und sprach mit ihm in ihrem schnellen Italienisch, was Clara faszinierte, denn es ließ ihre Tante in einem völlig neuen Licht erscheinen. Emma war nervös und erregt, weil der Gepäckträger zu lange herumtrödelte und das Taxi, das sie für gewöhnlich zur Villa Botti brachte, nirgends zu sehen war. Clara stand, ihren Teddy fest in den Armen, an der Bordschwelle vor dem Bahnhof, während Emma aufgeregt mit den Italienern sprach. Zwei dicke Tränen traten in Claras Augen und rollten ihre Wangen hinunter.

«Was, um alles in der Welt, ist mit dir los?» fragte Emma sie. «Es gibt überhaupt keinen Grund zum Weinen. Halt dich nur dicht neben mir, dann kann dir nichts passieren. Benimm dich nicht wie ein Baby.»

Als sie schließlich im Taxi saßen, atmete Emma erleichtert auf, küßte ihre Nichte und sagte: «Es tut mir leid, mein Kleines, aber die Italiener – sie bringen einen wirklich manchmal zur Verzweiflung. Ich liebe sie von ganzem Herzen, aber . . .»

«Was für ein süßes, reizendes Kind!» sagte Mabel Hennessy Supino-Botti, als sie Clara sah, die ihr mit einem wohlerzogenen Knicks die Hand gab. Sie küßte das Kind auf seine runden Wangen, und Clara fand ihren umfangreichen Körper weicher als den ihrer Tante.

Emma schickte Clara mit Concetta, dem Mädchen, auf ihr Zimmer und ging Arm in Arm mit Mabel auf die Terrasse hinaus. Clara hörte den Klang ihres hellen Lachens neben Mabels tieferer, brummender Stimme. Das Haus war dunkel und kühl, ausgestattet mit schweren Möbeln, bunten Blumen und farbenfreudigen Bettdecken, und die Wände waren weiß getüncht und mit alten Bildern geschmückt. Clara war froh, für eine Weile fern von ihrer Tante zu sein. Sie verstand kein Wort von dem, was das Mädchen ihr sagte, aber Concettas Gebärden waren überschwenglich, und sie brachte Clara eine Schüssel mit Obst und ließ sie allein, damit sie ihre Sachen auspacken konnte.

Clara stellte all die Spielsachen, die sie mitgebracht hatte, auf den Toilettentisch, und dann setzte sie sich ans Fenster und versuchte, sich ein genaues Bild von diesem fremden Ort zu machen. Die Häuser waren ganz anders als die Häuser daheim. Sie hatten alle rote Dächer und sandfarbene Mauern. Clara würde Gelegenheit haben, diesen einen Buntstift zu benutzen, den sie zu Hause nie brauchen konnte, weil dort kaum etwas diese Sandfarbe hatte. Das Mädchen trug ein Kreuz um den Hals, ein goldenes Kreuz an einer dünnen goldenen Kette, und Clara wünschte, daß sie auch eins hätte. Sie erinnerte sich an ihr Armband und holte es aus seinem kleinen, mit Seide gefütterten Etui, um es zu tragen. Sie würde Tante Emma fragen, ob sie auch solch ein kleines Kreuz wie das des Mädchens haben könnte.

Nach der Siesta kam Mabel, sie zu holen. Sie trug viele

bunte Perlen, Anhänger und Silberketten, aber Clara konnte unter ihrem Schmuck kein Kreuz entdecken. Tante Emma wartete unten auf sie. Clara sah sie zwischen einer Gruppe von schwatzenden Frauen sitzen und bemerkte abermals diese seltsame, verwirrende Veränderung an ihr. Sie sprach Englisch, und es klang ganz anders als das Italienische; es war, als ob eine andere Art Musik gespielt würde. Und Tante Emma, obwohl sie viel Getue um Clara machte, war eifrig darauf bedacht, ihre Freundinnen zu unterhalten. Clara verspürte plötzlich Heimweh nach ihrer Mutter, nach Fräulein Gründlich und Omamas sonnigem Schlafzimmer.

«Ist es nicht herrlich?» rief Tante Emma auf deutsch, aber mit einer exaltierten Stimme, die sie zu Hause als unnatürlich empfunden hätte. «Wir haben in Frankfurt nie solche Tage», sagte sie und deutete auf den tiefblauen Himmel und den Oleander, der mit rosafarbenen, weißen und purpurnen Blüten übersät war. «Diese Jahreszeit liebe ich in Florenz am meisten. Wie gern würde ich hier leben.» Sie sprach für gewöhnlich nicht so mit Clara. Das kleine Mädchen sah, daß all die Frauen sie beobachteten, und ihre Lippen zitterten leicht, aber sie wollte nicht weinen. Zum Glück bemerkte Mabel ihre Verwirrung und sagte sich, daß sie irgendwie unterhalten werden müßte; so bat sie Emma um Erlaubnis und brachte das Kind in die Küche hinunter, wo das Mädchen Silber putzte. Sie sagte ihr, sie solle mit Clara zum Stall hinübergehen und ihr die Kühe, die Schweine und die Hühner zeigen. Das Gut hatte einen Pächter, der das Haus sowohl mit Milch, Butter und Eiern als auch mit frischem Gartengemüse versorgte. Der Kopfsalat wuchs üppig, die Tomatenpflanzen begannen gerade zu blühen, und an den Zucchiniranken hingen große gelbe Blüten. Clara durfte die weichen rosa Nasen der Kühe berühren und die Ferkel ansehen, die zufrieden an den Zitzen ihrer fetten Mutter saugten. Es gab sogar einen Esel und einen großen alten Karrengaul, und der Bauer hob Clara auf den Rücken des Gauls und ließ sie im Hof herumreiten. Seine Enkel standen schüchtern in der Tür ihres langgestreckten, niedrigen Bauernhauses und beobachteten sie neugierig. Sie merkten, daß sie mit Concetta über Clara sprechen konnten, ohne daß sie es verstand; sie lächelte nur wie jemand, der taub ist. Einer der Jungen rief ihr ein unflätiges Wort zu, und Concetta gab ihm eine Ohrfeige, aber Clara lächelte ahnungslos weiter.

Emma fühlte sich immer wie zu Hause, sobald sie Mabels heiteres amerikanisches Gesicht sah.

«Du hast wieder zugenommen», sagte Emma.

Aber Mabel lachte nur. «Es sind interessante Leute hier», sagte sie. «Es ist eine gute Zeit für mich. Die Depression hält die gewöhnlichen Touristen fern.»

Emma war bei Mabels Gästen und Freunden beliebt und geachtet. Viele von ihnen nahmen an, daß Clara ihre Tochter sei, und das schmeichelte ihr. Sie fing an zu glauben, daß das Kind tatsächlich ihr gehörte.

«Was macht B. B.?» fragte sie Mabel.

«Er ist immer der gleiche, boshaft und geistreich, und charmant, wenn er will.»

«Ich muß ihn unbedingt besuchen.»

«Er schwärmt von deinen Briefen.»

«Ich versuche, ihn zu unterhalten.»

Emma rief B. B. noch am selben Abend an. Er war hoch erfreut, von ihr zu hören, und erklärte, sie müsse gleich am nächsten Tag zu ihm kommen.

«Ich habe meine kleine Nichte bei mir», sagte Emma.

«Sie wissen, ich kann kleine Kinder nicht ertragen», erwiderte B. B. «Sie werden sie bei Mabel lassen müssen.»

Florenz glitzerte in der Frühlingssonne. Emma hatte den Taxichauffeur ersucht, langsam zu fahren, damit sie die Fahrt in die Stadt und nach Fiesole hinauf genießen konnte. Bernard Berenson küßte ihr die Hand. Seine eigene war kalt wie der Tod. Er trug eine weiße Wolljacke und eine Decke um die Schultern. Sein kleiner Bart war schneeweiß, aber seine dunklen Augen leuchteten.

«Ihre Briefe sind eine wahre Freude», sagte er zu Emma. «Sie sind eine von jenen seltenen Briefschreibern, die es verstehen, die kleinen Begebenheiten des täglichen Lebens wie große Abenteuer darzustellen.»

«Es wird immer schwerer, etwas Erfreuliches zu finden,

worüber man aus Deutschland berichten kann. Mein Onkel Eduard ist fort, und mein Vater ist gestorben, seit ich Sie zum letztenmal gesehen habe . . .»

«Es tut mir leid, das zu hören. War er alt?»

«Erst dreiundsechzig.»

B. B. schnalzte bedauernd mit der Zunge. Es bereitete ihm Genugtuung, vom Tod derjenigen zu hören, die jünger waren als er.

«Hat Ihr Onkel Eduard Ihnen nahegelegt, ihm ins Exil zu folgen?» fragte er.

«Er ist der Meinung, daß wir auswandern sollten. Aber meine Mutter und mein anderer Bruder – der in Frankfurt – scheinen seinem Rat nicht folgen zu wollen. Meine Schwester wird wahrscheinlich fortgehen, sobald ihr Freund Deutschland verläßt . . . Ich selbst habe daran gedacht, nach Florenz zu ziehen.»

«Eine großartige Idee! Sie wissen, daß ich Ihnen schon seit Jahren zurede, das zu tun. Sie sind nie meine Schülerin geworden, und jetzt bin ich leider zu alt. Ich kann nur noch Damen empfangen, die mich aufheitern. Ich bin zu schwach, um Vorträge zu halten.»

«Was ist mit den Faschisten?»

«Eine niederträchtige Bande. Aber ich lasse sie in Ruhe, und sie belästigen mich nicht. Die Italiener geben keine guten Antisemiten ab, und sie sind nicht leicht zu Soldaten zu machen. Sie haben auch keinerlei Neigung zur Polizeiarbeit. Das ist es, was das Leben in ihrer Mitte so erfreulich macht.»

Er schwieg einen Augenblick, dann fuhr er fort: «Natürlich sagen mir einige meiner amerikanischen Freunde, daß die Behörden sie vor mir gewarnt haben. Ich weiß, daß ich beobachtet werde. Ich habe aus meinen antifaschistischen Ansichten nie ein Geheimnis gemacht. Die Behörden sagen den Amerikanern, ich sei senil. ‹Kümmern Sie sich nicht mehr um ihn›, sagen sie.»

Er lachte leise. Er war ungeheuer eitel, was sein Alter betraf. «Ich beabsichtige, meine fünf Sinne bis zum Schluß beisammen zu halten», sagte er. «Erzählen Sie mir von der Sammlung Ihres Onkels. Man hat mir gesagt, sie sei wundervoll. Wenn ich etwas jünger wäre, würde ich hinfahren und sie mir ansehen – auch ohne eingeladen worden zu sein. Aber das Reisen ist heutzutage kein Vergnügen mehr. Die Welt wird vom Pöbel beherrscht, und es bleibt kein Platz für unsereins.»

Emma gab ihm eine mehr oder minder ausführliche Beschreibung von Edus Kunstwerken. B. B. fing bald an, sich zu langweilen.

«Zu viele Moderne», sagte er. «Ist die Sammlung katalogisiert?» Sie glaube nicht, erwiderte Emma. «Eine Schande, eine Schande. Sagen Sie ihm das von mir. Ich bin sicher, er hat keinen Sassetta.» Ein boshaftes Lächeln spielte um seine Lippen. «Er hätte den des Grafen kaufen sollen. Es war töricht von ihm, ihn sich entgehen zu lassen.»

«Man hat ihm gesagt, er sei nicht echt.»

«Das war zweifellos dieser dicke junge Mann! Ein typischer deutscher Gelehrter.»

Mit ein wenig Schmeichelei brachte Emma den alten Mann wieder zum Lächeln. Er vergaß seine Verdrießlichkeit und tätschelte ihr Knie. Er begehrte sie nicht mehr, fand sie aber immer noch hübsch. Und es war wundervoll, verehrt zu werden.

Emma liebte ihre Nichte zwar sehr, ließ sie aber den größten Teil der Zeit unter der Obhut des Dienstmädchens, und Clara fing an, das Leben recht vergnüglich und in mancher Hinsicht wie zu Hause zu finden. Sie freundete sich mit den Kindern an und lernte ein paar Brocken Italienisch. Manchmal vermißte sie ihre Mutter, aber das geschah selten, im allgemeinen morgens gleich nach dem Aufstehen, wenn die Sonne ein langes gelbes Rechteck auf die Bettdecke warf.

Bei den Mahlzeiten saß sie wie ein kleiner Buddha auf einem Stuhl, auf den man ein Kissen gelegt hatte, neben ihrer Tante Emma. Sie widmete sich dem Essen mit so viel Eifer, daß Mabel nie müde wurde, sie zu beobachten. Wenn sie an schönen Tagen im Freien aßen, sickerte die Sonne durch den Feigenbaum und ließ ihr weiches, blondes Haar aufleuchten. In diesem Augenblick sagte sich Emma oft im stillen: «Sie sieht aus wie ihr Vater. Man würde nicht glauben, daß sie jüdisch ist.» Als Einzelkind war Clara daran gewöhnt, oft allein zu sein.

Nach dem Essen wurde sie zum Mittagsschlaf zu Bett geschickt. Sie schlief selten, aber es war eine Stunde, die sie liebte; sie war ganz für sich, ihr Zimmer war still, und wenn sie keinen Lärm machte, konnte sie soviel spielen, wie sie wollte. Sie konnte sogar die verbotenen Dinge tun, die sie manchmal tat, und das machte ihr Spaß.

Eines Nachmittags holte Emma sie pünktlich um drei aus ihrem Zimmer. «Wir fahren heute in die Stadt», sagte sie. «Beeil dich.»

Sie unterhielten sich großartig. Als erstes gingen sie in die Galerie der Uffizien, wo Clara eine große Schlachtszene sah und eine nackte Dame, die mit wehenden Haaren auf einer Meeresmuschel stand. Als sie genug von Bildern hatten, gingen sie draußen auf die Piazza della Signoria und aßen köstliches Schokoladen-, Vanille- und Zitroneneis. Ein Mann kam an ihren Tisch und bot ihnen Postkarten, kleine Florentiner Fahnen und seidene Wandbehänge mit goldenen Quasten zum Kauf an.

«Kümmere dich nicht um diesen Kitsch», sagte Emma streng. «Wenn du ein Andenken kaufen möchtest, gehen wir in einen richtigen Laden, und du darfst dir etwas Hübsches aussuchen.»

«Kann ich eine Kette mit einem Kreuz wie die von Concetta haben?» fragte Clara.

«Du lieber Himmel, was für eine Idee!» sagte Emma und lachte sehr laut. «So etwas tragen nur Dienstmädchen, besonders italienische Mädchen. Sie lassen sie vom Papst segnen. Das würdest *du* doch nicht wollen.»

«Warum nicht?»

«Du bist nicht katholisch.»

Sie fuhren mit dem Bus zum Haus zurück, und während die Erwachsenen zusahen, wie die Sonne hinter den toskanischen Hügeln verschwand, zeichnete Clara Bilder von Dingen, an die sie sich aus dem Museum erinnerte. Sie machte eins von der Dame in der Muschel (sie hatten eine Postkarte von ihr gekauft) und zeichnete eine Kette mit einem Kreuz um ihren Hals. Die Erwachsenen lachten, aber freundlich, und lobten Clara. «Du bist ein sehr begabtes Kind», sagten sie.

Sie saßen alle beim Abendessen – Clara war stolz, daß sie mit den Großen essen durfte –, da kam Concetta herein, um Emma zu sagen, daß ein Ferngespräch für sie da sei. Ein eisiger Schrecken erfaßte sie. Aber Lene war am anderen Ende, und ihre Stimme klang glücklich.

«Wo bist du?» fragte Emma. «Ist alles in Ordnung?»

«Ja. Wundervoll. Ich bin in Zürich. Habe gerade Onkel Edu besucht. Er läßt grüßen. Es ist gut, aus Deutschland raus zu sein. Wie geht es meinem Clärchen?»

«Sie amüsiert sich großartig. Wir waren heute in den Uffizien, und sie war sehr brav und begeistert von den Bildern. Alle vergöttern sie, besonders das Personal. Aber warum bist du in Zürich?»

«Manfred gibt hier ein Konzert. Es ist seinem Manager gelungen, eine kleine Tournee für ihn zu arrangieren. Deshalb rufe ich an. Wir sind nächste Woche in Rom, und dann hat er am Mittwoch ein Konzert in Florenz, und ich werde euch beide sehen können. Ist das nicht schön?»

Emma war sich dessen nicht so sicher.

«Hast du keine Plakate für das Konzert gesehen?» fragte Lene.

«Nein.»

«Ich werde Manfred sagen, daß er sich mit seinem italienischen Agenten in Verbindung setzen soll. Wir wollen nicht, daß er vor leerem Saal spielt. Jetzt laß mich mit Clara sprechen.»

«Wie geht es Mama?»

«Als ich mich von ihr verabschiedete, ging's ihr gut. Es wird herrlich sein, dich zu sehen. Ich habe ein paar Klatschgeschichten für dich; Dinge, die nur du zu würdigen weißt. Übrigens, wir wohnen im Excelsior. Ich hinterlasse dort Karten für dich.»

Emma rief nach Clara. Das kleine Mädchen war nicht leicht zur Eile anzutreiben. Als Emma ins Eßzimmer lief, um sie zu holen, wischte sie sich gerade den Mund ab. «Beeil dich, beeil dich», sagte Emma, «deine Mama ist am Telephon.» Sie zog Clara mit übertriebener Hast vom Tisch fort.

«Eine ungeduldige Seele», sagte Mabel zu einer Amerikanerin aus Philadelphia.

«Mami, Mami!» plapperte Clara ins Telephon. «Wo bist du?»

Lene sprach ein paar Minuten mit ihr. Clara hörte mit einem so glückseligen Lächeln zu, daß Emma von Eifersucht verzehrt wurde.

«Sprich nicht zu lange», sagte sie, «es ist sehr teuer.»

«Mami kommt!» rief Clara. «Sie wird uns nächste Woche mit Manfred besuchen.»

«Du mußt Herr Solomon sagen», mahnte Emma. «Jetzt sag auf Wiedersehen.»

Das kleine Mädchen sandte viele geräuschvolle Küsse durchs Telephon. «Ich hab dich auch lieb, Mami», sagte sie. «Ich vermisse dich sehr. Darf ich ins Konzert kommen?»

«Nein, nein, nein», flüsterte Emma ihr erregt zu, «das ist viel zu spät für dich.»

«Mami sagt, ich darf!» Clara begann zu schmollen. Sie verstand es instinktiv, ihre Tante gegen ihre Mutter auszuspielen.

«Laß mich noch einmal mit ihr sprechen», sagte Emma. «Das ist doch nicht dein Ernst?» fragte sie Lene. «Weißt du, wie spät die Konzerte hier anfangen? Das Kind ist nicht gewohnt, so lange aufzubleiben – und wir haben einen weiten Heimweg.»

«Schlimmstenfalls kann sie bei uns im Hotel bleiben», sagte Lene. «Reg dich nicht auf. Du nimmst solche Dinge viel zu ernst. Sag ihr, sie soll an dem Tag einen langen Mittagsschlaf halten, und laß uns beide währenddessen irgend etwas zusammen unternehmen. Ich freu mich so darauf, dich zu sehen. Erinnerst du dich noch an unsere Reisen mit Edu? Ich denke ständig daran. Aber jetzt muß ich Schluß machen. *Ciao!*»

Clara hüpfte ins Eßzimmer zurück. «Meine Mami kommt, hurra, hurra!» sang sie voll Begeisterung, und die Gesellschaft lächelte über ihre Freude.

Emma folgte ihr, und sie lächelte ebenfalls, aber es war ein gezwungenes Lächeln. Etwas Störendes war plötzlich in ihre Welt eingedrungen. Sie hatte geglaubt, an einem Ort zu sein, der ihr allein gehörte, ein Ort, an dem sie den Lauf der Dinge beherrschte. Dieses Gefühl hatte sie nirgendwo sonst und schon gar nicht in Frankfurt, denn dort kannte man sie sogar im Krankenhaus als Emma Wertheim, Nichte von Eduard Wertheim, dem Direktor von Wertheim und Söhne, als die Frau, die seinerzeit diese «unglückselige» Ehe geschlossen hatte.

In Florenz, in der Villa Botti, war sie frei von alledem; sie lebte sozusagen in einer neuen Haut. Und sie hatte Clara mitgebracht in der Hoffnung, sie Frankfurt, ihre Mutter, die ganze kleine Welt, die sie kannte, vergessen zu machen, abgesehen von dem Teil, der Emma zum Mittelpunkt hatte. Kinder hatten ein kurzes Gedächtnis, meinte sie. Aber das glückstrahlende Gesicht, der Ruf: «Meine Mami kommt!» zeigte, daß ihre Vorstellung nur Wunschdenken war. Emma war den Rest des Abends zutiefst erregt und brachte Clara nur mit einer sehr kurzen Geschichte zu Bett.

«Bist du böse mit mir?» fragte das kleine Mädchen, und Tränen stiegen Emma in die Augen. Sie drückte Clara ungestüm an sich und sagte: «Nein, natürlich nicht. Ich habe dich sehr lieb.»

Clara zählte die Tage, und endlich war der Mittwoch gekommen. Lene rief um ein Uhr an. Clara aß ihr Mittagessen auf der Terrasse und horchte auf das Telephon.

«Hallo, mein Liebling», sagte Lene.

«Mami, Mami, Mami!»

Ein bekümmerter Ausdruck lag auf Emmas Gesicht. «Du solltest jetzt lieber deinen Mittagsschlaf halten», sagte sie, «sonst kannst du heute abend nicht ins Konzert gehen.»

«Das hat meine Mutter nicht gesagt», erklärte Clara ihr, «und meine Mutter hat über mich zu bestimmen.»

Emma nahm ihrer Nichte mit mehr Gewalt, als sie beabsichtigt hatte, den Hörer fort. «Lene», sagte sie, «willst du dem Kind einreden, daß es keinen Mittagsschlaf braucht?»

«Nein, natürlich nicht», erwiderte Lene gutgelaunt. «Sie sollte ein wenig schlafen, aber wir werden ihr das Konzert nicht nehmen, wenn sie's nicht tut. Kommst du in die Stadt, um mich zu treffen?»

«Möchtest du, daß ich komme?»

«Natürlich, ich habe meine Pläne ganz darauf eingestellt. Ich bin frei wie ein Vogel, während Manfred *seinen* Mittagsschlaf hält. Wir essen zuerst eine Kleinigkeit, nur irgend etwas Leichtes. Das Konzert fängt um neun Uhr an. Manfred hält sich an Konzerttagen strikt an seinen Zeitplan, sonst würde ich dir sagen, du sollst mit uns zu Abend essen. Aber er ist dann nicht gern mit Fremden zusammen.»

«Bin ich eine Fremde?»

«Ach, du weißt schon, was ich meine», sagte Lene.

«Wo wollen wir uns treffen, du und ich? Das heißt, wenn du sicher bist, daß du mich sehen willst. Es ist ein weiter Weg in die Stadt und zurück.»

«Wir werden nichts Anstrengendes tun, einfach irgendwo sitzen und schwatzen. Gibt es noch dieses sagenhafte Café auf der Piazza della Signoria? Erinnerst du dich, wie Onkel Edu sich dort mit uns zu verabreden pflegte mit den Worten: ‹Punkt fünf Uhr!›?»

«Natürlich erinnere ich mich – und ohne mich wärt ihr beide, du und Julia, nie rechtzeitig dorthin gekommen! Erinnerst du dich, wie ihr damals den Zug versäumt habt?»

«Und du warst pünktlich auf dem Bahnhof, während wir noch durch die Stadt wanderten – war es Arezzo?»

«Ich glaube, ja. Ich stieg in den Zug, um auf euch zu warten und ein Abteil zu reservieren, damit wir alle zusammen sitzen konnten . . .»

«. . . und ehe du wußtest, wie dir geschah, setzte sich der Zug in Bewegung, und wir waren noch ein paar Straßen entfernt und sahen uns Schaufenster an . . .»

«Ich war *wütend* – und auch besorgt, das darfst du nicht vergessen. Ich war sicher, daß ihr zwei dort in Arezzo in Schwierigkeiten geraten würdet. Aber Edu lachte und lachte . . .»

Emma fühlte, wie die alte Liebe zu ihrer Schwester sie durchflutete. In diesem Augenblick glaubte sie, daß es niemanden gab, der ihr jemals nähergestanden hatte oder mit dem sie sich besser vertrug.

Sie trafen sich im Café und weinten fast vor Freude. Die nächsten Stunden waren mit Plauderei, von Gelächter unterbrochen, ausgefüllt. Selbst der lange Schatten von Manfred

Solomon, der mit einer schwarzen Blende über den Augen und Wattepfropfen in den Ohren im Hotel Excelsior schlief, verdarb ihre Stimmung nicht.

Clara befürchtete, daß sie während ihrer Siesta nicht einschlafen würde. Sie wußte, wenn sie das nicht tat, würde sie abends müde sein und beim Konzert einnicken, und dann würde Tante Emma sagen: «Ich habe es dir ja gleich gesagt.» Sie schloß fest die Augen und versuchte, nicht an Schlafen zu denken, und als Concetta um fünf Uhr hereinkam, um sie zu wecken, stellte sie beglückt fest, daß sie doch geschlafen hatte. Sie fühlte sich warm und behaglich unter ihrer Decke. Warum war das Aufwachen am Nachmittag so anders als am Morgen? Man trug nachmittags den Schlaf viel länger mit sich herum.

Tante Emma war gerade nach Hause gekommen und ruhte sich aus, und so aß Clara ihr Abendbrot allein an einem Tisch im Frühstückszimmer. Concetta half ihr, eines der hübschen Florentiner Kleider anzuziehen, die Tante Emma ihr gekauft hatte, und dann kam Tante Emma herunter; sie trug ein langes Kleid.

Im Konzertsaal drängten sich die Menschen – die Plakate waren noch rechtzeitig angebracht worden –, und Emma war sichtlich nervös, während sie in der Vorhalle auf Lene warteten. Lene kam wie immer zu spät. Emma sah fortwährend auf die Uhr und gab diese schnalzenden Töne von sich, die Clara nicht leiden konnte. Ihre Mutter war nie so ungeduldig, und Clara wünschte sich verzweifelt, daß sie erscheinen würde. Sie begriff nicht, daß Lene Trägheit als Waffe gegen die Erregung ihrer Schwester gebrauchte.

Schließlich sah Clara ihre Mutter die Treppe herunterkommen. Sie riß sich von der Hand ihrer Tante los und stürzte ihr entgegen. «Hier bin ich, Mami!» rief sie und warf sich Lene in die Arme. Lene hob sie auf und preßte sie fest an sich. «Du wiegst eine Tonne!» sagte sie lachend.

Es war gut, diese Umarmung zu fühlen. Ganz gleich, wie nett die anderen waren, ganz gleich, wie sehr sie Tante Emma liebte, es gab nur einen Platz auf der Welt, wo sie sich vollkommen beschützt und geborgen fühlte. Die Italiener lächelten Mutter und Kind wohlwollend zu. Emma sagte:

«Du kommst zu spät», aber sie sagte es ruhig. Sie bemerkte, daß Lene eine silberne Halskette statt ihrer Perlen trug. «Manfred hat sie mir geschenkt», sagte Lene, als sie den Blick ihrer Schwester sah, «ist sie nicht schön?» «Ich hoffe, deine Perlen sind sicher aufbewahrt», erwiderte Emma.

Sie gingen auf ihre Plätze, und kurz darauf verdunkelten sich die Lichter im Saal und Manfred Solomon betrat die Bühne. Applaus brach aus, und er verneigte sich mehrmals nach allen Seiten. Er hantierte lange Zeit herum, bis die Bank, auf der er saß, die richtige Höhe hatte, dann wartete er, bis das Publikum vollkommen still war, ehe er mit einem lauten, schmetternden Akkord sein erstes Stück begann.

Lene saß auf dem Rand ihres Sitzes, die Hände im Schoß verkrampft. Sie entspannte sich erst, als Manfred schon mitten im ersten Satz war und vollkommene Sicherheit und Beherrschung gezeigt hatte. Clara saß mit weit aufgerissenen Augen neben ihr. Sie war noch nie abends in einem Konzert gewesen, und dies war das erste Mal, daß sie Manfred woanders als zu Hause auf seinem eigenen Klavier spielen hörte. Manchmal nahm er sie auf den Schoß und spielte ihr Wiegenlieder vor oder führte ihre Finger über die Tasten, bis sie «Alle meine Entlein» spielen lernte. Sie würde sich sehr große Mühe geben, nicht einzuschlafen.

In der Pause ging Clara mit ihrer Mutter hinter die Bühne, während Emma im Foyer blieb, um mit einigen Angehörigen der amerikanischen Kolonie zu plaudern, die sich begeistert über den Pianisten äußerten; aber Emma sagte nicht, daß sie ihn kannte.

Clara saß auf einem hohen Schemel in der Garderobe und sah zu, wie Manfred sein Hemd wechselte und Lene ihn mit einem Handtuch trockenrieb. «Wie war es?» fragte er Lene.

«*Sehr* gut», erwiderte sie.

«Ich kann nicht sagen, daß ich diesen Saal besonders liebe», sagte er. «Konnte man die tiefen Töne dort, wo du gesessen hast, gut hören?»

«Sie klangen ein wenig dumpf.»

«Ich weiß, ich weiß», sagte Manfred, «aber ich habe gut gespielt?»

«Hervorragend.»

Er beachtete Clara kaum, aber sie saß zufrieden auf ihrem Schemel, beglückt, allein mit ihrer Mutter und Manfred Solomon zu sein.

«Langweilt es dich nicht, soviel Musik zu hören?» fragte er sie. Clara schüttelte den Kopf.

«Ich habe heute einen langen Mittagsschlaf gehalten», sagte sie, als ob das alles erklärte.

«Du bist ein braves Mädchen», murmelte er und wandte sich wieder seiner Toilette zu. Er betupfte sich Hals und Gesicht mit Eau de Cologne und blickte sehr lange in den Spiegel. Sein Lächeln, als er Clara zum Abschied den Kopf tätschelte, war freundlicher als das, welches er seinen Zuhörern schenkte.

«Cinque minuti», rief der Mann, der an die Tür klopfte. «Ihr müßt jetzt gehen», sagte Manfred. Er schien Lene und Clara nicht mehr zu kennen. Sie kehrten in den Saal zurück. Clara hielt die Hand ihrer Mutter fest umklammert.

«Omama sagt *mir* immer, ich soll nicht so lange in den Spiegel gucken», sagte Clara.

«*Du* mußt ja auch nicht auf einer Bühne vor Hunderten von Leuten spielen», erwiderte Lene. «Möchtest du, daß Manfred dein Vater wird?»

«Das muß ich mir noch überlegen», sagte Clara. «Ist mein eigener Vater tot?»

«Nein, aber er ist an einen weit entfernten Ort gezogen. Sag es nicht deiner Tante Emma.»

«Das von meinem Vater?»

«Nein. Das von Manfred Solomon. Versprichst du es?»

Clara nickte energisch. Jetzt hatte sie ein Geheimnis mit ihrer Mutter, an das sie denken konnte, wenn sie sich einsam fühlte. Sie war nicht oft einsam, aber Tante Emma verstand sie manchmal überhaupt nicht.

Sie schlief während der zweiten Hälfte des Konzerts ein paarmal ein, aber die Da-capo-Rufe waren laut, und sie wachte auf und klatschte sehr fest für Manfred Solomon.

«Ich bringe sie am besten gleich nach Hause», sagte Emma, als die Zuhörer den Saal zu verlassen begannen.

«Kommst du nicht in die Garderobe?»

«Es sind immer so viele Menschen dort.»

Clara hielt sich am Kleid ihrer Mutter fest. «Laß das», sagte Emma. Aber Clara erinnerte sich an ihr Geheimnis und erwiderte: «Das geht dich nichts an.» Sie schämte sich, sobald sie es gesagt hatte, denn sie sah, daß sie ihrer Tante weh getan hatte.

«Sei nicht frech», zischte Emma. Einen schrecklichen Augenblick lang mochte sie Clara überhaupt nicht.

«Das war nicht nett», sagte Lene leise zu Clara. Dann fuhr sie an Emma gewandt fort: «Manfred erwartet uns in seiner Garderobe. Künstler sind darin sehr empfindlich. Sie wissen immer genau, wer dagewesen ist und wer nicht.»

Manfred wollte Emma die Hand küssen, aber sie zog sie rasch zurück. «Nein, nein, nein», sagte sie, als ob ihre Geste allein nicht genügt hätte. Lene saß auf der schmalen Couch zwischen Manfreds feuchten Hemden und Unterhemden. Er empfing sie in einer hellgrauen Kaschmirjacke, die sie ihm geschenkt hatte.

Clara schlief fest auf der ganzen Fahrt nach Hause.

«Deine Schwester mag mich nicht», sagte Manfred Solomon zu Lene, als sie bei *pasta* und Scampi in einem Restaurant unweit der Konzerthalle saßen.

«Es hat nichts mit dir zu tun», erwiderte Lene.

«Das ist kein Trost. Außerdem glaube ich, du irrst dich.»

«Sie hat etwas gegen Männer – und auch gegen Juden. Und du bist beides.»

«Und obendrein Musiker.»

«Richtig.»

«Sie mochte deinen ersten Mann.»

«Nicht zu der Zeit, als ich ihn heiratete. Sie mag ihn nur in der Rückschau.»

«Du meinst, im Vergleich zu mir?»

«Das habe ich nicht gesagt.»

«Aber du hast es durchblicken lassen.»

«Sie ist ein von Ängsten geplagter Mensch.»

«Du bist ganz anders. Es ist erstaunlich, daß zwei Schwestern so verschieden sein können.»

«Ich bin die Jüngste. Ich habe es immer fertiggebracht, süß und niedlich zu erscheinen. Sie war die Linkische. Und dann kam noch Otto von Benzow hinzu.»

«Du bist schön, stark und voller Güte. Ich möchte nie wieder ohne dich sein, Lene. Du mußt immer bei mir bleiben. Wir werden zusammen Deutschland verlassen. Ich habe keine Angst, solange ich weiß, daß ich mit dir zusammensein kann.»

Er küßte sie. Lene wußte, daß alle sie sahen, aber es kümmerte sie nicht.

Am folgenden Sonntag machten sich Emma und Clara auf den Weg zu ihrem üblichen Morgenspaziergang. Da der Tag kühl war und sie rascher ausschritten als sonst, entfernten sie sich weiter als üblich von der Villa Botti. Sie folgten einer Straße, die sich durch Olivenhaine schlängelte. Als sie um eine Biegung kamen, hinter der die Straße unvermutet abfiel, sahen sie sich vor dem Tor eines mit einer Mauer umgebenen Gartens. Dahinter stand ein Haus mit grünen Fensterläden. Es war unbewohnt, Reben rankten sich an seinen Seitenwänden empor, der Garten war verwildert. Ein paar knorrige Pinien neigten sich über die Mauer, und als Emma sich umwandte, um festzustellen, wohin die Straße führte, sah sie das Tal des Arno in der Morgensonne.

«Ist es nicht hübsch hier?» fragte sie Clara. Das kleine Mädchen fühlte eine plötzliche Anwandlung von Liebe. Sie waren allein zusammen und hatten ein geheimes Haus entdeckt.

«An der Tür hängt ein Schild», sagte Clara. «Lies mir vor, was darauf steht.»

«‹Zu verkaufen oder zu vermieten›», las Emma, und im gleichen Augenblick sah sie sich mit atemberaubender Gewißheit in diesem Haus. «Ich muß es haben», flüsterte sie und wußte, daß ihr Leben einen neuen Mittelpunkt gefunden hatte. «Und du kannst bei mir bleiben – für immer.»

Eine Eidechse flitzte über die Steine in ihr Versteck.

«Ganz allein?»

«Wir könnten Fräulein Gründlich fragen, ob sie mitkommen will.»

«Und Mami und Manfred Solomon?»

«Sie können uns besuchen, sooft Manfred ein Konzert in Florenz gibt.»

Clara wurde sehr still. Sie waren auf dem Weg nach Hause.

«Woran denkst du?» fragte Emma.

«Ich will bei Mami und Manfred sein.»

Emma schüttelte den Kopf und gab ihre schnalzenden Töne von sich.

«Ich will, daß Manfred Solomon mein Vater wird.»

«Aber du hast doch bereits einen Vater.»

«Er kommt mich nie besuchen.»

«Das ist nicht seine Schuld. Er hat dich sehr lieb.»

«Wessen Schuld ist es?»

«Er und deine Mami haben sich gestritten.»

«Und sie haben sich nie wieder vertragen?»

«Sie haben sich nie wieder vertragen.»

«War Manfred Solomon schuld an diesem Streit?»

Die Frage überraschte Emma. «Nicht wirklich», sagte sie. Sie wußte, daß man Kinder nicht anlügen sollte, aber sie wollte einen Nutzen aus der Unterhaltung ziehen. «Hast du Manfred Solomon gern?» fragte sie.

«Ja. Du auch, Tante Emma?»

«Ich mag sein Klavierspiel sehr gern.»

«Wenn er und Mami heiraten, brauch ich mich nie wieder von ihr zu trennen.»

«Wer hat dir das gesagt?»

«Meine Mami.»

«Wenn er und deine Mutter heiraten, wird er vielleicht sehr froh sein, dich bei mir zu lassen.»

«Warum?»

Emma überhörte die Frage. «Wäre das nicht nett?» fuhr sie munter fort. «Nur wir zwei in diesem schönen Haus. Ich richte es neu her, und du bekommst ein Zimmer ganz für dich allein. Und vielleicht können wir deinen Papa einladen, uns zu besuchen. Wir geben eine Gesellschaft für ihn.»

«Ich mag keine Gesellschaften», sagte Clara plötzlich schluchzend, «ich will nach Hause! Ich hab Sehnsucht nach meinem Zimmer und Fräulein Gründlich und Omama . . .»

«Du wirst tun, was die Erwachsenen für richtig halten», sagte Emma, «und bitte hör auf zu weinen.»

Clara erkannte, daß sie Emma mit ihren Tränen irgendwie

verärgert hatte. Der Tag, der so schön begonnen hatte, war verdorben.

Als Emma das Haus erwähnte, stellte sich heraus, daß Mabel es gut kannte. Sie wußte alles, was es über ihre Nachbarn im Umkreis von zehn Meilen zu wissen gab. «Also haben sie endlich beschlossen, es herzugeben», sagte sie. «Es wäre wundervoll, dich als Nachbarin zu haben, selbst wenn das bedeuten würde, daß ich einen Hausgast verliere.» Sie war in Versuchung, Emma zu küssen, erinnerte sich aber an ihre Steifheit. «Ich kenne die Besitzer. Soll ich ihnen sagen, daß du dich für das Haus interessierst? Auf die Art sparst du die Maklergebühr – es sei denn, du würdest sie mir zahlen wollen.» Sie lachte, als hätte sie einen Witz gemacht.

Am nächsten Nachmittag sagte Mabel: «Ich habe mich nach dem Preis erkundigt. Er ist sehr günstig. Und wenn du das Geld nicht hast, kannst du das Haus mieten, mit der Möglichkeit, es später zu kaufen. Eine Wirtschaftskrise ist nicht für *alle* Leute schlecht», setzte sie leise lachend hinzu.

Emma rief noch am selben Abend Onkel Edu an. Er gab ihr viele Ratschläge. Emma hatte seit Jahren nicht so stark seine Aufmerksamkeit gefesselt. Er sagte ihr, sie solle das Haus von einem vertrauenswürdigen Sachverständigen gründlich überprüfen lassen und ihm das Ergebnis mitteilen. «Wenn wir zu dem Schluß gelangen, daß es eine gute Kapitalanlage ist, kannst du ihnen dreißig Prozent weniger als den geforderten Preis bieten», sagte er.

Alles war in wenigen Wochen erledigt. Mabel brachte einen Architekten an, der, wie sie sagte, sehr erfahren und ehrlich war. Er machte einen Kostenvoranschlag für Reparaturen, aber Edu sagte Emma, sie solle die Summe verdoppeln, weil alle Italiener Gauner seien. Mabel stimmte ihm darin zu. Emma bot dreißig Prozent weniger als den geforderten Preis und kaufte das Haus – mit einem Darlehen von Edu – für fünfzehn Prozent mehr, als die Besitzer zu erhalten gehofft hatten. Mabel steckte von beiden Seiten ein paar tausend Lire ein.

«Verlaß Frankfurt, sobald du kannst», sagte Edu. «Und versuche deine Mutter und Andreas zu überreden, daß sie mit dir gehen.»

Jacob wachte einen Tag vor seiner Abreise nach Straßburg spät und mit leichten Kopfschmerzen auf. Er machte sich sein Frühstück genau wie immer, und er dachte an Lore, wie er es seit ihrer Trennung ständig getan hatte. Der Gedanke, daß dies sein vorletzter Tag in Frankfurt sein sollte, in einer Wohnung, die ihm fast zwanzig Jahre lang ein Zuhause gewesen war, erfüllte ihn mit tiefer Wehmut. Er nahm Dinge auf, legte sie wieder hin und fragte sich, ob er in seinem Handkoffer noch Platz für das eine oder andere schaffen könnte. Es gab noch manches zu erledigen, ehe er fortgehen konnte.

Er war sehr vorsichtig gewesen; niemand außer Eva wußte von seinen Plänen. Wenn er die Grenze passiert hatte und in Sicherheit war, würde er Andreas anrufen. Seine wertvollsten Bücher und Papiere hatte er in den Keller des Hauses in der Guiollettstraße gebracht unter dem Vorwand, daß Herr Strüpler versprochen habe, die Wohnung zu streichen. Alois war jetzt der offizielle Besitzer des Buchladens. Das Abkommen war durch einen alten Angestellten von Edu getroffen worden, der sowohl vertrauenswürdig als auch ehrlich war. Eine Geldsumme, ausreichend, ihm ein passables Einkommen zu sichern, lag auf einer Schweizer Bank. Die Wohnung sah aus wie immer. Er würde seinen Handkoffer erst kurz vor der Abreise packen.

Er versuchte, seine Gedanken auf die Dinge zu konzentrieren, die er an diesem Tag zu tun hatte. Er mußte noch ein letztes Mal einiges im Buchladen überprüfen; er wollte sein silbernes Teeservice zu Caroline bringen; Eva wollte ihn sehen. Sie hatte ebenfalls beschlossen, Deutschland zu verlassen. Sie kannte einen Chemiker, der in Paris arbeitete, und sie beabsichtigte, dorthin zu gehen, um zu sehen, ob er Arbeit für sie hatte. Wenn nicht, würde sie Geschirr spülen, Toiletten reinigen. «Machst du dir keine Sorgen?» hatte Jacob sie gefragt. «Ich denke nicht darüber nach», sagte sie. «Bisher bin ich noch immer zurechtgekommen. Aber ich werde Frankfurt vermissen.»

Jacobs Träumereien wurden durch eine rauhe Stimme und kräftiges Hämmern an seine Tür unterbrochen. Niemand klopfte so bei ihm an. Es gab unten eine Klingel und oben eine weitere mit einem Messingschild, auf dem sein Name stand. Sein Nachbar war eines Abends mit Handschellen abgeführt worden, aber seit jener Nacht war es still im Haus gewesen. Das Hämmern wurde stärker, die Stimmen wurden lauter. Jacob stand langsam vom Tisch auf. Als er nach seinem goldenen Zigarettenetui griff – er hatte es schimmern sehen und aus irgendeinem unerfindlichen Grund beschlossen, es in die Tasche seines Morgenmantels zu stekken –, stieß er seine halbvolle Kaffeetasse um. Die braune Flüssigkeit lief über die Zeitung, ehe sie von dem mit Tinte befleckten Löscher aufgesaugt wurde.

Vier Männer standen vor Jacobs Tür. Sie trugen keine Uniform, aber jeder von ihnen hatte ein Hakenkreuz im Knopfloch seines Revers.

«Sind Sie Jacob Wertheim?» fragte der jüngste der vier.

«Ja.»

«Ist irgend jemand hier bei Ihnen?»

«Nein», sagte Jacob. «Ich lebe allein.»

«Aber Sie empfangen Gäste?»

«Selten, wenn überhaupt.» Jacob hielt das Zigarettenetui in der Hand, das tief in seiner Tasche steckte. Es war glatt und flach. Die Männer traten dicht an ihn heran, berührten ihn jedoch nicht. Er roch ihren Atem.

«Ihr Hausmeister sagt, daß ständig Frauen hier heraufkommen.»

«Er lügt», sagte Jacob.

Die Männer drängten sich in die Türöffnung, und er trat unwillkürlich zurück. Er hatte nicht vorgehabt, zu weichen. «Ich habe einige Verwandte weiblichen Geschlechts», sagte er, «vielleicht hat Strüpler sie gemeint.»

«*Herr* Strüpler», sagte einer der Männer, «und kommen Sie uns nicht mit Witzeleien.»

Sie drängten sich an ihm vorbei. Jacob war sich peinlich bewußt, daß er noch im Pyjama war und Pantoffeln an den Füßen hatte. Er fühlte sich entblößt, fast als ob er nackt wäre. Es war beinahe Mittag. Durch das Fenster am Ende des Korridors sah er ein rechteckiges Stück Himmel; er verdrängte alle zusammenhängenden Gedanken aus seinem Gehirn und konzentrierte sich statt dessen auf das blaßblaue Rechteck. Er hatte das Gefühl, daß ihm nichts geschehen würde, wenn er nicht nachdachte. Er sprach fortwährend zu den Männern, die ihm den Rücken zuwandten, während sie sämtliche Räume der Wohnung durchsuchten. «Es gibt hier nichts zu finden», versicherte er ihnen. «Sie können nachsehen. Ich habe nichts. Ich verstecke niemanden. Ich bin ein unpolitischer Mensch. Strüpler ... Herr Strüpler weiß das.»

«Halten Sie den Mund», sagte der junge Mann.

Jacob hielt das Zigarettenetui fest umklammert. Es gab unter seinen Büchern nicht einmal ein Exemplar von Karl Marx. Er besaß keine Waffen. Es gab keinen *Grund*, ihn zu verhaften. Aber natürlich brauchten sie keinen Grund. Das war es, was Leute wie er nicht verstehen wollten. Er begann zu schwitzen.

Die Männer verwandelten die Wohnung in ein Schlachtfeld. Sie zerbrachen nichts, aber sie öffneten sämtliche Schubladen, warfen den Inhalt auf den Boden, zerrten Bücher aus den Regalen, warfen Stühle um, leerten Schränke. Sie zogen die Laken von seinem Bett, die Wäsche aus dem Schrank und die Kissen vom Sofa. Ihr Vorgehen war völlig mechanisch, als wollten sie nur ein Chaos schaffen. Sie waren außer Atem, als sie fertig waren. Jacob hörte sie keuchen. Schließlich erklärten sie, sie würden ein andermal wiederkommen, um ihn abzuholen. Sie sagten mehrmals «Saujud», und ihre Worte prägten sich Jacob unauslöschlich ein. Er wußte, sie konnten sich im letzten Moment noch einmal umdrehen und ihn erschießen oder mit Totschlägern bewußtlos schlagen. Aber sie zogen sich zurück. Es war nur eine Warnung gewesen.

«Herr Strüpler wird Sie im Auge behalten», sagte der junge Mann. «Wenn er sagt, irgend etwas ist faul bei Ihnen, sollten Sie lieber überzeugt sein, daß er recht hat. Sie sind nicht so schlau, wie Sie glauben. Ihre Zeit wird kommen.»

Sie öffneten die Tür, und Jacob sah, daß in der Wohnung gegenüber die Tür offenstand. Maler waren dort bei der Arbeit; es war alles fortgeschafft worden. Herr Strüpler stand dicht hinter der Tür und renkte sich den Hals aus, um zu sehen, was geschah. Jacob hielt immer noch das Zigarettenetui in der Tasche seines Morgenmantels zwischen den Fingern.

«Hallo, Herr Strüpler», rief er, «wie geht es Ihnen?» Der Hausmeister verschwand von der Bildfläche.

Erst nachdem die Tür zugeschlagen war, fühlte Jacob den Schrecken in sich aufsteigen. Einzelheiten dessen, was soeben geschehen war, flammten immer wieder vor seinem geistigen Auge auf, und dann ergoß sich eine Woge der Erleichterung über ihn. Ihm wurde klar, wie stark er geschwitzt hatte; die Pantoffeln klebten an seinen Füßen, und er roch wie ein Tier. Er brühte Tee auf und beschloß, die Wohnung bis zum nächsten Morgen nicht zu verlassen. Es ging ihm jetzt nur noch darum, aus Deutschland herauszukommen; alles andere war unwichtig.

Am 12. Mai bestieg er den Zug nach Straßburg. Er hatte nur einen einzigen Handkoffer bei sich, und er trug einen Wintermantel, obwohl der Tag warm und sonnig war. Niemand begleitete ihn zum Bahnhof. Er hatte Frankfurt nicht verlassen wollen, und jetzt wollte er nicht zurückkehren. Er hatte nicht darüber nachgedacht, was er tun würde, falls Lore nicht kam.

Er traf kurz vor neun Uhr abends in Straßburg ein. Es war dunkel, und er mußte noch fünfzehn Stunden warten. Er wanderte durch die Straßen in der Nähe des Bahnhofs, suchte vage nach einem Hotel und hielt gleichzeitig Ausschau nach Lore. Er hoffte, daß er vielleicht früher als zu der vereinbarten Zeit auf sie stoßen würde, hoffte, daß sie vielleicht, ebenso wie er, durch die Stadt wanderte und ihn suchte. Er hatte Angst, bis zum Münster zu gehen. Jacob war normalerweise nicht abergläubisch, aber seine Besorgnis verleitete ihn, nach Zeichen und Omen zu suchen. Er hörte eine Uhr zehn schlagen, dann elf, und er sagte sich, daß er sich lieber nach einem Zimmer für die Nacht umsehen sollte. Im ersten Hotel, das er betrat, krochen Fliegen über einen schmutzigen Tisch in der Halle. Er ging wieder hinaus.

Gegenüber war ein anderes Hotel. Die Halle war mit schweren Möbeln vollgestopft und roch nach dem Rauch von billigen Zigarren. Aber es gab keine Fliegen. Vielleicht wegen des Rauches, dachte er bei sich. Er bat um ein Zimmer. Der Mann am Empfangspult schien stumm zu sein. Er schob Jacob eine Karte hin und gab ihm einen Bleistift, mit dem er sie ausfüllen sollte. Jacob erfand einen Namen und eine Adresse, gab aber «Frankfurt am Main» als Geburtsort an. Der Mann verlangte nicht, seinen Paß zu sehen; er reichte ihm einen Schlüssel und deutete auf den Fahrstuhl. Jacob hatte Mühe, das Zimmer zu finden; die Numerierung schien völlig willkürlich zu sein. Er hatte das Gefühl, in einem Labyrinth gefangen zu sein, wie Franz Kafka es sich hätte ausdenken können. Er war außer Atem, und sein Herz klopfte wild, als er schließlich im obersten Stockwerk des Hotels die Zimmernummer fand.

Das Zimmer war weder schmutzig noch sonderlich sauber. Die Laken waren frisch, aber schäbig. Jacob zog sich im Dunkeln aus, damit er nicht in Versuchung geriet, sich umzusehen, und schlief binnen weniger Minuten ein. Er hatte seinen Wecker auf neun Uhr morgens gestellt.

Er schlief fest, bis der Wecker läutete. Während er sich aus dem tiefen, traumlosen Schlaf heraustastete, dachte er: Dies ist der Tag. Sein Mund war trocken vor Erregung. Gott gebe, daß sie kommt, sagte er im stillen. Zum erstenmal, seit er und Lore sich getrennt hatten, wurde er von Zweifeln geplagt.

Er wusch sich das Gesicht und putzte die Zähne an dem kleinen Waschbecken in der Ecke des Zimmers und verrichtete auch sein Bedürfnis darin. Er wollte nicht auf den Korridor hinausgehen, um nach einer Toilette zu suchen. Dann packte er seine Waschsachen und seinen Pyjama wieder in die Reisetasche. Nichts außer dem zerwühlten Bett deutete im Zimmer auf seine Anwesenheit hin.

Das Frühstück wurde an zwei langen, mit Wachstuch bedeckten Tischen in einer kahlen, dunklen Diele serviert. Das Brot und die *croissants* waren überraschend gut, und die Butter war frisch. Jacob aß so viel von beidem, daß ihm eine zusätzliche Portion berechnet wurde. Er erinnerte sich, daß er am Abend zuvor nichts gegessen hatte. Er zahlte seine Rechnung, blickte auf die Uhr und sah, daß es zehn war. Noch zwei Stunden. Er beschloß, seinen Handkoffer zum Bahnhof zu bringen und an der Gepäckaufbewahrung abzugeben. Er nahm eine Straßenbahn, und als er am Bahnhof fertig war und sich auf den Weg zum Münster machte, war es noch nicht ganz elf Uhr. Er beschloß, zu Fuß zu gehen. Er kam gegen elf Uhr dreißig auf dem Platz vor dem Münster an. Die Wärme der Maisonne tat ihm wohl, und der Anblick des Münsters selbst erfüllte ihn mit einem so überwältigenden Glücksgefühl, daß er hätte singen mögen. Er stand ein paar Minuten da, ließ sich von der Sonne wärmen und blickte auf das reich verzierte Bauwerk, das sich wie ein transzendenter Berg in den unendlichen blauen Himmel erhob. Plötzlich wurde er von Panik ergriffen und eilte zum südlichen Portal. Vielleicht war auch Lore zu früh gekommen; er durfte nicht eine Minute verlieren. Aber nur Tauben stolzierten auf den Stufen unter der prunkvollen Uhr umher.

Synagoge und Ecclesia triumphans standen auf beiden Seiten des Portals, die letztere den Kelch in einer Hand, das Kreuz in der anderen, den Blick fest auf die ergreifende Gestalt auf der anderen Seite geheftet. Wieviel schöner und zarter, sagte sich Jacob, war die Synagoge mit den verbundenen Augen! War der Bildhauer von dem Symbol der niedergeschlagenen Jungfrau tiefer ergriffen worden? Hatte die majestätische Ecclesia, gekrönt und mit stolz erhobenem Haupt, weniger Sympathie bei ihm geweckt als ihre besiegte Schwester?

Jacob blickte wieder auf die Uhr; es war zehn Minuten vor zwölf. Und wenn sie nicht kam? Wie lange sollte er warten? Wohin würde er gehen? Er würde in Straßburg bleiben, würde eine Woche lang jeden Tag hierher kommen, sich an die Hoffnung klammern. Er würde nicht nach Frankfurt zurückkehren.

Der Gedanke an Selbstmord kam ihm in den Sinn; ihm wurde klar, daß dieser Gedanke schon tagelang durch sein Gehirn gegeistert war, und er erfüllte ihn mit Schrecken und freudiger Erregung zugleich. Er fühlte ein Rumoren in seinem Bauch, und er merkte, daß er zu einer Toilette gelangen mußte. Er sah sich suchend in der Umgebung des Platzes um. Es gab keine öffentliche Bedürfnisanstalt, die Restaurants schienen geschlossen zu sein, nur ein Laden, der Souvenirs verkaufte, war offen. Jacob betrat das Münster. Auch hier wurden Ansichtskarten verkauft, aber es gab natürlich keine Toilette. Wer hatte je von einem gotischen Dom mit einer Toilette gehört? Er lächelte kläglich und setzte sich auf eine der harten Holzbänke in der Hoffnung, daß die Attacke vorübergehen würde. Aber sein Darm rumpelte beharrlich weiter. Er ging wieder hinaus; es war beinahe zwölf. Lore war nirgends zu sehen. Hinter den Bäumen, in der Nähe des Kanals, stand ein barockes Gebäude, und Jacob sah, daß es ein Museum war. Dort mußte es doch bestimmt eine Toilette geben.

Er zahlte den Eintritt und ging hinein. Um unbekümmert zu erscheinen, sah er sich in der Vorhalle ein paar Gegenstände an, ehe er sich an einen Aufseher heranschlich und ihn nach der Herrentoilette fragte. Der Mann schickte ihn die Treppe hinauf. Der kleine, winkelige Raum lag auf dem ersten Treppenabsatz. Nachdem Jacob seinen Darm entleert hatte, fühlte er sich ungeheuer erleichtert. Die Welt war wieder in Ordnung. Als er gerade im Begriff war hinauszugehen, hörte er die Uhr zwölf schlagen. Er ging, so rasch er konnte, ohne durch seine Eile Aufsehen zu erregen, die Treppe hinunter und auf die Straße hinaus. Sobald er draußen war, fing er an zu rennen. Plötzlich waren überall Menschen, sie drängten sich auf den Stufen und blickten zur Uhr hinauf. Jacob sah Lore nicht, bis er beinahe am Portal angelangt war, und dann rief sie seinen Namen, und sie umarmten sich und hielten einander so fest, daß sie ihre Herzen wie eines schlagen hörten.

Sie nahmen den nächsten Zug nach Holland. Lore hatte ebenfalls nur einen einzigen Handkoffer, aber sie hatte Brot, Käse und eine Flasche Elsässer Wein mitgebracht, und sie aßen in ihrem Abteil auf dem Weg nach Amsterdam. Die Landschaft von Frankreich und Holland zog an ihnen vorüber, aber sie sahen sie nicht. Sie sahen nur einander.

Sie heirateten bald nach ihrer Ankunft. Amsterdam war von deutschen Emigranten überlaufen, und sie fanden einen Kreis von Bekannten, den Keim eines neuen Lebens. Sie mieteten sich eine Wohnung in einem Haus an einem der

Kanäle in der Nähe des jüdischen Viertels. Nachdem sie dort eingezogen waren, rief Jacob Alois an und bat ihn, ihm einige Bücher zu schicken. Bei dieser Gelegenheit erfuhr er, daß Herr Strüpler eine Woche nach seiner Abreise die Gestapo in seine Wohnung geführt hatte. Sie hatten alle seine Bücher und Papiere in den Hof hinuntergebracht und verbrannt. Das Feuer hatte sich ausgebreitet und hätte fast das Gebäude in Brand gesetzt. Man mußte die Feuerwehr rufen. Jacobs Wohnung wurde einem Parteifunktionär übergeben.

Im Dezember, als die ersten Schneestürme des Winters über Nordeuropa hereinbrachen, erlitt Hannchen Wertheim einen schweren Blutsturz. Zürich lag unter einer dichten Schneedecke, und Edu konnte nicht rechtzeitig Hilfe holen. Als der Arzt eintraf, war Hannchen tot.

Unter ihren Sachen fand Edu einen ungeöffneten Brief aus Amerika. Er sah auf das Datum des Poststempels: 22. Januar 1930. Der Brief war auf englisch und nicht sehr lang. Edu las ihn rasch. Er war von Blanche Worth, die sich als «die Schwiegertochter, die Sie niemals kennengelernt haben» vorstellte und dann ohne Floskeln oder Sentimentalität berichtete, daß ihr Mann Gerald vor einigen Monaten durch einen Sprung aus dem Fenster seines Büros ums Leben gekommen sei. Er hatte den größten Teil seines Vermögens bei dem Börsenkrach der Wall Street verloren und war außerstande gewesen, sich von dem Schlag zu erholen. Der Verlust seines Geldes schien ihn im Innersten seines Wesens getroffen zu haben, schrieb Blanche, und er geriet in eine immer tiefere Verzweiflung. «Es ist nicht mehr als recht und billig, daß ich Ihnen diese Tatsachen mitteile», fuhr sie fort; «er war Ihr Sohn. Ich weiß nicht und will auch nicht wissen, was Sie entzweit hat, aber ich fühle mich verpflichtet, Sie von den Umständen seines Todes zu unterrichten. Die Kinder und ich trauern um ihn. Er war ein guter Ehemann und Vater.»

Edu trug den Brief einige Tage lang mit sich herum, und dann verwahrte er ihn in einer Schublade seines Schreibtischs. Er brachte es nicht über sich, ihn zu vernichten.

Siebentes Kapitel

1938

IM JAHR 1938 schlossen die neuen Direktoren des Städel – Elias war fünf Jahre zuvor entlassen worden – die Galerie für zeitgenössische Kunst. Die Sammlung war eine der schönsten in Deutschland gewesen und Edu Wertheim hatte zu ihren großzügigsten Spendern gezählt. Fünfundsiebzig Werke der modernen Kunst, größtenteils solche der Expressionisten, wurden ins Ausland gebracht, um dort versteigert zu werden. Edus blauer Matisse ging an einen amerikanischen Sammler. Dasselbe Jahr sah die Enteignung jüdischer Geschäfte; es genügte nicht mehr, ein arisches «Aushängeschild» zu haben. Im Mai begannen die Massenverhaftungen. Im August wurden die Pässe der Juden mit dem zusätzlichen Namen Israel oder Sara gekennzeichnet.

Caroline und Andreas Wertheim wohnten weiterhin im Haus in der Guiollettstraße, und ihr Leben wurde von Carolines Krankheit beherrscht. Irgendwann während des vergangenen Winters hatte sie es vorgezogen, vor den heranrückenden Dämonen in den Irrsinn zu flüchten; ihr Wirklichkeitssinn schwand. Andreas betrachtete ihren Zustand als ein exaktes Spiegelbild der Welt außerhalb ihrer zerbröckelnden Gartenmauer. Das Haus war völlig verkommen. An den vorderen Fenstern waren die Jalousien heruntergelassen. Kinder gingen auf die andere Straßenseite, um nicht am Haus vorbeigehen zu müssen, und wandten die Augen ab. Sie sagten, im Haus spuke es, sie behaupteten, drinnen Schreie zu hören, sie erklärten, daß sie Gespenster im Garten gesehen hätten. Es hieß, eine jüdische Hexe lebe dort zwischen lachenden Höllengeistern, die allnächtlich an den Knochen nichtjüdischer Kinder nagten. Wenn die Hexe einem in die Augen sah, wurde man in ein willenloses Geschöpf verwandelt. Man verlor die Gewalt über seinen Verstand und seine Gliedmaßen und geriet in die Klauen ihrer jüdischen Teufel, die ihre Opfer folterten, indem sie sie in Stücke schnitten, ihnen das Blut aussaugten und sie zum Abendessen über dem Feuer rösteten.

Nur Anna zeigte sich noch an der Tür. Sie kaufte ein, kochte und machte sauber; niemand hatte sie überreden können, anders zu handeln. Sie wurde von Eduard Wertheim persönlich bezahlt. Ihre Cousine, die sie regelmäßig in der Kaiserhofstraße besuchte, war ihre einzige Freundin. Alle anderen, die sie gekannt hatte, wandten sich von ihr ab, waren verhaftet worden oder fortgegangen. Anna war unerschütterlich in ihrer Überzeugung, daß sie durchhalten mußte; diese Zeiten mußten vorübergehen, und in anderen, besseren Zeiten würde sie nur dann vor sich selbst bestehen können, wenn sie der Stimme ihres Gewissens gefolgt war. Sie glaubte nicht an den Himmel, aber sie glaubte, daß Gott ihr Richter war.

Fräulein Gründlich begleitete Lene und Clara auf ihren Reisen mit Manfred Solomon und verbrachte das Schuljahr mit dem Kind in Emmas Haus außerhalb von Florenz, wo Clara eine private Mädchenschule besuchte. Die Erzieherin hatte wenig Zeit, ihre Heimat zu vermissen; es gab zuviel zu sehen und zu tun, und ihr Leben hatte sich vollkommen dem Leben ihrer Herrschaft angeglichen. Sie bewahrte ein Bild von Frankfurt in ihrem Gedächtnis, ein klares, schönes Bild von einer Stadt voll Sonnenschein und Glanz, die selbst des Nachts vom Licht des Feuerwerks erleuchtet war. Das Heideland ihrer Kindheit war weniger real; es waren düstere Bilder, angefüllt mit mürrischen Bauern, die ihre Hände vor ihrem Körper fest gefaltet hielten. Sie wollte sich nicht an die zerfurchten, zahnlosen Gesichter erinnern, obwohl sie hin und wieder in ihren Träumen auftauchten.

Andreas war 1933 zu seiner Mutter gezogen. Kurt lebte noch in der Wohnung, von der aus man den Main überblikken konnte. Als unbeschnittener Halbjude konnte er sich, nur knapp geduldet, in einer Art Unterwelt halten und arbeitete als Kellner in einem Restaurant. Er komponierte weiter, obwohl er wußte, daß seine Musik auf jeden Fall verboten werden würde. Er hoffte zu überleben, bis die Dinge wieder ins Gleichgewicht kamen. Er konnte sich nicht vorstellen, daß es keine Abrechnung geben würde. Er hoffte auf einen Krieg. Da er fürchtete, daß man ihn wegen seiner Homosexualität anzeigen könnte, blieb er allein. Er flirtete sogar mit Frauen, obwohl er es nie über sich brachte, mit einer von ihnen ins Bett zu gehen. Es gab viele Frauen, die dafür zugänglich waren, aber er lebte in ständiger Angst, denunziert zu werden.

Bis März 1938 hatte Andreas beim «Kulturbund deutscher Juden» gearbeitet, der tapfer versuchte, jüdische Musiker, Schauspieler und Maler zu beschäftigen. Andreas half, Konzerte zu organisieren, die vor einem rein jüdischen Publikum in der Westend-Synagoge gegeben wurden. Aber immer mehr Juden wanderten aus – die Musiker mit Bronislaw Hubermann, dem Geiger, und Hans Wilhelm Steinberg, dem Dirigenten, nach Palästina, die Schauspieler nach Hollywood und New York. Viele der Kommunisten waren nach Rußland geflohen – und fielen dort Stalins Säuberungsaktionen zum Opfer. Aber dann wurde es schwerer auszuwandern – welches Land der Welt war bereit, so viele jüdische Flüchtlinge aufzunehmen?

Die Benutzung der Parkbänke in Frankfurt wurde den Juden verboten, ebenso wie der Besuch von öffentlichen Bädern, Theatern und Schulen. Die Juden verschwanden immer mehr aus dem Blickfeld ihrer Mitbürger, die sehr bald entdeckten, daß es besser war, sich nicht um Schatten zu kümmern. «Was ich nicht weiß, macht mich nicht heiß», war das Motto der Bürger. Es war nicht schwer zu glauben, daß die Welt strahlend und schön war, denn jedes Schild auf der Straße verkündete es. Die Plakate zeigten immer die gleichen lächelnden Gesichter, die Musikkapellen spielten frohe Weisen. Konnte man es den Leuten verübeln, daß sie nicht hinter die Kulissen blickten oder an geschlossenen Türen lauschend nach Schmerzensschreien forschten?

Andreas hatte es sich wieder zur Gewohnheit gemacht, täglich stundenlang Klavier zu üben. Wenn er es nicht tat, meinte er, den Henker zu hören, der an die Tür klopfte. Er spielte meistens bei Einbruch der Dunkelheit, wenn Caroline schlief, erschöpft von einer durchwachten Nacht und einem Tag, den sie damit verbracht hatte, ihre düsteren, hoffnungslosen Bilder von Körpern zu malen, die sich unter den Qualen des Jüngsten Gerichts wanden. Andreas war plump geworden, hatte das bleiche Fett eines Menschen angesetzt, der sich weder genügend bewegt noch frische Luft atmet. Er war schlaff, aufgedunsen, und er ging am Stock. Wegen eines unerklärlichen Schmerzes im Rücken konnte er nicht gerade stehen. Er wollte Deutschland nicht verlassen, aber er hätte nicht sagen können, weshalb er blieb. Edu hatte ihn immer wieder gedrängt, hatte versprochen, ein Heim für Caroline zu finden, aber Andreas saß einfach da, starrte in den verwilderten Garten und nahm Pillen gegen seine Schmerzen. Er beantwortete die Briefe nicht; nach einer Weile schaltete er das Telephon ab. Alle seine anderen Verwandten waren geflohen – bis auf einen. Dieser eine war Jonas Süßkind.

Jonas kam hin und wieder nach Frankfurt, um nach Caroline zu sehen. Er verschrieb ihr Medikamente und gab Andreas Morphium. Er sprach nie über seine Frau und seine Kinder, er sagte kein Wort gegen das Regime, aber er war gütig zu seiner Schwester und seinem Neffen. Er fürchtete, daß seine Frau ihn verlassen würde, und die Angst ließ ihn vor ihr kriechen. Er sah die Verachtung in ihren Augen, wann immer er sich ihr mit Aufmerksamkeiten und Geschenken näherte. Sie war in dem Bewußtsein ihrer rassischen Überlegenheit kraftvoll und schöner denn je geworden. Sie schwamm, nahm Sonnenbäder und machte Gymnastik, um ihren Körper zu stählen. Die meisten von Jonas' Patienten weigerten sich jetzt, zu ihm zu kommen. Manchmal bat er die anderen Ärzte – die, denen er vertraute –, ihm Fälle zu schicken. Er hatte sogar Abtreibungen vorgenommen, aber das Regime war strikt dagegen, und es wäre ihm als Juden schlecht ergangen, wenn man ihn dabei ertappt hätte, daß er das ungeborene Kind einer arischen Frau beseitigte. «Warum gehst du nicht fort?» fragte ihn Andreas.

«Ich weigere mich, klein beizugeben», sagte Jonas. «Wenn dies vorüber ist, werde ich hier sein, um die Scherben aufzusammeln. Glaubst du, daß man denjenigen, die weglaufen wie Ratten, die ein sinkendes Schiff verlassen, jemals erlauben wird, zurückzukehren?»

«Man kann schwerlich behaupten, daß das Schiff im Sinken begriffen ist. Ich möchte eher sagen, es kommt mit Volldampf voran und wird in Kürze die Welt erobern.»

«Unsinn», sagte Jonas. «Sie werden vielleicht versuchen, einige verlorene Gebiete wiederzugewinnen oder die deutschsprachigen Völker zu vereinigen, aber weiter nichts.»

«Deine Fähigkeit, dich selbst zu täuschen, ist wirklich erstaunlich», sagte Andreas.

«Wenn die Juden sich anders verhalten hätten ...» begann Jonas, aber Andreas unterbrach ihn. «Ich will es nicht hören», sagte er. «Wir können tun, was wir wollen, man wird uns in jedem Fall verdammen.»

«Ich bin stolz darauf, im Weltkrieg für mein Vaterland gekämpft zu haben», sagte Jonas, «und sie haben unseren Dienst honoriert. Die ‹Vereinigung jüdischer Frontkämpfer› ist bis jetzt von Verfolgung und Verboten verschont geblieben.»

«Wird deine Mitgliedschaft in dieser Organisation dich vor deiner Frau schützen?» fragte Andreas.

«Halt den Mund!» rief sein Onkel. «Sie liebt mich! Es ist sehr schwer für sie.»

Caroline sah ihre eigenen Dämonen. Sie war überzeugt, daß man sich verschworen hatte, sie ihres Hauses und all ihrer Besitztümer zu berauben. Sie werde nicht fortgehen, erklärte sie, denn man werde das Haus in Brand stecken. Sie wachte mehrmals während der Nacht auf und untersuchte die Zimmer nach einem Brandherd. Sie war sicher, daß die Geräusche im Heizkörper von Männern verursacht wurden, die Bomben und Zündschnüre legten. Sie wußte, daß geheime Kräfte am Werk waren, die sie zum Wahnsinn treiben sollten. Unter den Blättern im Garten und in den Weinflaschen auf den Gestellen in ihrem Keller gab es schleimige weiße Larven, die, mit besonderer Kost genährt, zu riesigen Schnecken heranwachsen würden. Sie waren dazu bestimmt, ihre Beine hinauf in ihren Schoß und ihre Arme hinauf in ihre Achselhöhlen und von dort aus in ihr Haar und durch ihre Ohren in ihr Gehirn zu kriechen. Sie hatte manchmal das Gefühl, daß ihr Gehirn bereits angenagt war, daß kleine Stücke davon weggefressen worden waren. Eines Nachts sah sie Hitlers Gesicht am Fenster und warf eine Parfumflasche nach ihm. Das Glas zersplitterte, und die kalte Luft strömte, mit Regentropfen vermischt, herein, und Anna mußte das Fenster am nächsten Tag mit einem dicken Pappdeckel vernageln.

Andreas, der wußte, daß seine Mutter bei all ihrem Irrsinn recht hatte, konnte sie nur mit zunehmender Melancholie beobachten. Sie *waren* in Gefahr, das stand außer Zweifel; man hatte ihnen systematisch jedes Recht entzogen, sie waren schutzlos, weder Richter noch Geschworene würden ihre Verteidigung anhören. Sie galten nicht mehr als Bürger, sie existierten nicht – und dennoch wurden sie gezählt, jeder einzelne von ihnen; die Galgen wurden für sie vorbereitet.

Carolines Stimmung wechselte täglich, manchmal stündlich. Es gab Augenblicke, in denen sie es nicht ertragen konnte, auf Widerstand zu stoßen, und bei anderen Gelegenheiten geriet sie in Raserei, wenn man ihr recht gab. Ein- oder zweimal drohte sie, Andreas etwas anzutun.

Jonas sagte, es sei Schizophrenie und unheilbar. «Sie gehört in eine Nervenheilanstalt», erklärte er Andreas.

«Ich kann sie nicht fortschicken», erwiderte Andreas, «nicht in diesen Zeiten. Man wird sie töten, davon bin ich überzeugt.»

«Sie wird möglicherweise versuchen, sich selbst zu töten, oder dich . . .»

«Ich lasse es darauf ankommen, aber ich will mir keine Vorwürfe machen, daß ich sie eingesperrt habe. Manchmal, wenn ihre geistige Verwirrung ein wenig nachläßt – was jetzt nur noch selten geschieht –, sieht sie mich plötzlich an und sagt: ‹Steck mich nicht hinter Gitter.› Es ist kein Schrei der Verzweiflung, es soll kein Mitleid wecken, es ist beinahe ein Befehl. Sie setzt sich gerade auf, und ihr Gesicht verliert seinen verzerrten Ausdruck. Manchmal wird mir weich ums Herz, und ich fühle mich wie ein Kind. Ich möchte den Kopf in ihren Schoß legen und weinen . . .»

«Du mußt mich ernst nehmen, Andreas. Sie droht nicht nur damit. Ich habe viele Menschen wie sie gesehen. Sie sind völlig unberechenbar.»

«Sie macht ihrem Zorn größtenteils mit heftigem Reden Luft», sagte Andreas. «Sie spricht und schreit und gebraucht zotige Wörter, aber in jener Nacht, als sie das Fenster zerbrach, weil sie glaubte, Hitler zu sehen, hat sie das einzige Mal wirklich getobt.»

«Es kann morgen geschehen oder erst in einem Monat.»

«Weißt du, als sie das Fenster zerbrach, hatte sie einen *Grund.* Am Tag vor dieser Nacht hörte ich einen schrecklichen Lärm in ihrem Zimmer. Wie sich herausstellte, lief das Radio, und sie hörte eine Propagandasendung. Goebbels schrie, und tausend Menschen jubelten ihm kreischend zu. Hast du jemals das Getöse von tausend schreienden Menschen gehört?»

«Ja.»

«Das hat meiner Meinung nach die Gewalttätigkeit in ihr ausgelöst. Ich habe ihr das Radio weggenommen.»

«Du beharrst darauf, die Dinge von einem rationalen Gesichtspunkt aus zu betrachten. Ich sage dir, das geht nicht. Man kann nicht wissen, was Geistesgestörte tun werden, wenn man nicht selbst geistesgestört ist, denn sie handeln nicht nach den Regeln und der Logik der Vernunft. Ihre Welt ist nicht deine Welt, sie unterliegt nicht den gleichen Gesetzen . . .»

Jonas war an diesem Tag sehr müde. Er konnte kaum dem Faden seines eigenen Gesprächs folgen. Er beneidete Andreas, der, wie ihm schien, den leichteren Weg gewählt hatte – Carolines Irrsinn hatte etwas Erhabenes an sich, der Haß seiner eigenen Frau dagegen war erbärmlich wie die Taten eines Verbrechers. Ja, dachte er bei sich, Hildegard ist eine Verbrecherin. Aber es half ihm nichts, das zu denken, es machte seine Situation nicht leichter. Er liebte sie.

«Menschen, die verrückt sind, leben in einer anderen Welt», fuhr er rein mechanisch fort. «Sie befolgen ihre eigenen Regeln und haben einen Code, um die Geheimnisse zu entschlüsseln, die sie umgeben . . .»

«Das kommt mir wie Deutschland unter den Nazis vor», sagte Andreas. «Hast du jemals an Selbstmord gedacht?»

«Es ist der Ausweg eines Feiglings», sagte Jonas.

«Aber du hast daran gedacht?»

«Ich habe eine Familie. Eine Frau und vier Kinder.»

«Du hast meine Frage nicht beantwortet.»

«Ja, ich habe daran gedacht.»

«Und . . .»

«Das ist alles. Ich habe die Möglichkeit erwogen. Aber solange ich auch nur einen Funken Hoffnung habe . . .»

«Ich habe überhaupt keinen Funken Hoffnung mehr, aber trotzdem – ich kann nicht an Selbstmord denken. Ich habe es versucht, aber der Gedanke übersteigt mein Vorstellungsvermögen. Ich sitze da und warte, daß etwas geschieht. Ich habe nicht die Kraft, die Rasierklinge an mein Handgelenk zu halten, oder mir die Tabletten zu beschaffen, oder zu lernen, eine Pistole abzudrücken.»

Jonas sah auf seine Uhr. Er trug eine altmodische Taschenuhr, die seinem Vater gehört hatte.

«Zeit, nach Hause zu gehen», sagte er. «Ich habe versprochen, Hildegard etwas aus Frankfurt mitzubringen. ‹Es geht nichts über die Pökelzunge in der Freßgass'›, sagt sie.»

Er stand auf. Seine Bewegungen waren die eines alten Mannes, und Andreas sagte sich im stillen, daß auch Jonas die Welt mit den Augen des Todes sah.

«Benachrichtige mich, wenn irgendeine Veränderung eintritt», sagte Jonas. «Ich lasse dir noch mehr Sedativa da. Brauchst du sonst irgend etwas?»

«Ich glaube nicht.»

«Es wird immer schwerer, Drogen zu bekommen», sagte Jonas.

«Ich kann dir sagen, wo die Bars sind –» Andreas lächelte – «in denen du *alles* bekommst.»

«Heute nicht mehr», flüsterte Jonas. «Die Regierung ist gegen alle fleischlichen Sünden.»

Andreas schloß die Tür hinter seinem Onkel und verriegelte sie. Er hatte Metallstangen an allen Fenstern und schmiedeeiserne Gitter an den Türen anbringen lassen. Als Caroline sah, wie die Arbeiter die Gitter und Stangen befestigten, lief sie zu Andreas. «Du machst mich zu einer Gefangenen!» schrie sie.

«Ich tue es, um Leute *aus*zusperren», sagte er geduldig, «nicht, um dich einzusperren.» Und er zeigte ihr, wie die Schlösser funktionierten, und wie sie jederzeit die Türen öffnen konnte. Die Fenster waren natürlich etwas anderes. «Ein Gefängnis ist und bleibt ein Gefängnis», murmelte sie. «Wir sitzen in der Falle, wie du es auch nennen magst.»

Sie trug ihren Malerkittel, und Andreas stieg ihr Körpergeruch in die Nase, der sich mit dem des Leinöls und der Farbe vermischte.

«Du solltest wirklich hin und wieder baden, Mama», sagte er sehr sanft und nahm ihre Hand in die seine. Caroline drehte sich um und betrachtete sich in seinem ovalen Spiegel, als sei es möglich, auf diese Weise etwas über ihre Reinlichkeit zu erfahren.

«Ich war einmal schön», sagte sie und fuhr mit ihren knochigen Händen, die voller Farbflecken waren, über ihre aschgrauen Wangen. «Jetzt bin ich jüdisch.»

«Du bist immer beides gewesen», sagte Andreas.

«Du warst einmal ein Junge», murmelte Caroline nachdenklich. «Was bist du jetzt? Du bist doch kein Mädchen?»

«Ich bin ein Mann.»

«Ein wirklicher Mann? Du hast keine Frau!»

«Onkel Jacob hat auch keine Frau.»

«Aber er hatte ein Mädchen, das ihn sein Ding in sie stekken ließ.» Sie sah Andreas mit einem scharfen, vogelartigen Blick an. Ihre Augen flackerten. «Oder ist es das, was du mit Kurt machst? Steckst du dein Ding in ihn?» Sie kicherte. «Ist Kurt deine Frau?»

«Genug davon, Mama. Ich möchte jetzt nicht mit dir darüber reden.»

«Du sagst immer ‹genug› zu mir und ‹nicht jetzt›. Vor allem, wenn ich etwas gesagt habe, das wahr ist. Von verrückten Leuten erwartet man nicht, daß sie die Wahrheit sagen. Glaubst du, ich bin verrückt?» Ihre Stimme wurde laut. Andreas wappnete sich. Aber sie sagte nur: «Ja, ich bin verrückt: v-e-r-r-ü-c-k-t! Wie Emma. Weißt du, daß Emma auch verrückt ist?»

«Nein. Das wußte ich nicht, Mama.»

«Sie konnte es nicht ertragen, daß dieser Mann, Otto, *sein* Ding in sie steckte. So wurde sie Nonne.»

«Wovon sprichst du, Mama?»

«Sie ist C-h-r-i-s-t-i-n.»

«Das ist lächerlich.»

«Glaub mir, es ist wahr. Sie wollte nicht jüdisch sein, weil sie nicht wollte, daß man sie ans Kreuz schlug. Zuerst glaubte sie, Otto würde sie von allem Jüdischen befreien, aber sie entdeckte, daß er sein christliches Ding in sie *hinein*stecken wollte. Und so schrie sie und schrie, bis er sie losließ. Sie sagte, sie möchte lieber den Leib und das Blut zu sich nehmen. Das kann man nicht, wenn man jüdisch ist.»

«Woher weißt du das alles?»

«Meine Stimmen sagen es mir. Sie sprechen den ganzen Winter über in den kahlen Zweigen der Kastanie.»

«Und im Frühling und Sommer?»

«Da sprechen sie durch die Bienen.» Sie legte den Finger an die Lippen. «Wenn du still bist, kannst du sie hören. Aber du mußt ganz still sein.»

Wenige Wochen später, an einem Sonnabendnachmittag, fragte Anna, ob sie diesmal ausnahmsweise früher als sonst weggehen könne. Sie hatte sich mit einem Schuhmacher angefreundet, der in der Kaiserhofstraße im selben Stockwerk wie ihre Cousine wohnte. Er war Witwer. Ein ordentlicher, ehrenwerter Mann, der ihren Entschluß, bei den Wertheims zu bleiben, begrüßt hatte. Er wollte mit ihr, solange es noch hell war, nach Königstein fahren, um einen alten Freund zu besuchen, der Geburtstag hatte. Andreas willigte mit Freuden ein. «Ich mache das Abendessen für Sie und Ihre Mutter fertig», sagte Anna. Sie hatte sich beharrlich geweigert, ihre Mahlzeiten mit ihnen im Eßzimmer einzunehmen. Andreas hatte sie wiederholt dazu aufgefordert, aber sie wollte nichts davon hören. «Ich bin zu alt, mich umzustellen», sagte sie. «Und glauben Sie nicht, daß Sie mir damit einen Gefallen tun. Ich habe kein Verlangen, meine Gewohnheiten zu ändern. Ich esse sehr gern allein dort unten in meiner gemütlichen Küche.»

Als Andreas am Spätnachmittag herunterkam, sah er, daß Anna den Tisch für zwei gedeckt und ihm einen Zettel hinterlassen hatte, der ihm genau sagte, wo der Aufschnitt und der Kartoffelsalat waren und was er tun mußte, um die Suppe aufzuwärmen. Er ging hinauf, um seine Mutter zu rufen, doch es kam keine Antwort. Er klopfte ein paarmal an ihre verschlossene Tür, aber sie reagierte nicht, obwohl er sie drinnen umhergehen hörte. Er ging wieder hinunter, legte eine Grammophonplatte auf und setzte sich allein an den Tisch. Caroline weigerte sich oft, zu essen, und kam dann irgendwann in die Küche geschlichen, um sich mit Nüssen, Mohrrüben oder Käse vollzustopfen. Einmal hatte sie einen ganzen Brotlaib verschlungen.

Andreas hatte viele Schallplatten und das beste Grammophon gekauft, das er finden konnte. Wenn er allein aß, hörte er stets Musik. Er meinte, daß ein kultivierter Zeitvertreib ihn vor dem Gefühl bewahrte, wie ein Tier zu sein, das gedankenlos Nahrung in sich hineinstopfte. An diesem Abend aß er seinen Aufschnitt zu den Klängen von Artur Schnabels Interpretation der Beethoven-Sonate «Les Adieux», da hörte er plötzlich Caroline die Treppe herunterkommen. Sie betrat das Eßzimmer, und er sah, daß sie in ein blutbeflecktes Laken gehüllt war.

«Dies ist nicht, wie du vielleicht annimmst, ein blutbeflecktes Laken», sagte sie. «Es ist ein mit Karminrot bemaltes Laken. Gefällt es dir?»

«Ich bin beim Abendessen, Mama. Komm und setz dich zu mir.» Das bizarre Verhalten seiner Mutter und ihre theatralische Aufmachung waren ihm nichts Neues. Er sah nicht, daß sie eine große Schere wie einen Dolch in der Hand hielt. Und selbst als er sie bemerkte, nahm er nicht an, daß dies etwas mit ihm zu tun hatte. Er aß weiter. Schnabel war beim Rondo angelangt. Andreas' Aufmerksamkeit war auf die Musik gerichtet. Erst als Caroline auf ihn losstürzte, wurde er sich der Gefahr bewußt. Sie hatte die Hand erhoben, und die Schere blitzte zwischen ihren Fingern. Andreas sprang zur Seite. «Was tust du?» rief er.

«Ich weiß, was du im Schilde führst!» sagte sie. «Du hast teil an der Verschwörung gegen mich. Ich habe es gerade eben erfahren, als ich mein Leichenhemd zurechtmachte. Die Stimmen in den Bäumen haben es mir zugeflüstert. Sie haben mir erklärt, daß dein Kopf von Propaganda erfüllt ist. Die Nazis mischen ihr Gift in dein Essen. Anna ist ihre Agentin. Sie hat dir gesagt, du sollst die Eisenstangen anbringen, und du bist ihren Anweisungen gefolgt.»

«Anna ist so frei von bösen Absichten, wie irgend jemand auf dieser Welt nur sein kann», rief Andreas, «und ich habe dir gesagt, daß die Eisenstangen dazu bestimmt sind, Leute nicht *herein*zulassen. Ich gehe sofort mit dir auf die Straße, um dir zu beweisen, daß du nicht eingesperrt bist.»

«Sie haben die Hunde für einen Tag abgerufen», sagte Caroline und ging wieder auf Andreas los. Ihre Kraft war phänomenal. Andreas kämpfte mit ihr und drehte ihr das Handgelenk um, bis die Schere zu Boden fiel. Er schob sie mit dem Fuß unter den Tisch. Caroline stieß einen langen, durchdringenden Schrei aus, der die Klänge der Beethoven-Sonate übertönte. Dann weinte sie.

Sie ließ das Laken fallen und schlug die Hände vors Gesicht. Ihre Nägel gruben sich in das Fleisch ihrer Wangen. «Ich kann nicht zurückkehren!» rief sie. «Ich habe mich verirrt. Hätte ich die Wiese gefunden, zu der ich gehen wollte, würde ich jetzt vielleicht Blumen pflücken. Statt dessen bin ich hier, von Stimmen verfolgt, die niemals aufhören. Sie erzählen mir Geheimnisse, und sie streifen mein Ohr und dringen in die weichen Teile meines Kopfes. Oh, hilf mir, Andreas! Sie haben mir gesagt, ich soll dich töten, aber sie waren es, auf die ich es abgesehen hatte.»

«Ich meine es gut mit dir», sagte Andreas. «Ich liebe dich. Ich bin das einzige deiner Kinder, das hier bei dir ist. Du mußt mir vertrauen und mir glauben. Niemand sonst kann dir helfen. Sie sind alle fort. Sie haben sich gerettet. Wir wollen uns gegenseitig retten.»

Er ging zum Wandschrank in der Diele, holte einen alten Mantel heraus, legte ihn um ihre Schultern und führte sie in ihr Zimmer. Sie war still und hatte aufgehört zu weinen. Andreas gab ihr eine von ihren Pillen und brachte sie zu Bett. Als er die Daunendecke über sie zog, bemerkte er abermals ihren üblen Geruch. Dennoch küßte er sie und blieb neben ihr sitzen, bis er ihre gleichmäßigen Atemzüge hörte. Dann ging er in sein Zimmer, verschloß die Tür und las, bis ihm vor Müdigkeit die Augen zufielen.

Einige Stunden später wachte er auf, benommen und in Schweiß gebadet. Er ging ans Fenster, öffnete es und sah die Sichel des Neumondes. Eine Sekunde lang fühlte er sich glücklich. Er hatte vergessen, wo er war; der Himmel sah aus wie der Himmel über Travemünde. Er meinte, das Brausen des Meeres zu hören. Aber es war das Wasser im Badezimmer, das über den Rand des Waschbeckens lief. Caroline hatte eine Rasierklinge gefunden und versucht, sich die Pulsadern zu öffnen. Die Wunden waren nicht sehr tief. Andreas verband sie selbst, aber das Blut sickerte fortwährend durch die weiße Gaze. Er saß die restlichen Stunden der Nacht neben seiner Mutter und hörte zu, wie sie murmelnd den Stimmen antwortete.

Am Morgen stahl er sich aus dem Haus und rief Jonas von einer Telephonzelle aus an. Jonas kam so schnell er konnte, und erklärte, es gebe jetzt nur eine Möglichkeit für sie.

«Du mußt erlauben, daß sie in eine Anstalt kommt», sagte er. «Es wäre unverantwortlich, sie hierzubehalten. Ganz gleich, wie schlimm die Lage ist, sie ist nicht schlimm genug, um solch einen Leichtsinn zu rechtfertigen.»

Er brauchte zwei Tage, bis er ein Sanatorium fand, das bereit war, Caroline aufzunehmen. Die meisten sagten, sie seien voll besetzt, sobald sie erfuhren, daß sie Jüdin war. Eine Privatklinik im Taunus erklärte sich schließlich bereit, sie zu nehmen. Sie forderte einen unerhörten Preis für ihren Unterhalt.

«Ich nehme sie nur auf, weil ich Sie seit so vielen Jahren kenne», sagte der Direktor zu Jonas, mit dem er an der medizinischen Fakultät studiert hatte. Caroline Wertheim wurde unter einem Decknamen aufgenommen, obwohl das Geld für sie im Auftrag von Eduard Wertheim aus der Schweiz überwiesen wurde.

Als die Ambulanz kam, um sie abzuholen, war sie in der Haltung einer mittelalterlichen Märtyrerin erstarrt. Sie sah nur das blendende Licht einer heißen Sonne und hörte ihre Stimmen einen Totentanz auf ihren Strahlen tanzen. Sie mußte sehr angespannt lauschen, um die Abschiedsworte zu hören, die ihr Bruder, ihr Sohn und ihre Köchin, die einzigen, die zugegen waren, ihr ins Ohr flüsterten.

Am 25. Juli erließ die Regierung mit Wirkung vom 30. September jenes Jahres an ein Berufsverbot für jüdische Ärzte. Ihre Zulassungen würden alle an diesem Tag ablaufen und nicht erneuert werden.

«Nun», sagte Hildegard Süßkind zu ihrem Mann, «was gedenkst du jetzt zu tun?» Sie hatte die Kinder in Lager der Hitlerjugend geschickt, deren Motto «Kraft durch Freude» war. Sie waren als reinrassige Arier eingetragen. Hildegard war entschlossen, Jonas zu verlassen, aber es bekümmerte sie, daß sie nichts von ihren Sachen mitnehmen konnte. Sie wünschte, Hitler würde den gesamten jüdischen Besitz konfiszieren, dann könnte sie sich nehmen, was rechtmäßig ihr gehörte, und brauchte sich keine Gedanken mehr zu machen, was er tun würde. Sie hatte ihre Freunde sagen hören, daß Pläne im Gange seien, die Juden wieder in Ghettos anzusiedeln, vorzugsweise in Polen, sobald dieses Gebiet an Deutschland zurückgegeben war.

Hildegard sehnte sich danach, dem Vaterland zu dienen. Sie wünschte, daß es ihr leichter fallen würde, Jonas Lebewohl zu sagen oder ihn bei der Gestapo anzuzeigen. Wenn die Juden so bösartig waren, wie Hitler sagte, war es an *ihm*, die nötigen Schritte zu unternehmen, um sie fortzuschaffen. Man sollte solch eine Aufgabe nicht gewöhnlichen Bürgern überlassen!

Hildegard war ein typisches Beispiel für ihre Kaste und Klasse. Sie hatte sich in Jonas verliebt, als er als Held aus dem Krieg heimkehrte. Er war ganz anders als das, was sie sich unter einem Juden vorgestellt hatte – und auch ganz anders als der Mann, der ihr jetzt gegenüberstand. Sie hatte damals nicht gewußt, daß er sein Land verraten, der Zügellosigkeit Vorschub geleistet, abscheuliche Bilder gemalt und schmutzige Bücher geschrieben hatte. Sooft sie ihn jetzt ansah, schauderte sie vor moralischem Abscheu.

Bis zuletzt hoffte Jonas, daß der Sturm an ihm als ehemaligem Frontkämpfer vorüberziehen werde. Als das Dekret vom 25. Juli verkündet wurde, brachte er alle seine Militärpapiere, seine Orden und ehrenvollen Erwähnungen mit zur Zulassungsbehörde. Sie lachten ihn aus.

Die Kinder waren übers Wochenende nach Hause gekommen, braungebrannt und gesund, strahlend vor Lebensfreude, mit vielen amüsanten Geschichten, die sie ihrer Mutter erzählten, ohne Jonas auch nur anzusehen. Sie wußten, daß er kein Arzt mehr war. Hitler hatte es angeordnet. Es war ein Zeichen von Charakterstärke und Vaterlandsliebe, ihren neu entdeckten Haß gegen ihren Vater zur Schau zu stellen. Als Lieselotte, die jüngste, sagte, sie wisse, daß es die Juden gewesen seien, die Deutschlands Niederlage im Krieg herbeigeführt hatten, gab Jonas, der es nicht länger ertragen konnte, ihr eine Ohrfeige. Er hatte so etwas noch nie zuvor getan. «Wir müssen Deutschland von den Juden säubern!» schrie das Kind.

In diesem Augenblick fühlte Jonas, wie etwas in ihm für immer zerbrach – nicht sein Herz, sondern etwas Zarteres; als Arzt wußte er, wie stark das Herz ist. Er glaubte, tatsächlich das Geräusch von zersplitterndem Kristall zu hören, und ihm wurde vorübergehend schwindlig, als ob dieses Zerspringen – was auch immer es sein mochte – seinen Gleichgewichtssinn in Mitleidenschaft gezogen hätte. Er ging um den Tisch herum, umarmte seine Kinder, und bat sie um Verzeihung. Sie ließen sich seine Umarmung gefallen, aber sie hielten den Blick abgewandt, und ihr Körper war steif. Nicht eines wurde weich unter seiner Berührung. Hildegard beobachtete die Szene mit spöttisch gespitztem Mund. Lieselotte war in ihren Augen völlig schuldlos. Ihr Zorn über das, was Jonas getan hatte, machte sie endlich von ihm frei. An diesem Abend fragte sie ihn, was er zu tun beabsichtigte. «Wir können so nicht leben», sagte sie. «Du hast keinerlei Möglichkeit mehr, hier zu praktizieren. Vielleicht solltest du unter deinen eigenen Leuten leben – in Frankfurt, nicht hier – und dort arbeiten.»

«Ist das alles, was du dazu zu sagen hast?»

«Was sollte ich sonst dazu sagen?»

Jonas zuckte die Achseln.

«Es ist alles zum Besten», sagte sie. «Ein großes Glück

wird aus alledem für unser Land erwachsen. Unser Führer will es.» Sie sprach kein normales Deutsch mehr. Jonas hatte es schon zuvor bemerkt. Es war eine Art bürokratisches Kauderwelsch, in dem sie sich jetzt mit Vorliebe erging; sie bemühte sich bewußt, eine Sprache zu sprechen, die frei von jedem fremdländischen Einfluß war. Auf diese Weise war es ihr gelungen, alles auszumerzen, was sie in Tonfall oder Worten an alte Zeiten, alte Liebe erinnern könnte. Sie empfand kein Mitleid. Sie empfand auch keine Verachtung. Für sie war Jonas wie eine Figur in einem Film, die mit verbundenen Augen zur Hinrichtung geführt wird. Die Figur mochte echt sein, aber wer konnte das wissen? Als nächstes würde das Wort ENDE erscheinen.

«Warum gehst du nicht ins Ausland?» fragte Hildegard.

«Mit zehn Mark in der Tasche? Das ist alles, was man mitnehmen darf.»

«Du hast Beziehungen. Carolines angeheiratete Verwandte sind sehr reich. Bitte sie, dir zu helfen.»

«Es ist mir nie in den Sinn gekommen, daß ich gezwungen sein könnte, fortzugehen», sagte Jonas, «nie in meinem ganzen Leben.»

«Du hast mir nicht gesagt, was du tun wirst.»

«Ich habe dies alles nicht kommen sehen. Ich habe nicht geglaubt, daß es geschehen würde. Was gibt es da zu tun?»

«Ich werde dir sagen, was *ich* tun werde, und danach kannst du beschließen, was *du* tun willst. Ich gehe mit den Kindern fort. Zu meinen Eltern nach Altona. Wir können dort ein neues Leben beginnen. Niemand braucht etwas von unserer Vergangenheit zu wissen. Die Kinder können erzogen werden, wie ich es will. Du wirst das Geld, das wir haben, auf unseren Namen deponieren – ich will nicht, daß die Regierung es beschlagnahmt. Man wird es dir ohnedies bald genug wegnehmen.»

«Woher bekommst du diese Ratschläge und Unterweisungen?» Jonas hatte sie noch nie so entschlossen gesehen. Er hatte stets die Sorge für alles übernommen und sie mit einer festgesetzten monatlichen Summe den Haushalt führen lassen. Und jetzt war sie plötzlich zu einer energischen Geschäftsfrau geworden.

«Ich habe mit meinem Vater gesprochen. Ich folge seinen Anweisungen. Ich hätte mich schon längst um meine eigenen Interessen kümmern sollen. Weiß der Himmel, auf was für zweifelhafte jüdische Machenschaften du dich eingelassen hast.»

Jonas verstand, was ihm gesagt wurde, aber er erfaßte nicht den wahren Sinn der Worte seiner Frau. Er dachte, daß dies alles vielleicht nur ein Täuschungsmanöver sei, daß sie irgendeinen wohldurchdachten Plan verfolgte, um ihn zu retten.

«Ich habe mich nicht verändert», sagte er. «Ich war diese ganzen zwanzig Jahre lang ein guter Ehemann und Vater. Und auch treu.» Seine Stimme wurde ein wenig lauter. «Ja, ich bin treu gewesen und ein guter Arzt. Ich habe uns allen ein Heim geschaffen ...» Er merkte, daß seine Stimme brach. Er wollte nicht in ihrer Gegenwart weinen. Er wandte sich ab und sagte kein Wort mehr.

Einen Augenblick lang empfand Hildegard Reue. Dann unterdrückte sie das Mitleid, das Schuldgefühl. Sie mußte stark sein. Sie mußte ihre Kinder aus der Dunkelheit heraus und ins Licht führen. Sie war dem Führer Rechenschaft schuldig. Sie beschwor sein Gesicht herauf, stellte sich vor, daß Millionen seinen Namen riefen, hörte den Lärm der Stimmen in ihren Ohren brausen. «Sieg Heil!» riefen sie. Hildegard drehte sich auf dem Absatz um und ging aus dem Zimmer.

Am nächsten Morgen waren sie und die Kinder fort. Nicht eines von ihnen kam zu ihm, um sich zu verabschieden. Jonas saß die ganze Nacht auf seinem Stuhl hinter dem Schreibtisch, bis er beim Morgengrauen, den Kopf in den Armen vergraben, einschlief.

LENE ERWARTETE IHR ZWEITES KIND. Sie hatte Manfred Solomon 1935 geheiratet, als sie beide zu der Überzeugung gelangt waren, daß ihre Beziehung den inneren Stürmen widerstehen und ein Bollwerk gegen die äußeren sein würde. Manfred brauchte, wie sich erwiesen hatte, dringend eine Ehefrau. Er führte gern ein wohlgeordnetes, geregeltes Leben. In den stürmischen Jahren seiner Jugend hatte er die

Rolle des Virtuosen gespielt, mit wilder Mähne und byronschem Kragen als Rahmen für seine düstere Miene. Aber ebenso wie sein Klavierspiel kühler und intellektueller geworden war, hatte sich auch sein Temperament gemäßigt. Lene hatte eine Probe seiner Handschrift zur Analyse an eine Graphologin gesandt und gehört, er sei unsicher. Die Frau hatte noch viele andere Dinge gesagt, und Lene hatte es für ratsam gehalten, den Bericht auf dem Boden ihres Koffers zu verstecken. Sie fragte sich, ob es wohl Manfreds Unsicherheit war, die ihn so beharrlich an seinen bürgerlichen Gewohnheiten festhalten ließ. Er war ein großer Verehrer von Thomas Mann, der in seinen Augen alle Tugenden und keines der Laster eines «großen» Künstlers verkörperte.

Sie hatten den Schriftsteller in seiner Villa bei Zürich besucht, und Manfred sprach von diesem Besuch, sooft sich die Gelegenheit bot. Thomas Mann, die Bewunderung, die seine Frau ihm entgegenbrachte, und das idyllische, vollkommen auf seine Bedürfnisse abgestimmte Leben, das er zu führen schien, hatten einen tiefen Eindruck auf Manfred gemacht. Lene war weniger beeindruckt gewesen. Katja Manns Verehrung kam ihr abgeschmackt vor. Es war eine Falle, in die zu geraten sie selbst sich hüten würde. Sie war, wie sie hoffte, eine zu skeptische und freimütige Frau, um irgendeinen Menschen anzubeten, so genial er auch sein mochte. Nach einer gescheiterten Ehe und einer verfehlten Liebesaffäre würde sie vorsichtig sein. Sie sah die Schattenseiten von Manfred und fürchtete sie, sah die Furien seiner Kindheit, die er zu begraben versucht hatte. Sie wußte, daß sie nie imstande sein würde, all seinen Sehnsüchten gerecht zu werden, aber sie schienen ihn begehrenswerter zu machen als irgendeinen Mann, den sie je gekannt hatte. Und zu all diesen verborgenen Wünschen kam der Reiz seines ungeheuren Talents. Lene sprach niemals darüber, aber darin bestand ein großer Teil der Anziehungskraft, die der Pianist auf sie ausübte. Es war schön, sich in Manfred Solomons Ruhm zu sonnen, zu sehen, wie die Leute verstohlen auf sie deuteten und sich zuflüsterten, daß sie seine Frau sei. Sie wurde bewundert, und es kostete sie keine Mühe. Sie hatte es nie gemocht, wegen ihres Reichtums oder ihrer Schönheit beneidet zu werden – beides Attribute, denen sie keine große Bedeutung beimaß –, aber sie freute sich über den Neid von Menschen, die meinten, sie habe großes Glück, mit einem Genie verheiratet zu sein.

Es war keine leichte Aufgabe, Manfred Solomons Frau zu sein. Lene mußte sich auf ihren Reisen um alles kümmern, mußte sowohl sein Dienstmädchen als auch seine Managerin sein, mußte Vorbereitungen für seinen Auftritt treffen und nach seiner letzten Verbeugung alles in Ordnung bringen. Sie mußte lernen, ihn nicht im falschen Augenblick zu kritisieren; er schätzte ihre Meinung, aber nicht in der Hitze des Gefechts – *niemals* sofort nach einem Konzert. Sie hielt in der Pause sein Handtuch und nach Beendigung des Konzerts ein Glas Wein für ihn bereit. Im ersten Jahr machte es ihr Spaß. Später wurde es eine zuweilen lästige Pflicht, aber es verlor nie ganz seinen Zauber, und sein Klavierspiel zu hören, war für sie eine ständige Freude.

Sie hatten Paris zu ihrem Stützpunkt gemacht und eine große möblierte Wohnung gemietet, in der ein Flügel stand. Nach Deutschland waren sie nur noch einmal kurz zurückgekehrt, um einige Formalitäten zu erledigen und zu überwachen, wie ihre Sachen in große Behälter gepackt wurden, die sie dann in einem Pariser Lagerhaus einlagern ließen. Auf Tournee wohnten sie in Hotels. Lene betrachtete Deutschland als ein furchterregendes Gefängnis und seine Bürger als abscheuliche Gefangenenwärter. Vor allem Frankfurt schien ihr von Gottlosigkeit erfüllt zu sein – sie konnte ihre Verbannung nicht verzeihen. Wenn sie die sentimentalen Lieder hörte, die sie als Kind so geliebt und später Clara beigebracht hatte, Lieder über Soldaten, die ihrer Liebsten Lebewohl sagten, Lieder über die kleinen Dörfer und ihren Platz im Herzen eines Wandersmannes, hielt sie sich die Ohren zu, und Tränen des Zorns stiegen ihr in die Augen. In den Liederbüchern, die sie eingepackt hatte, waren ganze Abschnitte den Liedern über die Heimat gewidmet, nach der sich das Herz des Wanderers vor Heimweh verzehrte. Lene haßte sie alle, außer der «Lorelei», deren Autor durch eine Verfügung aus Berlin aus dem Gedächtnis der

Deutschen getilgt werden sollte. Statt Heinrich Heine stand jetzt unter dem Text «Verfasser unbekannt».

Manfred Solomon zeigte sich sentimentaler als Lene. Er war weniger sicher, was seinen eigenen Anspruch, als Deutscher zu gelten, betraf, er teilte nicht ihren Zorn. Er fühlte sich durch den Wandel der Dinge nicht ausgestoßen, er war ja schon viele Jahre zuvor ausgestoßen worden. Außerdem bemühte er sich nach besten Kräften, nicht über Politik nachzudenken. Er übte Klavier und studierte seine Partituren. Wenn das getan war, blieb wenig Zeit vom Tag für irgend etwas anderes übrig. Er nahm nie an den erregten Debatten seiner emigrierten Kollegen teil, weil er glaubte, daß die Dinge, mit denen sie sich befaßten, von wenig praktischem Nutzen waren, und weil er einige von ihnen insgeheim verdächtigte, Kommunisten zu sein.

Bis zum Sommer 1938 war ihr Aufenthalt in Paris zu einer Quelle ständigen Ärgers geworden. Sowohl Manfred als auch Lene konnten die Franzosen nicht leiden und fanden die Besorgnis und Niedergeschlagenheit der Emigranten bedrückend. Seit Österreich im März von Deutschland annektiert worden war, hatte sich ein Strom von Österreichern zu den heimatlosen Deutschen in der französischen Hauptstadt gesellt. Die Gemüter waren erregt, Streitigkeiten brachen aus, und die sommerliche Hitze sowie die Verachtung der Franzosen trugen nicht dazu bei, die herrschende Bitterkeit und Angst zu mildern.

Manfred hatte für sie alle ein Visum für Amerika beantragt; man hatte ihm einen Posten an einer kleinen katholischen Mädchenschule außerhalb von New York versprochen. Das Gehalt war lächerlich, und Manfred wußte, daß er ausgenutzt wurde, aber zumindest war es eine Arbeitsstelle, und die brauchte man, um in die Vereinigten Staaten zu kommen. Manfred hatte eindeutig nicht das Zeug zu einem Lehrer, und schon gar nicht zum Lehrer unbegabter junger Mädchen, aber Stellung war Stellung. Die Verwaltung der Schule war stolz darauf, einem bedürftigen Flüchtling Arbeit zu bieten.

Clara war immer noch mit Fräulein Gründlich bei Emma in Florenz. Emma hatte versprochen, das Kind nach Paris zu bringen, damit es bei Lene blieb, während sie auf das Visum für Amerika warteten, aber Emma war jetzt voller Ausflüchte. Sie sagte, sie halte es für besser, daß ihre Nichte in diesen unruhigen Zeiten in «geordneten» Verhältnissen lebte. Sie schlug vor, Lene und Manfred sollten eine Wohnung suchen und alles regeln, ehe sie Clara kommen ließen. Sie erklärte ihrer Schwester rundheraus, es sei unverantwortlich, ein kleines Kind derartig beunruhigenden Erlebnissen auszusetzen. Sie deutete sogar an, daß Manfred nicht gerade ein idealer Kandidat für die Rolle eines Stiefvaters sei.

Alle diese Diskussionen wurden per Telephon oder Brief geführt. Die Schwestern schrieben sich mindestens zweimal in der Woche und telephonierten jeden Sonntagmorgen. Das Schuljahr war beendet, aber Emma hatte eine Lehrerin engagiert, die Clara Englischunterricht gab, damit sie sich in der amerikanischen Schule leichter eingewöhnte. Die neue Sprache, die in dieser Umgebung so ungewohnt und fremd klang, langweilte Clara. Außerdem hatte sie Angst vor der Lehrerin, einer verarmten Engländerin, die ihre Stellung als Leiterin eines Reisebüros hatte aufgeben müssen, weil sie an Arthrosis deformans litt und kaum gehen konnte. Clara, die eine sehr lebhafte Phantasie hatte, sah Miss Johnson als ein bösartiges Wesen an, das etwas gegen Kinder hatte. Zwar erklärte Fräulein Gründlich ihr, die Frau sei arm und hilfsbedürftig, Emma hob ihre Intelligenz und die Notwendigkeit des Unterrichts hervor, aber Clara fürchtete diese Stunden, und die Vokabeln, die sie jeden Abend in ihrem Zimmer auswendig lernte, schienen aus ihrem Gedächtnis zu entfliehen, wenn sie am nächsten Tag neben Miss Johnson saß und deren verkrümmte Finger über die Seiten des Lehrbuchs kriechen sah.

Lene rief Emma am ersten Sonntag im August an, entschlossen, energisch zu werden – was ihr im Grunde gar nicht lag – und zu verlangen, daß ihre Schwester Clara noch in dieser Woche nach Paris bringen solle. Die Verbindung war nicht sehr gut.

«Kommst du Freitag?» fragte sie, nachdem sie eine Weile über belanglose Dinge geplaudert hatten.

«Willst du sie wirklich jetzt bei dir haben?» fragte Emma. Ihre Stimme bebte, aber das mochte an der schlechten Leitung liegen.

«Warum, um alles in der Welt, sollte ich sie nicht hier haben wollen?»

«Es muß dort schrecklich heiß sein.»

«Nicht heißer als in Florenz.»

«Wir sind auf dem Land; es ist sehr angenehm.»

«Aber wir können jeden Augenblick aufgefordert werden, abzufahren. Was ist, wenn das geschieht und sie nicht hier ist?»

«Ich kann sie immer noch im Herbst bringen – oder vielleicht nächsten Frühling.»

«Nächsten Frühling kann Krieg sein. Alle sagen, er kommt, er ist unvermeidlich.»

«Clara ist hier in Sicherheit. Italien wird keinen Krieg führen.»

«Davon verstehst du nichts. Du verstehst überhaupt nichts. Du kannst Manfred einfach nicht leiden ...»

«Was ist, wenn ihr bis September noch nicht fort seid und sie wieder in die Schule muß?»

«Sie ist erst zehn; ein paar Wochen oder sogar Monate ohne Schule werden ihr nichts schaden. Wir können ihr ja jederzeit einen Privatlehrer nehmen.»

«All dieses Umherziehen, all diese Verwirrung und Ungewißheit *könnten* ihr schaden. Du bist blind gegen die Wirklichkeit.»

«*Ich* bin blind gegen die Wirklichkeit? Ich meine, *du* bist es, die ihr nicht ins Auge sehen will. Ein Kind gehört zu seiner Mutter.»

«Das kommt drauf an – ein Kind braucht Liebe ...»

«Willst du behaupten, daß ich mein Kind nicht liebe?»

«Nicht so sehr wie ich!»

Es gab Nebengeräusche in der Leitung, aber Lene konnte die flehende Bitte in der Stimme ihrer Schwester hören. «Du bekommst wieder ein Baby, Lene ... für mich ist Clara alles, was ich habe!»

Der deutliche Ton der Verzweiflung erschreckte Lene. Sie wollte nichts mehr hören. «Die Verbindung ist miserabel», sagte sie, «ich kann dich kaum verstehen. Hör zu», rief sie, «ich schreibe dir! Ich bin sicher, wir werden irgendeine Lösung finden. Vielleicht kannst du auch nach Amerika kommen. Das ist eine gute Idee, du kommst mit uns.»

Erst nachdem sie eingehängt hatte, wurde ihr der eigentliche Sinn des Gesprächs klar. Emma wollte Clara vorläufig bei sich behalten – vielleicht sogar für immer! Emma liebte sie, hatte sie immer geliebt, wollte sie nicht aufgeben. Lene ließ sich tief in den Sessel sinken und legte die Hände vor die Augen. Das Baby in ihr bewegte sich leise, sanft.

Die Wohnung war nicht nur häßlich, sondern auch düster. Der einzige Vorteil der Dunkelheit war, daß die scheußlichen Möbel weniger auffielen. Manfred hatte den Flügel gesehen, als sie die Wohnung mieteten, und das war alles, worauf es ihm ankam. Er übte jetzt im Nebenzimmer. Der Hörer lag wieder auf der Gabel, und das Telephon war wohltuend still. Lene hatte gefürchtet, daß Emma zurückrufen könnte. Die angstvolle, bekümmerte Stimme ihrer Schwester klang ihr noch in den Ohren. Manfred spielte immer weiter. Meistens machte es ihr Freude, ihm beim Üben zuzuhören. Die Musik hob ihre Stimmung, und in der Abgeschiedenheit ihrer eigenen Räume war es, als ob sein Spiel an sie gerichtet wäre, als ob er sie liebte, indem er ihr seine Musik zum Geschenk machte. Wenn sie im verdunkelten Konzertsaal unter Hunderten von Zuhörern saß, sagte sie sich jedesmal beglückt, daß die anderen Manfreds Klavierspiel zwar großartig finden mochten, daß sie aber nie wissen würden, wie es war, sein Herz schlagen zu hören, während er auf ihr lag und ihren Körper mit Küssen bedeckte. Wenn er übte, sah sie es nicht als Akt der Liebe an, sondern als ein Geschenk, eine Art Vorspiel – so wie ein Mann der Frau, die er liebt, Blumen oder einen Gedichtband bringt.

Aber heute, in der drückenden Schwüle und inmitten der unfreundlichen Atmosphäre der Wohnung, klang diese Musik drohend wie der Trommelschlag eines Heeres, das in den Krieg zieht. Lene ging ins Nebenzimmer. Manfred hörte nicht auf zu spielen, er blickte nicht einmal auf. Er war so tief in sein Spiel versunken, als befinde er sich in einer Trance. Er hatte den Kopf zurückgeworfen, und seine Augen waren halb geschlossen. Lene wagte kaum zu atmen. Sie wollte ihn nicht unterbrechen, obwohl sie eine panische Angst hatte. Sie ging auf Zehenspitzen zu einem Stuhl in der Ecke des Zimmers, wo sie häufig saß und ihm zuhörte. Dabei stieß sie im Halbdunkel gegen einen niedrigen Tisch, und irgend etwas fiel mit einem lauten Geräusch zu Boden. Manfred hörte sofort auf zu spielen. Er blickte entgeistert um sich wie ein Mensch, der jählings aus einem tiefen und angenehmen Schlaf geweckt worden ist, dann stand er wutentbrannt auf.

«Was tust du hier?» schrie er, den Deckel über die Klaviatur schmetternd. Seine Stimme war lauter, als der Klang der Musik gewesen war, lauter sogar als der Lärm des krachend herabfallenden Deckels. Lene hatte ihn noch nie so gesehen.

«Was willst du?» rief er, und seine Stimme war hoch wie die einer Frau. «Ich habe dir doch gesagt, du sollst mich nie unterbrechen, wenn ich übe. Nie, hörst du? Nie! Vor allem mit Lärm, plötzlich, wie ein Schleicher, wie ein Dieb ...» Er konnte vor lauter Zorn keinen zusammenhängenden Satz herausbringen.

«Ist etwas geschehen?» fragte er, bemüht, die Fassung wiederzugewinnen. «Ist der Krieg ausgebrochen? Hat man Hitler getötet?»

«Nein, nein, nein», sagte Lene. «Verzeih mir, bitte. Es war nichts Besonderes. Nur ein Gespräch, das ich mit Emma hatte. Ich habe gerade mit ihr telephoniert.» Er hatte sie derart erschreckt, daß sie jede andere Sorge beinahe vergessen hatte.

«Hatte das nicht Zeit?» fragte er, und seine Stimme war fast wieder normal. «Was ist so wichtig an einer dummen Unterhaltung mit deiner Schwester, daß es dich veranlaßt, hier hereinzuplatzen, während ich übe?»

«Emma will Clara behalten», sagte sie. «Sie will sie mir fortnehmen. Oh, Manfred – was soll ich tun?»

Manfred wurde sich jetzt erst seiner Umgebung wirklich bewußt. Er sah, daß es Lene war, die vor ihm stand. Lene in einem leichten, sommerlichen Umstandskleid, das Haar aus der Stirn gekämmt und mit Tränen in den Augen.

«Es tut mir leid», sagte er. «Ich wußte nicht, daß du es warst. Es war ein Schock, dich zu sehen. Ich habe dir gesagt, du darfst das nie mit mir machen. Niemals.»

«Ich weiß, ich weiß.» Außerstande, die Tränen noch länger zurückzuhalten, warf sie sich ihm in die Arme. «Es tut mir leid», flüsterte er abermals und drückte sie fest an sich, um ihr Schluchzen einzudämmen. Er blickte über ihren Kopf hinweg auf den Flügel und hoffte im stillen, daß er nichts beschädigt hatte, als er den Deckel zuschlug. Geräusche von der Straße drangen ins Zimmer. Die Sprache war unverständlich. Selbst die Autohupen klangen französisch.

«Verzeih mir», sagte er. «Ich war so in meine Arbeit vertieft. Bitte verzeih mir.»

«Ich muß nach Florenz fahren», sagte Lene mit einer Stimme, die noch vor Tränen bebte. «Ich werde das Kind selbst holen. Du hast doch nichts dagegen?»

«Vorausgesetzt, daß der Arzt einverstanden ist. Du darfst auf keinen Fall deine Gesundheit oder das Leben des Babys gefährden. Vergiß nicht, daß du schwanger bist.»

«Das kann man nicht vergessen.»

«Ich dachte, du hast Angst davor, zu reisen?»

«Nur, wenn es eine Reise nach Deutschland ist. Aber Italien ist – selbst unter den Faschisten – verhältnismäßig harmlos. Ich könnte lernen, die Franzosen zu fürchten, aber nie die Italiener.»

Er küßte ihr Gesicht und schmeckte ihre salzigen Tränen. «Kann ich jetzt meine Arbeit beenden?» fragte er.

Seine Hand ruhte auf dem Flügel. Lene wollte, daß er mit ihr in das heiße Sonnenlicht der Straße hinausging, fort aus der düsteren Wohnung. Sie hatte Appetit auf Eis, auf etwas Gehaltvolles und Süßes, und sie wollte es mit ihm irgendwo an einem kleinen Tisch im Freien essen. Aber er war bereits wieder in seiner Musik gefangen. Er war da – seine Hand ruhte noch auf ihrem Nacken –, aber er war nicht mehr bei ihr. So war es immer. Ein Teil seiner Kraft blieb ihr vorenthalten, war ganz und gar seiner Arbeit gewidmet.

Lene ging allein aus und aß eine Portion Mokkaeis mit dicker, bittersüßer Schokoladensoße. Sie saß im Schatten eines Baumes auf einem belebten Boulevard und versuchte, ihn durch die Augen von, sagen wir, Pissarro zu sehen. Sie hatte diese Stadt geliebt, als sie früher hin und wieder zu Besuch hierhergekommen war; jetzt empfand sie sie als bedrückend. Die großen, langen Häuserblocks waren zu gewaltig, sahen einander zu ähnlich. Die Menschen waren feindselig und schroff. Sie gaben sich keine Mühe, Lenes Schulfranzösisch zu verstehen. Sie verbrachte ihre Zeit allein oder mit anderen Emigranten, obwohl sie für die meisten von ihnen wenig Sympathie empfand und sich mit niemandem angefreundet hatte.

Der Klang von Manfreds Klavierspiel schien ihr zu folgen. Sie hatte sich oft gefragt, wieso die Nachbarn sich nie beschwerten. Vielleicht waren die Wände sehr dick, vielleicht waren die Nachbarn taub, vielleicht arbeiteten sie während der Stunden des Tages, in denen er übte. Sie lauschte auf die Klänge ihrer Muttersprache – das war der einzige Grund, weshalb sie die Emigrantencafés aufsuchte. Sie mußte hin und wieder deutsch sprechen hören, und sei es auch nur, um sich irgendwie mit der lebendigen Welt um sie herum verbunden zu fühlen.

Es war früh am Nachmittag, und das Lokal war noch fast leer. Die Zeitungsleser waren, wie immer, die ersten Gäste. Sie verschlangen jede gedruckte Zeile in diversen Sprachen auf der Suche nach einem Zeichen, irgendeiner Nachricht, die ihnen Hoffnung geben könnte. Lene bestellte ein Täßchen Mokka. Sie fühlte sich in die Zeit zurückversetzt, die sie in Frankfurt unter den Bohemiens verbracht hatte. Die meisten von denen, die auf dem Weg zum hinteren Teil des Cafés an ihr vorbeikamen, kannten sie und nickten ihr zu. Aber kaum jemand setzte sich je zu ihr. Sie zählte nicht zu den Intellektuellen; sie war eine Hausfrau, eine schwangere Frau, die Frau von Manfred Solomon. Sie war nicht politisch engagiert wie ihre Tante Eva, die in der Nähe wohnte und immer noch erregt disputierend unter den diversen linksgerichteten Gruppen umherschwirrte. Lene hatte keine entschiedenen Ansichten zu irgendeiner Frage.

Der neue Roman von Montherlant lag auf ihrem Schoß. Sie trug ihn ständig in ihrer Handtasche mit sich, damit sie immer etwas zu lesen hatte. Er schirmte sie ab und beschützte sie, aber er förderte nicht ihr Französisch, wie er es eigentlich sollte.

Ein Schatten zog über ihren Tisch und fiel auf die Seite ihres Buches. Lene murmelte gerade die Worte eines unverständlichen Satzes, bemüht, sie richtig zu verstehen, zuerst auf französisch, dann in der Übersetzung. «Lene!» sagte eine vertraute Stimme; sie blickte auf und sah in ein Gesicht, das sie kannte, aber im ersten Moment nicht wiedererkannte.

Paul Leopold nahm ihre Hand von den Seiten des Buches und küßte sie. Die alte, vertraute Geste! Er setzte sich neben sie. Ein Krampf schüttelte ihn, und er begann in sein Taschentuch zu husten. Er wandte sich von ihr ab, und Lene hatte einen Augenblick Zeit, sich zu fassen und die Ungläubigkeit zu verbergen, die sich in ihrem Ausdruck spiegelte. Sie musterte ihn, solange sein Gesicht abgewandt war. Seine Kleidung war tadellos wie immer, sauber, gebügelt und von bester Qualität. Aber sie paßte nicht mehr zu dem Mann. Und als er zu husten aufhörte und sich ihr zuwandte, sah sie die verheerenden Auswirkungen der Krankheit auf seinem Gesicht: die Augenlider waren so geschwollen, daß seine Augen kaum zu sehen waren; der Schnurrbart, einst säuberlich gestutzt und gepflegt, sah jetzt aus wie eine struppige Bürste; das Haar, dünn und spärlich wie die letzten langen Gräser des Winters, klebte an einer feuchten, blassen Stirn.

«Paul», flüsterte Lene.

Er lächelte, immer noch keuchend. «Dieses verdammte Heufieber», sagte er, und das Lächeln ließ für einen Augenblick vertraute Züge aufscheinen. Er winkte den Kellner herbei und bestellte einen Calvados.

«Bringen Sie lieber gleich zwei – doppelte!» rief er ihm nach. «Es geht mir gar nicht gut», sagte er, aber sein Ton war munter.

«Bist du erst kürzlich angekommen?»

«Ich bin herumgereist. Durch ganz Europa. Nach dem Anschluß von Österreich – aber reden wir nicht darüber. Wie geht es dir?»

«Ich bin verheiratet. Und schwanger.»

«Das habe ich nicht bemerkt. Weißt du, daß meine Frau tot ist?»

«Woher sollte ich das wissen?»

«Sie war auf dem Wege der Besserung. Wir dachten alle, sie würde wieder gesund werden. Sie war auf und ging umher, sie fuhr in die Stadt, die Schwestern glaubten, daß sie auszurücken versuchte. Sie riefen mich an, ich kam und fand, daß sie erstaunlich gut aussah. Wir verbrachten drei Tage zusammen, es war wie in früheren Zeiten, und dann fuhr ich wieder ab. Zwei Wochen später rief man mich an. Sie war tot. Sie hatte eines Nachts im Schlaf einen Blutsturz erlitten und war an ihrem Blut erstickt.»

Offensichtlich hatte er die Geschichte schon oft erzählt. Er goß sein erstes Glas schnell hinunter, verweilte jedoch ein paar Minuten beim zweiten. Seine Hände zitterten jetzt weniger. Er rief den Kellner. «Ich nehme am besten gleich eine Flasche», sagte er.

«Du bist dick», bemerkte er, an Lene gewandt.

«Ich bin schwanger», sagte sie. «Du hast nicht zugehört.»

«Du hast einen Vater gefunden. Das war es, was du wolltest. Wer ist der Glückliche?»

«Manfred Solomon.»

«Der Pianist?»

«Kennst du ihn?»

«Ich habe von ihm gehört. Musik ist nicht meine Stärke.» Er füllte das Glas randvoll mit Calvados. «Ich muß mich beeilen», sagte er. «Es ist schon drei Uhr, und ich bin immer noch nüchtern. Das bekommt mir nicht. Es macht mich nervös und läßt eine schlimme Welt noch schrecklicher erscheinen.»

«Ich meine mich zu erinnern, daß du schon immer geglaubt hast, die Dinge seien hoffnungslos.»

«Ich habe entdeckt, daß es verschiedene Grade von Hoffnungslosigkeit gibt. Sowohl innerhalb als auch außerhalb meiner selbst. Da ist die Hoffnungslosigkeit von drei Uhr nachts und die Hoffnungslosigkeit von drei Uhr nachmittags, ganz zu schweigen von der um sieben Uhr morgens. Zu dieser Zeit hilft nichts. Da ist die Hoffnungslosigkeit, Deutschland an die Nazis fallen zu sehen, und die Hoffnungslosigkeit der Annexion Österreichs durch Deutschland . . .»

«Du siehst nicht gut aus, Paul.»

«Das ist keine Neuigkeit, aber vielen Dank für die Mitteilung.»

«Du trinkst zuviel . . .»

«Ich wußte, daß ich mich immer darauf verlassen kann, von dir moralisch aufgerichtet zu werden. Ich habe dir gesagt, ich bin ein kranker Mann.» Er trank gierig. «Wie bringst du es fertig, ein Kind in diese Welt zu setzen?» fragte er.

«Wir gehen nach Amerika.»

«Das ist keine Antwort, meine Liebe. Ich glaube nicht an Amerika. Es ist ein Geisteszustand, und dorthin zu gehen, zerstört den Geist. Ich habe Freunde, die nach Amerika gegangen sind und mir melancholische Briefe schreiben. Ich antworte postwendend und sage ihnen, daß sie sich glücklich schätzen können; daß Europa verloren ist. Sie reagieren darauf, indem sie sich mit dem Bettlaken in ihrem Hotelzimmer erhängen. Hollywood, New York – was für eine schreckliche Vorstellung, dort das Zeitliche zu segnen. Wenn man schon sterben muß, sollte man wenigstens in dieser Stadt sterben, wo die Sonne auf der Seine glitzert und die Bäume sich fröhlich über den Köpfen hübscher Mädchen wiegen. Das ist das letzte Bild, das ich gern sehen würde, ehe ich den Stuhl unter mir umstieße.»

«Das klingt, als hättest du schon mal darüber nachgedacht.»

«Ich denke ständig an den Tod. Aber ich habe es nicht nötig, irgendwelche Stühle umzustoßen – die Natur wird mir zu Hilfe kommen. Meine Leber ist schon fast dahin. Gott braucht mir lediglich einen kleinen Schubs zu geben. Ich hoffe nur, Er wird mir Zeit lassen, meinen Roman zu beenden.»

«Du schreibst immer noch Romane?»

«Und du zweifelst immer noch an mir?» Paul sah sie an. «Ich weiß, was ich tue. Ich habe erkannt, daß es nicht mehr möglich ist, über Tagesereignisse zu berichten. Sie sind so schrecklich, daß sie jeder Auslegung spotten. Ich habe diesen Roman an dem Tag begonnen, wo die *boches* in Wien einmarschiert sind. Sie wurden von Zehntausenden meiner

Landsleute begrüßt, die alle die Hakenkreuzfahne schwenkten und außer sich waren vor Glück. *Ich* mußte im Dunkel der Nacht verschwinden, mit dem letzten Zug und nur mit dem, was ich auf dem Leibe hatte. Auf dieser Reise wurde mir klar, daß das, was ich sagen wollte, nur in Form eines Romans gesagt werden konnte, daß unsere Situation, so, wie sie wirklich ist, nur in Allegorien geschildert werden kann.»

«Wovon handelt dein Roman?»

«Ich möchte nicht darüber sprechen.»

Lene schien gekränkt. «Nach einer so langen Einleitung willst du mir nicht einmal das Thema verraten?»

«Das Thema ist die menschliche Natur», sagte er großspurig. «Der Roman spielt in einem kleinen Winkel der Welt, einem Winkel, den ich kenne. Er wird ‹historisch› sein, aber mehr sage ich nicht.»

«Das erstaunt mich. Du, der Mensch, der immer über alles *gesprochen* hat, dessen ganzes Leben sich um das Café drehte, wo es nichts anderes als Gespräche gab! Aber du kommst, wie ich sehe, immer noch ins Café.»

«Einer der Gründe, weshalb ich nie nach Amerika gehen würde, ist die Tatsache, daß es dort keine Cafés gibt. Du hast recht, Reden war für mich immer selbstverständlicher als selbst der Schlaf. Sag mir, Lene, hast du Angst, deine Muttersprache zu verlieren? Glaubst du, daß du imstande sein wirst, in Amerika mit einer neuen Sprache zu leben, nachdem du – wie viele sind es, fünfunddreißig Jahre? – mit der alten verbracht hast?»

«Ich bin keine Schriftstellerin. Ich bin nicht einmal sonderlich redselig. Ich bin Ehefrau und Mutter, und Manfred spricht durch seine Musik. Er kann für die Hottentotten spielen . . .»

«Natürlich!» rief Paul Leopold spöttisch. «Manfred Solomon, der Pianist, spricht die universelle Sprache. Er mag dumm sein, aber alle Welt versteht ihn.»

«Ich glaube, du bist eifersüchtig, Paul.»

«Ich glaube, du hast recht, Lene.»

Er hatte mittlerweile die halbe Flasche Calvados ausgetrunken. Das Café begann sich zu füllen.

«Ich muß zu meinen Freunden und Landsleuten gehen», sagte Paul. «Zu dieser Zeit erwarten sie, daß ich mich zu ihnen setze und sie unterhalte. Du kannst gern mitkommen.»

«Es ist Zeit, daß ich nach Hause gehe. Manfred wird mit dem Üben fertig sein, und ich muß das Abendessen vorbereiten.»

Paul stand schwerfällig auf. Die Art, wie er sich bewegte, ließ deutlich erkennen, daß er sehr krank war. Er war blaß geworden und hielt sich einen Augenblick am Stuhl fest, dann erschien das ironische Lächeln wieder auf seinem Gesicht. «Küß' die Hand», sagte er und hob Lenes Hand in einer vollendet ausgeführten Geste an seine Lippen.

Lene ging mit langsamen Schritten die Straße entlang. Ihr graute davor, in die düstere Wohnung zurückzukehren. Sie würde Manfred bitten, mit ihr zum Abendessen auszugehen.

Nach einer Weile wurde ihr klar, daß sie sich verirrt hatte. Nervös und erschöpft hielt sie ein Taxi an. Sie gab dem Fahrer eine Adresse und merkte erst, als er sie wiederholte, daß es Evas Adresse war.

Eva war zu Hause und schrieb Briefe. «Komm herein, komm herein, mein Kind», sagte sie, ehrlich erfreut, Lene zu sehen. Eva bewohnte ein möbliertes Zimmer in einem Haus, das einem verläßlichen französischen Freund gehörte. Sie besaß so gut wie nichts, ihre Stellung entsprach nicht annähernd ihren Fähigkeiten, aber sie hatte einen riesigen Bekanntenkreis, und es verging nicht ein Tag, ohne daß sie mindestens ein Dutzend Menschen sah. «Möchtest du eine Tasse Kaffee?» fragte sie.

«Mach dir keine Mühe», sagte Lene, und plötzlich entrang sich ihr ein langes, tiefes Schluchzen wie das eines Kindes. Eva sah sie überrascht an und legte sofort die Arme um sie.

«Schon gut, schon gut», murmelte sie, «sag mir, was los ist. Alle tun das.»

«Ach, es war einfach einer von diesen schrecklichen Tagen, wo alles schiefgeht», sagte Lene ein wenig verlegen. «Zuerst hatte ich eine Diskussion mit Emma, die Clara behalten will, dann hat Manfred mich angeschrien, wie ich noch nie im Leben angeschrien worden bin, dann habe ich Paul Leopold in einem Café getroffen, und er sah aus wie der Tod. Dann habe ich mich verirrt und bin hier gelandet. Was soll ich tun, Tante Eva?»

«Und welches von deinen Problemen meinst du?»

«Clara. Es gibt nichts, was ich tun könnte, um Paul zu retten, und ich muß lernen, mit Manfreds cholerischem Temperament zu leben.»

«Keine Frau sollte mit dem Jähzorn eines Mannes ‹zu leben lernen›.»

«Ich habe mir gedacht, ich fahre nach Florenz, um sie selbst zu holen.»

«Aber geh nicht im Zorn. Du könntest dich irren. Bist du *sicher,* daß Emma sie behalten will?»

«Sie hat gesagt, sie liebe das Kind mehr als ich.»

«Armes Ding.»

«Du hast sie doch nie sonderlich gemocht.»

«Das will nicht heißen, daß ich kein Mitleid mit ihr haben kann. Solch ein trauriges Dasein. Sie glaubt, das Kind wird ihrem Leben einen Sinn geben. Laß nicht zu, daß sie Clara behält – sie könnte letztlich eine Sklavin werden, wie Emma.»

«Emma eine Sklavin?»

«Ja, sie hat einen sklavischen Charakter. Sie läßt sich gern von anderen beherrschen. Sie hat nie irgend etwas gründlich durchdacht, sie nimmt die Schutzfärbung ihrer Umgebung an.» Eva seufzte. «Soll ich mit dir fahren?»

«Nein, vielen Dank, Tante Eva. Ich kann es allein schaffen. Aber ich werde deinen Rat befolgen.»

«Das mit Paul Leopold tut mir sehr leid», sagte Eva. «Er war ein großartiger Journalist. Ich habe alle seine Artikel in der *Frankfurter Zeitung* gelesen. Was ist mit ihm?»

«Er ist in der Verbannung.» Erst nachdem Lene es gesagt hatte, wurde ihr klar, wie wahr sie gesprochen hatte.

«Wir sind *alle* in der Verbannung», sagte Eva.

«Was soll aus uns werden?» fragte Lene.

«Wir können es uns nicht leisten, uns darüber Gedanken zu machen. Wir müssen einfach dem Henker immer einen Schritt voraus sein und versuchen, so viele andere wie möglich zu retten. Bring du dein Baby zur Welt. Wenn der Krieg ausbricht, wird es soviel Tod geben, daß jedes neue Leben ein Segen ist.»

«Glaubst du, es wird Krieg geben?»

«Ich bin sicher. Aber sprechen wir jetzt nicht davon. Ich habe dir etwas Erfreuliches zu berichten. Ich bekam gestern einen Brief von Lore. Sie und Jacob kommen nächstes Wochenende zu Besuch nach Paris. Ich habe mir gedacht, wir könnten alle irgendwo zusammen essen. Eine kleine Feier. Gott weiß, wann wir wieder Gelegenheit dazu haben werden.»

Lene kam spät nach Hause. Aber Manfred, der auf dem Sofa ruhte, schalt sie nicht. Er war zerknirscht wegen der Szene, die er ihr gemacht hatte, und sie aßen friedlich in einem nahe gelegenen Bistro zu Abend.

Jacob und Lore trafen am folgenden Sonnabend mittag ein. Eva hatte sich besondere Mühe gemacht, ein geeignetes Restaurant für ihr Familientreffen zu finden. Es sollte ein denkwürdiges Ereignis werden, denn sie war sicher, daß sie nie wieder so zusammenkommen würden. Sie kaufte ein Album, dessen Deckel mit Rosen verziert war, in das jeder einen Vers oder eine Prophezeiung schreiben sollte, und sie bat Julia, ihren Photoapparat mitzubringen und sich zu vergewissern, daß noch genügend Aufnahmen auf dem Film waren.

Das Restaurant, in dem sie sich trafen – in einem behaglichen, kleinen Raum ganz für sie allein –, gehörte einem Freund von Evas Hauswirt, einem aufrechten und standhaften Pariser, der auf der Seite der Republikaner in Spanien gekämpft hatte. Sie waren zu siebt: Julia Wertheim, Benno Süßkind, Lene und Manfred Solomon, Eva und die Ehrengäste, Lore und Jacob.

Es gab als Vorspeise *saucissons* mit einer scharfen Senfsoße, dann eine köstliche kalte Lauch-Kartoffel-Suppe mit einer kaum merklichen Andeutung von Curry. Der grüne Salat war frisch und saftig; die Lammkeule war mit Knoblauch gewürzt, und es wurden dazu *petits pois*, kleine geröstete Kartoffeln und ein ausgezeichneter Rotwein gereicht. Zum Nachtisch gab es Meringen und *fraises du bois*.

Lore und Jacob gewannen sofort die Sympathie aller übrigen Familienmitglieder. Glück umgab sie wie ein Glorienschein. Lene hatte ihren Onkel noch nie so völlig in Einklang mit seiner Umgebung gesehen. Er hatte die Schroffheit der Jahre seiner Einsamkeit verloren, sein Lachen war heller, sein Lächeln sanfter. Er schien zum erstenmal in seinem Leben vollkommen ruhig und ausgeglichen zu sein. Lores Aufgeschlossenheit und Wärme bezauberten alle. Lene mochte sie besonders gern.

«Du hast dich um Jahre verjüngt!» sagte Julia zu Jacob.

«Das verdanke ich ausschließlich meiner Frau», erwiderte er, «und dabei habe ich noch nie so schwer gearbeitet wie jetzt. Ich führe die Bücher in ihrer Flüchtlingsagentur, ich habe Holländisch gelernt, ich kann kochen, und ich habe mir eine neue, kleine Bibliothek zugelegt. Wenn die Nazis nicht in Holland einfallen, wird sich mein Leben für immer zum Vorteil verändert haben.» Er griff nach Lores Hand. «Und selbst wenn wir wieder fliehen müssen, werden diese Jahre glücklich genug gewesen sein, um für alles auszureichen, was geschehen mag.»

Julia prüfte die Gesichter der Menschen ihrer Umgebung stets mit wachen Augen. Sie war sich bewußt, daß sie älter aussah, als sie in Wirklichkeit war. Sie rauchte zuviel und hatte zu viele unglückliche Nächte verbracht. Sie war dünn, machte sich jedoch ständig Sorgen um ihre Figur und hungerte, sobald sie ein oder zwei Pfund zunahm. Ihr Haar war rot gefärbt und gekräuselt, und ihre Augen waren stark geschminkt. Was sie geschrieben hatte, war in Deutschland verboten worden, und das gab ihr ein gewisses Cachet, aber sie hatte schon seit einiger Zeit kein ernsthaftes Buch mehr geschrieben und gondelte jetzt wieder einmal im Gefolge eines neuen Liebhabers in Paris umher. «Bring ihn nicht mit», hatte Eva ihr gesagt. «Das war auch nicht meine Absicht», hatte Julia mißmutig erwidert.

Benno war mit seinen Eltern in die Schweiz gezogen. Elias Süßkind war Kustos der graphischen Sammlung im Basler Museum geworden, und Benno beendete gerade einen Artikel, «Neo-klassizistische Erneuerung: Wie weit erstreckt sie sich?», für den er Untersuchungen in Paris anstellte. Er sollte in England veröffentlicht werden. Eva war erstaunt, daß es noch Menschen gab, die durch die Straßen Europas wanderten und wissenschaftlichen Problemen nachgingen. Benno war fettleibig und freundlich wie eh und je, und seine Hosen waren immer noch zerknittert und ausgebeult. Er fand das Restaurant ungewöhnlich gut. «Ich muß mir den Namen merken», sagte er. «Wenn ich das nächstemal in Paris bin, komme ich bestimmt wieder hierher.»

«Glaubst du, es wird ein nächstes Mal geben?» fragte Lene.

Benno blickte verwirrt drein. «Ich habe eine Idee für eine neue Arbeit», sagte er, «und sie erfordert ziemlich langwierige Studien im Louvre. Uccellos ‹Schlacht von San Romano› –»

«Oh, Benno», rief Julia, «das hat Lene nicht gemeint. Sie meint, es könnte Krieg geben.»

«Ein Krieg wird Hitler ein Ende machen», sagte Benno, «allerdings kann es eine Weile dauern.»

«Demnach hast du *doch* eine Ahnung von dem, was vorgeht», sagte Eva.

«Wir sollten über erfreulichere Dinge reden», warf Lene ein. «Schließlich sind wir nicht hier, um Trübsal zu blasen, sondern um Jacobs und Lores fünften Hochzeitstag zu feiern!»

«Es gibt sonst kaum etwas, worüber man sich freuen könnte», sagte Lore. «Keiner von uns kann die Augen vor den Berichten in den Zeitungen verschließen. Und sie sagen noch nicht einmal das Schlimmste.»

«Ehe es vorüber ist, wird Hitler eine Götterdämmerung in Szene gesetzt haben, wie die Welt sie noch nie gesehen hat», sagte Jacob.

«Wie kommst du darauf?» Das Wort Götterdämmerung hatte Manfred aus seinen Träumereien gerissen.

«Bestimmt wird er letztlich über Rußland herfallen und Napoleons Fehler wiederholen. Die Wehrmacht wird zu Eis erstarren. Ich kann dir jetzt schon das ganze Szenar geben. Zuerst die Tschechoslowakei, dann Polen und schließlich Mütterchen Rußland.»

«Und die Alliierten werden das zulassen?» fragte Lene.

«Solange, bis er *sie* angreift. Hier will niemand etwas von einem Krieg wissen; die Franzosen glauben, daß ihre Maginotlinie sie schützt. Und England hat eine ganze Generation im Krieg von 1914 verloren. Sie werden versuchen, Hitler zu beschwichtigen.»

«Das ist ein Fehler», sagte Eva.

«Man hat mir einen Posten an einem Museum in Amerika angeboten», sagte Benno. «Soll ich ihn annehmen?»

«Unbedingt», sagte Lene. «Was für eine Frage, Benno. Es gibt Leute, die um einen Posten betteln, um auswandern zu können.»

«Aber es ist ein so ungebildetes Land ...»

«Welches Museum?»

«Es liegt in einem Ort, der Brooklyn heißt; an der Ostküste, in der Nähe von Boston, glaube ich. Boston ist, soviel ich gehört habe, eine recht kultivierte Stadt.»

«Ich würde liebend gern nach Amerika gehen», sagte Julia. «Kannst du nicht sagen, du hättest eine Frau, Benno, und mich mitnehmen?»

«Ich habe ihnen bereits alle Angaben über meine Person eingesandt ...»

«Es war auch nur ein Scherz.» Aber Julias Lachen paßte nicht zu ihrem bekümmerten Gesicht. «Obwohl ich tatsächlich sehr gern nach Amerika gehen würde. Es ist ein wildes, aufregendes Land. Hier ist alles in die Brüche gegangen. Meine Arbeit kommt nicht gut voran – um die Wahrheit zu sagen, überhaupt nicht. Ich bin sechsunddreißig und war nie verheiratet. Ich habe keine Kinder und auch keine Hoffnung, jemals welche zu haben. Niemand wird mich heiraten ...»

«Du bist Schriftstellerin», sagte Eva. «Das ist ein angesehener Beruf, du hast deine Freiheit ...»

«Und es ist nie zu spät zum Heiraten», warf Lore ein.

«Was ich schreibe, ist nicht sehr gut. Die Kritiker loben es nie. Ich habe an irgendeinem Punkt eine falsche Richtung eingeschlagen ... wenn ich doch nur mein Leben von Grund auf ändern könnte!»

«Kritiker irren sich oft», sagte Manfred. Die Gesellschaft langweilte ihn. Er fand, daß Lenes Verwandte, abgesehen von Edu, recht unbedeutend waren. Er trommelte mit den Fingern auf den Tisch, um sie für eine besonders schwere Passage in der Kadenz von Beethovens Klavierkonzert Nr. 5 locker und geschmeidig zu halten. Alle schwiegen.

«Ein Engel geht durchs Zimmer», sagte Lore.

Jacob hatte den letzten Rest des Weins in die Gläser gegossen. Eva sagte: «Laßt uns einen Toast ausbringen. Wir müssen auf das Wohl von Jacob und Lore an ihrem Hochzeitstag trinken und dürfen nicht vergessen, ihnen etwas ins Album zu schreiben. Mach Aufnahmen, Julia, photographier uns alle, zusammen und einzeln, und gib acht, daß du nicht wackelst.»

Alle außer Lore und Jacob standen auf und erhoben ihre Gläser.

«Möget ihr immer glücklich sein», sagte Manfred, der glaubte, ein Talent für Bonmots zu haben.

«Möget ihr in Frieden und Eintracht leben», sagte Julia, und Tränen glitzerten in ihren Augen.

«Möget ihr das Ende dieses Wahnsinns und den Beginn einer besseren Welt erleben», sagte Eva.

«Möget ihr eines Tages, zusammen mit uns allen, nach Frankfurt heimkehren», sagte Lene, «und die Stadt wiederfinden, die ihr im Herzen tragt.»

«Ich trinke auf all das», sagte Benno.

Sie leerten die Gläser, schrieben in das Album, ließen sich photographieren. Das Sonnenlicht flackerte ein letztes Mal durchs Zimmer. «Haltet es fest!» rief Eva. «Wir müssen dies alles bewahren.»

Emma rief Lene wie immer am folgenden Sonntag an. Ihre Unterhaltung konzentrierte sich betont auf die Familienfeier für Lore und Jacob. Emma wollte alle Einzelheiten wissen und wurde ungeduldig, als Lene sich nicht erinnern konnte, was jede der Frauen angehabt hatte.

«Ist das so wichtig?» fragte Lene.

«Nein, natürlich nicht», erwiderte Emma, «aber es wäre nett, es zu wissen. Es gehört zu der Beschreibung, die du mir geben sollst. Es macht das Bild lebendiger . . .»

«Ich erinnere mich an das *Menü*», sagte Lene, und sie lachten beide. Das gute Einvernehmen zwischen ihnen schien wiederhergestellt zu sein. Das Problem, das sie beide bedrückte, wurde mit keinem Wort erwähnt.

«Was ich dir übrigens noch sagen wollte», sagte Lene, als sie im Begriff waren, ihr Gespräch zu beenden, «ich komme für ein paar Tage nach Florenz. Am nächsten Donnerstag mit dem Expreß.»

«Warum?» fragte Emma.

Lene konnte ihr nicht die Wahrheit sagen. «Um dich zu sehen», sagte sie, «und natürlich auch Clara. Ich muß mal ein Weilchen aus Paris raus.»

«Und Manfred?»

«Der übt für ein Konzert – wie immer.»

«Hat er nichts dagegen, daß du wegfährst?»

«Was sollte er dagegen haben? Und außerdem erwartet er Besuch aus Frankfurt.»

«Einen Mann oder eine Frau?»

«Eine Frau, glaube ich.»

«Sieh dich vor, Lene.»

«Niemand kann meinen Platz einnehmen. Ich brauche keine andere Frau zu fürchten.»

«Gut, bis dann.»

Lene hängte ein, erleichtert, daß es keinen Streit gegeben hatte.

Die Reise war lang, der Zug heiß und überfüllt. Lene versuchte, alle Sorgen aus ihren Gedanken zu verdrängen und das nervöse Flattern ihres Herzens zu unterdrücken, das, wie sie wußte, von panischer Angst verursacht wurde. Sie konzentrierte sich auf das Geräusch der ratternden Räder, versuchte, den Roman zu lesen, den sie mitgebracht hatte, blickte aus dem Fenster. Ihre Mitreisenden hatten den Gesichtsausdruck von Vertriebenen. Waren sie Flüchtlinge, oder sah sie sie nur mit den Augen eines Menschen, der selbst heimatlos war? Die Leute auf den Bahnhöfen kamen ihr verstört und reizbar vor, als könnten sie jeden Augenblick in Aufruhr geraten. Lene hatte Angst, gestoßen zu werden und ihr Baby zu verlieren. Sie kam völlig aufgelöst in Florenz an und war so froh, Emma am Ende des Bahnsteigs auf sie warten zu sehen, daß sie beinahe geneigt war, kein

Aufhebens um Clara zu machen. Sie fiel ihrer Schwester in die Arme, und ihr Herz begann ruhiger zu schlagen.

Der Chauffeur, den Emma hin und wieder für solche Gelegenheiten engagierte, brachte sie nach Hause. Emma besaß einen amerikanischen Wagen, einen Ford. Sie hatte ihren Führerschein gemacht, aber sie wagte sich noch nicht allein in die Innenstadt. Sie und Lene unterhielten sich angeregt auf der Fahrt zu der Villa, die Emma «La Favorita» getauft hatte, und Lene fühlte, wie sie allmählich ihre Ruhe wiedergewann. Als sie vor dem Haus hielten, schien etwas ihr zuzuflüstern: «Bleib hier!» Warum nicht hierbleiben, an diesem schönen Fleckchen Erde, als Mutter für ihre Kinder, als Schwester für Emma, umsorgt von Fräulein Gründlich, die ihnen jetzt vom Schatten der Veranda aus freudig zulächelte? Warum nicht Manfred verlassen? Der Gedanke benahm ihr den Atem, und sie errötete vor Schreck über ihre eigene Kühnheit. Wie konnte sie nur so etwas denken? War es, weil sie wußte, daß ihr hier eine unangenehme Aufgabe bevorstand, und sie Angst davor hatte, oder war es wirklich ein echter Wunsch, der ihr zum erstenmal zu Bewußtsein kam?

Fräulein Gründlich, die gesund und braungebrannt aussah, konnte die Tränen nicht zurückhalten, als sie Lene gegenüberstand. Sie umarmten sich.

«Du siehst wundervoll, einfach wundervoll aus», sagte sie ein ums andre Mal, wie um sich selbst zu beruhigen.

«Wie schön, Sie zu sehen», sagte Lene. «Es ist, als wäre ich zu Hause.»

Fräulein Gründlich schluchzte laut bei diesen Worten. Sie mochte Italien nicht. Die Leute erschreckten sie mit ihren emotionsgeladenen Gesten und ihrer lauten Sprache, die fast ein Schreien war. Sie sehnte sich danach, hier wegzukommen, in Amerika zu sein, in einem Land, von dem sie glaubte, daß sie es verstehen würde. Clara hatte ihre englischen Lektionen mit Fräulein Gründlich durchgenommen, und sie hatten zusammen etwas von der Sprache gelernt. Emma hatte ihnen geholfen; sie kannten schon eine ganze Menge Redewendungen.

Lene klopfte der Erzieherin auf die Schulter. Sie war zu erschöpft, um zu weinen. «Wo ist Clara?» fragte sie.

«Hier bin ich, Mami!» Clara hatte im Garten Blumen für ihre Mutter gepflückt und die Szene an der Haustür hinter einem Oleanderstrauch beobachtet. Sie wußte, daß eine nervöse Spannung in der Luft lag, und so lief sie, so schnell sie konnte, auf Lene zu und umarmte sie mit aller Kraft.

«Du wirst das Baby aus mir herauspressen, wenn du nicht vorsichtig bist», sagte Lene, aber das Ungestüm der Liebe ihrer Tochter war wie ein lindernder Balsam. Sie hatte sich oft gefragt, ob es Emma nicht vielleicht am Ende doch gelingen würde, ihr die Zuneigung des Kindes zu rauben. In ihren schlimmsten Augenblicken hatte sie gefürchtet, daß Clara ihr sagen würde: «Ich will bei Tante Emma bleiben.» Aber die leidenschaftliche Umarmung befreite sie von allen Zweifeln. Emma tat ihr leid; sie suchte abermals in Gedanken nach einer anderen Lösung. Vielleicht konnte sie Emma tatsächlich überreden, nach Amerika zu kommen.

«Gib acht, daß du deiner Mutter nicht weh tust», sagte Emma, und ihre Stimme klang scharf. «Gehen wir aus der Hitze.» Sie ging voran ins Wohnzimmer, wo das Mädchen, die Hände über der gestärkten weißen Schürze gefaltet, Lene mit einem freundlichen Lächeln begrüßte.

«Trag die Tasche meiner Schwester nach oben», sagte Emma ihr, «und bring uns etwas Kaltes zu trinken.» Theresa spürte, daß ihre Herrin Kummer hatte, und stieß sich nicht an dem schroffen Befehl. Was dieses Haus braucht, ist die Gegenwart eines Mannes, dachte sie bei sich. Wenn sie einen Mann hier hätten, wären sie in besserer Verfassung, alle miteinander.

Emma hatte mit der Instandsetzung des Hauses großartige Arbeit geleistet. Jedesmal, wenn Lene es sah, bewunderte sie von neuem den Geschmack ihrer Schwester. Es war, wie sie erkannte, nicht nur Geschmack, sondern auch das Geschick, ihn in praktische Lösungen umzusetzen. Man fühlte sich in dem Haus vom ersten Augenblick an in Frieden mit sich und der Welt, ganz gleich, wie reizbar und altjüngferlich die Besitzerin selbst war. Lene dachte manchmal, daß es ein geheimes Zimmer geben mußte, wo Emma schreckliche Folterinstrumente aufbewahrte, die sie gebrauchte, um ihren Zorn an irgend etwas auszulassen.

Clara wich während der nächsten Stunden nicht von der Seite ihrer Mutter. Sie saß neben ihr auf dem Sofa, während die Erwachsenen sich unterhielten. Ihre Knie waren aufgeschürft vom Klettern auf die Bäume und von ihren Spielen und Ringkämpfen mit den Bauernkindern, was ihr von Emma verboten worden war, aber Fräulein Gründlich ließ sie stillschweigend gewähren. Es freute sie, das Kind lachen und sich mit anderen amüsieren zu sehen. Armes Ding, dachte sie oft, so allein auf der Welt, ohne ein Heim, das es sein eigen nennen kann, keine Geschwister, keine Großeltern, die es verwöhnen – und noch dazu Halbjüdin.

Die Sonne verlor langsam ihre Kraft und färbte sich am westlichen Himmel orange, als Clara schließlich das Gespräch unterbrach. Sie hatte nicht zugehört, aber sie nahm den gereizten Ton in der Unterhaltung wahr, und sie wußte, daß es Zeit war, ihre Mutter wegzuholen. «Komm mit mir!» sagte sie und zerrte an Lenes Hand. Sie schlenderten hinaus, und Clara zeigte ihrer Mutter den Garten und den Blick von seinem unteren Ende aus.

«Wirst du mich mitnehmen?» fragte Clara.

«Natürlich», sagte Lene. «Was glaubst du, weshalb ich hier bin?»

«Du bist zu Besuch gekommen.»

«Ich bin gekommen, dich zu holen, damit wir bereit sind, nach Amerika zu gehen, sobald unsere Papiere fertig sind.»

«Gibt es auch Papiere für mich und Fräulein Gründlich?»

«Wir haben sie beantragt.»

«Aber woher weißt du, daß ihr sie kriegen werdet?»

«Keine Sorge, Clärchen, wir werden sie kriegen.»

«Geht ihr auch, wenn unsere Papiere nicht kommen?»

«Nur, wenn wir wissen, daß sie unterwegs sind. Dann würden wir vielleicht Tante Emma bitten, dich auf dem Schiff hinüberzubringen.»

«Du wirst mich nicht zurücklassen?»

«Niemals!»

«Ich habe Tante Emma lieb, aber ich will bei dir sein.»

Lene gab ihr einen Kuß auf den Wirbel, wo sich ihr Haar wie Wasser in einem Strudel nach allen Richtungen drehte.

«Tante Emma kann uns besuchen. Aber ich will nicht, daß sie immer bei uns bleibt, ich will nur mit euch sein. Ich will das neue Baby sehen, wenn es kommt. Tante Emma ist nicht nett zu mir, wenn du hier bist.»

«Das bildest du dir nur ein, Clärchen. Tante Emma hat dich von Herzen lieb. Aber sie ist sehr nervös.»

«Fräulein Gründlich sagt, sie hat viel auf dem Herzen, aber du hast auch viel auf dem Herzen, und du bist nicht nervös.»

«Ich laß es mir nur weniger anmerken», sagte Lene mit einem Lachen.

«Ich habe gehört, wie Tante Emma zu Fräulein Gründlich gesagt hat, daß Manfred nicht gut zu mir sein wird.»

«Das ist lächerlich», sagte Lene zornig. «Sie hat kein Recht, so etwas zu sagen. Erstens ist es nicht wahr, zweitens ist es nicht richtig, vor dir über solche Dinge zu reden.»

«Sie sagen es nicht vor mir», sagte Clara, und ihre Wangen wurden rot vor Verlegenheit. «Ich habe sie durch die Tür von Tante Emmas Wohnzimmer gehört. Ich wollte nicht horchen, aber ich bin vorbeigegangen und habe ihre Stimmen gehört, und sie sprachen über *uns*. Bitte sag es ihr nicht, Mami! *Versprichst* du's mir?»

«Reg dich nicht auf, Clärchen. Ich werde es ihr nicht sagen, bestimmt nicht. Warum bist du so ängstlich?»

«Sie wird mich für heimtückisch halten und böse auf mich sein. Sie mag es nicht, daß ich dir solche Sachen sage.»

«Ich werde mir nicht anmerken lassen, daß du mir das gesagt hast. Ich werde es aus meinem Gedächtnis streichen.»

Clara sah so beunruhigt aus, daß Lene sich auf eine der kleinen Steinbänke setzte, die den mit Platten belegten Pfad säumten, und sie auf den Schoß nahm, obwohl sie mit ihren zehn Jahren eigentlich schon zu groß dafür war. Und Clara legte den Kopf an Lenes Schulter und weinte, bis all ihr Herzeleid dahingeschmolzen war.

«Ist Tante Emma jemals unfreundlich zu dir, mein Kleines?» fragte Lene.

«Sie wird manchmal ungeduldig, aber Fräulein Gründlich

sagt, das liegt nur an ihren schwachen Nerven, und ich soll mir nichts draus machen, sie kann nichts dafür. Deshalb versuch ich, mir nichts draus zu machen, selbst wenn sie die Leute anschreit.»

«Wir werden bald in Amerika sein, wir alle und auch das neue Baby. Hab Geduld, ja?»

Clara nickte. Lene holte ihr Taschentuch heraus und wischte ihr das Gesicht ab. Die Tränen hatten Schmutzstreifen auf ihren runden Wangen zurückgelassen.

«Weißt du was, Mami?»

«Nein. Was?»

«Tante Emma geht jede Woche in die Kirche.»

«Ach, wirklich?»

«Du darfst ihr auch nicht sagen, daß ich dir das erzählt habe. Sie hat mich ein paarmal mitgenommen.»

«In welche Kirche?»

«In die, wo all die Amerikaner hingehen. Als ich Tante Emma fragte, ob es richtig sei, daß ich mitgehe, sagte sie, ich sei nicht wirklich jüdisch. Stimmt das?»

«Dein Vater ist nicht jüdisch, aber ich bin es. Wir sind alle Juden, auch Emma und Manfred, und Omama und Onkel Andreas. Onkel Ernst, an den du dich wahrscheinlich gar nicht erinnerst, ist in Palästina.»

«Das ist das Land der Bibel. Der Pfarrer spricht fortwährend darüber, sagt Tante Emma. Er sprach englisch, und ich konnte ihn nicht verstehen, deshalb hat sie mich nicht mehr mitgenommen. Aber sie erzählt mir die Geschichten, die sie jeden Sonntag von ihm hört.»

«Über Gott?»

«Und auch über Jesus Christus.»

Lene seufzte tief. «Es ist Zeit, daß wir fortgehen», sagte sie.

Die Bemerkung war vieldeutig, und Clara dachte einen Augenblick, daß sie sich jetzt sofort auf den Weg nach Paris machen würden. «Ich muß mich verabschieden», sagte sie.

«Das eilt nicht», erklärte Lene ihr, und sie gingen Hand in Hand den Gartenweg entlang.

«Tante Emma sagt, es sei beruhigend, in die Kirche zu gehen», fuhr Clara fort. Sie schwatzte jetzt munter drauflos, plauderte keine Geheimnisse aus, sondern erörterte Tatsachen und berichtete über die kleinen Ereignisse ihres täglichen Lebens. Nachdem sie sich an der Schulter ihrer Mutter ausgeweint und alles gesagt hatte, was sie ihr hatte sagen wollen, fühlte sie sich wieder vollkommen glücklich. Lene wünschte, daß sie selbst sich ebenso leicht der peinlichen Aufgabe entledigen könnte, der sie sich gegenübersah. «Sie sagt, sie geht schon allein deshalb so gern dorthin, weil sie einfach ruhig dasitzen, sich die schönen Geschichten anhören und die hübschen Lieder singen kann. Sie mag auch die Predigten, die einem sagen, daß man gut *sein* und Gutes *tun* soll. Aber ich habe mich gelangweilt.»

Lene hörte nur mit halbem Ohr zu. Claras Enthüllungen hatten ihr einen schweren Schock versetzt. Sie fand es beunruhigend, sich Emma vorzustellen, wie sie in der Kirche saß und hingerissen den Gemeinplätzen eines anglikanischen Geistlichen lauschte. Und noch beunruhigender, zu denken, daß sie mit jedem über Manfred sprach. Wenn sie mit Fräulein Gründlich über ihn sprach, tat sie es bestimmt auch mit Bernard Berenson, der dann den Klatsch an alle weitergab, die kamen, um ihm ihre Aufwartung zu machen. Lene blieb einen Augenblick am oberen Ende des Gartens stehen, wo die Kette der Hügel und die fernen Berge zu sehen waren. Clara, die neben ihr stand, reichte ihr fast bis zur Schulter; ihr Gesicht ähnelte manchmal überraschend dem ihres Vaters, obwohl alle behaupteten, das Kind sehe genau wie sie aus. Die blauen Augen waren die von Tom in ihrer Klarheit und Farbe, selbst wenn die Lider und die melancholisch wirkenden Brauen von ihr stammten.

«Wo seid ihr zwei gewesen?» fragte Emma, als sie das große Wohnzimmer betraten, dessen Westseite den Garten überblickte. Lene hatte das Gefühl, daß Emma sie beobachtet hatte.

«Wir haben einen Spaziergang durch deinen schönen Garten gemacht», sagte sie, «haben eine Weile auf einer Bank gesessen und uns unterhalten.»

«B. B. hat angerufen, während du draußen warst. Er möchte dich sehr gern sehen. Sagte: ‹Sie wissen ja, daß ich eine Schwäche für schöne Frauen habe.› Er ist erstaunlich jugendlich für sein Alter. Soviel ich weiß, ist er schon weit über siebzig.» Emma machte sich mit den Blumen in einer Vase zu schaffen, zog die welken heraus, knipste hier eine Blüte ab, fügte dort einen Zweig von zartem Grün hinzu. «Und da ist ein Telegramm für dich, das der Postbote gerade eben gebracht hat. Aus Paris. Vermutlich von Manfred. Du bist kaum fort, und schon telegraphiert er hinter dir her.»

«Er vermißt mich.»

«Er vermißt deine Fürsorge. Deine Dienste und deine gute Küche. So sind alle Männer, das weißt du. Und du bestärkst ihn noch darin, indem du ihn sträflich verwöhnst. Du wirst es eines Tages noch bereuen.»

«Es wäre mir lieber, wenn du mir keine Ratschläge über meine Ehe geben würdest.»

Lene fragte sich, wie sie nur jemals hatte annehmen können, daß es möglich wäre, mit ihrer Schwester zu leben. Sie nahm das Telegramm, setzte sich in eine Ecke am Fenster und las es. Manfred hatte telegraphiert, daß er sie liebte.

«Es ist Zeit für Claras Bad», sagte Emma.

«So früh?» fragte Lene.

«Sie badet hier immer um diese Zeit, damit sie zum Abendessen sauber ist.»

«Sie ist kein Baby mehr, Emma. Ich finde sie sehr erwachsen. Ich hoffe, du läßt sie mit den Großen essen?»

«Wenn kein Besuch da ist.»

Clara saß mit baumelnden Beinen auf einem Stuhl, der so nah wie möglich an den ihrer Mutter herangerückt war. Sie fühlte sich jetzt beschützt und wußte, daß ihre Mutter sie bei jedem Angriff gegen ihre Tante unterstützen würde.

«Geh baden!» sagte Emma streng.

«Das muß ich nicht!» erwiderte Clara frech.

«Sag's ihr», sagte Emma mit zitternder Stimme zu ihrer Schwester.

«Bitte tu, was Tante Emma sagt.» Lene zerzauste ihr liebevoll das Haar. «Geh jetzt nach oben. Fräulein Gründlich wartet sicher schon auf dich. Du weißt doch, wenn man in Rom ist, muß man sich nach den Römern richten . . .»

«Wir sind nicht in Rom, wir sind in Florenz», sagte Clara und lachte über ihren eigenen Witz.

«Dann richte dich nach den Florentinern», erwiderte ihre Mutter mit einem Lächeln. «Die Florentiner baden anscheinend zeitig.»

Clara hüpfte mit einem herausfordernden Blick auf ihre Tante durchs Wohnzimmer und die Treppe hinauf.

Fräulein Gründlich saß in ihrem Zimmer und nähte. Früher hätte sie es für unter ihrer Würde gehalten, Dinge zu tun, für die andere angestellt waren. Sie war weder Köchin noch Waschfrau, noch Stubenmädchen oder Näherin. Sie hatte lange an dieser Ansicht festgehalten, aber als sie sah, wie Lene kochte und Emma beim Silberputzen half, wurde ihr klar, daß sie ihre eigenen strengen Regeln ebenfalls ein wenig lockern mußte. Sie half, so gut sie konnte – man bekam mit der Zeit eine gewisse Übung, bemerkte sie –, weigerte sich jedoch nach wie vor zu kochen. Sie war der Meinung, daß die Herrschaft weniger zu verlieren hatte als sie. Für die Herrschaft war es lediglich eine Art Zeitvertreib, der ihrer Würde keinen Abbruch tat; aber für sie selbst war es ein deutlicher Abstieg auf der sozialen Stufenleiter. Sie würde sehr bald wieder auf dem Niveau ihrer Vorfahren angelangt sein, mit rauhen Händen und einem stumpfen Geist. Sie verbrachte immer noch mindestens eine halbe Stunde täglich damit, sich zu bilden, entweder mit Claras englischen Lektionen oder einem guten Buch.

«Ich soll mein Bad nehmen», verkündete Clara. Es war immer eine Erleichterung, bei Fräulein Gründlich zu sein. Sie verstand die Dinge besser als die anderen Erwachsenen, ihr Leben spielte sich nicht außerhalb des Hauses ab. Sie konzentrierte sich auf häusliche Probleme und lebte in der geschützten Atmosphäre des Kinderzimmers, mit Kindern und den anderen Dienstboten. Sie kam nicht gut mit Theresa aus, aber die Feindschaft zwischen ihnen blieb verhalten, denn keine von beiden verstand die Sprache der anderen.

«Hattest du einen netten Plausch mit deiner Mutter?» fragte Fräulein Gründlich. Sie legte behutsam ihre Näharbeit beiseite und band die Schürze um, die sie immer trug, wenn sie das kleine Mädchen badete. Es war ihnen noch nie in den Sinn gekommen, daß Clara eigentlich alt genug war, allein zu baden – sie hingen beide zu sehr an der alten Gepflogenheit. Die Erzieherin ließ, auf der Badematte vor der großen, altmodischen Wanne kniend, das Wasser einlaufen. Sie streute Badesalz hinein, dann blieb sie auf den Fersen hokken, während das Kind sich auszog. Claras Arme und Gesicht waren braungebrannt, ihre Knie schmutzig, ihre Beine zerkratzt. Sie hatte einen gutgeformten Körper, den sie zärtlich liebte, wenn er auch noch ein wenig rundlich war. Sie hüpfte umher und blickte verstohlen in den Spiegel, bis ihr Spiegelbild im Dampf verschwand. Fräulein Gründlich schrubbte sie energisch mit einem Waschlappen ab. Die Seife roch nach Flieder. «Au!» sagte Clara, als sie etwas Seifenschaum in die Augen bekam.

«Du weißt, daß du die Augen geschlossen halten mußt», mahnte die Erzieherin sie.

Als die Prozedur beendet war, hielt Fräulein Gründlich ein großes weißes Badelaken in die Höhe, während sie darauf wartete, daß Clara aus der Wanne stieg. Sie wickelte sie darin ein und rieb sie trocken, bis ihre Haut prickelte und glühte.

Um halb acht erschienen sie beide im Eßzimmer. Emma schien nervös zu sein und nörgelte an Theresa herum. Lene hüllte sich in mürrisches Schweigen. Sowohl Clara als auch die Erzieherin fühlten die Spannung in der Luft. Fräulein Gründlich, die es für ungesund hielt, in gereizter Stimmung Nahrung zu sich zu nehmen, versuchte, mit Clara über Nebensächlichkeiten zu plaudern. Aber das Kind hielt die Augen auf seine Mutter gerichtet.

Zum Nachtisch gab es eine köstliche Pfirsichtorte, eine Spezialität der Köchin, mit frischen, reifen Pfirsichen aus dem Obstgarten unterhalb des Olivenhains zubereitet.

«B. B. erwartet uns zum Sonntagsdiner», bemerkte Emma, als Theresa den Espresso servierte.

«Ach ja?» sagte Lene zerstreut.

«Es ist eine große Ehre, zu B. B.s Sonntagsdiners eingeladen zu werden», erklärte Emma. «Ich war nur ein paarmal dabei, aber sie sind immer ein glanzvolles Ereignis. Es wird dir gefallen.»

«Ich bin Sonntag nicht mehr hier.»

«Was soll das heißen? Ich dachte, du bleibst mindestens eine Woche. Du hast gesagt ...»

«Mir ist klargeworden, daß ich nicht so lange bleiben kann. Ich muß nach Hause zu Manfred. Er ist ganz allein, und außerdem können wir jeden Augenblick etwas über unsere Visa hören.»

«Du bekommst ein Telegramm von deinem Mann, und schon rennst du zu ihm nach Hause», sagte Emma. «Ich verstehe nicht, warum du überhaupt gekommen bist. Was hat so Wichtiges in dem Telegramm gestanden? Hat es einen Zeitpunkt für eure Überfahrt genannt?»

«Das Telegramm hat nichts damit zu tun», sagte Lene. «Es war lediglich eine Erinnerung – die ich manchmal brauche –, um zu wissen, wo mein Platz ist.»

«Der Platz einer Frau ist in ihrem Heim», sagte Emma mit dem ganzen Sarkasmus, den sie aufbringen konnte.

«Streitet euch nicht», sagte Fräulein Gründlich, aber sie wußte, daß sie keinen Einfluß mehr auf sie hatte.

«Mein Platz ist an der Seite meines Mannes», erklärte Lene. «Und ich will nichts mehr darüber hören.»

Aber Emma, von ihren Dämonen getrieben, konnte nicht aufgeben, obgleich sie wußte, daß sie den Kampf verlieren würde. «Dein Mann ist ein Schmarotzer», sagte sie mit leiser Stimme, als ob nur ein Schrei zu ihrer Nichte dringen könnte, deren weit aufgerissene Augen ihre Angst verrieten. «Er hat dich geheiratet, um dich zur Sklavin zu machen. Es ist abscheulich, zu beobachten ...»

«Genug!» sagte Lene, und auch ihre Stimme war leise.

«Laß mich zu Ende reden. Er hat dich geheiratet, weil er dich ausnutzen kann, und weil du Geld hast. Das ist eine nicht zu leugnende Tatsache. Sein Adoptivvater hat ihm nichts hinterlassen, weil er ihm nicht traute. Er hat sein ganzes Vermögen wohltätigen Stiftungen vermacht. Edu hat es mir erzählt, und du weißt, daß Edu, so klatschsüchtig er ist, am Ende immer die Wahrheit sagt. Manfred braucht dein Geld!»

«Emma ...» warnte Fräulein Gründlich.

«Ich verbiete dir, fortzufahren», sagte Lene. Sie fühlte einen Zorn in sich aufsteigen, der sich in einem wilden Schrei

Luft zu machen drohte. Aber der Anblick von Clara, die mit zitternder Unterlippe zusammengekauert auf ihrem Stuhl saß, gab ihr die Kraft, ihn zu unterdrücken. Sie ballte die Hände zu Fäusten, um sich davon zurückzuhalten, ihre Schwester zu schlagen. Jahre des Zorns durchfluteten sie. Emma hatte ihr vor langer Zeit schon einmal so zugesetzt, obwohl sie sich nicht erinnern konnte, wo und wann es gewesen war; sie erinnerte sich nur an den Zorn und das Gesicht, das zu einer Maske von Arroganz und Verachtung erstarrt war. Sie sah bei Emma nicht – wie Fräulein Gründlich – den angsterfüllten Trotz.

«Laß mich in Ruhe, hörst du?» zischte Lene. «Ich werde dir nicht gestatten, meinen Mann zu verleumden und meine Ehe in den Schmutz zu ziehen. Und ich werde dir nicht erlauben, mir mein Kind wegzunehmen!»

«Schluß damit!» rief Fräulein Gründlich. «Das Kind hört zu.»

«Gehen Sie mit ihr nach oben», sagte Emma.

«Das ist nicht nötig», widersprach Lene, «sie kann uns ruhig hören. Ich werde mein Leben ohne deinen Rat so führen, wie ich es will. Was glaubst du, wer du bist, daß du mir diese Lügen erzählst?»

Sie war zornig genug, um zum erstenmal in Worte zu fassen, was ihre Schwester am meisten verletzen würde. Sie war im Begriff, Ottos Namen auszusprechen, wollte ihn gebrauchen, um sich für ihre eigene Kränkung zu rächen. Aber sie konnte es nicht. Im letzten Augenblick erkannte sie, daß diese Waffe anzuwenden eine Grausamkeit bedeutete, deren sie nicht fähig war. Sie beschimpfte Emma mit einem zornigen Wort. Aber es war nur ein Wort.

«Ich werde das Kind selbst nach oben bringen», sagte Emma. «Es gibt keine Entschuldigung für deine Ausdrucksweise.»

«Ich bin sicher, sie wird im Lauf ihres Lebens noch mehr davon hören.»

«Kein Grund, hier und jetzt damit zu beginnen. Dies ist mein Haus.» Emma stand auf und nahm Clara beim Arm. Das Kind riß sich los, aber Emma packte mit eisernem Griff ihr Handgelenk. «Du tust mir weh!» rief Clara; sie fühlte jedoch in Wirklichkeit keinen Schmerz, nur die unnachgiebige Umklammerung der kühlen Hand ihrer Tante.

«Ich tu dir nicht weh und werde es nicht tun, wenn du mir gehorchst», sagte Emma. «Du bist ein böses, undankbares Kind.»

«Mami hat gesagt, ich kann bleiben.»

«*Ich* sage, du gehst nach oben.» Emma begann an ihrer Nichte zu zerren, um sie vom Stuhl zu ziehen, aber Clara machte sich schlaff und sank, schwer wie ein Sack Kartoffeln, zu Boden. Emma, deren magerer Körper Kraft aus ihrem Zorn zu schöpfen schien, begann sie in die Halle hinaus zu schleifen. «Laß mich in Ruhe!» schrie Clara. «Du bist nicht meine Mutter! Du hast mir nichts zu befehlen! Ich will bei meiner Mutter bleiben! Ich hasse dich!»

Emma versetzte ihr eine schallende Ohrfeige. Claras Jammern stieg zu einem gellenden Kreischen an. Sie genoß das Spektakel, das sie veranstaltete; einen Augenblick lang wußte sie, daß sie Theater spielte. Die Ohrfeige hatte ihr weh getan, aber sie hatte ihre Tante weit mehr verletzt. Ihr Schreien erstickte ihre Gedanken.

«Laß sie los», sagte Lene, aber Emma hatte bereits ihren Griff gelockert. Clara rappelte sich auf und flüchtete zu ihrer Mutter. Sie vergrub weinend das Gesicht in ihrem Schoß, während Lene ihr den Kopf streichelte. Emma war ins Wohnzimmer gegangen, wo sie im Dunkeln am Fenster saß. Fräulein Gründlichs Gesicht war von Hilflosigkeit verzerrt. Lene brachte Clara in ihr Zimmer hinauf und saß eine Weile schweigend da. Clara zog sich aus und schlüpfte in ihren Pyjama. Die Nacht duftete nach Sommer, nach gemähtem Gras und Blumen. Clara war sehr müde. «Ich liebe dich, Mami», flüsterte sie. Sie fühlte sich durch und durch reingewaschen von ihren Tränen, und ein Gefühl des Triumphes war in ihrer Brust. Sie war zu jung, um Mitleid zu empfinden.

Lene saß neben dem Bett, bis Clara eingeschlafen war. Sie vermißte Manfred. In der Stille des Schlafzimmers dachte sie an das, was sie getan hatte, und empfand Reue. Wie leer war Emmas Leben im Vergleich zu ihrem eigenen. Sie hatte weder Mann noch Kind, sie war ein von unerfüllten Träumen gequältes Geschöpf. Lenes Zorn schwand. Mitleid mit ihrer Schwester trat an seine Stelle. Aber auch nur, weil sie erreicht hatte, was sie wollte.

Unten saß Fräulein Gründlich bei Emma, die tränenlos war. Die alte Erzieherin hielt Emmas Hand in der ihren, und die Worte, die sie äußerte, waren wie das Girren eines Vogels. Sie hatte es schon immer verstanden, Trost zu spenden.

Zwei Tage später bestieg Lene, von Clara und Fräulein Gründlich begleitet, den Zug nach Paris. Clara fürchtete insgeheim, daß ihre Tante eine Szene machen würde, aber sie tat es nicht. Sie weinte nicht einmal. Sie sagte nur: «Vergiß mich nicht.» Als der Zug langsam aus dem Bahnhof dampfte, rief Clara ihrer Tante zu: «Komm uns in Amerika besuchen!» Emma ging schnell neben dem Zug her, bis sie nicht mehr Schritt halten konnte. Sie winkte und warf Clara eine Kußhand zu. Das Kind beobachtete sie, bis der Zug um eine Kurve bog und sie aus ihrem Blickfeld verschwand.

Manfred hatte in einem geheimen Winkel seines Herzens gehofft, daß seine Schwägerin Emma mit ihren Bemühungen, Clara bei sich zu behalten, Erfolg haben würde. Jetzt fühlte er sich schuldig, aber er hatte keine Erfahrung mit Kindern und wußte nicht, was er zu seiner Stieftochter sagen sollte. Er war überzeugt, daß sie in sein Herz blicken und sein Geheimnis ergründen konnte. Er war auch verschreckt von der Aussicht, sein eigenes Kind auf die Welt kommen zu sehen, und er hielt sich von Lene fern, als trüge sie eine Bombe unter ihrem Kleid.

Der Monat August kam ihnen allen später wie ein Vakuum vor, eine Lücke zwischen Vergangenheit und Zukunft in ihrem Leben. In Wirklichkeit ging jeder von ihnen ganz normal den täglichen Geschäften des Lebens nach. Nur hatten sie das Denken vorübergehend aufgegeben, und alles, was sie taten, wurde von dem qualvollen Warten auf die Visa überschattet. Manfred übte länger als gewöhnlich, Fräulein Gründlich und Clara gingen immer wieder in den Louvre, und Lene saß in ihrem düsteren Wohnzimmer und las französische Romane.

Die Visa trafen am 29. August, einem Montag, ein. Der

Anruf vom amerikanischen Konsulat kam morgens um halb zehn. An diesem Abend veranstalteten sie eine kleine Feier und tranken Champagner, bis ihnen schwindlig war und die Welt sich um sie drehte. Da sie Plätze für die Überfahrt auf der *Nieuw Amsterdam* gebucht hatten, die am 17. September von Boulogne abfuhr, blieben ihnen nicht ganz drei Wochen, um ihre Angelegenheiten zu erledigen.

Lene rief Onkel Edu an, um ihm die Neuigkeit mitzuteilen. Alle Bemühungen, Andreas zu erreichen, waren vergebens.

«Komm mich besuchen, ehe du fortgehst», sagte Edu. «Gott weiß, ob und wann wir uns je wiedersehen werden. Ich zahle dir die Reise. Aber laß das Kind und deinen Mann in Paris.»

Lene erwiderte nichts. Die Bemerkung kam ihr nicht tyrannisch oder taktlos vor, bis sie sie Manfred gegenüber wiederholte.

«Was ist dein Onkel für ein schrecklicher Mensch», sagte Manfred. «Ich hoffe, du wirst seine Einladung nicht annehmen?»

«Doch, ich habe daran gedacht, ihn zu besuchen.»

«Nach dem, was er gesagt hat?»

«Keiner von uns weiß, was die Zukunft bringen wird. Ich habe ihm viel zu verdanken; und nicht nur ich, wir alle.»

«*Ich* nicht. Ich bin durchaus imstande, ohne ihn zurechtzukommen. Und du bist jetzt meine Frau und brauchst ihn nicht.»

«Was glaubst du, wer für das Gehalt von Fräulein Gründlich sorgt?»

«Gut, daß du das zur Sprache bringst. Ich finde wirklich, wir brauchen sie nicht . . .»

«*Ich* brauche sie. Und ich brauche sie nicht nur, ich liebe sie auch. Was soll aus ihr werden, wenn wir sie zurücklassen? Sie ist zu alt, um eine neue Stellung zu finden, und die Nazis werden ihr wegen ihres langjährigen Dienstes bei uns Schwierigkeiten machen. Was auch immer geschieht, ich nehme sie mit nach Amerika.»

«Aber wir haben, wie du eben selbst gesagt hast, keine Ahnung, was uns drüben erwartet . . .»

«Es ist zwecklos, sich darüber den Kopf zu zerbrechen, ehe wir dort sind. Und Onkel Edus Unterstützung kann nur eine Hilfe sein. Ich fahre morgen nach Zürich.»

Edus Chauffeur holte sie am Bahnhof ab, um sie zu Edus Haus im nahe gelegenen Küsnacht zu bringen. Das Wetter war schwül. Es war einer der in dieser Gegend seltenen windstillen Tage, an denen die kühle Luft von den Gletschern nicht bis in die Täler gelangt und das Wasser der Seen lauwarm und spiegelglatt ist.

Edu begrüßte sie mit einem Kuß. Er hatte den neuen Besitz soweit wie möglich nach dem Muster seines Frankfurter Hauses gestaltet. Seine Bücher, Gemälde und Gobelins waren in ähnlicher Weise angeordnet, im Garten blühten die gleichen Blumen, die Familienphotos auf seinem Schreibtisch standen genau so, wie sie immer gestanden hatten. Er goß Lene aus einer Kristallkaraffe ein Glas Sherry ein. Lene war sich eines einzigen großen Unterschiedes bewußt, der sich in der gesamten Atmosphäre des Hauses bemerkbar machte, und das war die Stille des Landlebens. In der Bokkenheimer Landstraße hatte man nie das Gefühl verloren, in der Stadt zu sein. Jenseits des Tores herrschte lebhafter Straßenverkehr, und die Mauern, die den Garten umgaben, grenzten an andere Gärten. An Winterabenden flimmerten die Lichter von Frankfurt durch die kahlen Bäume; im Sommer hörte man die Sirenen von Polizei- und Krankenwagen und das Klingeln der Straßenbahnen. Aber hier in Küsnacht, an den Ufern des Zürichsees, war alles von ländlicher Ruhe durchdrungen. Zwischen der Straße und dem Gartentor lag eine Wiese und nach Norden zu ein Wald. Der Garten wurde von einer sehr hohen Mauer mit Glassplittern auf der Krone begrenzt; hier und dort schimmerte das Wasser des Sees zwischen den stattlichen Buchen hindurch. Lene fühlte sich auf einer einsamen Insel ausgesetzt. Sie war nicht sicher, ob dieses Gefühl angenehm oder erschreckend war. Edu schien entschlossen zu sein, die Zeit für den Rest seines Lebens stillstehen zu lassen. Er beaufsichtigte die Mädchen, die Köchin und die Gärtner und fuhr jeden Tag in sein Büro in Zürich, um sich um seine Geschäfte zu kümmern.

«Es freut mich, dich zu sehen», sagte er zu Lene. «Du

siehst blendend aus. Die Schwangerschaft scheint dir gut zu bekommen.»

«Ich bin im Grunde meines Herzens ein Bauernmädchen», sagte Lene. Er zeigte ihr eine Landschaft von Cézanne, die er kürzlich gekauft hatte, ein unvollendetes Werk; Lene hatte den Eindruck, daß jeder Pinselstrich auf der Leinwand den Maler unzählige Stunden des Schmerzes gekostet hatte. «Es gefällt mir nicht», sagte sie, «es ist zu grimmig.»

«Was willst du damit sagen?»

Edu hörte nicht gerne kritische Bemerkungen über seine Käufe.

«Ich habe das Gefühl, daß in seinem Ringen etwas Unmenschliches liegt», sagte Lene. Sie sah, daß ihr Onkel geringschätzig den Mund verzog. «Verzeih mir, Edu, aber ich bin in letzter Zeit ständig gereizt. Es beeinflußt alle meine Reaktionen. Jedes Zeichen von Kampf verursacht mir Unbehagen.»

«Hast du irgendeine Nachricht von Andreas?»

«Hin und wieder kommt ein Brief, unzusammenhängend und wirr. Ich glaube, Kurt wohnt bei ihm. Warum will er nicht ausreisen?»

«Ich habe mein möglichstes getan, ihn zu veranlassen, hierherzukommen, aber soweit ich es beurteilen kann, scheint er entschlossen, *nichts* für sich zu tun.»

Edu blickte Lene nicht an, als er dies sagte. Sie fragte sich, ob er Ausflüchte gebrauchte, um sein Gewissen zu besänftigen. Der Gedanke war illoyal, und sie verdrängte ihn so schnell sie konnte.

«Und Mama?» fragte sie.

«Vorläufig ist sie dort im Sanatorium noch in Sicherheit.»

«Vielleicht wäre sie besser dran, wenn sie tot wäre.»

«Es steht mir nicht zu, darüber zu urteilen.»

Lene empfand abermals die Kälte seiner Gegenwart.

«Fräulein Gründlich macht sich unentwegt Sorgen um Andreas. ‹Mein armes Kind›, sagt sie. Sie schreibt ihm jede Woche.»

«Sie ist ein guter Mensch, Lene. Ich bin froh, daß du sie hast.»

Die Unterhaltung war steif, als sprächen sie den Text eines Theaterstücks oder würden belauscht.

«Sie glaubt, Andreas bleibt nur, weil er Kurt nicht verlassen will», sagte Lene.

«Wenn das stimmt – und es ist sehr leicht möglich –, wäre es nicht das erste Mal, daß so etwas geschieht. Ich wünschte manchmal, ich hätte solch eine tiefe Liebe kennengelernt!»

Lene wandte den Blick ab. Dicke, schwarze Wolken türmten sich drohend im Westen auf. Das Mädchen, in einem schwarzen Kleid und weißer Schürze, ein gestärktes Häubchen auf dem Haar, machte einen Knicks und meldete, daß das Essen aufgetragen sei.

Sie setzten sich zusammen an einen Tisch, der zu groß für nur zwei Personen war. Lene konnte das Gefühl nicht loswerden, sich in einem Theaterstück zu befinden.

«Ich fühle mich hier noch nicht heimisch», erklärte Edu seufzend, während er sein knuspriges Brötchen in zwei Hälften brach. Der Wein war köstlich, die Suppe leicht mit Safran gewürzt.

«Liebe Lene», sagte er, und sein Ton war zärtlicher, als sie es je von ihm gehört hatte. Das Mädchen servierte den Salat, und Edu schwieg, bis sie aus dem Zimmer war. Tränen waren ihm in die Augen gestiegen. Lene hätte ihn nie für fähig gehalten, seine Gemütsbewegung so offen zu zeigen.

«Es ist grausam, verbannt zu sein», sagte er. «Ich bin schon seit vielen Jahren fort, aber es lastet immer schwerer auf mir, je mehr sich die Lage drüben verschlechtert. Und es ist kein Ende abzusehen. Meine eigene Sicherheit ist eine Anklage. Ich tue mein möglichstes, um anderen zu helfen, herauszukommen ...»

Lene wollte nichts davon hören. Es war eine Litanei, die ihr lediglich das Echo von Worten zu sein schien, die Edu in seiner Einsamkeit und seinem Schuldbewußtsein zu sich selbst gesprochen hatte.

«Die Schweizer – das sollte ich lieber nicht laut sagen – sind nicht sehr hilfreich.»

Das Mädchen brachte den kalten Lachs mit frisch zubereiteter Mayonnaise, neuen Kartoffeln und gegrillten Tomaten.

«Der Lachs ist einfach himmlisch», sagte Lene. «Dein Essen hat nichts von seiner Qualität eingebüßt. Du bringst es immer fertig, gute Köchinnen zu finden.»

«Weißt du nicht, daß ich das alles selber koche?» fragte Edu, und sein ironisches Lächeln ließ ihn wieder vertraut erscheinen, denn er war offensichtlich immer noch Herr der Lage.

«Wenn es nur möglich wäre, euch *alle* zusammen hierher zu bringen», sagte er. «Ich würde mich sogar mit Ehemännern und Kindern abfinden. Aber ich sehe, du willst nicht, daß ich sentimental werde. Verzeih, Lene, ich bin in den Fehler der Alten verfallen. Und ich bin noch nicht alt genug, um mir diesen Luxus leisten zu dürfen.»

Die Himbeeren, die sie zum Nachtisch aßen, waren aus dem Garten, und die *crème fraîche* kam von dem Bauernhof weiter unten an der Straße. Lene bemerkte, daß die Schürze des Mädchens zerknittert und fleckig war.

«Sagen Sie der Wäscherin, sie soll Ihre Schürze waschen», sagte Edu, und sein Frankfurter Tonfall war mit schweizerischen Singsangtönen überlagert, obwohl er nicht wirklich den Dialekt sprach. Das Mädchen nickte. «Ein unerfreuliches Land in vieler Hinsicht», sagte Edu auf englisch. «Ich halte jetzt einen kleinen Mittagsschlaf. Und du solltest es angesichts deiner Schwangerschaft ebenfalls tun. Wir treffen uns um halb fünf zum Tee.»

In Lenes Erinnerung tauchten Bilder aus ihrer Kindheit auf; sie sah sich am Tor in der Bockenheimer Landstraße läuten, sah Emma auf ihre Uhr blicken, um zu sehen, ob sie pünktlich waren.

«Ich werde rechtzeitig unten sein», sagte sie. Edu verneigte sich vor ihr. Einen Augenblick lang sah er genau wie sein Bruder Nathan aus.

«Es wäre besser, wenn Mama tot wäre», sagte sie.

«Sie hat ein sehr gesundes Herz», erwiderte Edu.

Allein in ihrem Zimmer, das auf den See hinausging, hörte Lene den Gewitterregen an die Scheiben schlagen. Der See war schwarz geworden, aber das Gewitter zog nach Süden ab; hinter der Wiese war bereits blauer Himmel zu sehen. Lene hätte sich Blitz und Donner gewünscht, sie wollte sich vor der Gewalt eines Sturms verstecken. Sie sehnte sich danach, sich ins Bett zu legen und die Decke über den Kopf zu ziehen. Sie wollte nicht still dasitzen und warten, daß die Zeit verging, sie war nervös und hatte zuviel gegessen. Das Zimmer, in dem sie sich befand, hatte ihrer Großmutter gehört; es war angefüllt mit kleinen Zeichen der Erinnerung an Hannchen Wertheim. Sie ließen Lene an Frankfurt, an zu Hause denken. Wenn sie doch nur noch ein einziges Mal zurückkehren könnte! Lene schlich aus dem Zimmer und wie ein Dieb die Treppe hinunter. Sie hatte das Gefühl, daß die Schweizer Mädchen sie beobachteten, aber sie konnte es in diesem Augenblick nicht ertragen, in dem kleinen Zimmer zu sein. Das Telephon war in Edus Arbeitszimmer im ersten Stock. Lene hatte keine Mühe, es zu finden. Sie setzte sich an den Schreibtisch, obwohl sie wußte, daß es nicht richtig von ihr war. Edu würde ärgerlich sein, wenn er sie dort sah. Sie verlangte im Flüsterton ihre Pariser Nummer, bemüht, nicht auf die herumliegenden Briefe oder die aufgeschlagene Seite eines Hauptbuchs zu blicken. Sie drehte sich um und starrte auf die Wand, während sie auf das Rufzeichen wartete und darauf, daß jemand in ihrer Wohnung ans Telephon ging. Fräulein Gründlichs Stimme klang weit entfernt und zaghaft. «Hallo? Hallo?» sagte sie.

«Ich bin's, Lene. Ist alles in Ordnung?»

«Es geht uns gut», erwiderte die Erzieherin, immer noch weit weg, aber jetzt weniger zaghaft. Sie hatte am Telephon Angst, französisch sprechen zu müssen. «Herr Solomon ist ausgegangen.» Sie sprach sehr schnell, um nicht unnütz Geld zu vergeuden. «Er kommt erst abends zurück, hat er gesagt. Clara ist auch nicht da. Sie spielt unten mit ihrer Freundin Yvette. Die Mutter ist zu Hause, und so fand ich nichts dabei, sie gehen zu lassen. Wie geht es deinem Onkel Eduard?»

«Er ist der gleiche wie immer, nur ein bißchen älter und eine Spur sanfter. Aber er erinnert mich an Frankfurt, und das macht mich traurig. Ich überlege mir dauernd, daß ich morgen zum Bahnhof gehen, wider alle Vernunft eine Fahrkarte nach Frankfurt lösen, in Basel umsteigen und heimfahren werde. Ich will Andreas sehen, und ich will meine Mutter besuchen. Ich habe sogar Lust, zu Tom zurückzukehren. Ich will nicht nach Amerika gehen! Ich habe Angst vor Amerika!»

«Mach keine Dummheiten, Kind», sagte Fräulein Gründlich. «Man soll das Schicksal nicht herausfordern. Du erreichst nichts damit, daß du dich in Gefahr begibst. Versprichst du mir, vernünftig zu sein? Du hast ein Baby, an das du denken mußt, und auch Clara . . .»

«Emma würde sie auf der Stelle nehmen, wenn ich nicht mehr da wäre.»

«Sie braucht ihre Mutter. Wie ist das Wetter dort? Hier ist es sehr heiß, und keine Aussicht auf Regen.»

«Wir hatten ein Gewitter in der Nähe.»

Lene hörte Schritte auf der Treppe. «Ich muß jetzt Schluß machen», sagte sie. «Ich komme morgen spätabends nach Hause. Grüßen Sie Manfred von mir, und Clara.»

Das Mädchen kam ins Zimmer. Sie trug jetzt eine hellblaue Uniform. Einen Augenblick stand sie da und sah Lene an, unschlüssig, ob sie etwas sagen sollte oder nicht.

«Es tut mir leid, daß ich Sie gestört habe», sagte sie schließlich. «Ich hörte ein Geräusch in Herrn Wertheims Arbeitszimmer und wußte nicht, daß Sie es waren.»

«Ich bin fertig», sagte Lene. «Ich mußte zu Hause anrufen.»

«Es gibt unten in der Küche noch ein Telephon. Herr Wertheim ist sehr eigen.»

«Das weiß ich», erwiderte Lene und ging in den Garten. Die Sonne schien, und sie setzte sich auf eine Bank und musterte aufmerksam jede Einzelheit um sich herum, aber sie sah alles durch den Schleier ihres Angstgefühls. Der Wind bewegte die Wipfel der Bäume und verwandelte die Blätter von Silber in Grau und wieder in Silber.

Sie hatten Gäste zum Tee, und abends ging Edu mit ihr in ein Konzert. «Es wäre nett, dich ständig neben mir zu haben», sagte er auf der Rückfahrt nach Küsnacht. «Eigentlich hast du nie einen angemessenen Begleiter gehabt.»

Lene war am nächsten Abend wieder in Paris, in der Tasche ein Couvert mit zweihundert Schweizer Franken, die Edu ihr gegeben hatte.

Der Tag ihrer Abfahrt nach Boulogne war kühl und heiter. Lene erinnerte sich später, daß er auch windig gewesen war, denn sie sah im Geist immer wieder die Trikolore, die unterwegs fröhlich auf allen Bahnhöfen wehte. Nur ein leiser Hauch von Herbst lag in der Luft. Clara war erregt über die Aussicht, zum erstenmal das Meer zu sehen, ein Meer mit hohen, schäumenden Wellen wie diejenigen, über die sie in Büchern gelesen hatte. Sie sollte eine bittere Enttäuschung erleben. Der belebte Hafen von Boulogne war so voll von Schiffen, daß das Wasser kaum zu sehen war. Außerdem lag England direkt gegenüber, und es gab weder hohe Wellen noch einen grenzenlosen Horizont. Die *Nieuw Amsterdam* jedoch war riesig, und das machte die enttäuschten Hoffnungen ein wenig wett. Clara hatte sich nicht ein Schiff von diesen Ausmaßen vorgestellt; es war wie ein ganzes Dorf, und es lag so weit draußen im Hafen, daß man ein kleines Boot nehmen mußte, um zu ihm zu gelangen. Nirgends waren Segelschiffe zu sehen. Clara hatte ständig ein Bild der *Niña, Pinta* und *Santa María* vor Augen gehabt, von denen ihr die verkrüppelte Lehrerin erzählt hatte, die ihr in Florenz *«I am, you are, he, she, it is»* beibrachte.

Die *Nieuw Amsterdam* übertraf auch Fräulein Gründlichs Erwartungen, und der erste Anblick des Schiffes brachte die Erkenntnis mit sich, daß sie wirklich in ein fernes Land ziehen, ein großes Meer überqueren würden zu einem neuen Kontinent. Die Erregung, von der Reisende ergriffen werden, die sich auf abenteuerliche Fahrten begeben, überwältigte plötzlich auch sie – Fräulein Gründlich war wie berauscht, und sie zog Clara an sich, während sie im hellen Sonnenschein auf dem Deck standen und zum Ufer zurückblickten.

«Es wird ein aufregendes Erlebnis sein», sagte sie zu dem Kind. «Freust du dich auch darauf?»

Clara gab der Erzieherin einen Kuß auf die Wange. Der Wind blies ihr die Haare ins Gesicht.

«Darf ich Zöpfe tragen, wenn wir nach Amerika kommen?» fragte Clara. «Oder mir die Haare ganz kurz schneiden lassen?»

«Warte ab, wie die anderen Kinder sie tragen.»

Die Kabine, die Clara mit Fräulein Gründlich teilte, war genauso, wie sie es in Filmen gesehen hatte – kompakt und sauber, mit einem Bullauge und einer doppelstöckigen Koje. «Darf ich bitte im Oberbett schlafen?» bat sie, und Fräulein Gründlich erklärte sich nur zu gern einverstanden.

«Glauben Sie, wir werden eine stürmische See haben?» fragte Clara. «Ich möchte gern richtige Wellen sehen.»

«Ich nicht, vielen Dank», erklärte Fräulein Gründlich. «Ich sehe mir die Wellen lieber auf Bildern an und wünsche mir eine ruhige Überfahrt.»

Clara war zu aufgeregt, um einschlafen zu können. Sie blickte immer wieder aus dem Bullauge und versuchte, irgend etwas in der Dunkelheit zu sehen. In Southampton sah sie zu, wie die Kräne Kisten und Gepäck in großen Netzen aufs Schiff luden, und hörte das trauervolle Tuten der Nebelhörner. Als sie am nächsten Morgen endlich auf hoher See waren, entdeckte Clara zu ihrem Erstaunen, daß das riesige Schiff plötzlich viel kleiner zu sein schien, wenn man inmitten der Grenzenlosigkeit von Meer und Himmel an der Reling stand und andere Schiffe am Horizont vorüberziehen sah, kleine Punkte auf der Linie, die das blaue Meer vom blauen Himmel trennte. Clara suchte sich einen Liegestuhl und setzte sich, um in ihr Tagebuch zu schreiben; es gab so viele wichtige Dinge, die sie festhalten wollte, wie zum Beispiel das wundervolle Spielzimmer, voll Spielautomaten und mechanischen Fußballspielen, und das Schwimmbekken auf dem D-Deck, dessen Wasser klatschend über den Rand schwappte, sobald das Schiff ein wenig stampfte. Clara fragte sich, was wohl geschehen würde, wenn jemand über Bord ging und in der weißen Blasenspur zurückblieb. Die Dinge, die sie sah und nicht in Worte fassen konnte, zeichnete sie. Der Himmel und der Horizont, die sich rings um sie berührten und sichtbar waren, wohin auch immer sie blickte, aber je nach dem Licht und der Tageszeit ihr Aussehen veränderten, faszinierten sie am meisten, aber sie konnte es *weder* in Bildern noch in Worten ausdrükken.

Clara und Fräulein Gründlich spazierten auf dem Schiff umher, das wie ein schwimmendes Dorf war. Sie entdeckten das Kinderzimmer, wo Mädchen in weißen Uniformen über viele Babies wachten, und Erzieherinnen mit ähnlichen Schleiern wie Krankenschwestern sich zu unterhalten versuchten, obgleich sie sich angesichts ihrer verschiedenen Sprachen nur schwer verständigen konnten. «Es geht dort drinnen zu wie beim Turmbau von Babel», sagte Fräulein Gründlich. Sie hielt sich von den Kindermädchen fern. Sie war viel älter als die meisten von ihnen und empfand in ihrer Gegenwart eine Mischung von Stolz und Unbehagen.

Für Clara war die Reise wie ein Urlaub in einem Grandhotel. Es gab Unterhaltungen aller Art – Pingpong und Billard und Spiele an Deck, bei denen Wetten abgeschlossen wurden, wie zum Beispiel ein Wettrennen von Schildkröten, die versuchten, den Weg aus einem Labyrinth zu finden. Sie war selten mit Lene und Manfred zusammen. Lene kam jeden Abend, um ihr gute Nacht zu sagen, selbst wenn sie eine Gesellschaft in einem der eleganten Salons verlassen mußte, und wenn sie auf ihre Tochter zuglitt, um sie zu umarmen und zu küssen, war sie wie eine Prinzessin, die im Dunkel der Nacht aus ihrem Schloß herabsteigt. Der Mond, der durch das Bullauge schien, glitzerte auf ihrem Halsschmuck aus Perlen und Diamanten. Während Clara dalag und auf sie wartete, verlor sie sich in ihren Wachträumen – sah sich als eine Gestalt in irgendeinem Film, den sie gesehen, oder in einem Buch, das sie gelesen hatte. Oft versetzte sie sich im Geist in die Rolle eines Waisenkindes, das außerhalb der Gesellschaft steht, oder eines armen Küchenmädchens, das heimlich das prächtige Treiben der Reichen beobachtet. Natürlich war das Mädchen besser dran als ihre Herrschaft, denn sie war allein, frei von all dem Prunk und den Förmlichkeiten. Manchmal stellte sie sich vor, daß ihr schneidiger Vater sie aus Armut und Elend rettete, aber häufiger war *sie* es, die ihn aus dem Asyl befreite, in das man ihn krank, blind und verlassen eingeliefert hatte. Da sie ihre Ideen aus den Kinderfilmen, die sie sah, bezog, stellte sie es sich sehr romantisch vor, eine Waise oder arm zu sein. Es kam ihr nie in den Sinn, daß *sie*, Clara, es war, die immer die Leckerbissen aß.

Am vierten Tag ihrer Reise hatten sie hohen Seegang, und

das Schiff schlingerte und stampfte so stark, daß viele seekrank wurden. Der Fußboden kam einem entgegen, wo immer man ging, und die Passagiere blieben in ihren Kabinen. Fräulein Gründlich hatte sich in ihre Koje geflüchtet. Clara fühlte sich ausgezeichnet und kam sich daher sehr überlegen vor. Als die Erzieherin erschöpft eingeschlafen war, ging das kleine Mädchen leise hinaus, um die Korridore des Schiffs auszukundschaften, die ihr mittlerweile vertraut geworden waren. Sie wollte den Platz im Inneren des Schiffes finden, wo sich blinde Passagiere versteckt halten könnten. Aber statt dessen fand sie das Schiffskino. Es war fast leer, aber die Leinwand flackerte verlockend, und so schlich sie hinein. Auch das war verboten; der Film war nicht für Kinder.

Clara setzte sich in eine der hinteren Reihen. Binnen weniger Minuten war sie völlig fasziniert. Der Film spielte offensichtlich in Amerika, denn er zeigte eine Stadt mit Feuertreppen genau wie die, die Clara auf Bildern von New York gesehen hatte. Es gab eine Menge Jungen mit Schmierflecken auf dem Gesicht und einen gutaussehenden jungen Mann und ein hübsches junges Mädchen, die sich lange am Ende einer Mole inmitten dieser Stadt unterhielten. Der Film spielte tatsächlich in New York. Clara verstand nicht viel von dem, was gesprochen wurde, aber sie verfolgte begierig die Handlung, und jede Geste, jede Einzelheit des Szenenaufbaus prägten sich ihr ein.

Am nächsten Tag war es ruhiger, aber immer noch ging ein starker Wind. Fräulein Gründlich hörte als erste davon. «Wir sind durch das Randgebiet eines heftigen Orkans gefahren», sagte sie zu Clara. «Es heißt, er habe großen Schaden in Amerika angerichtet. Wir können von Glück sagen, daß wir nur so wenig davon abbekommen haben. Obgleich es mir genügt hat.» Sie fühlte sich noch schwach und unsicher auf ihren für gewöhnlich recht kräftigen Beinen.

Die *Nieuw Amsterdam* legte gegen Mitternacht im Hafen von New York an. Clara, die geschlafen hatte, wachte auf, als die vertrauten Geräusche der Maschinen und das Stampfen des Schiffes aufhörten. Die Stille wurde nur durch die lärmende Geschäftigkeit an Land unterbrochen. Kräne waren wieder am Werk; Hafenarbeiter schrien in einer neuen Sprache. Aber durch das Bullauge gab es wenig zu sehen, außer öligem Wasser, auf dem Abfälle schwammen. Clara hatte so gehofft, die Freiheitsstatue zu erspähen und die Skyline von New York mit seinen riesigen Wolkenkratzern vom Meer aus betrachten zu können. Es lohnte sich nicht, Fräulein Gründlich zu wecken. Sie holte ihr Tagebuch heraus und schrieb beim Schein der kleinen Lampe über ihrer Koje: «Unsere Reise ist in New York zu Ende gegangen. Das einzige, was ich sehen kann, ist das schmutzige Wasser des Hafens, aber morgen früh wird die Sonne für uns alle über einem neuen Land aufgehen.» Sie schlief zufrieden wieder ein.

Am 28. Oktober erließ die Reichsregierung ein Dekret, mit dem sie alle «staatenlosen» Juden des Landes verwies. Am 7. November wurde der Dritte Sekretär der Deutschen Botschaft in Paris, Ernst vom Rath, von einem siebzehnjährigen polnisch-jüdischen Studenten, Herschl Grynszpan, niedergeschossen, dessen Eltern – polnische Staatsangehörige, die seit 1914 in Hannover lebten – durch das Dekret aus Deutschland ausgewiesen worden waren. Dies lieferte den Vorwand für den Pogrom, der als «Kristallnacht» in die Geschichte eingegangen ist. Vom Rath starb am 9. November, und für denselben Abend hatten die Naziführer eine Feier zur Erinnerung an den fünfzehnten Jahrestag des Novemberputsches in München angesetzt. Das Zusammentreffen dieser zwei Ereignisse war für alle, die es hören wollten, das Signal, daß es jetzt jedermann freistand, ernsthaft mit dem Terror gegen die Juden zu beginnen.

In jener Nacht loderten Brände in fast allen Synagogen Deutschlands. Die Schaufenster jüdischer Läden wurden zerschmettert. Einundneunzig Juden wurden getötet, über 7000 jüdische Geschäfte wurden geplündert und zerstört, und 26000 jüdische Männer wurden verhaftet und in die Konzentrationslager von Dachau, Buchenwald und Sachsenhausen gebracht. Die Straßen waren übersät mit den Scherben von Tausenden von Fensterscheiben.

Jonas Süßkind hatte die Nachricht vom Tod vom Raths im

Radio gehört. Er war zu Hause, dachte an seine Kinder, verfluchte seine Frau und hoffte zugleich verzweifelt auf ihre Rückkehr. Er trank mehr, als er aß, machte seinen täglichen Spaziergang und werkelte im Garten herum. Die Tatsache, daß es dort zu dieser Jahreszeit sehr wenig zu tun gab, hinderte ihn nicht daran, irgendeinen Vorwand zu finden, um hinauszugehen und die Sackleinenhüllen an den Rosenstökken zu prüfen oder sich zu vergewissern, daß die Torfmullschicht um die Beete dick genug war. Ein jüdischer Kollege hatte ihm geraten, ein Visum für irgendein fernes Land zu beantragen, wo er erst mal Arbeit als Krankenpfleger finden und sich dabei darauf vorbereiten konnte, eine Prüfung abzulegen und wieder als Arzt tätig zu sein, aber er hatte den Gedanken energisch zurückgewiesen. Er wollte die Hoffnung nicht aufgeben, daß Hildegard zurückkehren würde, um ihn zu retten, oder, wenn schon nicht das, so doch zumindest bei den Behörden ein gutes Wort für ihn einlegen würde. Er besaß einige Ersparnisse, an die sie nicht hatte herankommen können, und er kam einigermaßen zurecht, indem er hin und wieder einem alten Patienten heimlich einen Gefallen tat.

Als er die Nachricht hörte, wußte er, daß jetzt zweifellos irgend etwas Schreckliches geschehen würde. Er hatte sich auf die Idee versteift, daß die logischste Maßnahme die Wiedererrichtung von Ghettos wäre. Er glaubte, daß es nicht schwer sein würde, die Juden, die noch in Frankfurt und seiner Umgebung übriggeblieben waren, wieder in der Altstadt anzusiedeln, in der Gegend der einstigen Judengasse, wo sie als isolierte Gemeinschaft außer Sichtweite der übrigen Bevölkerung leben konnten. Er sah sich selbst als Arzt in dieser Gemeinschaft. Er würde seine Patienten umsonst behandeln, würde nur um ein Dach über dem Kopf und um das tägliche Brot bitten. Andreas, dem er dieses Hirngespinst anvertraut hatte, war sichtlich überrascht gewesen und hatte erklärt, daß er sich niemals damit abfinden würde, hinter die Mauern eines Ghettos gesperrt zu werden.

Der Abend brach herein, und in Wiesbaden schien alles ruhig zu sein. Jonas ging von einem Fenster zum anderen und hielt Ausschau nach der HJ-Schar, die bei früheren Gelegenheiten Parolen an seine Gartenmauer geschmiert hatte und haßerfüllte Lieder singend an seinem Haus vorbeimarschiert war. Stunden vergingen, und nichts geschah.

Jonas wohnte in einer ruhigen Villenstraße. Er war in seinem Arbeitszimmer eingenickt, als die ersten Geräusche zu ihm drangen. Gruppen von Vandalen, mit Knütteln, Steinen, Benzinkanistern, Lumpen und Streichholzschachteln bewaffnet, zogen durch die Straßen. Zuerst zerschmetterten sie Fenster, dann legten sie die Brände. Jonas hörte den Lärm des Mobs und sah den Widerschein einer großen Feuersbrunst. Funken flogen durch die kalte Nachtluft, Brandgeruch kroch über die Stadt. Jonas wußte nicht, daß es die Synagoge war, die brannte, aber er merkte, daß das Feuer nicht bekämpft wurde.

Es dauerte Stunden, ehe der Himmel wieder schwarz war und die Sterne hinter den Rauchwolken hervorkamen. Das Telephon klingelte. Jonas nahm automatisch den Hörer auf. Die Stimme am anderen Ende der Leitung war heiser. «Sie haben die Synagoge in Brand gesteckt», sagte der Mann, «sie ziehen durch die Stadt, verhaften Juden, verwüsten ihre Geschäfte, zerschmettern Fenster. Retten Sie sich!»

«Wer sind Sie?» fragte Jonas, aber die Verbindung war bereits unterbrochen.

Jonas erkannte, daß keine Rede mehr davon sein konnte, einen höflichen Brief zu bekommen, der ihn ersuchte, sich im Rathaus einzufinden, um dem Frankfurter Ghetto zugeteilt zu werden. Als es an seiner Tür klopfte, war er nicht überrascht. Er hatte keine Angst zu sterben, und als Arzt wußte er, wie man den Tod schmerzlos herbeiführen kann.

Das Klopfen wurde lauter; Rufe ertönten, Knüppel schlugen krachend gegen das Holz. Jonas füllte die Spritze, wie er es schon tausendmal getan hatte. Er machte das Licht aus und verschloß die Tür seines Arbeitszimmers. Er schlang den schmalen Gummischlauch um den linken Oberarm und zog ihn mit den Zähnen fest, um seine rechte Hand frei zu haben. Die Vene wurde dunkler, verdickte sich, trat hervor. Jonas führte geschickt die Nadel ein, drückte auf den Kolben der Spritze, lockerte den Schlauch. Ein liebliches Zwitschern klang ihm in den Ohren; es war wie der Gesang von Vögeln an einem Frühlingsmorgen. Er dachte an die Melodie des zweiten Satzes der «Pastorale». War es eine Oboe, die er hörte, oder eine Flöte? Vielleicht war es beides. Ein lautes, brausendes Geräusch wie ein Wasserfall gewann die Oberhand und übertönte die Musik. Das Tosen wurde immer lauter, und bald hörte er nichts anderes mehr. Das ist gar nicht so schlimm, dachte er bei sich, aber ich würde gern das kühle Wasser auf meiner Zunge fühlen. Dann verlor er das Bewußtsein.

Als die SA-Männer ihn fanden, war er bereits tot. Das machte sie so wütend, daß sie alles in seinem Sprechzimmer kurz und klein schlugen. Sie hatten nichts Wertvolles in seinem Haus gefunden. Ein kleines Gemälde, eine Ansicht von Frankfurt von Johann Friedrich Morgenstern, wurde am nächsten Tag von Nachbarn weggeschafft. Niemand erhob Anspruch auf den Leichnam, und er wurde in einem Karren zum jüdischen Friedhof gebracht, um vom Bestattungsverein beerdigt zu werden. Sie stellten eine kleine Gedenktafel auf, die bald verrostet war und den Krieg nicht überdauerte.

Andreas hörte kein Radio mehr, er hörte sich außer seinen Platten überhaupt nichts mehr an. Kurt war, nachdem er Besuch von der Gestapo bekommen hatte, zu ihm ins Haus gezogen. Die Wohnung, die den Main überblickte, gehörte jetzt einem Parteifunktionär. Anna, die für beide sorgte, obwohl das für sie selbst gefährlich war, unterrichtete sie über alle wichtigen Neuigkeiten.

«Das hat gerade noch gefehlt», sagte sie, nachdem sie von dem Attentat auf vom Rath gehört hatte. «Jetzt sind sie nicht mehr zu halten. Sie sagen, sie hätten recht gehabt, was die Juden betrifft. Man kann nirgendwohin gehen, ohne ihr Geschrei zu hören. Sie sagen immer wieder: ‹Die Juden sind unser Unglück.› Kein Wunder, daß die Leute anfangen, es zu glauben. Es ist wahrhaftig ein regelrechter Alptraum.»

Ihr rundes Gesicht war runzlig geworden. Man sah ihr jetzt ihr Alter an, aber sie wollte nichts davon hören, sich zur Ruhe zu setzen.

«Ich möchte nicht, daß Ihnen etwas geschieht», sagte Andreas. «Ich möchte nicht Ihr Unglück sein.»

Anna tat seine Besorgnis mit einer Handbewegung ab. «Ich habe Ihrem Onkel Edu versprochen, daß ich bei Ihnen bleiben werde.»

«Ach ja? Davon wußte ich nichts.»

«Er tut alles, was er kann, um dafür zu sorgen, daß man Ihnen keinen Schaden zufügt. Ich wünschte, Sie würden fortgehn. Warum müssen Sie bleiben?»

«Sie wissen, warum. Ich kann nicht ohne Kurt fortgehen, und es gibt niemanden, der *ihm* hilft.»

Anna seufzte. Sie hätte nie gedacht, daß sie eines Tages dahin kommen würde, solch eine Beziehung zu verstehen und zu akzeptieren. Aber die beiden hatten ihr Herz gewonnen. Andreas und Kurt verkehrten höflich miteinander, entschlossen, ihre Würde zu wahren. Sie lasen sich gegenseitig vor und führten ein geregeltes Leben. Sie konnten in kein Restaurant gehen, konnten nur in wenigen Läden einkaufen und nicht einmal in den Anlagen sitzen. Aber sie hielten durch und lebten nur für den Augenblick.

Das Geräusch von zersplitterndem Glas drang nicht zu Andreas hinter seinen Mauern und übertönte nicht die Musik, die er spielte; er sah nicht die brennenden Synagogen. Die Westend-Synagoge blieb unerklärlicherweise verschont. Andreas ging wie immer hinter herabgelassenen Jalousien und verriegelten Türen zu Bett.

Anna brachte am nächsten Morgen weitere Nachrichten.

«Es heißt, die Juden müssen Schadenersatz leisten. Das habe ich auf der Straße gehört. Man sagt, die Feuerwehr habe keinen Finger gerührt, um die Brände zu löschen. Viele Juden werden verhaftet. Ich habe auf der Straße gesehen, wie eine Gruppe von ihnen abgeführt wurde. Ich weiß, daß es Juden waren; ich habe Herrn Horowitz und Herrn Ettinger erkannt. Bis an mein Lebensende werde ich diesen Anblick nicht vergessen. Die Leute standen da und sahen zu. Einige jubelten sogar. Es gibt hier keine Hoffnung mehr, Andreas –» sie hatte ihn bisher noch nie bei seinem Vornamen genannt – «Sie müssen fortgehn!»

«Was können sie mir denn noch tun?»

«Sie können Sie töten.»

«Was hätte das für einen Zweck?»

«Sprechen Sie nicht von ‹Zweck› – wo Haß herrscht, gibt es weder Sinn noch Verstand.» Die alte Frau war sowohl gütig als auch lebensklug. «Sie werden Sie schröpfen, soweit sie können, und dann werfen sie Sie weg. Für die sind Juden keine Menschen. Sie tun, was sie wollen, und sie sehen, daß niemand protestiert. Mein Neffe hat gegen den Pöbel gewettert, und er ist zusammengeschlagen worden. Retten Sie sich!»

Andreas griff nach ihrer Hand und küßte sie. Die Geste war sanft und ritterlich zugleich. Anna errötete.

«Warten wir ab, was geschieht», sagte er.

Dreitausend Meilen über Land und Meer entfernt brachte Lene an diesem selben Tag, dem 10. November, im New York Hospital einen Jungen zur Welt. Es gab keine Komplikationen, keine Probleme irgendwelcher Art. Das Kind wog fast zehn Pfund, hatte das schwarze Haar seines Vaters und einen kräftigen Schrei. Es wurde Peter Nathan Solomon genannt. Um die Namengebung war ein kleiner Streit entbrannt. Manfred wollte einem bekannten Dirigenten schmeicheln, indem er seinen Sohn nach ihm nannte, aber Lene war nicht einverstanden. «Der Name ist häßlich», sagte sie, «und ich halte nichts davon, vor irgend jemandem Kratzfüße zu machen.»

«Meine Laufbahn scheint dich nicht zu interessieren», sagte Manfred, aber er war stolz auf seinen Sohn mit dem roten Gesicht und den gesunden Lungen.

Einen Monat später, kurz vor Weihnachten, starb Paul Leopold in einem Pariser Krankenhaus an den Folgen einer Gallenblasenoperation. Lene erfuhr von seinem Tod durch Eva, die schrieb:

> Wir wußten alle, daß er krank war, aber keiner von uns machte sich klar, wie krank er wirklich war. Man sagt jetzt, daß seine Leber bereits völlig kaputt gewesen sei. Er hätte nicht mehr lange leben können, selbst wenn die

Operation an seiner Gallenblase erfolgreich gewesen wäre. Aber ich vermute, daß er aus vielerlei Gründen gestorben ist; die Leber war nur einer davon. Es heißt, der Arzt, der ihn behandelt hat, sei ein Quacksalber. Man interessiert sich hier nicht für uns, und sie wollten nicht erlauben, daß einer unserer Leute nach ihm sah. Sie sagten, er sei nicht zugelassen. Paul brach eines Abends im Café zusammen und wurde mit einer Ambulanz ins nächste Krankenhaus gebracht. Sie schnitten ihn am nächsten Tag auf, und er lebte noch fast eine Woche. Er hatte viele Besucher; aber der Chirurg kam nie, um nach ihm zu sehen, und die Schwestern stellten sich taub, wenn man sie bat, ihn zu rufen. Sie behaupteten, Paul erhole sich sehr gut. Später erklärten sie, er sei zu krank gewesen, um sich wieder zu erholen. Sie zuckten die Achseln, wie die Franzosen es zu tun pflegen, und sagten: *«Mais oui – Monsieur est un ivrogne!»* – ein Trinker –, als ob das alles erklärte.
Sie waren gefühllos und grausam. Er hat sehr gelitten. Sie taten nichts. Wenn er, von Schmerzen gequält, verzweifelt nach Hilfe verlangte, brachten sie ihm Wasser und Aspirin. Er rief immer wieder, daß er «nach Hause» wolle, aber niemand wußte recht, was er damit meinte. Er hatte kein Zuhause. Er starb am kürzesten Tag, genau im Nadir des Jahres. Es gab eine kurze Totenfeier, und die ganze Emigrantenkolonie kam, um ihm das letzte Geleit zu geben. Wir wissen alle, daß es täglich in den Konzentrationslagern Deutschlands ein schrecklicheres Sterben gibt, aber er schien all unser Leid zu symbolisieren. Wir sind Verbannte. Man sagt, er wollte sterben, weil er es nicht ertragen konnte, fern von seinem geliebten Österreich zu sein, daß er Österreichs Untergang in diesem Jahr von ganzem Herzen beklagte. Das kann ich nicht beurteilen. Ich glaube nicht an derartige Erklärungen; sie kommen mir zu romantisch vor. Außerdem war Paul schon immer ein Verbannter. Es war der natürliche Zustand seines Lebens. Es gab für ihn nie eine Hoffnung. Lenin kehrte im Triumph nach Rußland zurück, *seine* Verbannung war vorübergehend. Das wußte er. Paul wußte, daß es keinen Ort gab, zu dem er je zurückkehren konnte. Er war zu zynisch

geworden, um an eine politische Lösung zu glauben. Und das ist der Punkt, wo ich nicht mit ihm übereinstimme. Ich bin sicher, daß die Verdammten dieser Erde – und ihre Zahl nimmt zu mit jedem Tag, den Hitler an der Macht ist – aufwachen *werden.* Es gibt viel zu tun. Es wird lange dauern, aber wir müssen uns dieser Aufgabe widmen. Hitlers Reich wird keine tausend Jahre währen. Davon bin ich fest überzeugt.

Lene legte den Brief weg und sagte Manfred nichts davon. Sie war allein in der Wohnung, als Fräulein Gründlich ihn ihr brachte, und sie las ihn mehrere Male. Wochenlang konnte sie ihn nicht aus ihren Gedanken verdrängen, und sie träumte fast jede Nacht von Paul Leopold. «Du siehst nicht gut aus», sagte Manfred. «Vielleicht solltest du aufhören, das Baby zu stillen.»

Achtes Kapitel

1939–1945

DIE ERSTEN JAHRE in Amerika waren nicht leicht für Manfred Solomon, und er machte sie seiner Familie oft schwer. Während es mit seiner Laufbahn in Europa vor der Nazizeit ständig bergauf gegangen war, erlitt er jetzt, da er sich, wie er spöttisch meinte, im «Land der unbegrenzten Möglichkeiten» befand, einen Rückschlag. Hätte Manfred nicht seine Stelle als Lehrer an dem kleinen katholischen College in New Rochelle gehabt und Lene ihren monatlichen Scheck von Edu, wären sie nur schwer durchgekommen. Aber so, wie die Dinge lagen, gelang es Lene, die Illusion zu wahren, daß sich ihr Leben nicht wesentlich geändert hatte. Und sie befanden sich in Sicherheit. Das war schließlich das wichtigste von allem.

Nach ihrer Ankunft in New York wohnten sie einen Monat lang in einem Hotel in der West Eighty-first Street. Von dort aus machte sich Lene, hochschwanger wie sie war, tagtäglich auf den Weg, um eine passende Wohnung zu finden. Die sie schließlich nahm, befand sich in einem Haus in der East Eighty-second Street, Ecke Madison Avenue. Sie war groß genug für sie alle und bot auch Platz für Manfreds Bechstein-Flügel. Fräulein Gründlich hatte ihr eigenes Zimmer, und es gab ein kleines Kinderzimmer für das Baby, das eine Woche nach ihrem Umzug zur Welt kam. Als Lene mit ihm aus dem Krankenhaus heimkehrte, wurde es dort in ein neues amerikanisches Kinderbett gelegt. Ihr übriger Hausrat traf in riesigen Holzkisten ein, und Clara sah mit freudigem Staunen zu, wie sie ausgepackt wurden. Jedes einzelne der vielen Dinge, an denen ihr Herz hing und die sie seit dem Tag ihrer Abreise aus Deutschland nicht gesehen hatte, kam nach und nach zum Vorschein. Die große, frisch gestrichene Wohnung wirkte vertraut, als die Teppiche ausgebreitet und die Möbel an ihren Platz gestellt waren. Der Blick aus dem Fenster schien das einzige zu sein, was sie nicht aus Frankfurt mitgebracht hatten. Das Marmortischchen mit der kleinen Emailschale, in der Lene immer ihre Schlüssel aufbewahrte, stand an seinem gewohnten Platz in der Diele. Claras Schlafzimmer war mit den Bauhaus-Möbeln aus Holz und Stahl ausgestattet, die Lene 1932 gekauft hatte, als sie beschloß, das Kinderzimmer unter dem Dach in der Guiollettstraße mit Emmas Hilfe zu «erneuern».

Clara lief immer wieder zu ihrer Mutter, um ihr jeden neuen Gegenstand zu zeigen, den sie fand, und ehe der Tag zu Ende war, hatte sie ihr Zimmer genauso eingerichtet, wie sie es haben wollte, bis hin zu dem koptischen Wandteppich, den Onkel Ernst ihr aus Palästina geschickt hatte. Sie fühlte sich glücklich und geborgen. Selbst der Blick die Madison Avenue entlang gefiel ihr; sie beobachtete neugierig das Leben und Treiben auf der Straße.

Lene hatte Manfred fortgeschickt, um ihm den Trubel zu ersparen. Er murrte immer darüber, daß er in einem «Haus voller Frauen» lebte, erwartete aber ihre Liebe und Verehrung – die ihm auch zuteil wurde. Als er zurückkehrte, waren die Packer fort, und die Ordnung war nahezu wiederhergestellt. Lene saß in einem Hauskleid, das sich straff über ihrem geschwollenen Leib spannte, und mit einem Tuch um den Kopf im Schlafzimmer, rauchte eine Zigarette und sah zu, wie die Sonne langsam hinter dem Metropolitan Museum verschwand. Manfred, der an der offenen Tür vorbeikam, sah sie und sagte: «Du siehst wundervoll schlampig aus.» Sie starrte ihn verständnislos an; er hatte sie aus einer Träumerei gerissen, die so tief war, daß sie fast an Trance grenzte.

«Aber du hast auch etwas von einer Heiligen an dir», fuhr Manfred fort. «Die Kombination ist unwiderstehlich.»

Er schloß die Tür hinter sich, ging zu ihr und küßte sie auf den Nacken. In Zeiten, in denen er nicht arbeitete, wuchs sein Verlangen nach ihr. Er schob die Hand in den Ausschnitt ihres Hauskleides und berührte ihre Brüste. «Ich hatte schon immer eine Schwäche für Hausmädchen», flüsterte er und zitierte Wilhelm Busch, der mehr oder weniger das gleiche gesagt hatte. Er fuhr mit dem Zeigefinger über ihre Brustwarze. «Ich liebe dich», sagte er.

«Nicht jetzt», bat Lene, «ich habe zuviel zu tun.»

«Ich liebe dich jetzt, ich liebe dich immer.»

«Clara kann jeden Augenblick hereinkommen. Laß mich in Frieden.»

«Du bist kalt mir gegenüber geworden, seit wir hierhergekommen sind.»

«Bitte fang nicht an, mir Vorwürfe zu machen. Siehst du nicht, wie ich aussehe? Das Baby . . .»

«Es ist immer irgend etwas!» Manfred stürmte hinaus. Er schloß sich in seinem Zimmer ein und erschien erst, als er zum Abendessen gerufen wurde. An diesem Abend ging er allein ins Kino.

Die Geburt seines Sohnes munterte Manfred merkwürdig auf. Er hatte erwartet, daß er lediglich stolz darauf sein würde, ein Kind zu haben, aber er ging immer wieder ins Kinderzimmer, um staunend auf das Baby zu blicken, dessen schwarze Locken an seiner Stirn klebten, während es, auf dem Bauch liegend, friedlich in seinem Bettchen schlief. Ein paar Monate lang vergaß Manfred, daß seine Laufbahn zum Stillstand gekommen war. Die Musik, die er übte, war romantisch und lyrisch. Er besuchte andere Musiker und spielte Kammermusik mit ihnen.

Am 15. März 1939 marschierten deutsche Truppen in die Tschechoslowakei ein.

Lene bekam Platzangst in Tunnels und anderen unterirdischen Orten. Es begann ganz unerwartet eines Tages, als sie mit der U-Bahn fuhr. Sie wurde plötzlich von der Gewißheit überwältigt, daß der Zug, der mit donnernder Geschwindigkeit stadtauswärts raste, durch den Einsturz der Straße über ihnen zermalmt werden würde. Und als der Zug sein Tempo verlangsamte, um anzuhalten, fühlte sich Lene so schwach und zittrig, daß sie einen freundlich aussehenden älteren Herrn bat, ihr seinen Sitzplatz zu überlassen. Sie preßte die Lippen zusammen, um nicht laut aufzuschreien, hielt die Augen geschlossen und die Finger um ihre Handtasche geklammert. So saß sie da und wartete auf den Tod. Als sie die Eighty-sixth Street erreichten, stürmte sie in wilder Erregung hinaus, und erst die frische Luft und der Anblick des Himmels beruhigten sie ein wenig. Von da ab benutzte sie nach Möglichkeit den Bus statt der Untergrundbahn. Einmal, als sie nach New Jersey fahren mußte, überfiel die Panik sie inmitten des Lincoln-Tunnels. Um nicht noch einmal das gleiche zu erleben, fuhr sie auf dem Rückweg nur bis Hoboken und nahm von dort aus ein Taxi über die George-Washington-Brücke. Es kostete ein kleines Vermögen, und Manfred schalt sie wegen ihrer Angst. «Beiß einfach die Zähne zusammen und gib ihr nicht nach», sagte er. «Ich muß mich mit mehr herumplagen als du, und du siehst mich nicht der Verzweiflung nachgeben. Dies sind nur törichte kleine Ängste.»

«Sie sind meine Verzweiflung», sagte Lene, aber Manfred verstand sie nicht. Er begann, immer länger zu üben. Die Nachbarn klopften manchmal ungeduldig an die Decke oder den Fußboden. Die Musik wurde weniger lyrisch und dissonanter. Er stritt sich mit einigen seiner alten Bekannten. Auch sie waren mürrisch und unzufrieden in Amerika.

Manfred fuhr zweimal in der Woche mit dem Zug für einen halben Tag nach New Rochelle. Er ging zu Fuß zur Schule und zurück, eine Entfernung von mehreren Meilen, und wurde den Kaufleuten längs der North Avenue bald eine vertraute Erscheinung. Seine Schülerinnen hatten Angst vor seiner pedantischen, autoritären Art. Das Unterrichten machte ihm keine Freude, und die Mädchen, undiszipliniert und ohne jedes Interesse, kamen ihm stumpf und geistlos vor. «Mein kleiner Sohn hat mehr Temperament», sagte er verdrießlich zu Lene. Aber die Schule bat ihn oft, Konzerte zu geben, und obgleich die Zuhörerschaft hauptsächlich aus Emigranten bestand, wurde sie im Lauf der Monate größer, und das hielt er für ein ermutigendes Zeichen.

Bei seinem Konzert im Rathaus von Manhattan – das ihn Geld kostete, weil die meisten Karten verschenkt worden waren – war der Kritiker der dritten Garnitur der *New York Times* zugegen, der erklärte, Manfreds Spiel sei «meisterhaft» und «gelegentlich brillant», dieses Urteil aber einschränkte, indem er hervorhob, daß es «teutonisch» sei. Da dies im Frühling 1940 war, zu der Zeit, als sich die Wehrmacht auf ihrem Blitzvorstoß durch Frankreich befand, war die Kritik schwerlich dazu angetan, das Publikum für ihn einzunehmen.

Aber Fräulein Gründlich und Clara paßten sich großartig ihrer neuen Umgebung an. Manfred bemerkte in boshaftem Ton zu Lene: «Siehst du, ich habe dir gesagt, dieses Land ist wie geschaffen für Kinder und Dienstboten.»

Fräulein Gründlich hatte bereits die Freundlichkeit der Amerikaner kennengelernt, als sie noch keine sechs Monate in Amerika war. Wenn sie an ihren freien Tagen ins Kino ging oder ein einsames Sonntagsessen bei Schrafft's zu sich nahm, fingen immer irgendwelche Leute ein Gespräch mit ihr an. Sie bekam jedesmal zu hören, sie habe ein «freundliches Gesicht» oder «so ein sympathisches Lächeln», und schon bald hatte sie einen netten kleinen Bekanntenkreis. Diese Frauen, größtenteils Witwen oder alte Jungfern, sahen nicht auf sie herab, weil sie Erzieherin war. Einige von ihnen hatten bei der Telephongesellschaft gearbeitet oder waren Verkäuferinnen in Warenhäusern gewesen; andere hatten überhaupt nie gearbeitet und lebten bescheiden von der Pension ihrer Männer. Fräulein Gründlich lernte Canasta – sie hatte schon immer eine Schwäche für Karten gehabt und kannte ein Dutzend verschiedene Patiencen – und traf ihre neuen Freundinnen regelmäßig zum Kartenspielen. Da sie kein eigenes Zuhause hatte und sie daher nie zu sich einladen konnte, machte sie immer vorher an einer Bäckerei halt und kaufte einen Kuchen. Hin und wieder nahm sie auch eine Flasche Kirsch mit, den sie am Ende des Abends aus kleinen Gläsern tranken.

Clara ging in die Public School, wo sie Jitterbug tanzen und Baseball spielen lernte. Ihre Eltern waren oft verärgert über die nachlässige Art, wie Kinder in Amerika unterrichtet wurden. Es gab weder Griechisch noch Latein, niemand kümmerte sich um Orthographie, und ein ungewöhnlich großer Teil der Zeit wurde mit Dingen wie Zeichnen und Malen, dem Pflanzen von Tulpenzwiebeln in Blumenkästen und dem Backen von Schokoladenkuchen verbracht.

Eines Tages bekam Clara eine Eins für einen Aufsatz, den sie «Meine Reise nach Amerika» betitelt hatte. Sie stürmte nach Hause, um ihrer Mutter die erfreuliche Nachricht zu bringen. Es war das erste Mal, daß sie eine so gute Note für eine schriftliche englische Arbeit bekommen hatte.

«Was ist das?» fragte Lene und deutete auf den oberen Teil des Blattes, wo Claras Name stand. «Hier steht ‹Claire Badolet›. Soviel ich weiß, ist dein Vorname Clara und dein Nachname von Brenda-Badolet. Das ist ein sehr angesehener Name, wenn er auch zugegebenermaßen etwas lang ist. Warum hast du ihn geändert?»

Clara/Claire errötete. «Ich dachte, du würdest nichts dagegen haben», sagte sie. «Es ist so schwer . . . Amerikanerinnen haben einfach nicht solche Namen.» Ihr wurde unbehaglich zumute, als sie den bestürzten Blick ihrer Mutter sah. «Möchtest du, daß ich ihn wieder ändere? Ich tue es, wenn du es willst.» Hatte sie etwas Schreckliches angerichtet?

Der Anblick des neuen Namens hatte Lene einen Schock versetzt. Er schien ein Akt der Anmaßung oder sogar der Rebellion zu sein. Als ob man sich absonderte oder von zu Hause wegliefe. War es möglich, daß Clara – Claire – solche Gedanken erwog? Daß sie unglücklich war? Lene sah sie an, bemüht, das vertraute Gesicht zu ergründen, das Unerwartete darin zu finden. Aber alles, was sie sah, war ein fragender Blick und ein Ausdruck der Besorgnis.

«Ist es nur das, Clärchen?» fragte Lene. «Wirklich? Sagst du mir die Wahrheit? Du bist nicht unglücklich?»

«Ich will so sein wie die anderen», sagte Clara. «Ich will nicht, daß sie mich ansehen, als wäre ich eine Außenseiterin. Janice hat mich neulich einen ‹Flüchtling› genannt. Und ich möchte auch meine Zöpfe abschneiden. Darf ich, Mama? Darf ich kurze Haare tragen?»

«Deine Haare abzuschneiden, ist kein so großer Schritt, wie deinen Namen zu ändern.»

«Weil die Haare wieder wachsen können?»

«Weil dein Name eine deiner Verbindungen mit der Vergangenheit . . . mit deinem Vater ist.»

«Mein Vater ist so weit weg. Er wird es nie erfahren.»

«Wenn es unrecht ist, etwas zu tun, dann ist es unrecht, selbst wenn niemand es je erfährt.»

«Das weiß ich.» Sie errötete plötzlich. Fräulein Gründlich pflegte zu sagen, daß einem alles im Leben mit gleicher Münze heimgezahlt werde.

«Ich behaupte nicht, daß dein Papa etwas dagegen hätte, aber ich möchte, daß du weißt, was du tust, das ist alles. Es ist ein großer Schritt», erklärte Lene.

«Oh, ich verstehe», sagte Clara und fragte sich im stillen, ob sie es wirklich verstand. «Ich ändere meine Lebensweise», fuhr sie verschmitzt fort. «Ich werde amerikanisch. Du hast deine Lebensweise auch geändert. Du hast Manfred geheiratet. Du wolltest nicht dein ganzes Leben mit meinem Papa verbringen.»

«Was Erwachsene tun, ist etwas anderes», sagte Lene. «Ich werde dir eines Tages davon erzählen – wenn du älter bist.»

«Manchmal wünschte ich, daß Manfred mein wirklicher Vater wäre.» Clara sah ihre Mutter nicht an, sondern blickte durch das Fenster auf die Straße.

«Er liebt dich, Clara, wie ein wirklicher Vater. Aber dein Papa liebt dich auch, vergiß das nicht. Du hast es gut, du hast zwei Väter!»

«Kann ich meinen neuen Namen behalten? Brauch ich ihn nicht wieder zu ändern? Kann ich Claire Badolet sein?»

«Claire Badolet ...»

«Klingt das nicht hübsch?»

«Ich glaube ja. Darf ich dich weiter Clara nennen?»

«Oh, Mami!» Claire war so glücklich, ihren Willen durchgesetzt zu haben, daß sie ihre Mutter fest umarmte und den Kopf wie ein kleines Kind an ihrer Schulter vergrub. Sie seufzte.

«Ist was?» fragte Lene.

«Nein, nein! Es ist nur, daß ich dich so schrecklich lieb habe. Niemand versteht mich so wie du.» Obgleich sie jetzt fließend Englisch sprechen konnte, sprach sie zu Hause weiterhin deutsch. Es war für sie die Sprache der Vertrautheit, der Freuden und Kümmernisse ihrer Kindheit.

In diesem Augenblick kam Manfred herein. Er blieb eine Sekunde regungslos stehen und beobachtete Mutter und

Tochter. Er fühlte sich aus ihrer Umarmung ausgeschlossen. Sie waren ein bemerkenswertes Paar. Claire war nicht so hübsch wie ihre Mutter, aber sie hatte etwas bestechend Freimütiges an sich, und sie war immer fröhlich. Er liebte sie beide. Aber er liebte sie mehr, wenn sie getrennt waren.

«Störe ich?» fragte er.

«Überhaupt nicht», sagte Lene. Sie gab ihrer Tochter einen Klaps aufs Hinterteil, und das Kind ging hinaus, um Fräulein Gründlich mitzuteilen, daß man sie künftig mit ihrem neuen Namen anzureden habe.

«Ich muß etwas mit dir besprechen», sagte Manfred. «Es ist eine ernste Angelegenheit, und ich möchte nicht, daß uns jemand stört.»

«Dann laß uns in dein Zimmer gehen. Wenn wir die Tür zumachen, kommt niemand herein.»

Sie setzten sich einander gegenüber, Manfred auf seinen geradlehnigen Stuhl und Lene auf den bequemeren Sessel. Sie fühlte einen Knoten der Angst in ihrer Brust. «Ernste Besprechungen» mit Manfred bedeuteten immer, daß er irgendein Vorhaben erwog, das sie bestimmt mißbilligen würde. Er verbrachte einen großen Teil der Zeit, die ihm so lang wurde, damit, daß er nach Mitteln und Wegen suchte, seine Laufbahn zu fördern. Da er jedoch von Natur aus nicht dazu geschaffen war, sich mit den praktischen Dingen des Lebens zu befassen und vernünftige Pläne zu entwickeln, waren die meisten seiner Ideen unbesonnene Projekte, aus Bruchstücken von Informationen zusammengeflickt, die er von Freunden und Bekannten erhalten hatte.

«Ich weiß jetzt, was ich brauche, um hier Karriere zu machen.»

«Und zwar?» fragte Lene mißtrauisch.

«Einen guten Manager.»

«Aber du hast doch einen Manager.»

«Goldschmidt, auch ein Emigrant, ein Mann mit europäischen Ideen und Grundsätzen, ohne Beziehungen, ohne amerikanisches – wie nennt man es? – ‹Know-how›. Was mir an der Sprache gefällt», setzte er hinzu, «ist ihre Deutlichkeit.»

«Er war immer dein Freund.»

«Das hat nichts damit zu tun. Er verhilft mir nicht zum Erfolg.»

«Also hast du vor, dich von ihm zu trennen?»

«Ja.» Manfred trommelte mit dem Mittelfinger seiner linken Hand auf die Armlehne des Stuhls. Er bemühte sich immer, ihn zu kräftigen. «Ich habe gehört, der beste Manager in den Vereinigten Staaten ist ein Mann namens Samitzky. Er ist *der* große Mann auf dem Gebiet, und wenn *er* mich annimmt, ist meine Laufbahn gesichert.»

«Wirst du mit ihm sprechen?»

«Ich habe ihn bereits angerufen.»

«Davon hast du mir nichts gesagt.»

«Ich wollte sehen, was er sagt, ehe ich es dir gegenüber erwähnte. Ich fürchtete, du würdest darauf bestehen, daß ich bei Goldschmidt bleibe.»

«Ich mag Goldschmidt zufällig sehr gern, aber ich kann natürlich gut verstehen, daß du glaubst, ein amerikanischer Manager sei besser für dich.»

«Ein amerikanisch-jüdischer Manager osteuropäischer Herkunft. Das sei das Beste, hat man mir gesagt. Diese Leute sind gewitzt und intelligent und auch ein klein wenig skrupellos. Sie haben Geschäftssinn, und sie lieben die Kunst.»

«Und Samitzky ist der richtige Mann dafür?»

«So heißt es.»

«Was hat *er* gesagt, als du mit ihm gesprochen hast?»

«Ich habe nicht mit ihm persönlich gesprochen; ich habe mit seiner Sekretärin gesprochen – einer wichtigtuerischen Person –, die sagte, er sei beschäftigt, und wenn ich ihn sprechen wolle, müsse ich einen Termin ausmachen. Sie hat mir auch erklärt, er habe einen ‹voll besetzten Stall› – das waren genau ihre Worte, so unglaublich es klingen mag. Einen Stall, wie Pferde. Man behandelt Musiker, Künstler hier, im ‹Land der unbegrenzten Möglichkeiten›, tatsächlich wie Tiere!»

«Was hast du jetzt vor?»

«Ich werde ihn aufsuchen. Aber vorher möchte ich dich bitten, etwas für mich zu tun.»

«Und zwar?» Der Knoten in der Mitte ihres Brustkorbs wurde größer.

«Ich möchte, daß du deinen Onkel Edu um fünftausend Dollar bittest.»

«Wozu, um alles in der Welt?»

«Wie man so schön in Amerika sagt, ‹Bargeld lacht›.»

«Du willst Samitzky Geld anbieten?»

«Es heißt, in Amerika kann man alles und jeden kaufen. Ich werde es versuchen.»

«Aber das ist Bestechung!»

«So nennt man es hier nicht. Es ist ein Geschenk. Und wenn ich erst einmal erfolgreich bin, verdiene ich es hundertfach zurück, und wenn er will, kann er es mir dann wiedergeben. Dann war es sozusagen nur ein Vorschuß auf künftige Einnahmen . . .»

«Ich finde das nicht richtig.»

«Du weißt nicht, wovon du sprichst, Lene. Wir sind hier in Amerika. Laß deine törichten europäischen Skrupel beiseite. Sag Edu, daß es ein Darlehen ist. Sag ihm, es ist wichtig für meine Laufbahn, und daß meine Laufbahn wichtig für dein Glück ist. Wenn ich nicht arbeite, verdiene ich kein Geld. Es geht nicht darum, daß es mir an Können fehlt – das muß er einsehen –, sondern daß die Bedingungen hier anders sind und ich mich ihnen anpassen muß, ehe ich mich hier durchsetzen kann.»

«Und wenn er sich weigert?»

«Er kann sich nicht weigern. Nicht, wenn du ihn auf die richtige Art und Weise darum bittest. Natürlich, wenn *du* nicht an mich glaubst, wenn du das Vertrauen zu mir verloren hast, wenn du es für ein Hirngespinst hältst, dann brauchst du dir gar nicht erst die Mühe zu machen, ihn darum zu bitten. Du kannst die ganze Sache vergessen und dich damit abfinden, mit einem Versager verheiratet zu sein. Du kannst mir sagen, ich soll Straßenbahnschaffner oder Postbote werden.»

Manfred war sehr erregt. Er hatte die ganze Sache so sorgfältig in seinen Gedanken ausgearbeitet, daß sie für ihn in ihrer Klarheit und Logik unanfechtbar geworden war. Lenes Zögern drohte ihn zu verunsichern.

«Wirst du es tun oder nicht? Es gibt nur zwei Antworten, ja oder nein. Welche ist es?»

«Ich werde es mir überlegen.»

«Ich muß es bis nächste Woche wissen.»

«Warum die Eile?»

«Wenn man zu dem Schluß gelangt, daß etwas getan werden muß, sollte man es nicht hinauszögern.»

Lene lag in dieser Nacht lange wach. Sie konnte das Gefühl nicht loswerden, daß es nicht richtig war, einem Mann Bestechungsgeld anzubieten, ganz gleich, wie man es nannte. Und sie machte sich Sorgen, daß Edu empört über die Idee sein würde, ärgerlich auf sie, beleidigt, daß sie ihn für fähig hielt, sich solch einem Vorhaben anzuschließen. Aber sie machte sich noch mehr Sorgen, daß Manfred in seinem überwältigenden Ehrgeiz, seinem blinden Streben nach Erfolg, vor nichts zurückschrecken würde, um sie zu zwingen, sich seinen Wünschen zu fügen. Und Manfred war es, mit dem sie leben mußte; Onkel Edu war Tausende von Meilen entfernt.

So schrieb sie einen Brief, in dem sie sich wohlweislich recht vage über den Verwendungszweck des Geldes äußerte, aber klar hervorhob, daß es Manfred dazu verhelfen sollte, in Amerika Karriere zu machen. Edu antwortete mit einem Brief voll Mißbilligung und gerechtem Zorn. Er sagte, daß man ihn nicht als Schatzkammer der Familie betrachten solle, daß er seine Pflicht tue, wie er es für richtig hielt, und daß er nicht beabsichtige, angeheirateten Verwandten aus der Klemme zu helfen oder seine Nichten in törichter Verschwendungssucht oder einem zügellosen Leben zu unterstützen. Er sagte, es sei ein Darlehen, und wenn sie es innerhalb von fünf Jahren zurückzahlten, werde er keine Zinsen dafür verlangen.

Manfred meldete sich beim Impresario an. Er brachte zu der Unterredung Zeitungsausschnitte seiner europäischen Kritiken mit.

«Ich kann diese Sprachen nicht lesen», sagte der Mann mürrisch. «Nehmen Sie die Papiere weg. Was haben Sie *hier* gemacht?»

Manfred erwähnte seine Stellung, seine diversen Konzerte. Er hatte die Besprechung der *New York Times* über sein Konzert im Rathaus nicht mitgebracht.

«Ich habe irgendwo gelesen, daß Ihr Spiel teutonisch sei», sagte Samitzky. Er deutete auf einen Stutzflügel, der in der Ecke seines elegant ausgestatteten Büros stand. «Spielen Sie mir etwas vor.»

Manfred setzte sich und spielte eingedenk des Wortes «teutonisch» eine Etüde von Liszt und eine Polonaise von Chopin.

«Sehr gut, sehr gut», sagte Samitzky, seinen Zigarrenstummel schwenkend, «aber es gibt Dutzende von Pianisten, die sehr gut sind. Es wimmelt hierzulande von sehr guten Pianisten. Besonders seit Hitler. Sie müssen mehr als sehr gut sein, damit ich Sie annehme. Nur die *Besten* werden in meine Firma aufgenommen.» Er lachte leise über die Witzelei.

«Ich gehöre zu den Besten. Das haben all die deutschen Kritiker gesagt.»

«Die deutschen Kritiker verwüsten gegenwärtig Europa und verfolgen die Juden. Erzählen Sie mir nichts von den deutschen Kritikern. *Ich* bin der Meinung, daß Sie für mich nicht gut genug sind. Vielleicht werden Sie in ein paar Jahren gut genug für mich sein – aber nicht jetzt. Gehen Sie nach Hause und üben Sie!»

«Ich habe einen Scheck bei mir», sagte Manfred, «einen Scheck über fünftausend Dollar.»

«Es freut mich, daß Sie nicht arm sind», erwiderte Samitzky. «Es ist nicht gut, arm zu sein. Glauben Sie mir, ich weiß das.»

«Der Scheck ist für Sie.» Manfred erkannte, daß er auf diesen Augenblick nicht vorbereitet war. Er hatte angenommen, daß die Begegnung anders verlaufen, daß Samitzky ihn fragen würde: «Was bieten Sie mir?»

Statt dessen fragte er: «Für mich? Was soll das heißen, für mich?»

«Ein Geschenk», sagte Manfred. Er merkte, daß er sich in seiner Verwirrung nicht an die korrekten englischen Wörter erinnern konnte. «Ich möchte Ihnen diesen Scheck geben», fuhr er fort. «Er ist für Sie. Damit Sie mich annehmen, wie Sie es nennen.»

Samitzky sah ihn verständnislos an. Manfred holte den

Scheck aus seiner Brieftasche und zeigte ihn dem Impresario.

«Ich werd verrückt», sagte Samitzky. «Ich kann's nicht glauben. Dieser *schmuck* versucht tatsächlich, mich zu bestechen!»

«Bestechen? Was soll das heißen, ‹bestechen›?» Manfred bekam es plötzlich mit der Angst zu tun. Samitzky schien einem Schlaganfall nahe. Offensichtlich hatte er irgend etwas falsch gemacht. «Man hat mir gesagt, Sie seien Geschäftsmann, und als Geschäftsmann würden Sie den Wert von Geld zu schätzen wissen. Man hat mir gesagt, daß ich mir in Amerika einen Manager kaufen könne. Ich habe Geld bezahlt, um ein Konzert im Rathaus geben zu können . . .»

«Machen Sie, daß Sie rauskommen!» schrie Samitzky. «Ich will Sie nie wiedersehen! Glauben Sie wirklich, Sie können hier hereinkommen und mich kaufen, als ob ich irgendeine Hure wäre?»

Er stand hinter seinem riesigen Schreibtisch, blaß vor Zorn, und deutete auf die Tür. «Und nehmen Sie Ihren Scheck mit», rief er und warf ihn dem Pianisten nach. Er flatterte einen Augenblick in der Luft, dann fiel er auf den Orientteppich. Manfred bückte sich, um ihn aufzuheben, stopfte ihn in die Tasche und verneigte sich vor dem kleinen, dicken Mann. «Wenn ich etwas Unrechtes getan habe, tut es mir leid», sagte er. «Ich wußte es nicht.»

Manfred wanderte stundenlang durch die Straßen der Stadt. Er wollte nicht nach Hause gehen, obwohl er wußte, daß er letztlich Lene gegenübertreten mußte. Es war ein heißer, schwüler Tag. Er achtete nicht auf den Weg und stieß mit Leuten zusammen. «Paß auf, Freundchen», sagten sie, und er murmelte: «Verzeihung.»

Er entfernte sich so weit aus seiner üblichen Umgebung, daß er sich schließlich in Harlem sah. Die Gesichter rings um ihn waren schwarz, und er fühlte sich fremder und weniger dazugehörig denn je. Was für ein barbarisches Land, dachte er.

Er kam kurz vor dem Abendessen nach Hause.

«Ich habe mir Sorgen um dich gemacht», sagte Lene. «Hat die Unterredung so lange gedauert?»

«Ich möchte lieber nicht darüber sprechen.»

«Ist sie schlecht ausgegangen?»

«Ich will nicht darüber reden!»

«Ich hatte befürchtet, daß es ein Fehler sein würde», sagte Lene, fast zu sich selbst.

«Sag nichts mehr!» Manfred nahm einen Aschenbecher vom Couchtisch und schleuderte ihn in eine Ecke des Zimmers. Er zerbrach und hinterließ eine Delle in der Wand. Claire, die in ihrem Zimmer Hausaufgaben machte, stellte das Radio lauter, um den Streit zu übertönen. Fräulein Gründlich hob Peter auf und wiegte ihn auf dem Schoß. Ethel, die Köchin, klapperte laut mit ihren Töpfen und Pfannen und summte ein Spiritual.

Lene bückte sich, um die Scherben aufzuheben. Sie weinte und wollte nicht, daß Manfred es sah. Was soll ich tun? Was soll ich tun? fragte sie sich verzweifelt; sie war sich voll bewußt, daß der Zorn in Manfreds Innerem wie ein Blitz war, der alles um ihn herum zu zerstören drohte. Sie bangte um sich, um ihre Kinder. Sie kauerte sich in die Ecke und legte die kleinsten Splitter in ihre Handfläche. Wenn man geradewegs aus diesem Fenster blickte, konnte man das zarte Maiengrün der Bäume sehen, die in dem Klostergarten auf der anderen Seite der Eighty-second Street standen. Alles übrige war Stein und Ziegel. Es war ein fremdes, hartes Land. Aber Manfreds Fehler – und sie hätte ihn sofort als einen solchen erkennen müssen – war sein eigener gewesen, nicht der des Landes. Lene schämte sich zutiefst für Manfred; sie hätte ihn daran hindern müssen, zu tun, was er getan hatte. Es war auch ihre Schuld. Sie war seine Komplizin. Aber sie liebte ihn!

Es dauerte zwei Tage, bis Manfred wieder mit ihr sprach. Lene sandte das Geld ohne Kommentar an Edu zurück.

Das Sanatorium, in dem Caroline Wertheim seit 1938 gelebt hatte, war etwa eine Autostunde von Frankfurt entfernt. An jedem Monatsersten schickte Eduard Wertheim seinem Leiter, Sanitätsrat Hodler, einen Scheck für ihren Unterhalt.

Im Sommer 1940 erhielt Edu einen Brief von Dr. Hodler, der ihn ersuchte, 2045 Reichsmark zu überweisen, «für

Dienstleistungen im Rahmen der Betreuung von Frau Caroline Wertheim, die in eine andere Anstalt geschickt worden ist, wo ihr, wie wir hoffen, die ihrem Zustand angemessene Pflege zuteil werden wird». Edu verlangte eine detaillierte Rechnung; er gab nicht gern Geld aus, ohne genau zu wissen, wofür. Dr. Hodler antwortete, daß Frau Wertheim während ihrer letzten Monate im Sanatorium gewisse «Sonderleistungen» beansprucht habe; außerdem habe man, nachdem sie fort war, Reparaturen vornehmen müssen, da sie, wie Herr Wertheim sehr wohl wußte, oft eine gewalttätige Verhaltensweise entfaltet habe. Der Tag, an dem sie verlegt wurde, sei in der Tat einer jener Tage gewesen, an denen sie völlig unbeherrscht war. Man hoffe auch, daß Herr Wertheim es für richtig halten werde, etwas zum Weihnachtsfonds des Personals beizusteuern.

Edu beauftragte seine Anwälte, Nachforschungen hinsichtlich der Verlegung anzustellen, aber sie konnten nicht viel herausfinden, abgesehen von der Tatsache, daß am 7. Juli gewisse «hoffnungslose» Fälle auf Anweisung des Reichsgesundheitsministeriums völlig unerwartet weggebracht worden waren. Die Briefe der Anwälte an das Ministerium blieben lange unbeantwortet. Erst ein Jahr später wurde ihnen offiziell mitgeteilt, daß Caroline Wertheim am 10. Juli 1940 in einer nicht genannten Anstalt irgendwo in Deutschland an «kongestivem Herzversagen» gestorben sei. Es wurde um zusätzliche 300 RM für die Deckung der mit ihrer Beerdigung verbundenen Ausgaben ersucht.

Der Anwalt riet Edu, keine der beiden Rechnungen zu bezahlen. Er war der Meinung, daß Dr. Hodler fahrlässig gehandelt hatte, indem er zuließ, daß Patienten von ihm in andere, nicht genannte Anstalten verlegt wurden. Schließlich leitete er ein Privatsanatorium; es war nicht, als ob Frau Wertheim in einer öffentlichen Irrenanstalt untergebracht gewesen wäre. Edu dankte dem Mann und ging nach Hause, um seine Verwandten von Carolines Tod zu verständigen.

Es hatte Augenblicke gegeben – wenn auch selten –, in denen Caroline bei völlig klarem Verstand war. Zu solchen Zeiten pflegte sie die Krankenschwestern in scharfsinnige und oft sarkastische Gespräche zu verwickeln. Sie fluchte wie ein Bierkutscher, aber was sie zwischen den Flüchen sagte, war vollkommen logisch. Die Schwestern mußten manchmal lachen, weil sie so amüsante Geschichten erzählte. «Mein Schwager ist reich wie Krösus», sagte sie mehr als einmal. «Er bezahlt uns alle, damit wir vor ihm kriechen. Und wir tun es! Wir murren oder klagen nie, wir sind gute Kinder. Er bezahlt jeden, mit dem er etwas zu tun hat. Ich wette, er bezahlt sogar den Teufel.» Sie warf der Schwester, die das Bett machte, einen verstohlenen Seitenblick zu. «Sie kennen doch den Teufel, nicht wahr?» fragte sie. «Sein Name ist Adolf Hitler. H-i-t-l-e-r, und er will, daß wir alle getötet werden.»

«Sachte, sachte, Frau Caroline», erwiderte die Schwester. «Sie dürfen keine Märchen erfinden. Unser Führer ist ein wundervoller Mann, der nur an das Wohl unseres Landes denkt. Sie glauben doch an Ihr Vaterland, nicht wahr?»

«Vaterland ... Mutterland ... Kinderland, ich glaube an sie alle», sagte Caroline, «aber ich habe keines mehr. Keinen Vater, keine Mutter, keine Kinder. Sie sind mir alle von meinem Schwager weggenommen worden. Hitler hat es befohlen. Ich kann mir aber nicht erklären, warum. Das ist das Problem», fuhr sie fort, und ihre Stimme wurde lauter, «warum, warum, warum?» Sie begann zu schreien, wie sie es so häufig tat, wenn ihre Erzählungen in der Verzweiflung einer Frage endeten, die sie nicht beantworten konnte.

Manchmal teilte sie den Schwestern vertraulich mit, daß sie einen Sohn habe, der «Männer fickt», und eine Tochter, die «Martin Luther fickt», und daß ihre Jüngste eine zarte Jungfrau sei, die ein Baby habe, genau wie die Heilige Muttergottes. Einige der Schwestern spornten sie an, ihnen von diesen Dingen zu erzählen, und sie hänselten sie mit ihren Enthüllungen. Aber Caroline erkannte stets den Augenblick, in dem die Strömung ihrer Monologe sich gegen sie wandte, und dann drehte sie sich zur Wand, wurde still und lag steif da, die Augen auf einen Fleck der Tapete geheftet, von dem sie sagte, daß er eine Landkarte des Himmels sei. Manchmal krümmte sich ihr Körper langsam, als führte sie einen Tanz auf, und ihre Haltung schien versteinerte Emotionen von

Furcht oder Haß darzustellen. So verharrte sie oft stundenlang, wobei ihre Augen starr und ausdruckslos wie Marmor waren. Sie hörte das Geräusch von Mäusen, die an den Mauern entlang trippelten, und das Kratzen einer Fleischersäge, die Knochen durchschnitt. Dann bekam sie Angst und erkannte – oft in einer einzigen, blitzartigen Erleuchtung –, daß es weder Antworten noch Gründe gab, daß sie verfolgt und bestraft wurde wegen irgendeines ungeheuerlichen Verbrechens, das sie nie ergründen konnte. Sie begann zu jammern und zu schreien, um sich zu schlagen und mit den Fäusten gegen die Himmelskarte an ihrer Wand zu hämmern, bis der Krankenwärter mit einer Zwangsjacke kam und sie hineinsteckte.

Als die Weisung aus Berlin eintraf, daß alle «Unheilbaren» in eine öffentliche Anstalt zu verlegen seien, war Dr. Hodler tief betrübt. Die Betreuung dieser Art von Patienten brachte ihm ein hübsches Sümmchen ein; es war unwahrscheinlich, daß sie je entlassen werden würden, und man konnte ihre Verwandten jährlich zusätzlich um Tausende von Mark schröpfen. Die jüdischen Insassen – vor allem diejenigen mit Verwandten im Ausland – lieferten ihm ein ansehnliches (oft geheimes) Einkommen. Alle, deren Familien seine Rechnungen nicht mehr zahlen konnten, hatte er schon längst in öffentliche Anstalten geschickt.

Gleichzeitig befand sich Dr. Hodler, wie die meisten seiner Landsleute, in diesem Sommer in einem Freudentaumel. Belgien, Holland und Frankreich waren überrannt worden, die Engländer hatten sich auf ihre kleine Insel zurückgeschlichen. Es sah aus, als ob das tausendjährige Reich eine Tatsache und der Führer unbesiegbar wäre. Dank der Euphorie, die jeder Sieg mit sich bringt, und des Gefühls der individuellen Kraft, das eine vereinte und siegreiche Nation jedem ihrer Staatsbürger vermittelt, gelang es Dr. Hodler bald, seinen Verdruß zu überwinden und sich davon zu überzeugen, daß die Weisung aus Berlin nicht nur notwendig und korrekt war, sondern daß sie ihm letztlich vielleicht sogar von Nutzen sein könnte. Außerdem wußte er sehr wohl, daß es Leute gab, die ihn anzeigen würden, wenn er seine Pflichten nicht peinlich genau erfüllte.

Dr. Hodler verabschiedete sich persönlich und mit großer Höflichkeit von jedem einzelnen seiner Patienten. Er hatte etwa zwanzig unter den annähernd hundert ausgewählt, die sich in seiner Obhut befanden, und hatte sich sorgfältig vergewissert, daß jeder von ihnen eindeutig «unheilbar» war – senil oder jüdisch oder mit einem physischen Leiden behaftet. Er brachte in einigen Fällen ein kleines Geschenk mit und bemühte sich, diejenigen zu beruhigen, die von dem bevorstehenden Wechsel erschreckt zu sein schienen. Er versprach ihnen etwas besonders Gutes zum Abendessen und erklärte, er habe selbst die neuen Einrichtungen besichtigt, und sie seien sehr schön. Keiner der Patienten, die verstanden, was er sagte, glaubte ihm. Caroline verfluchte ihn, spuckte ihn an und nannte ihn einen Lügner. Er verneigte sich ruhig vor ihr und sagte den Schwestern, daß man sie für die Fahrt in ihre Zwangsjacke stecken müsse.

«Sie haben vor, mich zu töten!» schrie sie und kämpfte mit aller Kraft gegen die Wärter. Sie mußten ihr schließlich eine Spritze geben, um sie zu beruhigen. Ihre Habseligkeiten wurden in eine braune Tüte gestopft und sorgsam mit einem Etikett versehen, ehe sie in das Gepäcknetz des Busses gelegt wurden, der die Gruppe an ihren Bestimmungsort bringen sollte. Krankenschwestern und Pfleger, alle mit einem heiteren Lächeln auf dem Gesicht, halfen den Patienten in den Bus. Ein großes rotes Kreuz war auf seine weißen Seitenwände gemalt, und der Fahrer schüttelte jedem, der einstieg, die Hand und sagte «Hallo» oder «Willkommen». Da Carolines Hände an ihren Rumpf gebunden waren, klopfte er ihr nur kurz auf die Schulter und führte sie zu dem Platz, den man ihr zugewiesen hatte.

Sie fuhren durch eine ländliche Gegend, der Sommer strahlte in üppiger grüner Wärme. Caroline blickte aus dem Fenster. Sie war ruhig geworden; die Zwangsjacke störte sie nicht mehr; sie fühlte sich wie ein in Windeln gewickeltes Kind. Ein dicker Mann saß neben ihr. Er schwitzte stark und machte Geräusche wie ein knurrender Hund, aber auch er störte sie nicht. Die Landschaft war ihr vertraut. Caroline kannte sie seit ihrer frühesten Jugend. Burgruinen standen auf den sanft abfallenden Hügeln, und die Wälder hörten unvermittelt am Rande von gut bestellten Feldern auf. Die kleinen Dörfer, durch die sie fuhren, waren friedlich. Kinder spielten im Schatten von großen Kastanien und Linden, die Dorfbrunnen plätscherten, und Schwalben schossen zwischen den roten Ziegeldächern der weiß getünchten Bauernhäuser umher.

Caroline ließ ihre Gedanken zu ihrer Kindheit zurückkehren. Die Ruhe, die sie empfand, war wie ein Wunder. Sie machte einen Sommerausflug. Ihr Vater war beglückt über die Freude, die seine Kinder bei der Aussicht auf ein Picknick im Taunus empfanden. Sie waren einige Meilen zu einem Gasthof am Rande des Waldes neben einem Bach gegangen. Die Sonne stand hoch am Himmel, und auf allen Tischen lagen rot-weiß karierte Decken. Es war kühl im Schatten, aber man konnte das frische Heu riechen, das in der Nähe zum Trocknen ausgebreitet war. Papa Süßkind bestellte Bier für sich und Himbeersaft für die Kinder, aber er ließ sie das kühle Lagerbier probieren, und sie bekamen weiße Schaumschnurrbärte auf der Oberlippe. Sie aßen Wurst und Schinken auf Schwarzbrot mit frischer Butter und spielten dann auf einer nahe gelegenen Wiese, während Papa über seinem Band Heine-Gedichte eindöste. Die Mädchen pflückten Blumen, und die Jungen bauten ein Wasserrad. Als die Schatten länger wurden und sich über den ganzen Hof des Gasthauses ausdehnten, machten sie sich wieder auf den Weg zum Bahnhof und nach Hause. Sie waren müde, und um munter weiterzumarschieren, sangen sie Volkslieder. Ihre Stimmen waren hell, sie sangen mehrstimmig, und manchmal, wenn sie an anderen Wanderern vorbeikamen, die vom Land zurückkehrten, vereinigten sie sich vorübergehend zu einem Chor. Evas Stimme war die reinste; die von Elias brach noch hin und wieder, Jonas sang falsch.

Caroline lächelte leise vor sich hin. Sie hörte die vertrauten Lieder und summte sie. Der Tag war sonnig und warm, aber nicht ein Fenster im Bus war geöffnet, und es war drükkend heiß. Die Dörfer und Felder machten einem zerklüfteten Gelände, größeren Wäldern, höheren Gipfeln Platz. Caroline wußte nicht mehr, wo sie war, und klammerte sich an die Erinnerung jener längst vergangenen Tage.

Schließlich hielt der Bus vor einem Gebäude, das aussah wie ein altes, aber sauberes Krankenhaus. Über die Türen waren Engel gemalt, die Kränze und Blumen in den Händen hielten. Die Patienten wurden in einen großen weißen Warteraum gebracht. Viele von ihnen zitterten und weinten, aber Caroline war sehr still.

«Bitte nehmen Sie mir die Jacke ab», sagte sie zu einem der Wärter. Es waren alles Männer in langen weißen Mänteln. Caroline fragte sich kurz, warum sie Gummistiefel trugen, aber dann sah sie, daß sie den Fußboden eines angrenzenden Raumes mit Schläuchen abspritzten, und erinnerte sich, wie es in dem Schlachthaus gewesen war, das sie einmal mit Jonas besucht hatte. Die Erinnerung erschreckte sie einen Augenblick, und sie bat abermals, von ihrer «Jacke» befreit zu werden. «Wenn Sie unter die Dusche gehen», sagte einer der Männer. Er trug eine Schirmmütze. «Nehmen Sie sie jetzt ab», flehte sie, aber er schüttelte den Kopf. «Man muß einen Grund gehabt haben, sie Ihnen anzuziehn», sagte er. «Sie waren böse.»

«Ich werde brav sein», sagte sie schmeichelnd, «ich habe es eingesehen.» Aber der Mann schüttelte weiter den Kopf.

Schließlich wurden sie alle in einen großen Saal gebracht, der an drei Seiten von Fenstern umgeben war. Hier wurden sie bis auf die Haut ausgezogen, und all ihre Kleidungsstücke wurden in säuberlichen Haufen auf Bänke gelegt, die an der Wand standen. Caroline sah sich endlich von ihrer Zwangsjacke befreit, und sie warf beglückt die Arme in die Luft. Sie war steif, und ihr Körper schmerzte, aber sie versuchte ein paar Tanzschritte zu machen; sie dachte an die Wiese im Taunus. Rings um sie jammerten und weinten Menschen. Einige schrien in panischem Schrecken, aber es berührte sie nicht. Sie tanzte, so gut sie es bei dem Gedränge konnte, und sie bekam erst Angst, als man sie in den kleinen gekachelten Raum schickte, wo die Duschen waren. Er war überfüllt, und die anderen nackten Körper stießen sie ab; sie waren glitschig von Schweiß, und einige der alten Leute hatten sich beschmutzt. Dann strömte das Gas aus den Hähnen und sie atmete tief. Sie meinte, das Wasser des gurgelnden Baches an ihren Füßen zu fühlen und den blauen Himmel über ihrem Kopf zu sehen. Es war ein tiefes, tiefes Ultramarinblau, vollkommen wie das Blau von . . . wie das Blau . . .

Sie konnte sich nicht erinnern.

Außerhalb des Duschraums sahen die Soldaten auf ihre Uhren, und der Chemiker prüfte die glänzenden Messingventile und blickte kühl durch das gläserne Guckloch in der schweren Tür.

Es war ein warmer Tag im Oktober 1941 – ein Wetter, das man in Amerika *Indian Summer*, in Deutschland *Altweibersommer* nennt –, an dem Andreas den Besuch von zwei Gestapomännern erhielt, die ihm sagten, daß er sich auf die Umsiedlung vorbereiten müsse. Die Männer trugen Zivil und hatten kleine, schwarze Notizbücher bei sich, die Seite um Seite sorgfältige Aufzeichnungen enthielten.

Andreas war selbst zur Tür gegangen. Als das Klopfen ertönte, war Anna im Keller und spülte Wäsche. Sie kam eilig herauf, aber Andreas hatte die Männer bereits hereingelassen. Er hatte sie erwartet. Es stand für ihn jetzt außer Frage, daß Deutschland von den Juden gesäubert werden sollte. Als Halbjude war Kurt noch nicht auf diesen Listen, aber seine Zeit würde ebenfalls kommen. Andreas hatte mit ihm über diesen Augenblick gesprochen. Sie hatten die Möglichkeit von Selbstmord erwogen, waren jedoch zu dem Schluß gelangt, daß das nicht die richtige Lösung war. «Wenn sie wollen, daß wir sterben», sagte Andreas, «müssen sie bereit sein, die Arbeit selbst zu verrichten. Wir sollten es nicht für sie tun.»

In ihrer Abgeschlossenheit hatten sie das Geheimnis des Zusammenlebens entdeckt. Sie hatten gelernt, langsam und schmerzlich, einander völlig zu lieben und das Beste aus einer Lage zu machen, die sie täglich mit Trennung und Vergeltungsmaßnahmen bedrohte. Sie sagten nicht «Tod», aber sie waren sich ständig seiner bewußt; sie versprachen sich, daß sie ihn nicht fürchten würden. Sie hatten sich eine eigene Welt geschaffen; sie glich der Welt von Kindern, in die niemand störend eindringen kann. Sie hatten vereinbart, sich zu trennen, wenn der Augenblick kam, und zu versuchen, zu überleben. Oft sprachen sie über die Notwendigkeit, ihre unglückselige Lage von einem Standpunkt aus zu betrachten, der ihnen helfen würde, einen weiteren Tag zu leben. Sie hatten den Renoir-Film *La Grande Illusion* mit Jean Gabin mehrmals zusammen gesehen und beschlossen, seine Botschaft zu bejahen. Es konnte nicht ewig dauern – selbst dieser Wahnsinn würde eines Tages ein Ende nehmen.

«Du kannst hier im Haus bleiben, solange man dich läßt», hatte Andreas gesagt, «aber ich glaube nicht, daß Anna zurückkommen wird, wenn ich fort bin.»

«Was werden sie mit dem Haus machen?»

«Sie werden es zum Sitz irgendeines Ministeriums machen oder einen hohen Parteifunktionär darin wohnen lassen.»

Anna hatte im Schutz der Dunkelheit, damit die Polizei es nicht sah, viele Wertsachen in die Wohnung ihrer Cousine gebracht.

«Nach dem Krieg wird Ihre Familie froh sein, daß ich diese Sachen gerettet habe», sagte sie zu Andreas. Sie hatte eine Liste aufgestellt und sie Edu gesandt. Andreas hatte sie unterschrieben.

«Ich will nicht, daß er glaubt, ich hätte mich mit irgend etwas auf und davon gemacht», sagte sie.

«Das würde er nie denken», erwiderte Andreas.

«Ich kenne Menschen wie ihn besser als Sie», sagte Anna. «Ich kenne ihre kleinliche und mißtrauische Seite. Aber das ist auch ganz richtig so. Sie haben viel mehr zu verlieren als unsereins.»

Das Haus war jetzt nur noch spärlich möbliert. Wo die Gemälde gehangen hatten, waren große, helle Rechtecke an den Wänden.

Andreas packte Kleidung in einen Handkoffer. «Sie dürfen fünfzig Kilo Gepäck mitnehmen», hatten die Männer gesagt. «Nicht mehr als das. Sie müssen die Koffer selbst tragen, also nehmen Sie nur mit, was Sie brauchen.» Er wählte ein paar saubere Hemden, zwei Pullover, einen Anzug, zwei

Paar Hosen, Socken, warme, wollene Unterwäsche und ein Paar feste Schuhe. Im letzten Augenblick fügte er noch ein oder zwei Bücher hinzu. Falls ich in einer Zelle bin, wo ich lesen kann, sagte er sich. Er nahm an, daß er in ein Gefängnis kommen würde, um Zwangsarbeit zu verrichten. Der Koffer wog schwer in seiner Hand. Er bedauerte, daß er nicht kräftiger war.

Kurt stand in der Tür und sah ihm zu. «Nimm lieber zwei kleinere Koffer», sagte er, «einen für jede Hand.» Er schauderte vor Kälte. «Oder nimm einen von den Reisesäcken deines Vaters und etwas, das du dir über die Schulter hängen kannst, damit du die Hände frei hast, das ist noch besser.»

Sie sahen sich an und lächelten.

«Ist das wirklich von Bedeutung?» fragte Andreas. Er fühlte, wie eine Flut von Liebe zu seinem Freund aus seinem Herzen aufstieg. «Paß auf dich auf», sagte er. «Geh fort. Versteck dich. Wir treffen uns, wenn es vorüber ist.»

«Wo?»

«Im Maxim. In Paris. So wie sie es in dem Film getan haben.»

«Ich fürchte, dies hier wird anders enden», sagte Kurt.

Sie küßten sich und hielten einander fest umarmt. Andreas suchte verzweifelt nach einem Hoffnungsschimmer.

«Vielleicht ist es nicht so schlimm», sagte er. «Wenn ich angestrengt arbeite und den Mund halte, gelingt es mir vielleicht, mit heiler Haut davonzukommen.»

Er packte seine Sachen sorgfältig um und fügte noch einen Pullover hinzu und ein kleines Notizbuch für den Fall, daß er etwas niederschreiben wollte. Er zog seine festen Schuhe und den warmen Anzug an, obwohl der Tag beinahe sommerlich war. Die Blätter des Kastanienbaums im Garten schimmerten golden in der Sonne. Der Anblick war fast mehr, als Andreas ertragen konnte.

Die zwei Männer gingen noch einmal durch den überwucherten Garten. Anna beobachtete sie vom Küchenfenster aus. Die letzten der Kartoffeln, die sie gepflanzt hatte, waren reif für die Ernte. Bald würde es strengen Frost geben.

Pünktlich zwei Stunden nach dem ersten Besuch klopfte es wieder an der Haustür. Diesmal war es ein Mann in Uniform, der mit umgehängtem Gewehr dort stand. Andreas umarmte Anna, die bitterlich weinte. Kurt hatte sich in der leeren Wohnung im dritten Stock versteckt, die einst Lene gehört hatte. Der SS-Mann führte Andreas wortlos in Richtung Opernplatz. Andreas sah längs der ganzen Guiollettstraße und aus den Seitenstraßen, soweit sein Auge reichte, Männer und Frauen, die, von uniformierten Männern mit Gewehren begleitet, in Richtung Oper gingen. Die meisten waren schon älter, alle trugen Winterkleidung und waren beladen mit ihren Habseligkeiten in Einkaufstaschen und Handkoffern, Rucksäcken und Beuteln. Schweigend strömten sie auf den vertrauten Platz vor dem großen Opernhaus zu, über dessen Portal, für alle sichtbar, die Worte «Dem Wahren, Schönen, Guten» eingemeißelt waren.

Hunderte waren dort versammelt. Es war spät am Morgen, aber die Straßen lagen verlassen da – die Bürger Frankfurts wandten die Augen ab von dem Schauspiel in ihrer Mitte. Die Stille war unheimlich. Die Juden sprachen nur im Flüsterton. Viele waren so in sich gekehrt, daß sie weder nach rechts noch nach links blickten. Ehepaare standen dicht beieinander, aber sie sahen sich nicht in die Augen. Andreas nickte ein paar Bekannten zu, fand jedoch keine Worte, die er ihnen hätte sagen können. Die SS-Männer bildeten einen Ring um die Gruppe. Hin und wieder stießen sie einen Befehl aus oder gaben ein bellendes Lachen von sich.

Nach einigen Stunden des Wartens fuhr ein Wagen vor; einige Offiziere stiegen aus, und auf ihr Kommando setzte sich die Gruppe in Bewegung. Sie gingen an der Taunusanlage vorbei und die Mainzer Landstraße entlang in Richtung Bahnhof. Andreas konnte noch ein letztes Mal flüchtig sein Elternhaus sehen. Tränen stiegen ihm in die Augen und rollten seine Wangen hinunter.

Sie wurden nicht zum Hauptbahnhof gebracht, sondern zu dem in der Nähe gelegenen Güterbahnhof. Auf den langen Bahnsteigen neben den Gleisen, auf denen Güterzüge mit offenen Türen standen, waren Tische aufgestellt. Es ging alles sehr methodisch vor sich. Die Juden mußten sich an dem für sie zuständigen Tisch anstellen, um sich eintragen zu lassen; sie waren alphabetisch eingeteilt.

Andreas war benommen von der Hitze, und Hunger nagte an seinem Magen. Um diese Zeit aß er für gewöhnlich seine Mittagsmahlzeit. Warum hatte er nicht daran gedacht, etwas zum Essen mitzunehmen?

«Wir fahren doch nicht etwa in diesen Waggons?» fragte eine ältere Frau vor ihm den Beamten, der, eine Zigarette rauchend, mit einer langen Liste an dem Tisch mit dem Buchstaben *W* saß.

«Sie dürfen diesen Photoapparat nicht mitnehmen», sagte er statt einer Antwort. «Sie gehen nicht auf eine Vergnügungsreise.»

«Er ist wertvoll», erwiderte sie. «Ich wollte ihn nicht zu Hause lassen.»

«Sie werden ihn hierlassen», sagte der Mann. «Wir schreiben Ihren Namen drauf.» Die Frau überließ ihm wortlos ihren Photoapparat.

Andreas kam als nächster an die Reihe.

«Wo ist Ihr Stern?» fragte der Beamte.

«Ich habe keinen», erklärte Andreas. «Ich weiß nichts von einem Stern.»

«Seit dem 15. September haben alle Juden einen gelben Stern mit der Aufschrift JUDE zu tragen. Wo zum Teufel sind Sie gewesen? Sehn Sie sich um – Sie werden sehen, daß alle anderen hier dem Befehl Folge geleistet haben. Was veranlaßt Sie zu glauben, daß Sie eine Ausnahme sind?»

Andreas schüttelte den Kopf.

«Heraus mit der Sprache!»

«Ich habe nie etwas von dem Stern gehört.»

«Gehen Sie ans Ende der Reihe, und wenn ich Sie das nächstemal sehe, erwarte ich, daß Sie dem Befehl gehorcht haben.»

Andreas hob seine Sachen auf und schleppte sich mühsam zum Ende der Reihe. Irgend jemand zupfte ihn am Ärmel, als er an ihm vorbeikam.

«Ich habe einen zweiten Stern», sagte er. Es war ein Mann ungefähr in Andreas' Alter, mit plumpen Gesichtszügen.

«Vielen Dank. Ich wußte wirklich nichts davon», sagte Andreas und griff nach dem Gegenstand aus Stoff, den der Mann in der Hand hielt.

«Sie kriegen ihn nicht umsonst. Ich will Geld dafür.»

«Wieviel?»

«Fünf Mark.»

«Sie sind verrückt! Ich zahle doch nicht fünf Mark für einen Stoffetzen . . .!»

«Die Sicherheitsnadel, mit der sie ihn an Ihrem Mantel befestigen können, ist im Preis inbegriffen.»

Andreas blickte in das häßliche Gesicht des Mannes.

«Weitere drei Mark, und ich verkauf Ihnen ein Stück Brot. Ich wette, Sie haben keins mitgebracht. Sie haben anscheinend geglaubt, wir würden 1. Klasse im Orientexpreß befördert werden.»

Andreas holte das Geld aus der Tasche und bezahlte seine Einkäufe. Er befestigte den gelben Stern direkt über seinem Herzen. Dann aß er begierig das trockene Stück Brot.

Es wurde Spätnachmittag und ein kühler, grauer Nebel war vom Fluß heraufgekrochen, ehe sie in die Waggons geladen wurden. Man hatte ihnen allen die Pässe abgenommen und ihre Namen mit denen auf der Liste verglichen. Auf die Frage: «Wohin fahren wir?» wurde nicht geantwortet. Kleine Trittleitern waren auf dem Bahnsteig aufgestellt worden, um das Einsteigen in die Güterwagen zu erleichtern. Als alle eingestiegen waren, wurden die Schiebetüren geschlossen und verriegelt.

Zwei Stunden später fuhr der Zug mit einem Ruck an. Die braven Bürger von Frankfurt setzten sich zum Abendessen nieder, hörten Radio, lasen ihre Zeitungen. Der Wetterbericht kündigte eine Kältewelle an; polare Luftmassen zogen von Norden her über Deutschland. Der Zug ratterte nach Osten. Er erreichte seinen Bestimmungsort erst nach mehreren Tagen.

NACHDEM ANDREAS ABGEHOLT WORDEN WAR, räumte Anna das Haus auf. Sie sprach nicht mit Kurt. Gegen vier Uhr kam ein Polizist. Anna bemerkte, daß er ein «Grüner» war, nicht von der Gestapo, sondern von der regulären Polizei. «Ich habe Befehl, dieses Haus zu versiegeln. Ist außer Ihnen noch jemand hier?» Anna schüttelte den Kopf. Seine Stimme klang fast, als ob er sich entschuldigen wollte. «Ich muß mich vergewissern, daß der Strom und das Gas abgestellt sind.»

«Eine schöne Arbeit, die Sie sich da ausgesucht haben», sagte sie.

Er seufzte. «Ich muß tun, was man mir sagt. Ich habe keine andre Wahl.»

«Die Schmutzarbeit wird erledigt, ehe Sie hierherkommen», sagte Anna. «Ich nehme an, es ist einfach für Sie. Sie brauchen nur die Türen abzuschließen.»

Er trat verlegen von einem Fuß auf den anderen und biß sich auf die Lippen. Anna schätzte, daß er ungefähr in ihrem Alter war. Er durchsuchte flüchtig das Haus, «nach Wertsachen», wie er sagte. Da er ein etwas schwerfälliger und beleibter Mann war, stieg er nicht bis in den dritten Stock hinauf.

«Was machen sie mit den Juden?» fragte Anna.

«Das weiß ich nicht.»

«Sie müssen doch *irgend etwas* wissen.»

«Haben Sie lange hier gearbeitet?» fragte er.

«Es ist die einzige Stellung, die ich je hatte.»

«Waren sie gute Menschen?»

Anna konnte nicht antworten; Tränen schnürten ihr die Kehle zu. Sie nickte.

«Es ist eine Schande», sagte der Mann. «Man sollte Unterschiede machen zwischen den guten Juden und den schlechten. Aber vielleicht wird's gar nicht so schlimm für Ihre Herrschaft. Die Familie hat doch Geld, nicht wahr? Mit Geld kann man sich eine Sonderbehandlung erkaufen.»

Anna wischte sich mit dem Schürzenzipfel die Tränen aus den Augen. Der Kloß in ihrem Hals wollte nicht verschwinden, so angestrengt sie auch schluckte.

«Haben Sie eine Bleibe?» fragte der Mann. «Sie wissen, daß Sie das Haus verlassen müssen. Ich muß es versiegeln und die Schlüssel zum Polizeirevier bringen.»

«Warten Sie ein paar Minuten, dann können wir gehn.» Anna stieg in ihrer bedächtigen, langsamen Art die Treppe hinauf. Ihre Beine schmerzten. Die Krampfadern schwollen und klopften, sobald sie eine Weile auf einem Fleck stand.

Kurt hatte ein paar Sachen in einen Rucksack gepackt. «Was ist los?» flüsterte er. «Wollen sie mich abholen?»

«Das Haus wird versiegelt und abgeschlossen. Sie müssen fort», sagte Anna. Jetzt, da Andreas nicht mehr da war, erinnerte sie sich, daß sie diesen Mann nie sonderlich gemocht hatte. «Gehn Sie die Hintertreppe hinunter und durch die Kellertür hinaus.»

Kurt blickte erschrocken. «Wohin soll ich gehen?»

«Ich kann Ihnen nicht helfen», erklärte Anna ihm.

Als sie die Hintertür zuschlagen hörte, kehrte sie zu dem Polizisten zurück, der geduldig in der Halle wartete.

«Ich bin bereit zu gehen, sobald ich nachgesehen habe, ob das Geschirr gespült ist. Sie haben mich mitten in meiner Arbeit überrascht.»

«Es ist nicht mehr wichtig», sagte der Mann. «Ihre Leute kommen nicht wieder. War da nicht ein Geräusch im Keller?» Anna merkte, daß er es nicht wirklich wissen wollte.

«Wir haben dort unten eine Tür, die nicht richtig schließt. Sie schlägt beim kleinsten Windstoß auf und zu. Der Herr hatte immer vor, sie reparieren zu lassen.»

Sie zog ihren Mantel an. Die Abenddämmerung und der Nebel hatten die letzten warmen Sonnenstrahlen ausgelöscht. Die abgedunkelten Straßenlaternen der Kriegszeit warfen kleine Lichtkreise um ihre Pfähle. Der Polizist klebte das Siegel an die Haustür und heftete einen Zettel daran. Anna konnte nicht erkennen, was darauf geschrieben stand. Sie wandte sich ab. Ein Tränenschleier ließ alles vor ihren Augen verschwimmen.

«Es war besser, als wir jung waren», sagte der Polizist. «Diese Zeiten gefallen mir nicht. Sie werden uns nichts Gutes bringen.» Er legte die Fingerspitzen an das Visier seines glänzenden Polizistenhelms. Es war die Geste, mit der er einen verirrten Touristen grüßte, der ihn nach dem Weg fragte, oder einen Ladenbesitzer, wenn er seine tägliche Runde machte. «Ich habe gehört, daß sie die Juden in den Osten bringen, um sie in den Ghettos von Polen anzusiedeln», sagte er zu Anna.

Mit diesen Worten wandte er sich, die Augen auf die Seiten seines schwarzen Notizbuchs geheftet, hastig von ihr ab.

Die Schlüssel von einem Dutzend Häusern klirrten leise in seinen Taschen.

Sobald Anna in ihrer Wohnung angelangt war, holte sie einen liniierten Schreibblock aus ihrer Kommode und schrieb mit ihrer akkuraten, altmodischen Handschrift einen Brief an Eduard Wertheim, in dem sie ihm mitteilte, daß Andreas an diesem Tag abgeholt worden war. «Ich glaube», schrieb sie, «daß man ihn nach Polen geschickt hat, wo er in einem für jüdische Leute reservierten Bezirk leben soll. Vielleicht gelingt es Ihnen, ihn zu finden und ihm zu helfen.»

Als der Zug, in den Andreas gesperrt war, in Litzmannstadt* ankam, waren viele seiner Mitreisenden gestorben. Die kalte Luft, die die Überlebenden einatmeten, als sie aus den Waggons auf den harten Boden sprangen, erschien ihnen im ersten Augenblick köstlich frisch und rein, denn der Gestank in dem hermetisch verschlossenen Waggon war unbeschreiblich gewesen. Erst nachdem Andreas mehrere Stunden lang auf dem Güterbahnhof herumgestanden hatte, unter einem bleiernen Himmel und in einer Landschaft bar jeglicher Farbe und Wärme, begann er, die bittere Kälte zu spüren. Es war ihm gelungen, seine Habseligkeiten zusammenzuhalten, und die Toten und Sterbenden hatten genügend trockenes Brot und Käserinden zurückgelassen, um die Lebenden zu ernähren. Andreas fühlte sich schwindlig vor Hunger und wurde bald steif vor Kälte, aber es lag eine gewisse Befriedigung darin, am Leben zu sein.

Nach und nach wurden die Juden aus Frankfurt, die in diesem Zug gewesen waren – wohl einige hundert –, ins Ghetto von Litzmannstadt* geführt, wo sie sich mit den Strömen von Juden aus den Dörfern und Städten Polens und den ländlichen Gegenden Deutschlands vereinigten. Eine neuerrichtete Backsteinmauer umschloß das Judenviertel. Jeder, der sich der Mauer von der jüdischen Seite her näherte,

* Von 1939–1945 gehörte Lodz zum «Reichsgau Wartheland». Zu Ehren des Generals der Infanterie Karl Litzmann, der im Ersten Weltkrieg den Durchbruch bei den nahegelegenen Brzeziny erkämpft hatte und nach dem Krieg früh der NSDAP beigetreten war, wurde die Stadt in Litzmannstadt umbenannt.

wurde sofort erschossen. Wer von der anderen Seite her in ihre Nähe kam, wurde mit einem «Halt!» gewarnt und hatte die Möglichkeit, sich zurückzuziehen, ehe er niedergeschossen wurde.

Andreas hatte seinen Schal – er war aus Kaschmir wie alle Schals, die er je besessen hatte – um den Hals gewickelt und seinen Mantelkragen hochgeschlagen, so daß er seine Ohren bedeckte und an den Rand seines Hutes stieß. Er trug zwei Pullover und zwei Paar Socken. Seine Lederhandschuhe waren nutzlos gegen die Kälte, und er vergrub die Hände in den Manteltaschen. Seine Handkoffer hingen wie die Waren eines Hausierers an einem Riemen über seiner Schulter. Er wußte, wo er war, denn er hatte das Schild an einem der Signaltürme gesehen, die das Netz von Gleisen überblickten. Jemandem, der wie er an deutsche Städte und die Landschaft des Rheintals gewöhnt war und Paris, Florenz und Rom kannte, wäre diese polnische Industriestadt in jedem Fall häßlich erschienen; unter den jetzigen Umständen erschien sie ihm so trostlos wie die Eiswüste der Hölle. Andreas versuchte, auf den Weg zu achten, sich die Gebäude und Straßenschilder einzuprägen. Er meinte, wenn er wußte, wohin er ging, wäre er vielleicht imstande, den Weg zurück zu finden. Unwillkürlich kamen ihm immer noch absurde Gedanken wie dieser in den Sinn. Der Weg zum Ghetto von Litzmannstadt führte sie durch die Stadt. Auch hier vermieden die Leute es, sie anzusehen. Sie verschwanden möglichst schnell in einer Seitengasse und machten die Straße frei für die schweigende, schlurfende Kolonne. Manchmal sah Andreas am Fenster eines der grauen Mietshäuser ein Gesicht, das hinter einem weißen Vorhang hervorspähte. Es war nicht schwer, sich diese düsteren Wohnungen vorzustellen – und doch waren sie besser als das, was Andreas geblieben war, und er wußte, daß er alles darum geben würde, in eine von ihnen hineinkriechen zu können und sich schlafen zu legen, wenn nötig sogar auf dem Fußboden. Ein junges Mädchen zog zwei kleine Kinder aus ihrem Weg und legte ihnen die Hände über die Augen.

«Wir sind die Verdammten», sagte der Mann, der neben Andreas ging, «und wir riechen nach Tod. Ein Ärgernis für jeden ehrbaren Bürger. Sehen Sie sich nur an, wie sie forteilen.» Die Worte überraschten Andreas. Er konnte sich nicht erinnern, mit jemandem gesprochen zu haben, seit er in den Zug gestiegen war. Die Gesichter waren in der Dunkelheit nicht zu sehen gewesen, und wenn man den Mund öffnete, verursachte die verpestete Luft einem Brechreiz. «Wenn die Deutschen befehlen, uns zu töten, werden die Polen mit Vergnügen ihrem Befehl nachkommen», sagte der Mann. «Sind Sie schon je zuvor in diesem schönen Land gewesen?»

Andreas schüttelte den Kopf.

«Anders als Frankfurt, nicht wahr?»

«Anders als alles, wo ich je gewesen bin.»

«Und es ist noch nicht einmal Winter.»

«Kennen Sie Litzmannstadt?»

«Ich bin durch diese Gegend gereist. Lodz war schon seit jeher eine scheußliche Stadt.»

Sie gingen schweigend weiter und kamen schließlich zu dem Tor in der Backsteinmauer, das ins Ghetto führte. Große Rollen von Stacheldraht flankierten den Eingang, es gab kleine Holzhütten für die Wachtposten, die mit Maschinenpistolen den Bezirk durchstreiften. Auf den Straßen auf der jüdischen Seite der Mauer drängten sich Männer, Frauen und Kinder. Im Gegensatz zu den wenigen flüchtenden Fußgängern außerhalb der Mauer starrten sie die Neuankömmlinge an. Ihre Augen waren matt und kalt, unfreundlich.

«Sie sehen aus, als ob sie uns haßten», sagte Andreas.

«Jeder, der hierherkommt, nimmt ihnen einen weiteren Bissen Nahrung fort. Kann man es ihnen verübeln, daß sie uns hassen?»

«Wir sind alle im selben Boot.»

«Hassen *Sie* sie nicht auch?»

Andreas war überrascht, daß dieser Mann, wer auch immer er sein mochte, ihn so schnell durchschaut und genau die Regung erkannt hatte, die er hatte verbergen wollen.

«Warum sollte ich?»

«Weil Sie glauben, daß sie nicht sind wie Sie. Sie sind im selben Boot, aber dennoch sind Sie der Meinung, daß diese Leute ins Zwischendeck und Sie in die erste Klasse gehören.»

«Ist die Aufschrift auf diesem Schild in Hebräisch?» fragte Andreas, auf das Fenster eines ehemaligen Metzgerladens deutend.

«Es sind hebräische Buchstaben, aber die Sprache ist Jiddisch. Jiddisch ist die Sprache der meisten Juden in diesem Teil der Welt. Es kommt ursprünglich vom Mittelhochdeutschen. Man könnte sagen, es ist eine Sprachverderbnis.»

Andreas sah den Mann zum erstenmal an.

«Andreas Wertheim», sagte er.

«Werner Epstein. Ich nehme an, Sie sind mit *den* Wertheims verwandt? Eduard Wertheim?»

«Er ist mein Onkel.»

«Und trotzdem sind Sie hier, genau wie wir übrigen *proste jidn,* wir gewöhnlichen Juden.»

«Ich hatte mich in mein Haus eingeschlossen. Ich hoffte, es würde nicht hierzu kommen . . .»

Die Straßen waren voller Bettler und schmutziger Kinder, deren Gesichter alt und abgezehrt aussahen. Frauen saßen mit teilnahmslosen, in Lumpen gehüllten Babies im Arm vor den Häusern. Pferdekarren bahnten sich einen Weg durch die Menge. Andreas hatte das Gefühl, in ein früheres Jahrhundert zurückversetzt, aus der Zivilisation ausgestoßen worden zu sein.

Sobald Annas Brief ihn erreicht hatte, versuchte Edu, etwas über das Schicksal seines Neffen zu erfahren, aber die deutschen Behörden waren voller Ausflüchte. Sie beantworteten die Briefe, die sie von Edus rechtschaffenen Schweizer Anwälten erhielten, mit bürokratischer Gewissenhaftigkeit und sagten genau nichts. Die Anwälte ließen nicht locker. Sie hatten Verbindungen, Anwälte in Deutschland, die vielleicht etwas tun könnten. Würde es helfen, Geld zu bieten? Geld half immer, aber es handelte sich in diesem Fall um eine kaum zu bewältigende Aufgabe. Wie war es möglich, ein einzelnes Individuum unter den Hunderttausenden zu finden, die quer durch ganz Europa verschickt wurden? Andreas' Papiere, die sich irgendwo befanden, trugen den Stempel ABTRANSPORTIERT. Die Züge fuhren ab, hielten an, rangierten, machten Umwege. Diejenigen, die unterwegs starben, wurden bei der Ankunft in Polen eilig in Massengräbern verscharrt. Es war nahezu unmöglich, in diesem verworrenen Hin und Her irgend jemanden zu finden. Und selbst wenn man diese Einzelperson fand, wie konnte man sie zurückbringen? Es war das erklärte Ziel der Regierung, Deutschland «judenrein» zu machen. Die Schweizer Anwälte waren bestürzt und schüttelten den Kopf. Es gab ein Ghetto in der Tschechoslowakei; sie hatten gehört, daß die Bedingungen dort besser seien. Privilegierte Juden wurden dorthin geschickt. Unser Klient ist bereit, zu zahlen ...

Und was meinen Sie, wie wir diese Person von Litzmannstadt nach Theresienstadt befördern sollen? Glauben Sie, wir bieten individuelle Betreuung? Es ist Krieg! Schicken Sie mir jetzt 500 Mark, dann werde ich sehen, was ich herausfinden kann. Und wieviel wäre Ihr Klient zu zahlen bereit, um seinen Neffen in diese Mustergemeinschaft verlegen zu lassen?

Nach einer Weile begann das Wort «Theresienstadt» für Edu wie der Name eines Badeorts zu klingen. Im Atlas stand, es sei eine nach der Kaiserin Maria Theresia benannte Garnisonsstadt, im Jahr 1789 gegründet, etwa dreiundsechzig Kilometer von Prag entfernt. Fünfhundert Mark waren kein übermäßig hoher Betrag, um Andreas an solch einen Ort zu bringen. Aber was war, wenn er unauffindbar war oder wenn er bereits tot war?

Es gab weitere Briefe.

Die Deutschen waren gereizt. Typisch für einen Juden, so hartnäckig und gleichzeitig so schäbig zu sein. Wußte Herr Wertheim, daß sein Neffe zu allem auch noch ein Päderast war? Es stand deutlich und dick unterstrichen in seinen Akten.

«*Das* können sie ermitteln», sagte Edu und schickte den Anwälten 500 Mark.

Andreas und Werner Epstein schlossen sich den anderen Juden an, die in Gruppen an den Straßenecken des Ghettos von Litzmannstadt standen. Bald sahen sie genau wie alle anderen aus, grau und stumpf. Sie gewöhnten sich an die

Bettler und an die Sterbenden, die mitten auf der Straße lagen. Sie verschacherten, ein Stück nach dem anderen, ihre Habseligkeiten. Sie schliefen auf Strohsäcken in einem dumpfigen Keller in der Nähe eines Heizkessels, der nicht funktionierte.

Sie redeten. Das war in Wirklichkeit das einzige, was es zu tun gab. Sie mochten sich nicht besonders, aber sie sprachen die gleiche Sprache, sie verstanden einander. Werner war ein glühender Verehrer des Judentums. Er unterrichtete Andreas, bis Andreas zum erstenmal in seinem Leben anfing, eine dunkle Ahnung von jüdischer Geschichte, jüdischem Brauchtum, Ritual und Glauben zu haben. Werner war so lange wie möglich in Frankfurt geblieben, um anderen zur Flucht zu verhelfen. Er hatte Jura studiert, aber seine Passion war der Judaismus. Er führte ein peinlich genaues Tagebuch, «um Zeugnis abzulegen» von seinen Erfahrungen. «Wie wirst du es jemals hinausschaffen?» fragte Andreas. «Ich werde einen Weg finden», erwiderte Werner.

Der Winter brach herein, und das Leben wurde noch härter. Die zwei Männer arbeiteten außerhalb des Ghettos. Es war eine schwere Arbeit, aber sie brachte ihnen gelegentlich eine Sonderration, ein Stückchen Wurst oder einen Apfel, ein paar Kartoffeln oder eine Zigarette ein. Andreas gewöhnte sich an das Leben, kannte bald die Straßen, die Läden und sogar einige der Gesichter. Die Stadt unter ihrer rußigen Schneedecke war ihm nicht mehr völlig fremd. Er begann, an den Frühling zu denken. Er merkte nicht, daß er schwächer wurde. Er hatte einen starken Husten, aber an manchen Tagen war er beinahe weg; sicherlich würde er beim warmen Wetter ganz verschwinden. Andreas spannte seinen Geist an und konzentrierte sich auf den Augenblick. Schlaf bei Nacht, Gespräche, ein Glas heißen Tee. Wenn der Frühling kam, würde das Leben bestimmt besser werden.

Eines Morgens im April konnte er nicht mehr aufstehen, um zur Arbeit zu gehen. Er hatte Fieber und fiel jedesmal auf seinen Strohsack zurück, wenn er sich aufzurichten versuchte. «Bleib hier», sagte Werner Epstein. «Irgend jemand anderes wird dich vertreten. Wenn ich nach Hause komme, suchen wir einen Arzt.»

Auf den Straßen standen Pfützen, und es schien eine blasse Sonne. Es war kurz vor Passah. Werner hatte versprochen, daß sie an einem geheimen Seder teilnehmen würden; man hatte den Juden alle religiösen Feiern verboten. Am Nachmittag fühlte Andreas sich besser. Er glaubte, daß es ihm guttun würde, in der Sonne zu sitzen, und ging hinaus; das Gewicht seiner Füße überraschte ihn. Er sah hinunter; er trug nicht einmal Schuhe, nur Pantoffeln. Es war mühsam, einen Fuß vor den anderen zu setzen. Im Hof spielten ein paar Kinder Murmeln. Andreas winkte ihnen zu. Er war zu dem Schluß gelangt, daß es irgendwo in der Nähe einen Platz geben mußte, wo Bäume standen.

Er bewegte sich im Kreis und wurde immer verwirrter. Seine Gliedmaßen waren wie Blei. In der Nähe der Ghettomauer war ein verlassenes Grundstück, auf dem einst ein Haus gestanden hatte; es war abgerissen worden, und man hatte seine Holzbalken, Türen und Dielen als Brennmaterial benutzt. Jetzt gab es dort einen kleinen, eingezäunten Gemüsegarten. Einige der robusteren Pflanzen hatten bereits zu sprießen begonnen. Es gab Blattgemüse und Meerrettich für den Seder. Andreas lehnte sich an den Zaun und blickte lange auf den Garten. Er versuchte ihn sich in voller Blüte vorzustellen, von einer Rabatte mit Zinnien und Ringelblumen umgeben.

Plötzlich überkam ihn ein Gefühl der Schwäche, und er sank auf die Knie. Der Boden war feucht. Er hielt sich mit den Fingern am Drahtgeflecht fest und senkte den Kopf. Jetzt konnte er die Erde, die sprießenden Grashalme riechen.

«Was tun Sie?» fragte eine Stimme, die Stimme einer Frau, die jiddisch sprach.

Andreas machte sich zuerst nicht klar, daß sie zu ihm sprach. Aber als sie ihre Frage wiederholte, blickte er auf. Die Frau war jung, und sie trug, ebenso wie alle anderen Frauen des Ghettos, ein zerlumptes graues Gewand, das mit Nadeln zusammengesteckt war. Aber sie hatte ein farbenfrohes Tuch um den Kopf gebunden, und sie war schwanger. Andreas sah ihren schweren, runden Leib über sich. Er versuchte zu sprechen, brachte aber nur etwas hervor, das wie «la la, tra la . . .» klang. Sein Kopf sank nach vorn, er fiel auf die Seite und schlug mit der Wange auf einen spitzen Stein. Die Frau kniete sich neben ihn und hob seinen Kopf vom Boden auf. Andreas' Augen waren bereits blind.

«Halt! Halt!» hörte sie eine deutsche Stimme. Ein Tieflader fuhr langsam durch die schmale Straße. Auf ihm stand ein Mann mit einer auf einem Stativ montierten Kamera und photographierte. Eine Sekunde lang glaubte die Frau, es sei eine Pistole. Sie schrie. Der Lastwagenfahrer lachte. Er streckte seinen Daumen und Zeigefinger aus, als hielte er tatsächlich eine Pistole in der Hand. «Peng, peng», sagte er und lachte abermals.

«Andreas ist heute gestorben», schrieb Werner Epstein an diesem Abend in sein Tagebuch.

Er war nicht im Haus, als ich von der Arbeit zurückkehrte. Die Kinder im Hof sagten, er sei am Frühnachmittag ausgegangen. Ich ging durch die Straßen des Ghettos, um nach ihm zu suchen, blieb sogar nach der Sperrstunde draußen, aber vergebens. Früh am nächsten Morgen klopfte es an meiner Tür. Eine Frau im achten Monat (man stelle sich vor, unter diesen Lebensbedingungen!) stand dort und fragte, ob dies das Haus sei, wo Andreas Wertheim wohnte. Sie sagte, er sei gestern vor dem Gartengrundstück an der Ecke der Gasse gestorben, die von der alten Jeschiwa zur Mauer führt. Ein deutscher Photograph habe eine Aufnahme von ihr gemacht, während sie neben ihm kniete. Sie sagte, sie habe die Leiche dem Begräbniskommando gemeldet, das die Straßen des Ghettos nach den Toten absucht. Sie wußte nicht, ob sie gekommen waren, um ihn zu holen. Ich ging mit ihr zu der Stelle, aber er lag nicht mehr dort. Ich muß annehmen, daß er mit all den anderen ‹Unbekannten› in einem Massengrab am Rand des jüdischen Friedhofs begraben wurde. Sie benutzen, wie ich hörte, keine Särge mehr, nicht einmal für die Reichen.

Ich werde ihn vermissen. Er war ein guter Kamerad und ehrbar. Möge seine Seele in Frieden ruhen. Ihm ist wahrscheinlich weiteres Leiden erspart geblieben. Ich hoffe, daß unsere Gespräche ihm ein gewisser Trost waren. Wenn ich eine Minjan finde, die irgendwo heimlich zusammenkommt, werde ich das Kaddisch für ihn sprechen.

Der deutsche Kommandant, der Edus Gesuch erhielt, Andreas nach Theresienstadt auszuliefern, warf den Brief in den Papierkorb. «Glauben die, wir haben nichts Besseres zu tun, als dieses dreckige Ghetto nach irgendeinem reichen Judenbengel zu durchsuchen, um ihn auf Urlaub zu schikken?» Seine Untergebenen lachten, wie sie es immer taten, wenn sie annahmen, daß er einen Witz machen wollte.

Als im Mai 1940 Holland besetzt wurde, saßen Jacob und Lore, ebenso wie zahllose andere, in einer Falle. Durch die Solidarität der Holländer und ihren Willen, Widerstand zu leisten, ermutigt, lebten sie anfangs weiter wie zuvor. Ihr Hauswirt, ein holländischer Sozialist, war ein ehrenhafter und beherzter Mann. Er schloß sich bald der holländischen Widerstandsbewegung an. Man konnte es für möglich halten, daß man in diesem Netz von Freunden und Kameraden überleben konnte, daß man nützlich sein, ja, sich sogar aktiv gegen die Deutschen zur Wehr setzen konnte.

Dann geschah am 10. Januar 1941 das Unvermeidliche: Die deutsche Militärbehörde befahl allen Juden, sich registrieren zu lassen. Jacob, der sein ganzes Leben in einer Gesellschaft verbracht hatte, in der ein guter Staatsbürger Vorschriften befolgte, meldete sich, ebenso wie über 160000 andere, bei der zuständigen Stelle. Lore hatte versucht, ihn davon abzubringen, aber er sagte, er wolle keine Schwierigkeiten heraufbeschwören – Unterlassungen wurden mit schwerer Strafe bedroht. Es folgte eine kurze Zeitspanne der Ruhe, als ob die Registrierung tatsächlich das einzige gewesen wäre, was verlangt wurde.

Aber die Polizei, die jetzt die Aufsicht führte, unternahm Ende Februar eine Razzia im Judenviertel. Hafenarbeiter, die sahen, wie die Juden bedrängt und geschlagen wurden, kamen ihnen zu Hilfe. In dem darauf folgenden Handgemenge wurde ein Polizist getötet. Als Vergeltungsmaßnahme wurden vierhundert Juden verhaftet und öffentlich verprügelt. Die Arbeiter von Amsterdam riefen für den 25. und 26. Februar zu einem Generalstreik auf, der sich auf andere holländische Städte ausdehnte. Daraufhin wurde das Standrecht verhängt; zahlreiche Arbeiter wurden verhaftet, achtzehn Anführer des Widerstands erschossen. Die jüdischen Geiseln kamen nach Buchenwald und von dort aus nach Mauthausen, wo sie zu Tode gefoltert wurden.

Am 29. April 1941 wurde den Juden Hollands befohlen, den gelben Stern zu tragen. Lore riet abermals, den Befehl nicht zu befolgen, während Jacob angesichts der von den Nazis angedrohten Strafen auf Gehorsam drang. Nach einer langen, erregten Debatte wurde beschlossen, daß Jacob den Stern tragen würde. Es sei eine Tatsache, erklärte er, daß die Frankfurter Juden früher, «in der Zeit, die wir die Renaissance nennen», einer Anzahl von Beschränkungen unterworfen waren, die denen der Nazis ähnelten.

«Wußtest du», dozierte er, «daß die Juden einen Zoll entrichten mußten, wenn sie an Sonntagen und christlichen Feiertagen die Judengasse verlassen wollten? Die Stadt hob die Verordnung schließlich 1798 auf, nachdem sie den Juden achtzehnhundert Gulden abverlangt hatte. Goethes Mutter war keineswegs damit einverstanden», fuhr Jacob fort, «und beklagte sich bitterlich, als sie an einem schönen Sonntag im Jahr 1806 auch Juden durch die Anlagen spazieren sah.»

Als in den folgenden Monaten tagaus, tagein Juden für den Abtransport zusammengetrieben wurden, hörte Jacob damit auf, das Haus zu verlassen. Auf dem Dachboden war eine kleine Kammer für ihn hergerichtet worden, in der er sich notfalls tagelang verstecken konnte. Sie hatte ein einziges kleines Fenster, das in den Himmel blickte, und war gerade groß genug, daß er zusammengerollt auf einer Matratze liegen oder auf einem Stuhl sitzen konnte. Er hatte Bücher und Papiere dorthin mitgenommen und verbrachte oft, selbst wenn es nicht notwendig war, einen Teil des Tages in diesem engen Raum. Es war ihm unerträglich, mit dem Kennzeichen auf die Straße zu gehen, und er hatte seinenMantel so an einen Nagel in der Diele gehängt, daß der gelbe Stern nicht zu sehen war. Um wenigstens etwas frische Luft zu bekommen, setzte er sich hin und wieder, das Gesicht der von Nebel verschleierten Sonne zugewandt, an eines der Fenster, die den Kanal überblickten. Der Geruch von Salzwasser, von Fischen und dem Öl der Schiffe drang schwach zu ihm herüber. Seine Hände waren blaß und zitterten leicht.

Hitler kämpfte seit Juni gegen die Russen, und im Dezember wurden die Vereinigten Staaten in den Krieg gezogen. Lore ging regelmäßig aus, um Einkäufe zu machen und Neuigkeiten zu erfahren, die unheilvoller wurden, je mehr sich das Glück des Krieges langsam von Hitler abzuwenden schien. Die Verschickungen wurden beschleunigt, und Juden, die sich nicht freiwillig meldeten, wurden oft beim Morgengrauen in ihren Wohnungen abgeholt. Das Wetter war schön in jenen Sommerwochen, und die Kinder spielten mit ihren Puppen und Holzpferdchen, während die Erwachsenen in endlosen Reihen am Versammlungspunkt standen und darauf warteten, sich in die Listen eintragen zu lassen. Männer und Frauen trugen Reisekleidung und dunkle Strohhüte; einige schoben ihre fünfzig Kilo Habseligkeiten in Kinderwagen vor sich her. Die allgegenwärtigen Pressephotographen hielten die Szenen fest, die im großen und ganzen ruhig verliefen. Die Juden sahen, abgesehen von ihren Sternen, wie gewöhnliche Zivilisten aus, die vor irgendeiner Naturkatastrophe oder drohenden Bombenangriffen flohen.

Lore gelangte zu dem Schluß, daß sie, komme, was da wolle, alles tun würde, um Jacob versteckt zu halten. Sie hatte Gerüchte darüber gehört, was mit den Menschen geschah, die so willfährig in die Sammellager gingen und in die Viehwagen stiegen. Es hieß, daß all die Züge direkt nach Osten und in den Tod führten. Auf ihrem Weg zur Arbeit hatte sie oft die Reihen von Menschen gesehen, die sich bei Sonnenaufgang durch Amsterdam schleppten. Sie konnte nicht umhin, sie zu beobachten. Manchmal liefen ihr Tränen übers Gesicht, und der eine oder andere der Juden lächelte ihr befangen zu. Oft konnte sie nachts nicht schlafen und lag in Jacobs Armen.

«Ich kann es einfach nicht glauben», sagte sie dann, «ich kann es mir nicht vorstellen. Man sagt, daß Menschen getötet werden, Hunderte, Tausende pro Tag. Es ist so ungeheuerlich, daß ich vor dem bloßen Gedanken zurückschrecke. Es gehört doch ein Heer von Helfern dazu, das zu *tun*. Es ist nicht möglich!»

«Es war möglich, mehrere Male, die gesamte jüdische Gemeinde von Frankfurt zu vernichten – einmal 1241, und dann wieder 1349, während der Pest, ganz zu schweigen von den Verfolgungen während der Kreuzzüge oder den Pogromen in Rußland. Wenn man zweihundert Menschen in einem Ghetto töten kann, dann kann man auch zweihunderttausend in tausend Ghettos töten. Die Deutschen mit ihrer vielgerühmten Tüchtigkeit haben sicherlich eine Methode gefunden, es möglichst unauffällig und ohne viel Aufhebens zu bewerkstelligen.»

«Ich werde dich verstecken und beschützen», sagte Lore.

Im Jahr 1943 war das deutsche Heer überall auf dem Rückzug. Im Februar kapitulierte die Sechste Armee in Stalingrad; im Mai ergaben sich die letzten deutschen Truppen in Nordafrika; im Juni landeten die Engländer und Amerikaner auf Sizilien. Aber keines dieser Ereignisse hielt die systematische Vernichtung der Juden auf. Im Gegenteil, sie beschleunigten sie: Die Zeit für die Todesmaschinerie der Nazis lief ab, und man gab ihr absolute Priorität, um die «Endlösung» zu erreichen. Am 29. September wurden die letzten fünftausend Juden aus Amsterdam verschickt.

Die Lage verschlechterte sich in diesem letzten Winter vor der Invasion der Alliierten. Lore hatte Arbeit in der Küche eines holländischen Krankenhauses gefunden. Sie lebte mit gefälschten Papieren, und es war ihr gelungen, Jacobs Tod glaubhaft zu machen und damit zu verhindern, daß man weiter nach ihm suchte. Durch ihre Arbeit konnte sie sich hin und wieder zusätzliche Nahrungsmittel verschaffen; der Hauswirt hatte Angehörige auf dem Land, und so war es möglich, Kartoffeln und Rüben heimlich ins Haus zu schmuggeln. Bei besonderen Gelegenheiten tauchte ein Liter Milch oder ein Korb mit Eiern auf. Lore arbeitete für die

Widerstandsbewegung, aber nicht einmal Jacob wußte etwas davon, und selbst der Hauswirt, der einer anderen Zelle angehörte, war nicht über die Einzelheiten ihrer Tätigkeit unterrichtet.

Mitte Mai 1944 tat Jacob einen verhängnisvollen, törichten Schritt. Niemand konnte hinterher eine Erklärung dafür finden. Einige glaubten, es habe einen Denunzianten gegeben, jemanden, der darauf lauerte, daß er sich zeigte. Lore verdächtigte den Hauswirt, ein Leben gegen ein anderes eingetauscht zu haben. In jener Zeit war alles möglich.

Jacob hatte eine leichte Grippe gehabt und einige Tage im Bett gelegen. An diesem Tag fühlte er sich gut, und als er durch das Bodenfenster den blauen Himmel sah, wurde er von einer Art sorgloser Kühnheit erfaßt. Es war niemand im Haus, alle waren bei der Arbeit. Jacob schlich in der kleinen Wohnung umher, außerstande, sich zu setzen, zu lesen, zu schreiben oder sich mit irgend etwas ernsthaft zu beschäftigen. Er blickte auf den Kalender und sah, daß der nächste Tag der 13. Mai war – der Tag, an dem er elf Jahre zuvor Lore in Straßburg getroffen hatte. Es war ein Tag genau wie damals – strahlend und wolkenlos. Er mußte ihn feiern, wenn Lore nach Hause kam. Er würde ihr ein Geschenk kaufen. Sicherlich gab es in Amsterdam irgendwo einen Laden, wo er ein Schmuckstück für sie finden konnte, irgendeinen kleinen Anhänger oder eine Kette.

Er suchte nach Geld, fand aber keines. Sollte er in eine Pfandleihe gehen und dort seine Uhr – wozu brauchte er eine Uhr? – gegen ein Geschenk für seine Frau eintauschen? Er war in Gedanken so von seinem Vorhaben in Anspruch genommen, daß er völlig vergaß, daß er ein Verfolgter war, ein Jude in einer Stadt, die von Juden gesäubert war, für alle ein Fremder.

Jacob zog seinen leichten Regenmantel an – seinen Wintermantel hatten sie, ohne den Stern, schon vor langer Zeit einem Arbeiter geschenkt, der Zwangsarbeit in einer Fabrik außerhalb Amsterdams verrichtete – und verließ das Haus. Er hatte keine Angst. Die Straße war ruhig; eine alte Frau kehrte den Vorplatz des Nebenhauses. Jacob ging in die andere Richtung. Er glaubte sich an die Stadt zu erinnern und zu wissen, wo die Pfandhäuser waren. Aber schon in kurzer Entfernung vom Haus wurde er unsicher; nichts war, wo es sein sollte. Die Läden waren geschlossen oder hatten den Besitzer gewechselt, die Pfandleihe war nirgends zu entdekken; selbst ihr Schild war verschwunden. Jacob konnte an nichts anderes denken als an die Notwendigkeit, ein Geschenk – irgendein Geschenk – für Lore zu finden. Er würde seine Uhr sogar gegen einen Blumenstrauß eintauschen. Die Sonne war heiß und machte ihn benommen. Ihm wurde klar, daß er einen Hut hätte aufsetzen sollen. Nach einer Weile begannen auch seine Beine zu schmerzen. Das Kopfsteinpflaster war hart, und er fühlte jeden einzelnen Stein durch die dünnen Sohlen seiner Schuhe.

Auf einem kleinen Platz, weit von seinem Haus entfernt, fand er eine Bank und setzte sich. Ihm war nicht bewußt gewesen, wie müde er war. Durch das offene Fenster direkt hinter ihm drangen die Klänge von jemandem, der Geige übte. Jede falsche Note ließ ihn schaudern, aber die Melodie, so entstellt sie auch sein mochte, war traurig und schön und lullte ihn in den Schlaf.

Das Gebrüll weckte ihn nicht sofort. Es gehörte zu seinem Traum. Er war in Frankfurt zur Schule gerannt, denn er war spät dran, und der Lehrer schloß immer Punkt acht die Tür. Er war auf der obersten Stufe gestolpert –

«Stehen Sie auf!» sagte eine Stimme, aber es war der schmerzhafte Schlag des Gummiknüppels auf sein Schienbein, der ihn weckte. Jacob öffnete die Augen und blickte direkt auf den schwarzen Gürtel einer Polizeiuniform. Es waren zwei Polizisten. Holländer. Dann erinnerte er sich an alles. Er sah die Hakenkreuze an ihren Revers.

«Ihre Papiere», sagte der erste Polizist.

«Ich habe sie zu Hause gelassen.»

«Sie wissen doch, daß Sie sie bei sich tragen müssen?»

«Ich habe sie vergessen», stammelte Jacob.

«Sie sind kein Holländer. Sind Sie Jude?»

«Nein, nein», sagte Jacob, aber ihm fiel nicht ein, was er sonst sein könnte.

«Wir begleiten Sie nach Hause, damit Sie uns Ihre Papiere zeigen.»

«Ich habe keinen festen Wohnsitz.» Jacob wußte, daß er sie unter keinen Umständen in seine Wohnung bringen durfte.

«Dann kommen Sie mit», sagte einer der Männer.

Jacob wurde geschlagen, aber er sagte nicht, wo er wohnte. Tatsächlich wußte er es nach einer Weile selbst nicht mehr, was vielleicht ganz gut war. Sie hatten ihn ausgezogen, hatten gesehen, daß er beschnitten war, und mit Abscheu erkannt, daß es sich nur wieder um einen Juden handelte, der ihnen durchs Netz gegangen war.

Lore kam an diesem Nachmittag beglückt über den schönen Tag und die Nachricht vom russischen Vormarsch nach Hause. Sie betrat leise die Wohnung; sie hatte gelernt, sich lautlos zu bewegen, wo immer sie ging. «Jacob?» sagte sie beinahe flüsternd. Es kam keine Antwort. Plötzlich wurde sie von panischem Schrecken ergriffen. Sie glaubte, er sei tot, sah ihn im Geist in der Kleiderkammer hängen oder in der Badewanne liegen oder zusammengesunken in einem Sessel, während sein Herz aufgehört hatte zu schlagen. Sie hatte Narzissen für ihren Jahrestag mitgebracht.

«Jacob!» rief sie abermals, diesmal lauter. Sie durchsuchte die Zimmer, ging in sein Versteck unter dem Dach. Dann sah sie den leeren Garderobenständer und wußte, daß er ausgegangen war. Er hatte den Schutz des Hauses verlassen – wozu? Um einen Spaziergang in der Frühlingssonne zu machen, sagte sie sich mit einem Blick auf den strahlend blauen Himmel.

Sie klopfte an die Tür des Hauswirts. «Haben Sie Jacob gesehen?» fragte sie.

Er schüttelte den Kopf.

«Ist die Polizei dagewesen?»

«Nicht, solange ich hier war.»

Lore sah ihn an. Er bemerkte ihren forschenden, zornigen Blick. «Ich habe nichts damit zu tun gehabt», erklärte er.

Die alte Frau nebenan sagte, sie habe am Vormittag einen Mann mit einem Regenmantel das Haus verlassen sehen. Er sei nicht zurückgekommen.

Lore ging zur Polizeiwache. Die Beamten gaben vor, nichts zu wissen. Niemand sei an diesem Tag hereingebracht worden. Jedenfalls nicht auf *ihr* Revier. Warum interessierte *sie* sich dafür? Lore sagte, es handle sich um einen Onkel von ihr, der im Haus gehalten werde, weil er wirr sei, schon leicht senil – «Sie verstehen, was ich meine».

Die Beamten nickten. Ihre Gesichter waren ausdruckslos. Lore ging auf verschiedene andere Reviere, und in einem fand sie einen Polizisten, der bereit war, ihr Auskunft zu geben.

«Er ist Jude», sagte der Mann. «Man hat ihn ohne Papiere auf der Straße angetroffen. Er schlief auf einer Bank, als wäre es das Natürlichste der Welt. In Zeiten wie diesen!» Er schüttelte den Kopf.

«Seine Frau ist keine Jüdin», sagte Lore.

«Man hat ihn bereits nach Westerbork geschickt», erklärte der Polizist.

«Er ist sechsundsechzig Jahre alt!» rief Lore. «Was wollen sie mit ihm?»

«Die Deutschen nehmen sie in jedem Alter», erwiderte der Mann.

Lore erkannte, daß es keinen Zweck hatte, dort eine Szene zu machen. Sie dankte dem Mann höflich, und als sie wieder draußen war, vergewisserte sie sich, daß sie nicht beschattet wurde. Ein heller Mond, beinahe voll, schien über der Stadt. Sie hörte weit entfernt die Bomber aus England herüberkommen. Als sie in Sichtweite kamen, Hunderte dunkler Schatten vor dem mondhellen Himmel, war der Lärm ohrenbetäubend. Sie steuerten auf Deutschland zu. Ihr Getöse war Musik in Lores Ohren.

Lore betrat leise die leere Wohnung. Sie machte kein Licht an, sondern fand sich im Dunkeln zurecht. Sie zog sich aus, wusch sich und kroch ins leere Bett. Erst da wurde ihr bewußt, daß sie seit dem späten Morgen nichts mehr gegessen hatte. Immer noch im Dunkeln holte sie sich ein Stück Brot und nahm ein kleines Stückchen harten Käse aus dem Regal, wo sie ihre Vorräte aufbewahrte. Dann setzte sie sich auf einen Lehnsessel in der Nähe des Fensters und aß langsam, bemüht, die Mahlzeit auszudehnen. Sie dachte über Jacob nach und gelangte zu dem Schluß, daß sie versuchen mußte, ihn zu finden. Während der letzten elf Jahre hatte sich ihr ganzes Leben ausschließlich um ihn gedreht; sie konnte sich nicht vorstellen, ohne ihn weiterzuleben. Sie war jetzt beinahe fünfzig. Sie wußte, daß sie älter aussah, aber Jacob machte sich nichts daraus. Er hatte sie immer mit den Augen der Liebe angesehen, und in seiner Liebe erschien sie ihm schön. Niemand sonst hatte sie je so dringend gebraucht, niemand sonst hatte sie je schön gefunden.

Lore schlief unruhig in dieser Nacht und träumte immer wieder von Zügen. Sie hörte die Bomber von ihrem Einsatz zurückkehren und stand auf, als sich die bleiche Morgendämmerung gerade über den Himmel auszubreiten begann. An diesem Abend ging sie zu einem ihrer Kameraden in der Widerstandsbewegung.

«Ich muß nach Deutschland», sagte sie.

«Das ist selbstmörderisch», erwiderte er.

«Ich bin bereit, zu sterben», sagte Lore. «Wenn es etwas gibt, was ich dort für Sie tun kann, sagen Sie es mir. Ich gehe auf jeden Fall.» Sie sprach ruhig und sachlich, führte ihre Gründe an, erklärte, daß Jacob verhaftet und verschickt worden sei, und daß sie vorhabe, nach ihm zu suchen, wenn nötig in ganz Deutschland.

«Haben Sie jemals etwas von einer Stadt mit Namen Oświęcim gehört?» fragte er sie. «Die Deutschen nennen sie Auschwitz.»

«Ich bin bereit, auch nach Polen zu gehen», erwiderte Lore.

Er sah ihre Entschlossenheit, sah einen Schimmer von der Schönheit, die Jacob gesehen hatte.

«Ich fürchte, es wird zu spät für die Juden sein», sagte Lore. «Sie sind alle verloren. Aber ich muß Jacob finden, ich muß.» Sie bemühte sich, das Schluchzen zu unterdrücken, das ihre Stimme zu ersticken drohte. «Werden Sie mir die Papiere besorgen, die ich brauche?»

Zwei Wochen später erhielt Lore die Mitteilung, daß sie einen alten Handkoffer in einem Laden nicht weit vom Bahnhof abholen solle. Er enthielt, in den Seitenwänden verborgen, Material für einen Kurzwellensender. Sie sollte ihn bei einem Schuhmacher in Mainz abliefern. Ihre Papiere befanden sich ebenfalls darin.

Lore packte alles, was irgendeinen Wert hatte, einschließlich Jacobs sämtlichen Büchern und Papieren, in einen Kabinenkoffer, den sie im Keller des Hauses zurückließ. Sie glaubte nicht, daß sie irgend etwas von diesen Dingen jemals wiedersehen würde, aber sie erkannte zu ihrem Erstaunen, daß sie ihr nichts bedeuteten. Sie waren die Schale, nicht das Leben. *Das* hatte Jacob mitgenommen; alles andere mochte getrost in Flammen aufgehen oder zurückbleiben und vermodern.

Der Zug, mit dem sie zur Grenze fuhr, war voller Soldaten und Nazifunktionären, und sie gab vor, eine deutsche Mutter zu sein, die nach ihren vier im Krieg verschollenen Söhnen suchte. Jeder, mit dem sie sprach, war voller Mitgefühl. Sie trug an ihrer Bluse ein kleines Hakenkreuz aus Straß.

Die Übergabe des Handkoffers an den Schuhmacher in Mainz verlief wie geplant. Jetzt war sie frei, und sie machte sich auf den Weg nach Frankfurt. Es hieß, die Transporte aus Westerbork gingen nach Buchenwald, um den Bestand an Zwangsarbeitern dort zu ergänzen, aber niemand wußte, was mit den Juden geschah. Buchenwald lag auf dem Ettersberg, einer Anhöhe, die Weimar überblickte. Lore hatte vor, von Frankfurt nach Erfurt zu fahren und von dort nach Weimar; sie ging zuerst nach Frankfurt, weil es ihre Heimat war.

Die Stadt war einige Monate lang das Ziel schwerer Bombenangriffe gewesen, und im März dieses Jahres hatten verheerende Brände die Altstadt zerstört und das Herz Frankfurts als rauchende Ruine zurückgelassen. Lore kam vom Osten her nach Frankfurt hinein und ging durch eine Steinwüste. Sie erkannte die vertrauten Straßen und konnte sich nach ihnen orientieren, aber sonst erinnerte sie kaum etwas an die Stadt, die sie so gut gekannt hatte. Sie ging in eine Bar, wo sie einst mit ihren Genossen beim Bier gesessen und bis spät in die Nacht geredet hatte. Einige der alten Männer waren noch da, aber sie waren vorsichtig, wie Gefangene, als sie Lore sahen, und erst draußen auf der Straße gab der eine oder andere ihr ein Zeichen, das erkennen ließ, daß er an seinen alten Überzeugungen festgehalten hatte. Sie erfuhr, daß einige der jungen Leute zu geheimen Zusammenkünften in einem verlassenen Lager im Taunus gingen, der eine druckte immer noch Flugblätter und ein anderer schmierte nachts Parolen an die zerfallenen Mauern. Sie sagten ihr, wer gestorben und wer in den Gefängnissen des Staates verschwunden war. Viele waren aufs Land geflohen, zu Verwandten in den Dörfern und auf den nahe gelegenen Bauernhöfen.

«Es kann nicht mehr lange dauern», sagten sie mehr hoffnungsvoll als überzeugt. «Wann kommen die Alliierten?» Lore wußte es nicht. Sie erinnerte sich an das Getöse der Bomber, die Amsterdam überflogen. Hier war ihr Ziel gewesen.

«Wir hoffen, daß wir noch am Leben sein werden, wenn es vorüber ist», sagten sie. «Vielleicht können wir es diesmal nach unserer Vorstellung wiederaufbauen.» Es war, sagte sich Lore im stillen, ein rührender Glaube.

Sie verbrachte die Nacht in Rödelheim, in der Wohnung einer verwitweten Freundin; man hatte ihren Mann in Dachau umgebracht. Ihr siebzehnjähriger Sohn sollte bald einberufen werden.

«Sie schicken alle in den Kampf gegen die Russen», sagte sie, «auch alte Männer und Kinder.» Einer nach dem anderen kamen die überlebenden Genossen an die Tür, umarmten Lore und blieben einige Zeit, um mit ihr zu reden. Sie sagten ihr, so gut sie es wußten, wie die Züge zu den Lagern fuhren und wo es Freunde geben könnte. Zu wissen, wem man vertrauen könne, sei das Wichtigste von allem, erklärten sie.

Früh am nächsten Morgen ging Lore zum Bahnhof, nur um zu erfahren, daß es bis zum folgenden Tag keinen Zug nach Erfurt gab.

«Wegen des Krieges», sagte der Beamte. Aber die Züge nach Auschwitz fuhren Tag und Nacht. Lore stand, die Fahrkarte in der Hand, auf dem Platz vor dem Bahnhof und kam sich verloren vor. Die Frühlingssonne schien auf staubige Schutthaufen, und ein Arbeitsbataillon von russischen Kriegsgefangenen reparierte einen Wasserrohrbruch.

Lore wagte nicht, zu ihren Freunden zurückzukehren, aus

Angst, sie durch ihre Gegenwart – die zweifellos bemerkt worden war – in Schwierigkeiten zu bringen. Sie empfand eine Einsamkeit, die erschreckend und belebend zugleich war. Sie war ungebunden, sie trug nichts mit sich, außer ihrer Liebe, ihren Überzeugungen. Sie dachte ständig an Jacob. Sie hoffte, daß man ihn nur irgendeine niedrige Arbeit verrichten ließ wie diese russischen Gefangenen hier. Ihre Gedanken wagten sich nicht zu etwas noch Schrecklicherem vor. Er war erst vor zwei Wochen verhaftet worden. Er konnte unmöglich tot sein!

Als sie zum Baseler Platz und dem Main ging, blickte sie auf die Nizza-Anlage hinunter, die einst ein schöner Park gewesen war. Das Städel, jenseits des Flusses, stand nur noch zur Hälfte. Beide Flügel waren von Bomben zerstört worden, aber vom Dach des Mittelteils zielten die schwarzen Rohre von Flakgeschützen auf den Himmel. Lore fragte sich müßig, was wohl aus den Bildern geworden war. Sie wanderte weiter durch die Ruinen der Stadt. Das Haus, in dem Jacob gewohnt hatte, stand noch, aber es war nur noch ein Gerippe, an dem die zerfetzten Überreste von Tapeten hingen und das von einem Wall von Schutt umgeben war.

Am Spätnachmittag kam sie zum Palmengarten. Er war wunderbar grün. Eduard Wertheims Villa hatte kein Dach mehr; eine Bombe war genau in die Mitte des Gartens gefallen und hatte Erde und Steine gegen ihre Fassade geschleudert. Die Detonation hatte sämtliche Fenster herausgeschlagen, trotzdem hauste eine obdachlose Familie in der Ruine. Das nahe gelegene Rothschild-Palais existierte nicht mehr. Ein Passant erzählte Lore, daß der alte Baron vergangenes Jahr im Alter von einundneunzig in seinem eigenen Bett gestorben sei, in dem letzten Zimmer, das seine Kerkermeister ihm gelassen hatten.

Lore hatte früher immer den Eindruck gehabt, daß der Palmengarten ausschließlich den Reichen vorbehalten war. Sie hatte als Kind durch den Zaun gespäht und die Kinderschwestern mit ihren Schützlingen beobachtet, aber es hatten ihr die Pfennige für den Eintritt gefehlt. Erst als junge Arbeiterin war sie gelegentlich hineingegangen und hatte zwischen den Rosenbüschen ihr in braunes Papier gewickeltes Mittagbrot verzehrt.

Jetzt sah sie, daß ein kleines Restaurant neben dem großen Palmenhaus noch geöffnet war, und der Zutritt zum Park war frei. Die Reichen waren alle fort. Frankfurt, ausgebombt und verkohlt, blieb den Armen und dem Mittelstand überlassen. Lore setzte sich an einen der kleinen Tische auf der Terrasse und bestellte eine Tasse Ersatzkakao und ein trockenes Brötchen.

Plötzlich bemerkte sie einen Mann am Nebentisch. Ein Herr, dachte sie bei sich und schalt sich im stillen, daß solch ein Ausdruck ihr durch den Kopf gegangen war und Geringschätzung beinhaltete. Sie machte immer noch diese Unterschiede, und stets zum Nachteil derer, die sie als zur «besseren» Klasse gehörig betrachtete. Sie sah im Geist wieder das Bild von Jacob mit seinem feinen, aristokratischen Gesicht. Der Mann am Nebentisch war gut gekleidet. Er war mit einem Fahrrad gekommen, das an dem Stuhl neben ihm lehnte, und seine hellen Wildlederhandschuhe lagen säuberlich zusammengelegt auf dem Tisch. Er war seit Jahren der erste Mensch, den sie sah, in dessen Haltung Selbstsicherheit lag und der sein Gefühl für Stil bewahrt zu haben schien. Lore blickte mit einem Anflug von Verachtung auf sein abgetragenes, aber gut geschnittenes Sportjackett, sein gestreiftes Baumwollhemd, seine zerknitterten Kammgarnhosen. Er erwiderte ihren Blick mit einem leisen Lächeln. Sein Haar lichtete sich ein wenig, aber er sah gut aus. Seine Augen waren von einem strahlenden Blau. Er kam Lore bekannt vor, und sie versuchte herauszufinden, woran das lag. Hatte sie vielleicht vor Jahren einmal mit ihm zusammen gearbeitet? War er jemand, den sie gekannt hatte? Mußte sie ihn fürchten?

Er sah völlig harmlos aus. Bestimmt war er kein Mensch, der sich in politische Machenschaften stürzte; in *diesem* Zusammenhang konnte sie ihn nicht gekannt haben. Und doch hatten sie irgend etwas gemeinsam. Sie sah ihn noch einmal an, und plötzlich wurde ihr klar, daß er irgendwie mit Jacob verwandt war. Aber wie? Sie ging die Reihe der Bilder durch, die Jacob auf seinem Schreibtisch stehen hatte, und zählte in

Gedanken die Namen all der Verwandten auf, über die er in diesen elf Jahren gesprochen hatte. In ihrer Vorstellung sah sie die Photographie einer jungen Frau in einem Skianzug, die auf einem Schneefeld neben einem gutaussehenden blonden Mann stand . . . natürlich! Es konnte nur Lenes erster Mann, Tom, sein. «Ich habe Tom immer gern gemocht», hatte Jacob gesagt. «Ich mochte ihn viel lieber als diesen Manfred Solomon.»

In diesem Augenblick stand der Mann von seinem Tisch auf, kam zu ihr herüber und sagte mit einer leichten Verbeugung: «Thomas von Brenda-Badolet.»

«Ich weiß, wer Sie sind», erwiderte Lore. «Es ist mir gerade eben klargeworden. Ich bin Lore Wertheim. Jacobs Frau.»

Tom sah sich, wie Lore bemerkte, mit dem instinktiven, umherschweifenden Blick eines Menschen um, der weiß, daß die Jäger überall gegenwärtig sind, und sagte: «Darf ich mich setzen?» Lore nickte. Er brachte seine Tasse mit. Sie enthielt schwachen Tee. «Ich habe immer meine eigenen Teebeutel bei mir», sagte Tom, «und es würde mich freuen, einen davon mit Ihnen zu teilen. Wir brauchen nur heißes Wasser zu bestellen.»

Lore schüttelte den Kopf. Einen Augenblick wußten sie beide nicht, was sie sagen, wo sie anfangen sollten.

«Erzählen Sie mir von der ganzen Familie», sagte Tom. Er beugte sich über den Tisch, so daß sein Gesicht dicht an dem ihren war und sie im Schutz der Zweige, die von oben her rings um sie herabhingen, offen zu ihm sprechen konnte. «Sind sie alle in Sicherheit? Wo sind sie? Was ist aus Lene geworden? Was tun Sie hier?»

Tom sah einen Schatten über Lores Gesicht ziehen und erkannte, daß es für sie keine Hoffnung mehr gab, daß Jacob verschollen war. «Und die anderen?» fragte er. «Haben Sie irgendeine Nachricht von Clara – meiner kleinen Tochter?»

«Ich habe Lene vor sechs Jahren in Paris getroffen. Sie war im Begriff, nach Amerika zu gehen. Lene war auf dem Weg nach Italien, um das Kind zu holen, das, wenn ich mich recht entsinne, dort bei seiner Tante war?»

«Ja, bei Emma. Ich hatte gehört, daß sie nach Florenz gezogen sei.»

«Sie haben sich nicht verabschiedet?»

Tom wandte den Blick ab. Die Frage war indiskret, aber Lore war sich dessen nicht bewußt.

«Es war beschlossen worden . . .» begann Tom. «Ich sollte mich fernhalten . . . Edu hat das alles geregelt.» Er hielt inne. «Was tun Sie hier? Oder sollte ich das nicht fragen?»

«Ich suche Jacob», sagte Lore. «Er ist vor zwei Wochen verhaftet worden. Ich habe gehört, sie schicken die Deportierten nach Buchenwald.»

«Glauben Sie, daß Sie ihn finden werden?»

«Nein», sagte Lore. Die Antwort kam spontan und schokkierte sie beide. Lores Stimme wurde heiser. «Aber ich muß versuchen, ihn noch einmal zu sehen. Ich habe mich nicht von ihm verabschiedet. Er war fort, als ich von der Arbeit nach Hause kam. Ich hatte ihm etwas zu sagen.»

Ihre Augen glänzten von Tränen. Die Sonne war hinter einem dichter werdenden Wolkenschleier verschwunden. Regen lag in der Luft.

«Das Wetter wird schlecht», sagte Tom. «Kommen Sie mit mir in meine Wohnung.»

«Wäre es Ihnen wohl möglich, mich für eine Nacht zu beherbergen?» fragte Lore. «Mein Zug nach Erfurt fährt erst morgen früh.» Sie wußte, daß es eine kühne Frage war, aber sie mußte Pläne machen.

«Meine Frau ist sehr krank», sagte Tom; er sah, daß Lores Gesicht sich verhärtete und wachsam wurde. «Das will nicht heißen, daß Sie nicht bleiben können», setzte er hinzu. «Ich wollte Sie nur warnen.»

«Ist es ansteckend?»

«Sie hat Krebs.»

«Verzeihen Sie. Ich wollte nicht aufdringlich sein. Aber ich muß mein Ziel erreichen, und ich darf keine Zeit verlieren. Ich wußte nicht, daß Sie wieder geheiratet haben.» Sie sprach weiter, um ihre Verwirrung zu verbergen.

«Ich habe die Frau geheiratet, in die ich mich verliebte, als Lene und ich getrennt waren. Es war keine glückliche Ehe. Sie hält sich für eine Dichterin, aber sie war nie sonderlich begabt. Sie ist eigenwillig und schwierig. Zweifellos bin auch ich auf meine Art schwierig, aber sie ist zu einer Last geworden, die ich mit mir herumtrage und die mich niederdrückt. Ich gehe jeden Tag aus, selbst wenn ich nichts zu erledigen habe, nur um ihr zu entkommen.»

«Arme Seele.»

Tom wußte nicht, ob Lore ihn meinte oder seine Frau. Es fing an zu regnen.

«Kommen Sie», sagte Tom. «Sie setzen sich auf die Querstange meines Fahrrads, und wir fahren zu mir nach Hause.»

«Wissen Sie, wie lange es her ist, seit ich das zum letztenmal getan habe?» fragte Lore. «Ich wette, ich bin zu groß und zu dick dafür. Das Rad wird unter meinem Gewicht zusammenbrechen.»

«Nein, bestimmt nicht. Es ist ein sehr widerstandsfähiges Rad, und ich bin ein geübter Radfahrer. Das ist der einzige Sport, den ich gut beherrsche. Ich bin früher oft mit Lene so gefahren.»

Nach einem wackligen Start hatten sie beide bald den Dreh heraus. Tom fuhr, die Knie nach außen gerichtet, am Grüneburgpark entlang. Das schwerste war, anzuhalten, wenn sie an eine Kreuzung kamen und einen Karren oder Lastwagen vorbeilassen mußten. Sie lachten herzlich auf ihrer kurzen Fahrt und vergaßen beinah, daß sie am Rande des Abgrunds wandelten.

Das Mietshaus, in dem Tom wohnte, hatte keine Bombenschäden erlitten, aber es sah schäbig und vernachlässigt aus. Die Gegend war gut; die Häuser stammten aus den frühen Jahren des Jahrhunderts, ihre Straßen waren von Bäumen gesäumt und ruhig. Eine Haushälterin öffnete ihnen die Tür. Sie war sehr alt und von Arthrose gekrümmt.

«Wer ist das?» fragte sie gereizt, mit dem Finger auf Lore deutend.

«Eine Freundin der Familie», sagte Tom.

«Ich erinnere mich nicht an solch eine Freundin.»

«Sie hat schon bei meinen Eltern gearbeitet», sagte Tom *sotto voce* zu Lore.

«Was haben Sie über Ihre Eltern gesagt?»

«Nichts, Grete, nichts.»

Tom entschuldigte sich und ging in den hinteren Teil der Wohnung. Lore sah ihn die Tür zu einem Zimmer öffnen und hörte das klagende Wimmern einer krächzenden Stimme, das von Husten unterbrochen wurde.

«Bitte setzen Sie sich ins Wohnzimmer», sagte Grete, «und geben Sie mir Ihren Rucksack.»

«Vielen Dank, aber ich behalte ihn bei mir», erwiderte Lore. Die Gegenwart von Dienstboten brachte sie immer ein wenig aus der Fassung.

Tom kehrte kurz darauf mit einer Flasche Wein zurück. «Wir müssen uns einige der kleinen Freuden des Lebens bewahren», sagte er, während er sie öffnete und an dem Korken roch. «Ein guter Jahrgang aus der Zeit vor dem Krieg.»

Sie tranken aus Kristallgläsern.

«Ich habe ein paar Sachen aus meinem Elternhaus gerettet», sagte Tom. Dann brachte er einen Trinkspruch aus: «Auf das Ende des Krieges und die Niederlage des Vaterlandes.»

Grete servierte ihnen das Abendessen in einem Zimmer, das jetzt offensichtlich selten benutzt wurde. Das Porzellan war angeschlagen und das Silber nicht geputzt, aber Lore bemerkte es nicht. Die Suppe war dünn, nur aus Kohl- und Steckrüben, und als Hauptgang gab es Büchsenfleisch und Rühreier, die aus Eipulver zubereitet waren. Aber der Wein war hervorragend. Lore fühlte, wie er ihr die Befangenheit nahm, und sie gewöhnte sich an den Gedanken, dort zu sein. Sie erzählte Tom von ihrer Jugend. Sie sprachen immer weiter und drangen nie bis zur Gegenwart vor. Lore fragte nach Jacob; sie wollte ihn in einem anderen Zusammenhang verstehen. Und sie sehnte sich danach, ihm von diesem Abend zu erzählen. Wie würde er sich freuen, was würde er alles wissen wollen – sie mußte sich jede Einzelheit merken!

Tom erzählte ihr, wie Jacob sich einmal mit der Elektrizitätsgesellschaft wegen einer Rechnung gestritten und einen Monat lang bei Kerzenlicht gelebt hatte. Lore lachte so sehr, daß Tom im ersten Augenblick nicht bemerkte, daß die Krämpfe, die sie schüttelten, nicht zu ihrer Heiterkeit gehörten.

«Sie weinen ja», sagte er.

«Ich weine nie», schluchzte Lore.

Tom saß still da. Er wußte, es war zwecklos zu versuchen, sie von ihrem Vorhaben abzubringen.

«Ich höre gleich wieder auf», sagte sie.

Tom legte seine Hand auf die ihre. Die Geste war zart und zögernd. Sie wahrte den Abstand zwischen ihnen. Sie sagte ihr, daß er außerstande war, zu helfen. Er war wie ein Mönch, dachte sie; er glaubte an irgendeine andere Ordnung der Dinge. Er hatte einen Glauben, aber er setzte ihn nie aufs Spiel.

«Ich muß zu meiner Frau gehen», sagte er, als sie mit dem Essen fertig waren. Lore saß im Wohnzimmer, während Grete den Tisch abdeckte.

«Hoffen wir, daß es keinen Luftangriff gibt», sagte Tom, als er zurückkam. «Meine Frau weigert sich, die Treppen hinunterzugehen. Wir müssen sie in den Luftschutzkeller tragen. Und dort unten weint sie die ganze Zeit. Sie ist dem Tode nah und hat schreckliche Schmerzen, aber sie will nicht sterben.»

«Sie sehnen ihren Tod herbei, nicht wahr?»

«Ja. Ich habe angefangen, sie zu hassen», sagte Tom.

Die Flugzeuge kamen nicht in dieser Nacht. Es fiel ein leichter Regen, die Wolken hingen schwer über der verdunkelten Stadt und erstreckten sich bis zur französischen Grenze. Lore und Tom sprachen bis tief in die Nacht.

Grete hatte das Bett im Gästezimmer bezogen, und Lore schlief zwischen Leinenlaken. Es war ein tiefer Schlaf, der all seine Träume auslöschte, ehe Lore erwachte. Tom begleitete sie zum Bahnhof und wartete, bis der Zug abfuhr. Eine Gruppe würdevoller Männer verabschiedete einen aus ihrer Mitte. «Heil Hitler!» riefen sie, als der Zug sich in Bewegung setzte. Lore sah, daß Tom vor diesen Männern zurückwich, als hätten sie ihn beiseite gestoßen. Er winkte ihr nach. Auch diese Geste war kaum sichtbar, seine Bewegung wirkte wie ein schmerzliches Zeichen, daß er in der schlimmsten aller Zeiten lebte und wehrlos war.

Der Mann von der Gestapo klingelte um elf Uhr dreißig an Thomas von Brenda-Badolets Tür. Grete machte ihm auf, ließ ihn aber in der Diele warten. Sie hatte keine Ahnung, wer er war, aber sie wußte, daß er nicht ins Wohnzimmer gehörte.

«Sie hatten gestern abend Besuch?» fragte der Mann von der Gestapo, als Tom erschien. Sie standen einander gegenüber und sahen sich über den Orientteppich hinweg an. Tom zuckte vage die Achseln – eine fast jüdische Geste.

«Kann ich hereinkommen und mich setzen?»

«Nein», sagte Tom, «das ist nicht nötig. Wir können hier reden. Meine Frau ist sterbenskrank.»

«Wie war das mit Ihrem Besuch?»

«Es war eine Freundin meiner Schwester, die auf der Durchreise in Frankfurt war. Wir haben uns zufällig im Palmengarten getroffen.»

«Wie heißt sie?»

Tom wählte aufs Geratewohl einen Namen – den Namen des Mädchens, das bei seiner ersten formellen Tischgesellschaft neben ihm gesessen hatte. «Aber ich weiß nichts von ihr», setzte er hinzu.

«Und trotzdem haben Sie sie bei sich übernachten lassen. Während Ihre Frau krank – sterbenskrank, wie Sie sagen – dort im Zimmer am anderen Ende der Diele liegt!»

«Es ist schwer, heutzutage ein Zimmer zu finden. Der Frankfurter Hof ist ausgebombt . . .»

«Wohin ist sie gefahren? Sie haben sie zum Bahnhof gebracht.»

«Nach Leipzig.»

«Wozu?»

«Hören Sie», sagte Tom. «Ich werde Ihnen die Wahrheit sagen. Sie ist hergekommen, um mit mir zu schlafen.» Der Mann von der Gestapo grinste anzüglich. Tom sah, daß er den richtigen Weg eingeschlagen hatte. «Sie wissen, wie das ist», fuhr er fort. «Meine Frau ist seit langem krank . . .»

«Sterbenskrank.»

«Ja.»

«Ihr Adeligen seid widerlich», sagte der Mann mit plötzlicher Heftigkeit, «degeneriert – wie die Juden. Ist Ihnen der Name Wertheimer bekannt?» Er war wieder tückisch geworden.

«Ich glaube nicht.»

«Sie waren mit einer Jüdin verheiratet. Wie war ihr Mädchenname?»

«Wertheim.»

«Das hab ich doch gesagt.»

«Nicht ganz. Aber wie dem auch sei, das ist viele Jahre her. Wir sind 1930 geschieden worden.»

«Und Sie hatten ein Kind. Wo ist es jetzt?»

«In Amerika, hoffe ich, sicher und wohlbehalten.»

«Und die übrigen Familienmitglieder, wo sind die?»

«Außerhalb des Bereichs Ihrer Macht. Sie können ihnen nichts mehr antun, hoffe ich.»

«Wir haben einen von ihnen nach Polen ins Ghetto von Litzmannstadt geschickt. So steht's in meinem Bericht. Er ist gestorben, glaube ich. Die Unterkunft war nicht gut genug für ihn. Er war an eine bessere Klasse von Hotels gewöhnt.»

Tom sah ihn mit kalten Augen an. «Wenn Sie fertig sind, können Sie gehen», sagte er.

«Drängen Sie mich nicht. Ich habe einen Auftrag auszuführen.»

Tom öffnete die Tür. Der Mann von der Gestapo zog sich zurück. Draußen auf dem Treppenabsatz setzte er seinen Hut wieder auf. «Sehn Sie sich lieber vor», sagte er.

Tom schlug ihm die Tür vor der Nase zu.

Die Züge fuhren langsam, und Lore kam erst am Nachmittag in Erfurt an. Die Luft hatte sich trotz des Regens nicht geklärt. Es war drückend. Die Leute klagten über Kopfschmerzen und behaupteten, die Alliierten benutzten eine neue Art von Gas. Lore machte sich zu Fuß auf den Weg nach Weimar. Sie hoffte, die zwanzig Kilometer bis zum Einbruch der Dunkelheit zurücklegen zu können.

Die leicht hügelige Landschaft Thüringens erstreckte sich vor ihr. Auf den Feldern pflanzten die Bauern Spätkartoffeln. Sooft sie zu einer Anhöhe auf der Straße kam, konnte sie meilenweit nach allen Seiten sehen. Es war eine hübsche Gegend. Ein vorbeifahrender Lastwagen voll Soldaten hielt neben ihr, und der Fahrer beugte sich hinaus, um zu fragen, ob sie mitfahren wolle. Im ersten Augenblick hatte Lore Angst, aber als sie die teilnahmslosen, müden Gesichter der Männer sah, erkannte sie, daß ihr keine Gefahr von ihnen drohte. Sie kletterte in den hinteren Teil des Lasters und setzte sich auf den Boden, der mit Stroh bedeckt war. Einer der Soldaten bot ihr wortlos ein Stück Brot und einen Schluck aus seiner Feldflasche an. Sie aß und trank. Niemand fragte sie, wohin sie wollte.

Der Lastwagen setzte Lore zwei Ecken vor dem Zentrum von Weimar ab. Es war noch hell, und sie konnte die prachtvollen Fassaden der Bauwerke aus dem achtzehnten Jahrhundert bewundern – dieselben, die Goethe und Schiller gekannt hatten. Lore war nicht sehr gebildet, aber sie begriff, daß diese kleine Stadt, ebenso wie Chartres oder der Petersdom in Rom, die Blüte eines Zeitalters verkörperte. Weimar vereinte alles in sich, was groß, gut und beständig im Menschen war. Als sie am Theater, am Haus von Schiller und am Haus von Goethe vorbeiging, kam sich Lore wie eine Pilgerin vor.

Sie ging in den Stadtpark, wo sie eine Weile auf einer Bank saß und das Dörrobst aß, das sie mitgebracht hatte. Als es schließlich dunkel war, machte sie sich auf die Suche nach einem Hotel. Sie hatte vor, die Nacht in Weimar zu verbringen und früh am nächsten Morgen aufzubrechen. Jede zusätzliche Stunde, die sie in der Stadt verbrachte, würde sie nur unnötig der Gefahr aussetzen, entdeckt und ausgefragt zu werden.

Sie fand ein kleines Hotel der Kategorie, die im Frieden Handelsreisenden und in Kriegszeiten Schwarzmarkthändlern und anderen kleinen Verbrechern Unterkunft bietet. Sie fühlte sich seltsamerweise dort sehr behaglich und schlief fest.

Am nächsten Morgen schreckte sie kurz vor Sonnenaufgang aus dem Schlaf, als hätte ihr jemand die Hand auf die Schulter gelegt. Aber sie war allein. Sie zog sich rasch an und wusch sich in dem kleinen Becken das Gesicht mit kaltem Wasser. Sie steckte ihr Geld, aber nicht ihren falschen Paß, in den kleinen Lederbeutel, den sie um die Taille gebunden hatte. Ihre Habseligkeiten waren in dem Rucksack verstaut, den sie im Schrank des Hotelzimmers zurückließ. Sie aß den Rest des Dörrobstes und ging hinaus. Es war niemand am Empfangspult, die Straßen lagen noch verlassen da.

Sie ging nicht auf der Landstraße, die sich aus der Stadt heraus bergauf schlängelte, sondern hielt sich in den Wäldern und auf den angrenzenden Feldern. Dunkler Rauch schien von der anderen Seite des Berges aufzusteigen. Der Wind blies ihn von ihr fort, aber sie sah ihn ständig, während sie langsam den Hang hinaufstieg. Abgesehen davon war der Himmel klar. Das Krähen eines Hahnes und das ferne Klirren einer Kuhglocke waren die einzigen Geräusche, die sie hörte. Sie war etwa eine Stunde unterwegs, als sie in den Buchenwald kam, der die Kuppe des Ettersberges umgab. Dort ruhte sie sich kurz aus. Sie wußte, daß sie sich dem Lager näherte. Eine bange Vorahnung lastete auf ihrer Seele, aber sie fühlte sich sicherer in dem stillen Wald.

Ein einzelner Schienenstrang war das erste Zeichen, daß sie nicht mehr weit vom Lager entfernt war. Sie überquerte ihn vorsichtig. Der Wald hatte sich gelichtet und einer neuen Landschaft, einem dichten Nachwuchs von Eichen und Föhren Platz gemacht, die in Kletterpflanzen, Dornengestrüpp und Himbeersträuchern zu ersticken drohten. Von hier aus konnte sie den Himmel über dem Hügelkamm und die schwarze Rauchwolke sehen, die sich über ihm ausbreitete. Ein süßlicher, Übelkeit erregender Geruch hing in der Luft. Lore fühlte sich schwach vor Hunger. Plötzlich sah sie die breite Asphaltstraße und hörte das sich nähernde Geräusch von Lastwagen, die Rufe von Männern, das Bellen von Hunden. Sie ließ sich auf die Knie sinken. Mehr als alles andere fürchtete sie die Hunde – ihre Sinne waren schärfer als die der Menschen, sie konnten sie wittern und eher finden als ihre Herren. Sie lag auf der feuchten Erde, preßte das Gesicht zwischen die kleinen Steine und das dürre Laub und wartete, bis die Geräusche des Transports verklungen waren.

Als es wieder still geworden war, stand sie auf und ging tief gebückt in die Richtung, aus der die Lastwagen gekommen waren, auf die Stelle zu, wo der schwarze Rauch in verwischten Wölkchen in dem leichten Wind aufstieg. Nach etwa zehn Minuten kam sie zu dem Stacheldrahtzaun, der das Lager einschloß. Sie sah die Wachttürme, das Gebäude mit dem Schornstein, einen großen, freien Platz und zahllose Reihen von Baracken. Sie sah Männer, die in Gruppen durch die «Straßen» des Lagers gingen; jede Gruppe wurde von einem Wärter mit einer Maschinenpistole begleitet. Dies waren offensichtlich Arbeitskommandos. Lore sah Männer, die Äxte schwangen, Steine brachen, eine große Walze über den Platz zogen. Sie hielt sich außer Sicht und beobachtete alles, bis ihre Augen schmerzten und ihr Nakken steif war. Die Sonne brannte auf ihren Schultern, die harten Grasstoppeln zwischen dem Unkraut und den Kirschbäumen schnitten in die Haut ihrer Beine.

Gegen Mittag kroch sie in den Schatten eines kleinen Dikkichts. Sie fühlte sich matt, und sie legte sich für kurze Zeit auf die Erde und fiel in einen leichten Halbschlaf. Der Himmel über ihr war dunstig von der gnadenlos sengenden Sonne; ihre Augen brannten. Was sollte sie tun? Es würde ihr nicht gelingen, ins Lager zu kommen, und selbst wenn es ihr gelang, was dann?

Lore verbrachte zwei Tage und zwei Nächte im Unterholz außerhalb des Lagers und ging in Deckung, wie Kaninchen oder andere kleine Tiere es tun, sooft sie etwas sah oder hörte, was sie zuvor nicht gesehen oder gehört hatte. Immer wieder umkreiste sie das Lager auf Händen und Knien. Sie überquerte nie die Straße, die zum Haupttor führte, sondern kehrte auf dem gleichen Weg, den sie gekommen war, zur anderen Seite zurück. Sie hatte die Worte gesehen, die in gußeisernen Buchstaben säuberlich über dem Tor zwischen den beiden großen Türmen angebracht waren. JEDEM DAS SEINE, lauteten sie.

Am Ende des zweiten Tages hatte sich Lore ein exaktes Bild vom Lager gemacht. Sie hatte beobachtet, wie sich die Häftlinge morgens und abends zum Appell auf dem Platz versammelten und wie die Toten zu dem Gebäude getragen wurden, dessen Schornstein die schwarze Wolke ausspie. Sie hatte gesehen, wie die Männer am Morgen zur Arbeit und abends zurückgeführt wurden, hatte die Lastwagentransporte kommen und gehen sehen, hatte Schreie von Schrekken und Schmerz und das Knattern von Gewehren gehört. Es war alles zu weit entfernt, um klar und deutlich zu sein, aber die Umrisse waren immer sichtbar. Des Nachts leuchteten helle Scheinwerfer von den Wachttürmen. Es gab keine Dunkelheit, in der man sich verstecken konnte.

Am zweiten Tag kam eine Gruppe von Häftlingen in ihren gestreiften Hemden und Hosen auf dem Weg zum Steinbruch in etwa dreißig Meter Entfernung an der Stelle vorbei, an der sie kauerte. Jacob war nicht unter ihnen, und keiner der Männer trug einen gelben Stern. Angesichts dieser Tatsache kam ihr der Gedanke, daß die Juden zweifellos getrennt gehalten wurden, und auf ihrer nächsten Runde hielt sie Ausschau, ob irgendwelche Baracken abseits von den anderen standen. Sie war außer sich vor Hunger und konnte kaum mehr einen logischen Gedanken fassen. Sie war schmutzig, und ihre Kleidung war zerrissen, ihr Körper mit Schrammen bedeckt, ihr Nacken war rot von der Sonne, ihre Haare waren verfilzt, und Zweige hatten sich darin verfangen. Sie aß Blätter und trank Wasser aus einem Rinnsal, das sie entdeckt hatte, aber das Wasser schmeckte nach Fäulnis. Früh am Morgen des dritten Tages sah sie die jüdischen Baracken. Sie befanden sich auf der westlichen Seite des Lagers und waren von zusätzlichem Stacheldraht umgeben; anscheinend wurden die Insassen streng von den übrigen Häftlingen abgesondert.

Der letzte Stern verblaßte am Himmel. Die taufeuchte Luft war kühl. Es wird wieder ein schöner Tag, sagte sich Lore. Sie hatte keinen Plan mehr, sie wollte nur lange genug überleben, um Jacob zu sehen. Ein- oder zweimal während des ersten Tages hatte sie daran gedacht, ihr Vorhaben aufzugeben, nach Frankfurt zurückzukehren und sich bei ihren alten Freunden zu verstecken. Sie hatten gesagt, daß es möglich sei. Je mehr der Krieg sich Deutschlands Grenzen näherte, um so schwerer würde es für die Nazis sein, eine absolute Kontrolle aufrechtzuerhalten. Aber Lore konnte sich nicht entschließen, wegzugehen. Nachdem sie die Methode ihrer Wache festgelegt hatte, fühlte sie sich verpflichtet, sie fortzusetzen.

In den achtundvierzig Stunden, seit sie in Buchenwald angekommen war, hatte es nur einmal geregnet. Eine plötzliche heftige Sturmbö hatte sich aus schwarzen Wolken erhoben und hatte einen Hagelschauer entfesselt. Windstöße fegten Staub und Schutt durch das Lager. Es war wie eine jener biblischen Geschichten, in denen Gott dem Propheten erscheint. Aber als der Sturm aufhörte – ebenso plötzlich, wie er begonnen hatte –, war alles wie zuvor.

Traumbilder von Speisen verdrängten fast jeden anderen Gedanken in Lores Gehirn. Sie sah Schüsseln voller Würstchen, roch Kaffee, spürte Verlangen nach frischen Brotlaiben und kräftigem, scharfem Käse. Die ganze Nacht verfolgten diese Visionen sie im Traum. Sie kauerte im Unterholz und stopfte sich Wurzeln in den Mund. Jetzt, da sie wußte, wo Jacob voraussichtlich war, hatte sie aufgehört, das Lager zu umkreisen. Sie kroch so dicht, wie sie es wagte, an den Zaun heran und versuchte, die Gestalten zu unterscheiden, die in der Stille vor dem Morgengrauen dort umhereilten.

Allmählich wurde es heller. Die Scheinwerfer verblaßten, gingen aus. Lore sah einige hundert Männer stocksteif dastehen, regungslose Statuen in gleichmäßigen Reihen. Sie sah, daß sie in zwei Gruppen geteilt waren; wie die Gesegneten und die Verdammten auf den Gemälden vom Jüngsten Gericht, sagte sie sich. Sie hielt Ausschau nach Jacobs vertrauter Gestalt. Sie wußte, daß sie ihn an seinen Bewegungen erkennen würde, an der Art, wie er seinen Kopf hielt und eine Schulter hängen ließ; an seinem schlurfenden Gang, der eine leichte Arthrose verriet. Die Juden trugen keine gestreiften Hemden und Hosen, sondern offenbar die Kleidung, in der sie gekommen waren. Aus der Ferne sahen die Sterne auf ihrer Brust wie Handabdrücke aus, ebenso bleich wie die geisterhaften Gesichter.

Als die Sonne mit einem goldenen Aufleuchten hinter dem Horizont aufstieg, gaben die Wärter den Befehl, zu marschieren. Die Männer, beide Gruppen, machten sich auf den Weg zum Haupttor. Bald verfielen sie in einen unregelmäßigen Laufschritt. Diejenigen, die stolperten und zu Boden stürzten, wurden von ihren Kameraden aufgehoben und mitgeschleppt. Die Straße führte zu dem Schienenstrang und dem Rangiergleis, die Lore am ersten Tag gesehen hatte. Dort stand eine lange Reihe von Viehwagen, mit Stacheldraht bekränzt. Lore folgte der Gruppe in einiger Entfernung durch einen Wald von Birken und jungen Buchen. Auf ein Zeichen der Wärter begannen die Männer in die Wagen zu steigen.

Die Waggons füllten sich langsam. Lore hatte ein Versteck hinter einer halb zerfallenen Mauer gefunden. Sie war fast von Sinnen vor Hunger. Aber schließlich glaubte sie Jacob zu sehen. Sie erkannte ihn zuerst an der Art, wie sein Haar nach hinten gekämmt war – er fuhr sich immer mit der Hand über den Kopf –, und an der Form seiner Brille. Er sah unglaublich schwach und zart aus. Lore sprang aus ihrem Versteck auf und begann, durch das kleine Waldstück zu rennen, das sie von dem Zug trennte. «Jacob!» schrie sie. «Jacob!» Ihr Fuß blieb an einer Wurzel hängen, und sie fiel hin, stand aber sofort wieder auf und schwenkte die Arme. «Hier bin ich, hier bin ich», rief sie. Ihre Augen waren blind von Tränen, aber sie wischte sie fort und sah deutlich, daß er sich nach ihr umgewandt hatte ...

Die Schüsse erzeugten kein Echo. Nur einen Augenblick hörten die Vögel auf zu singen. Die Wärter sahen die Frau zu Boden stürzen. Die Juden stiegen weiter in die Viehwagen. Niemand ging hinüber, um zu sehen, wer sie war. Später würde man einen Wärter hinausschicken, um ihre Leiche wegzuschaffen.

Lores Rucksack lag in einer Ecke im Büro des Hoteldirektors, bis dieser nach einigen Monaten beschloß, ihn sich anzueignen; sein eigener war schon sehr abgenutzt. Er verschenkte die Kleidung, die er darin fand, und warf den Paß in den Ofen. Jacobs Zug fuhr nach Auschwitz, wo Jacob vergast und verbrannt wurde. Niemand, der ihn dort sah, kannte ihn, keiner von seinem Transport blieb am Leben. Das Datum seines Todes ist unbekannt. Es war vermutlich einer der letzten Tage im Juli 1944.

AUF DIE INVASION DER ALLIIERTEN in der Normandie im Juni 1944 folgte weniger als drei Monate später die Befreiung von Paris. Unter den Tausenden, die an jenem Augusttag die

Straßen und Avenuen der französischen Hauptstadt säumten, befand sich auch Eva Süßkind. Daß sie die Besatzung heil überstanden hatte, verdankte sie vor allem ihrem Chef im chemischen Laboratorium, denn er hatte dafür gesorgt, daß sie unbehelligt blieb. Es war keine leichte Zeit für sie gewesen, aber sie war am Leben. Eine zarte Frau, jetzt vierundsechzig, sah sie älter aus als ihre Jahre, aber sie hatte ihren Glauben an die Vervollkommnungsfähigkeit der menschlichen Institutionen und den guten Kern im Menschen bewahrt. Sie betrachtete die Jahre der Nazi-Hegemonie als eine Verirrung. Sie wußte noch nichts über die Todeslager, hatte nur Gerüchte gehört. Und sie hatte weiterhin große Hoffnungen für die Sowjetunion, wenn sie sich auch keine Illusionen über Stalin machte. Obgleich sie sich schon vor langer Zeit von der Partei losgesagt hatte, erhielt sie immer noch ihre Freundschaft mit denen aufrecht, die ihr treu geblieben waren. Für sie als alleinstehende Frau waren Freunde wichtig.

Eva war in eine kleine Wohnung in einem Arbeiterviertel von Paris gezogen, die auf den Hof hinausging; Professor Fonsagrive, ihr Chef, hatte sie ihr besorgt, als die Deutschen während des Frühlings und Sommers 1941 anfingen, die Juden in Paris zusammenzutreiben. Er war zu den Behörden gegangen und hatte verlangt, daß man ihm gestatte, Eva auf ihrem Posten zu behalten, da sie, wie er sagte, unentbehrlich für die Arbeit in seinem Laboratorium sei. Ihre Wohnung lag nicht weit von ihrem Arbeitsplatz entfernt, so daß sie sich nicht allzuviel auf der Straße zu zeigen brauchte.

Sie hatte verschrobene Gewohnheiten angenommen, wie sie alten Menschen oft eigen sind; sie hob Papierfetzen und Bindfäden auf und lebte so bescheiden, daß ihre Bekannten immer glaubten, sie sei am Verhungern. Sie wurde auch nachlässig in ihrer Kleidung. Sie weigerte sich, etwas Neues zu kaufen, und durchstöberte statt dessen ihren Koffer, der alles enthielt, was sie mitgebracht hatte – vergilbte Unterwäsche und brüchige Seidenhemden, ihre Halstücher aus Rußland, Kostüme aus Serge und Handtücher, die sie vor langer Zeit in Frankfurt gekauft hatte.

Eva stand stundenlang in der brennenden Augustsonne,

um den Einzug der Truppen de Gaulles zu beobachten, sie in endlosen Strömen mit wehender Trikolore den Boul Mich entlangmarschieren zu sehen, die Panzer mit Blumen bekränzt. Sie weinte, wie sie noch nie zuvor geweint hatte. Eine junge Französin neben ihr versuchte sie zu trösten.

«Haben Sie Ihren Mann verloren?» fragte sie. «Ist Ihr Sohn für Frankreich gefallen?»

«Ich war nie verheiratet», sagte Eva. «Ich habe keine Kinder. Aber mein Bruder hat sich umgebracht, als die Nazis kamen. Die anderen . . .» Ihre Stimme verlor sich. Tatsächlich erinnerte sie sich in diesem Augenblick an nichts, an niemanden sonst.

«Sie sind Jüdin?» fragte die Frau. Eva sah sie überrascht an. Vermutlich konnte man es jetzt doch getrost zugeben? Sie nickte zögernd.

«Und Sie sind am Leben geblieben?» sagte die Frau. «Das ist ein Wunder. Ich habe vor zwei Jahren gesehen, wie sie die Juden zum Vélodrome d'Hiver getrieben haben. Es war schrecklich.»

Eva wischte sich die Tränen ab. «Und was haben Sie getan?» fragte sie in ihrem harten Französisch, das immer noch eine leichte Frankfurter Klangfärbung hatte.

«Getan?» fragte die Frau. «Was konnte ich tun? Was konnte irgend jemand von uns tun?» Sie trat diskret beiseite, um einem Vater und seinem Kind ihren Platz zu überlassen. Der Mann hatte einen Arm verloren.

Als Eva am frühen Abend in ihre Wohnung zurückkehrte, wurde ihr klar, daß sie zum erstenmal seit Jahren die Stadt nicht als Gefangene sah, sondern wie eine *flâneuse*, die unbekümmert herumspaziert, sich aller Eindrücke bewußt, für alle Feinheiten empfänglich sein kann. Sechs Jahre lang war sie tagaus, tagein geradewegs von ihrer Wohnung ins Laboratorium und zurück gegangen, hatte mit niemandem gesprochen, hatte nur hin und wieder ein paar Ladenbesitzern auf ihrem Weg zugenickt. Jetzt lächelte sie, und ihr Lächeln wurde erwidert. Der Concierge in ihrem Mietshaus sagte ihr ein paar freundliche Worte. Eva war hoch erfreut, aber sie dachte, daß ein paar freundliche Worte während der Jahre der Besatzung ihr zweifellos gutgetan hätten. Sie verdrängte rasch wieder diesen Gedanken. Sie wollte nicht über unerfreuliche Dinge nachdenken; sie war am Leben. Sie war nicht angezeigt worden. Sie schenkte sich ein Glas Cognac aus der Flasche ein, die für die Nächte vorgesehen war, in denen sie nicht schlafen konnte, und trank es aus. «Auf Freiheit, Gleichheit, Brüderlichkeit!» sagte sie laut und lachte herzlich - auch etwas, das sie seit langem nicht getan hatte.

Am ersten Sonntag im September, kurz nach zehn Uhr morgens, klopfte ein amerikanischer Soldat an Evas Wohnungstür. Die anderen Mieter hatten ihn das Haus betreten sehen, und alle öffneten ihre Türen einen Spalt, um seinen Weg die Treppe hinauf zu Mademoiselle Süßkinds Wohnung zu verfolgen. Eva war überrascht, ein Klopfen zu hören. Sie reagierte nicht gleich darauf. Sie glaubte, es sei ein Irrtum. Vielleicht spielten die Kinder ihr auch wieder einen Streich. Als das Klopfen beharrlicher wurde, ging sie zur Tür, öffnete die zahlreichen Schlösser und stand ihrem Neffen Benno gegenüber. Sie musterte ihn lange, um sich zu vergewissern, daß er es war. Benno lächelte breit («Ganz wie ein Amerikaner», sagte Eva später) und umarmte sie. Sie war so zart und schmächtig und so wenig an Zärtlichkeit gewöhnt, daß sie sich stocksteif hielt und ihm nicht erlaubte, sie zu küssen. Sie weinte ein wenig, aber sie hatte ihre Tränen in der vergangenen Woche vor Fremden erschöpft, und jetzt wollte sie nichts mehr davon wissen.

«Benno!» sagte sie. «Du - ein Amerikaner. Das ist wundervoll. Ich hätte es nicht von dir erwartet!»

Sie lachten etwas verlegen. Benno war dünner geworden, aber seine Khakiuniform saß ebenso schlecht wie früher seine Leinenanzüge, und er war so unbeholfen wie eh und je. Er hatte Zigaretten und Schokolade mitgebracht. «Gib die Schokolade den Kindern», sagte Eva. «Ich bin nicht an Süßigkeiten gewöhnt.» Sie nahm ein Päckchen Chesterfields und öffnete es. Ihre Hände waren immer noch flink und beweglich.

«Es ist eine Freude, wieder zu rauchen», sagte sie. «Caroline wurde immer ärgerlich, wenn ich Asche auf ihren Teppich fallen ließ. Ist sie tot?»

Benno nickte. «Andreas vermutlich auch. Und man hat auch nichts mehr von Jacob und Lore gehört.»

«Sind die Geschichten, die man sich erzählt ... wahr?»

«Ich bin hier, um das herauszufinden. Ich habe mich freiwillig gemeldet, als Amerika in den Krieg eintrat, und sie haben mich dem OSS, dem militärischen Geheimdienst, zugeteilt. Sobald wir nach Deutschland kommen, werden wir es erfahren. Ich habe gehört, daß sie Hunderttausende von Juden umgebracht haben. Vielleicht sogar Millionen.»

«Millionen? Wie ist das möglich? Ich kann es mir nicht vorstellen.»

«Das kann keiner von uns. Auf jeden Fall geht es Papa und Mama gut. Sie schreiben, daß sie den Schweizer Dialekt immer noch nicht beherrschen, Edu sei der gleiche wie immer, und er habe Emma nach Zürich geholt, wo sie sich weiter ihren guten Werken widmet.»

«Was ist sie doch für eine seltsame, verlorene Seele!»

«Sie wäre wütend, wenn sie dich das sagen hörte. Offenbar hat sie versucht, in Edus Haus das Regiment zu führen. Er hat sie gebeten, sich eine Wohnung in der Stadt zu nehmen.»

«Sie hat ihn schon immer ein wenig zu sehr geliebt.»

«Das wußtest du?»

«Es war offensichtlich, Benno. Du hast immer noch deinen Frankfurter Tonfall», sagte Eva. «Er ist Musik in meinen Ohren.»

Sie gingen aus und setzten sich in ein nahe gelegenes Café.

«Ich kann es nicht glauben, daß ich frei bin», sagte Eva. «Und du bist immer noch unverheiratet, Benno?»

«Ich habe noch nicht ‹die Richtige› gefunden. So sitze ich da und warte.»

«Warte nicht zu lange.»

«Du hast doch selbst nie geheiratet, Tante Eva.»

«Das war etwas anderes. In meiner Zeit war es fast unmöglich, einen Mann zu finden, der bereit war, eine berufstätige Frau zu heiraten. Es war nicht mein Wunsch, unverheiratet zu bleiben. Ich habe oft darüber nachgedacht, es bedauert. Aber ich halte nichts von Bedauern, also laß uns von etwas anderem reden. Wie geht es Lene? Und Clara? Sie muß doch mittlerweile schon erwachsen sein.»

Benno hatte Photographien mitgebracht.

«Ist sie wie ihre Mutter? Sie sieht ihr so ähnlich! Und was tut sie?»

«Sie ist ein typisch amerikanisches Kind. Und der Junge, Peter, ebenfalls. Es ist seltsam, die Kinder in einer so anderen Kultur aufwachsen zu sehen. Das macht es schwer, sie zu verstehen.»

«Ist Lene glücklich in ihrer Ehe?»

«Ich bin nicht sicher. Wir treffen uns hin und wieder zum Mittagessen. Sie hat wenig Freunde. Ich glaube, Manfred läßt ihr nicht die Zeit . . .»

«Ich habe mir immer gedacht, daß er schwierig sein würde. Er spielt den großen Künstler und ist dabei abhängig wie ein Kind. Er verlangt Lenes Aufmerksamkeit vollkommen für sich. Wie steht's mit seiner Laufbahn?»

«Er kommt viel zu langsam voran. Er ist im falschen Augenblick nach Amerika gekommen.»

«Das macht es bestimmt nicht leichter für Lene.»

«Er kann auf die Zuneigung anderer Frauen nicht verzichten . . .»

Eva stieß einen Seufzer aus, der verständnisvoll und mitfühlend zugleich war.

«Lene läßt Claire – sie hat ihren Namen amerikanisiert – mit ihm gehen, wenn er auswärts Konzerte gibt. Es bleibt unklar, ob sie es tut, um ihn auf dem Pfad der Tugend zu halten oder um sich zeitweise von der Last seiner Forderungen zu befreien.» Benno schwieg und sah Eva in die Augen. Sie waren weit entfernt von allem, was ihnen vertraut war – ein Augenblick, wie Matrosen ihn in einem fremden Hafen erleben. «Ich habe Claire sehr gern», fuhr Benno fort, und seine Stimme war leise. Er zeichnete mit dem Stiel seines Löffels Kreise auf den Tisch. «Sie spricht sich manchmal bei mir aus. Ich glaube, sie sehnt sich danach, ‹dazuzugehören› – so wie die anderen um sie herum zu sein. Gleichzeitig wünscht sie sich, ‹jemand› zu sein, sich aus der Menge herauszuheben. Ähnlich wie du will sie die Welt retten –» er legte seine Hand auf die von Eva – «wie Ernst will sie nach

Palästina gehen, das Land kultivieren, Pionierarbeit leisten. Sie ist voller Widersprüche, vermutlich, weil sie ein Mischling ist. Ich habe ihr gesagt, daß sie freier ist als andere, sie hat die Wahl, sie kann sein, wer sie sein will – frei von jeder Art von Orthodoxie.»

«Das ist für sie sicherlich schwer zu verstehen», sagte Eva. «Sie ist sehr jung, fast noch ein Kind, und obendrein ein zweimal entwurzeltes Kind. Sie hat zuerst ihren Vater ‹verloren› und dann ihre Heimat.»

«Sie spricht nie von Tom. Ich glaube, sie hat eine sehr komplizierte Beziehung zu Manfred. Er sieht sie manchmal auf eine Art an, die fast an Verlangen grenzt, und sie reagiert darauf. Sie ist ja mit siebzehn alt genug, um sich von einem Mann verführen zu lassen – obwohl sie immer noch das ist, was man in Amerika einen *tomboy* – einen Wildfang – nennt. Sie vertritt ihre Mutter, wenn sie mit Manfred reist, ist sein Stolz und seine Freude; eine Tochter und doch keine Tochter . . .»

«Siehst du sie oft?»

«Sie kommt einmal in der Woche nach Brooklyn, um Vorlesungen über Kunst im Brooklyn Museum zu hören. Wir essen dann zusammen zu Mittag. Ich möchte gern eine Kunsthistorikerin aus ihr machen. Sie ist ein sensible junges Mädchen, und sie hat einen außergewöhnlich guten *Blick*. Wenn man ihr einmal ein Gemälde zeigt, vergißt sie es nie wieder, obwohl sie in vielen anderen Dingen ein Wirrkopf ist.»

«Ist Brooklyn weit von New York entfernt?»

«Es gehört zu New York. Du mußt uns besuchen kommen, Tante Eva, wenn der Krieg vorüber ist.»

«Falls ich noch so lange lebe. Sag mir, gibt es Indianer in Brooklyn oder Gangster mit Masken über dem Gesicht und Maschinengewehren an der Hüfte?»

Benno hätte sich fast von ihrer gedankenverlorenen Frage täuschen lassen, entdeckte aber gerade noch rechtzeitig ihr Lächeln.

«Und weißt du irgend etwas über Julia?» fuhr sie fort.

«Ja, das wollte ich dir noch erzählen – du wirst es nicht glauben!»

«Wo ist sie? Doch nicht in Amerika?»

«Nein, nein, nein. Sie ist hier in Frankreich, nicht mehr als ein paar Stunden von Paris entfernt. Ich habe vor, sie zu besuchen. Willst du mitkommen?»

«Sehr gern! Ich weiß nur, daß sie aus Paris geflohen ist, als die Deutschen kamen. Die französische Polizei - diese Schweinehunde! - hat die Juden zusammengetrieben. Aber danach habe ich nie wieder etwas von ihr gehört. Du sagst, sie ist in Sicherheit?»

«Sie ist mit einem französischen Bauern verheiratet. Der Himmel weiß, wie sie das fertiggebracht hat, aber es hat ihr wahrscheinlich das Leben gerettet.»

«Julia? Unmöglich!»

«Ich schwör's dir!»

«Der Mann ist wahrscheinlich wieder eine Katastrophe.»

«Dafür hatte sie ja schon immer eine besondere Begabung.»

«Wann wirst du zu ihr fahren?»

«So bald wie möglich. Sobald ich einen Wagen oder einen Jeep organisieren kann. Du wirst vielleicht auf einem harten Sitz fahren müssen, wenn du mitkommst.»

«Ich bin in Rußland auf Treckern gefahren; dann kann ich, selbst so viele Jahre später, auch in einem Jeep fahren. Es wäre herrlich, mal einen Tag aus der Stadt herauszukommen, zur Abwechslung einmal Felder, Obstgärten und wilde Blumen am Straßenrand zu sehen . . .»

Zwei Wochen später, wieder an einem Sonntag, holte Benno seine Tante ab. Die Alliierten waren fast an der deutschen Grenze; Bennos Einheit würde bald den Befehl erhalten, ihnen zu folgen. Er hatte Marmelade, Büchsenfleisch und Eipulver für Evas Frühstück mitgebracht. Sie legte das meiste «für ein andermal» weg. Schwarzer Kaffee und ein Stück trockener Toast war alles, was sie so früh am Morgen zu sich nahm.

Sie fuhren ohne viel zu reden durch die friedliche Landschaft. Die Straßen waren leer. In den Dörfern, durch die sie kamen, liefen die Kinder herbei und winkten ihnen zu. Hier und dort wehten amerikanische Fahnen neben der Trikolore.

Sie aßen am Straßenrand im Schatten einer alten Eiche die *K-rations,* die Benno zusammen mit dem Jeep organisiert hatte. Es war Nachmittag, als sie in dem Dorf ankamen, das dem Hof von Julias Mann am nächsten lag. Eva erkundigte sich nach ihm und stieß auf mißtrauisches Schweigen. Selbst nachdem sie den Leuten den Grund für ihren Besuch erklärt hatte, war nur einer bereit, ihnen den Weg zu zeigen. Er war ein geschwätziger alter Mann, der mit ihnen fahren wollte und Zigaretten als Entgelt für seine Hilfe verlangte.

Auf dem Hof wimmelte es von Hühnern, Gänsen und Enten; der übliche Misthaufen lag hoch aufgetürmt neben dem Scheunentor. Das Haus sah aus wie zahllose andere Häuser in dieser Gegend. Es brauchte dringend einen neuen Anstrich. Apfelbäume, krumm und schwarz vor Alter, neigten sich, schwer von reifenden Früchten, über die Mauer. Das Gras im Obstgarten auf der anderen Seite der Straße war gemäht worden und lag zum Trocknen in der Sonne; sein angenehmer Duft vermischte sich mit dem scharfen Geruch des Dungs.

Benno sprang aus dem Jeep, um Eva beim Aussteigen zu helfen. Ein großer Hund bellte und zerrte an seiner Kette, und kurz darauf erschien eine alte Frau an der Tür und starrte sie einen Augenblick lang wortlos an. Sie trug ein dunkles Baumwollkleid und darüber eine noch dunklere Schürze.

«Julies Familie ist gekommen», rief sie in die unsichtbaren Zimmer hinter ihr. Sie begrüßte die Gäste nicht, sondern stand einfach da, während Hühner um ihre Füße pickten. Eva erwiderte ihren Blick. Dies war offensichtlich Julias Schwiegermutter.

Dann erschien Julia neben ihr und wischte sich die Hände an einer Schürze ab, die von der gleichen dunklen Farbe war wie die der alten Frau. Ihr Gesicht hatte den Ausdruck eines Menschen, der zu lange von knappen Rationen gelebt hat; Eva bemerkte es sofort. Sie fragte sich, ob Julia krank sei. Sie war sehr mager, und ihre Augen waren groß. Trotz ihrer bäuerlichen Kleidung hob sie sich auffallend von ihrer Umgebung ab, und sei es auch nur, weil ihre Haltung immer noch die einer jungen Dame aus guter Familie war.

«Kommt in mein Haus», sagte sie auf französisch. Sie umarmte Eva und Benno steif und ohne Tränen. Benno spürte ihr knochiges Schulterblatt, das zerbrechlich wie das eines Vogels war. Sie gingen in die kühle, dunkle Küche.

«Dies ist Maurice», sagte Julia, «mein Mann.»

Er saß am Tisch und stand nicht auf. Eva sah sein Gesicht und wußte sogleich, daß er wie jeder andere Liebhaber von Julia war – gutaussehend und grausam. Es war erstaunlich zu sehen, wie schön dieser primitive Mann war, aber er verzog keine Miene und sprach kein Wort. Benno sah nur den muskulösen Körper, und sein Herz erzitterte beim Anblick dieser großen Fäuste und der verschlagenen schwarzen Augen. Er war froh, daß er in der Uniform eines Leutnants der Vereinigten Staaten von Amerika steckte. Sie gab ihm eine neue Persönlichkeit und verbarg sein anderes Ich, das nichts mit Heldenhaftigkeit zu tun haben wollte. Der Geruch des Kuhstalls war selbst in der Küche gegenwärtig, und vom Herd roch es nach verbranntem feuchten Holz. «*Mon mari*», wiederholte Julia. Maurice nickte. Ein Glas Wein und eine fast leere Flasche standen vor ihm auf dem Tisch. Er bot seinen Gästen nichts davon an.

Benno, der ihn aufmerksam musterte, sah, wie sich seine Schönheit in mürrische Ausdruckslosigkeit verwandelte. Seine Mutter war ebenso gleichgültig wie er, aber ihr Gewicht und das Alter hatten ihr Fleisch anschwellen lassen, so daß ihre Gesichtszüge einfältig und unbeweglich wirkten. Sie sah ihren Sohn aus dunklen, unruhigen Augen an, ständig bereit zu tun, was er befahl. Ein lautes Brüllen aus dem Nebenzimmer ließ Eva zusammenfahren. «Maurices Vater», sagte Julia. «Er hat einen Schlaganfall erlitten und liegt hier im unteren Schlafzimmer.» Niemand achtete auf das Geschrei.

Die Unterhaltung war schwierig. Eva sprach über das Wetter, Benno pries in seinem Schulfranzösisch die Schönheit der Landschaft. Julia stand an den Küchenherd gelehnt, die Arme verschränkt, die Augen auf Maurice geheftet. Die alte Frau sah ebenfalls ihren Sohn an. Sie klagte über die *boches* und sagte, es gebe nichts mehr zu essen. Sie sprach von Heuschrecken, Plagen und Seuchen, von Frost und Dürre und krankem Vieh. Die Deutschen seien schuld daran, sie hätten eine Rakete erfunden, die störend auf das Wetter einwirkte und einen Sprengkopf mit tödlichen Mikroben hatte. Sie hatte diese Theorie offensichtlich nicht erfunden, sie wiederholte sie rein mechanisch wie etwas, das sie gehört und nicht verstanden hatte.

Nach einer Weile stand Maurice auf und ging hinaus, um nach seinem Vater zu sehen. Er sprach leise auf ihn ein. Als er in die Küche zurückkehrte, brachte er eine volle Weinflasche mit. Er stellte sie vor die Gäste und sagte Julia, sie solle Gläser bringen. Sie tranken den herben, bitteren Wein.

«Wir freuen uns zu sehen, daß du am Leben und gesund bist», sagte Benno zu Julia; er sprach aus Gewohnheit deutsch mit ihr. *«Parle français, s'il te plaît»*, bat Julia. «Sprich französisch, wir haben hier keine Geheimnisse voreinander.»

«Wir können nicht allzu lange bleiben», sagte Benno. «Es ist eine weite Fahrt nach Paris zurück. Warum führst du uns nicht ein wenig herum? Ich habe meinen Photoapparat mitgebracht und würde gern ein paar Aufnahmen machen – um sie der Familie zu zeigen.»

«Ich bin ihre Familie», sagte Maurice.

Julia sah ihn mit einem schüchternen Lächeln an. «Wir machen einen kurzen Spaziergang», sagte sie. «Ich bleibe nicht lange fort. Es ist sowieso bald Zeit, die Kühe hereinzuholen.» Eva bemerkte, daß sie ihn um Erlaubnis bat, aber um ihretwillen und Bennos willen den Anschein zu erwecken suchte, daß sie ihm lediglich eine Tatsache mitteilte. Maurice zuckte die Achseln. *«Je m'en fiche»*, sagte er und wandte sich seiner Mutter zu, ein Zeichen, daß die Angelegenheit für ihn erledigt war.

Benno holte seine Kamera aus dem Wagen. Julia ging voran durch den Obstgarten und bergab auf einen kleinen Fluß zu, der sich in großen Windungen durch das Tal schlängelte und dessen Ufer dicht mit Binsen bewachsen waren. Eine Wiese neigte sich sanft vom Obstgarten zum Fluß hinunter, und an ihrem äußersten Ende, in der Nähe einer niedrigen Mauer, standen ein halbes Dutzend schwarzweiße Kühe. Eine Zeitlang sprach niemand; Julia hielt Eva bei der Hand, während sie einen schmalen, steinigen Pfad am Rande des Obstgartens entlanggingen.

«Er war in der Résistance», sagte Julia, «und er hat mir das Leben gerettet. Er hat vielen Menschen das Leben gerettet. Das ist alles, was ich euch sagen kann. Ich bin mit einigen anderen nach Süden gereist. Intellektuelle aus den Cafés, furchtsame Männer mit Blasen an den Füßen, die von Selbstmord sprachen. Wir wurden auf einem überfüllten Bahnhof in irgendeiner abscheulichen Stadt getrennt. Ich zog allein weiter. Ich lernte Maurice in einer Taverne kennen, wo er auf dem Heimweg eingekehrt war, um etwas zu trinken; er war auf der Jagd gewesen. Ich konnte den Blick nicht von ihm wenden, und er nahm mich mit nach Hause. Er hat mich lange Zeit nicht angerührt. Es war eine seltsame Art, um eine Frau zu werben – aber er *hat* um mich geworben –, und er mußte mit seinen Eltern kämpfen, die mich nicht mochten. Aber er hat mich beschützt. Er hat mich geheiratet. Ich verdanke ihm mein Leben.»

«Der Krieg wird bald vorüber sein», sagte Benno. «Frankreich ist befreit, wir sind im Begriff, in Deutschland einzumarschieren. Du bist frei.»

«Alle im Dorf wußten, daß ich Jüdin bin.» Julia hatte einen Weizenhalm gepflückt, der wild zwischen den Disteln wuchs, und kaute daran. Ihr Gesicht hatte, wie Eva bemerkte, bereits einen sanfteren, weniger gequälten Ausdruck angenommen, seit sie das Haus verlassen hatten. «Niemand hat mich je den *flics* gemeldet. Sie machten sich nichts aus mir, einer Fremden, und trotzdem haben sie mich nicht angezeigt. Die Gestapo hat die Emigranten systematisch aufgespürt, aber ich bin verschont geblieben. Sie haben einen meiner Freunde an der Grenze erschossen . . .»

«Ich bin auch mit heiler Haut davongekommen», sagte Eva, «ohne mich in die Sklaverei zu begeben.»

«Ich bin keine Sklavin», erwiderte Julia zornig. «Ich habe Maurice geliebt. Er war so anders als all die anderen Männer . . . Ich konnte mich nicht von ihm trennen. Es war schmerzlich, den Tag ohne ihn zu verbringen. Wir empfanden eine große, eine rasende Leidenschaft füreinander. Ich vergötterte ihn . . .»

Eva biß sich auf die Zunge, um nichts mehr zu sagen. Die meisten Frauen hatten ein so starkes Bedürfnis, ihre Liebe zu verteidigen; sie wurden zu Furien, wenn man sie herausforderte. Vermutlich hatte sie ihre Ideologie auch so verteidigt, aber das war etwas anderes. Eine Sache des Prinzips. Einen Augenblick lang kam ihr Leben ihr inhaltslos vor.

«Wolltest du keine Kinder?» fragte Benno.

«Wir hatten eins. Es ist gestorben. Ich bin nicht sicher, ob es nicht gut so war. Ich wäre keine gute Mutter gewesen. Ich bin keine sehr gute Ehefrau. Aber Maurice trauerte um das Kind. Er gab mir und meinen schmalen Hüften die Schuld an seinem Tod.»

«Komm mit uns», sagte Benno.

«Das kann ich nicht.»

«Warum nicht?»

«Ich verdanke ihm mein Leben.»

«Du hast dafür bezahlt», sagte Eva.

«Ich kann ihm das nie vergelten.»

«Das ist lächerlich», sagte Benno. «Niemand kann von dir erwarten, daß du den Rest deines Lebens vergeudest aus Dankbarkeit für eine Tat, die zweifellos mutig, aber ja auch nicht ganz selbstlos war.»

«Schlägt er dich?» fragte Eva. Julia antwortete nicht. «Sie sind grausam», sagte Eva. «Siehst du das nicht mehr? Sie haben die Grausamkeit von Menschen, die glauben, daß es im Leben nichts anderes gibt als den Kampf ums Überleben.»

«Haben sie nicht recht?»

Sie hatten sich in der Nähe des Flusses auf Felsbrocken gesetzt, die von der Sonne erwärmt waren. Das Wasser lief an manchen Stellen schnell, an anderen ruhig über knorrige Äste und glatte Steine. Libellen schossen über seine Oberfläche.

«Es ist nicht das, was man uns gelehrt hat», sagte Benno.

«Die Konzentrationslager haben uns gezeigt, wie wenig es wert war, was man uns gelehrt hat», erwiderte Julia. «Die Rechtschaffenen und die Gütigen sind die ersten, die sterben.»

«Das ist kein ausreichender Grund, auf Rechtschaffenheit und Güte zu verzichten. Wir hören nicht mit unserer Suche nach Schönheit auf, weil die Welt im großen und ganzen häßlich ist. Wir werfen nicht die Früchte der Intelligenz über Bord, weil die Dummheit überhandnimmt», sagte Benno.

«Schreibst du noch?» fragte Eva.

«Ich habe seit langem nichts Wesentliches mehr zu sagen. Ich war nie eine gute Schriftstellerin. Ich war im Grunde eine Dilettantin. Ein Produkt meiner ‹Zeit›. Ich ritt auf dem Kamm einer Fieberwelle. Ich habe wie alle übrigen in der Weimarer Republik über meine Verhältnisse gelebt.»

«Und du glaubst, daß du jetzt deinen Verhältnissen entsprechend lebst?» Benno hatte die Schuhe ausgezogen und seine Füße ins Wasser getaucht.

«Kremple deine Hosen auf, sonst werden sie naß», sagte Eva.

«Ich werde gebraucht, man will mich haben. Ein anderer Mensch ist von mir abhängig. Ihr scheint zu glauben, daß ich leide.» Julia sprach eher in einem traurigen als in einem trotzigen Ton. «Das tu ich nicht. Wirklich nicht. Es mag für euch so aussehen, aber ihr seht nur einen kleinen Teil.» Ihre Stimme wurde lauter. «Ihr kommt her, und ihr urteilt über Dinge, von denen ihr nichts wißt. Ihr habt kein Recht dazu!»

«Komm mit nach Paris, nur für ein Weilchen. Du kannst bei mir wohnen», sagte Eva. «Du brauchst keine Pläne zu machen. Sag ihnen, du mußt einmal ausspannen.»

«Das mußt du ja wirklich», sagte Benno. Er hatte dort im Sonnenschein am Fluß den Krieg beinah vergessen.

Julia schüttelte den Kopf. «Das kann ich nicht.»

«Versteht er nicht, daß du anders bist als er? Als sie alle?»

«Er versteht mich sehr gut. Glaubt ihr, man muß ein Intellektueller oder Gelehrter sein, um Menschen zu verstehen? Ich habe so vieles gelernt, wovon ich keine Ahnung hatte . . .»

«Man hat uns mit den Wurzeln aus der Erde gerissen, in der wir aufgewachsen sind. Das hat uns alle etwas sonderbar gemacht», sagte Benno.

«Ich finde mich nicht sonderbar», erklärte Eva ihm.

«Wir müssen uns neu schaffen», sagte Benno.

«Ich bin die gleiche geblieben wie immer», beharrte Eva.

Die Schatten waren länger geworden.

«Zeit zu gehen und die Kühe hineinzubringen», erklärte Julia.

«Ich glaube, wir sollten uns auch auf den Weg machen», sagte Benno.

Julia brach eine kleine Rute von einer Weide, streifte ihre Blätter ab und ging zu den Kühen auf der Wiese. Benno sah, daß es ihr Freude bereitete, ihnen zu zeigen, wie gut sie das machte. Eine jüdische höhere Tochter aus Frankfurt am Main, die Kühe nach Hause trieb.

Die Glocke der Leitkuh klirrte fröhlich, während die Tiere, von Julia, Eva und Benno gefolgt, im Gänsemarsch die Wiese hinauf, am Obstgarten vorbei und in den Hof wanderten. Von dort aus trieb Maurice sie eine nach der anderen zum Melken in den Stall.

«*Au revoir*», rief Benno ihm zu, «wir müssen nach Paris zurück.»

Maurice kam zum Jeep herüber. Eva war bereits hineingeklettert. «Ich habe etwas für Sie», sagte er, «einen Augenblick.» Er ging in die Küche und brachte einen Korb Äpfel heraus. Er stellte ihn behutsam auf den Rücksitz des Jeeps, schüttelte Benno die Hand und nickte Eva zu.

«Julies Platz ist hier», sagte er. Es war eine Feststellung, die nicht in Zweifel zu ziehen war, aber eine leichte Unsicherheit schwang in den Worten mit. Sowohl Eva als auch Benno merkten das. Julia war im Stall. Sie hatte mit dem Melken begonnen und kam nicht heraus, um sich zu verabschieden.

Es war nach Mitternacht, als sie in Paris eintrafen. Eva hatte, den Kopf an den harten Sitz des Jeeps gelehnt, fast während der ganzen Fahrt geschlafen. Benno war sehr müde. «Nimm die Äpfel», sagte er, als sie vor Evas Haus hielten.

«Komm wieder, wenn ihr den Krieg gewonnen habt», sagte Eva und küßte ihn.

«Wir müssen Julia retten», erwiderte er.

Emma ging stets am Heiligen Abend *und* am Morgen des ersten Weihnachtstages in die Kirche. Edu hatte sie zum Essen eingeladen, wie jedes Jahr, seit sie nach Zürich gezogen war. Er wußte nicht, daß sie jedesmal direkt aus der Kirche des Erlösers kam, wo sie Pastor Tschudis alljährliche Predigt über «Die Geburt Christi und ihre Bedeutung für diese schwierigen Zeiten» gehört hatte. Um sich ihren gewohnten Platz zu sichern – Emma versäumte keinen einzigen Sonntag oder Feiertag während des ganzen Jahres –, war sie früh gekommen, saß allein und ruhig da und dachte an Christus, der ihr mit jedem Jahr immer mehr wie ein geliebter, sanfter und rücksichtsvoller Freund vorkam, dem sie ihre Zweifel und Ängste und geheimsten Gedanken anvertrauen konnte. Er erschien ihr manchmal des Nachts, ehe sie einschlief, ein Ehemann, der nichts verlangte, der nur Seine geistige Liebe anbot und der, auf dem Kreuz ausgestreckt und die Qualen einer grausamen Kreuzigung erduldend, umarmt und festgehalten werden konnte, wie Maria Ihn auf ihrem Schoß gehalten hatte, die Szene der Pietà. «Nehmet hin und trinkt alle daraus: Denn dies ist der Kelch meines Blutes...» Emma glaubte manchmal, das salzige Blut deutlicher auf ihrer Zunge zu schmecken als den Sakramentswein.

Emma fühlte sich in der Kirche zu Hause. Sie hatte sich mit einigen Frauen ihres Alters angefreundet, mit denen sie regelmäßig zusammenkam, um die Heilige Schrift zu lesen und darüber zu sprechen. Es waren größtenteils Witwen, aber eine von ihnen war mit einem frommen Stadtratsmitglied verheiratet, das der alten Züricher Patriziat angehörte. Es war allgemein bekannt, daß Emma aus einer jüdischen Familie stammte, aber niemand schätzte sie deswegen weniger. Sie schien sich von allen unangenehmen jüdischen Eigenschaften befreit zu haben. Sie hatte immer noch ihr schönes dunkles Haar – es war nur von ein paar grauen Strähnen durchzogen – und ihre mediterranen schwarzen Augen, aber die betrachtete sie jetzt im biblischen Sinne; sie fühlte eine Verwandtschaft mit Rachel und Rebekka, deren sie sich vorher nie bewußt gewesen war. Sie sagte ihren Freundinnen, daß sie erst durch das Christentum die Bibel kennengelernt habe. Sie waren überrascht. Waren nicht die Juden das Volk der Bibel?

Emma widmete sich gemeinsam mit ihren christlichen Freundinnen der Aufgabe, die Verfolgten von der anderen Seite der Grenze zu retten. Sie war unermüdlich. Man brauchte ihr nur von einer weiteren armen Seele zu erzählen, die dem Netz der Nazis entschlüpft war, um ihre Hilfe zu erlangen. Aber sie zeigte nie durch ein Wort oder eine Geste, daß sie und die Geretteten sich in irgendeiner Weise ähnlich waren. Auf ihre Versuche, sich ihr anzuschließen, sich ihr vertraulich zu nähern, weil sie ja eine der Ihren war, reagierte sie mit eisiger Höflichkeit. Edu wußte von ihrer Tätigkeit, aber er ahnte nicht, daß sie in die Kirche ging. Er verkehrte nicht in diesen Kreisen, und es wäre ihm nie in den Sinn gekommen, daß jemand auch nur den Wunsch haben könnte, das zu tun. Frömmigkeit beleidigte ihn; er hielt den Klerus für bigott und heuchlerisch.

Bis zum Winter 1944 war fast allen, einschließlich der Deutschen, klargeworden, daß der Krieg nicht mehr lange dauern konnte. Der Dezember war rauh in diesem Jahr, und Emma dachte oft mit Sehnsucht an ihr Heim in Florenz. Sie hatte es im Dezember 1941 verlassen, als die Vereinigten Staaten in den Krieg eintraten und Edu sie gebeten hatte, zu ihm nach Zürich zu kommen. Bernard Berenson hatte ihr abgeraten. «Ich möchte Sie in *meiner* Nähe haben, meine Liebe», sagte er. «Von den Italienern droht uns keine Gefahr; selbst die *fascisti* neigen nur dazu, die Juden zu belästigen, aber nicht, sie zu verschicken.»

Doch Edu ließ nicht locker. «Du hast nicht seine Beziehungen», sagte er entschieden. «Schließ dein Haus gut ab und komm nach Zürich, sobald du kannst.»

Emma überließ das Haus der Obhut des Mädchens und seiner Familie. Sie schrieb B. B. allwöchentlich lange Briefe, auf die er mit ein paar kurzen und geheimnisvollen Zeilen antwortete, die nur dazu bestimmt waren, sie anzuspornen, ihre amüsante, ein wenig maliziöse Korrespondenz fortzusetzen.

Edu brachte sie in einem der kleinen Gästezimmer im zweiten Stock seines Hauses unter. Emma war gekränkt. Sie sagte Edu nichts, aber sie machte in einem Brief an B. B. eine sarkastische Bemerkung über ihre «Verbannung in das Reich der Dienstboten». Nachdem Emma einen Monat lang bei Edu gewohnt hatte, erklärte er ihr plötzlich, daß sie sich eine Wohnung in Zürich suchen müsse. «Ich werde deine Miete zahlen», sagte er. «Du kannst nicht auf unbegrenzte Zeit hierbleiben; ich halte es für besser, daß wir unabhängig voneinander sind. In Zürich wirst du dein eigenes Leben haben.»

Emma war niedergeschmettert gewesen, aber sie ließ sich ihre Enttäuschung nicht anmerken; sie übte eine eiserne Kontrolle über ihre Gefühle und ihre Worte aus. Sie erklärte Lene, der sie ebenfalls jede Woche schrieb, sie selbst habe diesen Entschluß gefaßt, aber Lene ahnte die Wahrheit, denn Edu hatte geschrieben: «Sie *kann* nicht hierbleiben», obwohl er behauptete, daß ihre Gesellschaft ihm Freude machte. Emma fand eine hübsche Wohnung in der Nähe des Museums, mit einem Balkon, der den See überblickte. Sie richtete sie nach und nach sehr geschmackvoll ein und kaufte gerade soviel Silber, Kristall und Porzellan, daß es für sie und drei Gäste ausreichte. Sie lernte Bridge spielen. Und sie machte es sich zur Gewohnheit, jede Woche in die Kirche zu gehen, so daß sie nach wenigen Monaten dort eine Art Stammgast war. Der Pfarrer hatte sie gefragt, ob sie getauft sei. Als sie das erste Mal an ihn herangetreten war, um das heilige Abendmahl zu empfangen, hatte ihr jüdisches Aussehen ihn stutzig gemacht, aber eine kurze Unterhaltung mit ihr hatte ihn davon überzeugt, daß sie ein emsiges Mitglied seiner Gemeinde sein würde.

Edu lud sie auch weiterhin einmal in der Woche zu sich zum Mittagessen ein, und er ging manchmal mit ihr in ein Konzert oder – an Tagen, an denen seine Köchin Ausgang hatte – zum Abendessen ins Baur-au-lac. Es schmeichelte Emma, mit ihm gesehen zu werden. Er war eine elegante Erscheinung und mit sechzig in einem Alter, in dem Männer mit viel Geld außerordentlich attraktiv wirken. Er fuhr einen dunkelblauen Jaguar. Emma hatte ihren Dodge aus Florenz mitgebracht; er wurde von einem italienischen Mechaniker aus dem Tessin instand gehalten, der eine Schwäche für alles Amerikanische und besonders für amerikanische Wagen hatte.

Emma hatte nach dem morgendlichen Weihnachtsgottesdienst gerade genügend Zeit, um durch die winterliche, schneebedeckte Landschaft nach Küsnacht zu fahren. Edu gab dem Personal am Heiligen Abend und am zweiten Weihnachtstag frei, aber er erwartete am 25. Dezember den Gänsebraten mit all seinen Beilagen. Elias und Bettina Süßkind kamen für gewöhnlich zu dem gastlichen Mahl, aber Edu lud selten «Außenstehende» oder nichtjüdische Gäste dazu ein. Der Himmel war bedeckt. Während Emma gemächlich durch die Straßen der Stadt fuhr, bemerkte sie, daß selbst Zürich ein wenig verwahrlost aussah; der Krieg hatte den Fremdenverkehr in der ganzen Schweiz abflauen lassen, und die grün uniformierten Soldaten des Schweizer Heeres, das immer in Bereitschaft war, standen an jeder Ecke, beladen mit Tornistern und Gewehren. Die Berge waren in winterlichen Nebel gehüllt, der See kräuselte sich unter einem kalten Wind. Emmas Gedanken kehrten immer wieder nach Frankfurt zurück, obgleich sie dieses Kapitel ihres Lebens abgeschlossen hatte, als sie fortging, und es fest versiegelte, als sie konvertierte. Frankfurt kam ihr jetzt in der Erinnerung wie eine riesige Judengasse vor. Sie hoffte, daß Elias sich nicht lang und breit darüber auslassen würde, wie Großvater Süßkind es bei solchen Gelegenheiten zu tun pflegte. Elias und Bettina fuhren für gewöhnlich mit ihr nach Küsnacht hinaus, aber diesmal hatten sie ihre Einladung ein wenig geheimnisvoll mit der Erklärung abgelehnt, daß sie andere Vorkehrungen getroffen hätten. Emma fragte sich, ob Edu, der sich zu dieser Zeit des Jahres oft einsam fühlte, sie eingeladen hatte, die ganzen Feiertage bei ihm zu verbringen.

Es stand kein Wagen in der Auffahrt, als Emma bei der vertrauten Villa eintraf. Der Garten war für den Winter abgedeckt worden, alles war zurückgeschnitten, der Schnee lag unberührt auf dem Rasen, die Kieswege waren nur von Edus einsamen Fußtapfen gezeichnet. Das Mädchen öffnete auf Emmas Klingeln die Tür und nahm ihr wortlos ihren Hut und Mantel ab. Es paßte ihr nicht, an Weihnachten arbeiten zu müssen. Emma ging ihr voran in Edus Arbeitszimmer, und Edu blickte von seinem Platz hinter dem großen

Schreibtisch zu ihr auf, als sie hereinkam. Eine Lampe, die er wegen der winterlichen Dunkelheit angezündet hatte, warf einen warmen Schimmer auf die Schätze, die ihn umgaben. Da war eine kleine etruskische Bronze sowie die Büste, die Jacob Epstein in London von Edu gemacht hatte, eine ägyptische Katze neben dem etruskischen Herkules, und daneben stand ein bronzener Kerzenhalter aus dem 13. Jahrhundert. Emma entdeckte auch den üblichen Krimskrams auf dem Schreibtisch eines Geschäftsmannes – Papiere und Briefe in säuberlichen Stapeln, ein goldener Brieföffner, mehrere Briefbeschwerer. Und dann gab es noch die Familienphotos. Das von Hannchen in einem goldenen Rahmen war das auffallendste: ein Jugendbild von ihr in einem victorianischen Kleid, und sie hatte das Baby Edu auf dem Schoß. Ein Sepiaporträt seines Vaters blickte von einem großen weißen Briefbeschwerer aus Porzellan. Es war reiner Kitsch, aber Edu schätzte es deswegen um so mehr. An der Wand hing eine Rokokouhr, die auf die Minute genau ging, ihr gegenüber ein Aquarell von Caspar David Friedrich zwischen einer Bleistiftzeichnung von Ingres und einer kleinen Gouache von Paul Klee.

Edu nahm seine Lesebrille ab. Emmas flüchtiger Kuß war wie immer schüchtern und linkisch. «Ich habe ein Geschenk für dich», sagte sie und reichte ihm eine flache Schachtel, die in geschmackvolles Weihnachtspapier gewickelt war. «Hoffentlich gefällt es dir. Wenn nicht, kannst du es umtauschen, es macht mir nichts aus. Aber es gibt jetzt keine große Auswahl.»

Emma hatte ihm einen ärmellosen englischen Kaschmirpullover von Pringle mitgebracht. Es war schwer gewesen, die richtige Größe und Farbe (ein dunkles Blau, genau zu seinem Wagen passend) zu finden, und außerdem war Emma nie sicher, ob er diese Dinge wirklich brauchte. Er war so anders als andere Leute, und er schien mit einem lebenslänglichen Vorrat an Hemden, Schlipsen, Schuhen und grauen Flanellanzügen in die Emigration gegangen zu sein. Emma war froh zu sehen, daß ein Ausdruck der Freude über sein Gesicht zog, als er das Geschenk sah.

«Es war völlig unnötig», sagte er, «aber jedenfalls vielen

Dank.» Dennoch hatte er sich offensichtlich gefreut. Er war im Begriff, das Weihnachtspapier in den Papierkorb zu werfen, aber sie hielt ihn zurück.

«Wenn du es nicht brauchst, nehme ich es wieder mit», sagte sie. «Ich kann es noch für das Geschenk der Reinmachefrau verwenden.»

Sie schien sich nichts dabei zu denken. «Spare in der Zeit, so hast du in der Not», sagte sie, während sie das bunte Papier glättete und säuberlich zusammenfaltete.

Edu griff in die oberste Schublade seines Schreibtisches und holte ein Couvert heraus, auf dem ihr Name stand. «Fröhliche Weihnachten», sagte er. Emma steckte das Couvert rasch in ihre Handtasche. Sie wußte, daß jeder der zehn glatten, neuen Geldscheine darin einen Nennwert von 100 Schweizer Franken hatte. Es war jedes Jahr das gleiche.

«Tausend Dank», sagte sie. «Einen für jeden Franken?» spöttelte er. Ihr Gesicht verriet keine Freude. Sie haßte dieses rituelle Geschenk, hatte jedoch nicht den Mut, es zurückzuweisen.

Das Geld, von dem sie lebte – natürlich bescheiden –, kam aus dem Treuhandfonds, der im Lauf der Jahre beinahe aufs Doppelte angewachsen war; mittlerweile hatte Edu damit nichts mehr zu tun. «Lebe von den Zinsen der Zinsen!» hatte er ihr halb im Scherz gesagt, aber sie tat es wirklich, und sie war stolz darauf. Das Geld, das er ihr (und seinen übrigen Nichten und Neffen) gab, kam sofort aufs Sparkonto. Sie schickte Claire einen Scheck zu ihrem Geburtstag und zu Weihnachten. Lene hatte gesagt, es sei ungerecht, ihre zwei Kinder nicht gleich zu behandeln, und so bekam Peter auch Geld. Aber nicht so viel. Er bekam auch nicht annähernd so viele Briefe wie seine Schwester. Emma glaubte, daß er der ausgesprochen jüdischen Art seines Vaters nachschlug. Claire war eine getreue Briefpartnerin und beantwortete die Briefe ihrer Tante mit langen, phantasiereichen Episteln. Emma war erleichtert bei dem Gedanken, daß das Band zwischen ihnen sich während dieser Jahre gefestigt hatte.

«Wenn der Krieg vorüber ist und ich wieder in Florenz bin», schrieb sie ihrer Nichte, «wirst Du mich besuchen, und wir werden uns all die herrlichen Kunstwerke ansehen und nach Venedig und Pisa, Siena und Rom fahren. Ich freue mich so darauf. Vielleicht können wir Deinen Vater bitten, sich uns anzuschließen.» Sie ließ Claire nie vergessen, wer ihr *wirklicher* Vater war.

Edu ging voran ins Wohnzimmer, wo die Karaffen mit Sherry, Portwein und Cognac standen. Er schenkte Emma ein kleines Glas Sherry ein. «Fröhliche Weihnachten und ein glückliches neues Jahr», sagte er, «und möge 1945 uns das Ende des Krieges bringen.» Sie stießen darauf an. Emma nippte an ihrem Sherry; Edu leerte sein Glas auf einen Zug.

«Es ist schön, hier zu sein», sagte Emma, «nur wir zwei allein. Ich mußte heute auf der Fahrt hierher immer wieder an Frankfurt denken. Ich weiß nicht warum, aber es ging mir nicht aus dem Kopf.»

«Man denkt zur Weihnachtszeit immer an die Kindheit», sagte Edu. «Ich erwarte übrigens noch mehr Gäste.»

«Elias und Bettina haben mein Angebot, sie mitzunehmen, abgelehnt.»

«Sie kommen mit einer Freundin . . .» erklärte Edu. Der Tonfall, mit dem er das Wort «Freundin» aussprach, war vieldeutig.

«Oh», sagte Emma. Edu wirkte im Wohnzimmer zwischen den Gemälden weniger streng und ehrfurchtgebietend als an seinem Schreibtisch. Er war völlig entspannt und hatte die Beine lässig übereinandergeschlagen. Seine Füße steckten in den weichen Ledermokassins mit Troddeln, die er normalen Schuhen vorzog. Emma fand, daß er heute besonders gut aussah.

«. . . einer charmanten Amerikanerin, die zuletzt in St. Moritz gelebt hat. Sie ist auch eine Kunstsammlerin, und Elias fand, daß wir uns kennenlernen sollten. Sie hat mir so gut gefallen, daß ich auf den Gedanken kam, sie zu unserem Weihnachtsessen einzuladen. Ich hoffe, du hast nichts dagegen?»

«Warum sollte ich etwas dagegen haben?»

«Ich habe manchmal den Eindruck, daß du dich auf eine etwas besitzergreifende Art für mich und mein Leben interessierst.»

«Wie kannst du so etwas sagen?»

«Sei nicht gekränkt, Emma. Es war nicht bös gemeint. Aber ich glaube, es ist besser, seine Schwächen vor Augen geführt zu bekommen, als sich über die Verstimmung zu wundern, die sie verursachen. *Ich* ziehe es jedenfalls vor, daß man mir sagt, wenn ich im Unrecht bin.»

Emma glaubte nicht, daß das stimmte. Sie war in Versuchung, ihn auf die Probe zu stellen, indem sie es ihm sagte, wurde aber vor einem möglichen *faux pas* durch die Süßkinds bewahrt, die in diesem Augenblick hereinkamen; sie waren in Begleitung einer auffallenden blonden Frau, die etwa Mitte Vierzig sein mochte.

«Ich freue mich sehr, Sie zu sehen», sagte Edu, während er aufstand, um seine Gäste zu begrüßen. «Wir müssen jetzt Englisch sprechen», setzte er, an Emma gewandt, hinzu.

«Wie reizend von Ihnen, mich einzuladen», sagte die Amerikanerin. Sie sprach mit dem etwas affektierten Tonfall von New Yorker Frauen der Oberschicht, die ein Mädchenpensionat besucht und gelernt haben, ihre Sprache zu anglisieren. Emma konnte das nicht wissen, aber ihr fielen sofort die zahlreichen großen Ringe an den Händen der Frau und ihre ein wenig zu grelle Haarfarbe auf.

«Ich bin Diane Leventhal», sagte sie zu Emma mit einem strahlenden Lächeln, aber ohne ihr die Hand zu reichen. Emma nickte kühl und wandte sich ab, um Elias zu umarmen, der wegen seiner Arthrose am Stock ging. Er trug einen langen Schal und war in mehrere Pullover gehüllt. «Es ist immer kalt in diesem Haus», klagte er.

«Edu will Geld sparen», sagte Bettina. «Er kauft lieber Gemälde als Kohlen. Apropos –» sie hatte sich ein Glas Sherry eingeschenkt – «ich habe letzte Woche eine prachtvolle Skizze von Rembrandt gesehen, die du dir nicht entgehen lassen solltest.»

Bettina diente Edu als Spionin. Sie begleitete Elias überallhin und hielt Augen und Ohren offen, während er herumwerkelte, Kunstgegenstände musterte und durch sein Vergrößerungsglas Heiligenscheine aus Blattgold und die feine Schnitzarbeit byzantinischer Elfenbeinfiguren betrachtete. Sie verwickelte Familienanwälte und adlige Schwiegermütter in zwanglose Gespräche. Sie verfügte oft über Informationen, die bei der höflichen Unterhaltung im Salon nicht erwähnt wurden.

«Erzähl mir später davon», sagte Edu zu ihr auf deutsch. Bettina nickte etwas verwirrt.

«Habe ich euch schon die Geschichte von der Dalmatinerhündin des Postmeisters erzählt?» warf Emma munter ein, denn sie erkannte, daß es ratsam war, das Thema zu wechseln. Die zwei Frauen trafen sich jeden zweiten Dienstag zum Tee und schwatzten und lachten miteinander wie Schulmädchen.

«Habe ich dich richtig verstanden, daß die Russen sehr schnell vorrücken?» fragte Elias, an Edu gewandt.

«Wir sprachen von Hunden», erwiderte Edu lächelnd.

«Was für ein reizender kleiner Weihnachtsbaum!» sagte Diane Leventhal zu Edu und deutete auf die Miniaturfichte, die, mit altmodischem Weihnachtsschmuck behangen, in einer Ecke des Wohnzimmers stand. Die Amerikanerin hatte sich lässig auf dem kleinen Empiresofa zurückgelehnt, und Emma sah, daß sie ausnehmend schöne Beine hatte.

«Dieser ganze Besitz ist bezaubernd», fuhr sie fort. «Sie haben Glück gehabt, ihn zu finden. Sie müssen gute Beziehungen haben. Wir Amerikaner sind gerade erst dabei, dieses reizende kleine Land zu entdecken. Stellen Sie sich vor – rings um uns wütet ein Krieg, und wir sitzen hier, zufrieden und froh wie der Mops im Paletot..»

Emma fragte sich, ob die Unterhaltung sich in Platitüden und kleinen Komplimenten erschöpfen würde. Ihr Onkel Elias musterte eifrig eine fein gezeichnete Skizze, die neben dem Kaminsims hing.

«Sind wir zu dem Schluß gelangt, daß dies doch ein Pisanello ist?» fragte er. «Mir sind wieder Zweifel gekommen.»

«Ich habe neulich in Luzern einen wundervollen Matisse gesehen, der zum Verkauf angeboten wurde», sagte Diane. «Er war in einem herrlichen Blauton gemalt.»

«Können Sie ihn beschreiben?» fragte Edu.

Diane bemühte sich, ihre Eindrücke von dem Gemälde in Worte zu fassen.

«Soll *ich* Ihnen sagen, wie er aussieht?» sagte Edu und ließ eine ausführliche Beschreibung des Werkes vom Stapel.

«Sie kennen das Bild?» Diane war verblüfft.

«Ich habe es vor vielen Jahren dem Städel – unserem Museum in Frankfurt – geschenkt.»

«Die Nazis haben es als entartet betrachtet», sagte Elias. «Es ist 1938 verschwunden.»

«Und jetzt braucht jemand Geld.» Bettina schenkte sich noch einen Sherry ein. «Was soll es kosten?»

«Vierzigtausend Franken.»

«Das ist zehnmal soviel, wie du dafür bezahlt hast», sagte Elias.

In diesem Augenblick erschien das Mädchen, um zu sagen, das Essen sei serviert.

«Nicht vor den Dienstboten!» mahnte Edu.

«Ich wußte nicht, daß sie Englisch verstehen», bemerkte Bettina.

«‹Ein Wort zur falschen Zeit hat schon manchen gereut›», sagte Diane.

«Hast du kürzlich etwas von Lene gehört?» fragte Emma, an Edu gewandt.

«Sie hat ihre übliche Weihnachtskarte vom Metropolitan Museum geschickt.»

«Ich muß gestehen, daß ich mir große Sorgen um Claire mache», sagte Emma. «Sie lassen sie in eine staatliche Schule gehen. Sie ist dort bestimmt schlechten Einflüssen ausgesetzt – und all das nur, weil Manfred so schäbig ist ...»

«Diane interessiert sich nicht für unsere Familienangelegenheiten», unterbrach Edu seine Nichte.

«Ich würde sie gerne kennenlernen», sagte Diane strahlend. «Ich kenne die besten Schulen in New York. Oh, ich vermisse es zu dieser Jahreszeit», seufzte sie. «All die schönen Parties!»

Die leichte Bouillon, die dem Gänsebraten vorausging, war mit Schnittlauch gewürzt, und in ihr schwammen kleine, lockere Leberklößchen. Alle lobten die Köchin.

«*Ich* sollte gelobt werden, daß ich sie engagiert habe», sagte Edu.

«Es ist erstaunlich, daß hier alles wie am Schnürchen läuft», sagte Diane. «Im allgemeinen geht in einem Haushalt ohne Frau alles drunter und drüber.»

Einen Augenblick herrschte verlegenes Schweigen. Dann wurde die Gans hereingetragen, und Bettina erzählte in breitem Frankfurter Dialekt einen Witz, der etwas mit einer Gans zu tun hatte. Alle lachten, außer Diane, die kein Deutsch verstand. Emma dachte an ihre Kindheit zurück und erinnerte sich an das sonntägliche Mittagessen bei Hannchen. Sie erkannte in diesem Augenblick, daß die Erinnerung lebendig war, aber keinen Stachel hatte, der ihr weh tat. Sie konnte die Vergangenheit ohne Bedauern ruhen lassen. Sie war jetzt ein glücklicherer Mensch geworden. Sie hatte ihren Lebenszweck gefunden. Es machte nichts aus, daß sie das häßliche jüdische Entlein war, Jesus war ihr Freund.

Die Gans war mit Kastanien und Äpfeln gefüllt. Dazu gab es Rotkohl und Kartoffelbrei und einen scharfen Gurkensalat. Das Mädchen reichte eine würzige braune Soße in einer der silbernen, mit Jagdszenen verzierten Saucieren herum, die Emma als Kind so geliebt hatte. Sie hatte sie oft mit Lene betrachtet. Es war eines jener Bilder, die auf ihre Art ebenso eindringlich wirkten wie ein religiöses Kunstwerk, wenn auch ihre Bedeutung rein persönlich war. Sie sah sich im Hintergrund stehen, während Lene, pummelig und vergnügt, von den Erwachsenen geküßt wurde. Sie hatte sie auch umarmt, fest genug, um ihr weh zu tun, und ihre Schwester hatte natürlich geschrien. Sie hatte Lene Schauergeschichten erzählt, um sie zum Weinen zu bringen, aber Lene war nicht leicht zu erschrecken. Selbst «Blaubart» hatte sie nicht beeindruckt.

«Du hörst nicht zu, Emma», sagte Edu.

«Verzeih», erwiderte sie, «ich war mit meinen Gedanken bei der Sauciere.»

«Diane hat nach Bernard Berenson gefragt. Sie ist eine große Verehrerin von ihm.»

«Ich habe gehört, Sie kennen ihn gut», sagte Diane.

«Wir sind alte Freunde», erklärte Emma. «Ich habe gerade gestern einen Brief von ihm bekommen. Jetzt, da Florenz befreit ist, hat er wieder Freude am Leben. Er sagt, daß Dutzende von Italienern ihn aufsuchen und ihn bitten, sich für sie zu verbürgen. ‹Wir waren keine Faschisten›, sagen sie.

Ich freue mich darauf, nach Florenz zurückzukehren. Vielleicht wird es bis zum Frühling möglich sein . . .»

Sie würde natürlich Pastor Tschudi und seine Predigten vermissen. Emma bemerkte, daß die Erwähnung von B. B. Diane Leventhals Interesse an ihr geweckt hatte.

«Wenn ich das nächstemal in Florenz bin, werde ich Sie besuchen», sagte sie zu Emma, die nicht den Wunsch hatte, sie je wiederzusehen.

«Ich bin nicht sicher, wann ich dort sein werde», entgegnete sie, «und ob ich schon Gäste empfangen will . . .»

Bettina brach das darauffolgende Schweigen mit einer weiteren Frankfurter Witzelei, diesmal einem Vers von Stolze. Der Nachtisch wurde serviert – eine Mischung von Zitroneneis, herb und frisch, mit Baisers und Schlagsahne –, und Emma hörte Edus Stimme, die ihr zuflüsterte: «Du bist sehr unhöflich.» Ihr war klar, daß Diane, die Jägerin, ihren Onkel erobert hatte. Was war er doch für ein alter Narr!

Sie kehrten ins Wohnzimmer zurück, wo das Mädchen ihnen Kaffee und Cognac servierte.

Diane warf Edu ein strahlendes Lächeln zu. Emma bemerkte, daß ihre Kleidung von klassischer Schlichtheit war, aus teurem Material und wahrscheinlich handgenäht. Aber sie würde mit zunehmendem Alter dick werden; ihr Appetit auf gute Dinge war groß.

«Ich glaube, ich sollte mich lieber auf den Heimweg machen», sagte Emma und stand auf.

Diane stieß einen leisen Schrei aus. «Ich habe ganz vergessen, Ihnen Ihr Geschenk zu geben!» sagte sie zu Edu und stürmte hinaus. Sie kehrte ein paar Minuten später mit einer weißen Schachtel zurück. Darin war ein Kaschmirpullover, nicht blau wie der von Emma, sondern in einem blassen Grau, das zu seinen Anzügen paßte.

«Ich habe bereits einen von dieser Sorte», sagte Edu.

Diane lachte. «Dann bringe ich ihn zurück», sagte sie. «Geben Sie ihn mir wieder.»

«Ich kann zwei gebrauchen –» Edu hielt ihn fest – «einen für Montag, Mittwoch und Freitag, den anderen für Dienstag, Donnerstag und Sonnabend. Ich könnte sogar noch einen weiteren für den Sonntag gebrauchen!»

Emma lachte mit den anderen, aber sie fühlte sich nicht belustigt. Sie stand neben ihrem Stuhl und hatte ihren Kaffee nicht angerührt. «Verzeih mir», sagte sie zu Edu, «aber ich fühle, daß ich Kopfschmerzen bekomme.» Warum bat sie ihn eigentlich um Verzeihung? *Er* war derjenige, der sich hätte entschuldigen müssen.

«Ich begleite dich hinaus», sagte er galant. Emma verabschiedete sich von den Süßkinds. Elias war eingedöst. «Sei brav», murmelte er, als wäre sie noch ein Kind.

«Du hast dich unmöglich zu Diane benommen», schalt Edu seine Nichte, während sie darauf wartete, daß das Mädchen ihren alten Persianermantel und den Hut brachte.

«Sie ist hinter deinem Geld her», sagte Emma.

«Sie braucht es nicht», erwiderte Edu. «Sie ist sehr reich.» Er lächelte Emma zu. «Vielleicht bin ich hinter *ihrem* Geld her», sagte er. «Wirst du an Neujahr mit mir essen?» fragte er, während er ihr die Tür aufhielt. «Im Baur-au-lac?»

Als Edu zu seinen Gästen zurückkehrte, sah er sie vor seinen Bildern stehen.

«Ihre Nichte ist kein sehr glückliches Geschöpf», sagte Diane.

«Es ist größtenteils ihre eigene Schuld», erwiderte Edu.

Später, als sie wieder zu Hause waren, sagte Bettina zu Elias: «Es ist nicht ihre eigene Schuld!»

«Was?»

«Er läßt sie nicht los. Er liebt es, sich mit Frauen zu umgeben, als wären sie Varianten von Rosen in seinem Garten.»

«Er ist sehr einsam. Er hätte die Engländerin heiraten sollen.»

«Sie hätte ihn gezwungen, seine Nichten aufzugeben», sagte Bettina. «Außerdem sind Engländer langweilig.»

Emma machte auf ihrem Heimweg einen Abstecher zu einer kleinen Dorfkirche, die sie kannte. Sie war offen. Emma setzte sich auf eine der Holzbänke und blickte lange auf das Kruzifix über dem schlichten Altar. Als sie ihren Seelenfrieden wiedergewonnen hatte, sprach sie ein kleines Gebet und hinterließ ein paar Münzen im Opferstock. Draußen war es beinahe dunkel, und es schneite.

DER 4. JULI 1945, rechnete Lene sich aus, war ihr siebter Unabhängigkeitstag in Amerika. Letztes Jahr waren gerade vor dem Feiertag ihre Einbürgerungspapiere eingetroffen. Sie waren ins Gerichtsgebäude am Foley Square gegangen, um vereidigt zu werden. In diesem Jahr wurde der Tag immer noch nicht mit dem üblichen Jubel gefeiert. Der Krieg in Europa war seit zwei Monaten beendet, aber im Pazifik zog er sich hin.

Die deutschsprachigen Emigranten in New York schenkten dem Krieg gegen die Japaner nicht viel Beachtung; der Krieg in Europa war das einzige gewesen, worauf es ihnen ankam. Deutschland hatte am 8. Mai bedingungslos kapituliert, aber die Erleichterung, die alle zu fühlen erwarteten, blieb aus. Zu viele Menschen waren umgekommen, zu vieles war für alle Zeiten zerstört worden. Ein weiterer heißer New Yorker Sommer stand bevor. Die Emigranten stöhnten, aber sie waren mittlerweile daran gewöhnt. «Es ist nicht die Hitze, es ist die Feuchtigkeit», sagten sie. Sie paßten sich der Lage an, mieteten Sommerhäuser am Strand oder in den Bergen. Selbstmorde kamen nicht mehr vor. Als Stefan Zweig sich umbrachte – «dort unten im Urwald von Brasilien», wie sie immer sagten, obwohl es nicht ganz stimmte –, waren sie alle erschüttert gewesen. Sie hielten Gedenkfeiern ab, veranstalteten Lesungen, seufzten und schnalzten mit der Zunge. Sie gaben der Neuen Welt die Schuld an seinem Tod. Aber sie erforschten auch ihre eigenen Herzen und erkannten, daß sie noch nicht zu sterben wünschten.

Auch Manfred Solomon hatte sich allmählich eingewöhnt und dem neuen Leben angepaßt. Er gab hin und wieder Konzerte mit Unterhaltungsmusik. Das Geld, das er damit verdiente, reichte aus, ein Sommerhaus am Meer zu mieten. Es war ein altes, baufälliges Haus weit draußen auf Long Island, wo niemand, den sie kannten, je hinging, aber Lene hatte sich in seine Weinlaube, seine Ligusterhecken und die Veranda, die es an drei Seiten umgab, verliebt. Außerdem stand im Wohnzimmer ein Klavier, auf dem Manfred üben konnte. Der Immobilienmakler kannte sogar einen Klavierstimmer. Die Post mußte in der kleinen Gemischtwarenhandlung abgeholt werden, die auch als Postamt fungierte.

Es war Manfreds Aufgabe, jeden Tag dorthin zu gehen. Er trug bei diesen Gelegenheiten seinen weißen Strandhut und eine Sonnenbrille und nahm vorsichtshalber seinen Spazierstock «gegen die Hunde» mit. Er begrüßte die Kartoffelfarmer mit einer formellen Verbeugung. Er verstand nur schwer ihren seltsamen Dialekt, und auch sie konnten ihn kaum verstehen, aber das schmälerte nicht die allseitige Herzlichkeit.

Die einzige andere jüdische Familie im Dorf – der Immobilienmakler war so überrascht gewesen, als Lene ihm ihren Namen nannte, daß er es nicht fertiggebracht hatte, ihr zu erklären, daß sie normalerweise nicht an Juden vermieteten – war die des Kurzwarenhändlers. Er erkannte Manfred sofort als «Stammesgenossen» und behandelte ihn wie einen alten Freund. Manfred murrte darüber, ließ sich aber oft von Mr. Goldstein in lange Gespräche verwickeln.

Claire hatte gerade die *High School of Music and Art* absolviert und war zum Barnard College zugelassen worden. Als ernsthafte Siebzehnjährige hatte sie sich vorgenommen, in diesem Sommer drei «wichtige Bücher» zu lesen und mit dem *Ulysses* von James Joyce zu beginnen. Sie nahm ihn jeden Morgen mit an den Strand, hielt aber dabei auch Ausschau nach einem geeigneten Kandidaten für einen kleinen Flirt. Ihre Träume hatten sie auf eine solche Begegnung vorbereitet, aber der Strand war im allgemeinen menschenleer. Peter war sieben und hielt sich an Fräulein Gründlich, die Sandburgen mit ihm baute. Jeder von ihnen hatte in dem geräumigen alten Haus sein eigenes Zimmer, und Lene kochte für sie alle. Sie bemerkte zu ihrer Verwunderung, daß sie jetzt kaum mehr an Frankfurt dachte. New York schien jeden anderen Ort ausgelöscht zu haben, an dem sie je gewesen war. Sie liebte die Art, wie sie dort allein und doch nicht allein sein konnte, sie liebte die Größe, die Neuheit, die keinen Raum für Gedanken an die Vergangenheit ließ. Und dieses Haus auf seinem Morgen von grünem Gras war nur ein paar Minuten vom Meer und dem endlosen weißen Strand entfernt. Auch Lene wünschte sich manchmal insgeheim ein kleines Abenteuer. Aber dann hörte sie Manfred üben und erinnerte sich, daß sie ihn liebte.

Der Tag vor dem Unabhängigkeitstag versprach heiß zu werden; für den Feiertag selbst waren Gewitterschauer vorausgesagt. Dicke Wolken zogen sich über den blauen Himmel, und es war selbst hier am Meer fast völlig windstill. Der Liguster blühte, und Bienen summten über den dichten, mit cremefarbenen Blüten übersäten Hecken. Im Dorf wimmelte es von Sommergästen und Farmern in Overalls, die Vorräte für den Feiertag kauften. Manfred holte jeden Tag um halb zwei, gleich nach dem Mittagessen, die Post; manchmal begleitete Claire ihn. Von zwei bis vier hielt er Siesta, und dann ging er an den Strand. Er hatte gern einen genauen, festen Zeitplan. Die Farmer nickten ihm zu, die Sommergäste dagegen beachteten ihn nicht, denn sie hielten ihn für einen Verwandten von Goldstein, dem Kurzwarenhändler.

Claire hatte an diesem Tag ein paar eigene Briefe aufzugeben und ging zufrieden neben ihrem Stiefvater her. Sie war braungebrannt und wußte, daß es ihr gut stand. Sie hatte abgenommen, und ihr kurzes blondes Haar war von der Sonne gebleicht. Das Band zwischen ihr und Manfred schien eng und fest zu sein, und das freute sie. Sie dachte sich oft im stillen, daß sie ihn besser verstand, als ihre Mutter es konnte. Wenn sie so Seite an Seite dahinschlenderten – Manfred nannte den fünfzehnminütigen Weg zum Postamt «die kleine jüdische Runde» im Gegensatz zur «großen jüdischen Runde», dem Weg von dreißig Minuten hinunter zur Brücke über die kleine Bucht –, sprach er über Musik, ernst und mitteilsam, als unterhielte er sich mit einer Erwachsenen. Er stellte ihr nie persönliche Fragen, und Claire vertraute sich ihm nicht an. Sie fragte sich manchmal, ob ihre Mutter es tat, aber seine Gespräche über Musik und die Geschichten, die er ihr über sein Leben und seine frühe Laufbahn erzählte, enthielten Andeutungen von etwas Tieferem, etwas Verbotenem. Er umwarb sie damit.

Manfred wußte, daß er in der Beziehung zu seiner Stieftochter vorsichtig sein mußte. Eines Tages würde er sie gehen lassen müssen, aber vorläufig brauchte er ihre tiefe Verehrung und ihren Respekt; er dürstete nach Schmeichelei. Claire nahm diese Unterströmungen nicht wahr, sie wollte nur Manfred gefallen und seine Liebe aufnehmen. Sie dachte sich, daß er, wenn er ihr richtiger Vater wäre, sie nicht zurückweisen könnte und sie nie außerhalb seines Lebens und seiner Welt zu stehen brauchte. Sie empfand das Erbe ihres abwesenden Vaters manchmal als eine Last; es machte sie anders, sie fühlte sich als Halbblut. Die christlichen Mädchen, die sie kannte, lebten in einer Welt, die jüdischen in einer anderen, und sie war in keiner von beiden ganz zu Hause. Ihre beste Freundin war wie sie ein Mischling, das Kind von Emigranten.

«Fahren wir nächste Woche nach Philadelphia, du und ich?» fragte Manfred. Sein Englisch war würdevoll, und er sprach es in der Öffentlichkeit immer, um zu zeigen, daß er ein guter Amerikaner war.

«Es wird sehr amüsant werden», sagte Claire. «Ich *liebe* Paul Robeson.»

«Ich spiele das Gershwin-Concerto vor der Pause und ganz am Schluß ein Potpourri von Sousa-Märschen, arrangiert für Klavier. Robeson singt die *Ballad for Americans* – ein schreckliches Stück. Wie nennt man es – ein Mischmasch? Aber in diesen Zeiten müssen wir patriotisch sein. Und der Neger hat eine wundervolle Stimme. Wenn er sie nur richtig gebrauchen würde – er könnte *alles* singen.»

«Man würde ihn nicht *lassen*», erwiderte Claire; ihre Stimme klang zornig.

«Was willst du damit sagen?»

«Weißt du nicht, wieviel Rassenvorurteile es hier gibt?» Claire wußte, daß dies ein heikles Thema war. Manfred zerbrach sich nie den Kopf über «Politik».

«Er tritt im selben Programm wie *ich* auf!»

«In einem Sommerkonzert im Robin Hood Dell. Das zählt nicht.»

Manfred machte ein beleidigtes Gesicht. «Sie haben das Philadelphia Orchestra engagiert. Es kann mir nur nützen, dort gehört zu werden.»

«Ich habe nicht über dich gesprochen», sagte Claire. «Es ist großartig, daß man dich aufgefordert hat. Ich meine nur, daß Paul Robeson niemals, sagen wir, in der Met singen wird.»

«Ein Neger in der Metropolitan Opera! Was für eine Rolle könnte er singen, abgesehen von Othello?»

Claire wußte, daß es klüger war, nicht mit dem Thema fortzufahren. «Du hast heute morgen Schumann geübt», sagte sie. «Ich habe es erkannt.»

Manfred stürzte sich begeistert in eine ausführliche Beschreibung des fraglichen Werkes, das er im November in der *Young Men's Hebrew Association* spielen sollte. Ehe sie sich versahen, waren sie beim Postamt angelangt. Ihre Post enthielt einen Dividendenscheck, eine Benachrichtigung von der Versicherung, eine Zahnarztrechnung und einen dicken Brief von Benno Süßkind.

Manfred brachte die Post nach Hause und legte sie auf den Tisch in der Küche, wo Lene gerade mit Fräulein Gründlichs Hilfe das Geschirr vom Frühstück und Mittagessen spülte. Sobald Manfred und Claire erschienen, hängte die Erzieherin das Geschirrtuch an den Haken und ging leise in ihr Zimmer. «Ich glaube, ich hol mir mein Buch und geh an den Strand», sagte Claire. Peter ruhte sich oben aus. Er hatte sein Radio sehr leise gestellt, um den Mittagsfrieden nicht zu stören. Er hörte sich ein Baseball-Spiel an.

Lene nahm die Briefe mit in die Weinlaube, die neben der Küche lag. Sie setzte sich an den roh gezimmerten Picknicktisch auf einen der sechs ungleichen Stühle. Es war dort wohltuend still und kühl. Lene öffnete Bennos Brief als letzten. Während sie ihn langsam und sorgfältig las, wurde ihr Mund trocken und ihr Herz klopfte laut. Als sie fertig war und ihn niederlegte, bemerkte sie, daß Manfred am anderen Ende des Tisches stand und sie beobachtete.

«Was steht in dem Brief?» fragte er. «Du siehst erregt aus.»

«Hier, lies ihn», sagte Lene.

«Ich habe meine Lesebrille nicht bei mir. Lies ihn mir vor.»

«Er ist lang, und er ist voll schlechter Nachrichten.»

«Lies ihn vor.»

In diesem Augenblick erschien Claire, die, ein abgegriffenes Bibliotheksexemplar des *Ulysses* unter dem Arm, auf dem Weg zum Strand war. Sie merkte, daß sie einen kritischen Augenblick erwischt hatte, und ihr erster furchtsamer Gedanke war, daß sich ihretwegen ein Streit anbahnte.

«Was möchtest du?» fragte Manfred. «Deine Mutter ist im Begriff, mir einen wichtigen Brief vorzulesen.»

«Kann ich ihn mir auch anhören?» fragte Claire.

«Er ist nichts für junge Ohren», sagte Lene. «Geh an den Strand. Ich erzähle dir ein andermal davon.»

«Ich komme später nach», sagte Manfred.

«Morgen abend wird ein Feuerwerk veranstaltet. Ich habe in der Leihbücherei die Ankündigung gesehen», sagte Claire. «Im ‹Club ohne Juden›.»

«Was soll das heißen, ‹Club ohne Juden›?»

«Es soll heißen, daß er nicht für alle offen ist. Er nimmt nur Christen auf. Eins der Kinder, die ich getroffen habe, hat es mir gesagt.»

«Es sind Leute, mit denen wir sowieso nicht verkehren würden», sagte Lene. «Wir können das Feuerwerk vom öffentlichen Strand aus sehen.»

«Ich wollte es euch nur sagen.»

«Vielen Dank», sagte Manfred.

Claire stieg auf ihr Rad und fuhr die breite Straße entlang zum Strand. Die Rosen an den Gartenzäunen waren in voller Blüte, und der Duft von Geißblatt und Liguster vermischte sich mit der Meeresluft.

Der Strand war an diesem Tag glühend heiß, und überall waren Sandfliegen. Es gab keine Brandung; das Meer war ruhig und glatt wie ein See, es war Ebbe. Claire versuchte zu lesen, aber der Schweiß lief ihr in die Augen, die Fliegen stachen sie in die Beine. Das Wasser war voller Seetang, der sich wie Kraken um ihre Beine wand. Sie beschloß, früh nach Hause zu gehen.

Das Haus sah in der Stille des Nachmittags verlassen aus. Alle schliefen. Das Gemurmel von Peters Radio war nicht lauter als das Summen der Bienen in der Ligusterhecke. Claire holte sich ein Glas Milch aus dem Kühlschrank und ging damit in die Weinlaube hinaus. Sie sah Bennos Brief unter einer Vase mit Gänseblümchen liegen. Die Feuchtigkeit hatte das blaue Papier weich wie Stoff und an den Rändern wellig gemacht. Sie nahm den Brief auf und las ihn:

12. April 1945

Liebe Lene,
ich schreibe Dir diesen Brief von einem kleinen Hotel in Weimar aus, wo ich zusammen mit einigen anderen amerikanischen Offizieren einquartiert bin. Es ist spät am Abend, aber ich muß diese Zeilen jetzt niederschreiben, weil die schrecklichen Bilder mich derart verfolgen, daß an Schlaf nicht zu denken ist. Vielleicht kann ich sie bannen, indem ich jemand anderem davon erzähle. Jemandem, der weit entfernt ist und nichts von dieser grausamen Vernichtung menschlichen Lebens gesehen hat, jemandem, mit dem ich die fürchterliche Wahrheit, den Schrecken teilen kann, solange er noch lebendig und unverfälscht ist. Man wird zweifellos Photographien durch die ganze Welt schicken, und die Welt wird entsetzt sein. Man wird hier ein Mahnmal errichten, wenn die Aufräumungsarbeiten beendet sind, und glauben, dieses Zeichen werde die Nachwelt überzeugen, daß man seine Pflicht gegenüber den Toten getan hat. Diejenigen von uns, die den unmittelbaren Eindruck empfangen haben, werden Routine im Erzählen bekommen wie Schauspieler, die eine Rolle spielen und das Publikum allabendlich zum Weinen bringen, während mit jeder Wiederholung etwas von der Schmach, dem Zorn und dem Schmerz verlorengeht.
Das Heer der Vereinigten Staaten hat das Konzentrationslager von Buchenwald gestern, am 11. April 1945, befreit. Ich war nicht unter den Soldaten dieser ersten Welle. Wir (eine Gruppe von ehemaligen Deutschen, einschließlich eines Arztes aus Berlin und eines Anwalts aus Mannheim) sind erst heute morgen dort eingetroffen, aber ich habe gehört, daß es kurz vor der Ankunft der Amerikaner einen von Kommunisten angeführten Aufstand gegeben hat.
Als die ersten unserer Soldaten im Lager eintrafen, wurde ihnen, wie man mir sagte, übel von dem Anblick, der sich ihnen bot. Er ist unerträglich, vor allem, wenn man ihn vertausendfacht und noch die Todeslager im Osten hinzuzählt, die von den Russen befreit wurden. Es heißt, die

Deutschen hätten versucht, die Gaskammern zu beseitigen, in denen Millionen (ich übertreibe nicht – wir haben gehört, daß die Zahl sich auf *zehn Millionen* belaufen könnte!) umgekommen sind, aber es gibt nichts auf Erden, was die Erinnerungen derjenigen auslöschen kann, die dieses Sterben gesehen haben und am Leben geblieben sind.

Das KZ von Buchenwald liegt kurz vor der Kuppe des Ettersbergs, der einen schönen Ausblick auf die Ebene bietet, die sich im Norden bis Magdeburg erstreckt. (Warum schreibe ich das? Es hat nichts mit dem zu tun, was ich Dir zu sagen versuche!) Das Lagergelände steht voller Baracken aus Brettern und Teerpappe, in denen die Insassen in mehrstöckigen Kojen untergebracht waren, Hunderte in einer Baracke, Tausende im Lager. Sie tragen gestreifte Sträflingskleidung, aber sie sehen nicht mehr wie menschliche Wesen aus; sie sind lebende Leichname, mit Haut überzogene Skelette, Schreckgespenste, zu schwach, um auf den Füßen zu stehen, um zu weinen oder sich zu bewegen. Es heißt, viele bleiben unversorgt und sterben, weil wir sie von denen, die bereits tot sind, nicht unterscheiden können. Sie sind nicht einmal imstande zu wimmern, um sich bemerkbar zu machen. Um die Toten zu begraben, werden wir ein Loch in die Erde schaufeln und sie alle mit einem Bulldozer hineinschieben müssen. Die Juden, die wenigen, die übriggeblieben sind – wir haben gehört, daß viele noch bis zum Oktober vergangenen Jahres zur Ausrottung nach Auschwitz geschickt wurden, und in den wenigen Tagen vor unserer Ankunft wurden 15 000 durch die letzten noch unbesetzten Teile Deutschlands nach Nordosten getrieben, damit wir sie nicht finden sollten –, diese Juden hier waren in der allerschlimmsten Verfassung. Ich weiß nicht, wie viele von ihnen am Leben bleiben werden, und falls sie am Leben bleiben, wie viele jemals wieder normale Menschen werden können.

Ich höre jetzt ihre Stimmen, klägliche, kratzige Stimmen, die aus der Tiefe irgendwelcher anderer Lebewesen zu kommen scheinen. Sie schluchzen, ohne Tränen zu vergießen, sie können nicht mehr lächeln. Ich soll sie «interviewen», aber die Richtlinien, die man uns zur Aufzeichnung von Daten gibt, sind nicht anwendbar auf das, was diese Menschen mir zu sagen haben. Die meisten von ihnen wurden zur Zwangsarbeit in nahe gelegenen Fabriken und unterirdischen Anlagen eingesetzt (die untauglichen, vor allem die Juden, wurden abtransportiert, um anderswo vergast zu werden. Ich fragte: «Vergast?», als ich das Wort zum erstenmal hörte, und sie sagten: «Ja, vergast.»), und sie erhielten so kleine Essensrationen, daß täglich Hunderte starben (es war einfacher, sie sterben zu lassen und durch neue Sträflinge zu ersetzen, als sie ausreichend zu ernähren, um sie bei Kräften zu halten). Sie wurden ins Krematorium befördert und verbrannt; ihre Asche wurde als Dünger benutzt, ihre Knochen dienten zum Auffüllen des Terrains. Der Berg hier ist mit dieser hellgrauen Asche bedeckt. Es ist, als befände man sich am Abhang eines Vulkans.

Wie ich schon sagte, viele der Überlebenden werden nicht am Leben bleiben, obwohl wir hier Gruppen von Ärzten haben, die Tag und Nacht im Einsatz sind. Sie können keine gewöhnliche Nahrung mehr zu sich nehmen. Ich sah einen Mann, der sich mit solch tierischer Gier auf unsere *K-rations* stürzte, daß man es kaum mit ansehen konnte, und dann erbrach er alles. Die Gefahr von Krankheiten, vor allem Typhus, ist groß. Ich bin den ganzen Tag im Lager umhergewandert und habe versucht, den unglaublichen Anblick, die unbeschreiblichen Greuel in mich aufzunehmen. Und das alles in unmittelbarer Nähe von Weimar – meiner Lieblingsstadt, der Wiege der deutschen Klassik, der Wahlheimat Goethes, der Frankfurt verließ, weil es so eng und merkantil war, und hierherkam.

Die meisten Menschen, mit denen ich spreche, können es nicht glauben, daß wir (die Amerikaner) tatsächlich hier sind, daß sie gerettet sind, daß die SS-Wärter nicht zurückkommen und sie hinausführen können, um sie zu verprügeln oder sie an einem hohen Pfahl an den Armen aufzuhängen, oder sie Stunde um Stunde in Regen, Hagel und Schnee oder der glühenden Augustsonne stehen und

auf einen Appell warten zu lassen, der niemals vorschriftsmäßig ablief. Sie haben – und wenn ich das bereits gesagt habe, verzeih mir, ich muß dies alles niederschreiben, wie es mir gerade in den Sinn kommt –, sie haben so schwer gelitten, daß sie für ihr ganzes Leben gezeichnet sind. Die Nazis haben es fertiggebracht, die Hälfte der Juden, die es auf der Welt gibt, und eine Generation von Russen zu vernichten, ganz abgesehen von ihren eigenen Leuten, die im Krieg gefallen sind oder – schlimmer noch – das getan haben, was hier getan wurde.
Der Anwalt aus Mannheim, der mit mir herumgeht und die Überlebenden befragt, wirkt sehr kühl und sachlich, schreibt alles sorgfältig auf und erweckt den Eindruck, als wäre er der perfekte, nur vom Verstand geleitete Ankläger. Er sagte mir, sie beabsichtigten, die Nazi-Hierarchie nach dem Krieg wegen schwerer Verbrechen gegen die Menschlichkeit vor Gericht zu stellen. Aber als wir heute abend in unser Hotel zurückkamen, brach er plötzlich zusammen und weinte. Er weinte so hemmungslos, daß ich einen Arzt rufen mußte, damit er ihm eine Beruhigungsspritze gab. Er sagte immer wieder: «Das hätten meine Eltern, meine Brüder sein können . . . das hätte ich sein können.» Und das Schreckliche ist, daß das Mitleid, das man empfindet, sich so schnell in Abscheu verwandelt, denn wie soll man sich mit diesen Skeletten identifizieren, von denen die meisten nach Tod und Verwesung, Erbrochenem und Kot stinken und in ihrem winselnden Leid wie Hunde vor uns kriechen.
Verzeih mir, Lene, daß ich so rede. Aber ich weiß, Du wirst verstehen, warum ich dies alles niederschreibe. Einer der Männer (er war noch nicht sehr lange hier und daher noch verhältnismäßig kräftig) sagte mir: «Sagen Sie es ihnen, wenn der Krieg vorüber ist. Sagen Sie der Welt, was man uns angetan hat!» Schon bald, noch ehe eine weitere Generation herangewachsen und gestorben ist, wird man sich nicht mehr erinnern, oder sich kaum noch erinnern, oder sich erinnern und es verdrehen, jeder, wie es ihm zweckdienlich erscheint. Und dabei weiß ich, daß in dem Augenblick, wo ich dies hier schreibe, immer noch

Menschen getötet werden. Irgendeine Frau trägt ihre alte Mutter, die an Ruhr erkrankt ist, auf dem Rücken von Ort zu Ort auf Berlin zu, das immer noch pochende «Herz» des Reiches. Man wird alles versuchen, um möglichst viele dieser Lager und der Zeugen, die darin gelitten haben, zu beseitigen. Und vor der Welt behaupten, daß es nicht wirklich geschehen ist.

Nichts, was ich je gesehen oder gelesen habe, hätte mich auf diesen Tag vorbereiten können. Es ist, als hätte hier eine Welt existiert, die auf dem absoluten Gegenteil von allem Wahren, Schönen und Guten (erinnerst Du Dich an diese Worte über dem Portal des Opernhauses?) basierte, das der Geist des Menschen je ersonnen hat. Als hätte man beschlossen, eine ganze Gesellschaft ausschließlich auf Frevel, auf Bösartigkeit und Täuschung aufzubauen. Als hätte man bewußt versucht, die Zivilisation auf den Kopf zu stellen. Die Hölle dieses Ortes ist eine Hölle, viel schlimmer als irgendeine auf all den Gemälden, Fresken und Mosaiken, die ich kenne. Giotto in Padua, ja selbst Bosch und Grünewald konnten sich für ihre Verdammten nicht solche Folterqualen ausmalen, wie sie hier ersonnen wurden.

Es ist nicht einfach, Millionen Menschen zu töten, es erfordert genaue Planung, viel Arbeit, ein großes Menschenpotential. Und es waren nicht etwa Asoziale oder Verbrecher, die es getan haben. Keineswegs! Einer der Wärter, die wir hier gefangengenommen haben (er hatte sich aus Angst um sein Leben während des Aufstands vor den Kommunisten versteckt), sagte mir, es sei gar nicht schwer, wehrlose Menschen, Männer, Frauen und Kinder, zu töten. Er habe in Polen am «Vollzug» teilgenommen, und es sei «einfach eine Arbeit» gewesen, man tat, was einem befohlen wurde. Aber, gab er zu, wenn er später mit einer Zigarre bei seinem Bier saß, seien ihm Zweifel gekommen. Er habe sich dann gefragt, was wohl seine Mutter dazu sagen würde. Er war ein ganz normaler Deutscher, Postbote in seiner Heimatstadt Fürth. Wie war es möglich, Leute wie ihn (und es müssen viele gewesen sein, die diese Arbeit getan haben) zu überzeugen, daß es vollkommen in Ordnung ist, Menschen zu töten, als wären sie Fliegen, Kakerlaken, Läuse? Haben sie nie auch nur einen Augenblick daran gedacht, daß diese Hunderte und Tausende, die sie in die Gaskammern getrieben oder am Rand eines offenen Grabes erschossen haben, *Menschen* waren? Daß sie in ihrem Herzen Träume, Hoffnungen und Liebe hegten?

Was für eine ungeheuerliche Verirrung – und es war nicht irgendein primitiver Stamm, der dies getan hat, es waren unsere Nachbarn, Leute, die Du und ich gekannt und unser Leben lang täglich gegrüßt haben. Wir glaubten, seit Hunderten von Jahren mit ihnen in Frieden und Harmonie zu leben, und jetzt entdecken wir, daß jeder von ihnen, der Gemüsehändler oder der Straßenbahnschaffner, uns ebenso rasch in einen Viehwagen hätte stoßen können, wie er «Guten Tag, Herr Professor!» sagte. Und wenn der Augenblick kommt, sie zu verhören, werden sie sich gleichgültig geben, werden unterwürfig sagen «Jawohl, Herr Leutnant . . . gewiß, Herr Leutnant, wir haben's getan . . . wir haben jeden Tag unserer Dienstzeit, außer sonntags, wo wir frei hatten, damit verbracht, Juden zu töten und Zwangsarbeiter auszupeitschen. Man hat uns befohlen, es zu tun. Unsere Befehle kamen direkt aus Berlin, und wie Sie wissen müssen, Herr Leutnant, Befehl ist Befehl.»

Es war unerträglich, diesem Postboten zuzuhören, der gleichzeitig auch noch Kratzfüße vor uns machte! «Das waren doch alles Bolschewiken», sagte er. «Und als Amerikaner sollten Sie einsehen, daß das unsere Feinde sind.» Und jedesmal, wenn ein leichter Wind bläst, weht etwas von der Asche der 50000 Menschen, die hier gestorben sind, durch den nahe gelegenen Wald von Buchen, Birken und Föhren.

Was mich zu einer persönlichen Angelegenheit bringt, die ich kaum anzuschneiden wage. Du erinnerst Dich, daß ich Dir von Paris aus schrieb, Eva habe mir gesagt, sie glaube, Jacob sei verschickt worden, und sie habe von einigen alten Genossen gehört, Lore sei nach Deutschland zurückgekehrt, um nach ihm zu suchen. Weiter ist nichts be-

kannt. Ich habe vor, die Akten hier zu durchstöbern, um zu sehen, ob ich irgend etwas ausfindig machen kann. Die SS hat zwar versucht, ihre Unterlagen zu verbrennen, aber es ist sehr viel Material erhalten geblieben. Du weißt, wie gründlich die Deutschen sind – es gibt eine Unmenge von Listen, von Dingen, die für die Gefangenen aufbewahrt, den Sterbenden abgenommen worden sind. Haufen von Brillen, Handkoffern, Schuhen, Krücken, Prothesen, Körbe mit Brieftaschen, Schlüsseln und Photographien. Viele der größeren Gegenstände sind sorgsam mit Etiketten versehen, und die Pässe sind alle gestempelt, ganz vorschriftsmäßig, mit Datum und dem deutschen Adler über dem Hakenkreuz. Ich werde diesen Brief ein paar Tage zurückhalten, um abzuwarten, ob ich inzwischen etwas über Onkel Jacobs Schicksal erfahren kann.
Es ist fast drei Uhr morgens, und mir fallen vor Müdigkeit die Augen zu. Ich muß schließen. Es hat mir gutgetan, mich auszusprechen. Ich frage mich immer wieder, wie kann ich nach Amerika zurückkehren, mein Leben als Kunsthistoriker wiederaufnehmen und zwischen Stichen und Zeichnungen im Brooklyn Museum arbeiten? Es erscheint mir in diesem Augenblick unmöglich, aber ich bin sicher, daß ich zurückkehren werde, die Erinnerungen werden verblassen, und ich werde eines Tages wieder über Expertisen und Ikonographie nachdenken. Stell Dir mich, Deinen dicken Vetter Benno, in der Rolle des «Befreiers» vor! Aber es ist wahr, ich komme als Amerikaner (ich habe die Grenze vom sicheren Tod zum sicheren Leben überschritten), und so sehen mich sowohl die unglücklichen Opfer als auch die kriechenden «Eroberer», so sehe ich mich selbst. Das ist in gewisser Hinsicht sehr seltsam und beunruhigend. Es gibt Augenblicke, wo ich einfach nicht weiß, wer ich bin.

P. S. Heute ist der 15. April. Ich habe alle Akten durchgesehen, und sie haben ihr trauriges Geheimnis preisgegeben. Ich fand den Namen von Jacob Israel Wertheim aus Frankfurt am Main, zuletzt Amsterdam, geboren am 18. März 1878, angekommen in Buchenwald am 20. Mai

1944, abtransportiert (es wird nicht gesagt, wohin) am 3. Juni 1944. Von Lore wird nichts erwähnt, aber die Gefangenen sagten mir, es sei nichts Ungewöhnliches gewesen, daß die Wachen «Eindringlinge» und «Unbefugte» erschossen, und diese wurden natürlich nicht in den Listen erfaßt. Bei so vielen Toten hier – die Einwohnerzahl einer mittelgroßen Stadt –, wird man sie nie alle kennen.
Schluß für heute. Ich werde Dir zweifellos bald wieder schreiben. Jeder Tag bringt neue Greuel ans Licht, und wir müssen jetzt der Tatsache ins Auge sehen, daß auch Dein Bruder Andreas und Deine Mutter grausam von diesen Ungeheuern getötet worden sind. Ich kann nur hoffen, daß sie nicht lange in dieser Hölle zwischen Leben und Tod verweilen mußten. Ich sehe ein, daß dies ein törichter Wunsch ist, denn ein einziger Tag an solch einem Ort bedeutet mehr Leiden, als die meisten von uns in einem ganzen Leben kennenlernen. Eine Fahrt von mehreren hundert Kilometern in einem verschlossenen Viehwagen, ohne Nahrung und Wasser, hat zweifellos jedes Reiseziel – selbst den Tod – willkommen erscheinen lassen.
Man sagt mir, daß es einen gewissen Punkt gegeben habe, an dem die Gefangenen in den Lagern den Lebenswillen verloren, daß man immer habe erkennen können, wann jemand diesen Punkt erreicht hatte, und daß diese Menschen stets als erste für die Gaskammern ausgewählt wurden. Sie wurden von den anderen «Moslems» genannt. Und man hat mir auch gesagt, daß die Leute, die in Auschwitz-Birkenau darauf warteten, vergast zu werden, geduldig Schlange standen, bis sie an die Reihe kamen. Sie wollten nicht wissen, daß das, was sie erwartete, nicht eine heiße Dusche, sondern eine Wolke von Zyanidgas war.
Wie können diejenigen, die sich zum Glauben an Gott bekennen, erklären, was hier geschehen ist?
Genug.
Herzliche Grüße an Deine ganze Familie, aber vor allem an Claire.

Dein Vetter und Freund
Benno

P. P. S. Ich habe mich entschlossen, nach Frankreich zurückzukehren und Julia zu holen. Ich werde sie nach Amerika mitnehmen.

CLAIRE LEGTE DEN BRIEF wieder sorgfältig unter die Vase mit den Gänseblümchen. Im Haus war immer noch kein Laut zu hören, abgesehen von Peters Radio, das das Baseball-Spiel der Dodgers übertrug. Claire schloß einen Augenblick die Augen, aber da sah sie die zu riesigen Haufen gestapelten Leichen, die darauf warteten, zu den Öfen gekarrt zu werden. Sie öffnete sie wieder und blickte fest auf die Weinblätter und die grünen Trauben, blickte auf den tiefblauen Himmel, über den zarte, weiße Wolken zogen. Aber sie sah immer noch die Leichen; ihr Auge konnte ihr den Sommertag nicht wiederbringen. Sie stand hastig auf; der Gedanke, jetzt ihrer Mutter oder Manfred zu begegnen, mit Fräulein Gründlich sprechen oder sich den Bericht ihres kleinen Bruders über das Baseball-Spiel anhören zu müssen, war ihr unerträglich.

Ihr schien, als sei sie ihr ganzes Leben lang getäuscht worden. Niemand hatte ihr je die Wahrheit über irgend etwas gesagt. Sie verließ das stille Haus und machte sich auf den Weg durch die staubigen Straßen des kleinen Dorfes. Sie wußte nicht, wohin sie ging, sie wußte nur, daß sie allein sein mußte. Die Bäume trugen das tiefe, saftige Grün des Frühsommers, und die gepflegten Rasenflächen rochen nach gemähtem Gras. Sie war in Sicherheit. Sie alle waren in Sicherheit. Wohin auch immer sie blickte, strahlte die flache, sonnige Landschaft vor Schönheit. In der Ferne hob sich das Meer wie ein glitzerndes Band vom Blau des Himmels ab. Hier gab es weder Krieg noch Tod. Man konnte sich nicht einmal vorstellen, daß man hungrig war. Es war die Jahreszeit, die Claire am meisten liebte, die Zeit voll Wärme und Sonne, wo alles gut und schön zu sein schien. Sie wünschte immer, daß sie diese Zeit für den Winter bewahren könnte, und so schrieb sie darüber in ihr Tagebuch, aber wenn sie die Zeilen im Januar las, weckte das nur noch mehr ihre Sehnsucht. Man konnte den Sommer nicht festhalten. Sie sah im Geist Manfred und Lene in den Tod gehen, den kleinen Peter in ihrer Mitte. Was wäre aus ihr geworden? Sie war nur Halbjüdin. Wäre sie verschont geblieben?

Claire war barfuß, und der Staub der Straße blieb an ihren Fußsohlen hängen. Sie ging quer über eine kleine Wiese zu den Binsen hinunter, die den Rand des Brackwassers der Bucht säumten. Dann ging sie am Ufer entlang, bis sie zu dem Kanal kam, der zum Meer führte. Ein paar Segelboote lagen dort vor Anker, kleine Wellen schlugen plätschernd an ihre Seiten. Sonst war alles still. Claire setzte sich in ein Dinghi, das an dem Pfahlwerk eines alten Anlegeplatzes festgemacht war. Was wäre, wenn sie aus dem Transport, der zu den Todeslagern führte, herausgeholt worden wäre, nur um ihre Familie – Lene und Manfred und den kleinen Peter – in jener langen Reihe von anderen Juden zu sehen, die sie mit traurigen, vorwurfsvollen Augen anstarrten?

Was wäre, wenn sie bei Tante Emma geblieben wäre? Bestimmt würde sie dann jetzt nicht hier sein, eine Amerikanerin, die in einem kleinen Boot saß und ihre Hand durchs Wasser gleiten ließ. Sie wäre unter der strengen Aufsicht ihrer Tante gezwungen, für alle Zeiten den Teil ihres Wesens zu verbergen, der jüdisch war. Claire hatte den Eindruck, daß Emma immer bestrebt gewesen war, sie für sich zu gewinnen, sich ihrer Seele zu bemächtigen, als wüßte sie – was ihre Mutter nicht wußte –, daß jüdisch zu sein bedeutete, daß man dazu bestimmt war, getötet zu werden.

Claire versuchte, sich an die Bilder zu erinnern, die sie in den Zeitungen von den Toten und Sterbenden des Krieges, den halb verhungerten Kindern, den hohläugigen Müttern, den Gefangenen in ihrer gestreiften Sträflingskleidung gesehen hatte. Aber sie stammten aus einem anderen Land in weiter Ferne, sie hatten nichts mit ihr zu tun gehabt. Niemand hatte ihr je gesagt, daß eine Beziehung zwischen ihnen und ihrer Familie bestand.

Claires Gedanken wanderten immer wieder zu jener unerträglichen anderen Welt, die sie gerade eben flüchtig zu sehen bekommen hatte. Wenn sie dazu ausgewählt worden wäre, am Leben zu bleiben, hätte sie den Mut gehabt, den

Wärtern Trotz zu bieten und in den Tod zu gehen? Hätte sie versucht, gegen sie zu kämpfen, hätte sie sich auf einen brutalen Soldaten gestürzt und mit ihren Händen, mit einem Stein aus der Erde Polens auf ihn eingeschlagen? Sie sah das alles wie einen Film. Die Bilder waren deutlich und eindrucksvoll, aber sie wußte, daß sie unsinnig waren, weniger plausibel als ein Alptraum. Sie war hier auf einem Teich, der in der Sonne glitzerte. Es war ein Sommernachmittag, sie befanden sich alle in Sicherheit, der Winter war noch Monate entfernt, nicht realer als der Tod. Diejenigen, die zu Tode gemartert worden waren, würden sie verachtungsvoll anspucken, weil sie versuchte, sich auch nur der Vorstellung ihres Leidens zu nähern.

Sie kam zu spät zum Abendessen.

«Deine Mutter hat sich Sorgen um dich gemacht», sagte Manfred. «Wo warst du?»

Claire sah ihn im Geist sich mühsam eine vereiste Straße entlangschleppen, die Füße in Lumpen gehüllt, von deutschen Soldaten angetrieben. Er stolperte, blieb am Wegrand liegen.

«Bitte, antworte mir», sagte er streng.

«Ich habe einen Spaziergang zur Bucht hinunter gemacht», erwiderte Claire, «und habe dabei vollkommen die Zeit vergessen.»

«Die Dodgers haben gewonnen», sagte Peter, der ein dick mit Butter bestrichenes Brot aß. Sein schwarzes Haar glänzte, sein braungebranntes Gesicht war sauber.

«Ist dir nicht gut?» fragte Lene und legte ihre kühle Hand auf Claires Stirn. «Du fühlst dich heiß an.»

«Es ist nur die Sonne», sagte Claire.

Nach dem Essen machten Lene und Claire einen Spaziergang, während Manfred das Gershwin-Concerto übte. Die Nacht war still und schwarz wie Samt; ein abnehmender Mond stieg über dem Meer auf.

«Du hast Bennos Brief gelesen», sagte Lene.

«Woher weißt du das?»

«Mütter wissen alles.»

«Ich wünschte, ich hätte ihn nicht gelesen. Ich muß andauernd an diese Greuel denken, und doch weiß ich, daß ich davon nicht berührt worden bin. Was kann ich jemals tun, um es wiedergutzumachen?»

«Nichts, Clärchen, nichts.»

«Wie konnten alle ruhig zusehen und diese Dinge geschehen lassen? Wußten sie es nicht? Konnten sie nicht irgend etwas tun?»

«Ich weiß nicht mehr als du darüber. Es mag Fragen geben, auf die es keine Antwort gibt, Probleme, die niemand – geschweige denn ein Kind – lösen kann.»

«Ich bin kein Kind!» Claire war empört. «Womit haben *wir* es verdient, am Leben zu bleiben?»

«Ich nehme an, wir haben Glück gehabt. Einige von uns, wie zum Beispiel Onkel Edu, haben das Menetekel gesehen ...»

«War es, weil wir Geld hatten?»

«Deine Großmutter ist umgekommen; und dein Onkel Andreas und Großonkel Jacob auch.»

«Verzeih, Mami –» Claire seufzte tief – «oh, ich wünschte, ich könnte weinen. Ich möchte auf meinem Bett liegen und weinen und weinen, aber ich kann es nicht. Die albernsten Dinge treiben mir Tränen in die Augen – aber dies hier ... Ist es, weil ich keine Gefühle habe? Bin ich kalt und hart?»

«Natürlich hast du Gefühle.» Lene sprach sehr sanft. «Laß dir nie von jemandem sagen, daß du keine hast. Manchen von uns fällt es einfach schwerer, auszudrücken, was wir tief innen empfinden. Und niemand kann in das Land des Schmerzes eines anderen hinübergehen.»

Sie schwiegen eine Weile. Claire hängte sich bei ihrer Mutter ein. Sie war ebenso groß wie Lene. Der Klang lachender Stimmen schallte über einen Rasen, der mit Lampions behängt war. Aus dem Radio eines vorbeifahrenden Wagens klang eine Melodie zu ihnen herüber.

«Was willst du von mir?» fragte Lene plötzlich; ihre Stimme war voller Verzweiflung.

Claire antwortete nicht. Lenes Frage erschreckte sie. Es war das erste Mal, daß sie gebeten wurde, ihre Mutter zu beruhigen. Sie wollte ihre Kindheit wiederhaben und erwachsen sein, beides zugleich.

«Ich liebe dich, Mami», sagte sie. Lene drückte ihren Arm. Der Mond glitt hinter eine silbern umrandete Wolkenbank. Ein leichter weißer Nebel stieg von dem stillen Wasser der Bucht auf. Claire erkannte, daß es von jetzt ab unmöglich sein würde, den Kopf weinend im Schoß ihrer Mutter zu vergraben und getröstet zu werden. Sie würde die Kraft in sich selbst finden müssen, würde lernen müssen, allein mit ihrem Kummer fertig zu werden. Die Vergangenheit ihrer Mutter lag zerbrochen hinter ihr wie Glasscherben, die nicht mehr zu kitten sind.

«Du und deine Generation, ihr werdet eure Sache besser machen als wir», sagte Lene mit einer Stimme, die beinahe ein Flüstern war. «Ihr werdet dafür sorgen, daß etwas so Schreckliches nie wieder geschehen kann.»

Ein Rumpeln ertönte in der Ferne und das Geräusch von Trommeln und Feuerwerkskörpern.

«Es donnert», sagte Lene. «Laß uns nach Hause gehen.»

STAMMBAUM

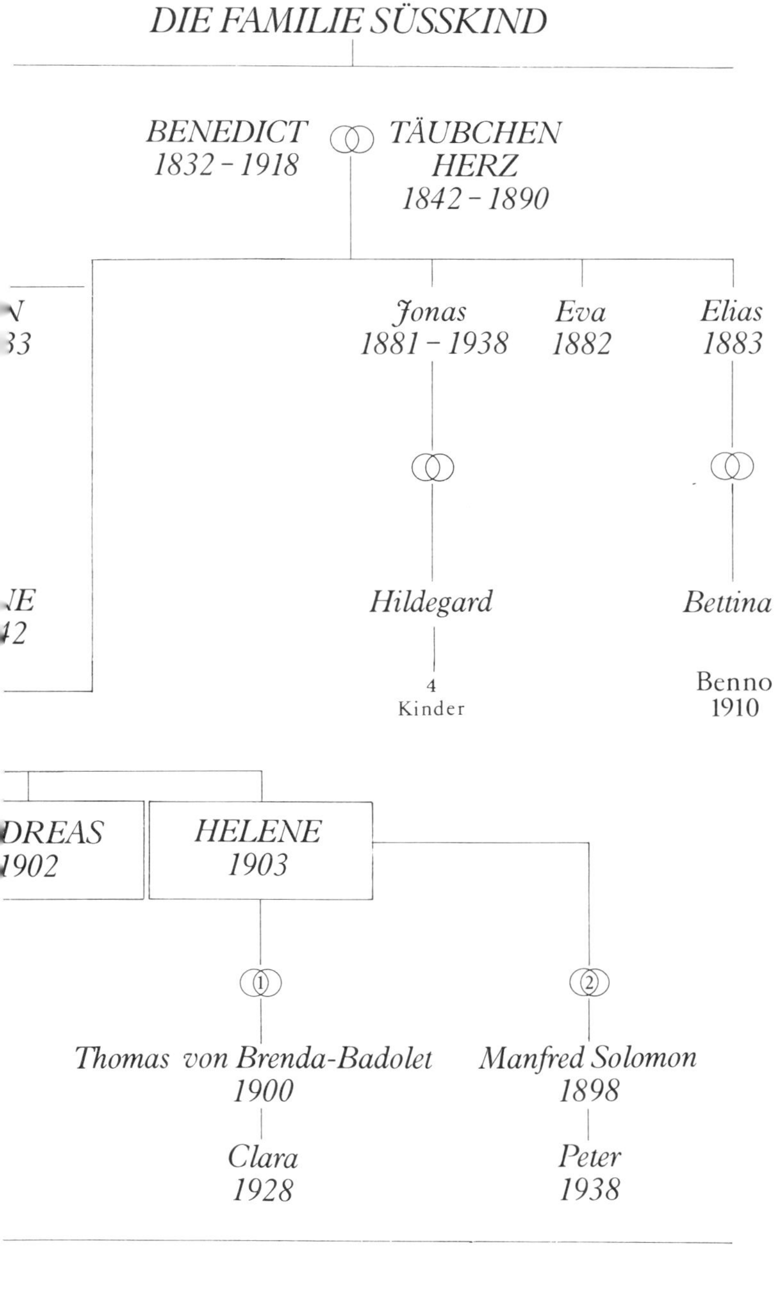
DIE FAMILIE SÜSSKIND
BENEDICT
1832 – 1918
TÄUBCHEN
HERZ
1842 – 1890
N
33
Jonas
1881 – 1938
Eva
1882
Elias
1883
NE
42
Hildegard
Bettina
4
Kinder
Benno
1910
DREAS
1902
HELENE
1903
1
2
Thomas von Brenda-Badolet
1900
Manfred Solomon
1898
Clara
1928
Peter
1938